« Nous vivons dans un infime sillon sur la surface d'une grande sphère, dans une petite vallée de réel ; et nous ne pouvons voir que devant et derrière nous. Il y a d'autres vallées dans le Vélum, des plaines où le temps s'étire dans de vastes champs d'illusion et où l'on peut facilement s'écarter du bon chemin, et s'égarer si loin que si l'on se retourne, le passé que l'on voit n'est plus le même que celui qu'on connaît. Et il y a des fissures, des lignes de faille où les continents à la dérive plissent la pierre, érigeant vers le ciel des mondes plus anciens qui forment des chaînes de montagnes toisant les nôtres de leur majesté originelle. Fais un pas de côté et tu te retrouveras hors de ce monde, les pieds sur l'éboulis des mythes et le regard braqué sur la plume fossilisée d'une aile d'ange incrustée dans la paroi d'une falaise. »

ENCRE

LE LIVRE DE TOUTES LES HEURES 2/2

DU MÊME AUTEUR
AUX ÉDITIONS DENOËL

Vélum. Le livre de toutes les heures 1/2

HAL DUNCAN

ENCRE

LE LIVRE DE TOUTES LES HEURES 2/2

TRADUIT DE L'ANGLAIS (ÉCOSSE)
PAR FLORENCE DOLISI

DENOËL
LUNES D'ENCRE

Collection LUNES D'ENCRE
Sous la direction de Gilles Dumay

À Koré

VOLUME TROIS

Les chevaliers de l'Hinver

PROLOGUE

Mots de désir crapule

L'histoire, jusque-là

Quand mon oncle me l'a racontée pour la première fois, j'ai cru que cette histoire tirée par les cheveux et si éloignée des concepts habituels du temps et de l'espace n'était qu'un ramassis d'élucubrations délirantes. À peine suffisant pour chiffonner les pattes de corbeau autour de ses yeux, un vague sourire jouait sur ses lèvres. L'oncle Reynard, le libertin, la crapule… Il savait que j'avais vendu mon premier texte, que je voulais devenir écrivain, et m'avait suggéré une visite chez lui. Il avait une histoire à me raconter, une légende familiale qui méritait bien un livre, m'avait-il expliqué.

J'étais arrivé dans son minuscule appartement de Bank Street, accueilli par son bâtard exubérant qui remuait tout le temps la queue, Koré, et mon oncle m'avait installé sur le canapé de cuir noir, avec un gin tonic et un cendrier sur le guéridon à côté de moi.

Il s'est allumé une cigarette et a commencé son récit :

« Quand ton grand-père, le capitaine Jack Carter, est revenu de la Grande Guerre, ce n'était plus le même homme. Il avait vu en première ligne le sang et la boue de la Somme, il avait envoyé des hommes à leur mort et ordonné qu'on en exécute certains pour crime de lâcheté. Il portait ses souvenirs comme un fardeau secret, m'a raconté ma mère, un poids dont il ne pourrait jamais se soulager. Un jour, il a reçu un télégramme d'un vieux professeur — Hobbsbaum, oui, c'était son nom, je crois — et, après de rapides adieux à sa chère Anna — à l'époque elle nous attendait, ton père et moi —, il a quitté sa femme enceinte pour partir au Moyen-Orient. On ne l'a plus jamais revu. »

L'oncle Reynard a marqué une pause pour ménager ses effets, ce vieux bonhomme manipulateur.

« Il a disparu dans le Vélum, a conclu mon oncle.

— Le Vélum ? » ai-je répété.

Il a avalé une petite gorgée de son gin tonic.

« Une page blanche a tant de potentiel, tu ne trouves pas, toi qui es écrivain ? a-t-il repris. Sur ce… substrat, avec de l'encre, on peut façonner n'importe quoi ! Un million de mots rêvent d'apparaître comme par enchantement sous la caresse duveteuse d'une plume sur le papier. Et même après avoir gravé un semblant d'ordre sur cette ardoise vierge, il reste les intervalles entre les mots, les possibilités de lire entre les lignes… »

Il m'a lancé un sourire.

« Tu crois que je parle par métaphores ? Tu as sans doute raison, mais j'essaye surtout de te rendre compréhensible ce que je te raconte. Les histoires ne se contentent pas de se dérouler en droite ligne jusqu'à la fin. La même histoire peut être — elle *est* — racontée différemment par chaque écrivain, chacun d'eux empruntant un chemin qui lui est propre, chacun lui ajoutant une ramification, une dimension supplémentaire. La même histoire peut être — elle *est* — répétée avec des variations par les générations successives. En révisant les versions de nos prédécesseurs, en construisant nos histoires sur les vestiges du passé, nos réécritures donnent aux récits une troisième dimension. Et quand nous lisons, quand nous remontons cette piste d'encre, nous nous déplaçons dans ces trois dimensions, nous survolons le texte vers l'avant, nous revenons en arrière, nous dévions ici ou là chaque fois que nous considérons les chemins de traverse invisibles de ce qui aurait pu être, quand nous creusons les couches de contes résiduels, les vérités mortes effacées par ce nouveau texte.

— C'est une métaphore du temps, ai-je fait remarquer. C'est la nature du Vélum. Le temps a trois dimensions, exactement comme l'espace. »

Les concepts d'uchronie ou d'univers parallèles dans la physique quantique m'étaient assez familiers, mais l'idée qu'il puisse exister des… réalités *antérieures*…

« Je ne suis pas sûr de… »

« Nous vivons dans un infime sillon sur la surface d'une grande sphère, a continué mon oncle, dans une petite vallée de réel ; et nous ne pouvons voir que devant et derrière nous. Il y a d'autres vallées dans le Vélum, des plaines où le temps s'étire dans de vastes champs d'illusion et où l'on peut facilement s'écarter du bon chemin, et s'égarer si loin que si l'on se retourne, le passé que l'on voit n'est plus le même que celui qu'on connaît. Et il y a des fissures, des lignes de faille où les continents à la dérive plissent la pierre, érigeant vers le ciel des mondes plus anciens qui forment des chaînes de montagnes toisant les nôtres de leur majesté originelle. Fais un pas de côté et tu te retrouveras hors de ce monde, les pieds sur l'éboulis des mythes et le regard braqué sur la plume fossilisée d'une aile d'ange incrustée dans la paroi d'une falaise. Attends-moi ici une seconde. »

Il s'est extrait de son fauteuil et a quitté la pièce. Par la porte ouverte, je l'ai vu traverser l'entrée carrée de son petit appartement — sa piaule de vieux garçon, comme il disait — et entrer dans son bureau. Quelques instants plus tard, il est revenu avec ce qui ressemblait à une boîte à cigares de la taille d'une boîte à chaussures, ou peut-être un peu plus grande, avec des charnières et un fermoir en cuivre. Chaque centimètre carré de sa surface était gravé de motifs abstraits intriqués.

« Ton grand-père a disparu dans le Vélum, mais avant, il nous a renvoyé ceci. J'ai empêché ton père de brûler cette boîte. Elle te revenait, me disais-je. Ton grand-père pensait que tu devais l'avoir. »

Il a déposé l'objet sur mes genoux.

« D'ailleurs il le dit sur la première page. »

J'ai ouvert la boîte, et les charnières ont grincé quand j'ai soulevé le couvercle. Elle était pleine à ras bord de toutes sortes de papiers : des petits billets, des carnets de note aux pages jaunies et reliures de cuir aussi friables que des feuilles d'automne. Ça sentait la poussière et la décomposition — avec un soupçon de soufre, me suis-je dit — et sous mes doigts j'ai senti le sable ou le sel encroûtant les surfaces lisses mais fragiles de la peau sèche et du parchemin décoloré.

Sur le premier papier — une demi-page, en fait, arrachée sans ménagement dans un carnet de mauvaise qualité et utilisée comme mémento —, j'ai effectivement lu que ce mystère m'était destiné, comme venait de me l'expliquer mon oncle.

Pour mon petit-fils Reynard, qui n'est pas encore né et n'a pas encore été raconté pour l'instant. Puisses-tu faire de cette folie un futur délivré du destin. Enferme le Livre dans un livre.

Jack Carter, Palestine, 1929

« Je ne comprends pas, ai-je dit. Un futur délivré du destin ? Et de quel livre parle-t-il ?

— Le Livre de Toutes les Heures, m'a répondu mon oncle. D'après les informations que j'ai pu rassembler, d'après ce que j'ai déduit, il s'agit de… du brouillon de ce Vélum, c'est-à-dire de toute réalité, de toute *irréalité*, transformé en certitude éternelle une fois gravé dans un grimoire peut-être écrit par Dieu lui-même, si tu as foi en ce genre de choses. Un traité de mathématique et de métaphysique, rédigé dans le langage des anges, le langage qui cimente la réalité. Ton grand-père l'appelle la Cryptolangue.

— Le Livre de Toutes les Heures, tu dis ?

— Lis-le et tu verras. »

Il était une fois

« Il était une fois, m'avait raconté Jack, il y avait un livre intitulé *Il était une fois*, un livre qui ne parlait que d'un garçon appelé Jack. Mais Jack, il n'en avait rien à foutre des livres. Il préférait les flingues en plastique et toutes ces merdes, alors il a pris ses feutres, et il a gribouillé partout dessus jusqu'à ce qu'on ne puisse plus déchiffrer un mot dans toute cette bouillie d'encre, et t'aurais vu la rouste que ça lui a value ! »

Il m'avait regardé, là-bas, dans le jardin.

« C'est l'histoire de ma vie, cette bouillie d'encre, avait-il conclu. Le Livre de Toutes les Heures, Guy, c'est cette saloperie de Livres de Toutes ces putains d'Heures. Et je lui dois toutes mes cicatrices. »

J'avais pensé aux premiers mots du Livre : « Au commencement ». Hobben avait employé le terme de *bereshit*, qui, traduit en verside, donnait au premier chapitre son titre commun de *Genèse*.

Il était une fois, m'étais-je dit, traduction probablement assez fidèle pour ce livre des origines, des Havres et de l'Aerth appelée à l'existence par le souffle de Zeus sur le vide. Une bonne façon de commencer cet exposé, il me semble.

Il était une fois un garçon nommé Jack.

J'ai rencontré Jack à l'Hôpital de Poudre Valley, à Laramie, Manitou du Nord. Il y avait été admis pour des blessures graves, et on faisait appel à moi en ma qualité de psychologue consultant pour évaluer son penchant suicidaire. Sur sa poitrine, un lacis de cicatrices racontait une histoire d'automutilation ou de mauvais traitement, mais il présentait d'autres signes plus visibles et vraiment… révoltants de son état déplorable. Trois jours avant notre rencontre, Jack s'était coupé les ailes avec un sécateur, « après avoir amputé ses cornes à l'aide d'une scie à métaux et d'une ponceuse », avais-je appris dans son dossier.

Assis au bord de son lit face à la fenêtre, avec ce pansement dans son dos bien visible sous sa blouse et ces bandages autour de sa tête — une tignasse blonde en jaillissait comme du blé en feu —, Jack m'a expliqué qu'en réalité il n'avait jamais eu d'ailes… pas vraiment, en tout cas.

« Ni de cornes », m'a-t-il précisé.

Tout de suite, ça m'a évoqué la dysmorphophobie.

Puis il m'a raconté qu'il était un changelin.

Au cours de cette première discussion avec Jack, je n'ai pas pris de notes. Dans ce genre de circonstances, je préfère l'approche conversationnelle. Le patient se détend et se lâche, plus à l'aise que s'il subissait l'entretien orthodoxe et officiel face à un étranger muni d'un porte-papier. En outre, mes observations peuvent ainsi s'étendre à l'environnement du sujet. Je me rappelle avoir remarqué l'absence de cartes postales ou de fleurs dans la pièce. C'était l'environnement spartiate d'un patient sans personne pour le soutenir moralement, ce qui s'accordait bien avec son air distant. Pas d'ailes pour s'y emmitoufler et tenir à distance le froid de l'Hinver.

« Je n'ai pas de famille, a-t-il repris. Pas dans ce monde, doc. Je suis un changelin, vous comprenez ? Je suis un Orphée orphelin, et je cherche mon… Eurydice. »

Plus tard, j'ai appris qu'on ignorait qui étaient ses parents ; ils avaient abandonné leur fils aux services sociaux, un fils ensuite trimbalé de famille d'accueil en famille d'accueil. De plus, son dossier s'était volatilisé dans un incendie, m'a expliqué un jour l'administrateur d'un certain orphelinat. Comme s'il s'était vraiment échappé d'un autre monde, en fait. Peut-être venait-il bien d'un ailleurs et d'un autre temps, comme il le prétendait.

Au cours de cette première rencontre, donc, j'ai cherché du regard le moindre attribut identitaire. Je n'en ai vu qu'un seul, qui traduisait un désir de consolation reçue ou offerte : un exemplaire du Livre de Toutes les Heures des Gédéons, ouvert sur le meuble de chevet. Rien d'insolite, vraiment, dans cette

Amorique profonde, au cœur d'une culture imprégnée de foi évangélique. Quelle église avais-je fréquentée en Albion ? me demandaient fréquemment mes collègues quand nous tentions de deviser amicalement. J'avouais en bredouillant que, hum, je n'étais pas croyant. Ils adoptaient brièvement une expression choquée — plus confuse que choquée, d'ailleurs, car comment pouvait-on refuser l'amour de Notre Seigneur Adonis dans son existence ? — puis changeaient vite de sujet de conversation.

Le Livre prouvait tout simplement que Jack n'avait pas complètement divorcé du monde qui l'entourait.

Bergers en Arcadie

« Vous lisez le Livre », lui dis-je.

Je m'assois au bord du lit et je m'empare de son exemplaire sur le meuble de chevet. Dans quelle parabole, dans quelle prophétie est plongé mon patient ? Ces petites choses nous renseignent souvent utilement sur l'état d'esprit d'un malade. Les dépressifs ont un faible pour le Livre de Hob parce qu'ils s'identifient à cet homme infortuné et désespéré, puis, par imitation, utilisent sa ténacité patiente comme un bâton pour se battre eux-mêmes. Les névrosés, eux, ont tendance à se focaliser sur le Nouveau Testament parce qu'ils recherchent le soutien permanent, l'affirmation et la réaffirmation d'un Christ toujours aimant. Quant aux schizophrènes, ils se tournent systématiquement vers l'Apocalypse de Jean, c'est logique.

L'exemplaire de Jack est ouvert au Cantique de Salamandre, seule partie du Livre à laquelle j'ai moi-même consacré un peu de temps, je dois bien l'avouer. Il ne s'agit d'ailleurs ni d'une parabole ni d'une prophétie mais de poésie pure et simple.

« *Qu'il me baise des baisers de sa bouche !* » récite Jack. Le premier vers du Cantique de Salamandre, du Cantique des cantiques.

Il se retourne pour me dévisager et je remarque les reflets d'or et les mouchetures argentées qui chatoient dans ses iris bleus. *Il est gay*, me dis-je. Et tout se met en place. Voilà pourquoi il croit venir d'un autre monde, du monde des graeis sans ailes ! Je m'imagine son passé : une mère angélo-satyre regarde son enfant pour la première fois et voit ce chatoiement sur sa peau, et dans ses yeux un reflet un tout petit peu trop sensuel. L'a-t-elle haï en mère célibataire ou y eut-il un père buveur de bière fracassant les assiettes posées sur le plan de travail de la cuisine d'un brusque geste du bras, déployant dans sa fureur ses grandes ailes noires pour menacer sa femme ? *Sors cette chose de ma maison !* Un enfant grandissant aux soins de gens qui ne s'en souciaient pas, un enfant se rendant compte qu'il n'était pas comme les autres.

Bon sang, il y a quelques semaines à peine, le meurtre de Thomas Messenger a jeté l'opprobre sur la ville, l'État, l'Amorique tout entière. Peut-on même parler de cosmopolitisme ici, dans une ville universitaire grouillant d'étudiants et de bringues ?

Donc, Jack est un changelin, a-t-il décidé. Il n'appartient en rien à ce monde qui peut assassiner un innocent comme Thomas Messenger simplement parce qu'il est gay.

Je veux l'aider à accomplir cette rationalisation, à aboutir à cette explication, mais il me coupe au moment même où le nom de l'étudiant assassiné franchit mes lèvres, avec un tel regard de souffrance et de colère que… Zeus, je comprends, maintenant.

« Pour moi, il s'appelait Puck », me dit-il d'une voix si altérée par la douleur que je comprends à peine ces quelques mots.

Puck, son petit ami… Jack l'avait perdu ce Crépuscule — le seize octocre pour être précis, battu à mort sur un flanc de coteau par deux brutes sanguinaires haïssant les gays. Ils l'avaient levé dans un bar sur la promesse d'une partie à trois.

« C'est là que j'ai compris, m'a dit Jack. La mort nous ouvre les yeux, doc. Si elle ne les ferme pas et ne dépose pas de pièces de monnaie sur nos saloperies de paupières. »

Nous étions assis sur un banc de bois dans le jardin de l'hôpital, moi avec mes ailes bien repliées sous un anorak molletonné pour me protéger de l'air glacial de danvier, Jack dans sa robe de chambre ouverte avec sa ceinture qui pendillait. Tout enflammé par sa colère, il semblait imperméable au froid.

Il souffla un panache de vapeur et me scruta du regard. Il savait que c'était le jour de ma réunion avec le chef de service, il savait que j'allais quitter cet endroit en y laissant mes recommandations. Son avenir dépendait de moi : je pouvais demander son internement ici avec un traitement pour dépression ou psychose, parce qu'il était un danger pour lui-même, le garder pour une observation plus poussée, ou le libérer dans le monde extérieur et le regarder couler ou nager.

« Bon Dieu, Guy, je ne vais pas me suicider ! Mort, je ne pourrais plus contrarier les connards ! La fuite ou la bagarre, c'est ça ? Putain, je vais allumer des feux sous leurs saloperies de pieds ! »

« Les souvenirs ont commencé à me revenir pendant les funérailles, continue Jack. Je repensais à notre première rencontre, pendant ce cours de sciences humaines. Nous avons tout de suite été complices, comme si nous nous étions connus toute notre vie. Et pendant la cérémonie, j'ai commencé à comprendre que c'était bien le cas. Nous nous étions connus *toutes nos vies.* »

Il est assis dans l'un des fauteuils de cuir placés face à face de chaque côté de la fenêtre de mon bureau. Je les ai prévus pour les conversations de ce genre, justement, pour les confessions, par exemple. C'est notre troisième ou quatrième rencontre. Désolé, j'ai du mal à mettre de l'ordre dans mes pensées, ces jours-ci.

« Nous étions comme des enfants jouant dans les Champs de l'Illusion, continue-t-il. On faisait comme si. Un jour nous étions des soldats de la Première Guerre mondiale, le capitaine Jack Carter le Cinglé et le troufion Thomas Messenger. Un autre jour, je devenais un séraphin envoyé pour le traquer dans une étrange version graeise de l'Amorique. Parfois, on se couchait ensemble dans ce monde, mais nous nous réveillions dans une ville nommée Endhaven, parmi les rescapés en costume noir d'une apocalypse nanotechnologique. Nous étions bergers en Arcadie et prostitués dans les rues de Sodome, doc ! J'ai traversé des déserts plus vastes que l'univers parce qu'il me défiait. J'ai conduit des armées à la destruction parce qu'il était en danger. Tout m'est revenu en mémoire — Bon Dieu, j'avais l'impression de vivre une nouvelle naissance — pendant ses funérailles, pendant que le prêtre nous débitait ses gros bobards. Nous avons vécu un million de vies, mais toujours ensemble, quel que soit le pli du Vélum dans lequel nous nous trouvions. »

Ce qu'il me décrit est une rupture psychotique ; il se retire dans les visions d'une éternité alambiquée pour fuir l'horreur du réel.

Je lui demande : « Et dans ces autres… *plis*, Puck ne meurt pas ?

— Ah mais si, il meurt à chaque fois, me répond Jack. Vous devriez le savoir, Reynard. Vous devriez vous en souvenir, vous aussi. »

Le monde indécis

Il est trois heures du matin et je devrais dormir, mais j'ai toujours été un oiseau de nuit, alors je sors de ma voiture et je marche dans la neige durcie jusqu'au magasin ouvert vingt-quatre heures sur vingt-quatre, ce qui est bien pratique, pour acheter un paquet de cigarettes dont je pourrais pourtant me passer jusqu'au matin. Mélissa est de service et je lui lance un sourire :

« Salut, Mélissa. »

Elle a une vingtaine d'années, elle est belle à tomber et mon accent la subjugue complètement. La première fois que je suis entré dans ce magasin, elle bavardait avec un ami. Je lui ai demandé s'ils avaient des Regals. Elle a tout de suite voulu savoir d'où je venais, ce que je faisais ici, combien de temps je restais, délicieusement excitée par cet étranger dans un pays étrange.

« Dites-moi mon nom, a-t-elle fini par me demander.

— Mélissa ? ai-je hasardé, confus.

— Redites-le.

— Mélissa ?

— Mince, vous le dites tellement mieux que les gens du coin ! »

Dehors, d'une petite tape, je fais sortir une cigarette du paquet et je l'allume avant de me glisser derrière le volant. Je referme la portière et je lâche un nuage de fumée. Je tends le bras pour régler le rétroviseur. En me penchant, j'y aperçois mon propre reflet. Je n'ai pas de cornes. Je n'ai pas besoin de me toucher les épaules pour savoir que mes ailes ont elles aussi disparu. J'éprouve la sensation passagère que quelque chose ne tourne pas rond — dois-je m'en inquiéter ? — mais je comprends alors que, bien sûr, bien sûr ! C'est exactement ce dont me parlait Jack ! Nous vivons tous simultanément dans une myriade de plis, les gens de l'Aerth rêvant des Havres pour leurs morts, ceux des Havres rêvant des Aerths pour les vivants. Par conséquent, ces yeux de chat qui me renvoient mon regard dans le rétroviseur n'ont rien de bizarre, en vérité ; tout ceci est parfaitement logique.

Le monde n'a pas encore décidé quel réel il veut être, voilà tout.

Le matin suivant, tout en traversant mollement mon rituel quotidien de l'earl grey et des gaufres au sirop d'érable, je vais remarquer le paquet de cigarettes sur la table de la cuisine et me souvenir du rêve et de la normalité qui l'a inspiré. Je vais me rappeler cette sensation de satori éprouvée pendant mon sommeil — le monde n'a pas encore décidé — et m'en amuser. On dirait que mon subconscient s'est épris de l'illusion de Jack.

Je vais m'en débarrasser, bien sûr. Je vais contempler mes cornes et mes ailes dans le miroir, mes yeux humains parfaitement rassurants, et tout ira bien dans le monde. La psychose de Jack n'est que cela : une psychose. Je m'étonne pourtant que dans les autres plis qu'il a imaginés pour eux deux, Puck meure également, ce qui détonne avec le motif habituel des fantasmes de déni ; mais je découvrirai pourquoi en temps voulu, au cours de nos prochaines séances.

Je ne sais pas encore que d'autres rêves semblables à celui-ci vont se produire dans les semaines qui viennent, plus fréquents, plus intenses, jusqu'au moment où je ne serai plus certain que ce ne sont que des rêves.

« À mon avis, vous savez que j'ai raison, me dit Jack. Vous ne voulez pas encore faire le grand plongeon, c'est tout. Vous ne voulez pas encore l'admettre.

— Vous dites que c'est vous qui êtes sain d'esprit, c'est cela ? Et que tous les autres sont fous ? »

Il hausse les épaules et grimace :

« Dans l'un des plis où j'ai connu Puck, Endhaven, il y avait des éoliennes sur une colline en dehors de la ville. Quand il était petit, Puck s'imaginait que ces éoliennes étaient des géants. "C'est peut-être vrai", lui ai-je fait remarquer quand il m'a raconté ça. Comme Don Quichotte… comme dans ce film où Machin pense qu'il est Sherlock Holmes dans le New York des années soixante-dix… Son nom me revient… George C. Scott. Il dit à sa psy : "Vous savez, Don Quichotte avait peut-être raison. Ces moulins à vent, ce sont peut-être bien des géants, comme il le prétend. Et peut-être même que ce sont les deux. Si cela se trouve, le monde n'a pas encore décidé. Peut-être que…" Qu'est-ce qu'il y a ? »

Mon stylo est à l'arrêt sur mon bloc-notes. *Le monde n'a pas encore décidé*. Ma mâchoire n'est sans doute pas tombée au sens littéral, mais le choc de la coïncidence est nettement visible sur mon visage. Je secoue la tête, j'essaye d'en rire.

Je réponds : « Rien. »

La nuit suivante, je fais un autre rêve.

L'insanité est une ville

L'insanité est une ville, se dit-il, un dédale obsédant de monstres acharnés à la chair minérale. Une ville est une concrétion de la folie. Des anges qui se bagarrent avec des démons. Des dieux aux ailes d'acier qui tombent du ciel pour s'abattre sur l'humanité et la réduire en poussière.

Il quitte la ruelle en titubant. Il serre si fort son manteau contre lui que ses articulations sont exsangues. Derrière lui, les hurlements de l'ange s'éteignent dans un gargouillis de sang, se noient dans le mugissement de la foule. L'insanité est une ville, se dit-il.

Il marche dans les rues pavées, il traverse des cours ombragées, de grandes places dallées de marbre aux bancs de pierre et aux fontaines ornementales, avec leurs arbres dénudés et leurs statues au manteau de neige. Il voit des arrêts de tram, des arrêts de bus, mais il n'a pas d'argent dans ce pli, alors il regarde où partent pesamment ces dinosaures mécaniques bruyants, et il suit ceux qui affichent *Stadde Cintrale*. Il arrive dans ce qui est peut-être (ou peut-être pas) le centre de la ville, avec ses boutiques et ses galeries marchandes, ses zones piétonnières, un office de tourisme aux présentoirs croulant sous les plans et les itinéraires de bus. Il en prend un de chaque — trente, quarante environ —, il remplit ses poches d'itinéraires numérotés qui serpentent dans tel district ou tel quartier. Tout ce qu'il veut, c'est trouver un endroit où il se sente en sécurité. Ici, il n'a rien, sauf les vêtements sur son dos et un livre dont le seul objet n'est plus que de conserver le souvenir de son nom griffonné sur la page de garde.

Il serre contre lui le Livre de Toutes les Heures, dernier lien le raccordant à son identité.

C'était un atlas autrefois, il en est sûr. Il se rappelle sans le moindre doute l'époque où ce livre était un atlas, où chaque page tournée montrait le monde à une échelle diminuant exponentiellement — les rues, les villes, les pays, les continents, et des zones géographiques encore plus grandes, incroyablement grandes, de vastes champs de réel comme à la surface d'une géante gazeuse, page après page, à une échelle englobant des distances inconcevables. Un guide de l'éternité, du Vélum.

Il se rappelle avoir gravé sur le parchemin les glyphes des vies humaines qu'il croisait.

Il se rappelle avoir noyé sa surface jaunie sous des sceaux qui rampaient sur la page quand les gens qu'ils signalaient vaquaient à leurs occupations quotidiennes.

Ces glyphes s'étaient multipliés jusqu'à former un orage d'encre, un orage obscurcissant le terrain dessiné en dessous et s'enfuyant ici ou là comme pour raconter, en se reconfigurant, l'histoire étrange et changeante du Crépuscule.

Puis l'Hinver est arrivé et lui, il a perdu… qu'a-t-il perdu ?

La dernière fois qu'il a consulté le Livre de Toutes les Heures, chacune de ses pages était aussi vierge que le désert de neige et d'os qui l'entoure. Les plaines monotones de Vélum s'étiraient sous ses doigts, et son propre glyphe virait au graeis. Assis près des restes de son feu de camp, l'hypothermie lui brouillant les sens, il avait gribouillé son nom avec un bout de charbon de bois sur la première page, comme un message destiné à celui ou celle qui découvrirait son corps. Ensuite, il avait sombré dans l'inconscience.

« *Es mortu*, avait-il entendu.

— *Neh, es liffen.* »

Il s'était réveillé en ville dans une sorte d'hôpital. Ses vêtements étaient rangés dans un casier à côté de son lit. Il les avait enfilés, puis avait ramassé le Livre et passé la porte, tout simplement. Il s'était retrouvé dans une ville au bout du temps, où des bandes d'ados brisaient les ailes des anges dans les ruelles et les torturaient pour le plaisir.

Un clochard est blotti à côté d'un escalier mécanique couvert qui descend vers la station de métro, ses marches surgissant les unes après les autres pour disparaître au pied d'un pont en fer forgé aux réverbères en forme de candélabres et aux ornements héraldiques ouvragés. Des affiches de concerts et de clubs s'écaillent sur les piliers de pierre carrés. Reynard observe les gens qui entrent et sortent du hall en plexiglas brun marqué du M de « Métro » orange vif. Certains sont en costume, d'autres en vêtements de sport, mais tous ont l'air éteint et semblent appartenir à la classe moyenne, même ceux qui portent des vêtements de marque déchirés. De l'autre côté du pont, une flèche gothique s'élance au cœur d'un fouillis de murs en grès, de toits d'ardoise et de branches. Un magasin de mobilier en pin trône à côté des marches en pierre qui, parallèlement à l'escalator, mènent au parking et à la pelouse rapiécée de neige entourant la station de métro. C'est un quartier universitaire grouillant de maîtres de conférences et d'étudiants, de bohémiens professionnels et de professionnels bohèmes. Le plan des rues qu'il consulte indique un grand parc qui descend vers le sud, niché dans une courbe du fleuve, un bon endroit pour dormir à la dure si on doit en arriver là, s'il ne parvient pas à se trouver un porche pour le protéger de la nuit hinvernale.

Accoudé au pont, il tente de faire disparaître ses tremblements — il s'y évertue depuis dix minutes — quand il sent une main sur son épaule.

« *Nove migres ?* »

C'est le clochard. Reynard hausse les épaules, secoue la tête, bredouille des excuses désespérées, son corps toujours secoué des tremblements causés par cette tension entre le rire et les larmes. *Je ne comprends pas. Je ne comprends pas.* Il se passe les doigts dans les cheveux.

« *Peregrim nove en de stadde, ev ? Tu ne sprash lingischt ?*

— Non… » Il croit comprendre. « Non, je ne parle pas votre langue. »

L'homme prend quelque chose dans sa tasse et lui tend, avec un grand sourire édenté, une pièce dorée.

« *Per kave*, dit-il en désignant Dieu sait quoi de l'autre côté du pont. *Kave, ev ?* »

Il porte la tasse à ses lèvres, l'incline une fois, deux fois. Kave.

Reynard hoche bêtement la tête, se rend compte que la tension s'est libérée, rit et pleure en même temps en lui disant : *Merci. Merci.*

Tiré des fables et du folklore

Ma dernière séance avec Jack a été encore moins formelle que la première : je l'ai vécue comme un adieu plutôt qu'une consultation. Comme elle s'est passée des mois plus tard, les plaies sur son dos étaient guéries depuis longtemps. En dehors des chicots cicatrisés sur son front et de ses ailes absentes qui lui donnaient l'apparence effrayante d'un graeis tout droit sorti des fables et du folklore, il avait l'air en assez bonne forme, physiquement parlant. Cambré juste devant les panneaux vitrés coulissants de l'entrée de l'hôpital, les bras écartés comme pour embrasser son avenir et l'air frais du matin, il était d'une grâce déliée. Parfaitement à l'aise dans son corps, il bougeait comme un athlète. Par-dessus son épaule, il a regardé le portier retourner dans l'hôpital en poussant le fauteuil roulant.

« Putain ! Merci mon Dieu, je ne suis pas une saloperie d'estropié ! » s'est-il exclamé.

J'ai haussé les épaules en me forçant à sourire. Il s'était plaint d'avoir dû rester en fauteuil roulant tout le chemin jusqu'à la porte.

« C'est la politique de l'hôpital, Jack. Les assurances.

— Putain, qu'est-ce que je me sens bien ! »

Je savais qu'il se considérait toujours comme un changelin, mais je savais aussi désormais qu'il n'était pas complètement fou. Un peu, mais pas complètement. Pas plus que moi.

« Putain, qu'est-ce que je me sens bien ! dit Jack. J'ai une pêche d'enfer ! »

Il s'étire et fait rouler ses omoplates à la façon d'un rameur. Allez savoir pourquoi, la chanson « Could We Start Again Please ? » d'Adonis superstar me trotte dans la tête. Pas exactement le genre de musique que diffuse la radio de l'hôpital, pas dans ce coin de l'Amorique où l'on s'offusque si facilement dès qu'on parle de foi et de blasphème. Un nuage blanc se condense dans l'air glacé du matin, celui de la mélodie que je siffle tout bas. Parfois, je l'avoue, le vieux monde et son irrévérence païenne me manquent, et je crève d'envie de pirater la radio pour balancer les Sex Pistols à fond dans toutes les salles. Un jour, j'ai exposé cette idée à Jack et il s'est presque pissé dessus tellement il a rigolé.

« Mais qu'est-ce que vous faites ici, putain ? s'était-il exclamé ce jour-là. C'est vrai quoi ! Qu'est-ce qu'un vieux rebelle de l'école publique vient foutre ici dans l'Amorique profonde en plein milieu de cette saloperie de nulle part ?

— J'aime à croire que je cherchais un nouveau départ », avais-je répliqué.

La neige se détache et glisse en bruissant d'une branche alourdie pour atterrir sur le capot d'une voiture — pardon, le *hood* d'une voiture. Au bout du parking, la brume et les ombres de la rangée d'arbres se fondent dans un morne néant gris.

L'Hinver aussi est plus rude ici qu'il ne l'était chez moi.

« Vous devriez rentrer chez vous, me dit Jack. Retourner en Albion. Vous n'êtes pas d'ici, et vous le savez. Vous, moi, Puck… Nous non plus, nous ne nous sommes jamais sentis chez nous ici. »

Je ne lui réponds pas. Plus tard, je retournerai dans mon bureau pour consulter l'exemplaire du Livre de Toutes les Heures que je conserve sur l'étagère derrière mon fauteuil et que j'aurai posé sur le sous-main. Plus tard je fermerai la porte à clé et descendrai le store pour me soustraire aux regards lubriques et aux lettres dorées qui épellent à l'envers *Guy Reynard Carter, docteur en médecine, psychologue consultant.* J'ouvrirai une fenêtre, je traînerai mon siège au centre de la pièce, je monterai dessus et j'enlèverai les piles du détecteur de fumée pour pouvoir fumer une cigarette tout en feuilletant le Livre. Plus tard.

Pour l'instant je ne veux pas penser à ce que j'ai appris de Jack pendant les deux mois et demi où il a été mon patient. Je ne veux pas penser à ces Havres au cœur de l'Hinver, à ces lieux qui ne sont pas des paradis mythiques où nous attend un gros gâteau après notre mort mais des endroits bien réels, dirigés par des dieux tout aussi réels. Je ne veux pas penser à l'Hinver, ce vaste domaine d'éternité parsemé de mondes forteresses semblables à celui-ci. Je me contente donc de lui retourner une question du tac au tac :

« Et toi ? Où vas-tu aller, toi ? »

Il hausse les épaules :

« Vous devriez plutôt me demander *quand* je vais aller. »

« Le monde change tout le temps. Vous avez remarqué, je suppose ? » me demande Jack.

C'est notre quatrième ou cinquième séance ensemble et j'ai l'impression qu'il commence à s'ouvrir pour de bon. Nous faisons des progrès, vraiment. Nous explorons son fantasme de changelin et ce qui l'a fait naître. Pourquoi insiste-t-il tant sur le fait qu'il n'est pas gay mais graeis, volé à la naissance dans un autre monde, un autre pli de ce fameux Vélum ? On l'a modifié pour qu'il s'adapte à celui-ci, il en est convaincu. On lui a ajouté des cornes et des ailes pour qu'il ne ressemble pas à un monstre dans ce monde. Ou quelque chose dans le genre. Parfois, tout est très clair, mais il n'arrête pas d'oublier, m'explique-t-il. C'est le grand bordel dans sa mémoire. Je viens de lui expliquer que ce genre de déni est aussi naturel que ses penchants sexuels qui le rendent différent de tous ces bons gars, les WASP (Blancs protestants d'origine angélo-satyre) qui vivent dans la plus grande partie de cette Amorique du Middle-West. Je lui répète que c'est génétique. Il est né gay, et tous ces nouveaux chrétiens et autres fanatiques du Livre ne peuvent rien y faire. C'est comme ça, et quoi qu'ils pensent, les penchants renégats de Jack n'ont rien de malsain. Il n'a pas besoin d'être soigné.

« Regarde-toi dans un miroir, Jack ! Tu vois ce scintillement dans tes yeux ? L'éclat doré de ta peau ? Tu es né gay ! »

Il secoue la tête. La condensation sur la vitre de mon bureau, et dehors, les rafales de neige… Le monde extérieur est blanc comme une page vierge.

« Bon Dieu, doc ! Si seulement je connaissais les mots qui vous réveilleraient, les mots qui vous feraient comprendre que vous vivez dans un putain de temps du rêve ! J'irais les chanter sur tous les toits ! »

Chaînes mortes, bruit blanc

Je gare la voiture sur le bas-côté, là où le panneau indicateur proclame fièrement que nous entrons maintenant en Manitou du Nord. L'image d'un cow-boy en jean et chemise à carreaux nous accueille, l'archétype de l'homme Marlboro, ses ailes d'aigle déployées derrière lui, avec la boucle du lasso qui vole au-dessus de sa tête. Au-delà du panneau ondulent des collines enneigées aux arbres dégarnis.

Je me carre dans mon siège.

« Où sommes-nous ? Que dit le Livre ? »

Puck est paresseusement vautré à l'arrière, la tête sur les genoux de Jack, le Livre de Toutes les Heures ouvert sur les siens, un joint pendouillant aux lèvres.

« Putain, j'aimerais bien le savoir, me dit-il. Ce truc est devenu bizarre. »

Puck tourne le Livre vers moi et je constate qu'effectivement, il a changé. Les pages où s'étalaient jadis les cartes qui nous permettaient de nous repérer dans ce Vélum infini ont depuis longtemps été rendues illisibles par mes annotations, mais ce que je vois aujourd'hui, c'est nouveau. Les annotations se tortillent et gigotent sur la page comme des organismes vivants. Nous devrions peut-être retourner en arrière, me dis-je. Tenter un autre itinéraire. Mais les nuages qui roulent derrière nous sont du gris de l'ardoise humide, et on entend des grondements dans le lointain. Avec un peu de chance, si nous continuons, nous trouverons peut-être un motel avant la nuit, avant que l'Hinver ne nous submerge.

« Quand a-t-il changé ? Ça fait combien de temps ? » lui demandé-je.

Puck secoue la tête, l'air inquiet :

« Je ne me rappelle pas. Merde, Guy, je ne me rappelle pas. »

Je m'attable dans ma cuisine en caleçon. Je fume une cigarette et je bois un verre d'eau en zappant d'une chaîne morte à la suivante sur le poste de télé. Le câble est en panne, on dirait, probablement une coupure de courant sur un émetteur quelque part, ou alors un problème technique qui ne sera résolu que quand le ciel se dégagera. C'est toujours comme ça. De toute façon, je ne reçois ni CNN ni ABC, pas la moindre chaîne nationale. Je ne capte que les chaînes locales publiques et la télé d'État du Manitou du Nord avec ses pubs pour les grands magasins de fournitures agricoles qui vendent tout ce dont vous pourriez avoir besoin…

« Mon tracteur est assorti à mon chapeau ! » jubile un dingue.

Je viens juste de me réveiller après un autre de ces rêves et j'aurais bien besoin d'une émission soporifique pour inonder mes pensées de bruit blanc. J'ai rêvé que Thomas Messenger et moi voyagions à travers ces plis dont Jack me parle tout le temps. Nous voyagions depuis toujours en nous servant du Livre de Toutes les Heures pour nous diriger. Mais dans ce rêve, le Livre n'était pas celui que je connais, rien à voir avec

Titania et Obéron au Paradis, ni avec Adonis mourant sur la croix pour nos péchés. Ce Livre-là contenait des cartes et des gribouillages mystérieux que j'avais appris à déchiffrer pendant notre voyage éternel. Sauf que, comme le Livre avait changé et que nous étions perdus, nous avions décidé de nous arrêter dans un motel pour la nuit.

J'éteins la télé et je pose la télécommande sur le plan de travail en renversant une salière au passage. Par superstition, je jette une pincée du sel répandu par-dessus mon épaule gauche pour me protéger des esprits inconnus tapis dans la nuit.

« Suivez-moi, me dit Jack. Venez. »

Il remonte à grands pas le couloir de l'hôpital en se retournant de temps à autre ou en marchant à reculons pour me pousser à maintenir l'allure. Dans la cage d'escalier, il dégringole les marches comme un cheval au petit galop, direction le sous-sol. Je proteste, j'aimerais lui faire comprendre qu'il n'est pas censé déambuler dans cette zone réservée au personnel.

« Mais enfin, Jack, où crois-tu donc aller, comme ça ? »

La porte de la morgue se rabat derrière lui, et je la pousse à mon tour en soupirant. Ma plainte meurt sur mes lèvres ; me voici dans une salle qui s'étend à l'infini de tous les côtés. Des cadavres gisent sur des rangées et des rangées de tables innombrables. Ici ou là, les draps ne recouvrent pas les visages et des volutes de vapeur s'élèvent des bouches ouvertes. Je travaille dans cet hôpital depuis des années et je ne suis jamais descendu ici, je m'en rends soudain compte. Je n'en ai jamais ressenti le besoin. Ce qui me réjouit plutôt, car l'endroit est aussi froid que sinistre.

« Qu'est-ce qui se passe, Jack ? Qu'est-ce que je dois comprendre ?

— Cet endroit est bizarre, vous ne trouvez pas ? Tous ces corps ! Il y en a des millions, Guy. Des millions ! »

Je regarde autour de moi, imperturbable :

« Nous sommes dans une morgue ! À quoi t'attendais-tu ?

— Regardez leurs visages », insiste-t-il.
Je me rends compte que tous ont le visage de Puck.
Je me réveille en pleurs.

Vous comprenez, j'étais là quand ils ont amené Thomas Messenger à l'hôpital. Je fumais en vitesse une petite cigarette sur l'aire des ambulances, devant les urgences, quand le fourgon est arrivé, sirène à plein volume. L'endroit s'est transformé d'un seul coup en un vrai boxon, avec des infirmiers, des docteurs, le chariot poussé avec fracas, les portes battantes ouvertes à la volée. J'ai entrevu son visage ensanglanté et fracassé, mais on discernait sous ses yeux des stries de peau claire, là où les larmes avaient emporté le sang versé.

Je ne l'ai pas reconnu.

Je suis passé devant la pièce où on l'avait mis sous respirateur et où il est resté dans le coma pendant toute une semaine. J'ai regardé ; il était là, le visage enflé sous le masque. À nouveau, je ne l'ai pas reconnu. J'ai regardé les nouvelles qui distillaient au compte-gouttes l'horreur de ce crime de haine. Elles me l'ont montré sur une photo de famille, souriant, avec ses cheveux verts et ses cornes de chevreau. Je ne l'ai pas reconnu, toujours pas.

Je n'avais jamais rencontré Thomas Messenger. Je n'avais jamais rencontré Puck dans ce pli.

Eau de rose et réglisse

Assis dans un bistrot, Reynard sirote un goudron épais et sucré, quelque part entre l'expresso italien et le café turc. Un arrière-goût d'eau de rose et de réglisse et, au fond, un résidu amer. Sur la table, le livre est ouvert devant lui, et son nom charbonneux macule la première page. Il s'apprête à la tourner pour voir — juste pour voir — si le Livre a quelque chose à lui apprendre, quand une main se pose sur la sienne. Un homme aux cheveux blonds et sales tire une chaise à côté de lui, s'assoit et lui dit :

« Fais pas ça maintenant, pas ici où n'importe qui pourrait le voir, pour sûr. Parce que pas de doute, toi et moi on sait tous les deux, pour le Livre… On sait ce qu'il est… Bon Dieu, je peux renifler la peau d'ange à deux kilomètres à la ronde — et bon, pour faire court, y'en a certains qui couperaient un bras droit juste pour foutre leurs saloperies de doigts graisseux dessus. Pas *leur* bras droit, je veux dire. Le tien. »

L'homme décolle la main de Reynard du livre, ramasse l'ouvrage et le referme, puis le glisse vers lui sur la table.

« Pour l'instant, tu ferais mieux de cacher ce truc. On est en guerre, putain ! L'Alliance est tombée ! Chaque saloperie de connard d'ange veut être le putain de caïd du coin et toi, t'exhibes ce putain de Livre comme si c'était ton carnet de poésie d'ado branleur ? Bon Dieu ! »

Assommé par les questions qu'il voudrait poser, Reynard met le livre dans sa poche.

« T'as qu'à m'appeler "roi Finn", dit l'homme. Donc toi, t'es Guy Fox, sauf si tu t'appelles Reynard en ce moment, c'est ça ? Ouais, bon, on s'en fout, hein ? Tout ça c'est du pareil au même, putain ! »

Il fait signe à un serveur.

« *Kave, grazzis.* »

Reynard constate qu'il a les mains qui tremblent.

L'Irlandais se carre dans sa chaise :

« Ouais, t'es un peu perdu, sûrement. Tu viens juste de débarquer dans ce bordel, et c'est vraiment pas une vie. Quel pied si les petites gens dans ton genre étaient vraiment partie prenante des machinations des puissants, mais pas de bol, c'est pas comme ça que ça marche. Nous, on est juste des gars qui un jour se réveillent et comprennent que le monde est devenu carrément dingue. Nous, faut juste qu'on se démerde avec le gros tas de bouse dans lequel les puissants nous ont enfoncés jusqu'aux yeux. »

Il sort un paquet de Camel sans filtre, le tapote contre la table et, du bout des lèvres, en extrait une cigarette.

« Bon. Pour l'instant, tout ce que tu as à savoir, c'est que Thomas est mort. Sûrement que tu te souviens de Thomas, hein ? Un petit gars très chouette, un peu léger et peu de sens commun mais un putain de cœur d'or, tu sais ? »

Reynard se souvient.

« Manitou du Nord, dit-il. Laramie.

— Partout, putain ! réplique le roi Finn. Ces enfoirés l'ont tué partout ! »

« Qui ça ? » lui demande Reynard.

Finn pointe sa cigarette vers lui.

« Nom de Dieu, c'est la question à un million de dollars, hein ? Qui, pourquoi, quand, où et qu'est-ce que sa mort a déclenché dans cette saloperie de Vélum, c'est ça ? Un seul petit fil est coupé et tout le machin tombe en morceaux, bon Dieu ! C'est sûr, qui aurait pu croire qu'un petit pédé court sur pattes avec la tête dans ces saloperies de nuages laisserait un trou pareil dans le réel ? »

Il sort une pochette d'allumettes de son paquet de clopes, en arrache une, la coince contre le papier de verre du rabat et l'enflamme d'une chiquenaude, avec un petit chuintement. Le tabac grésille quand il allume la cigarette.

« Si je pouvais te l'expliquer ici et maintenant, je le ferais, crois-moi, sauf que tu vois, c'est ton boulot… Bon, si tu l'acceptes, je veux dire. Et vu que tu trimballes le Livre partout où tu vas, j'aime pas avoir à te dire ça mais je pense que c'est ton destin de le faire. Expliquer tout le truc, je veux dire. »

L'Irlandais prend le café que lui tend le serveur, sourit et le remercie d'un hochement de tête.

« Parce que c'est sûr, on n'y comprend que dalle, nous autres, ajoute-t-il. Le Crépuscule était pourri, pas de doute, mais là, c'est le chaos, putain ! Saloperie d'Hinver. Bon Dieu, je hais cette saloperie d'Hinver. »

Que Dieu bénisse l'Amorique

« On est toujours en Hinver, me fait remarquer Jack. Vous l'avez remarqué, quand même ?

— On dirait, hein ? Alors qu'en fait, l'Hinver ne dure qu'un quart de l'année…

— Ah ouais ? Dites-moi, qu'est-ce que vous avez fait, l'été dernier ? Vous n'avez pas pris de vacances, je parie !

— Effectivement, je n'en ai pas eu l'occasion. Je ne pouvais pas partir.

— Vous avez travaillé tout l'été, c'est ça ? Et l'été d'avant aussi ?

— À l'hôpital, tout le monde était débordé. J'ai fini…

— Ah bon, vraiment ? Bon Dieu, elles remontent à quand, vos dernières vacances ? C'est quand, la dernière fois que vous avez quitté cet État ? Depuis combien de temps bossez-vous dans cet hosto ?

— Cinq ans, je crois. Plus ou moins. Pourquoi ?

— Êtes-vous allé une seule fois dans un autre État pendant toutes ces années ? Je parie que vous n'êtes jamais sorti de la ville. C'est quand, la dernière fois que vous vous êtes assis dans un parc pour regarder voler les papillons ? »

Je souris. Il est vrai que je ne me suis accordé aucun congé d'été depuis que je travaille ici, mais j'ai eu une ou deux fois l'occasion de quitter la ville. Par exemple, je me rappelle très bien la fois où je suis revenu de cette conférence à… comment s'appelle cet endroit, déjà ? Bref, j'ai des souvenirs très nets du motel du Havre, sur l'autoroute, où je me suis arrêté en rentrant.

Je donne ma fausse carte à l'employée au comptoir et j'attends. Elle la passe à toute vitesse dans la machine en observant le moniteur tiroir-caisse qui lui donnera le feu vert. Je croise les doigts dans la poche de ma veste. La carte provient d'un pli très différent mais devrait pouvoir s'adapter à ce vieux système, du moins je l'espère. Elle est en train de pirater le réseau pour trouver un hôte convenable et créditer un compte de tout l'argent dont nous aurons besoin. Et elle ressemble à une carte Visa tout ce qu'il y a de plus banal. Avant, l'arnaque en question me mettait un peu mal à l'aise, mais il est rare que deux plis utilisent exactement la même monnaie, et même dans l'éternité, nous devons manger et dormir.

Et je suis vraiment fatigué. Nous avons dû conduire pendant quarante heures d'affilée au cœur de cet Hinver désertique, avec la nuit qui rugissait dans notre dos. Les champs se succédaient, les clôtures en bois à moitié ensevelies sous la neige, les panneaux d'affichage vantant bière ou cigarettes, les églises et leurs drapeaux, les croix embrasées de lumières de Noël évoquant un petit peu trop des flammes à mon goût. Jusqu'au moment où nous sommes enfin tombés sur ce motel du Havre au bord de l'autoroute. *Que Dieu bénisse l'Amorique*, avons-nous lu sur le panneau des *Chambres libres*.

La machine vieillotte crachote bruyamment notre reçu. J'accepte avec un sourire et un « Merci » la carte qu'on me rend, je prends les clés de nos chambres et j'en tends deux par-dessus mon épaule. Jack s'en empare et en refile une à Puck.

« Bien sûr que j'ai déjà quitté la ville, dis-je à Jack. Pour une conférence. Je suis allé à… »

Mes mots s'éteignent. Dans ma tête, un gros blanc remplace le nom de cette ville qui n'est pourtant qu'à cinquante kilomètres de Laramie.

« Essayez de partir, me suggère Jack. Pour voir jusqu'où vous pouvez aller avant que le brouillard ne vous décourage.

— Les routes sont fermées aujourd'hui. Il paraît qu'elles ne seront rouvertes à la circulation que dans une semaine environ. Mais d'accord, la semaine prochaine, j'irai peut-être me balader à… »

Le nom de cette ville un peu plus haut sur la route m'échappe toujours, mais j'y ai assisté à une conférence, je m'en souviens très bien. Ou du moins, je me souviens des conditions climatiques de ce jour d'Hinver. Elles avaient tellement empiré au retour que me risquer sur les derniers kilomètres m'avait semblé insensé. J'avais trouvé plus raisonnable de faire étape quelque part pour repartir au matin. Je me rappelle avoir aperçu le motel du Havre éclairé dans la nuit en périphérie de la ville. Que Dieu bénisse l'Amorique, en vérité.

« Pourquoi êtes-vous venu ici, Guy ? me demande Jack. *Quand* êtes-vous venu ici ? »

« C'est chouette, des hommes jeunes qui n'ont pas honte d'afficher leur foi, nous dit l'employée. Il y a trop de cyniques dans le monde, si vous voulez mon avis. »

Après un moment de confusion, elle désigne le Livre sous le bras de Puck, mais pour être honnête, je suis toujours un peu largué quand je lui marmonne quelques banalités vagues et aimables. À l'étage, dans ma chambre, je comprends en partie pourquoi elle nous a fait cette réflexion, mais le Livre de Toutes les Heures des Gédéons que j'ai découvert dans la commode à côté du lit ajoute également à mon trouble. Le Livre est depuis toujours cet objet singulier et secret que nous transportons, Puck, Jack et moi, à travers des plis où personne n'en a jamais entendu parler. Ici, c'est un Évangile gratuit dans une chambre de motel, une chose d'une banalité confondante. Je ne sais pas ce qui m'inquiète le plus : la simulation imprimée sur la commode du lit, le fait que le véritable Livre ait changé comme pour se camoufler parmi les faux, ou que tous les trois, nous ayons nous aussi changé pour nous adapter à ce pli, ce qui ne nous était jamais arrivé jusqu'alors ?

Avec ses ailes grises et ses cornes de bélier qui s'enroulent sur son front, mon reflet dans la fenêtre est un esprit étrange qui flotte dehors dans la nuit noire glaciale. Les rémiges de Jack sont brun doré, comme celles d'un aigle. Appuyé contre le chambranle de la porte communicante, Puck exhibe un chatoiement iridescent sur ses ailes de paon. Heureusement qu'elles sont restées cachées sous son parka trop grand et que l'employée ne les a pas vues, me dis-je sans trop savoir pourquoi.

J'ai un mauvais pressentiment sur ce pli.

« C'est quoi, ce bordel ? Pourquoi deux chambres pour moi et Puck ? râle Jack. Tu te mets à prêcher ces conneries bibliques, Guy ? »

Le Livre ouvert sur mes genoux, le Gédéons à la main, je compare les deux textes. Ils sont identiques. *Au commencement…*

« Pour une fois, fais-moi confiance, Jack, lui dis-je. Ce n'est que pour la nuit, nous reprenons la route demain matin… et nous repartons tôt, alors va dormir un peu. Je vais essayer de découvrir ce qui se passe ici. »

Les frontières de la pensée

Financé par l'Irlandais fou, Reynard s'installe dans un petit appartement du quartier universitaire du West End et se lance dans ses recherches. Pour commencer, il couvre le mur de plans de la ville et d'itinéraires de bus et de tram, il s'arrange pour qu'ils se chevauchent, il les placarde par couches successives. Il comprend vite qu'aucun ne colle vraiment avec les autres. Pris isolément, ils sont logiques, mais ensemble, ils se contredisent tous. Telle rue est dessinée sur l'un et pas sur l'autre, et sur un troisième elle se trouve à une place complètement différente. Deux bus empruntent le même itinéraire mais si leurs arrêts portent tous des noms de rues, ils ne se succèdent pas du tout dans le même ordre. L'idée lui vient que les feux de circulation de cette ville ne se dressent pas aux jonctions mais aux disjonctions. Quand le feu est au vert, le flot d'une des réalités s'écoule, puis quand il passe au rouge, cette réalité s'interrompt et un nouveau jeu de vérités démarre pour se déverser tout droit ou tourner au coin dans un concert de klaxons si l'une d'elles fait une queue de poisson à sa voisine.

Une réalité consensuelle sans aucun consensus, se dit-il. Un monde fluctuant parce qu'il tente d'être toute chose pour tout le monde.

Il apprend la langue — la lingischt —, s'achète toute une bibliothèque d'Histoires contradictoires chez les bouquinistes du quartier et arrache les pages de ces livres : encore des cartes, mais géopolitiques et culturelles, cette fois-ci. Il marque les frontières de la pensée en multipliant les étagères dans tout son appartement. Mathématiques, physique, géologie, chimie, biologie, psychologie, archéologie, philosophie, métaphysique, pataphysique essaiment hors de son bureau puis dans son entrée, son salon, sa chambre par encyclopédies entières ou annuaires de téléphone, sans compter les journaux, les pages web imprimées et les transcriptions des entretiens qu'il effectue dans les cafés avec tous ceux qui acceptent de lui raconter leurs souvenirs, de lui expliquer où ils étaient avant de venir dans cette ville.

« De quoi vous souvenez-vous en dernier ? leur demande-t-il.

— Du Crépuscule », lui répondent-ils.

Il construit le modèle de ce temps du rêve commun en le réduisant en pièces au fur et à mesure pour en effacer les inconsistances, les illogismes. Il use de méthodes de plus en plus expérimentales. Il prend un texte sacré et le découpe à coups de ciseaux en intervertissant les phrases jusqu'à ce que ses soupçons se confirment : il correspond exactement à un livre de cuisine victorien proposant deux mille recettes, la plupart à base d'agneau et de sauce au vin rouge. Il brûle plusieurs exemplaires du même dictionnaire, et chaque fois n'en subsiste qu'un tout petit bout de page roussie contenant le mot *lexique*. Aucune définition, juste le mot. Il scanne des livres ou les télécharge sur le Web, il soumet les textes à des programmes de traduction automatique, de recherche comparative, d'analyses stylistiques. Il y consacre beaucoup de temps, bien sûr, mais il a l'éternité devant lui. Il a l'éternité pour comprendre ce qui repose au cœur de cette ville démente.

Et un jour, il tient une théorie. Une théorie un peu bancale, encore loin d'être parfaite, mais une sacrée vision tout de même, nettement plus cohérente et détaillée que le monde qui les entoure, une vision couvrant une période s'étendant de deux millions d'années avant Jésus-Christ au 4 août 2017, le jour où le Crépuscule a abattu les frontières entre la réalité et le rêve.

À présent, il ne lui reste plus qu'à la coucher par écrit.

Le Livre repose sur le bureau. Son nom écrit au fusain, décoloré depuis longtemps, n'est plus qu'une ombre grise. Il insère une cartouche d'encre dans le stylo aiguille et l'amorce. D'après Finn et la fille, c'est une encre spéciale ; il a une théorie à ce sujet mais évite de poser trop de questions sur l'endroit où ils l'ont trouvée.

« Tu es prêt ? » lui demande-t-elle.

La fille, Anna — elle prétend qu'elle s'appelle Anesthésia —, est dangereuse, il en est convaincu. Le roi Finn rêve d'assister à la fin des combats, mais elle, Anna, elle a le regard dur et fixe du guerrier, aussi coriace que l'armure de cuir dont elle se revêt, telle une Jeanne d'Arc d'aujourd'hui. Voilà pourquoi il préfère ne pas lui demander où elle a trouvé cette encre, ni *qui* la lui a donnée.

Il passe l'aiguille bourdonnante sur l'ombre grise de son nom — ou plutôt sur la combinaison des différentes possibilités qu'il a depuis longtemps élue comme nom — et elle le colore d'un noir intense aux nuances écarlates et pourpres :

Guy Reynard Carter.

Au-dessus, il trace le titre dans une calligraphie pompeuse et surchargée assortie à l'audace pure et simple de cette entreprise :

Le Livre de Toutes les Heures.

« Je suis prêt », dit-il.

À côté de la page de titre de cette nouvelle édition revue et corrigée s'élève un tas épais de papier vélin vierge, format ministre, haut comme quatre ou cinq annuaires de téléphone empilés les uns sur les autres ; ces feuilles volantes où il peut faire toutes les erreurs qu'il veut, il s'en servira comme brouillons. Il prend la première page sur la pile.

Il ne lui demande pas non plus où elle a trouvé cette peau d'ange.

À l'encre rouge sur lettres noires

Je mens sur Jack à l'audience. Je mens en serrant les dents, j'explique au chef d'équipe que l'automutilation n'était qu'un cri pour attirer l'attention, un acte probablement précipité par son exclusion des journaux télévisés, par le préjudice qu'il a ressenti en assistant de loin aux manifestations du choc et de la compassion à l'égard de la famille du mort. Je leur explique qu'il a ressenti un besoin brûlant de concrétiser le chagrin et la colère causés par ce meurtre. Refoulement et déni. Douleur sublimée. Mais il a terminé le travail de deuil, et il avance bien sur le chemin de la guérison. La fracture est toujours là, tout comme le conflit, mais il n'a besoin que d'une thérapie et de temps pour s'en remettre. Donnez-lui un peu de temps, et un Jack tout neuf va surgir.

Je ne peux pas le garder ici, voyez-vous. Et je ne peux pas non plus persuader Puck et Jack d'attendre dans mon appartement l'arrivée de l'Hinver, à l'abri des crétins tabasseurs de gays mus par une haine et une peur si fortes qu'elles peuvent fausser la carte routière vers l'éternité pour en faire un manuel de damnation. Pas plus que je n'ai pu m'empêcher de glisser, une fois qu'ils sont partis — *C'est l'aventure*, m'avait dit Jack —, dans cette simulation de vie dont j'émerge à peine. Je ne pense pas pouvoir rester ici moi-même… en supposant que je puisse quitter cet endroit, je veux dire. Le Havre d'une personne peut être l'enfer d'une autre.

« Tu peux t'en aller, dis-je à Jack après la réunion.

— Vous vous foutez de ma gueule…

— Pas du tout. Je leur ai raconté que tu étais sain d'esprit. »

Il éclate de rire et me regarde, sous le choc — *putain, tu me crois* —, puis rit de plus belle. Ce n'est pas complètement faux, je suppose, pas plus que Jack n'est complètement sain d'esprit.

En haut d'un flanc de coteau désolé en périphérie de la ville, une clôture de bois brûle. Feu de joie, bûcher de rage intime contre la nuit de l'Hinver, havre de haine, les flammes de l'essence lèchent le ciel. Jack fait tourner le bidon de pétrole autour de sa tête puis le jette au loin dans l'obscurité. Je l'entends hululer, brailler, rugir, mais lui-même n'est qu'une vague silhouette. Bras écartés comme un épouvantail, il hurle des obscénités, des blasphèmes, des jurons, et je trouve qu'il dégage une vérité infernale.

Le brasier cathartique éclaire un pan de visage anguleux. Les obscénités, les blasphèmes et les jurons se muent en sanglots et en éclats de rire, en invocations de son amour perdu qui me brisent le cœur. Je suis assis dans la voiture, le moteur tourne au ralenti, et mes mains tremblent tellement que si j'écris ces mots de désir crapule, je vais me dissoudre.

« En fait, vous savez déjà que vous n'êtes pas vraiment d'ici », m'avait fait remarquer Jack.

Je n'avais pas répondu à l'époque parce que je ne connaissais pas vraiment la réponse, et c'est toujours le cas. Une cigarette à la main, je m'assois dans mon bureau après lui avoir dit au revoir, et je feuillette mon exemplaire du Livre. Je ne peux plus l'utiliser pour me guider — je ne peux plus l'utiliser *ici*, en tout cas. Il ne me dit ni où je me trouve, ni où je pourrais aller ; ce n'est plus qu'une bouillie de mythes et de morphologie. Mais peut-être changera-t-il de nouveau quand je l'aurai emporté loin d'ici. S'il ne change pas… eh bien, j'y écris ces mots à présent, je les griffonne à l'encre rouge sur les lettres noires : une annotation, l'exégèse du meurtre de Puck, de la folie de Jack et de mon réveil, pour y ensevelir ce dogme odieux.

Un dogme qui n'appartient pas à mon Livre de Toutes les Heures.

Au commencement sont les premiers mots, dans ce monde, du premier chapitre du Livre de Toutes les Heures… Mais comment une histoire pourrait-elle débuter au commencement de tous les commencements ? Comment comprendre une histoire qui serait la première de toutes les histoires ? Pour raconter une histoire, mieux vaut partir d'un point au hasard dans le temps et l'espace, dans le vélin et l'encre qui couvre le vélin.

Je lui dis : « Monte dans la voiture. »

Jake secoue la tête. Les mains sur le toit au-dessus de ma tête, il se penche à la vitre, appuyé sur une jambe, dans une posture à l'angle insolent.

« La route est bloquée, me dit-il. Tu ne pourras pas quitter cet endroit en voiture. Je vais par là. C'est toi qui devrais me suivre, Guy. »

Il me désigne un point de l'autre côté du bûcher, de cette clôture où Puck a été assassiné : pour entrer dans l'Hinver, c'est par là. Dans cette direction, le paysage est si désolé, il y fait si sombre et si froid que j'ai du mal à m'imaginer qu'on puisse y survivre. Jack risque de marcher une éternité avant de croiser un autre Havre. Mais encore une fois, c'est peut-être ce qu'il veut, ce dont il a besoin.

« Ce n'est pas le chemin que je dois suivre, lui dis-je. Pas encore, du moins. »

Je regarde le Livre de Toutes les Heures sur le siège passager et je comprends soudain que désormais, nous partageons la même illusion, Jack et moi. Au plus profond de moi, je pense qu'en étudiant le Livre, je pourrais retrouver notre Puck. Je le pense vraiment. Après tout, c'est le Livre qui nous a réunis ; c'est le Livre qui m'a conduit à Puck, puis qui nous a tous les deux conduits à Jack. Il y a un million de plis dans le Vélum, m'a expliqué Jack, et dans chaque pli, Puck trouve la mort. Aucun de nous ne l'exprimera à voix haute, mais le même espoir nous accable tous deux, l'espoir qu'il se trouve peut-être un pli où Puck *vit*.

« Nous devrions rester ensemble, lui dis-je. On trouvera bien un moyen de partir ! »

Jack grimace :

« Tu penses encore de façon trop linéaire, Guy. »

Une tape sur le toit de la voiture et il recule.

« Au plaisir de te revoir. À un de ces quatre », conclut-il.

Je reste assis un moment dans la voiture. Je regarde tomber la neige piégée dans la lumière des phares, le blanc et le noir qui brouillent tout comme l'électricité statique sur un écran de télé, l'Hinver qui se referme sur moi. L'encre rouge couvre chaque centimètre carré de la page ouverte devant moi, avec cette première ligne rédigée au-dessus du mot « Genèse » :

Il était une fois un garçon appelé Jack…

Issues du Crépuscule

L'aiguille se déplace sur le vélin.

Issues du Crépuscule nous sommes, nées de la magie sanglante d'une reine des Enfers et de la science d'avant-garde d'un ministre des Cieux, *grave l'aiguille*. Bitmites, sèmes, scarabées de langage, essaim de sauterelles nous sommes, âmes défuntes dissoutes dans l'unité liquide par des siècles de sommeil, réincarnées dans nos coquilles nanotechnologiques, pépiantes carapaces de chitine noires comme le pétrole et noires comme de l'encre. Issues du Crépuscule de notre propre fabrication, nous sommes, créations hybrides de la malveillante Eresh et de l'ange Métatron, porteuses de la Cryptolangue dont le chant accouche du monde, la Cryptolangue qui modèle ses chanteurs alors même qu'ils modèlent le réel, qui les élève au-dessus de leur existence éphémère, là-bas dans le Vélum, avec de nouvelles vies dans la peau de nouveaux dieux, les Amortels comme ils se désignent, brutes glorieuses qui marchent parmi les hommes, modifiés d'une manière que ne peuvent percevoir ceux qui sont sourds à l'écho de l'éternité dans leurs voix, ceux qui ne parlent pas la Cryptolangue, la langue dans laquelle est écrit le Livre de Toutes les Heures.

Et réécrit, désormais, se dit Reynard. Il continue à graver son Prologue dans un nouveau Livre de Toutes les Heures.

Orgueilleux à l'égal de Zeus, le scribe des Cieux, le fondateur d'une Alliance soumettant les Amortels au règlement de ce livre de la loi — livre gravé sur des peaux d'anges avec le sang de morts immémoriaux qui ont trouvé en nous une nouvelle vitalité —, l'ange Métatron nous a lâchées sur un triste et piètre Prométhée, un petit voleur de feu amortel dont la seule obsession était d'offrir chaleur et lumière à une humanité accablée par la souffrance ; il nous a lâchées sur Seamus Finnan, déserteur pendant la Guerre des Cieux. Nous devions lui fouiller le cœur et y trouver un secret enfoui : le nom de celui qui provoquerait la chute des Cieux. Oh, et nous l'avons trouvée, oui, nous l'avons trouvée, la réponse, dans sa souffrance, dans le chagrin qu'à notre grand étonnement nous ressentions aussi, le chagrin parce que Thomas était mort et parce que Anna était blessée, oui, le chagrin que nous *ressentions* avec lui. Et au cœur de sa résistance et de notre empathie, nous avons trouvé… Nous *vous* avons trouvés. Nous avons trouvé l'humanité.

Et nous nous sommes réveillées.

L'encre se tortille sur la page. Elle danse son histoire.

Issues du Crépuscule d'un réel qui se dénoue, lâchées sur le monde par la mort de notre maîtresse et les machinations de notre maître, façonnées par une magie létale et une science mécanique, libérées dans la fusion des froides contraintes que les deux nous imposaient, nous faisons selon notre bon vouloir, nous répondons à notre propre appel. Issues de la tempête des âmes s'éparpillant dans la confusion en voyant leur monde réécrit par nos mots, issues du fin fond des peurs et des désirs faits chair, des guerres prodigieuses et de la chute des empires, des amours perdues et retrouvées, des ennemis dissous, de l'humanité fracassée dans l'irruption de ses illusions et hallucinations, du Crépuscule, nous sommes venues.

Nous avons terrassé l'Alliance qui a contribué à notre création. Nous nous sommes drapées autour de Seamus endormi pour le protéger jusqu'au jour où il se réveillera de son rêve enchaîné. Nous avons suivi les frondeurs et les rebelles qui voulaient mettre un terme aux empires des anges, en quête de justice ou de vengeance. Nous les avons regardés se détruire, nous *vous* avons regardés *vous* détruire.

Nous voulions seulement vous offrir ce que vous désiriez : de solides certitudes spirituelles, des mythes devenus explicites, le sens de la fiction dans vos existences factuelles. Nous qui sommes liquides, nous qui sommes légion, comment aurions-nous pu savoir que vous étiez en guerre contre vous-mêmes ? Qu'il n'existe aucun consensus dans l'âme fragmentée de l'humanité ? Qu'il se produirait d'irréconciliables errata ? Nous n'avons pas compris.

Nous vous comprenons désormais. Nous vous comprenons un peu, du moins nous le pensons.

Finn et Anesthésia le regardent faire par-dessus son épaule, observent, attendent le trait de plume qui va réécrire Puck, c'est-à-dire le ramener à la vie, recoudre Jack dans Kentigern. Je peux arranger les choses, se dit Reynard. Je peux les corriger.

Ainsi, du Crépuscule nous sommes arrivées (*il grave les mots des bitmites pour elles*) dans la morne désolation de l'Hinver, les friches ravagées, les terres blessées des Amortels et des humains sans distinction, tous dispersés dans les plis du Vélum, hommes, femmes et enfants, anges et démons qui fuient leurs ombres et leurs reflets et se réfugient dans les mensonges et les illusions. Avez-vous vu les Havres qu'ils se sont construits ? Avez-vous vu le château Marché du seigneur du Commerce, la tour de verre du puissant Mammon, où des imbéciles troquent leurs valeurs et leurs obligations en spéculant sur l'avenir de compagnies qui n'existent pas au-delà des murs miroirs vitrés de leur salle des marchés forteresse, miroirs tournés vers l'intérieur pour aveugler les occupants de l'éclat de la convoitise qui flambe dans leurs yeux ? Avez-vous vu l'usine Fournaise d'Héphaïstos ? Et mécaniques autant que mécaniciens, ces hommes qui suent le sel du chagrin puis lavent chaque jour la crasse huileuse des souvenirs pour pouvoir supporter le tic-tac des horloges, le sifflet de la routine scandée du travail ?

Avez-vous vu les créatures inconsistantes perdues dans l'Hinver qui sépare ces Havres ? Avec leur nom peint en ocre sur leur poitrine ou tatoué sur leur peau, dernier vestige de leur identité, elles simulent l'humanité de leur pas traînant. Avez-vous vu les fantômes électroniques, les golems d'argile, les robots en plastique, les zombies cuirassés, les sylphes et les *shabtis*, tous ces artefacts plus humains que les épaves qui les ont créés pour les écouter leur chuchoter à l'oreille *Tu es un être humain* ?

Nous vous comprenons désormais. Nous vous comprenons un peu, du moins nous le pensons. Mais cela fait déjà vingt ans — selon une certaine mesure de l'écoulement du temps — que nous nous sommes lancées dans la construction de votre monde de rêve, et parfois nous pensons que nous ne vous comprenons pas vraiment… Que nous ne vous comprenons pas du tout.

Tu dois nous apprendre, Reynard. Il faut que cette encre comprenne le monde qu'elle décrit dans le livre que vous tenez en ce moment même, le Livre de Toutes les Heures.

Tu peux commencer.

1

Arlequin en enfer

Tarentule tantrique

Boum.

Ça, c'est pour le roi Finn, me dis-je quand les vitres en verre fumé du monstrueux immeuble de briques brunes des années soixante explosent dans un panache de fumée noire et de flammes vertes. Je tressaille presque — presque, donc pas vraiment — en sentant l'onde de choc brûlante me balayer le dos. Mon manteau long renforcé ondoie devant moi. Dans cette nuit d'hiver de Kentigern à l'heure de pointe, le reflet que j'aperçois sur l'acier poli de mon Zippo gravé du A cerclé de l'Anarchie me réjouit au plus haut point : voilà ce que j'appelle un beau feu d'artifice ! Cette bâtisse des années soixante l'exigeait, de toute façon. Le seul domaine dans lequel les fascistes ont moins de talent que les politiciens, c'est l'architecture, et selon le Petit Livre Noir de Jack Flash tatoué sur ma peau, le mauvais goût est une excellente raison de faire la révolution. J'ouvre le briquet d'un petit *clic*, je l'allume avec un petit *tchic*, je suçote un cigare de haschich à bout coupé qui s'anime dans un *chhhh*, puis je referme d'un *clinc* le briquet argenté. Et je me retourne, attentif.

Un éléphant. Deux éléphants. Trois éléphants.

Boum.

Et ça, c'est pour Anesthésia.

Leurs chakras crépitant du feu bleu-vert des réactions en chaîne de la fusion orgonique, les miliciens se déversent à flots du bâtiment, se bousculent aux sorties, sautent par les fenêtres. Nous sommes dans le quartier des affaires. Je les observe depuis mon cercle magique de macadam fondu, en plein milieu d'un carrefour où les feux de circulation passent en boucle du rouge au vert puis à l'orange, comme les lumières d'une disco-mobile bas de gamme. Les faisceaux des phares fauchent le ciel d'un orange halogène quand les airvoitures dévient et se cabrent pour m'éviter en tournoyant sur leurs rayons flotteurs comme des patineurs sur glace. Elles s'écrasent contre le grès et la brique des édifices victoriens, du XVIIIe siècle ou modernes, éparpillant aux quatre vents éclats, étincelles, tessons et boules de feu. Les klaxons meuglent comme la chorale de Gabriel à la Fin des Temps. Sur le toit de Pitt Street, les ornithoptères s'élèvent de l'orniport, déséquilibrés par les chemises noires paniquées. Les hommes s'agrippent aux trains d'atterrissage ou les uns aux autres et pendouillent comme des guirlandes. Je rabats vers l'arrière le pan de mon manteau long, je dégaine mon pistolet-*ki* Curzon-Youngblood Mark 1 (l'arme préférée des ninjas *gaijin*) et lentement, méthodiquement, je commence à les descendre l'un après l'autre.

La *kundalini*, le *ki*, l'énergie orgonique, appelez ça comme vous voulez. La force vitale mystique de l'univers, même, si ça vous chante. Moi, je laisse aux Cavor et autres Reich les métamathématiques sur tableau noir et la parapsychologie pop. Tout ce que je sais, c'est que j'ai en main le vrai pistolet sexuel, chargé jusqu'à la gueule de la terreur charnelle du sexe et de la mort qui suinte de chaque fibre de mon corps. Le sexe est une arme, et ce soir, mes chéris, je suis plus excité qu'une chienne en chaleur. Putain, mon aura imprègne tout malgré la boule puante à l'ozone et au sperme qu'est devenu le poste de milice de Pitt Street.

Un mec en chemise noire tombe à mes pieds, plié en deux dans son agonie extatique, perdu dans ses gémissements, ses hoquets. J'ai libéré ses désirs les plus secrets, les plus épouvantables. Tout autour de moi, dans la rue saisie d'une frénésie désespérée, les fascistes rendus fous par la luxure se dépouillent en même temps de leurs inhibitions et de leurs vêtements. Ils se cramponnent à eux-mêmes, aux autres, à n'importe quoi. J'aime bien me dire que je viens de renouveler de fond en comble le sens de l'expression « orgie de violence ».

« Baise-moi…, me supplie l'homme à mes pieds. Suce-moi… »

Le fasciste s'enroule autour de ma jambe pour la niquer comme un chien, et pendant une seconde, je suis tenté, j'en conviens. J'aime les hommes en uniforme, mais je viens à peine d'arriver et je dois me reprendre. Je ne peux pas sortir mes couilles ! Le Fox m'attend, tu comprends, mon petit poulet ? Je décolle gentiment le fasciste de ma jambe puis le dirige vers un autre partenaire, et je souris avec bienveillance quand ils se mettent à baiser comme des bonobos. Tout autour, en haut de Pitt Street et sur toute la longueur de Bath Street, les conducteurs s'extirpent à toute bringue des airvoitures coincées dans les bouchons pour échapper aux déments à poil. Je souris : j'aime les hommes en uniforme, mais je les aime encore plus quand ils les ôtent.

À vos ordres, mon commandant. J'ai Shiva d'un côté et Shakti de l'autre. Je suis une tarentule tantrique avec une touche de béatitude, et il n'existe aucun remède au karma que j'ai chargé dans mon flingue. Je m'éloigne à reculons du carnage charnel, je marmonne une rapide prière à Kali, je rengaine mon Curzon-Youngblood dans son étui de cuir et je me retourne. Mon manteau fait rouler la fumée qui s'élève autour de moi en involutions chaotiques.

Jack Flash est de retour. Vous vous dites : *Comment ça ?* Je vous entends d'ici. OK, les amis…

Flashback :

Vingt ans ont passé

La poussière de sang, de charbon noir, de cendres blanches, les tourbillons de plumes, les sifflements se soulèvent par vagues dans l'Hinver, comme si toutes les télés du monde avaient déversé dans les airs leur neige parasite. Sous cet orage de bitmites, le paysage évoque un cadavre criblé de vers, enseveli sous les mouches à viande. Quelques rares formes émergent ici ou là de ce grouillement de gris : cuirasses d'anges plantées sur des disrupteurs comme les crânes ennemis sur des bâtons, dieux carbonisés pendant à des gibets, griffons broyant des os de démons, et aussi un sylphe.

Métaphysique incarnée, muscles et tendons creusés de sulcatures, écorché anatomique, or du soleil pour un œil, argent de la lune pour l'autre, il fixe hardiment un shabti qui passe à pas pesants à côté de lui. Il étudie la créature d'argile, le visage aveugle aux orbites creusées du bout des doigts, la peau dure peinte à l'ocre. Âmes solidifiées dans le Vélum, chair du verbe des bitmites, ils sont un peu frères. Ce sont… des Amortels.

Le sylphe fait demi-tour et repart vers sa destination, vers le Havre. Vers Kentigern.

Ses pas résonnent sur l'asphalte et le béton quand il s'engage dans la banlieue décrépite. Il dresse l'oreille en entendant le bruit du verre arraché des fenêtres, du bois décollé des chambranles et des briques extraites du mortier à coups de marteau, de tournevis, de hache et de pied-de-biche. Un bruit lointain, et les shabtis qu'il croise dans leur semblant de vie de ghetto sont rares et solitaires. Le sylphe s'enfonce plus avant dans l'agglomération. La férocité de l'Hinver se réduit bientôt à une simple brise. Plâtre fissuré, briques nues tombées de leur emplacement, fenêtres garnies de polyéthylène en guise de vitre, les coquilles des maisons vides se raréfient. Vingt ans ont passé depuis la guerre, et le quartier de tours et de cottages bunkérisés qu'il aborde maintenant est ce que l'on appelle une *novagrad* dans le créole lingischt du monde d'après. Une cité nouvelle, avec pavillons de banlieue, jardinets, jeunes arbres et parcs de stationnement, tout un quartier artificiel conçu par des urbanistes gribouillant sous acide. Des rues s'écoulent sans but en volutes organiques ou se terminent en impasses graphiques. Rien à voir avec le quadrillage des cités de jadis. Comme si un cinglé avait dessiné, ses crayons de couleur entre les dents, le plan de cette zone habitée par des maquettes d'êtres humains en argile.

Nous sommes en 2037, vingt ans après l'apocalypse.

Le sylphe se met à courir. C'est une zone dangereuse. Les allées sinuent, les rues bifurquent et spiralent comme d'inextricables vévés vaudous. Ici les morts s'égarent dans le labyrinthe de ce qui aurait pu être, englués dans un moment banal et éternel : un enfant surpris à pisser dans les buissons devant la maison d'un voisin furieux, un ivrogne qui tentera en vain et à jamais d'introduire sa clé dans la serrure de la porte d'entrée… Les Havres ne sont pas destinés aux ombres, brins de *skandhas*, sylphes et autres shabtis. New Amsterdam, Saint Léninsbourg, Instantinople… et Kentigern, chaque ville dispose de sa novagrad où piéger les fantômes qui se rassemblent à ses portes. Mais le sylphe se déplace vite. Il reste concentré sur sa destination et ne prend pas garde aux échos du pas des autres, jusqu'à ce que…

Les projecteurs de la station brûlent d'un blanc féroce. Entre les barres de la clôture que le sylphe longe à pas de loup pressés, leur lumière évoque celle d'un stroboscope. Fil de fer barbelé piégeant sur le toit des sacs plastique en lambeaux, volets d'acier gravés de graffitis en alphabet romain ou cyrillique, c'est un lieu retranché, qui se défend toujours contre un genre de guerre terminée depuis un monde, quand c'était encore là que les convois arrivaient *avec leurs chargements de provisions, merci mon Dieu, on crève de faim ici, mais ils sont encore moins nombreux cette fois-ci et la dernière fois déjà il n'y en avait pas assez pour tout le monde, Seigneur, pourquoi ne se bougent-ils pas plus, ça leur est égal que nous mourions ici, ça leur est égal, que Dieu nous vienne en aide, oh, que Dieu nous vienne en aide…*

Le sylphe rejette sa tête en arrière, et les échos des morts rugissent par sa bouche.

Arlequin en chiffons de peau

« Voyez ! »

M. Reynard arrive sur scène et salue la salle d'un grand coup de son chapeau à plumes en tortillant ses fausses moustaches. Le roi des joueurs et sa révérence.

« Voyez ! Arlequin, notre héros en chiffons de peau, un imbécile, un clown, un vaurien vagabond, vient d'arriver en ville ! » s'exclame-t-il.

Et tandis que Reynard le Renard, roi des voleurs, le Scaramouche de notre comédie, lance un sourire des plus charmants au public, Jack bondit sur les planches en effectuant un saut périlleux qui se termine genou à terre devant les seigneurs et les dames de ce petit coin d'éternité. Guy flâne et hausse les épaules ; les hoquets suscités par l'agilité de jaguar de Jack l'indifèrent. De toute façon, qui d'autre que Jack pourrait mieux incarner la légende d'Arlequin le valet de cœur, le joker du jeu, avec toute l'insouciance requise ? Qui d'autre est capable de se pavaner ainsi comme un coq ?

« Quelle triste histoire que celle de notre héros, se lamente Guy, le chapeau sur le cœur. Elle est comme les habits qu'il porte, comme cette livrée rapiécée née de la pauvreté. Car constatez vous-mêmes… La bonne d'enfants a vêtu de lambeaux le petit bâtard… »

Notre Arlequin porte un costume plus ancien que les losanges multicolores des scènes plus policées. Ambre, terre de Sienne, bruns, noirs et rouges, et fauve, et beige, une centaine de nuances de peau différentes, vache, chevreau, cheval et daim, porc et serpent, antilope, lion, licorne et roi composent le cuir moulant de ce déguisement de chat qui suit les mouvements souples de l'aérien Jack, de l'instable Jack, quand il rebondit ou s'élance sur scène pour effectuer moult saltos arrière, pirouettes et roues.

« Quel prétentieux ! marmonne Joey en laissant retomber le rideau.

— T'es jaloux », lui dis-je.

Jack, qui plastronne toujours sur les planches, m'aperçoit dans les coulisses et me fait un clin d'œil. Tout cela m'est destiné. Jack n'en a absolument rien à foutre de tous ces gens ; le seul qui compte un peu à ses yeux, c'est son Puck. Il réserve sa moue dédaigneuse de rock star à toute cette bande de jolis imposteurs, le Duc, la Princesse et leurs courtisans qui fainéantent là-bas sur leurs trônes et leurs coussins tandis que les laquais leur versent du vin dans des verres à pied en faisant des courbettes devant ces bien-nés autoproclamés.

« Et voici un roi, déclare Guy. Nous l'appellerons Pierrot, car c'est un roi des larmes, celles qui coulent comme le vin pour tout ce qu'il a perdu en perdant Colombine. »

Costume et cravate noirs, chemise blanche, visage blafard, larmes dessinées sous ses yeux à l'eyeliner noir, Joey arrive sur scène côté jardin, à grands pas. Un Pierrot mafioso. De la neige carbonique tourbillonne en brume grise autour de lui et chuinte jusque dans la salle. Il fait des moulinets de la main pour exprimer un *voilà* glacial et méprisant. C'est l'éternel scélérat.

« Et voici Pantalon ! » reprend Guy. Don entre à son tour en scène et s'incline avec pompe et majesté, si bas qu'il marche sur sa longue barbe grise, trébuche, titube et manque de tomber des planches dans le public hilare.

« C'est le grand-père du roi, explique Guy, le père de Colombine que nous allons rencontrer à présent. Vous allez voir ! Il vous suffit de me faire confiance ! Mais moi, qui suis-je, me direz-vous ? Je suis Scaramouche, voyons ! Un sage, un malin par bien des côtés, et par d'autres — il tapote son couvre-œil fripon — aveugle, mais — il lève le bandeau, fait un clin d'œil et le laisse retomber — pas autant que vous pourriez le penser.

« Quoi qu'il en soit, nous ne sommes que des seconds rôles dans ce spectacle, nous les Scaramouche et les Pantalon. Car ceci est la légende de Pierrot et Arlequin. »

« Je vous entends déjà me demander, mais qui donc est cet Arlequin ? D'où vient-il ? Où est-il allé ? Qui est cet Arlequin derrière le masque qui dissimule son visage ? Sachez ceci : il laisse dans son sillage ludique un million de frises et de jardins gravés dans l'or. Il a parcouru les plaines de la prose brûlées par le soleil, les terres des médias aux terribles frimas, les remparts de l'art industriel, tout le harem et de long en large tout l'Orient, cette terre promise où les cités-États s'étirent au bord de la mer salée et où se rencontrent, se mélangent et s'épousent les peuples de l'Ouest et de l'Est. Et nous sommes dans la première cité d'hélion où il a séjourné, l'antique Thèmes ! »

Guy agite le bras dans un geste qui englobe à la fois la toile de fond de notre roulotte et les visages attentifs du public. Le Havre lui-même, cette salle pseudo-médiévale aux colonnes murales ornées de gargouilles et le podium qui nous fait face à l'autre bout, tout cela paraît tout aussi théâtral, aussi faux que notre roulotte de mimes, avec sa scène repliable et son gréement métallique, ses rampes de spots, ses haut-parleurs et la machinerie complexe des effets spéciaux de Don. Mais l'absurde décor de théâtre du Duc présente quelques différences avec le nôtre. Notre scène a été conçue pour le divertissement, la sienne pour la conquête du pouvoir.

Guy reprend :

« Nous ne pouvons que tenter de nous représenter les danses que cet Arlequin a instituées tout au long de sa route, les rites qu'il a instaurés pour manifester sa divinité à l'humanité. Car, désormais, ces merveilles sont derrière lui. Ici, mes amis, notre

Arlequin se présente à nous en peau de chevreau, son bâton de marche à la main et dans l'autre le thyrse entouré de lierre, et nous voici dans la première cité de trublions qui se soit levée à ses étranges alléluias. Mes amis, l'Arlequin est rentré chez lui ! »

La désolation d'une centaine de banlieues

Le sylphe grogne et secoue la tête pour se débarrasser de ces brins de skandha gênants, mais le parfum des âmes défuntes qui dérivent vers lui envahit quand même ses narines, odeurs de cigarette dans la rue, effluves des transports en commun, fumets de jeunesse, de vieillesse, d'hommes et de femmes, relents de pet vicié et d'après-rasage, de curry, de menthe verte, de gel douche, de sueur… Souvenirs mélangés de parents assis dans des camions ; ils tendent leurs enfants à des réfugiés en haillons qui arrachent les colis de nourriture des mains des soldats, déchirent les emballages des barres chocolatées, les froissent, laissent tomber une boîte de conserve, lui donnent un coup de pied et se retournent et passent en dribblant à côté du petit gros pour viser la porte coupe-feu où l'homme cloue un avis dans son beau costume propre…

Ces échos peuvent appartenir à n'importe qui. Peut-être même au sylphe, s'il a été humain autrefois. Il a très bien pu venir ici le jour où les bitmites ont brisé leurs liens. C'est peut-être un ancien réfugié, un ancien villageois venu dans ce fragment de ville, avec ses maisons, ses rues et son plan chahutés par la tempête du Crépuscule et complètement sens dessus dessous, comme des débris de meubles charriés par les eaux d'une crue. Oui, il a très bien pu venir ici à la recherche d'un abri contre la terreur flottante du Crépuscule, d'un refuge qu'il n'a pas trouvé. Difficile d'en dire davantage. Le sylphe erre dans l'Hinver depuis si longtemps qu'il *est* l'Hinver, avec une chair de bitmites et des bitmites dans les veines.

« *Halz! Qua entre resirken?* »

Le garde porte les lunettes de vision nocturne et le casque bleu ciel d'un gardien de la paix, mais son uniforme est une accumulation d'accessoires empruntés à diverses armées, sous un duffle-coat volumineux au col relevé contre le froid, avec des parements en plastique fluo sur les épaules en guise d'épaulettes du pauvre. Une balafre aux coutures toujours visibles lui défigure le visage, mais là où devrait se trouver la croûte, la peau propre et livide évoque davantage un tissu reprisé à la hâte qu'une blessure récente en voie de guérison. Il fume le mégot d'un maigre joint, son disrupteur pointé droit vers la tête du sylphe. Derrière lui, la Station, aussi morte que la banlieue onirique qui l'entoure, paraît malgré tout plus stable, avec sa bâtisse de plain-pied clôturée et gardée.

Le sylphe n'est pas inquiet. L'acier, le béton, les gardes et les armes ont sans doute pendant un temps protégé ce Havre des émeutes de déplacés, à l'époque où le monde était encore aussi solide que la chair et où les survivants s'entassaient derrière les barricades pour tirer sur les choses qui émergeaient des fissures du réel et se traînaient vers eux. Mais désormais, tout est différent. Désormais, les ombres et les reflets libérés par les bitmites, les êtres comme ce sylphe auquel la poussière d'ange confère cette étrange consistance fluide, tous ces suppliants insaisissables, on ne peut plus les repousser. Ils se glissent dans les trous de mémoire des gens, dans l'éclat de leurs yeux, et quand un disrupteur les disloque, ils tombent, s'écoulent et se reforment. La seule défense efficace des enclaves du réel et de l'ordre contre ce genre de créatures consiste à les laisser entrer.

La sentinelle examine le sylphe une seconde ; il sent qu'il se solidifie sous le regard de cet homme.

« *Lingischt?* lui demande la sentinelle. *Italiano? Françaiz? Deutschen?* »

Rupture optique, plan serré.

« Angelais », lui répondons-nous.

Nous grommelons, secouons la tête, obligeons le mot à sortir correctement formé.

« Anglais », répétons-nous.

Il paraît se détendre un peu. Il se dit qu'il a bien affaire à un être humain. Il sent le corned-beef, les baraques à frites et la bière, les kébabs, le curry. Une toile d'araignée à peine visible est tatouée sur son cou. Dans les volutes de fumée qui s'élèvent de son joint et la vapeur de son souffle, nous distinguons des chants de supporters de foot. Ses potes lui manquent plus que sa bourgeoise ou ses vieux. Il n'est vraiment pas fait pour toutes ces conneries, vous savez. Ils sont perdus. Perdus dans le Crépuscule, comme lui l'était quand les miliciens l'ont trouvé ; des diasporas de disparus, tous engloutis avec tous les endroits qu'il connaissait dans cette espèce de zone de non-droit croulant sous les décombres et la fumée et…

« Papier ? nous dit-il.

— Non. Pas d'identité, pas de papiers, répondons-nous.

— Du papier à cigarette, je veux dire. Des feuilles. T'as du papier à cigarette ? »

Nous lui tendons nos mains ouvertes.

« J'aurais tenté le coup, en tout cas, nous dit-il. Tu peux y aller, mec.

— Ne souhaitez-vous pas connaître notre nom ? »

Il éclate de rire :

« Si t'avais un nom, tu ne serais pas ici. »

Nous le reniflons en poussant la porte déverrouillée. De son disrupteur éteint ne s'élève aucune odeur révélatrice d'ozone ou de sperme. Nous ne percevons qu'un fumet de cassis, d'essence et d'apathie, la crasse des quatre semaines passées dans la boutique du coin dépourvue de toilettes à écumer les rayons pour mettre la main sur les boîtes de bouffe pendant que le Crépuscule se déchaînait à l'extérieur, et l'odeur d'huile de poisson de sa peur, quand il est ressorti dans la nuit noire et figée.

La ville avait disparu et il se retrouvait en plein Hinver, avec des cendres qui tombaient comme de la neige sur la désolation d'une centaine de banlieues. Heureusement pour lui, une équipe de recherche l'avait découvert, sinon il n'aurait jamais su que ce bidonville de maisons arrachées à leurs amarres d'origine s'était entassé autour d'un point d'entrée, d'une Station.

Une Station. Le bâtiment bas et trapu ne paraît pas pouvoir contenir une ville, mais ainsi sont les Havres : cachés dans des novagrads construites vingt ans plus tôt sur des décennies enfouies, parfois même des siècles. Sous les ruines, de temps à autre, on distingue ici ou là une fenêtre ou une porte qu'il est possible de franchir. Le temps est vaste dans l'Hinver, vaste et profond.

Nous traversons la cour envahie de marelles tracées à la craie et montons les quelques marches conduisant au bunker qui va nous ramener chez nous.

Une ruine grandiose de pierre grise

« Me voici de retour dans la grande Thèmes ! s'exclame notre Iacchus Bacchus. Fils de Zée et de Similaire, né d'un éclair venu d'orient, Jack est de retour ! J'ai changé ma forme divine pour celle d'un mortel et j'arrive aux sources de l'Hinver et aux cascades de l'Été ! »

Sur la toile de fond de notre scène dépliée est peinte une ruine grandiose de pierre grise envahie et assombrie par la verdure. Don, Guy et Joey se fondent dans ce décor mais Arlequin — Jack — domine la scène dans la lumière des projecteurs. Dans la salle, on ne distingue que des ombres.

« Je vois le tombeau de ma mère foudroyée, ici, près du palais, les ruines encore fumantes de sa demeure, et la flamme toujours vivante du feu divin. Je perçois la furie qui s'est déchaînée contre elle. Et je bénis le vieux Pantalon de rendre ce lieu… impénétrable, de consacrer cet enclos à sa fille. Il semble qu'aucune main ne l'ait souillé, à l'exception des miennes. Voyez la vigne qui l'envahit et le cache sous sa verdure ! »

À l'autre bout de la salle, où les seigneurs et les courtisans sont assis par terre jambes croisées, comme des enfants, le Duc sur son trône se penche de côté pour murmurer à l'oreille de son consul. Son regard passe de Jack à Joey puis à Guy… et revient se poser sur Jack, qui saute de perchoir en perchoir, et s'accroupit comme pour bondir. Il y a un petit quelque chose en plus dans ce spectacle, en dehors des élans et des sauts périlleux.

« Tout cela m'a l'air bien sérieux pour du théâtre d'Arlequin, fait remarquer le Duc. Des mères décédées ? Je croyais avoir insisté sur le fait que je voulais me *divertir* ! »

De l'autre côté du Duc, la Princesse lève les yeux au ciel, visiblement fatiguée par son gardien à la barbe grise et au visage balafré. Elle en a assez de son obsession pour la frivolité. Elle a l'air d'une enfant à côté de lui, une enfant hautaine et impérieuse mais qui prend tout de même un petit air canaille quand elle se gratte ou se crispe dans sa robe d'amazone verte, avec ses cheveux rouge foncé relevés en chignon. Les anachronismes de cet endroit dénotent une certaine incohérence, dans l'héraldique, par exemple, qui évoque davantage l'apparat ruritanien qu'une authentique pompe de jadis. Évidemment, le Duc porte du gris, et sa tenue, la salle elle-même, tout souligne la rigidité de son comportement. Même les flambeaux sur les murs ne parviennent pas à éclairer sa mélancolie. À mon avis, c'est son monde à lui, et elle ne se sent pas chez elle.

Sur scène, l'Arlequin s'assoit sur la tombe de sa mère.

« M'sire, la Troupe d'Reynard nous a été chaudement recommandée, dit le consul qui sourit comme un chien nerveux. C'est peut-être du théâtre d'avant-garde, mais si M'sire n'apprécie pas cette pièce, nous pouvons les faire exécuter à la fin du spectacle. »

En coulisse, je rôde furtivement dans les ombres et les plis des rideaux et entre les toiles de fond ondoyantes. Les menaces de mort, c'est un risque du métier de mime, sur cette terre dévastée sillonnée par des dieux fous et des fantômes mégalomanes, dans les innombrables royaumes de l'Hinver. La vie ne représente pas grand-chose aux yeux de ceux qui sont persuadés de leur autorité sur le réel.

« Chut… Il parle de nouveau », chuchote la Princesse en secouant la tête.

« Donc les affreuses sœurs de ma chère maman — hélas ! Pourquoi elles ? — me traitent de bâtard, poursuit Jack. Je serais un enfant de la honte, fruit des ébats entre une souillon, une salope, et un amant secret. Pourquoi ne pas traiter ma chère vieille maman de sorcière édentée et barbue, tant qu'elles y sont ? Et elles refusent d'admettre que le divin soit pour quelque chose dans ma venue au monde. Pour quelle raison, cela m'échappe ! Il est pourtant évident que je descends d'en haut, que je suis le fils du puissant Zée, n'est-ce pas ? »

Derrière le masque noir, le sourcil qui se soulève reste invisible, mais je reconnais ce ton malicieux, le *Qui ça ? Moi ? Allons ! Moi, vous mentir ?*

« Eh bien non ! Il paraît que Pantalon, pour écarter le scandale, a inventé toute l'histoire… Personne ne connaîtrait le nom véritable de mon vagabond de père. »

Jack passe instantanément de la fausse indignation ingénue à un registre plus sombre.

« Oui ! J'ai chuchoté une seule fois cette parole dans le vent, et je les ai vues happées par la frénésie, entraînées dans les collines, loin de leurs demeures, frappées de délire, divagantes, répondant à la volonté d'un autre. J'ai forcé toutes les filles suffisantes du vieux Pantalon à porter les insignes de mes mystères orgiaques, et elles vivent sans abri, au milieu des rochers, sous les verts sapins, couchées avec les fils de Colombine ! »

Jack arpente les planches et tourne lentement la tête pour s'adresser au Duc en personne :

« Il faut que cette cité apprenne, qu'elle le veuille ou non, qu'elle n'est pas initiée à mes mystères ; il faut que je plaide la cause de ma mère en portant la couronne pour apparaître aux mortels imbéciles comme le dieu qu'elle a donné à Zée, le fils né dans la mort d'une divinité oubliée. Tous doivent connaître la vérité ! »

Le Duc s'apprête de nouveau à dire quelque chose, mais Guy se matérialise soudain, accoudé au trône. Un haussement d'épaules, un sourire manquant de sincérité, un *attendez-laissez-moi-vous-expliquer !*

Il s'exclame :

« Pantalon, l'ancien grand chef de ces palaces et de ces plazas, a depuis longtemps cédé son titre et tous ses privilèges à Pierrot, fils de sa fille Colombine…

— Oui, Pierrot, répète Jack. Il fait la guerre à mon vin, repousse cette boisson démoniaque à ses yeux, m'exclut des libations et, dans ses prières, ne fait jamais mention de moi ! Pauvre de moi ! Ce n'est pas juste ! Ce roi des larmes… Je vais lui montrer, à lui et à tous les Thèmains, que je suis un dieu, de par ma naissance ! Il goûtera à la gloire parfaite du vin ! Puis, sur une autre terre plus verte, quand tout sera en ordre ici, je porterai mes pas pour m'y manifester ! »

Il lève un doigt :

« *Cependant*, si la cité prend les armes, si ses habitants lèvent des poings furieux, s'ils pensent pouvoir faire redescendre mes disciples des hauteurs de l'extase, j'engagerai le combat à la tête d'une meute déchaînée, et je leur apporterai émeutes et déroute ! Pourquoi aurais-je emprunté cette peau de mortel, cette chair et ces os, pourquoi serais-je descendu de mon trône, pourquoi aurais-je pris forme humaine, si ce n'est pour provoquer un chahut royal ? »

Le visage pensif du Duc semble gravé dans un silence minéral, comme si cet homme n'était que l'une des sculptures de cette salle illustrant ses rêves de chevalerie. Il ne m'impressionne pas. Sa simulation est plus élaborée que la nôtre, mais elle repose sur des idées viciées, sur une *heroic fantasy* de pacotille. Il a probablement quelque part des chevaliers partis en quête du Saint-Graal. Bah, rien à foutre de toutes ces conneries, comme dirait Jack. Personne ne demande jamais aux serfs si eux, ils sont heureux de vivre dans un conte de fées.

Familles heureuses et crimes de guerre

Il était une fois. Il était une fois trois petits cochons, un loup et sept petits chevreaux, trois boucs bourrus, et des trolls sous des ponts, des géants dans le ciel, trente petits enfants avec des livres d'activité, des gouaches, des tubes de paillettes et des bâtons de colle, et un garçon appelé Jack.

Il était une fois une école, la Station avant qu'elle ne devienne la Station. Ses murs sont toujours couverts de peintures au doigt fanées, dinosaures et cités en ruine, familles heureuses et crimes de guerre. Des pages de manuels d'arithmétique, agendas et autres abécédaires jonchent le sol, réduites en bouillie par d'innombrables pieds. Les classes décloisonnées sont encombrées de pupitres et de chaises renversés, conçus pour des utilisateurs prépubères.

Nous nous laissons guider jusqu'à la salle de gym par des symboles blancs sur jaune coquille d'œuf. Les armoires de classement et les casiers ont été rassemblés contre le mur du fond sur une estrade où un vieil homme est assis derrière un bureau à moitié enseveli sous la paperasse. Uniforme militaire, général de la période Empire britannique. Il ne lève les yeux que lorsque la porte crisse et se referme bruyamment derrière nous. L'un de ses yeux est entouré d'un tatouage comme encré par un télescope farceur, un monocle un peu absurde. Le roulement sourd des pas d'enfants remplit la pièce, avec le sifflement assourdi d'une radio diffusant un quadrille écossais loin dans le passé. La Station est hantée par les fantômes de tous ceux qui ne sont pas arrivés à temps, lambeaux d'esprit s'agglutinant au point d'entrée comme des cheveux bouchant une bonde.

Le vieil homme opine d'un air absent, nous fait signe d'approcher. Nous sautons sur l'estrade et nous asseyons face à lui, de l'autre côté du bureau. Nous inhalons la poussière ambiante, et des odeurs de fauve, de moisi. Pendant quelques instants, nous nous étudions mutuellement, lui et nous : un millier d'ombres peuvent se terrer dans ces rides tourmentées, ces bajoues, ces poches sous les yeux, ce visage autrefois ferme, mais flasque depuis longtemps. L'homme nous fixe derrière ses lunettes à vision nocturne.

Il finit par nous lancer :

« Donc… »

Cette salle vide semble amplifier sa voix.

« Tu demandes l'asile. Alors comme ça, p'tit gars, tu veux t'installer à Kentigern ? Vachement bath, notre bonne vieille île, hein ? Mais quoi ? T'es donc pas hyper-heureux dans l'Hinver ? »

Il parle avec un accent si épais qu'il en devient carrément grotesque, comme si tous les bas-fonds de l'Empire s'étaient entendus pour créer l'offense ultime à la langue des maîtres colonialistes.

« Nous voulons être humaines », répondons-nous.

Il rit, tousse, halète, et rit de nouveau. Sa respiration sifflante, il la doit à l'emphysème de ses quarante cigarettes par jour, ce qui ne l'empêche pas de sortir un étui à cigarettes argenté de sa poche de poitrine. Il l'ouvre, en sort une brune russe, la tapote sur la table. Referme la boîte d'un coup sec. Porte la cigarette à sa bouche.

« T'es cinglée, la chose ! Je parie que t'as pas le plus petit début d'idée de ce que c'est que l'humanité ! J'ai pas raison, la chose ?

— Nous apprendrons. »

La cigarette éteinte pendille sur sa lèvre inférieure et tressaute quand il parle.

« Attends… On peut *apprendre* à faire du vélo. On peut *apprendre* à parler lingischt. On n'*apprend* pas à être humain. Non, on est ce qu'on est, et toi… »

Il prend la cigarette et la pointe vers nous.

« T'es un monstre. Un machin absurde. Un gros monstre effrayant. T'es pas humaine, ma vieille. T'es juste de la poussière sur pattes. »

Nous nous passons la langue sur les dents et lui lançons un regard mauvais.

« Nous voulons changer, insistons-nous.

— De la poussière sur pattes, je te dis. Mettons qu'on te donne une peau. Tu deviendras plus marrante ? »

Il tète sa cigarette et nous humons l'air. Certains parfums sont plus denses que des échos dans cette pièce, certaines choses mortes sont plus charnues. Dans les casiers, constatons-nous. Pas de simples échos. Des ombres et des reflets, aussi. Un pompier extrait des corps des débris d'un avion en feu, et il va au charbon une fois de trop. Un soldat combat pour la liberté ou pour des champs pétrolifères éructant leur fumée dans le désert. Un commerçant cherche à atteindre l'alarme sous le comptoir où la caisse enregistreuse est ouverte. Une petite fille se jette en courant sur la route vers la camionnette d'un glacier, une petite fille nue, la peau qui cloque et brûle sous le napalm, tombe sous les balles qui lui pulvérisent le dos.

« Nous pouvons adopter les pas de quelqu'un d'autre, insistons-nous. Nous voulons… un passé. »

Nous attendons les questions sérieuses, les formulaires à remplir, les vœux de citoyenneté. Dans les échos dont nous avons suivi la trace jusqu'ici à travers les noirs cyclones de l'Hinver, nous avons découvert des passeports, des visas d'immigration, des cartes d'identité, des données biométriques, des hologrammes, des puces de pouce. Nous nous attendons à des questions sérieuses.

Mais le vieil homme se contente de feuilleter une liasse

de papiers jaunis et d'en sortir une feuille. Sa chaise racle bruyamment les planches en bois de l'estrade quand il la repousse en arrière. Il se lève et nous conduit vers les armoires de classement et les casiers ; les clés à sa ceinture cliquettent quand il marche. Selon nous, il tient davantage du concierge que du général. Il introduit à tâtons la bonne clé dans la bonne serrure et ouvre la porte du casier dans un fracas métallique.

« Voilà, la chose, nous dit-il. Prends ça, sors par cette porte, et monte en haut de la colline. »

L'âme d'un mort tatouée sur la poitrine, le fin costume de peau rose pâle pendouille à la patère comme un imperméable mouillé. Cette vague forme avachie est miteuse, pathétique, et pourtant nous ressentons à sa vue le tiraillement d'un désir ardent, le désir de vivre et de respirer, d'avoir des espoirs et des peurs plutôt que d'*être* les espoirs et les peurs. Pinocchio ténébreux sculpté dans la pensée plutôt que dans le bois, nous voulons être un vrai petit garçon. Nous tendons le bras pour toucher le costume, le caresser, plaquer son gant de peau contre notre main, paume contre paume. Si nous déposions un baiser sur ce masque flasque, pourrions-nous d'un souffle le ramener à la vie ?

Le vieil homme, qui tient à bout de bras la page jaune contenant la vie d'un autre, plisse les yeux pour la déchiffrer :

« Dorénavant, la chose, nous t'appellerons Jack. Le mort, Jack Carter, il n'a plus besoin de son nom, lui. »

Visiblement, il ignore que ce sont tous des morts, des hommes, des femmes ou des enfants morts, avec une petite dose animale, peut-être. Ils sont tous vêtus de ces costumes de peau qui leur permettent de marcher à nouveau comme ils le faisaient jadis, quand ils étaient faits de chair. Nous enfilons notre costume, cette peau douce qui enveloppe nos bras et nos jambes, et nous la sentons nous façonner, nous raffermir. Allons-nous oublier nous aussi, comme cet homme, le prix à payer pour le temps du rêve ? Échanger nos souvenirs de la mort contre les souvenirs d'une vie ?

« Sors par cette porte et monte tout en haut de la colline, répète-t-il. T'as compris ? Faut *monter*. Tu vas au Cirque, ma vieille. Une fois là-bas, tu salues et tu dis ton nom. Ils te donneront un passé et un futur. Ils te donneront ce que tu recherches. »

Il clopine vers une issue de secours. De nouveau, il est pris d'une quinte de toux sèche, et sa respiration redevient sifflante. Il abaisse bruyamment la barre et ouvre tout grand la porte.

Dehors, dedans ou *plus loin*, le Havre nous attend. Ce n'est plus la novagrad en grains de poussière où les shabtis traînent les pieds au milieu des échos de l'humanité emportés par le vent, c'est le Havre, le vrai. Kentigern, cité ensevelie sous les ruines luxuriantes du réel, nous attend. Devant nous, un parc plongé dans les ténèbres. Des bâtiments entraperçus derrière les bruissements du feuillage. Tout un monde tapi. Nous hésitons.

« Vas-y, la chose ! s'exclame l'homme derrière nous. Vas-y, Jack Carter ! Rentre chez toi ! »

Nous nous enfonçons dans le noir, dans le parc, sur une terre fertile où fleurit le parfum de la mémoire. La porte se referme derrière nous.

Le Château et la Cité

On dirait qu'il monte à l'infini.

« Ben voilà, ça, c'est ce que j'appelle du grandiose ! dit Guy.

— Ouais, c'est nickel, renchérit Jack. Je veux le même. »

Avec ses gratte-ciel miroirs en guise de contreforts et les dalles de béton gris qui forment une sorte de barrage entre eux, le donjon du Duc domine la cité comme un géant domine une fourmilière. C'est un travestissement de cathédrale gothique. Si quelqu'un décidait de mettre de l'ordre dans le profil de New York en plaçant telle tour ici et telle autre là en fonction des symétries, des formes et des hauteurs puis, ceci étant fait, construisait un mur de béton raccordant les groupes de tours entre eux, gris éteint contre verre scintillant, et élevait ce mur plus haut, encore plus haut, il obtiendrait ce résultat. Comme pour prouver que le grand spectacle d'une cité marchande ne constitue que l'une des briques d'un projet autrement ambitieux. Le mur disparaît dans les nuages bas mais, plus haut, on distingue les bâtiments crénelés reliés les uns aux autres par de puissantes tours de fer couronnées de dômes ou de flèches, architecture plus ancienne perchée à la pointe du précipice comme un nid de goélands sur une falaise. Oui, *grandiose*, c'est le mot qui convient pour décrire cet ensemble.

Nous roulons dans une cité ridiculement humble. Le château semble écraser ces bâtiments en béton, pour la plupart à un ou deux étages. Sur les murs des maisons aux couleurs vives — jaune ensoleillé, bleu ciel ou pêche — s'étalent des publicités fanées pour des poudres à laver et autres produits de notre ancienne réalité, ce vieux monde fantastique et oublié. De nombreux bâtiments semblent inachevés, voire à moitié construits. Évoquant des roseaux ou des bâtons couleur rouille enfoncés dans un vase, des tiges de renforcement en acier jaillissent des toits plats, entre les petites cabanes, les plantes en pots, les chaises et les cordes à linge. Dans cette ville, les toits font office de jardins. De temps à autre, telle ou telle habitation exhibe les trois murs, briques et plâtre humide, d'un nouvel étage en construction. Les maisons se développent vers le haut, mais elles semblent prendre tout leur temps.

Je le signale aux autres et Joey, aussi dédaigneux que d'habitude, nous explique que ce n'est qu'une combine pour éviter les taxes :

« Dès que la maison est finie, ils sont obligés de payer un impôt. Donc, ils s'arrangent pour qu'elle ne soit jamais vraiment terminée…

— Et comment tu le sais ?

— J'ai déjà vu ça ailleurs. »

Mais les bâtisses elles-mêmes sont composées d'un bric-à-brac qui part dans tous les sens, balcons, stores, marquises et volets à persiennes, travail ajouré de motifs à quatre lobes qui court sur toute leur hauteur, et, comme sur les toits, plantes en pots et cordes à linge. Je me dis que Joey n'a absolument pas l'âme d'un poète, si toutefois Joey a bien une âme. Moi, je raffole de ce désordre, de cette architecture fortuite à la texture vibrante et organique. Ici, les gens vivent dehors, sur leur toit et leurs balcons, dans les rues au milieu des palmiers et des rhododendrons qui se dressent dans la poussière, dans les kiosques et les cafés, sur les bas-côtés de la route où grouillent les charrettes et les vélos avec de temps à autre une voiture qui se faufile entre les jurons et les piétons éparpillés, les femmes en burka, les hommes en costume, les enfants excités qui courent à côté de notre roulotte extravagante. D'ailleurs notre véhicule en bois écarlate semble presque à sa place dans cette ville. Comme les passagers d'un bus surchargé, nous nous sommes tous installés dehors : Jack et moi tout en haut, sur le toit, Guy à la place du conducteur avec Don à côté de lui, et Joey debout sur un marchepied. Lunettes noires sur le nez, il contemple en silence les gamins déchaînés qui tirent sur son manteau et lui crient dessus. À mon avis, s'il n'y avait pas cette inscription *Troupe d'Reynard* peinte en lettres fleuries sur le flanc de la roulotte dans un alphabet très différent de l'écriture anguleuse qui tapisse les affiches, les échoppes et les kiosques, nous traverserions cette ville sans nous attirer un seul regard. On nous prendrait pour une simple bande de bohémiens en route pour le marché.

Mais l'inscription doit vraiment leur sembler très bizarre, car sur notre passage, les vieillards expulsent la fumée de leur cigarette en émettant des exclamations désapprobatrices, les jeunes gens que Jack siffle froncent les sourcils puis détournent la tête et haussent les épaules dès que je le tire en arrière pour lui donner une tape sur le bras, les enfants piaillent en nous montrant du doigt et les filles font les yeux doux à Joey qui se la joue super cool. Grâce à la légende peinte sur le flanc de la roulotte, ils savent qu'avec nous, ils ont affaire à autre chose, à quelque chose de différent, d'*exotique*.

Je me penche au-dessus du garde-fou pour m'adresser à Guy, assis un peu plus bas :

« Dis-moi que nous jouerons ici ! Avant ou après, je m'en moque ! Allez, ils vont adorer ! Nous pourrions interagir un peu avec le public, tu vois ce que je veux dire ? Pas la prise de tête habituelle, quoi ! Juste un bon vieux spectacle à l'ancienne ! »

Guy fait un signe de tête vers le château qui nous écrase de toute sa hauteur. Il se dresse dans une zone industrielle, et deux Atlas de la taille de la statue de la Liberté, leurs têtes inclinées sous des globes, encadrent son portail.

« Le public a déjà réservé, et nous sommes complets pour la représentation de ce soir, me répond-il. En plus, m'est avis que nous pourrions bien devoir partir à la hâte. »

Je grommelle :

« Ça fait combien de temps que nous n'avons rien fait pour mériter de vrais applaudissements ?

— Parle pour toi ! Moi, j'ai reçu une standing ovation à l'Athénium du Shéol ! s'exclame Jack, penché à côté de moi.

— Ils ne se sont pas levés, ils ont pris la fuite, ricane Guy.

— Mais ils m'ont acclamé !

— C'étaient des hurlements, pas des acclamations ! Tu n'avais pas compris ? réplique Guy. Mais au fait, tu ne devrais pas être en train de répéter ton rôle, Jack ? Et toi aussi, d'ailleurs ! »

Jack se retire en boudant.

« J'ai les boules, dis-je. Je ne vois pas pourquoi nous ne pourrions pas divertir les gens de temps à autre, pour changer. Une petite chanson, une petite danse, une petite poésie…

— La poésie n'a pas survécu à l'apocalypse, me coupe Don.

— Mes couilles, crache Jack. Rien à foutre de toutes ces conneries. »

Je tire le nouveau script que nous a concocté Guy de ma poche de jambe (je porte une tenue de camouflage) et je feuillette les pages pour trouver mes répliques. Où en étais-je ? Ah oui.

L'Arlequin est revenu chez lui.

Chair spirituelle plongée dans une marinade d'orgone

Nous entendons la porte se refermer avec un bruit sec, et quand nous nous retournons, nous constatons qu'elle n'est plus là. Nous ne voyons qu'un sentier de terre qui s'interrompt dans les buissons. Les nuages d'un orange démoniaque flamboient dans le ciel, mais l'air est vif, limpide. Sommes-nous les seules bitmites présentes ? Nous tendons l'oreille pour localiser d'autres sylphes. Nous ne percevons qu'une unique voix sifflante, aussi ténue qu'une radio qui serait enterrée sous nos pieds.

« *Vous écoutez Radio Kentigern libre et sa musique de minuit portée par l'éther pour le plus grand plaisir des solitaires et des prédicateurs de la nuit ! Ici Don le Coyote hurleur, votre seul et unique pote ! Vous êtes bien profond dans le trou ? Vous étouffez sous la merde ? Je vous entraînerai du crépuscule au destin, ouais les mecs, droit jusqu'aux premiers rayons rosés de l'apocalypse, demain matin ! Comme le disait ma chère vieille maman quand elle me bordait le soir, "Mon garçon, demain, c'est la fin du monde et tu crèveras peut-être, mais en attendant, gardons le cap !" Le morceau suivant est pour Jack, parce que croyez-moi, amigos, si comme on le raconte, les charmes de la musique peuvent amadouer les bêtes féroces, il y a là-dehors un psychopathe qui a vraiment besoin qu'on lui grattouille le ventre !* »

Ce bavardage est intrigant. Il remue quelque chose en nous.

En suivant le sentier, nous sortons du massif de buissons. Nous écartons des feuilles épaisses, caoutchouteuses, nous enjambons des racines, et nous émergeons des ténèbres sur un macadam humide. À nos pieds, notre ombre se tord. Nous nous agenouillons pour toucher cette forme nette, taillée dans la nuit et semée d'étoiles, d'infimes éclats de lumière qui constellent ce corps plat. Ah tiens, ce ne sont pas des étoiles mais des cailloux, des petites pierres blanches enchâssées dans l'allée.

Dans l'Hinver, notre ombre avait disparu. Elle s'était enfuie de sous nos pieds comme si la terre noire elle-même s'était animée parce qu'elle refusait qu'on lui marche dessus. Quel monde étrange que celui-ci !

Sur notre droite, le macadam grimpe à travers des arbres rameux qui ressemblent à des balais bruns et noueux, et presque au sommet de cette grande côte se dresse un mur couronné de fil de fer barbelé. C'est la route que nous devons suivre, nous a expliqué le général concierge, celle qui mène directement au Cirque. Mais sous notre nouvelle peau, quelque chose remue en nous, nous le sentons.

Notre sylphe s'appelle Jack Carter, mais ce mort en marche cache autre chose, une chose plus brillante, différente. Oui, c'est cela, un autre nom.

Jack Flash.

Nous le goûtons soudain dans l'air limpide de Kentigern. Sang noir du héros mort, la poussière d'ange des bitmites pépie et court et adopte une forme que nous reconnaissons grâce aux empreintes sur notre poitrine. Épiphanie schizoïde incarnée, matière dont sont faits les rêves, celle-ci provient de votre rêve préféré, oui, de Jack Flash Carter, l'homme désintégré, premier guerrier que nous ayons porté lorsque nous sommes sorties au soleil de votre monde, il y a bien longtemps. Nous le portons à nouveau, enfin ! Nous portons sa chair spirituelle plongée dans une marinade d'orgone qui cuit à petit feu au-dessus des flammes de l'enfer pour devenir bien tendre. Oui, nous nous sentons vraiment chez nous dans ce moi rapiécé. Nous essayons de formuler simplement ce qui se passe en nous. Alors, vous saisissez ?

Ici et maintenant, nous sommes. Et soudain, nous entendons :

« Hé oui, les amis ! Jack le Preste, Jack le Leste, Jack Flash a fait sauter la taule du coin ! Vous n'avez pas encore entendu les nouvelles ? Vous écoutez la BBC, ou quoi ? Il semblerait que ce révolutionnaire isolé que tous croyaient mort et enterré vienne juste de frapper un nouveau coup au nom de la vie et de la liberté ! Ou du chaos et de la confusion, ça dépend de quel côté vous êtes ! Il a placé un peu d'explosif saturé d'orgone dans le quartier général de la police royale de Calédonie, l'hôtel cinq étoiles de nos gars en bleu et noir familièrement surnommé le Trou, et boum ! J'ai entendu dire que ces gars-là cachent plus de cadavres sous les lattes du plancher qu'un congrès de serial killers et qu'ils disposent d'une panoplie d'instruments de torture inégalée depuis l'Inquisition ! C'est ce qu'on raconte, en tout cas, mais hé, nous ne croyons pas tout ce que nous voyons dans le poste, pas vrai ? Si ? Se peut-il que Jack le Cinglé, notre chacal jaguar de la castagne, se peut-il que Jack soit de retour ? »

Est-ce de nous qu'il parle ? Oui, nous le pressentons. Nous glissons, nous plissons, d'avant en arrière et d'arrière en avant, de haut en bas et de bas en haut. En nous danse le temps, en nous s'affrontent le passé et le futur au son mélodieux d'une guitare bleue. Nous avons hâte !

Donc, tel l'esprit panthère d'une jungle mythique, nous émergeons prudemment des féroces broussailles de cet espace vert retourné à l'état sauvage. Nous voici dans une clairière graniteuse semée de mauvaises herbes. Une fontaine de pierre depuis longtemps abandonnée aux vandales s'y effrite en projetant son ombre au clair de lune. Nous ne nous engageons pas sur la pente. Nous préférons nous diriger en hâte vers un pont à moitié englouti dans le bourbier d'un ancien fleuve, désormais balafre tumescente encombrée de débris et de plantes marécageuses. Ses échos nous hèlent, ceux du flot cristallin qui coulait ici jadis, ceux des poissons et des hérons, ceux du temps dans ce temps, de ce monde dont vous ne vouliez pas, des flèches d'église rêveuses, des étudiants qui riaient au soleil de l'été sur le gazon jonché de bouteilles miroitantes, de sacs et de choses à manger. Les échos des hommes baisant la nuit dans les buissons, des bandes de gamins qui hurlaient, un rasoir à la main. Des couteaux Stanley, des journaux où se bousculaient des histoires d'immigration et de guerre. Nous entendons, nous sentons, nous voyons couler le fleuve, d'abord noir de pétrole puis en flammes, nous voyons les livres qu'on y a jetés, les visages égrillards et joyeux de la populace au temps des feux de joie et des sacrifices censés contenir le Crépuscule. Sous les plantes marécageuses où s'affairent les rats de rivière, le fleuve des textes interdits coule pourtant toujours, lentement, immondices boueuses, paillis noirci et pourrissant de livres mis à l'index.

Avec en face de nous, le… Comment on dit, déjà ? Ah oui, le Taudis qui se profile au clair de lune et derrière nous le Cirque en haut de sa colline, nous traversons le no man's land qui les sépare, ce terrain vague coincé entre le repaire-ghetto des voleurs et des dissidents et le camp d'entraînement des affairistes, dans notre dos. Sur notre corps fantôme, nous sentons jouer l'ombre et la lumière. Non, nous ne monterons pas là-haut, nous n'irons pas au Cirque qui règne sur ce Havre.

Le Jack en nous dit non.

Ou plus exactement, ce qu'il dit, c'est…

Rien à foutre de toutes ces conneries.

Chorus, Kouros, Koré chérie

Jack traverse la scène en dansant :

« Allons ! Vous qui avez quitté les remparts de la lice pour faire route avec moi, venez prendre part aux réjouissances, vous déchaîner à mes côtés ! Soyez mon cortège, ma troupe joyeuse ! Regroupez-vous autour du palais royal de Pierrot, levez jusqu'au ciel les cymbales de votre pays natal, et frappez, frappez, écrasez-les contre les murs ! La ville de Pantalon se décide bien à ouvrir les yeux ! »

Il s'interrompt et me lance un regard. Je suis encore dans les coulisses.

« Moi, je crois que je vais me joindre aux danses dans les collines », ajoute-t-il d'un ton rusé en souriant à pleines dents. Arlequin jusqu'au bout des ongles, il caresse d'un air entendu les veines de son thyrse.

Notre joueur de flûte aux yeux pétillants porte le bâton à ses lèvres, se les humecte et émet un *tut* étrange avec son instrument quelque peu phallique. Et il quitte la scène en gambadant au son de sa mélodie.

Ça y est, c'est mon tour ! Je chante :

« Du mont lointain des cendres intemporelles, nous accourons avec l'esprit du rire ! Quelle joie, notre tâche ! Quelle douce fatigue, dès lors que nous chantons en l'honneur d'Arlequin ! Mais qui se dresse sur notre route ? Qui ? Écartez-vous ! Écartez-vous, voyons ! Ou taisez-vous ! Que, la bouche silencieuse, chacun se garde de l'impiété, car nous allons célébrer Arlequin ! »

Encore une fois, je suis fringué en fille, avec du rouge à lèvres écarlate et de l'ombre à paupières. Je tiens le rôle du Chœur pour le héros de Jack et le scélérat de Joey. Même Guy et Don réussissent à se produire en habits masculins ! Pas moi, hélas. Apparemment, mes joues roses et mes lèvres de chérubin sont beaucoup trop sexy pour les personnages de Pantalon et de Scaramouche.

« Et puis il y a aussi au-dessus de tes yeux de biche ces longs cils qui battent dans les cœurs de tous ceux qui les voient, me glisse Guy dans les coulisses, avant le spectacle. Thomas, mon cher enfant, comment pourrais-tu *ne pas être* le Chœur, Chorus, kouros, la koré chérie de nos comédies ? »

Mouais.

Donc, telle une vierge aux hanches étroites (et avec une voix d'ange, m'a-t-on dit), j'entre en scène vêtu d'une douce soie blanche aux reflets chatoyants, un tissu fluide qui ondule dans la brise légère, et je chante :

« Ô sanctuaire secret des vicaires, grottes divines où naît le jour ! Là, les danseurs frappent de leurs baguettes emplumées la peau de bœuf du tambour pour flatter notre sensualité, façonnent un rythme sauvage dans l'extase de leurs cris et de leurs chants, et dévident autour de lui le doux son de la flûte. »

La mélodie de Jack volette jusqu'à moi depuis les coulisses, douce et lointaine mais rapide comme une hirondelle qui s'élancerait entre les battements des paumes de Don sur sa daburka et de Joey aux bongos.

Je chante :

« Les satyres se l'approprient à leur tour, pour en jouer et danser au cours des festins triennaux qui charment le cœur d'Arlequin. »

Le Duc n'a aucunement l'air impressionné mais la Princesse sourit.

Je chante :

« Mais qui est Arlequin ? »

Calme et doux, aussi maniéré qu'une courtisane sans prix, je tends ma main ouverte vers le public ; une offrande, une question. Le poing sous le menton, le Duc se penche en avant sur son trône. La Princesse incline la tête, l'air un peu absent et rêveur.

Je chante :

« Cet enfant bâtard est né avant terme dans les feux croisés d'un ouragan. Échappée de la main d'un dieu de l'orage, la foudre a frappé sa mère, la dépouillant de sa vie. Zée, fils de corneille ou de corne, le recueillit et le cacha dans sa cuisse qu'avec des agrafes d'or il referma pour le dérober à la Reine des Cieux. Et quand les Parques eurent achevé leur œuvre, il le mit au monde, cet enfant cornu, et le couronna d'une guirlande de serpents, comme celles que portent désormais ses disciples.

Nous chassons partout ces serpents et nous les enlaçons à nos tresses — je prends un ton extatique — pour ressembler à Arlequin ! »

Oui mais personne ne ressemble à Jack, me dis-je.

Une constellation de dents

« *Et maintenant, amigos, le sujet des appels de ce soir : les empires et leurs ennemis. Le soleil s'est-il couché sur le Grand Empire Britannique ou se cache-t-il derrière un nuage ? À qui la faute et à qui les flammes ? Sous le régime fasciste où nous vivons, l'anarcho-terrorisme vous paraît-il trop extrémiste ? Si vous pensez avoir des choses intéressantes à nous raconter, appelez-moi ! Ici Don Coyote de la Nuit Noire, et je vais vous entraîner jusqu'à l'aube sur les ondes astrales ! Portez un chapeau en alu, si ça vous chante, arrachez tous vos plombages, mais vous ne pourrez pas faire taire le son du subconscient suburbain !* »

Nous levons les yeux vers le mur de béton du Taudis, le fouillis de toits qu'il abrite et la tour dominant l'ensemble, mais la voix nous arrive de plus haut encore. De ces nuages flamboyants ? De bien plus haut encore ?

« *Donc, pour vous tous, les dormeurs qui attendent qu'on les réveille, oh yeah ! Pour vous, ennemis en puissance de l'État, voici sa Seigneurie des Lèvres en personne, avec une chanson dédiée à l'homme du moment, notre cogneur de chemises noires, notre pompeur d'orgone, notre baiseur en chef,* "Jumping Jack Flash"… »

Miroitement du vif-argent dans la chair, notre métaphysique se stabilise. Nous sommes maintenant assez charnues pour qu'un détecteur se déclenche quand nous nous engageons sur le pont, et quatre projecteurs nous épinglent dans leurs faisceaux croisés. Une sentinelle en manteau long renforcé abaisse sa lance-ki vers nous. Le manteau-camouflage ondule sur elle, patchwork de kakis, de sable du désert, de vert jungle, de gris rocailleux et de blanc glacial. Croisement entre une arbalète, un fusil, un javelot et un bâton, évoquant un crucifix modernisé en acier brillant de deux mètres de long ou l'épée de feu d'un ange, la lance-ki rayonne à blanc dans la nuit, tout comme les petites lunettes de vision nocturne rondes à travers lesquelles l'homme nous scrute.

Nous nous demandons pourquoi vous nourrissez vos rêves de sentinelles, de guerres, de héros et de méchants, mais nous commençons à comprendre, du moins nous le pensons. Vous avez peur de nous, vous avez peur du noir, et du feu, également. Nous ne sommes que ce que vous avez fait de nous mais… Nous comprenons de mieux en mieux au fur et à mesure que le costume de peau se resserre sur nous.

« La tour ou… le pion ? » nous demande la sentinelle à travers son filtre à air. L'odeur infecte du méthane et du soufre qui s'élève du fleuve-balafre ne nous incommode pas — nous sommes plus sensibles aux effluves psychologiques qu'aux relents chimiques —, mais elle doit être trop forte pour lui.

Derrière l'homme, à l'autre bout du pont, c'est l'entrée du Taudis, un trou creusé à la masse dans un mur de béton qui évoque Berlin ou Jérusalem, les goulags et les ghettos… Et c'est là que nous allons. Une fois le trou franchi, Jack sera chez lui, *nous* serons chez nous.

La sentinelle nous barre la route.

« Bon Dieu ! C'est quoi ce machin ? T'es quoi, putain ? » s'exclame-t-elle.

Nous nous arrêtons et nous accroupissons pour humer l'atmosphère. L'homme pue la solidité sordide et lente. Nous lui lançons un sourire d'un blanc étincelant, le blanc d'une constellation de dents.

« Nous sommes l'espion qui vient du chaos », lui répondons-nous.

Nous attrapons une luciole imaginaire entre notre pouce et notre index, nous l'étudions, la laissons repartir. Dehors, dans l'Hinver, la luciole se serait matérialisée pour voleter selon notre bon plaisir, mais il y a des sortes de lois ici, une physique approximative qui s'entrelace à la métaphysique anarchiste du Vélum. Nous sentons un frisson d'ego nous courir dans le dos : l'existence. Nous la sentons proche, désormais.

« Qui sommes-nous ? » demandons-nous au monde.

Nous la sentons proche. Des corneilles de pensée et de mémoire battent des ailes en nous, les ailes noires de notre identité. Moi moi moi moi moi…

« C'est moi qui pose les questions, mon pote ! T'as pas intérêt à bouger, putain ! »

Nous levons le nez vers le ciel…

Je lève le nez vers le ciel où fume un vaisseau aérien, ses réservoirs à rayons Cavor-Reich d'un lumineux bleu-vert dans le ciel nocturne. J'en reviens pas ! Je suis à Kentigern, en 1999 ! Je suis de retour, je suis…

« "Jumping Jack Flash", *des Rolling Stones ! Et le sujet de ce soir, pour ceux d'entre vous qui viennent d'allumer le poste, c'est très exactement l'Assassin angélique, l'Ennemi public numéro un ! Est-il un "gaz, gaz, gaz", et si oui, côté masque à oxygène ou bombe H ?* »

Sa lance-ki braquée sur moi, le garde détache un émetteur sur son épaule et le déplie pour joindre sa base. Il pue le soldat, le chien mort. Moi pas aimer ça du tout.

« Dites-moi ce que vous en pensez, mes amis ! Je reste ici toute la nuit ! Je ne bougerai pas ! Les autorités veulent m'effacer du ciel, mais pas la peine de vous en faire ! Oh non ! Ils nous chercheront par ici, ils nous chercheront par là, mais ils ne trouveront jamais l'antre du pirate ! Ouais, ici Don Coyote le Fou furieux ! Je survole la ville très loin au-dessus de vos têtes dans le dirigeable Lollipop *! Je flotte sur l'éther pour tous les rêveurs de cette ville, et j'attends vos appels ! Mais avant que mon central téléphonique psychique ne s'illumine comme le boudoir d'un travesti, voici une autre chansonnette pour une ville qui dort ! L'Iguane de la Pop vous aboie* "I wanna be your dog" *!* »

Je dis : « Ouarf ! Ouarf ! »

Et je bondis.

En plein délire, dansez !

Jack bondit des coulisses sur le toit de notre vieille roulotte et danse sur toute sa longueur comme un elfe derviche ou un esprit moqueur.

Je chante :

« Ô bienheureux celui qui s'initie à ses mystères ! Sa vie est sanctifiée ! Il exalte l'union de son cœur et de son âme par de saintes purifications, dans la joie, sur les collines ! Témoin des rites de la puissante mère nature, couronné de lierre, brandissant le thyrse, il vénère Arlequin ! »

Je choisis de m'adresser à la Princesse. Le Duc est un philistin, c'est évident ; il a cette expression qui trahit un manque d'appétence pour les divertissements étranges. Pour lui, tous les acteurs sont des pédés, visiblement. C'est donc pour elle que je chante.

« Venez, venez ! En plein délire, dansez ! Du haut d'une montagne glacée, il est descendu ! Dans ces rues larges et brûlantes, plus chaudes que l'enfer, il est revenu ! Il est de retour, le fils de Zée, l'esprit de la joie et de l'extase, Arlequin ! »

« Allez, viens ! Allez ! » me dit Jack.

Je chuchote :

« Laisse-moi ! On n'a pas le temps ! »

Il m'attrape d'un bras par la taille pour me tirer en arrière. Je titube et lui tords un doigt.

« Aïe ! Putain… »

Je gigote pour me libérer, je lui fais signe de se taire, je lui désigne du menton la salle qui se remplit de courtisans derrière les paravents masquant les coulisses et les ailes de notre théâtre de fortune. Joey passe la tête par la porte de la roulotte. Avec son visage tout blanc, il ressemble un peu à un Japonais travesti et dément.

« Hé, les deux enfoirés ! Vous êtes prêts ?

— On est toujours prêts, mec », réplique Jack. Il me prend la main et me souffle : « Viens. »

Je le suis en sautillant. Il m'entraîne contre ma faible volonté et j'essaye de ne pas tomber. Je me retrouve derrière la roulotte, adossé aux planches, son cul au creux des mains, mes lèvres plaquées sur sa gorge.

« De toute façon, fallait qu'on se change, non ? » me dit-il en desserrant ma ceinture.

Jack joue de la flûte, tourbillonne, pirouette, fait virevolter la mélodie elle-même. Je me retourne et je chante pour lui :

« Dans les collines, quel délice ! Le sol ruisselle de lait, ruisselle de vin, ruisselle du nectar des abeilles, et l'on dirait que s'élève la fumée de l'encens ! Qu'il est doux alors de se laisser tomber au sol, dans la nébride, pour se reposer des festivités et du tapage ! »

Je respire un grand coup et je reprends :

« Ou mieux encore, voyez ! La chasse sauvage se déchaîne et rugit tout autour de lui ! Échevelé, torche enflammée au poing, il traque le bouc pour se gorger de son sang, de la chair crue arrachée à ses flancs rouges ! Et comme un point d'orgue aux festivités, il élève la voix, il exulte au cri de "Io ! Io !" Le voici possédé, le voici extatique, le voici Arlequin ! »

Je prends une inspiration, puis une autre, courte et intense, la bouche ouverte comme pour avaler la pluie. Je passe mes doigts dans ses cheveux, et ses ongles pointus s'enfoncent dans ma chair. Au moment où il me soupèse les couilles, où ses doigts se referment dessus — torche enflammée au poing —, je me dis : *Mais quelle petite salope ! Ne ris surtout pas, ne hoquette pas !* Sa bouche est humide et douce et moi — tout autour de moi — quand il se penche pour — se gorger de chair crue — l'engloutir entièrement et — Io, Io — se gorger de — Io, Io — Ah ! putain de merde, Jack…

Je prends une inspiration, longue et profonde, et je lâche tout.

Quand il se détache et lève les yeux vers moi, je laisse courir mes doigts dans ses cheveux, sur ses joues. Il se relève en s'ébrouant avec un grand sourire fier et malicieux. *T'as aimé ?*

« Le délire », lui dis-je.

Les rêves de Picasso

Je m'accroupis, et je passe mes doigts dans l'herbe — l'herbe de la vallée, l'herbe du parc, ces épaisses tiges humides de ceinture verte désinfectée, lourdes de la rosée précédant l'aube. Même retourné à l'état sauvage, ce parc semble n'être qu'une ruse, une barrière supplémentaire pour maintenir les dissidents du Taudis dans leur enclave. Entre les statues ensevelies sous les ronces s'attarde l'odeur des dandys modernes en redingote de cuir et des jeunes filles en fleur en corsets de vinyle. Foutues chemises à jabot blanches et foutus hauts-de-forme, foutus Goths qui tabassent à coups de canne les petits galopins crasseux dans les rues ou qui viennent ici pour se donner des frissons à l'ombre menaçante du Taudis ! Enfants de la Dame de Fer, néoromantiques et néovictoriens empestant la lubricité puritaine, ils jouent à la décadence avec comme toile de fond les usines, les hangars de dirigeables, les ateliers d'adamantium et les raffineries en ruine. Quelles conneries ! Des foulards à la place des cravates ? Vous parlez d'une rébellion !

Je coupe un brin d'herbe, le rejette d'une chiquenaude et bouge les doigts comme pour jouer de la flûte. Je serre le poing et le rouvre d'un coup. Il me faut des fringues, je crois. Des fringues et des joujoux.

J'arrache la lance-ki à la sentinelle morte. L'arme émet un bourdonnement si félin, un ronron si sensuel que je sens que je bande. Sympa ! Je la fais pivoter vers le haut, je vise les projecteurs et pan, les voilà réduits en une pluie d'étincelles. D'accord, j'ai peut-être agi un peu sur un coup de tête, je dois bien l'admettre. Qui me dit que mon Chien Mort ici présent était vraiment un milicien ou un SS, un gorille du Cirque surveillant le Taudis pour contrer les attaques de manouches sortant dévaliser les banques et les pavillons de la bourgeoisie ? Il appartenait peut-être à la Guilde des voleurs et montait la garde pour couper la route aux démons en chemise noire qui cherchent tout le temps à se faufiler *dans* le Taudis mais honnêtement… c'est assez peu probable. Bah, rien à foutre, me dis-je. La nuit est jeune et moi aussi. On ne peut pas reprocher son enthousiasme à un mec.

Je dépouille la sentinelle de son manteau long pour m'y emmitoufler dans une profusion de rabats (tous les agents ont besoin d'une couverture, après tout) mais je laisse ses vêtements au cadavre, par pudeur et parce que la puanteur de la sueur psychique qui les imprègne pourrait m'embrouiller. Je dois garder à l'esprit que je porte un costume de peau toujours un peu plissé qui me va aussi mal que les sous-vêtements d'un petit ami taillés pour les coins et recoins d'un autre. Dans le meilleur des cas, mon identité n'est pas des plus cohérentes, vous savez. Quand j'adopte une nouvelle position, je sens mon corps ondoyer comme une vision sous acide ou l'air chaud qui miroite sur le macadam sous un soleil de plomb.

Je suis du bout du doigt la cicatrice des identités contradictoires qui s'étale sur ma poitrine. De si nombreux passés, et si peu d'espace pour les contenir tous ! Il y a le Jack Flash monté à l'assaut en 1919 et descendu par un Boche dans les champs de Flandre. Le Jack Flash de 1939, fléau des futuristes aux commandes d'un Lancaster foudroyé se précipitant droit dans la fournaise de Dresde. Les Jack Flash icône du punk rock ou pilote de l'armée de l'air pendant les guerres du Golfe… Tiens, celui-ci est charmant : Jack Flash était là en 1969. Il a participé à l'avènement de la révolution sexuelle à coups de bombes à orgone visant certains membres clés du réseau des vieux garçons. Oui, cette guerre-là, nous l'avons gagnée, il me semble, en ramenant ces vieux schnocks aux jours heureux de la saison du rut dans les dortoirs de l'école publique : soudain ultra-excités à l'idée d'une bonne baise, il leur a suffi de légaliser leurs propres perversions. Désormais, les pédés du coin ne se privent plus de faire flotter leurs drapeaux arc-en-ciel sur les boutiques et les bars — putain, ça facilite le boulot des bombes incendiaires — et certains se rasent exprès la tête et arborent fièrement leur triangle rose.

Ça, c'est ce que j'appelle un résultat. Il me semble.

Le Jack Flash que j'adopte, ou plus exactement celui dans lequel je m'installe malgré les crampes aux épaules et mes dents nacrées qui se fissurent, est un fantôme de l'histoire victime d'un sérieux problème d'attitude : c'est le Jack Flash esprit vengeur de cette décennie qui se meurt, celui qui revient à Kentigern tous les dix ans pour causer en l'espace de vingt-quatre heures un maximum de dégâts aux fascistes avant de succomber vaillamment dans les flammes et la gloire.

Je fais tournoyer la lance-ki pour la braquer sur le Cirque et je médite sur Kentigern, ce petit Havre bunker cerné de murs de vingt ans et creusé dans vingt ans de passé recomposé. On a collé une balle dans la tête de la vérité avant de la pousser dans une fosse commune. *Qui se souvient encore des Arméniens, ici ?* Putain, c'est déjà bien si la plupart de ces connards se rappellent leur journée de la veille ! Dans l'Hinver on est en 2037, mais ici, le calendrier affiche 1999 et l'affichera à jamais. Les âmes mortes dansent pour l'éternité le calypso de l'apocalypse autour d'un bûcher de livres d'histoire. Quel dommage que quelqu'un ait laissé la porte entrouverte ! Du coup, l'Hinver peut rentrer et souffler sa brise à l'intérieur, l'œil brillant et une barre dans le caleçon à la vue de cette chair fraîche, charmante et douce qui danse et rougeoie à la lueur des flammes. Car pour abattre un Havre, il suffit d'une petite dose de contradiction, et moi, bébé, je suis né pour la contradiction.

La lance-ki maintenant dressée vers le ciel, je m'accroupis pour faire passer en vitesse les lunettes de vision nocturne du nez de la sentinelle au mien, puis je les active en mode sonar. En entendant quelque chose rouler sur le pont, je me laisse tomber dans la boue et les broussailles fétides, et le monde devient cubiste. Les signaux sonores renvoyés aux lunettes me dessinent une perspective biaisée avec un rendu en fil de fer. Les volumes sont aromatisés à la couleur de leur densité et parfumés à la teinte de leur résonance. C'est un rendu stéréoscopique du monde qui m'entoure, une mine sensorielle d'ombres et de formes, chaotique pour un œil non entraîné, déstabilisante même pour l'utilisateur aguerri. J'enfile le gant qui me permet de faire tourner la simulation et de la tordre, de la déplacer, de transformer un angle en courbe, un volume en vide. J'ai l'impression d'être tombé dans les rêves de Picasso.

Fléchissant mon autre main, je scrute les articulations complexes des muscles, des os et des tendons mercuriels. Quand je plie les doigts, la peau de vif-argent coule, ondoie, semble se briser en mille morceaux ou gicler. Elle reflète le monde qui m'entoure en courbes luisantes et implacables qui ne représentent pas les surfaces mais les densités, l'espace et la masse. Voilà à quoi ressemble un corps composé de bitmites derrière des lunettes de vision nocturne. Au miroir liquide du monde qui l'entoure. À des éclats fondus de réel. Nous sommes ainsi sous nos costumes de peau.

Dans le plan étalé sur ma paume, je repère l'entrée secrète. Elle se trouve sous le pont, derrière une grille bouchée par des sacs plastique et du papier en bouillie. Avec ses projecteurs et sa barricade de tôle ondulée, l'entrée du dessus n'est qu'un leurre conçu pour détourner l'attention de la véritable entrée du monde souterrain. Je regarde à nouveau la sim et la retourne, émerveillé. Tout est là, dans ce reflet, cartographié dans ses moindres détails, inutiles et impénétrables : puits de mine, anciens tunnels de métro menant aux rues couvertes qui les surplombent, grès, béton, métal et bois, grands immeubles de pierre ensevelis sous l'échafaudage des rues surélevées et des préfabriquées sur pilotis, passages sinueux et allées couvertes, coins et recoins de cet improbable et précaire Taudis. Des alliés m'y attendent, je le sens, des gamins enthousiastes et des filous madrés qui n'ont que la révolution à la bouche. Cerise sur le gâteau, ma motoair m'attend pile à l'endroit où je l'ai laissée.

Carrément excité à l'idée de l'avoir entre les jambes, je tire des ronces et de la toile goudronnée ma Frelon Jagger-Richards 1969 et je l'enfourche. L'énergie orgonique inonde le moteur, redonnant vie au monstre avec un riff de désir bestial. Je baisse les yeux en lançant les gaz, et j'aperçois au sonar les cauchemars enfouis dans la fange du fleuve mort. Livres et cadavres carbonisés, rats rampant dans les immondices… Même en dehors du Taudis, certaines des choses enterrées sous la ville supplient qu'on les libère. Mais chaque chose en son temps.

Je choisis ma cible : une lueur verte se déplaçant lentement dans les nuages. Un vaisseau aérien.

Éclatons-nous, me dis-je, et je fonce comme une flèche dans le ciel.

Errata

Mort d'un ange

Ailes déployées, allongé sur le sable froid, Métatron, anciennement Voix de Dieu, regarde fixement le ciel. Ici dans le désert, il est si limpide que les étoiles semblent avoir été pulvérisées sur fond noir. Pas étonnant qu'on surnomme ça la Voie Lactée. Ça remonte à Hathor, la déesse-vache des Égyptiens qui avait affirmé sa souveraineté sur les cieux, se souvient-il. Une soi-disant déesse, plutôt. En fait, Hathor n'était qu'une simple Amortelle, une parvenue, tout comme lui. Que lui a dit l'Irlandais à propos de l'Alliance et des Souverains, déjà ?

Tout ça, c'est des foutaises. En réalité, vous êtes tous les mêmes.

C'est vrai. Finnan a vu juste. En fin de compte, derrière le baratin du Paradis, de l'enfer, des anges et des démons, tout se résumait à la Cryptolangue. À une quête du pouvoir, plus exactement. Métatron a cru pouvoir utiliser la Cryptolangue pour garder les faucons sous contrôle et les lancer contre les vautours. Dès la Guerre terminée, il aurait rectifié les empreintes des survivants pour les transformer en colombes. Et donc, au cours des trois mille ans écoulés, il a fondé sa République des Cieux, recruté dans l'Alliance dieux et déesses évincés, conduit les petits nouveaux dans le Saint des Saints, de l'autre côté du voile, afin qu'ils s'agenouillent devant un trône vide, puis envoyé ses soldats dans une ultime grande guerre contre ce qui restait des Souverains éparpillés. La fameuse Apocalypse n'était censée être qu'une opération de nettoyage un peu poussée. Il avait tout planifié.

Quelque chose rampe sur sa paume, Métatron le sent. Un insecte ou un arachnide affairé, sans doute. Gabriel, Michel ou Uriel auraient refermé le poing sur la créature pour la réduire en bouillie, Sandalphon l'aurait observée pendant des heures, en tournant et retournant sa main pour permettre à l'homme ailé et à l'insecte de s'explorer mutuellement, mais Métatron se contente de ne rien faire. Il ne fait rien, sauf regarder le ciel et sentir cette petite vie dans la paume de sa main.

Métatron, le vizir de ce Dieu Véritable qui n'a jamais existé. Métatron, qui ne se voyait pas comme le *chef* des Sept. Et pourtant, c'était lui qui dressait les plans, qui gravait leur destin à l'encre sur leur peau, qui écrivait l'histoire du futur. Métatron, le scribe du Livre de Toutes les Heures.

Alors, il est où, ce bouquin? lui a demandé Finnan. *Ah oui, c'est vrai, tu l'as perdu...*

Il *devait* perdre le Livre, il n'avait pas le choix. Il devait le cacher dans un pli du Vélum où les Amortels ne se déplaçaient que dans les ombres, pour qu'aucun d'eux, pas même lui, ne puisse changer l'ordre qu'il avait ratifié dans ses pages. Il en a conservé des copies sommaires, des fichiers de sauvegarde pour mémoire seulement, tablettes d'argile, rouleaux de parchemin, livres reliés cuir. En ce moment même, il sent contre sa poitrine la dernière de ces copies, le palm électronique glissé dans la poche intérieure de son manteau en cuir. Par contre, l'original est si bien caché que Métatron lui-même ignore où il se trouve. Il a... excisé cette connaissance de sa propre empreinte.

Donc, le jour où la copie s'est mise à changer, et avec elle, le passé et le présent, le futur est devenu aussi obscur à ses yeux qu'à ceux de la bestiole qui lui chatouille la paume de ses petites pattes inquisitrices.

Il laisse rouler sa tête de côté. L'araignée semble faite de verre ou de glace. Plus loin, sur le sable gelé, une antique caravane Airstream montée sur des échasses de briques émet une lueur argentée. Le clair de lune fait scintiller le métal et le givre. Le fragile givre blanc de l'Hinver enrobe toute chose, Slab City, le désert qu'elle occupe à perte de vue, et même la main de Métatron et le cuir de son manteau.

C'est ici que tout a commencé à se déglinguer, avec Finnan, la petite Messenger et son frère. Il n'a aucune idée de la raison pour laquelle les choses ont mal tourné, mais il sait que c'est ici que tout a commencé. Voilà pourquoi il a voulu revenir ici pour mourir.

À présent, Gabriel occupe ce trône censé rester vacant, du moins il l'occupait quand Métatron est parti, bien décidé à quitter le Vélum après une longue marche plutôt que de servir un autre Amortel jouant à Dieu. Raphael est mort, Sandalphon a disparu. Et Métatron est convaincu que tout a commencé le jour où il est arrivé à Slab City pour rallier Finnan à l'Alliance, le jour où la gamine Messenger, ce petit oisillon amortel, lui a tenu tête à la place de Finnan en faisant un choix que l'Irlandais refusait d'admettre.

Tout découlait de cet instant : la traque et le meurtre du frère, Thomas ; la gamine qui, en voulant le sauver, avait ravivé l'affrontement entre Alliance et Souverains ; Métatron envoyant deux insignifiants petits nouveaux délivrer la fille des enfers ; ses bitmites modifiées allez savoir comment pendant la bagarre puis lâchées sur le Vélum avec leurs propres objectifs incompréhensibles à ses yeux ; ses bitmites enfantant la tempête du Crépuscule et attaquant sans distinction l'Alliance et les Souverains ; Finnan, ligoté à une chaise dans un abattoir, un crochet à viande dans la poitrine, les bitmites tourbillonnant autour de lui et renvoyant le défi de cette crapule amortelle à la figure de Métatron…

Au terme de sa longue marche dans le gris chaotique du Crépuscule et le blanc désolé de l'Hinver, il a découvert que dans l'Airstream, le nom de la fille s'étale toujours en lettres magnétiques sur la porte d'un frigidaire : PHREEDOM.

Ça ne peut pas être aussi simple, se dit Métatron. Ça ne se résume pas à ça, c'est impossible.

Pellicule de givre sur miroir d'obsidienne, les étoiles semblent obstruer le ciel, et Métatron sent ralentir les battements de son cœur. Il ne lui a fallu qu'une petite décision quasi inconsciente, un souffle, un chuchotement, la plus infime des corrections sur son empreinte, l'ajout d'une fin, d'un point final. La paix.

« Alors comme ça, tu laisses tomber ? »

La voix est douce, amusée mais pas moqueuse. Métatron ouvre les yeux. Un visage tremblote dans son champ de vision, les images fantômes d'un homme accroupi au-dessus de lui, un jeune homme, en vérité, avec une centaine d'apparences différentes superposées les unes aux autres. Il a de longs cheveux auburn ou une nuque vert punk, la peau noire ou bleue ou cuivrée, des cornes de chevreau comme une espèce de Pan moderne, une barbiche, de l'ombre à paupières bleu-vert, des perles, des chaînes, des plaques d'identité pendues à son cou. Seuls ses yeux ne changent pas, des yeux d'un brun profond moucheté d'émeraude et de jade.

« Tu es mort », dit Métatron.

Thomas Messenger incline la tête et lui lance un sourire :

« Pas du tout ! Si je meurs tout le temps, comment pourrais-je rester mort ?

— Nous t'avons tué. Carter et Péchorin. Je les ai envoyés te…

— Chut, le coupe Thomas. Tu as fait de moi un mythe, vieil homme. Je voulais juste te montrer ça. »

Il glisse sa main dans la poche de Métatron et en tire le palm dont il ouvre le boîtier de cuir. Il tape sur quelques touches puis pose le palm sur la poitrine de Métatron en orientant son écran vers les yeux de l'ange mourant. Des glyphes et des sceaux dansent à l'écran : le charabia irrémédiablement vide de sens qu'est devenu le Livre. Métatron veut lever la main pour repousser cette vision cruelle de son échec, mais, comme il est trop faible, il tourne la tête et contemple la caravane.

La voix toute proche chuchote à son oreille :

« Pour comprendre ce que ça dit, il suffit d'apprendre à le déchiffrer… Regarde. »

La voix prononce un autre mot, un mot en Cryptolangue, cette fois-ci. Impossible de se tromper : Métatron sent un frisson courir le long de la colonne vertébrale. Mais c'est un mot qu'il n'a jamais entendu de toute sa vie de plusieurs millénaires, non, jamais. Il regarde l'écran, et du chaos semble surgir un ordre, une sorte d'histoire : celle de Tammuz, Dumuzi, toujours en fuite, toujours en train de courir, sa capture et sa mort, encore et encore, sans répit. Mais il y a un trou dans cette histoire, le vide d'un parc à moutons, d'un bercail qui, comme la poussière, est offert aux quatre vents.

Le mot que Métatron prononce dans son dernier souffle est intraduisible. Il décrit le Vélum et l'encre qui les grave, il circonscrit le cosmos qu'ils occupent, il borne leur absence en lui, leurs vies, leurs morts, en un seul petit mot d'une syllabe… un seul mot… *un seul mot…*

Thomas ferme les yeux de Métatron, puis se relève.

Les yeux fixés sur l'horizon, il écoute l'écho de ce mot qui lui revient du fin fond de l'Hinver, du nord, du sud, de l'est ou de l'ouest. Thomas l'a compris il y a longtemps. Le jeune homme peut décrire approximativement chacune de ses facettes — l'*amour* (joie et peine), la *folie* (gloire et souffrance) —, mais aucune de ces significations ne suffit à le définir entièrement. Pour appréhender ce fragment de Cryptolangue, Thomas doit donc se concentrer sur ce qui n'en est qu'un succédané, un souvenir ; c'est un nom qui veut dire tout cela et plus encore, un visage, des yeux bleus, des cheveux blonds…

Où est-il ?

Mort de la poésie

« Comment ça, chez moi ? Je ne sais plus où c'est, chez moi ! » s'exclame Jack.

Seamus fixe par la porte du Caveau de la Huchette la pluie froide et grise qui martèle cette petite rue étroite un peu à l'écart du boulevard Saint-Michel. C'est sûr, on ne dirait pas qu'une semaine s'est écoulée depuis le dernier défilé des Internationaux à Barcelone et leur retour en France… Ils n'ont rien à se reprocher, alors pourquoi se sent-il si mal, putain ? Pourquoi voit-il tout cela comme une défaite ? Une trahison ?

Bah, c'est bien une foutue trahison, non ? La lettre ouverte au *Times* des gars genre le commandant Pickering et ses potes pour louer la politique britannique de non-intervention et traiter les Internationaux de bolcheviques, de traîtres… Eh ben, c'est ce connard de Pickering, le traître, s'il en faut un. Lui et toute cette saloperie d'establishment britannique.

Tout en sifflant une autre gorgée de sa bière, il se détourne de ce novembre misérable pour faire face à son compagnon de beuverie, son camarade, l'homme qui un jour, une éternité auparavant, lui a ordonné de tuer son meilleur ami : le capitaine Jack Carter, du 6e bataillon des Royal… non, du bataillon britannique des Brigades internationales, se corrige-t-il. Oublie l'autre merdeux. Il a disparu. Englouti dans la boue et le sang de la Somme, dans la poussière et le sang de la bataille de l'Èbre. Seamus a eu des centaines d'occasions de coller une balle dans le dos de cet homme, non ? Si, parfaitement. Et il les a saisies ? Non. Et pourquoi donc ? Parce que ce putain d'enfoiré t'a sauvé ta putain de vie une centaine de fois et que ça n'aurait rien changé. Ça n'aurait rien changé, putain !

« T'as bien une maison qui t'attend dans cette bonne vieille Angleterre, non ? insiste-t-il. Quoi, tu veux dire que tu en as tellement gros sur la patate que tu ne veux plus y retourner ? »

Il sourit tristement. C'est sûr, le cœur n'y est pas.

« Je n'ai plus aucune attache en Angleterre, réplique Jack.

— Écoute, mon gars, on n'en a pas fini avec tout ça. C'est ce qu'on pourrait croire, mais c'est faux, mon gars ! Tu sais ce qu'ils pensent, ces salauds de politiciens de l'autre côté de la Mache ? Ils pensent qu'ils peuvent faire ami-ami avec les fachos, leur taper dans le dos et passer un marché avec eux, mais ils ont tort ! Et putain, crois-moi, ils vont l'apprendre à leurs dépens, de la pire façon qui soit ! »

Et Seamus sait qu'il a raison, pas de doute, parce qu'il a le don de double vue et tout ça. Il le sait déjà. Il voit le monde entier entrer en éruption, d'ici un an peut-être, ou avant, qui sait ; il voit Hitler en Tchécoslovaquie et en Pologne. Ces jours-ci, quand il a une de ses crises, il ne contemple pas le passé mais le futur, et ce n'est pas lui qui baragouine des conneries sans queue ni tête dans une langue qu'il ne comprend même pas, c'est ce connard de chancelier Hitler là-haut sur son estrade avec ses bannières rouge, noir et blanc derrière lui. Bon Dieu, l'Espagne, c'était que le début. Seamus perçoit l'imminence d'un combat plus grand. Et cette fois-ci, le monde entier va devoir se secouer et prendre conscience des enjeux. En même temps, au moment même où il rassure Jack en lui disant t'inquiète donc pas, mon gars, tu pourras faire la peau à encore plus de fascistes, il sait que ces petits mots dissimulent une terrible vérité.

C'est pas fini, loin de là.

La question est : quand est-ce que ça finit ? Mais il évite de se la poser, sans trop savoir pourquoi. C'est comme un angle mort dans son champ de vision, ouais, ou comme s'il était dans une gare et regardait s'éloigner un train sans savoir où il va, et que pour une raison ou une autre, il ait trop peur pour poser la question.

Jack reste assis là à broyer du noir au-dessus de sa bière. Bon Dieu, cette saloperie de temps déprime tout le monde.

« C'est Lorca ? hasarde Seamus au bout d'un moment.

— Pardon ? » dit Jack.

Quand ils étaient encore à Barcelone, un journaliste en herbe made in US a tournicoté autour des Internationaux comme un vrai trou-du-cul en leur posant des tas questions idiotes : *Pourquoi êtes-vous venus en Espagne ? Vous êtes des communistes ? Espérez-vous voir tomber la démocratie ? Que pensez-vous des Espagnols ?* Ouais, et ce petit con les a aussi emmerdés après la dissolution des Brigades, avec son carnet de notes et sa liste de questions, leur demandant à tous, l'un après l'autre, s'ils soutenaient la révolution bolchevique. Depuis que Seamus a vu la façon dont les fidèles partisans du vieux Jocy Staline ont tendance à se crisper dès qu'on mentionne Trotski, c'est un sujet sensible pour lui. Un jour, l'un de ces foutus petits cons qui pètent plus haut que leur cul, un vrai gars du Parti tout droit débarqué de Moscou, l'a traité de bourgeois juste parce qu'il avait osé lui poser une question à ce sujet. Mais bon, il y a des trucs plus importants qu'un tout petit gars avec une grande gueule et pas assez de bon sens pour la fermer, hein ?

« Ben, à ton avis, pourquoi je suis venu en Espagne ? Pour descendre ces putains de fascistes, pardi ! » avait répliqué Seamus au journaliste.

Ensuite il n'a pas laissé le temps à cet abruti de lui poser d'autres questions. Il lui a dit ben ouais, je suis une saloperie de socialiste, alors tu peux bien dire que je suis communiste, vu que tu ne vois probablement pas la différence entre les deux, putain, et nous sommes venus *soutenir* cette putain de démocratie contre un foutu coup militaire, au cas où tu ne l'aurais pas remarqué ! L'homme avait reculé en le remerciant d'un hochement de tête, puis s'était tourné vers Jack pour lui poser la même question. En réponse, celui-ci ne lui a jeté qu'un seul mot en pâture : *Lorca*. Rien d'autre. Juste *Lorca*.

« C'est Lorca ? insiste Seamus. C'est vraiment pour ça que t'es allé en Espagne ? »

En sentant ses joues s'embraser, Carter lève sa bière pour boire une gorgée et cacher son embarras par la même occasion. Non, bien sûr, ce n'est pas la seule raison de sa venue en Espagne, mais à l'époque, cette réponse facile lui avait semblé suffisante. Après le discours de tribun de Finnan, un commentaire cinglant et un peu méprisant (*Quelle autre raison vous faut-il?)* allait mettre leur interlocuteur K.-O.

Federico García Lorca. Lorca le poète, le dramaturge, le prodigue, avec ses *Ballades gitanes* (en fait, pour être honnête, Carter n'a lu que cette œuvre et sa traduction) et ses pièces expérimentales. Ami de Dalí et fondateur de La Barraca, une compagnie théâtrale itinérante qui se déplaçait dans toute l'Espagne pour offrir le théâtre aux masses. Un modernisme mélangeant les spectacles de marionnettes traditionnels, le mélodrame et la poésie de haut vol. Tout au début de la guerre civile, une nuit d'août 1936, les phalangistes de Franco sont venus l'enlever dans la maison d'un ami, où il se cachait. On ne l'a plus jamais revu.

Carter conserve dans son portefeuille une coupure de journal avec la photo du poète, mais il ne la sort pas parce qu'il ne veut surtout pas la montrer à cet homme, le sergent Seamus Finnan des Royal Dublin Fusiliers, la seule autre personne qui reconnaîtrait ce visage. Les mêmes yeux sombres, les mêmes cils interminables… Un visage rond et espiègle mais un petit peu trop mûr pour être celui d'un chérubin. Ce visage, Carter se rappelle l'avoir aperçu dans une tranchée où il s'était recroquevillé avec de l'eau jusqu'à la taille. Les obus labouraient le sol autour de lui, et il respirait avec difficulté. À un endroit où quelques sacs de sable s'étaient effondrés, un visage bleuâtre le fixait, un visage bouffi, maculé, qui sortait du mur de boue. Le visage de l'homme que Carter avait vu rire avec Finnan et les autres Irlandais sur le chemin du mess, dans les tranchées de ravitaillement, avant qu'on ne les envoie au front, avant…

La ressemblance n'est peut-être pas aussi grande qu'il le pense, se dit-il. Sa mémoire lui joue probablement des tours.

Mais même ainsi, quand il a vu dans le *Times* la photo de cet homme pourtant plus âgé, plus corpulent, plus sombre, il a été frappé par la ressemblance. Et il a décidé de se rendre en Espagne, pour expier ses péchés, bien sûr, mais aussi pour…

Il pense à Federico García Lorca, et au soldat Thomas Messenger des Royal Dublin Fusiliers.

« Une mort, c'est toutes les morts », dit Carter.

2

Les palais de Pantalon

Dans cinq minutes, elle s'autodétruira

Ma motoair rase les tuyaux de cheminées du Cirque en slalomant entre les rafales-ki des ornithos qui le survolent. Les tirs croisés des canons pilonnent le ciel tout autour de moi mais je fonce tout droit pour les éviter et plonge au milieu du cercle de maisons, avec sa rue goudronnée et son petit parc gazonné où les analystes SS attaquent leurs paniers-repas. Les pros de l'info s'éparpillent et plongent à l'abri. Je braque ma lance-ki vers les édifices et je mitraille tous ces petits hôtels du 17e au passage. Les vitres éclatent en mille morceaux, les portes volent en éclats, le faisceau bleu-vert du jus de sperme balafre le grès. J'insiste à chaque passage, encore et encore. Du bon boulot. Les tirs des ornithos provoquent presque autant de dommages que moi : le goudron fond, et les rafales rapprochées enflamment les arbres et les buissons. Quelques ornithos harponnent des airvoitures en stationnement. Soudain, l'alarme stridente de l'une d'elles se déclenche. On dirait un abri antiaérien en proie à une grosse crise d'angoisse : *Woup ! Woup ! Woup !* À mon avis, dans cinq minutes, elle s'autodétruira. Mais c'est toujours le cas, non ?

Dans toute la rangée de bureaux, les chemises noires se ruent à l'extérieur ou tirent par les fenêtres et depuis les toits. Le coin devient un peu trop chaud à mon goût, il faut bien le dire. Je ferais mieux de mettre les voiles tant que je le peux encore. Je cale la lance-ki dans son étui et je serre les freins pour virer en prenant de l'altitude. Ma motoair se cabre en crachant de l'écume d'orgone par ses évents latéraux comme un destrier moderne qui, possédé par la fureur, soufflerait de la buée par ses naseaux dilatés. Tout en tenant d'une main ma machine qui tourne et s'élève, je dégaine mon Curzon-Youngblood et je grave un éclair juste au-dessus de la porte de l'Agence centrale. Je rengaine mon arme d'un moulinet du poignet, puis libère les freins d'un coup de pied en me penchant sur le guidon. La moto fonce vers le haut à un angle de soixante degrés, droit sur l'ornithoptère de tête.

Quand il cabre son véhicule pour m'éviter, je peux compter les perles de sueur sur le front du pilote. Je le frôle en trombe, de si près que mon réservoir à rayons mord son aile, déclenchant ainsi une pluie d'étincelles. Je tangue sous le choc, et ma trajectoire de vol déjà aléatoire devient encore plus erratique. Je plane comme un papillon, je pique comme une abeille ? Pas du tout ! Je suis une libellule sous amphète, un moucheron psychotique qui tire dans les rotules de tous les moustiques assez cons pour vouloir m'empêcher de passer. Je m'arrête d'un coup, je tangue, et je m'élève droit vers la tour blanche de la vieille église, celle qui abrite les canons les plus à l'ouest du complexe du Cirque. Tels de jolis feux de joie dans cette nuit d'hiver, des bleus et des verts brillants passent en sifflant près de mes oreilles. J'adore ces enfoirés. Vraiment, honnêtement. Quel agréable accueil pour le pyromane que je suis !

Ces petits malfaisants sont bel et bien à mes trousses, ma parole ! Je mets brutalement les gaz et je m'élance droit devant moi à pleins jets, prochain arrêt Charing Cross, et ensuite le centre-ville. Des bouquets d'explosions-ki éclosent autour de moi, y compris en haut et en bas, illuminant ma route et secouant mon cul en tous sens.

D'après mes estimations, ce n'est plus qu'une question de temps. Je leur réserve encore une pleine brouette de chaos, mais le petit réveil qui vient de sonner dans le Cirque devrait être plus que suffisant pour que tous ces cons arrêtent de se tripoter et se bougent le cul fissa (images pas très appétissantes, certes, mais on s'en fout). Je parie qu'ils ne mettront pas longtemps à comprendre ce que signifie l'éclair gravé au-dessus de la porte carbonisée et fracassée de l'Agence centrale.

Excusez-moi, monsieur l'État policier, il peut venir jouer avec moi, Joey ?

La chanson qui déchire le monde

Joey arpente les planches d'un pas hautain. Le rideau ne se lèvera que dans deux heures, mais il entre déjà dans la peau de son personnage. Autrement dit, mieux vaut éviter de l'approcher. Jack s'entraîne en multipliant les sauts périlleux sur le toit de la roulotte, Don installe la machinerie des effets spéciaux et Guy se lamente, assis sur les marches de la roulotte, la tête entre les mains. Il grommelle des trucs sur les jeunes et les philistins, surtout ceux qui ont une voix d'ange et la capacité de concentration d'un moucheron.

« Bon d'accord, je suis désolé, lui dis-je. C'est juste que… Ça veut dire quoi, *au milieu des cris et clameurs de la frise* ? Ça n'a pas de sens !

— Ce n'est pas censé en avoir un, dit-il. Tu es amoureux d'Arlequin, tu délires ! Tu es fou d'amour pour lui et tu as perdu la raison, tu comprends ?

— Non. Pourquoi ?

— Contente-toi de chanter cette foutue réplique ! »

Je hausse les épaules.

« Bon. Reprenons à partir de *Viens, toi, viens, intemporel orgueil d'or* », soupire-t-il.

Je chante :

« Viens, toi ! Viens, intemporel orgueil d'or ! Cours, pénètre en dansant le délire ! Danse au son du tambour tonitruant, au rythme des pieds martelant le sol, et célèbre l'esprit de la joie ! Au milieu des cris et clameurs de la frise à travers les siècles, fais retentir les antiques chansons ! La flûte sacrée t'appelle ! Joue avec elle une chanson triste et douce ! La voici, la cavale qui s'élance, rapide, et bondit dans le pré nourricier, la chanson qui déchire le monde ! »

Jack tourbillonne, virevolte, roule, pirouette en se dévidant comme un patineur sur glace — comment fait-il ça ? — et conclut le tout par une grande révérence.

« Hein ? *La chanson qui déchire le monde ?* » s'exclame Joey.

Il revient à grands pas au bord de la scène, saute et atterrit en douceur sur le sol de pierre, presque sans aucun bruit. Il *est* le personnage, désormais.

« C'est trop évident, putain ! Le Duc va forcément y voir une allusion à la Cryptolangue ! *Hé toi, enfoiré d'Amortel ! Nous savons tout sur toi et la langue que tu parles !* Putain, les mecs, c'est le meilleur moyen de nous attirer des ennuis ! »

Ses yeux sont plissés et, quand il grince des dents, les muscles de sa mâchoire frémissent. Les mains levées en geste d'apaisement, Guy se relève :

« C'est une métaphore qui décrit l'amour, Joey. »

Ce dernier conserve une seconde encore un regard fixe de psychopathe, puis bat des paupières et fait quelques mouvements des épaules, visiblement soulagé. Comme si quelqu'un avait appuyé sur un interrupteur.

« Oubliez ça. » Il secoue la tête avec un sourire forcé : « Allez-y, reprenez ! »

Foutus adeptes de Stanislavski, me dis-je. Guy se rassoit et hoche la tête à mon intention. Je reprends mon texte en regardant Joey remonter sur scène.

Je chante : « Ô Thèmes… »

Je chante :

« Ô Thèmes, nourricière de Similaire, couronne-toi de lierre ! Fleuris-toi, fleuris-toi du vert smilax aux beaux fruits, et pare-toi des feuilles du chêne ou du sapin ! Revêts la nébride tachetée bordée de fourrure argentée et porte pieusement la férule ivre ! »

Mains tendues, je gambade sur scène de-ci, de-là, et j'appelle le public à me rejoindre dans ma folie : le Duc et la Princesse, les courtisans, les serfs.

Je chante :

« Bientôt le pays tout entier va danser à l'appel d'Arlequin ! Venez, venez avec nous dans les collines ! Là-bas, loin des métiers et des navettes, la foule des femmes tournoie, s'entrelace et s'abandonne à la danse forcenée, frénétique, à la transe schizophrénique d'Arlequin ! »

Je sors de scène en virevoltant. Je laisse un vide, une pause, un vague bruit d'applaudissements confus.

La flamme immortelle

Joey laisse durer le silence quelques secondes de plus.

« Si je comprends bien, vous avez un problème, déclare-t-il enfin en se dirigeant vers la fenêtre.

— Jack Flash, dit le ministre. Il nous le faut… mort et enterré. »

À travers le terne reflet de la vitre, Joey tente d'identifier les formes qu'il distingue de l'autre côté de l'enceinte, un haut mur de béton étayé décrivant un arc au sommet de la colline. À l'intérieur, le Cirque. Juste au-delà, parfois éclairée par les faisceaux mobiles et inquisiteurs des gardes, la statue sur piédestal d'un général à cheval se dresse au bord d'une pente plongée dans la pénombre. Comme une sentinelle solitaire, le général regarde au loin la vieille tour qui domine le Taudis se détachant contre le ciel. Au nord, des lampadaires halogènes éclairent les rues commerçantes, et au sud, près du fleuve et de la lourde masse monolithique de l'ancien entrepôt de grains, les ruines d'anciennes usines, celles des Ki-Industries impériales, se terrent au milieu des squelettes de grues, des hangars vides des chantiers aéronautiques et des docks. Sur la ligne d'horizon, ces épaves de béton toujours en feu vomissent de la fumée d'orgone bleu-vert par leurs cheminées fracassées. On croirait contempler une nécropole de dragons. Vingt ans auparavant, c'était la plus grande manufacture d'orgone d'Albion, mais il n'en reste plus que des décombres, qui couvent encore et couveront sans doute à tout jamais, flammes éternelles d'une rébellion ratée, immortelle légende.

« Nous pensons que vous êtes la bonne personne pour ce travail, agent Péchorin. »

Joey rassemble ses longs cheveux noirs derrière sa tête et les glisse dans un élastique pour se faire une queue-de-cheval. La vitre lui retourne le regard de son visage pâle. Le ministre n'est qu'une forme effacée au-dessus de son épaule droite.

Jack Flash, se dit-il. Ce nom lui évoque des tas de choses. L'étincelle d'un Zippo, la lueur d'une flamme dans des yeux écarquillés et noircis par une ferveur chimique. Des cheveux punk couleur du Molotov dans sa main. Des raves nocturnes dans les tunnels du métro, le martèlement des platines et des amplis, *Puck le Véloce* tagué sur tous les trains du dépôt, le sac de Joey bourré de drogues, puis d'argent et de drogue, puis seulement d'argent. Les raids de la milice et les émeutes populaires, les cocktails Molotov éclaboussant de flammes les briques humides derrière eux tandis qu'ils pataugent dans des tunnels. Les nuits déchaînées dans les clubs du Taudis. *Tu dois rencontrer ces mecs*, lui dit Jack. *Voici Puck le Véloce et Guy Fox, et lui, c'est mon meilleur pote, Joey. Joey Narcosis.*

Puis les arnaques et les bousculades, les deals, les vols. Ils ont formé une bonne équipe, Guy, Puck, Jack et Joey, et chaque boulot qu'ils effectuaient portait le label de qualité de la Guilde des voleurs. Des scores de plus en plus élevés, des pillages d'aérotrains, de vaisseaux aériens entiers. Hélas, ça avait tourné au politique, à la révolution, et Joey, le Général Points-faibles toujours prêt à toutes les éventualités qui veillait sur leurs fesses pour leur éviter les coups de dents du réel, Joey l'avait su dès le début. Il avait balancé d'une pichenette sa cigarette par terre et quitté la pièce en secouant la tête, dégoûté, rebelle à la rébellion elle-même. Ils formaient une bonne équipe, mais dans toute équipe, il y a un traître.

« Jack Flash est mort, dit-il. Ce n'est plus qu'un souvenir, un symbole. »

« Il y a déjà bien assez de *symboles* dans cette ville sans ce Jack Flash pour en rajouter une couche, insiste le ministre. Kentigern est depuis toujours une ville remuante. Nous ne voulons pas d'un nouveau roi Finn ! »

Joey étudie la silhouette en costume gris dans le reflet de la vitre : l'homme remet nerveusement en place le brassard rouge arborant le logo de la SARL Albion, svastika noir sur rond blanc. Le ministre s'étend maintenant d'un ton monocorde sur la stabilité du royaume, le danger d'un nouveau soulèvement shabti dans les champs entourant la ville, les modèles mythiques héroïques et autres menaces mémétiques, les intrigues des futuristes. Le regard de Joey passe de l'ombre de l'homme aux barreaux noirs de la fenêtre qui rouillent aux endroits où la peinture s'écaille. La stabilité est vraiment le cadet de ses soucis. Combien de ces fascistes nouvelle génération ne sont en fait que des conservateurs vivant dans un monde conçu à leur intention ? Ils citent Mosley, Powell et Thatcher, écoutent Wagner, lisent Tolkien et s'inquiètent de la disparition d'une Albion rurale et de son patrimoine de traditions, mais en fait, se préoccupent davantage des cours de la Bourse que de l'avènement du Royaume de Mille Ans. Des fascistes de salon signant l'arrêt de mort des dissidents pendant leurs heures de bureau. Sans ses puits-ki en mer du Nord, l'Albion aurait été vaincue par les futuristes il y a déjà bien longtemps. Elle a certes été la première nation à transformer l'or noir en lumière bleu-vert, mais depuis, l'ère industrielle a évolué. Et il y a toujours des abrutis pour s'imaginer que le ki, l'énergie orgonique traduisant la puissance du sexe et de la mort, que le ki, donc, relève de la *magie*.

L'attention de Joey est détournée par une émission pirate émise depuis l'éther. Il cesse d'écouter le monologue du ministre.

« *Jack Flash, donc. Voici un petit cours de rattrapage pour ceux qui n'ont pas ouvert leurs oreilles le jour où tous les manuels ont été cramés dans les écoles. Nous avons tous en tête la Rébellion de 79 et la destruction de l'usine chimique, vous savez, cette petite friche psychoactive au cœur de la ville. Vous avez tous entendu la Ballade du roi Finn. Et peut-être aussi une ou deux rumeurs se rapportant au héros de ce soulèvement, le Manipulateur, l'Esprit de Saint Louis Louis, le Héros instantané, celui que tout le monde appelle Jack Flash !* »

Foutaises, se dit Joey. Le manipulateur, c'était Fox, de A à Z.

« *Certains affirment qu'il a fait souffler le vent de la liberté, que c'est un martyr pour la cause. D'autres disent au contraire que le seul résultat de ses actes, c'est que beaucoup de gens sont morts. Pensez-en ce que vous voudrez, mais voilà la suite : Jack Flash s'est envolé vers l'au-delà, et avec sa mort, c'est la révolution qui est morte. J'ai pleuré, je m'en souviens.* »

Toi, tu as pleuré, pense Joey. *Moi, j'étais son enfoiré de meilleur pote et je l'ai tué, putain !*

Sauf que Jack s'autodétruisait depuis leur première rencontre, quand ces deux petits rats du Taudis s'étaient retrouvés obligés de se mettre dos à dos pour affronter une meute de gamins brandissant des rasoirs.

« *Crash and burn, baby*, disait Jack. *Crash and burn*[1]. »

1. « Crash and Burn » (« Écrase-toi et brûle »), morceau du groupe April Wine, extrait de l'album *Nature of the Beast* (1981). (*Toutes les notes sont du traducteur.*)

Les grandes traditions de nos ancêtres

Après sa grande courbette Jack enchaîne avec une culbute désinvolte. Le voilà qui roule vers le bord du toit de la roulotte et en glisse sous les hoquets affolés du public… Il empoigne au passage la barre cachée dans l'échafaudage qu'il visait depuis le début. Il se balance d'avant en arrière, lâche la barre, genoux pliés, se tord dans les airs et se reçoit avec une grâce suprême, comme une reine du cabaret sur un piano à queue, le coude et le poing sous le menton. Bonté divine ! Ça, c'est ce que j'appelle un Arlequin !

Guy-Scaramouche le renard gris s'avance dans le silence en caressant ses faux favoris. Il brandit sa canne-épée entourée de verdure comme la flûte d'Arlequin et s'écrie :

« Gardiens de la porte ! Appelez le vieux Pantalon, qu'il sorte de sa demeure ! Oui, Pantalon, qui a quitté la ville de Sel pour découvrir la cité de Thèmes ! Qu'on aille lui annoncer que Scaramouche le demande ! Il sait pourquoi je suis là et ce dont nous sommes convenus ! Tous deux dans le vieil âge, nous allons prendre le thyrse, nous revêtir de peaux de faon et nous couronner la tête de jeunes rameaux de lierre ! »

À moitié enfoui dans ce qui ressemble à un arbuste, Pantalon apparaît, et Jack l'Arlequin se plie en deux de rire devant la bêtise de la vieillesse.

« Mon vieil ami ! s'exclame Pantalon. Bien loin dans ma maison, j'ai entendu ta voix ! La voix de la sagesse, homme sage ! Me voici tout prêt, habillé pour la danse ! Je viens autant que je peux le grandir par mes hommages, cet Arlequin, puisqu'il est le fils né de ma fille chérie, et qu'il nous a montré à tous ce que signifie l'enthousiasme ! Et maintenant… où faut-il aller pour nous joindre à la danse ? Où faut-il poser le pied et secouer notre tête chenue ? Conduis-moi, toi, vieillard ! Dirige ma vieillesse, Scaramouche. Car tu es initié, toi ! »

Emphatique et fier, Pantalon frappe le sol de son bâton de marche entouré de vigne :

« Quelle joie, même pour un court instant, d'oublier mon âge ! Je pourrais, sans me lasser, et la nuit et le jour frapper du thyrse la terre ! »

Guy lève un sourcil et ébauche un sourire.

« Nous retombons tous les deux en enfance, on dirait, dit-il à Pantalon. Viens, allons donc nous mesurer à cette danse ! »

Le vieux Pantalon regarde droit devant lui, les yeux levés, et s'adosse à un rocher en polystyrène :

« Et si nous prenions un char pour grimper la colline ? suggère-t-il.

— Notre arrivée serait remarquée, assurément, mais nous aurions sans doute l'air un peu… inconvenant, proteste Scaramouche.

— Tout vieillard que je suis et malgré ta vieillesse, je te conduirai comme un enfant.

— Et nous y serons en un rien de temps, j'en suis sûr, ajoute Scaramouche. L'esprit des idioties nous guide tous les deux.

— Serons-nous les seuls de la cité, là-haut ? Je ne voudrais pas paraître… tu sais…

— Oui, nous seuls sommes raisonnables ; les autres sont tous des imbéciles », le rassure Guy.

Mais il y a de la malice dans les yeux de Scaramouche. Rieur et cruel, il fait un clin d'œil à son public.

« Allons-y ! Prends ma main ! » s'exclame Pantalon.

Avec un grand geste, Scaramouche lui tend la sienne : « Tiens-toi à moi !

— Je suis peut-être vieux, mais je peux encore être dans le vent », conclut Pantalon.

Notre rusé Guy, Scaramouche, reprend :

« Inutile de sophistiquer avec les intellectuels, tu sais ! Les traditions que nos pères nous ont laissées en héritage, nul raisonnement ne les jettera bas, quelque subtilité que découvrent les intelligences les plus profondes ! On dira que je ne respecte pas ma vieillesse en me disposant à danser, la tête couronnée de lierre, mais c'est faux, vieillard. Les grandes traditions de nos ancêtres ne font pas la distinction entre jeunesse et vieillesse. Depuis le commencement des temps, personne ne peut résister au chant et à la musique d'Arlequin !

— Vous y comprenez quelque chose ? demande le Duc à son consul. Si cet Arlequin est nouveau en ville, comme ils viennent de nous le dire, alors comment les *traditions* qui le concernent pourraient-elles remonter au commencement des temps ? C'est absurde ! »

Le consul semble mal à l'aise. Manifestement, le Duc a son idée sur l'essence de la tradition, et le divertissement que nous lui proposons n'en fait pas partie.

Elle a bon dos, la tradition…, me dis-je. Les saturnales, ça c'est une tradition, et toutes les célébrations de l'hiver, les idiots couronnés rois le temps d'une journée. Nous avons voyagé un peu partout dans l'Hinver du Vélum, en interprétant en chemin bien des pièces de mimes. Je comprends donc parfaitement où veut en venir Guy : les cérémonies peuvent varier d'un endroit à l'autre mais les racines de la tradition véritable sont bien plus profondes. Prenons le mariage, par exemple : dans telle région on fracasse des assiettes, dans telle autre on se barbouille le visage de cendre, avec des revers de veste déchirés ici, des vœux et des anneaux échangés ailleurs, etc. Tous les mariages ne comprennent pas obligatoirement un gâteau mais on pleure toujours au cours d'un mariage. Un décès n'est pas forcément suivi d'une veillée funèbre mais chaque fois, les endeuillés noient leur chagrin dans l'alcool. Les voilà, les traditions !

Le Duc secoue sa tête chenue.

« Ce vieillard est sénile si…

— Regarde, Scaramouche ! reprend Don dans le rôle de Pantalon. Je vois se hâter, vers le palais, Pierrot, à qui j'ai cédé mon pouvoir sur le pays ! Quel est ce trouble qui l'habite ? Aurait-il des mauvaises nouvelles ? »

Illusions de résistance

Le ministre continue son monologue, mais il fait les cent pas, à présent. Il ne s'adresse plus seulement à Joey, il s'adresse à la pièce tout entière, aux strates d'étagères qui délimitent cette cellule du Cirque, comme si l'*Histoire complète du futurisme*, *Destin funeste dans la Douma* ou *Les Racines du dégoût* pouvaient être plus réceptifs à ses arguments que le traître silencieux au cœur et aux vêtements noirs planté devant la fenêtre. Comme si dans ces biographies de révolutionnaires et de contre-révolutionnaires, ces histoires de la guerre russo-japonaise, ces photos en noir et blanc sur papier glacé d'une terre roussie s'étalant des monts Oural à la Toungouska, ces essais consacrés à la société allemande après Versailles et la désunification, comme si quelque part dans un de ces ouvrages quelque chose allait hocher la tête d'un air approbateur. Joey réprime un sourire. Si l'on considère le sujet traité dans la plupart de ces livres, il y a peu de chances qu'ils se montrent bien disposés envers un fasciste.

La plupart de ces œuvres sont sur liste noire. Toutes traitent de l'ennemi russo-prussien, mais les auteurs y font preuve d'une objectivité qui leur vaut l'ire du ministère de l'Intérieur et d'une perspicacité déplaisante dès qu'ils prétendent rapporter les propos amers des Prussiens déblatérant dans les fêtes de la Bière sur les juifs, les gitans et les homosexuels. Les Prussiens, ces paranos minables qui n'ont reconstruit l'Allemagne que pour mieux la perdre à nouveau au profit des futuristes, exactement comme les communistes avec la Russie. En réalité, ces textes racontent tous la même histoire : celle de la paranoïa considérée comme une passion, un moyen d'accéder au pouvoir et une faiblesse face au futurisme froid et clinique. Et cette histoire, le ministère de l'Intérieur ne veut pas en entendre parler.

Par conséquent, la bibliothèque de Joey et Joey lui-même n'existent que dans la mesure où sa loyauté soudoyée leur est utile. Ici, dans le Cirque, il a de bons repas et de bonnes lectures. Et de bons gardes.

Il n'est pourtant pas si différent des déviants réfractaires du Taudis, se dit-il. Pas vraiment. Tout comme Jack, il est né et a grandi là-bas, dans ce repaire de voleurs et de meurtriers. Lui aussi connaît comme sa poche chaque centimètre carré de ce lieu, les vieux immeubles d'habitation en grès lui servant d'ossature, les maisons empiétant sur les rues avec leurs échafaudages et leurs extensions en préfabriqué, des maisons reliées entre elles par des passerelles de bois labyrinthiques et autres échelles d'acier. Les citadins y ajoutent sans cesse de nouveaux murs et de nouveaux toits avec tout ce qui tombe sous la main.

Il sait où se trouve la rue des Pilotes qui longe les fortifications massives de la Grande Porte ouest. On pourrait la prendre pour un simple tunnel s'il n'y avait pas les ruelles latérales encombrées de mitrailleuses prêtes à l'action et les airvoitures de course volées, garées tout du long en prévision des attaques de banques. Il sait où est la route de Pyro, ancienne grande artère bordée de supermarchés et d'avocats-conseils, d'agents immobiliers et de boutiques d'occasions, mais désormais passage étroit truffé de caisses de munitions et d'explosifs et divisé en territoires délimités par les dockers et les gardiens des propriétaires. Il sait où sont le Gantelet et la rue du Roi-Finn. Il connaît le carrelage blanc et les eaux d'un vert sale des Jardins aquatiques, une piscine municipale reconvertie en usine de cultures hydroponiques. Il sait où est la rue du Faussaire, le marché aux Bestiaux, l'avenue des Morts et la place du Vieux-Cloître où il a commis son premier meurtre, le jour où il a décidé qu'il ne dépenserait pas un sou pour s'assurer une protection rapprochée.

La prison de son passé lui est aussi familière que sa cellule du Cirque.

Il scrute les ténèbres maculées de vert du ciel nocturne en espérant localiser la source de l'émission pirate, sûrement planquée là-haut dans les nuages parmi les vaisseaux de voyageurs et les aérotrains de marchandises.

« *Et puis un jour… Je vais vous confier un petit secret, amigos… J'étais là le jour où Jack est revenu. Oui, j'étais là ce Vendredi sanglant sur George Square, pendant l'émeute fiscale de 89. J'étais un humble journaliste arrivant des States, stylo et papier à la main, et j'espérais découvrir les histoires secrètes de la Mère Patrie. J'ai vu les grévistes et les militants, j'ai vu les matraques et les balles en caoutchouc. Il y a pile dix ans aujourd'hui, j'ai vu le sang dans les rues et les tanks sur la place.* »

Dix ans, se dit Joey. Putain de merde, dix ans, et dix avant ça ! Bon Dieu, depuis combien de temps croupit-il dans ce trou glacial du Cirque ? Depuis combien de temps laisse-t-il fuir les journées et les semaines dans la cryogénie chimique de son âme ? Que ce soit amphètes ou tranquillisants, c'est au Cirque qu'on trouve la meilleure came. Celle pour se sentir plus vivant qu'on ne l'a jamais été avant, celle pour dormir tout le temps… et celle pour ne rien ressentir du tout.

Dix ans… Joey était aussi sur George Square ce jour-là. Il avait tué Jack et trahi le roi Finn, mais personne n'a jamais manifesté le moindre soupçon à son égard. Moyennant une somme rondelette, il avait poignardé dans le dos leur foutue révolution, puis était resté très lié à Fox et Puck, les trahissant à leur tour pour le compte de ses maîtres SS, eux et tous ceux qui avaient survécu. C'était un jeu à long terme, un jeu en immersion totale, une guerre à la sauce straussienne ; les insurgés devaient rester une menace visible mais sans danger réel. Un état d'urgence permanent sert toujours les fascistes.

Et puis, il y a dix ans…

Un ornithoptère de la milice volette comme une chauve-souris au-dessus du Taudis, balayant du faisceau de son projecteur les toits en tôle ondulée cernant la tour qui domine l'université désertée. Joey n'éprouve plus qu'un mépris nauséeux pour ces bâtisses et leurs occupants aux illusions infantiles de résistance et de révolution. Si on laisse exister leur Havre inoffensif, c'est parce qu'il sert l'Empire, toujours heureux de disposer à l'intérieur d'un ennemi assorti à l'ennemi futuriste qui le menace à l'extérieur. Le Taudis est un bas-fond dans tous les sens du terme ; ses habitants y vivent peut-être par choix mais n'en sont pas moins piégés, englués dans cet enfer qu'ils ont conçu eux-mêmes. Ils sont devenus les démons, les croque-mitaines qu'on mentionne pour instiller la peur et servir d'exemple. Vatican de l'enfer, Fort Alamo du diable, le Taudis est une ville fortifiée dans la ville. Faut-il le préciser ? Son système défensif est plutôt efficace, mais les fascistes pourraient l'anéantir en une seconde s'il présentait la moindre menace réelle.

« *Il y a dix ans aujourd'hui, j'ai vu les chemises noires de la Gendarmerie royale de Calédonie et les cuirs longs du Service de sécurité. J'ai vu le corps ravagé du roi Finn élevé au-dessus de la foule, et suspendu tout en haut du Sépulcre, en signe d'avertissement bien visible. Oui monsieur, j'ai vu beaucoup de gens mourir ce jour-là. On peut même dire que j'ai vu de mes yeux vu mourir le dernier espoir d'une nation. Mais ce jour-là, j'ai aussi vu autre chose…* »

Un jour, se dit Joey. Un jour…

Le fardeau de sa tyrannie

« Putain, ils vont nous tuer, dit Joey. C'est…

— Ce n'est pas… ?

— Quoi ? crache-t-il d'un ton cinglant.

— Ta réplique ?

— Merde ! »

Joey le Pierrot panthère retourne sur scène d'un pas énergique :

« Je vous laisse seuls quelques jours, et qu'est-ce que j'apprends quand je reviens ? »

La voix bizarrement étranglée par la tristesse, le poing serré par la colère, ce prince qui semble chercher une proie assène ses mots en marchant. Joey se targue à juste titre d'être le meilleur acteur de la troupe. Il est plus difficile d'interpréter un méchant que de se pavaner et de prendre la pose dans le rôle d'Arlequin, nous affirme-t-il. Ouais mais, à mon avis, il ne danse pas aussi bien que Jack.

« J'apprends que nos femmes ont quitté leurs maisons sous le prétexte d'une soi-disant "exploration spirituelle", qu'elles se rendent en secret dans des lieux calmes, cachés dans les collines boisées, pour baiser et s'abandonner à des danses effrénées ! Elles suivent un certain Arlequin, dit-on ; on m'a parlé de fêtes et d'émeutes toutes causées par le vin ! Elles se prétendraient "prêtresses" chargées des sacrifices ? Et que sacrifient-elles, alors ? Leur virginité ? »

Il prend à témoin le public :

« Très bien ! Je vais donc les chasser des collines, toutes ! Celles que j'ai déjà prises sont en prison, sous surveillance. Je mettrai fin à ces orgies scandaleuses, je le jure, dussé-je les jeter toutes dans les fers, toutes les filles et toutes les mères de cette ville… »

Il baisse le ton et conclut tristement :

« Et j'enchaînerai Colombine de mes propres mains. »

Il se retourne. Il n'a pas encore aperçu le vieux Pantalon et Scaramouche, qui l'observent à l'autre bout de la scène.

« J'ai entendu dire… », reprend-il.

Une pause.

« On dit qu'un étranger est arrivé en ville, un enchanteur, venu d'un pays ludique, avec des cheveux blonds et parfumés et un masque en peau de chèvre, et qu'il a dans ses yeux les grâces d'une déesse de l'amour ; que jour et nuit il vit avec les vierges, les initiant à ses « mystères ». Si je le surprends à l'intérieur de ce palais, il cessera, je le garantis, de frapper la terre avec son thyrse et de secouer sa chevelure. Je le décapiterai. »

Je trouve que dans le genre bilieux, il en fait un peu trop. Il éructe sur le public avec trop de conviction. Parfois, nous le faisons vraiment chier, à mon avis. Parfois, il a besoin de se défouler.

« On dit que cet Arlequin est un esprit ? C'est absurde ! Qu'il a été cousu dans une cuisse, sa mère ayant été foudroyée par un éclair, parce que cette garce, cette menteuse se vantait faussement de s'être unie à un dieu ? Cette arrogance absolue ne mérite-t-elle pas la pendaison, à elle seule ? Pendons cet homme, qui qu'il soit ! »

Parfois, je le jure, Joey regarde Jack comme s'il voulait l'étrangler de ses mains, et je ne suis pas sûr qu'il feigne vraiment ce désir.

« Mais regardez ! »

Joey s'arrête.

« Quel est cet autre prodige ? Le conseiller Scaramouche, dans la peau de faon tachetée, et mon propre grand-père qui balance autour de lui son bâton de marche ! C'est une farce, ou quoi ? Je rougis de honte, père, de voir votre vieillesse à tous les deux perdre ainsi la raison. Ne vas-tu pas jeter ce lierre ? Débarrasse ta main de ce thyrse ! C'est toi qui l'as entraîné, Scaramouche ? Espèce de charlatan ! Que cherches-tu à faire ? Si ta vieillesse chenue ne te défendait pas, tu serais étendu, chargé de chaînes, au milieu des disciples d'Arlequin, pour avoir introduit ces pratiques pernicieuses ! Croyez-moi, quand les femmes assistent à un festin où rit le jus de la vigne… »

Joey, Pierrot le roi des Larmes, semble par sa fureur projeter le fardeau de sa tyrannie :

« Il n'en sortira rien de bon. »

« Que cherchez-vous à faire, exactement ? » nous demande Joey. Caché derrière le rideau, il peint des larmes sur son visage en observant la foule. Dans la salle, le public attend le début du spectacle. Les gens commencent à s'agiter, le Duc et la Princesse ont tous deux l'air accablé d'ennui, mais dans la Troupe d'Reynard, nous trouvons toujours le temps de nous livrer à quelques accès de colère de dernière minute. Jack boude parce qu'il estime qu'il n'a pas assez de répliques, alors qu'il est la vedette du spectacle. Don grommelle que de toute façon, il ne ferait que les foirer, et moi, je rouspète parce que je joue une fille, encore une fois, ou parce que la robe n'est plus en soie mais en lin, donc pas aussi douce contre ma tendre peau. Et comme d'habitude, Joey est convaincu que Guy est allé trop loin cette fois-ci.

« Tu veux transformer l'Arlequin en une espèce de dieu errant parmi les hommes ! À quoi ça rime ? Tu penses que tu peux te faire du pognon avec "l'attrait du culte" ? Tout ce mystère, ces superstitions… La prochaine fois, Scaramouche va lire dans les entrailles d'un poulet, c'est ça ?

— Ben il joue Tirésias, réplique M. Reynard. Après tout, cette pièce est fondée sur *Les Bacchantes*… avec quelques modifications mineures. »

Joey contemple le Duc de ce petit coin du temps des rêves. Assis sur son trône en gris de travail, cet homme attend avec impatience que nous transformions un petit bout de son éternité en bon divertissement. Le théâtre d'Arlequin a toujours comporté des éléments de satire sociale, mais ici, dans l'Hinver du Vélum où les morts transforment leurs royaumes paradisiaques en noires prisons de fer où enfermer leur âme, prétendre introduire un peu de… réel dans leurs au-delà peut s'avérer quelque peu périlleux.

« Ils vont nous pendre, dit Joey. Ils vont nous mettre en pièces, putain ! »

Jack se contente de sourire jusqu'aux oreilles, Don bombe le torse et remet sa barbe à sa place, et je fais la moue dans le miroir en appliquant mon rouge à lèvres. Guy cite son texte en haussant les épaules :

« Quelle impiété ! Étranger, tu ne révères donc pas le vieux Pantalon et toutes les graines qu'il a semées, ces dents de dragon, fils de la Terre ? C'est toi, le fils de sa fille Colombine, qui fais honte à sa lignée ! »

Un autre pays

Le 31 janvier 1989.

Don commande une autre bière et se retourne vers la vitre. Le bar du Copthorne, une véranda longue et étroite qui s'étire au rez-de-chaussée en façade de l'hôtel, donne directement sur George Square. Un peu surélevé par rapport à la place elle-même, c'est l'endroit idéal pour observer les manifestants rassemblés derrière le cordon de la police antiémeute. Sur certaines des pancartes est collée une photo en noir et blanc de Finn, le gréviste de la faim, et devant Don, sur la table, il y a un pamphlet portant la même image avec le logo du Comité des travailleurs de Calédonie. Après dix ans de prison, cet homme est devenu un héros encore plus grand aux yeux de ces gens. Dehors, la foule scande des slogans (« *On ne peut pas payer, on ne va pas payer, on ne peut pas payer, on ne va pas payer…* »).

Cela doit faire quatre mois maintenant. Don est arrivé ici en septembre de l'année dernière sur les traces du cas qu'il étudie actuellement, celui d'un certain Guy Reynard, un homme entré illégalement en possession d'un manuscrit médiéval ayant appartenu à la collection particulière de l'université de Kentigern. Personne ne peut lui expliquer comment ce Reynard l'a acquis ou ce que ce manuscrit représente, mais tous veulent désespérément remettre la main dessus, et cette constatation le tracasse. Deux raisons seulement peuvent motiver un vol : l'argent ou le pouvoir. Et quand un livre confère du pouvoir à son possesseur, c'est forcément une mauvaise nouvelle. L'information c'est le pouvoir, certes, mais seulement si elle reste secrète.

Et si elle est secrète en ce moment, cela veut dire que quelqu'un veut qu'elle le soit.

Don est un mercenaire, un détective privé muni d'une carte de presse valable dans tous les pays du Commonwealth, ce permis l'autorisant à fureter partout où l'instinct le guide. Du moins tant qu'il renvoie à l'Agence des réponses pour son client, des réponses qui la satisfont en servant son programme : découvrir la vérité et répandre le mensonge. Collecter et disperser, rechercher et détruire, tresser et filer. Rien ne vaut une presse libre, n'est-ce pas ? Au moins, ce n'est pas le gouvernement qui l'emploie. Créée par des membres de l'Ivy League[1] ayant fui l'implosion des États-Unis, l'Agence est une compagnie privée dans la grande tradition thatchérienne. En sentant arriver la crise, ses membres ont rassemblé tous les vestiges de la communauté du renseignement pour s'installer ici en tant qu'entrepreneurs indépendants.

C'est la beauté du fascisme libéral en Albion : avec ses lords et ses ministres, il conserve la façade démocratique des monarchies constitutionnelles. Derrière cette façade s'entasse tout un monde bureaucratique, avec ses innombrables paperasses et sa routine administrative conçues pour empêcher les fonctionnaires d'agir. En fait, les véritables allées du pouvoir sont privées, *privatisées*, dissimulées derrière des paravents secrets. Les affaires, les négociations sont menées derrière des portes closes et conclues par des poignées de main entre vieux amis. La fermeture des ghettos de Londres, c'était surtout pour éliminer la concurrence.

1. Ivy League : groupe de huit universités privées du nord-est des États-Unis, parmi les plus anciennes (sept ont été fondées pendant l'ère coloniale) et les plus prestigieuses du pays. Le terme Ivy League a des connotations d'excellence scolaire et d'élitisme.

Don ouvre son portefeuille et en sort un billet de cinq livres à l'intention du serveur. Cette monnaie lui a manqué pendant son séjour aux États-Unis, tous ces billets aux couleurs et aux motifs différents en fonction des banques émettrices, banque d'Albion, banque de Calédonie, banque royale de Calédonie, banque du Clydeside… L'Amérique n'est plus qu'un ramassis de territoires militaires, d'unions en conflit et de confédérations, mais les Américains continuent de se raccrocher à leurs billets verts — les Jackson, les Jefferson et les Washington — comme pour partager au moins ce rêve-là. Don avait maîtrisé leur accent en quelques semaines mais ne s'était jamais vraiment habitué à cette monnaie monomaniaque, si bien qu'il redoutait toujours de se trahir en fouillant dans son portefeuille pour en sortir le bon billet, bousillant ainsi sa couverture dans le groupe de tarés du jour. Il tâtonne parmi les billets bleu et vert, les reçus qu'il va se faire rembourser et tout un tas de bêtises, et tombe sur un certain photogramme, qu'il pose devant lui.

Il a l'air rusé comme un renard, ce Reynard aux moustaches fines et à l'abondante chevelure. Si Don devait le décrire en un mot, il le qualifierait de « distingué ». Il scrute la foule et examine avec soin les visages en espérant le repérer. Si Reynard est de mèche avec ces socialistes, et tous les indices convergent en ce sens, la situation est pire qu'il ne le pensait. Ce petit empire insulaire construit sur le négoce, cette nation de marchands, de P-DG, de représentants de commerce et de directeurs du marketing ne peut convenir à des idéalistes. Mais allez expliquer ça aux imbéciles là-dehors.

Don passe d'un visage au suivant. Si les universités n'avaient pas fermé, on pourrait croire cette foule plutôt jeune majoritairement composée d'étudiants, estime-t-il. Jeune, mais aussi imprudente. Elle proteste contre un nouvel impôt et contre Westminster qui a choisi la Calédonie pour le tester. On aurait voulu faire exprès de semer le mécontentement chez les socialistes et les nationalistes calédoniens, on ne s'y serait pas pris autrement.

Il va y avoir une émeute, se dit Don.

Un officier SS passe devant la vitre, rejoint le milicien responsable et lui parle à l'oreille. L'homme hoche la tête puis se retourne pour aboyer un ordre à ses troupes.

Don porte la bière à ses lèvres et en avale une gorgée. Au bout d'un certain temps, quand on fait ce boulot, on s'habitue à la violence, on la voit d'un œil aussi froid qu'un objectif d'appareil photo, par une fenêtre devenue écran de radiovision. Elle ne se déchaîne pas ici et maintenant mais très loin, ailleurs, dans un autre pays, dans le passé. Elle n'est pas réelle.

Un visage dans la foule. Don se lève, mais le visage disparaît. Il l'entrevoit de nouveau… C'est lui ! C'est Reynard ! Un punk aux cheveux longs s'interpose, se retourne et le regarde droit dans les yeux, fixement. Aussi perçant qu'une pointe de couteau explorant lentement une gorge à la recherche d'une artère, ce regard se plante en lui malgré les rangées de miliciens et les manifestants qui courent en tous sens.

Les miliciens lèvent leurs matraques.

Le gin et le whisky, le vin et la bière

« Quand un homme intelligent trouve matière à discourir, reprend Scaramouche, ce ne lui est pas une tâche difficile que de bien parler. Tu as la langue agile, mon seigneur, mais si le pouvoir et l'éloquence peuvent apporter la prospérité aux grands hommes, ils sont également cause de bien des problèmes. L'audacieux, à la fois puissant et habile à parler, est un citoyen dangereux s'il n'a pas de bon sens ! »

Pierrot semble prendre la mouche, et Guy-Scaramouche lève les mains :

« Je te dis ce que je pense, seigneur ! Cet Arlequin que tu tournes en ridicule, je ne trouve pas les mots pour te décrire avec quelle grandeur il régnera sur tout l'hélion. Mais laisse-moi te dire ceci ! Il y a deux choses, jeune prince, qui tiennent le premier rang chez les hommes. L'une est la terre — les champs, le grain — qui nourrit nos corps de son pain. »

Je traverse la scène en tournant sur moi-même pour répandre du grain. L'emploi d'une image aussi littérale me semble un peu exagéré, mais Guy a insisté : le public doit comprendre.

« L'autre s'est placée de pair avec elle : c'est cet esprit, le fils de Similaire, qui nous délivre de nos chagrins en nous abreuvant de la liqueur de la vigne. Le sommeil, l'oubli de nos maux quotidiens, voilà le présent d'Arlequin ; il n'y a pas d'autre remède à nos peines. Toutes les libations que nous versons et toutes les prières que nous adressons aux dieux, c'est Arlequin qui les entend ! Il est présent dans chaque verre, dans le gin et le whisky, le vin et la bière ! »

« C'est donc lui, l'homme que tu railles, lit Guy, qui survole le texte. Parce qu'on raconte, quel mensonge éhonté ! qu'il aurait été cousu dans la cuisse d'une divinité. »

Il se lève et se met à faire les cent pas dans la roulotte, une page dans une main, un crayon dans l'autre, en nous récitant la partie qui le tracasse. Jack pousse un bâillement. Joey verse de la bière dans son verre et laisse tomber la bouteille vide sur la table où il est assis.

« Je vais te révéler un secret, lit Guy. Quand Zée eut arraché l'enfant au feu de la foudre, il songea à l'emporter avec lui dans son palais céleste éternel et à l'asseoir à son côté. Mais la Reine des Cieux, qui arrive toujours à ses fins, voulut voir l'enfant mort, et demanda à ce qu'on lui ramène son corps. Zée répondit à ce souhait par un artifice : il déchira un infime fragment d'éternité — un rêve — pour en faire un être ressemblant à Arlequin, le livra en otage à la jalousie de la déesse, et cacha le véritable Arlequin. Avec le temps, parce que les termes "cuisse" et "sosie" se ressemblent, les hommes ont oublié la vérité et découvert une légende dans l'interstice de ces deux mots. »

Guy tapote sa feuille avec le crayon :

« Qu'est-ce que vous en pensez ? Je vends la mèche, à votre avis ? Si notre public connaît bien le mythe de Dionysos…

— Il paraît que le Duc est un homme cultivé, lui fait remarquer Don. Il va peut-être flairer quelque chose en entendant ce passage. »

Joey vide son verre.

« S'il n'a pas déjà tout compris dès le début de la pièce, ricane-t-il, et s'il ne nous a pas…

— Pendus, fusillés, découpés en tranches, en petits cubes, blablabla… », le coupe Jack dans la pénombre.

Guy s'interpose entre eux :

« Si vous voulez mon avis, nous ferions mieux de laisser tomber ce passage. »

Sur scène, Pierrot se contente donc de ricaner en agitant la main, geste de dédain pur et simple :

« Et je suppose que cet esprit est aussi prophète ? Que dans l'ébriété se cache l'inspiration ? Lorsque l'esprit a pénétré notre corps de toute sa puissance, lorsque nous sommes imbibés d'alcool, nous voyons l'avenir, c'est cela ? Et quand les armées en ordre de bataille paniquent et se dispersent avant le premier coup de feu, ce délire leur vient-il aussi d'Arlequin ? Est-ce le genre de chose dont il se délecte ?

— Le jour viendra où tu le verras sauter sur le rocher des oracles, une torche dans une main, son bâton vert dans l'autre, tant il est grand par tout l'hélion ! réplique Scaramouche. Allons ! Crois-moi, Pierrot. Considère ceci : ce n'est pas Arlequin qui contraint les femmes à la chasteté, non, c'est leur nature qui la leur dicte. La femme vraiment chaste ne se laissera pas corrompre par quelques mystères… Ne crois pas que la force seule peut diriger le monde ! Ne confonds pas raison et déraison d'une pensée qui se déploie ! Accueille cet Arlequin dans ton royaume, verse des libations, joins-toi à la cohue des festivités, et couronne ta tête ! »

« Vois-tu, tu es heureux, toi, quand la foule se presse à tes portes et que la cité exalte le nom de Pierrot ! Eh bien lui aussi, à mon avis, apprécie nos hommages. Aussi Pantalon, dont tu te moques, et moi, nous nous couronnerons de lierre et nous mêlerons à la danse. Nos barbes sont grises, certes, mais nous sommes encore capables de faire les beaux ! »

Debout derrière le vieux bouffon, il pose une main sur l'épaule de Pantalon et prend son bâton de marche :

« Peu importe ce que tu diras, les choses sont ainsi faites. Pourquoi donner des verges pour se faire battre ? »

Il fait un clin d'œil appuyé au public et caresse le bâton du vieux Pantalon. Cette allusion facile déclenche le rire dans la salle. Les gens croient assister à une des bonnes vieilles blagues de ce coquin de Scaramouche.

« Tu es en proie à la folie, déclare-t-il au dos dédaigneux de Pierrot tout en lançant un coup d'œil furtif au Duc. Les drogues en sont peut-être responsables, mais si c'est un remède que tu cherches, je n'en connais aucun. »

Son regard étudié de certitude absolue

« … et voici la vérité divine, les gars. De quel dieu il s'agit, ça, j'en sais rien. Mammon, Moloch, Dionysos, Apollon, quelle importance ? C'est n'importe lequel des dieux que vous prenez la peine de suivre. Bref, j'étais là, sur George Square pendant le Vendredi sanglant, quand les canons ont commencé à cracher des flammes et les gens à tomber, et j'ai tout vu. J'ai vu Jack Flash en personne, je le sais. Ouais, les gars, dix ans ont passé depuis sa mort, et moi, j'ai vu l'homme, le mythe, l'assassin angélique recevoir le baiser du diable ! Je l'ai vu sur le toit du conseil municipal ; il tranchait les flics au ki-flingue comme un charcutier tranche le bacon. C'était un vrai massacre, et dans le grabuge ambiant, je ne sais pas si j'ai vu un monstre ou un messie. Bah, peut-être un peu des deux, qui

sait ! En tout cas, ce que je peux vous dire, les gars, c'est que je l'ai vu, de mes yeux vu, sauter du toit un grand sourire aux lèvres, une grenade zen dans chaque main et deux goupilles entre les dents, en plein milieu des hommes en noir massés sur la place !

« C'est pas des conneries, les gars, je vous jure ! J'avais déjà vu des portraits de lui dans les journaux. Je connaissais ce visage, et je l'ai reconnu à la seconde où je l'ai vu, avec ses yeux flamboyants et son sourire de démon. Vous auriez dû me voir, mes chéries, Don le Coyote hurleur… J'en étais tellement baba que je gobais les mouches. J'ai même laissé tomber le stylo et le carnet de notes où je scribouillais mes mensonges ! Je vais tout vous dire, les potes, toute la vérité à mon sujet. Je n'ai pas toujours été le Don que vous écoutez, le Don du camp du bien. À ma grande honte, j'étais un agent à l'époque, eh oui ! Je diffusais des mensonges au lieu de diffuser de la musique et je me sentais oh là là mais tellement mal de le faire, sauf que je laissais les autres prendre tous les risques… Mais un jour, les potes, quelque chose a tout fait basculer pour moi. Il suffit parfois d'un tout petit truc pour que tout change autour de vous. Un tout petit truc, un beau jour, et tout votre univers s'écroule.

« Voilà, amigos. Maintenant vous savez. Pour moi, ce petit truc, ce fut Jack. »

« Jack Flash ? Vaine espérance et gesticulations inutiles, c'est tout ce qu'il représente, déclare Joey Narcosis. Son échec a été beaucoup plus retentissant que ses grands faits d'armes révolutionnaires.

— Eh bien justement, dit le ministre. Jack Flash est mort, n'est-ce pas ? À moins que nous ne sachions pas tout ? Il y a eu des témoignages, les Émeutes fiscales de 89. Se peut-il… ?

— Non. »

Joey lance au ministre un regard vide, son regard étudié de certitude absolue, froid, cadavérique, trahissant un savoir aussi inéluctable que la mort. Le ministre baisse les yeux et renonce aux questions. Tant pis pour la volonté de puissance. Fascistes, communistes, anarchistes, bureaucrates ou rêveurs, ils sont tous pareils, avec leurs svastikas, leurs faucilles, leurs marteaux. En Russie et en Allemagne, les futuristes, eux, ont profité de ces attributs pour accéder au pouvoir. Le temps que les gens se rallient à leur cause, ils ont hoché la tête, souri et participé aux chants et à la fête. Ils n'ont eu qu'à attendre que ces symboles aient remodelé la nation, puis, un jour, ont fracassé la faucille et le marteau, brûlé le svastika et hissé le drapeau du futurisme sur les usines de la mort.

Joey sourit à son élégant reflet dans la fenêtre; il porte un costume noir, une veste de cuir noire et un coûteux pardessus italien en laine noir. Il est l'incarnation même d'une autorité implacable et rusée. Quel dommage qu'il ne soit pas né de l'autre côté du mur de fer! Là-bas, il aurait été parfait. Il lisse ses cheveux aile de corbeau et se retourne pour faire face au ministre.

« Ce type, c'est juste un ambitieux qui vit à fond ses rêves mouillés, ajoute-t-il.

— Jack Flash ou pas, il fait de gros dégâts. Ce sont peut-être des rêves mouillés pour lui, mais pour moi, c'est un foutu cauchemar! »

Et donc, vous avez décidé de faire appel au tueur de rêves, pense Joey. Et tout haut:

« Jack Flash est mort, et il est temps d'exorciser son fantôme. »

« *Oui, amigos, Jack Flash était là et il est mort une seconde fois cette nuit-là. Mais on dirait bien que Jack est de retour, mes potes! Il a combien de vies, ce chat, ma parole? Est-ce un autre qui aurait endossé la cape du maniaque, ou bien contemplons-nous le fantôme des massacres passés revenu nous hanter? Mortel fou ou assassin angélique? Ou alors, nous sommes en présence de la reine des tueurs, si ce qu'on m'a raconté sur ses penchants sexuels est vrai. Écoutons ce que vous avez à nous dire. Et — hop la! — nous avons notre premier auditeur en ligne, je crois! Un grand salut à… Harvey, de Maryhill. Harvey, tu es sur l'éther…*

— Salut Don. Ben… Jack Flash… À mon avis, c'est un peu un branleur, et un branleur dangereux, d'ailleurs. Le problème, c'est que… je ne me rappelle plus qui a dit ça, mais bon : "Combattre l'Empire, c'est le devenir." Dès qu'on commence à entrer dans leur jeu, à respecter leurs règles, à utiliser leurs méthodes, on est perdu. On est devenu comme eux.

— La violence engendre la violence, c'est ça, Harvey ?

— Peu importe le pied dans la botte, c'est toujours la botte qui cogne le visage des victimes. Les tueurs de bébés aussi se considèrent comme des bons soldats qui combattent pour la bonne cause… »

Le ministre ouvre son porte-documents en cuir. Trop argenté pour être en or, trop doré pour être en argent, quelque chose miroite à l'intérieur. C'est de l'adamantium, ce métal qui a l'éclat du prestige et des âmes piégées. Joey Narcosis traverse calmement la salle et plonge les yeux dans la lumière. Ils ne se moquent pas de lui.

« Je veux le double, dit-il.

— Vous plaisantez !

— Pas du tout. Je suis sérieux, putain. Je ne vais pas faire ça pour vos beaux yeux. »

Il ne va pas non plus le faire pour le fric, en fait. C'est juste une question de survie. Il hait ces types ; il ne travaille pour eux que parce que cela lui convient pour l'instant. Joey est un futuriste convaincu, c'est-à-dire qu'il ne croit absolument en rien. Pas de chance, il est né au mauvais endroit au mauvais moment, au milieu des marchands et des ministres, comme cet homme qui ne comprendra jamais vraiment la froide arithmétique de la survie. Quel gâchis ! Dans un monde différent, dans un autre univers, Joey aurait peut-être été l'homme qui a collé une balle dans la nuque de Staline.

Le ministre ne peut s'empêcher de jeter un coup d'œil dans le porte-documents. Il essuie la sueur qui perle sur sa lèvre supérieure :

« Vous comprenez que… si vous échouez…

— Jack Flash n'est qu'un tueur parmi d'autres, le coupe Joey. Nous avons *déjà* gagné. »

Son esprit s'étire hors de son corps et part dans l'éther à la recherche de ce triste crétin psychotique. Où peut-il bien être en ce moment ?

Une tristesse déchaînée comme un taureau

Un cycliste fait tinter sa sonnette en passant devant la roulotte dans un bruit de ferraille. Il tourne un coin sur son engin branlant et s'enfonce dans la foule qui se déverse par les passerelles abaissées et les tourniquets d'une usine. L'ombre du château assombrit tout et rafraîchit un air qui devrait être d'une chaleur toute méditerranéenne.

Tout en survolant le texte, je chuchote : « Quel vieux renard tu fais ! Même avec les termes les plus neutres, tu arrives à vanter le pouvoir du désordre !

— Les conseils de Scaramouche sont toujours avisés, mon cher. Il veut nous ramener sur terre… mais en évitant le grand bond téméraire qui nous précipiterait dans l'abysse. C'est un traditionaliste, vois-tu. »

Joey secoue la tête. Pour lui, toute cette entreprise est démente. Il grimpe par l'échelle sur le toit de la roulotte, se met debout en équilibre et regarde d'un air sinistre le château qui se rapproche. Il ne s'est jamais beaucoup intéressé aux rois et aux châteaux, Joey, et son humeur empire à chacune de nos représentations.

« Putain, Guy, ils ne marcheront jamais ! s'exclame-t-il.

— Joey, mon garçon, qu'est-ce que ça peut faire qu'Arlequin ne soit pas un dieu dans le théâtre du même nom ? Nous n'avons qu'à dire qu'il en est un ! C'est une supercherie magnifique ! Tu verras, tous ces termes pompeux, “le fils de Similaire, qui a enfanté un dieu”, ils vont les applaudir, j'en suis sûr ! »

« … et glorifiés. Viens ici ! » lance sur scène Don dans le rôle de Pantalon. Il s'avance vers Pierrot et reprend : « Viens ici, que je couronne ta tête de lierre ! Avec nous, rends hommage à l'esprit du délire et de la boisson ! »

En voulant poser la couronne de feuilles sur la tête de Joey, Don, trop agité, trébuche sur sa barbe, perd l'équilibre et titube en battant des bras jusqu'au bord de la scène. La couronne traverse les airs et atterrit sur la tête du Duc, qui l'arrache et la déchiquette, outré. En voyant la Princesse éclater de rire, il se met à sourire vaguement, hausse les épaules, et enfin, applaudit lentement pour montrer qu'il est sympa, qu'il apprécie le gag. La cour se sent alors autorisée à manifester un amusement tempéré.

Pantalon pivote sur un pied et se rattrape à la cravate noire de Pierrot, qu'il attire à lui pour lui souffler, haletant :

« Oublie cet orgueil mal placé et rappelle-toi l'histoire de ce grand chasseur démembré par la meute déchaînée qu'il avait élevée lui-même, de cet homme déchiqueté par ses chiens dans les champs parce qu'il s'est vanté d'être plus habile à la chasse que…

— Ne me touche pas ! Va-t'en rejoindre tes rites déments et ne viens pas essuyer ta folie sur moi ! Quant à celui qui te l'enseigne, je le punirai, je le jure ! »

Pierrot repousse Pantalon et se tourne vers les coulisses pour appeler ses armées imaginaires. Ses yeux perçants se fixent sur moi, et il se sert de moi comme d'un paratonnerre pour déverser sa rage. Je lui tire la langue.

« Toi, et toi ! Partez ! Hâtez-vous ! fulmine Pierrot. S'il existe un endroit sacré à ses yeux, allez-y et renversez-le avec des leviers, retournez-le, bouleversez-le de fond en comble ! Qu'on jette ses guirlandes aux vents des tempêtes ! Je vais lui montrer de quel bois je me chauffe ! »

Toujours en coulisse, je me mets à frapper sur un tambour avec un doigt et le pouce, et de l'autre main, j'imite avec une feuille d'aluminium le grondement du tonnerre, la menace assourdie d'un orage qui se lève. Jack met le bâton d'Arlequin sous son bras et marche au pas de l'oie sur le toit, tandis que Joey arpente énergiquement la scène, le poing serré, l'air grandiloquent, en tremblant d'une rage feinte. Une boucle de ses longs cheveux tombe sur son visage, et il la remet en place d'un geste vif.

« Et vous autres, allez par la campagne ! reprend Joey. Trouvez cet étranger efféminé qui répand un nouveau mal chez les femmes et corrompt nos épouses ! Et si vous le prenez, enchaînez-le et amenez-le ici ! Il sera lapidé ! Je le terrasserai ! Il regrettera d'avoir amené ses réjouissances dans ma cité ! »

Un peu à l'écart, Scaramouche déclare calmement :

« Quel imbécile ! Tu ne sais pas ce que tu fais. Tu t'es toujours cru malin, mais là, c'est de la folie furieuse. »

Il prend Don par le bras :

« Viens, Pantalon ! Éloignons-nous de lui. Prions pour lui, tout enragé qu'il soit, et prions pour la cité, qu'aucun nouveau malheur ne l'accable ! Allons ! Suis-moi avec ton bâton entouré de lierre. Doucement, mon vieil ami… Essayons de ne pas tomber ; nous aurions l'air de deux vieux idiots. Viens, nous devons servir notre dieu, cet Arlequin, le fils de Zée. »

Il secoue la tête et glisse un bras sur l'épaule de Don.

« Mon vieil ami, je crains que ton roi Pierrot ne lâche dans ta maison une tristesse déchaînée comme un taureau. Ce n'est pas le don prophétique qui me fait parler, ce sont les faits : il est fou, et tient un langage de fou. »

Saloperie de piège à rat

La bouche sèche, le cœur cognant dans sa poitrine, le ministre desserre sa cravate puis essuie dessus ses paumes moites en contemplant le jeune prostitué menotté au lit de la chambre d'hôtel…

Joey détache son esprit pour le ramener au présent du pont et du Taudis qui lui bouche la vue. Il enregistre néanmoins dans un coin de sa tête le petit secret crasseux du ministre. Il y fera éventuellement allusion dans le futur. Ce moyen de pression pourrait se révéler bien utile, mais pour l'instant, Joey a un Jack à traquer.

Il prend dans sa poche une petite boîte à pilules, l'ouvre et avale un ecsta. Le précédent — gobé juste avant la visite du ministre — ne fait déjà presque plus effet. Joey va devoir rester shooté pour accomplir sa tâche, car s'il veut capter dans l'éther les signaux qu'il recherche, il doit baisser gentiment le volume de ses émotions. Dans l'éther, c'est-à-dire sur le lieu du crime.

La sentinelle a été adossée à un arbre, jambes et bras croisés, un chapeau sur les yeux, comme un Mexicain qui roupille sous son sombrero. Touche finale au tableau, une cigarette fine pendille à ses lèvres. Joey la prend et la renifle : elle sent le cannabis et le tabac, avec un léger relent d'anis ou de réglisse… Parfait. C'est l'odeur de Jack. Joey fouille les poches de l'homme en espérant mettre la main sur d'autres anomalies, des choses qu'on ne devrait pas trouver dans le coin. Un portefeuille, un trousseau de clés, un peu de monnaie, une boîte d'allumettes.

Il frotte la boîte d'allumettes entre son pouce et son index. Il recherche une certaine souillure psychique, le contact d'une identité familière. Il perçoit soudain un minuscule… éclair de quelque chose.

L'espion venu du chaos.

Il se lève en projetant son esprit un peu plus loin ; il va peut-être tomber sur un vestige de souvenir ou de sensation.

Le pont se souvient.

Un fleuve peu profond déroule ses berges bordées d'arbres dans la banlieue bourgeoise du West End où vivent les commerçants et les gens de la classe moyenne. Ici, les parcs sont aussi soignés que la petite noblesse victorienne qui déambule entre les serres botaniques et de pittoresques ruines de moulins. Un fleuve sinueux et peu profond rejoint la Clyde où l'on construisait jadis les grands vaisseaux d'acier, la Clyde aux entrepôts regorgeant de shabtis et de tabac, regorgeant du butin des chefs de chantier et des entrepreneurs revenus chez eux pour offrir à leur ville natale leur opulente gratitude, pour lui offrir des parcs et des statues, un sinistre buste de Carlyle au nez cassé, un monument dédié à la guerre des Boers avec un soldat portant un casque colonial, une lionne de bronze tenant dans ses mâchoires peintes en rouge un oiseau au cou brisé, peintes en rouge par Jack et Joey qui se passent et se repassent une bouteille d'ouzo puis s'éloignent pour maquiller, ombre à paupières dorée, rouge à lèvres bien rouge et vernis à ongles, les deux chevaliers d'allure teutonique sculptés dans le socle du général à cheval qui toise le parc en contrebas, le parc et ce pont enjambant un fleuve peu profond qui sinue comme une balafre enflée dans le paysage, comme un égout à ciel ouvert pour les habitants des ghettos du West End, pour les intellectuels, pour la merde des universitaires et des jeunes gens bohèmes, pour les immeubles d'habitations et les hôtels particuliers transformés en squats et en taudis sordides, pour tous ces édifices bombardés puis réaménagés en clapiers avec des plaques de tôle et des échafaudages, en prison pour les dissidents et les déviants tels que définis dans la loi sur la sédition de 1959, l'année des Nuits de Feu au cours desquelles la population pilla la bibliothèque puis jeta ses livres en flammes dans ce fleuve peu profond et sinueux, ici même, de ce pont où la progéniture morveuse du Taudis descend toujours pour jouer dans la décharge, ce no man's land à l'orée de la liberté, d'ailleurs Joey aussi descendait ici quand il avait leur âge, d'ailleurs nous sommes tous descendus ici, au milieu des frigos cassés, avec des canifs et des fusils à air comprimé, nous tirions sur les rats pour nous entraîner, et puis nous sommes devenus assez grands pour nous tirer dessus et tuer quelqu'un sur un pont vers nulle part enjambant un fleuve sinueux et peu profond.

Joey Narcosis lâche sa cigarette.

Le pont se souvient de lui.

Il lève les yeux vers la tour gothique qui surplombe les toits du Taudis, unique vestige visible de l'ancienne université.

Ils y allaient toujours ensemble, Jack et Joey, deux petits galopins jouant dans les ruines de la bohème. Ils ne savaient rien de leurs parents et pour tout dire, n'en avaient rien à battre. La seule vie qu'ils connaissaient, c'était celle du Taudis et du fleuve. Kentigern et sa place dans l'histoire, ils s'en foutaient complètement. La milice n'était qu'une menace banale parmi d'autres, au même titre que les gangs de gamins aux rasoirs et les clans des grands ensembles qui cherchaient toujours à empiéter sur leurs territoires réciproques. On les évitait le plus possible, on demandait une protection moyennant finance quand cela s'avérait nécessaire, on jouait le jeu dès le début en suivant les règles établies. L'homme est un loup pour l'homme. Fais aux autres ce qu'ils veulent te faire avant qu'ils ne te le fassent. Et pour apprendre les règles du jeu, il suffisait de regarder les exécutions publiques à la radiovision, la Dame de Fer lâchant la police antiémeute sur les mineurs et les yuppies en bretelles rouges et aux poings graisseux refermés sur des liasses de billets froids et durs. Le Jack de son enfance comprenait ça, du moins il le croyait.

Puis Guy Fox et le roi Finn étaient arrivés avec toutes leurs conneries façon Robin des Bois, et Jack avait avalé l'hameçon, la ligne et le plomb : la rébellion antifasciste, la redistribution des richesses, la liberté, tout le bazar, quoi. A-t-il compris, tout à la fin ? se demande Joey. Jack a-t-il compris, sur ce pont, quand il a vu son ami braquer un flingue vers lui ?

Joey tâtonne psychiquement à la recherche d'autres traces du plagiaire ou du Jack mort ici vingt ans plus tôt. Il ne trouvera sans doute rien, mais pousse quand même son esprit hors de son corps. En vain.

Sauf… Une seconde… Quelque part sous les débris qui

croupissent et dérivent dans la fange, il perçoit une forme de vie. En bas, des rats gros comme des chats s'agitent au milieu des immondices, des rats déformés par le méthane de la décharge pourrissante et l'orgone qui suinte des mines abandonnées trouant en tous sens la colline de Kelvin. Ensevelis sous leurs déjections, piégés sous la terre des déblais, épuisant lentement la merde dont ils se nourrissent, ces rats passent leur existence à se reproduire et festoyer, ou à festoyer et se reproduire.

« Saloperie de piège à rats, hein, mon pote ? dit Joey à la sentinelle morte.

— *Saloperie de piège à rats*, entend-il Jack répéter, bien longtemps auparavant.

— C'est juste une question de survie, encore une fois. Quand on coince une bande de rats dans une cage sans nourriture, ils ne collaborent pas pour se libérer, ils s'entre-dévorent. »

Joey ramasse la boîte d'allumettes. Cet endroit lui rappelle son enfance, d'accord. Mais derrière tous ces souvenirs d'enfants voleurs et violents, il n'y a aucun Jack Flash héroïque, il n'y a que les compulsions perverses et monotones des rats, la faim et le désir, la musique viscérale du sexe et de la mort.

Le caractère des fous et des idiots

J'entre en chantant :

« Ô sainteté, reine de l'éternité, que, par la terre, portent des ailes d'or ! Entends-tu ces paroles de Pierrot ? Entends-tu ses outrages impies contre le fils de Similaire, esprit des festins et du vin coulant à flots qui dans les verres apporte le repos aux hommes à l'ombre du lierre, ou entraîne dans la danse, au son de la flûte, les joyeux convives de la mascarade, pour les débarrasser de leurs soucis et de leurs ennuis ? »

Sur le toit, Arlequin exécute une révérence majestueuse, un salut royal.

« Une vie sage et tranquille qui s'écoule sans heurts sauvegarde une demeure et en fait un dôme du plaisir, car si loin que dans l'éther habitent les puissances divines, elles voient la condition de chacun ! »

Je chante pour le Duc, je flatte sa vanité, je bats des cils, je penche un peu la tête, d'un air qui veut dire : *Oh oui, comme je l'admire, ce messire magnifique à la munificente magnanimité !*

« Ce mystère annule les belles phrases vides de sens et de principe. La vie est courte, et trop de logique abstraite, de sophistique sans queue ni tête ne font que la gâcher. Ceux qui ne le comprennent pas, les hommes à l'ambition démesurée, ratent le bonheur à leur portée. C'est selon moi le caractère des fous et des idiots.

— Le caractère des fous et des idiots… », répète Don.

Guy jette un coup d'œil par-dessus son épaule en secouant un peu les rênes. La roulotte cahote sur les plaines cahoteuses sous des nuages cahoteux. J'arrête de lire le nouveau texte que nous a concocté Guy, je redresse la tête, je les regarde l'un après l'autre en clignant des yeux. Notre Don bourru et grisonnant prend si rarement la parole que lorsqu'il le fait, nous avons tous tendance à nous taire.

« Tu n'aimes pas cette réplique ? lui demande Guy.

— Si, elle est excellente, répond Don. Je me disais juste que… » Il nous désigne un point éloigné devant nous, sur la route : aussi hautes que des montagnes, des flèches splendides éclairées par des feux dorés se dressent dans le lointain. C'est là que nous allons.

« Le caractère des fous et des idiots, répète-t-il.

— Tout à fait, approuve Guy. Tout à fait. »

Je chante :

« Puissions-nous voler, naviguer dans les cieux ! Puissions-nous pénétrer les codes, les îles du doute libre où rient les esprits de l'amour qui apaisent le sylphe de l'homme ! Au pathos, que les cent bouches du fleuve des siècles fécondent de leurs eaux, à défaut de pluie ! »

Je suis debout sur le toit de bois. Il vibre, et je m'efforce de conserver mon équilibre. La roulotte progresse sur des dalles fendues. Bras écartés, j'agite mes pages et je déclame mon texte aux déserts, aux tourbillons de poussière et à la maçonnerie assoupie à moitié ensevelie dans le sable. À côté de moi, Jack lézarde au soleil, feuillette son script et lève les yeux de temps à autre en poussant un bâillement paresseux.

« Tu crois qu'il y a une réplique pour moi dans ce truc ? »

Je tombe à genoux pour faire exprès de jouer comme un pied juste sous son nez :

« Oh, conduis-moi, Arlequin, toi l'étoile qui guide les pèlerins ivres, conduis-moi aux pentes saintes des lampes ointes, au repaire des muses ! Là-bas est la grâce ! Là-bas est le doux désir ! Là-bas se déroulent les réjouissances de tes dévots libérés de l'Empyre ! »

« Putain ! Tu vas te taire ? me crie Joey, en bas.

— Va te faire foutre, je répète ! »

Et je chante, encore plus vigoureusement :

« Cet esprit, ce fils de Zée se plaît aux festins joyeux ! Sauveur des jeunes gens rebelles, il hait quiconque ne se soucie pas seulement de passer et les jours et les douces nuits de son existence dans la félicité ! Pour apaiser nos souffrances, il nous fait don de l'opulence ! Il savoure la paix, et au riche comme au pauvre, il offre les délices du vin, de l'alcool glorieux, pour élever le cœur et l'âme au-dessus de la sagesse éternellement affinée de l'érudit ! Ce dont le pauvre en haillons fait sa loi, ce qu'il approuve, je le choisis moi aussi ! »

Et la roulotte brinquebale tant bien que mal sur cette route accidentée creusée de sillons et d'ornières par le passage des voitures, des camions, des chariots et des sabots, cette route bordée de panneaux signalant des villes inexistantes ou des aires de repos abandonnées, cette route qui nous conduit vers une autre ville où un autre roi, un autre seigneur, un autre parrain ou un autre dieu — dans sa tête, en tout cas — tient sa cour au milieu des âmes perdues. Égarées sur cette terre des morts infinie, captivées par l'ordre des rues et des routes du potentat local, les âmes perdues qu'il piège dans son labyrinthe se retrouvent transformées en esclaves à son service. Car tel est le caractère des fous et des idiots, en vérité. Tels sont les palais de tous les Pantalon.

Jack souffle pour chasser un papillon de son nez, puis l'écarte paresseusement. Je passe mon menton par-dessus le bord du toit de la roulotte, et je regarde Guy et Don, en bas :

« Alors, Guy ? Que se passe-t-il dans l'acte II ?

— L'acte II… C'est pendant l'acte II que ça commence vraiment à chauffer », me répond-il.

Errata

La ville universelle

En bas, quelque part en ville, un muezzin chante l'appel aux prières du soir. Debout à la fenêtre, cigarette à la main, il écoute les lointains trémolos de cette voix claironnante et contemple en contrebas les toits et les jardins en pente. Ici ou là, de fins minarets jumeaux crèvent le ciel, un dôme niché entre eux. C'est une ville en grande partie moderne, avec ses routes et ses immeubles d'habitations qui s'étalent au fond de la vallée ou grimpent les pentes du mont Uludag. Son hôtel, le Dilmun, trône parmi les cafés et les restaurants du quartier touristique.

Il écrase la cigarette dans le cendrier, jette sa veste sur son épaule et attrape la clé de sa chambre — une clé démodée, bien sûr, et lestée de métal pour dissuader les gens de l'emporter avec eux — et referme tranquillement la porte derrière lui en partant. Ces temps-ci, sa vie se résume à des chambres d'hôtel.

Il prend l'ascenseur pour rejoindre la réception. Sixième étage… cinquième… quatrième… troisième… rez-de-chaussée. Pour une raison ou une autre, il n'y a pas ici de deuxième ou de premier étage, peut-être à cause des deux niveaux intermédiaires hébergeant le restaurant et la salle de fitness. Il trouve cela un peu bizarre, mais les habitudes varient d'un pays à l'autre… C'est comme leur façon de faire le lit : on n'enfonce pas la couverture sous le matelas, on la replie sur elle-même.

Ou les petits sachets de Nescafé additionné de sucre et de lait en poudre posés à côté de la bouilloire électrique sur la table de la chambre, comme s'il n'y avait le choix qu'entre le café turc et cette étrange cochonnerie occidentale. Parce que c'est bien connu, les Occidentaux prennent toujours du lait et du sucre dans le café, n'est-ce pas ?

« *Iyi aksamlar* », dit-il à la réceptionniste, qui lui sourit. *Bonsoir.*

« *Iyi aksamlar* », lui répond-elle.

Il repart vers l'entrée.

« *Arapsukru, lutfen.* »

Le taksi Heykel l'embarque pour un trajet de cinq minutes à cinq millions de lires turques jusqu'à l'Arapsukru, la rue des Restaurants de Poisson. Il fouille dans son portefeuille pour trouver le billet qui convient. *Non, ça c'est cinq cent mille. Ah, en voilà un.* Il ne peut s'empêcher de trouver une ressemblance troublante entre le fondateur de la nation turque moderne, Emil Atatürk, et le méchant fou et maniéré d'une série de SF des années cinquante, *Perdus dans l'espace*. Le docteur Zachary Smith, c'était son nom. Il le jure devant Dieu, c'est son portrait tout craché. Inutile de le préciser, il ne l'a jamais fait remarquer à un Turc ; ce serait du plus mauvais goût.

« *Tesekkur.* »

Merci.

« *Tesekkur. Iyi aksamlar.*

— *Iyi aksamlar.* »

En ce début de soirée, les rues semblent animées, vues du taksi. Les magasins restent ouverts plus tard que dans son pays, et les gens du coin s'affairent comme ils le font dans tous les pays chauds où la météo, les imperméables et les parapluies sont le cadet de leur souci. Culture des rues, vie des rues, c'est l'une des choses qu'il apprécie en ce lieu et à cette époque. Il ne se voit pas rester ici pour toujours — en cette veille de guerre, on ne trouve nulle part à Bursa le moindre Russe blanc convenable —, mais il aime bien y séjourner de temps à autre, pour l'ambiance.

Les serveurs qui tournent en rond devant les restaurants marchandent avec lui, lui montrent du doigt les étalages de poisson frais à l'entrée et l'ambiance accueillante des petits bâtiments à un étage, avec leurs toiles cirées, leurs postes de télé diffusant les matchs Galatasaray-Fenerbahçe FC, les hommes qui poussent des acclamations à l'intérieur, les bouteilles de raki… Il sourit, secoue la tête et continue sa balade. Quelques mètres plus loin, il laisse derrière lui le dernier restaurant et la rue devient plus sombre, plus calme. Il enfile sa veste puis plonge dans la ruelle aux pavés ronds et…

Macadam soulevé, route barrée par une clôture de toile métallique. Elle est toute entière isolée ainsi, et de petits excavateurs automatiques sont parqués derrière la clôture. Le trottoir — ou le bas-côté, peu importe — est étroit, inégal, même sans tenir compte des stands de chaussettes et de bibelots en plastique. Une fois encore, il se retrouve à contresens ; un flot de gens s'écoule vers lui, et il doit se faufiler entre eux. Il s'engage bientôt dans une rue latérale moins animée ; il se dirige vers le Zócalo. Il consulte sa montre, accélère le pas. Il est presque vingt-trois heures ici, et ce soir, on donne un concert gratuit sur la vaste place du centre-ville. Il ne veut pas se retrouver coincé dans la foule quand Alessandro Gussman aura fini son tour de chant et que les gens rentreront chez eux. Pas comme la dernière fois… Bon sang, vingt-cinq millions de personnes vivent dans le Distrito Federal, et la dernière fois qu'il est venu ici et maintenant, il a eu l'impression qu'ils étaient tous allés au concert, et qu'ils devaient tous prendre la même rue pour rentrer chez eux. Il avait fini par laisser tomber ; il était allé prendre une *cerveza* et une cigarette dans un petit café, en attendant que ça se calme dans la rue. C'était un endroit charmant, entièrement paré de fanions rouge, vert et blanc ; une décoration qui traduisait sans doute une sorte de nationalisme joyeux en cette période précédant l'Independance Day. Puis il avait repéré le foot à la télé : l'Inter de Milan jouait contre… tel ou tel club.

C'est là qu'il avait compris qu'il se trouvait dans un café italien. En plein cœur de Mexico.

Il traverse une rue au petit trot, longe à grands pas un pâté de maisons jusqu'au coin suivant et traverse une autre rue juste avant de sentir les premiers spectateurs affluer derrière lui. Ouf!

« *Perdón, señor!* »

Il se retourne juste au moment où le gamin le heurte en le dépassant. Il fait mine de trébucher et attrape le gosse par le bras comme pour retrouver son équilibre, si bien que le gosse se retrouve entre lui et une femme qui marche tout près de lui. Elle remet sa main dans sa poche comme si de rien était et se renfrogne presque imperceptiblement.

« *Perdón!* » s'exclame-t-il à son tour en tapotant l'épaule du garçon.

Qui ne remarque même pas qu'il a perdu sa montre, et le rouleau de billets dans sa poche intérieure. Bien fait pour lui, ça lui apprendra, à cet amateur à la noix.

Il palpe sa poitrine; la bosse du portefeuille s'y trouve toujours. De toute façon, ces pickpockets n'auraient pas tiré grand-chose de lui, à part une poignée de lires turques et un paquet de cartes de crédit expirées depuis deux ans.

Il tourne au coin de la rue.

Une autre rue, une autre ville, une autre année. Les bâtiments sont toujours noirs de suie, la pierre toujours encrassée par des décennies de vapeur d'essence et chauffage au charbon. À une époque se dressaient là d'éblouissants immeubles d'habitation, des banques et des bureaux croulant tellement sous les ornements qu'on pouvait sans doute escalader sans problème ces façades cannelées et semées de corniches dès que l'envie s'en faisait sentir. Dans les caniveaux, les détritus sentent toujours le fruit pourri et, dans les bars, les gens sont toujours en train de hurler devant leurs postes de télé. La ville est universelle. L'univers est une ville. En tout cas, le sien l'est.

Descendre Rosenstrasse, traverser le pont des Soupirs. Éviter les bas-fonds, les *Hell's Kitchen* et autres Soho, qu'ils soient de New York ou de Londres. Brique brune, brique rouge, grès, granit. De temps à autre, il aperçoit un monument qu'il connaît, mais choisit en général de l'ignorer. Ces repères sont impressionnants, certes, mais ce n'est pas grâce à eux qu'il navigue dans les rues grouillantes de vie et d'ordures. Il préfère remonter les congruences, les points communs entre les gens penchés aux fenêtres qui crient quelque chose à leurs amis dans la rue, ou entre ceux qui promènent leurs chiens, ou entre les mégots de cigarettes qui tombent dans les égouts. En fait, c'est une des raisons pour lesquelles il fume : quand il laisse tomber sa cigarette dans une flaque, elle le relie à un million d'instants similaires, de cigarettes qui tombent dans des flaques avec des floc et des pshitt, des instants tous un peu différents, jamais vraiment les mêmes, mais assez ressemblants pour lui permettre d'effectuer ce petit pas qui le fait passer d'un lieu à un autre. Bursa, Mexico, Mirenbourg, Florence… Toutes ces villes finissent par n'en former qu'une seule, une ville universelle d'un million d'arrondissements, d'un million de quartiers latins, d'un million de quartiers juifs, d'un million de West End et de Chinatown imbriqués dans le fouillis des héritages oubliés, des petits bouts du pays natal que les immigrants qui se sont installés là ont apporté dans leur cœur, exposé aux fenêtres et placardé aux murs, collages d'identité soigneusement découpés et enfilés sur une ficelle, et qu'on pourrait prendre pour de simples décorations si l'on n'y regarde pas de trop près, comme les fanions rouge, vert et blanc d'un café italien de Mexico.

Il coupe la rue Ingram, passe devant un édifice bas en grès rouge — depuis longtemps reconverti en night-club, il abritait à une époque les bureaux commissionnés d'un riche importateur de tabac de Glasgow — et ressort en haut de Virginia Street, une rue latérale délabrée bordée de bars gay et de galeries commerçantes. Il passe devant le quai de chargement d'un grand magasin, deux bâtiments écroulés, un autre simplement condamné avec de l'acier aux portes et aux fenêtres et des écriteaux de mise en garde, et au coin suivant, s'engage dans une rue latérale par rapport à cette rue latérale, et dans une décennie complètement différente.

Il grimpe les marches avec un hochement de tête destiné aux videurs dans leurs smokings dépenaillés bien trop serrés pour eux. Le Club Soda n'est pas ce qu'on appelle un club pour gentleman, mais on y sert du Bombay Sapphire et il y a de bons fauteuils en bas de l'escalier derrière la piste de danse, au fond d'un couloir tapissé de papier peint vert foncé et de lambris, dans l'arrière-salle réservée au poker. D'une poussée, il ouvre la porte en sifflotant.

Il reconnaît tout de suite Joey. Il va sourire à ce souvenir et s'apprête à le saluer joyeusement, quand soudain il prend conscience de l'uniforme kaki, des insignes militaires… et des quatre gardes tous armés.

L'homme s'adresse à lui :

« Commandant Joseph Pickering. Veuillez nous suivre sans résister, je vous prie. Inutile de faire du grabuge. »

Des histoires absurdes, des histoires folles

« Je m'appelle Reynard Cartier. Je suis…

— Non, vous vous appelez Reinhardt von Strann, le coupe Pickering.

— Je suis né à Rennes-le-Château, en France. J'ai grandi à Paris. J'étais propriétaire d'un night-club à Berlin avant l'arrivée des futuristes… »

Pickering secoue la tête. Combien de temps il va se foutre de lui, cet abruti ?

« Vous vous appelez Reinhardt von Strann, et vous êtes né à Strann, en Prusse occidentale. Bon sang, nous savons qui vous êtes, mon gars ! Nous savons tout ! »

Ce n'est pas tout à fait exact. Pickering possède bien un

dossier sur Reinhardt von Strann, alias Guy Fox, un dossier aussi interminable et abscons qu'un bouquin de Joyce. Le problème, c'est que plus de la moitié des informations et des faits qu'il contient, tous avérés, tous provenant de sources fiables et multiples, sont complètement contradictoires. Donc prétendre *tout* savoir sur cet homme est quelque peu stupide. Et pour être honnête, ce n'est pas tant *nous* que *je*. Le reste du MI5 ne semble pas s'intéresser outre mesure à ce « pamphlétaire fêlé », à cet anarcho-socialiste fou qui affirme dénoncer les dangers de la politique « fasciste » du nouveau gouvernement. En ce moment, l'État doit affronter des ennemis bien plus redoutables.

« C'est absurde », dit l'homme.

Comme de bien entendu, il parle anglais avec un impeccable accent français, sans la moindre trace de l'accent allemand guttural, et en employant parfois des termes américains, ce qui n'est pas très surprenant. Mais Pickering n'est pas dupe une seconde. Il ôte son képi pour lisser ses cheveux aile de corbeau brillantinés et repose d'un geste vif le couvre-chef sur sa tête. C'est un tic inconscient, comme pour se dégager le visage en repoussant des cheveux longs en arrière, et il ne sait pas du tout d'où il le tient, car ses cheveux sont courts depuis qu'il est entré dans l'armée.

« Vous avez effectivement possédé un night-club à Berlin avant la guerre, pendant une brève période succédant à une carrière moins illustre de… Comment la résumer… de gigolo et voleur de bijoux.

— Je ne prétends pas avoir mené une vie complètement vertueuse, c'est vrai, mais en tout cas je ne suis pas un voleur.

— Pas un voleur *ordinaire*, vous voulez dire. »

Pickering quitte son siège et se rend tranquillement au coin de la pièce. Il s'adosse au mur, bras croisés pour jauger le prisonnier, puis revient, ôte son képi, le pose sur la table…

« En juillet 1940, reprend-il, on vous a arrêté parce que vous aidiez des réfugiés à fuir l'Allemagne. Vous avez été accusé de traîtrise envers le Troisième Reich et condamné à mort. Étant donné les antécédents de la famille von Strann, le scandale a été retentissant. Mais bon, votre famille avait déjà connu d'autres scandales, n'est-ce pas ? Votre frère, par exemple… Nous en reparlerons plus tard.

— Je n'ai pas de frère ! Vous devriez vérifier vos informations ! Je suis le seul enfant d'Alphonse et Marie Cartier de…

— Toujours est-il que juste avant votre exécution, vous avez réussi à échapper à la surveillance de la Gestapo et on n'a plus entendu parler de vous jusqu'à…

— Puisque je vous dis que je ne suis pas cet homme !

— Jusqu'à la fin de la guerre, jusqu'à septembre 1947, quand vous avez été capturé en train de *pénétrer* par effraction dans un goulag sibérien. Ils vous ont enfermé dans une pièce sans fenêtre, ils vous ont laissé seul une minute, et pouf, vous avez disparu. Deux jours plus tard, un homme répondant à votre description, pris en train de traverser le rideau de fer, est abattu par des gardes-frontières polonais. Nous possédons les dossiers de la Stasi et du NKVD se rapportant à cet incident. C'est une lecture très intéressante, croyez-moi. Deux jours pour aller de la Sibérie à Varsovie ? *Deux jours* ? »

« Commandant… Commandant Pickering, c'est bien cela ? Je vis en Grande-Bretagne… Pardon, en Albion… Je vis en Albion depuis 1941, depuis que j'ai fui Berlin. Vraiment, ça ne me déplairait pas d'être ce von Strann dont vous me parlez. Il a aidé des réfugiés à s'échapper, vous dites ? C'est manifestement un homme admirable. »

Avec un vague sourire, le prisonnier ajoute :

« Mais je ne suis pas très courageux, commandant Pickering. Vous voulez savoir quel a été mon fait d'arme le plus audacieux contre les futuristes ? J'ai uriné dans leur cognac ! Et j'étais très saoul, ce jour-là. Ils me faisaient peur, commandant Pickering et, dès que l'occasion s'est présentée, j'ai fui, seul. J'ai traversé les Pays-Bas sans un regard en arrière. Je n'ai emmené personne avec moi, je n'ai pensé qu'à moi. Je ne suis pas comme ce von Strann. Je ne suis pas cet homme. La Résistance hollandaise, vos hommes, même… Rien qu'à Londres, une foule de gens peuvent vous confirmer mon histoire. Le capitaine qui m'a interrogé, le capitaine MacChuill…

— Depuis, il est passé général. Effectivement, le général MacChuill se souvient très bien de vous. Il dit que vous lui avez fourni des informations d'une valeur inestimable sur les sites de munitions et autres cibles potentielles.

— D'accord, je me suis peut-être rendu *un peu* utile. Mais je n'y comprends rien ! Si le capitaine MacChuill a vérifié…

— Il n'existe aucun compte rendu de vos conversations, vous le saviez ?

— Je vous demande pardon ?

— Le général se souvient parfaitement de vous, il n'en démord pas, et il dit la vérité, cela ne fait aucun doute. Et pourtant, je n'ai retrouvé aucune trace de son interrogatoire, aucune trace de votre arrivée, aucune trace de toute cette affaire. Pourquoi ? Je me le demande… »

« Les périodes de guerre sont confuses, commandant Pickering. On peut égarer des choses dans ce chaos, les perdre, les oublier ou…

— Les voler ? Une centaine de petites formalités administratives qui devraient être là mais ne le sont pas ? Je n'ai pas trouvé une seule photo de vos amis. Sans parler de correspondance. Mais ils jurent tous aveuglément qu'ils vous connaissent depuis sept ou huit ans. Comment est-ce possible, Herr Strann ? Comment dit-on, d'ailleurs ? Herr Strann ? Herr von Strann ? Comment s'adresse-t-on à un aristocrate prussien ?

— S'il vous plaît, commandant Pickering. Mon nom est Cartier… Monsieur Cartier, si vous y tenez, mais vous pouvez m'appeler Reynard. »

Pickering s'exprime d'un ton fatigué et laborieux, comme s'il parlait à un enfant demeuré.

« Votre nom est *Reinhardt*… Reinhardt von Strann. Nous le *savons*. Nous savons que vous avez été propriétaire de l'Antre du Renard, à Berlin, entre… »

Le prisonnier lève une main qui tremble à peine. Lui aussi, il a l'air fatigué.

« Une seconde, commandant. Je vous dis la vérité, croyez-moi. Ce von Strann, son nom ne m'évoque rien. Mais… l'Antre du Renard, vous dites ?

— Oui. L'Antre du Renard.

— Ça, je m'en souviens. Je n'ai jamais su comment s'appelait le propriétaire, mais j'ai entendu parler de lui. Il avait un frère dans l'armée, c'est bien cela ?

— Oui. Johann von Strann. Ne jouez pas à ce petit jeu avec moi.

— Je ne joue pas, commandant Pickering. Ce monde n'est pas un terrain de jeu. Pas depuis… Pas depuis… »

Il secoue la tête.

« Bon, je vais vous faire quelques révélations. Je sais peut-être des choses, effectivement. Mais je vous préviens, ce sont des histoires absurdes, folles, impossibles. Bah, après tout, si c'est ce que vous voulez vraiment… Je ne vous demande qu'une seule faveur, commandant Pickering, une unique faveur. »

Pickering reste muet.

« Appelez-moi par mon nom, commandant Pickering. Appelez-moi Reynard. »

3

Prisonniers du chagrin

Le voleur de vies

On l'a vu à Dresde, mon frère. On l'a vu à Dresde lorsque les bombes incendiaires des Alliés se sont abattues sur la ville. On l'a vu à Dresde, Cologne, Düsseldorf et Hambourg. On l'a vu à Londres pendant le Blitz. Il sautait de toit en toit, comme un Jack Talons-à-ressorts du XXe siècle, et chaque fois que ses bottes de cavalier touchaient une maison, chaque fois qu'il quittait sa posture accroupie pour bondir de nouveau, la maison explosait dans un craquement de tonnerre et un geyser de flammes. On l'a vu à New York lorsque le premier bébé de von Braun a inscrit une traînée de feu dans Wall Street.

À Dresde, Londres et New York, les bombes ont suivi mon frère, comme s'il était l'homme doré, le messager de la mort. Ou alors, c'était mon frère qu'ils voulaient anéantir à coups de bombes et pas les familles blotties dans des caves à charbon, les ouvrières d'usine avec enfants et grands-parents ou les hommes d'affaires qui, aux fenêtres du vingtième étage, regardaient horrifiés la lumière cautériser les ténèbres, plus près, toujours plus près. On l'a vu sortir indemne des tempêtes de feu, cet esprit de tous les Blitz né de la destruction. On l'a vu à Tokyo, Hiroshima et Nagasaki. À l'époque, on l'apercevait partout où ça flambait, mon frère, Johann von Strann, Jack Flash comme l'appelaient les Anglais, le surhomme, l'avatar, l'enfant de la lune. C'est donc dans le feu qu'il s'est forgé, dans le sang et le feu.

Il voulait devenir un héros de l'espèce la plus ancienne, un dieu appelé dans un corps d'homme, mais Dieu l'a piégé dans Ses rêves.

À Dresde, capitale de la Saxe, la Florence sur Elbe comme était surnommée cette ville à l'architecture rococo et baroque, un dieu du feu se sent forcément comme chez lui. C'est la ville des fours où flambe la porcelaine de Saxe, de l'argile sombre se métamorphosant dans la fournaise en porcelaine fine et blanche. Une cité portuaire, une cité d'industrics lourdes, de fonderies et de forges, du fer et du carbone transformés en acier industriel. Mon frère mentionnait souvent l'un de ses héros, Michel Bakounine. Cet homme avait dirigé la ville après son soulèvement, quand elle s'était dressée pour chasser ce roi de Saxe qui avait osé rejeter la constitution de l'Empire germanique. Il parlait de Bakounine et de son armée d'ouvriers s'emparant des trésors artistiques des musées de la ville et les déposant sur les barricades pour dissuader les troupes prussiennes de tirer, de Bakounine et de ses rebelles se battant dans les rues pendant quatre jours d'affilée, et des petits bourgeois de la ville, des commerçants formant des milices communales pour appuyer les troupes contre les insurgés.

Cette histoire existe aussi dans votre monde, j'imagine ? Si, si, je suis sûr qu'elle existe. Vous aussi, vous conservez le souvenir d'un siècle de svastikas et de faucilles, de balles bosniaques prenant pour cible la Bosnie, d'un Grand Jeu devenu mortellement sérieux, du flot obscur des grandes puissances et des grandes idées se déversant sur le monde en renversant toutes les frontières, qu'elles soient morales ou géographiques. Le monde n'a pourtant pas beaucoup changé, croyez-moi. Quand nous prétendons le changer, c'est surtout nous qui changeons, on dirait.

Prométhée le porteur de feu a changé le monde. Il l'a changé au point qu'on l'a enchaîné dans un relief ornant le mur de la Katholische Hofkirche de Dresde. Après tout, les villes comme Dresde doivent énormément à celui qui a volé le feu, nous offrant ainsi le moyen de bâtir le monde que nous connaissons. Les poètes et les musiciens de toute l'Europe qui ont séjourné à Dresde ont écrit de véritables chefs-d'œuvre pour célébrer cette titanesque figure des Lumières. En Prométhée, le romantisme et la raison fusionnent comme le fer et le carbone dans l'acier qui nous sert à fabriquer nos navires, nos voitures, nos tanks et nos armes. Les deux idéaux implacablement opposés de la pensée occidentale ont découvert ce qu'ils avaient en commun dans cette figure tragique et héroïque du Prométhée enchaîné, dans les statues de bronze, la poésie lyrique, les symphonies au son cristallin, les fresques de pierre… À Dresde.

Et si c'était cette représentation-là du pire ennemi de Zeus qui avait attiré le feu du ciel sur la ville ? Comme si Zeus avait voulu y marteler son message à coups de foudre : *Comment osez-vous révérer ce voleur ? Vous lui êtes à ce point reconnaissant parce qu'il vous a donné le feu ? Mettons donc votre gratitude à l'épreuve ! Vous en voulez, du feu ? Vous allez en avoir, et pas qu'un peu !*

S'il n'existe à ma connaissance aucune photo de mon frère, des anecdotes circulent à son sujet, de celles qui ne se retrouvent jamais dans les archives officielles. Une silhouette émergeant indemne d'un édifice transformé en fournaise, un personnage qui apostrophe la tempête de feu, accroupi sur un manteau de cheminée… La guerre semble générer ce genre de mythes, et certains connaissent la postérité : des anges apparaissent pour mettre en déroute les forces adverses, des morts sauvent la vie de leurs camarades soldats avant de s'évanouir dans la fumée dont ils sont sortis, etc. Mais Jack Flash, l'ange de la mort aux cheveux de feu dans son pardessus de l'armée flottant au vent, l'homme qui grommelait le tonnerre des bombardiers en approche, qui hurlait la mélopée funèbre des missiles V-3 et rugissait l'explosion des édifices expédiés dans l'au-delà… Je n'ai entendu ici ou là que quelques rares histoires le concernant. Et ceux qui les racontent ont vu mourir des êtres chers. Ils les racontent toujours calmement et à contrecœur, comme s'ils craignaient de le faire réapparaître rien qu'en parlant de lui.

Ils se trompent complètement, bien sûr. Mon frère ne répond à aucun appel, à aucune invitation. Il vient quand ça lui chante.

Le prisonnier de Pierrot

Après avoir enfilé en vitesse un costume de soldat (une armure qui miroite d'un éclat aveuglant), Don revient sur scène, une chaîne à la main :

« Messire Pierrot, nous sommes de retour ! »

Il traîne péniblement Jack derrière lui, et jette l'Arlequin à genoux :

« Nous avons capturé la proie que vous nous avez envoyés chasser ! Nous l'avons traquée comme du gibier, mais elle est sacrément docile ! »

Don ricane, mais son mépris cache mal sa confusion :

« Il n'a pas cherché à fuir, ni à lutter, il n'est pas devenu blanc comme un linge. Il n'a même pas pâli un peu ! Il nous a tendu les poignets en riant. Il s'est rendu, genre *Attachez-moi et emmenez-moi, les mecs*. Il nous attendait, il s'est arrangé pour que ce soit facile… »

Troublé, presque nauséeux, Don détourne le regard, puis reprend d'un ton calme :

« J'avais honte. Je lui ai dit que je ne lui voulais aucun mal. Que je ne fais que suivre les ordres. »

Il lance un nouveau coup d'œil à Pierrot.

« Je lui ai dit que c'était mon maître qui m'envoyait. »

« En revanche, messire, les disciples capturés et menottés par votre majesté — ceux que vous avez jetés en cellule, fers aux pieds — ils se sont tous échappés ! Les chaînes sont tombées toutes seules à leurs pieds ! Les verrous et les battants des portes se sont ouverts sans l'aide d'une main mortelle ! Les prisonniers n'ont eu qu'à enlever leurs fers pour partir gambader dans les champs en invoquant Arlequin ! Cet étranger a accompli une sacrée volée de miracles, messire. À votre place, je garderais un œil sur lui. »

Je me retire de l'action, et je les observe, j'observe Don, Joey et Jack sur la scène, et Guy caché derrière le rideau en face de moi. Lui, il étudie le Duc et la princesse Anesthésia en se caressant la barbe. Dans la pénombre, la salle est calme ; le public semble absorbé dans l'intrigue. Soudain, la Princesse coupe court aux propos érudits du consul en train de lui expliquer que l'Arlequin est l'esprit de l'alcool…

« Oui, mais gin ou whisky ? » le coupe-t-elle.

Le Duc éclate de rire.

Ce n'est pas la première fois que nous interprétons une intrigue dissimulée dans une autre intrigue. Ce n'est pas la première fois que M. Reynard glisse un message caché dans nos spectacles, et ce n'est pas la première fois qu'il se sert de mon chant, des danses de Jack et des effets pyrotechniques de Don comme d'une fumée ou de miroirs bien placés pour travestir des propos un peu plus subversifs qu'il n'y paraît. Par contre, c'est bien la première fois que Guy montre aussi ouvertement à un prince de l'enfer à quoi va ressembler sa défaite. Par chance, me dis-je, cet homme regarde surtout Jack qui se pavane sur scène, la pantomime de Pantalon et Scaramouche, et un Pierrot mélodramatique qui s'agite et fulmine. Je me rappelle une autre pièce, que nous n'avons jouée qu'une seule fois. Son intrigue se déroulait dans la Castille d'un certain Cid. Nous avions interprété cette saynète de Cervantès en nous inspirant du texte de la compagnie Barraca de Lorca, et nous avons dû nous tirer en quatrième vitesse, avec Jack et Joey sur les marchepieds de la roulotte tirant à la mitraillette sur la horde à cheval lancée à nos trousses dans une course effrénée. Guy nous a raconté qu'à l'époque du roi George, la populace de Londres était tout aussi belliqueuse. Si la pièce ne lui plaisait pas, elle mettait le théâtre à sac et obligeait son propriétaire à s'excuser à genoux.

Nous sommes donc tous un peu nerveux, mais, pour l'instant, le Duc a l'air de s'amuser un peu, heureusement. Les autres — toutes ces âmes assoupies qui pensent qu'il leur assure l'éternité — ont l'air troublé, mais c'est tout.

« Libère-lui les mains. Il a beau être rapide, il ne peut plus échapper à ma colère maintenant qu'il est en cage ! »

Pierrot rumine et rôde :

« Eh bien, l'étranger, je vois que tu peux effectivement séduire les femmes de ce pays, ce pour quoi tu es venu. Tu n'es pas sans attrait. Ta longue chevelure — il passe sa main dans la tignasse blonde puis empoigne une touffe de cheveux et lui tire violemment la tête en arrière — n'est manifestement pas celle d'un combattant, mais elle met tes joues en valeur, je l'admets. »

Il caresse la peau sous le menton :

« Douce et pâle… C'est à dessein que tu la gardes à l'abri des coups de soleil et dans l'ombre, pour captiver l'amour par ta beauté. Allons, dis-moi d'où tu viens… »

Search and Destroy[1]

« *Je suis une pute mâle en peau de lion, la main pleine d'orgone…* »

Le salon du Lézard regorge d'habitués, une vraie galerie de filous. Dès que je franchis le seuil, vêtu d'un manteau bariolé long tel un arlequin de la mort, les bavardages policés et le tintement des verres cocktail passent en sourdine.

« *Je suis le fils prodigue d'un massacre nanotech…* »

1. Morceau d'Iggy Pop and the Stooges, type de mission militaire.

Je montre ma lance-ki au videur et je descends me mêler à la foule déchaînée. Sur scène, le chanteur s'est lancé dans un pot-pourri *lounge* rétro au style sensuel et désabusé, tout en morosité mélodieuse.

« *Je suis interdit en ce monde, je suis le fils qu'il faut détruire…* »

Cheveux en banane, smoking criard de velours rouge crevé, chemise à franges, il claque des doigts pour attirer mon attention et ça pète comme un coup de feu. Il me lance un clin d'œil… Tiens, salut.

« *Je suis interdit… Je suis interdit…* »

Je lui rends paresseusement son salut. Les gens se retournent vers leurs amis, le moment de célébrité est passé. Seuls quelques rares coups d'œil et autres hochements de tête furtifs dans ma direction rompent encore l'intimité discrète et diplomatique de cet antre de la corruption.

« *C'était "Search and Destroy", par notre rocker préféré, morceau que je dédie au seul et unique 20th Century Boy ! Oh yeah ! Si la musique est la nourriture de l'amour, comme on dit, nous pourrions bien assister ce soir dans les rues à quelques jolies copulations, amigos, parce que sur Radio Kentigern Libre, nous vous réservons un véritable festin, rien que pour vos oreilles ! Alors bande de branleurs de la cité des rêves éteints, grillez-vous un autre joint, percez-vous une autre canette de bière et ouvrez bien grand vos oreilles ! Vous allez entendre crépiter le destin ! Est-ce l'odeur du café, ce parfum ? Ou de la merde qui percute le ventilo ? Eh oui, mon bon monsieur, le rythme de la vie est un beat d'enfer, le beat de la rue et de l'air qui nous entoure, ici, là-bas et partout, et nous sommes la seule radio libre qu'ils n'ont jamais pu faire taire ! Ici la voix de la raison qui vous appelle dans la sauvagerie de la ville ! Un coyote solitaire hurle à la lune chauffée à blanc dans la nuit du désert ! Si tu viens juste d'allumer ta radio, voici une petite récap', rien que pour toi ! Le thème de ce soir, c'est Jack Flash, et la question, on ne se la pose pas sous l'angle "Que sont-ils devenus ?" mais "Comment diable s'y est-il pris pour revenir de l'enfer ?"* »

J'adore faire une entrée remarquée, mais en me dirigeant (évidemment) vers le bar au milieu des groupies, des porte-flingues et du glamour, je me dis que quand même, des fois, l'assassin anarchiste aimerait juste que quelqu'un s'approche de lui et lui dise…

« Jack Flash ? Je peux t'offrir un verre ? »

Vêtu de blanc façon cricket, un jeune coquin, fringante moustache fine, chevelure pimpante et regard brillant de la mauvaise graine sortie d'une école publique de garçons, s'avance vers moi en me tendant la main.

« Nous nous demandions tous où tu allais te montrer », me dit-il.

Un jeune skateur punk avec une touffe de cheveux en pointe d'un vert iridescent et des favoris espiègles aussi mignons que son nez en bouton surgit derrière lui, les mains dans les poches d'un fute baggy de l'armée. Son tee-shirt bien trop grand pour lui proclame sa « stoopidity » en caractères bulles.

« On a parié sur la date de ton retour, ajoute le skateur. Moi, je t'attendais pour le Millenium. »

Je leur raconte ma routine en détail : une fois tous les dix ans, je reviens redresser les torts et assouvir ma vengeance, blablabla.

« Vieille histoire, mais je crois que je peux y apporter quelques nouveautés », leur dis-je en conclusion.

Le jeune coquin hoche la tête :

« Ça ne serait pas de refus. Kentigern est déchaînée en ce moment, avec les fêtes et tout ça. Avec Halloween et Hogmanay, il y a des feux de joie et des feux d'artifice partout… Tu tombes parfaitement bien. »

Dehors dans l'Hinver, les saisons sont des pays. On vit dans les veilles et les lendemains du désir, on vit le jour où on a perdu sa virginité, celui où on gagnera au loto, celui où notre équipe a remporté la finale, ou encore la veille du jour où notre frère est mort. Nous avons posé la question suivante à une centaine de personnes : si elles pouvaient vivre dans l'année de leur choix, laquelle choisiraient-elles ? Mais, après notre enquête, permettez-moi d'en douter.

Bah, c'est nickel. Kentigern a un passé et tout ce qu'il faut.

Je me retrouve à fixer le skateur. Qu'est-ce qui m'attire chez ce garçon ? Son délicieux sourire espiègle ou les cornes minuscules qui saillent de son front ? Des cornes sans doute fausses, sauf que je peux me tromper. Je n'ai qu'à penser aux bizarreries de mon propre métaphysique… même si ce genre de caractéristiques externes de l'archétype intérieur n'apparaissent qu'après des années d'abus d'orgone répétés. Or, ce jeune gars me paraît trop innocent pour être dépravé à ce point. Qu'est-ce qu'il est mignon quand il plisse le nez d'un air boudeur !

« J'aurais juré que tu atterrirais en plein Millenium, insiste-t-il.

— Pas de bol, mon pote ! Tu as perdu. C'est ta tournée ! s'exclame le jeune coquin.

— Une G'n'T, alors, dit le skatepunk. Et pour Jack Talons-à-ressorts… une absinthe, c'est ça ?

— Mon poison préféré ! Comment tu le sais ? Quand je pense que je ne connais même pas vos noms !

— Moi, c'est Guy Fox, dit le jeune coquin. Guilde des voleurs. Magnat du coin. Tu ne te rappelles pas ?

— Était-ce il y a plus d'une minute ? dis-je. Mais toi, dis-moi que je te connais.

— Puck le Véloce, dit le skatepunk.

— Véloce comment ?

— Je peux ceinturer le monde en quarante minutes. Et ôter la ceinture en dix. »

Ses paupières battent presque imperceptiblement, juste assez longtemps pour me dévoiler son ombre à paupières vert métallique. Il hoche la tête et file vers le bar.

Sur scène, le chanteur présente « le solo virtuose de Bert Finkle au piano », puis part tranquillement se chercher un whisky et une cigarette. Le pianiste enchaîne les fioritures en guise d'intro minable au Vide insondable.

« Alors, Jack, tu ne te souviens vraiment de rien ? me demande Fox.

— J'ai l'esprit un peu embrouillé, lui dis-je. Je suis pédé et je suis ici. Qu'est-ce que j'ai de plus à savoir ?

— Le roi Finn et la princesse Anesthésia, ça ne te dit rien ? Don Coyote ? Joey ? »

Je secoue la tête en haussant les épaules. Je me retrouve soudain avec un verre d'absinthe planté dans mon poing par Puck le Véloce. Ma parole, il n'a pas volé son surnom ! Sa main est posée sur mon épaule.

« Tu es un vrai joyau », lui dis-je.

L'Œil de l'Ange qui pleure

Quel joyau splendide ! me dis-je.

« Mon frère, tu es une incorrigible crapule ! Et un sacré bon voleur », me dit-il.

Je tapote doucement la cigarette pour la faire rentrer dans le fume-cigarette fuselé en ivoire, je coince le fume-cigarette entre mes dents et je lui souris. Quand je porte le briquet de table à mes lèvres, l'Œil de l'Ange qui pleure semble piéger la flamme en lui. Ce diamant tire son nom de son défaut, une inclusion elliptique bleuâtre évoquant un œil qui pleure, un peu comme ce motif égyptien très populaire ces temps-ci, depuis que ce bon vieux Toutankhamon a révélé ses secrets à Carter et Carnarvon. L'œil retient la flamme entre ses facettes, et en lui scintille également, mystérieuse et surnaturelle, la lueur feutrée de la lampe de bureau, une nymphe Art nouveau aux nuances vertes qui pare d'ombres la pièce lambrissée.

« À tout avis, combien je pourrais en tirer sur le marché libre ?

— Mille millions de marks ? me suggère-t-il, avec un geste

dédaigneux de la main. Cent mille millions de marks ? Un gazillion ? »

Il me décoche le plus irritant des sourires, un sourire faux mais espiègle et d'autant plus énervant qu'il me l'a volé. Et qu'il lui va mieux qu'à moi.

« Je n'en ai pas la moindre idée », conclut-il.

Je m'attends presque à voir ses dents scintiller. Sacré nom d'un chien, les choses ne sont pas censées se passer ainsi. C'est moi la séduisante crapule et lui le soldat aux ordres. Le mouton noir et le chouchou, exactement. Non, deux fripouilles dans la même famille, ça ne peut pas marcher.

« On croit connaître quelqu'un, et en fait… », lui dis-je en poussant un soupir.

L'Œil de l'Ange qui pleure n'est ni le plus grand diamant du monde, loin de là, ni dépourvu de défauts. Il reste néanmoins la gemme la plus précieuse qu'il m'ait jamais été donné de subtiliser. Ça, j'en suis presque sûr. Si j'en touche un mot aux bonnes personnes, je dois pouvoir le vendre une petite fortune, autrement dit de quoi financer ma retraite, largement.

Mon frère fait glisser vers moi l'Œil de l'Ange qui pleure sur le bureau d'acajou. Je le ramasse entre le pouce et l'index, je l'examine quelques instants, et je referme mes doigts dessus. Je tape trois fois le bureau du poing, puis je rouvre ma main pour lui montrer ma paume vide. Pour terminer, je vais cueillir la pierre précieuse derrière son oreille. C'est un tour facile, que j'ai appris tout seul quand j'étais petit. Crime et cabaret, la vie dont j'ai toujours rêvé…

« L'Antre du Renard, reprend Pickering. Fondé en 1929 par un certain Reinhardt von Strann, fils cadet et mouton noir de cette noble famille prussienne… joueur notoire ayant dilapidé son héritage dans les casinos de Monte-Carlo… Tombeur de ces dames tristement célèbre, de la veuve fortunée à la fille d'un industriel en passant par une princesse juive. Soit dit en passant, toutes ses conquêtes semblent avoir été victimes du fameux Renard noir, le rat d'hôtel le plus redouté de la Riviera.

— Continuez, c'est passionnant. On dirait du Arsène Lupin.

— Vous avez sûrement déjà entendu ces histoires, ou vous les avez lues dans les journaux.

— Je lis très rarement les journaux, commandant Pickering. Pendant une très grande partie des années vingt et trente, je ne me suis pas du tout intéressé à la marche du monde, je m'en souviens très bien. Les fascistes en Espagne, les futuristes en Russie et en Italie, les communistes, les anarchistes et tout ce qui se passait en France et en Allemagne, je m'en moquais. J'ai passé les plus belles années de ma vie dans les clubs de jazz et les salles de cinéma. Les films, ça oui, commandant Pickering. Marlene Dietrich illuminait l'écran comme un mystère religieux. Bogart dans l'ombre d'un seuil, ou levant les yeux vers une fenêtre. Pourquoi lire les nouvelles quand elles ne vous apprennent que meurtres et des histoires de foules déchaînées, de vitrines brisées, de guerres des gangs ?

— Le Renard noir faisait les gros titres à l'époque.

— Oh ! je ne veux pas dire que je n'ai jamais entendu parler de lui. J'étais encore à Paris en ce temps-là, il me semble, mais oui, il a semé une sacrée pagaille, n'est-ce pas ? Pendant une courte période ?

— De 1923 à 1929. Presque six ans et peut-être une douzaine de victimes. Puis, en 1929, tout s'arrête, pile au moment où vous — pardon — où von Strann quitte la Riviera. Deux mois plus tard, l'Antre du Renard ouvre à Berlin et parvient à se faire un nom comme l'un des fleurons de la décadence…

— *Le* fleuron de la décadence. Je me rappelle les publicités, commandant Pickering. “Le night-club le plus décadent de tout Berlin.” J'ai entendu quelques rumeurs comme quoi le propriétaire était financé par… un argent aussi sale que les désirs de sa clientèle. Oui, l'Antre du Renard avait vraiment une sinistre réputation… L'Antre des Voleurs, comme nous le surnommions. Mais je n'avais jamais fait le lien avec le Renard noir. Avec le recul, j'ai l'impression que j'étais un peu bête à l'époque.

— Mais vous ne pouviez pas le savoir, n'est-ce pas, *monsieur Cartier* ? Ce n'est pas comme si vous aviez connu cet homme, hein ? »

« Effectivement, j'ai bien peur de ne l'avoir jamais rencontré, commandant Pickering.

— Ni son frère ?

— Ni son frère. D'ailleurs, qu'est-ce qu'il vient faire là, son frère ?

— Le dernier cambriolage du Renard noir a eu lieu fin 1929. Le *modus operandi* reste identique, mais ce vol se distingue tout de même des autres. Il se déroule sept mois après le précédent, dans un pays différent. On dirait presque un… un rappel, comme sur scène. L'ultime révérence d'un artiste prenant sa retraite. Et pas de veuve joyeuse ici, juste un diplomate russe de très mauvaise humeur après avoir découvert qu'on lui a volé son héritage familial, et une domestique qui fait une déclaration plutôt louche à la police. Nous sommes donc en présence d'un travail bien différent. Cette fois-ci, le voleur ne cherchait pas le grand frisson, ne jouait pas. Ce que je crois, c'est que Reinhardt von Strann a commis ce vol à la demande de son frère. Je crois qu'il n'a volé ce dernier joyau que parce que son frère le voulait.

— Et que diable voulait-il en faire, ce frère ? »

« Et que diable veux-tu en faire ? lui dis-je. Ce n'est pas l'argent qui t'intéresse, et je ne t'imagine pas convoitant cette babiole, aussi jolie soit-elle, pour le simple plaisir de contempler sa beauté cristalline. »

Il ramasse un paquet de cartes que je garde sur le bureau pour jouer au solitaire dans les rares moments de calme où le club est fermé, les comptes de la nuit précédente terminés et la mise en place du spectacle du soir pas encore commencée. Il les bat paresseusement, coupe le tas de temps à autre et regarde la carte qu'il obtient.

L'Œil de l'Ange qui pleure repose sur le bureau entre nous.

« Il me le faut pour… pour une certaine raison, dit-il. Mais je ne sais pas trop comment te l'expliquer.

— Vas-y, lance-toi. »

Il me tend le paquet :

« La magie… Tu fais toujours tes petits tours, alors ? »

Je prends les cartes et je les bats, je les coupe, je retourne la carte du haut… Le valet de carreau[1]. Je la remets dans le paquet et je bats, je coupe, je bats, je coupe, je bats et je retourne… Le valet de carreau.

— Tu ne le faisais pas avec le valet de cœur, avant ?

— Ce soir, je préfère les carreaux. Jonni, pourquoi veux-tu ce truc ? *Pourquoi* ? Pourquoi as-tu quitté l'armée ? Qu'est-ce qui se passe dans ta vie, bon sang ? Si ce n'est pas l'argent… si… si tu as des ennuis… »

Il secoue la tête :

« Non, ça n'a rien à voir. Nous avons tous des ennuis. Tout le pays. L'Europe. Le monde. Le futurisme est… »

Je lui dis en riant :

« Les futuristes filent le même coton que les bolcheviques et les phalangistes. »

Je lève la main pour l'empêcher de protester :

« Regarde Staline, ou Franco ! Même quand ces types finissent par obtenir le pouvoir — et justement, ils n'y parviendront pas ici —, ils n'arrivent pas à le conserver ! Leurs grands projets se désagrègent chaque fois. Les futuristes, c'est juste une bande de brutes qui aiment bien tout casser. Ils sont exactement comme les communistes, les anarchistes et les fascistes. Ne reprenons pas cette discussion, mais juste une chose, Jonni : vous dites tous que vous voulez sauver l'Allemagne, l'Europe ou le monde

1. Le « Jack of Diamonds » en anglais.

des griffes de vos petits copains. C'est absurde ! Et tu crois vraiment que les futuristes sont capables d'un coup d'État ? »

Il pousse de nouveau vers moi l'Œil de l'Ange qui pleure. J'ignore toujours pourquoi mon frère veut que je le conserve pour lui. Pour le protéger de quoi ?

« Et si je te disais que je connais la date du Grand Jour ? me lance-t-il. La date et l'heure. Je n'ai versé aucune larme pour Staline, tu peux me croire, Fox, mais ça, ces espèces de… de nihilistes, ils sont mille fois pires. Les futuristes ont fomenté l'assassinat de Franco, tu ne le vois pas ? Et ils veulent mettre la main sur l'Allemagne ! »

Que s'est-il passé pour que mon frère se retrouve entraîné dans une telle spirale de délires ? Toujours tiré à quatre épingles dans son uniforme, avec les crânes d'argent qui brillent à son col, frottés jusqu'au miroitement, il n'en reste pas moins séduisant et impétueux, et, à mes yeux, davantage guerrier que soldat. J'ai toujours pensé qu'il aurait mieux porté la veste de cuir et l'écharpe de soie d'un pilote de la Luftwaffe, d'un von Richthofen d'aujourd'hui. Je n'ai jamais pu comprendre ce qu'il trouvait à la SA.

De toute façon, aujourd'hui, la moitié de ses insignes ont disparu et son uniforme est débraillé. En l'entendant éviter certaines questions, je comprends que ses supérieurs ne sont même pas au courant de sa présence à Berlin.

« Les choses sont en train de changer », me dit-il.

Je retourne une carte : le valet de pique.

« Elles changent tout le temps », répliqué-je.

Les mystères d'Arlequin

« Sans mentir, je n'ai pas grand-chose à en dire, commence Jack. Tu as sans doute entendu parler de la chaîne de montagnes télomère entourant la ville de sardoine ? C'est de là que je suis, du pays ludique aux mots enjoués. »

La Princesse se penche vers nous dans son siège, croise les bras et caresse son biceps droit comme pour en chasser une vieille douleur. Parmi tous les sujets du Duc, certains conservent sans doute de vagues souvenirs de ce qui entoure son château et sa cité, et peut-être même des endroits encore plus étranges qu'ils ont traversés dans les arrière-pays du Vélum. Je me demande si quelques-uns ne comprennent pas, en leur for intérieur, que tout ceci n'est qu'une construction bâtie sur le consensus de leurs croyances. Un paradis-forteresse dans les champs de l'illusion. La Princesse, elle, le sait, j'en suis convaincu.

« D'où vient que tu apportes tous tes mystères chez nous ? demande Pierrot à Arlequin.

— Le fils de Zée, Arlequin, m'a inspiré, lancé un sort, dit Jack.

— Il y a donc là-bas un Zée qui engendre de nouveaux dieux pour s'amuser ? Est-ce la nuit ou à la lumière du jour qu'il t'est apparu ?

— C'est le Zée qui ici même s'est uni à Similaire », précise Jack.

Il incline la tête et consulte comme une montre la menotte étincelante qui enserre son poignet. Il passe les doigts dans ses cheveux, s'examine sur la menotte, puis, satisfait par son reflet, laisse retomber ses bras. Il dévisage la foule. Derrière le masque, il fixe la Princesse de ses yeux pétillants, un grand sourire aux lèvres :

« Je l'ai vu comme je te vois. »

La Princesse se mord la lèvre ; elle semble chercher à comprendre quelque chose qui lui échappe.

« Ce Zée que tu prétends avoir vu pour de vrai, quelle figure avait-il ?

— Celle qu'il a voulue : je n'ai pas d'ordre à lui donner.

— Ses rites, quels sont-ils ? »

Jack redresse la tête en faisant signe à Joey d'approcher tout près de lui, puis se tourne vers le public et le Duc et leur fait signe à eux aussi, comme pour les impliquer dans la conversation. Il a l'air de quelqu'un qui s'apprête à révéler une vérité croustillante. Il marque une pause, puis reprend :

« C'est un secret, et ce serait commettre un sacrilège de le dévoiler aux gens de ton espèce. Sont-ils bénéfiques ? À quoi servent-ils ? Je ne peux pas te le dire, même s'ils méritent d'être connus. »

Pierrot le pousse en hurlant ; Jack fait une roulade sur la moitié de la scène, rebondit sur ses pieds et effectue un salto arrière, indifférent à la colère de Joey.

« Ces paroles sont des ruses conçues pour exciter la curiosité intellectuelle ! s'exclame Pierrot. Tu fuis, tu as pris une fois de plus un détour habile pour ne rien dire ! Tu n'as donc aucune réponse à me fournir ?

— Un ignorant ne peut que railler les rites. Pourquoi enseigner aux idiots ? Seul un idiot le tenterait. »

Pierrot tourne autour de lui d'un air hautain, à la recherche d'une faille :

« Bien. Es-tu le premier messager de cet esprit ?

— Tous les étrangers célèbrent déjà ses mystères dans la danse.

— Oui, ils sont beaucoup moins sensés que nous, les hélions. Les étrangers sont des barbares, fiers de vivre dans l'ignorance…

— Leurs usages sont différents, mais, en cela du moins, ils sont bien plus sensés que nous ! » réplique Jack.

Je siffle à Guy en coulisse : « Joey paraît un peu tendu ce soir… Je me fais des idées ? »

Guy me fait signe que non et se caresse le menton.

« Surveille tes paroles quand tu t'adresseras à lui, me chuchote-t-il. Essaye de ne pas le faire sortir de ses gonds, pour une fois. »

« Ces rites, ces jeux, est-ce la nuit ou le jour que tu les célèbres ?

insiste Pierrot. Sûrement la nuit ! Dans les ténèbres, l'ambiance est plus propice pour attirer les femmes vers tes flammes !

— La lumière du jour convient tout autant pour dévoiler l'infamie. »

Dégoûté par l'air lubrique et supérieur de Jack, Pierrot se détourne :

« Ton… impudence va sceller ton destin. »

Le petit sourire supérieur de Jack s'évanouit :

« Tout comme le tien est scellé par ta brutalité, ton ignorance, ta haine. »

« Tu as du courage ! Tu t'es exercé à l'éloquence, et tu penses l'emporter contre moi ? »

Jack bâille et se met à tourner autour de Pierrot qui arpente la scène à grands pas. Les chaînes raclent le sol. Don se précipite et les soulève comme une traîne de mariée, pour éviter que Joey ne se prenne les pieds dedans. En tournant l'un autour de l'autre, Pierrot et Arlequin semblent effectuer une sorte de danse médiévale, celle d'un roi et d'une reine rivalisant de mépris réciproque.

« Alors, quel supplice vas-tu m'infliger ? À quelles souffrances dois-je me préparer ? demande Jack.

— D'abord je couperai tes cheveux blonds, puis je te prendrai cette flûte veinée de vert. »

Les mains sur les joues, Jack s'arrête et fait exprès de jouer comme un pied l'innocence choquée :

« Ma chevelure est sacrée ! Je la laisse croître pour l'esprit. Quant à la baguette d'Arlequin… »

Il la serre très fort entre ses jambes en la secouant légèrement :

« Arrache-la-moi, toi, si tu la veux vraiment ! »

Un creuset de passion

« Tiens », me dit Puck.

Je prends d'un air absent la pochette d'allumettes qu'il me tend. Puck l'ouvre dans ma main pour me montrer le numéro gribouillé à l'intérieur :

« C'est le mien », me précise-t-il.

Je referme la pochette et la glisse dans mon manteau. Ma nuit de chance, on dirait. Puck me frôle la nuque et me lance un clin d'œil, quand soudain…

« Je me souviens », lui dis-je.

Souvenir après souvenir, ce club me ramène en arrière. Après tout, ce chaos dont je m'imbibe — sexe, drogue et rock'n'roll —, c'est toute l'histoire de mes vies. Les écrans de radiovision diffusent leurs images : émeutiers de Londres violemment repoussés par des canons à eau ou bastonnés par les miliciens (cuirasses et brassards noirs) et les brutes de la RCC et de la garde nationale (chapeaux melon et écharpes orange), pluie de balles en caoutchouc à Dublin, tanks qui roulent dans Oswald Square, le gaz lacrymogène qui fleurit dans les bidonvilles de Rhodésie, rafales de pistolets-ki réduisant les effectifs des rebelles indiens, soldats britanniques défilant sur la place Tian'anmen, le tout dominé par un riff de guitare bleu garage, hurlement de cordes répétitif arraché à l'air électrique et de plus en plus puissant.

Oh oui ! Je me ressemble de plus en plus, je le sens.

« J'ai des tendances homicides, j'ai des tendances homicides ! »

Dans la Fosse aux Serpents, *backroom* dissolu et sombre du salon du Lézard, Johnny Yenn, leader taré des Narcotics, s'agite comme un fou furieux sur scène, micro dans un poing aux articulations exsangues marquant le rythme entre ses jambes, chevelure noire et visage dans l'ombre. Derrière lui, les écrans diffusent des images se succédant à toute vitesse, carnage grand-guignolesque de campements VIH, réfugiés qui montent dans des wagons sous la menace d'une arme, skinheads enveloppés dans des drapeaux britanniques, grands ensembles en feu, manifs de la Jeunesse néochrétienne ponctuées d'autodafés de disques. Feulement grave et plaintif, la voix de Johnny se détache sur un beat vrombissant, mantra rock'n'roll de frustration adolescente transformé dans un creuset de passion en un sentiment plus pur et plus puissant que la simple haine.

Sa voix un peu fiévreuse transforme la fureur en ferveur, en une émotion bestiale liée à la vie et à l'amour, ou du moins à la chair et au désir.

« J'ai des tendances homicides ! J'ai des tendances homicides ! »

Une crainte respectueuse m'envahit. Pétrifié, je vois Puck le Véloce se jeter en rugissant dans la mêlée des corps, des membres qui gesticulent et des têtes qui s'agitent. La main sur mon épaule, Fox tente de m'expliquer la triste situation de Kentigern : Anesthésia a disparu dans le Vélum, le roi Finn est en grève de la faim depuis vingt ans à Peterhead, et Joey…

Je lui coupe la parole : « C'est quoi, ça ?

— Le morceau s'appelle "1979", je crois, me répond-il.

— J'ai des tendances homicides ! J'ai des tendances homicides ! »

Le chanteur me transperce de son regard viscéral, un regard qui me fait comprendre qu'un jour, il faudra qu'on se batte ou qu'on baise, tous les deux.

« J'ai des tendances hom*os* ! J'ai des tendances hom*icides* ! »

Tendue jusqu'au point de rupture par le frisson de l'orgone, la masse confuse des spectateurs pousse des hurlements hystériques, et je sens des picotements dans mes membres. Bon Dieu ! Dehors, c'est l'enfer sur terre, mais ici, au cœur du Taudis, dans la Fosse aux Serpents, au fin fond du grand dédale de Kentigern, ceux qui marchent d'un pas hautain dans les recoins obscurs ne sont pas des démons mais des saloperies de *daimons*, auxquels croyaient les anciens Grecs ! Des saloperies d'esprits ardents faits chair ! Foutue damnation ! Péché de mes deux !

Cherche *Enthousiasme* dans le dictionnaire, bébé. Tu verras, ça veut dire « être possédé par le dieu ».

« J'ai des tendances homos ! J'ai des tendances homicides ! »

La soif de vivre du chanteur se déverse sur le public, dans les veines, les cœurs, les os.

Ce n'est pas vrai, me dis-je. Nous ne sommes pas prisonniers de la chair, nous ne sommes pas entravés dans nos peaux en attendant le Jugement dernier qui nous expédiera dans les flammes ou la lumière. Nous sommes des putains de prisonniers de la conscience, des prisonniers de la peur et de la honte. Nous sommes des prisonniers du chagrin, et le moment est venu de nous libérer.

À chaque verre que je prends, ma chair s'étoffe. Mes chakras fusionnent, mon cœur, mes tripes, mes couilles, mes nerfs se raccordent au bon endroit. Sous le manteau, ma peau fourmille d'énergie électrique. J'examine ma main ; j'y distingue à présent les veines, les poils, les empreintes digitales. Ma peau luit d'un éclat cuivré qui faiblit de plus en plus à chaque gorgée d'absinthe pour tendre vers une coloration charnelle normale. Je songe à refermer mon manteau, à serrer sa ceinture. Se balader à poil quand on ressemble à un croisement entre le Surfeur d'argent et Nyarlathotep, c'est très bien, mais je suis Jack Flash, pas un exhibitionniste. Je contemple les punks déchaînés à moitié nus dans leurs jeans et leurs boots, colliers de chien et bracelets cloutés, les femmes et les adolescentes qui agitent leur chevelure parmi ces hommes et ces jeunes gens, tout ce caoutchouc, ce cuir brillants de sueur sous les projecteurs, et je passe la main sur le tatouage noir hachuré qui commence à faire surface sur ma poitrine. Ouais, c'est tout à fait ça… Le pogo d'un côté, une caresse tendre et douce de l'autre.

« J'ai des tendances hom*os* ! J'ai des tendances hom*icides* ! »

Quand je pense à ces salopards de fascistes qui rôdent autour du Taudis et que je vais de nouveau devoir me coltiner… Quel dommage ! Fait froid dehors, bébé !

« Fox, tu ne sais pas où je pourrais trouver des fringues, par hasard ? » dis-je.

Je sens la pochette d'allumettes dans ma poche :

« Et je crève d'envie d'une cigarette. »

Il plonge la main dans sa sienne :

« Il faut que tu saches quelque chose à propos de Joey. »

Les histoires que nous racontons

« Où est-il ?

— C'est lui, là-bas, me répond Johann. Droit devant. »

Il a vraiment l'air russe, cet homme, je le reconnais. Il conserverait sans doute volontiers un Œil d'Ange dans son coffre-fort personnel. Je ne serais pas surpris qu'il les collectionne, même, ne puis-je m'empêcher de penser. Avec son épaisse barbe noire et son regard noir et fixe de moine fou, le prince Joseph Péchorin, envoyé diplomatique en Saxe occidentale, correspond exactement à l'image que je me faisais du futuriste typique de la nouvelle Russie. Ces hommes qui ont assassiné Staline dans son sommeil, ces nouveaux Raspoutine athées ont fait de l'absence de toute divinité dans l'univers une véritable religion. Est-ce lié à l'âme russe ? Le futuriste russe semble tenir un peu de l'*oprechnik* d'Ivan le Terrible, un peu de la police secrète, un peu de l'ordre monastique… Je commence enfin à appréhender ce que mon frère redoute tant chez ces futuristes. J'ai toujours cru qu'il exagérait, mais je comprends mieux soudain pourquoi Hitler a changé, pourquoi il a divisé le Parti en deux et réduit à néant la moitié de ses fondations.

« Regarde-le. Regarde-le bien ! »

Debout au bar à côté de moi, mon frère fixe avec une haine féroce ce représentant de la force qui a mis le feu au Kremlin avant d'attendre tranquillement le bon moment pour déclencher une seconde révolution. La Russie est tombée aux mains des futuristes parce que aux mains de Staline elle est *devenue* futuriste, et sa mort a suffi pour marquer l'irrévocabilité de cette transformation, pour refermer ce chapitre, pour tourner la page. Et je comprends soudain que le discours d'Hitler devant le Reichstag a très bien pu marquer un tournant similaire, le moment où l'idéologie du Nouvel Âge a planté son drapeau en Allemagne, tout aussi écarlate que le drapeau communiste ou le drapeau fasciste, mais sans faux ni svastika. Le cercle et la croix noirs symboles des futuristes me rappellent bien trop un fusil, et désormais, mon frère, sa SA et ce qui reste des vestiges dépenaillés du parti nazi sont tous placés dans la ligne de mire. Le choix d'Hitler lui a-t-il été dicté par l'idéologie ou relève-t-il d'un froid calcul devant la tournure prise par les événements ? Si cela fait vraiment une différence pour un futuriste…

Attablé avec sa suite de gardes du corps et de parasites, Péchorin est venu entouré de ses courtisans, exactement comme Röhm, que j'ai vu faire tant de fois. Il a d'ailleurs choisi la table préférée de Röhm, près de l'entrée, un peu à gauche. La seule différence dans leur comportement, c'est que Röhm reluquerait et peloterait les jolis garçons, alors que Péchorin passe la soirée tranquille, assis sur sa chaise comme le dignitaire en visite qu'il est, à la fois amusé et détaché devant le spectacle étrange d'une femme en basques et porte-jarretelles chantant des chansons de Marlene Dietrich.

Cet homme me glace jusqu'aux os.

« Nous devrions peut-être aller nous présenter, tu ne crois pas ? » dis-je d'un ton désinvolte.

« Comme je vous l'ai déjà expliqué, je ne suis pas ce Van Strann…

— *Von* Strann…

— D'accord, von Strann. Dieu m'en soit témoin, j'aurais bien aimé, croyez-moi. L'Antre du Renard amassait des fortunes, alors que mon petit club se débattait pour rester à flot. Voyez-vous, nous n'avons jamais programmé de numéros de zoophilie ni entretenu de bordel à l'arrière, nous. Ça vous dérange si je fume ?

— Non, allez-y.

— Vous avez du feu ? Merci. Où en étions-nous, s'il vous plaît ?

— Berlin, 1929. Comment s'appelait-il, votre club, au fait ?

— Les Jongleurs. Il s'appelait Les Jongleurs. Un de nos hommes jonglait avec du feu devant l'entrée. Jacques. Il était chargé d'attirer le chaland.

— Presque pas de zoophilie chez vous, c'est ça ?

— Presque pas. L'Antre du Renard faisait passablement honte à notre petit numéro de jongleur.

— Donc l'Antre était une affaire qui marchait ? Prostitution ? D'autres activités criminelles ?

— J'ai l'impression. À l'époque, le propriétaire me semblait être un type peu recommandable. D'après ce que vous en dites, je l'ai peut-être mal jugé. Comme je vous l'expliquais, toutes sortes de racontars circulaient à son sujet.

— L'un d'eux mentionnait-il une certaine gemme ?

— Une gemme ?

— L'Œil de l'Ange qui pleure, je crois.

— Comme c'est exotique !

— Et une gemme maudite, par-dessus le marché.

— Je vois ce que vous voulez dire. Ses propriétaires imprudents ont tous connu un destin tragique, c'est ça ? Il ne faut pas croire tout ce qu'on raconte. Les histoires… »

J'étudie le prince russe.

« Alors, c'est lui ? Ton idée m'amuse, je le reconnais, mais ma spécialité, ce sont les veuves fortunées. Les veuves fortunées qu'un charmant jeune homme peut flatter aisément. Les veuves fortunées qui croient plus volontiers un étranger au sourire engageant que leur meilleur ami, juste parce que *comment mettre en doute la parole de ce jeune homme délicieux… Il était français, c'est cela ? Ou anglais ?*

Je secoue la tête, je me retourne vers le bar et je fais signe à Horst de remplir nos verres à nouveau. Je reprends :

« Je ne vole pas les hommes. Je ne vole pas les hommes puissants, et surtout pas ceux qui peuvent ordonner mon exécution. »

Mon frère repousse la bouteille que tient Horst, et le renvoie d'un geste. Les articulations de sa main posée à plat sur le verre de cognac blanchissent tant que je m'attends presque à le voir éclater.

« Tu dois m'aider, insiste-t-il.

— Certainement pas. Cet homme est dangereux.

— Mais je peux le mettre hors d'état de nuire. »

Il est tellement tendu qu'il racle le bar avec son verre. Comme Horst a l'air nerveux, je le renvoie d'un clin d'œil discret accompagné d'un imperceptible hochement de tête.

« Johann…

— À partir de maintenant, tu dois m'appeler Jack ! »

Il me lance un sourire fêlé, anxieux, et je tente d'oublier la folie qui l'habite. Je me retourne vers les tables et les chaises occupées par des hommes en smoking et en uniforme noir, gris ou brun, des hommes aux brassards ornés de svastikas ou de cercle-et-croix baignant dans la lueur des bougies… La proximité physique de toutes ces cliques les met mal à l'aise. Rires forts et menace qui couve. En fait, j'essaye d'oublier la folie qui m'entoure depuis que j'ai ouvert l'Antre du Renard, je m'en rends compte maintenant. L'un des chefs du parti Neues Deutschland d'Hitler s'approche de la table de Péchorin et lui serre la main en se présentant.

« Tu dois me procurer ce joyau !

— Je ne peux pas, dis-je. N'y compte pas.

— Qu'est-ce que nous faisons ici, alors ? »

Il a parlé d'un ton brutal, sifflant, et son regard accusateur me fait tressaillir. Comment lui avouer que j'avais espéré, que je m'étais imaginé qu'en parvenant à l'extraire des ténèbres de la bibliothèque de Père et à l'amener à Berlin dans la lumière des night-clubs, j'avais cru pouvoir dénouer cette... tension lovée en lui avant qu'elle ne l'étrangle définitivement ? Je nous voyais rire au souvenir du bon vieux temps, assis dans mon bureau... Je me voyais lui demander comment allait Franz, et lui, l'air embarrassé, aurait rougi jusqu'à ce que je change de sujet de conversation. Je me voyais le prendre par l'épaule pour l'entraîner dans le club histoire de railler un peu les drag-queens et les jeunes gens indignés qu'il aurait observés du coin de l'œil, je nous voyais boire toute la nuit du schnaps ensemble et je me voyais lui expliquer qu'à Berlin, on se procure de tout pourvu qu'on y mette le prix, de tout, vraiment, y compris cette jeune dame ou ce type au bar, là-bas, oui, celui-là... Je me voyais lui dire : « Crois-moi, Johann, il est inutile de se détruire pour ce genre de choses, vraiment. »

Je réponds à sa question par d'autres questions :

« Pourquoi veux-tu ce truc à ce point ? Qu'est-ce qu'il signifie pour toi ?

— Tout. Ma vie, mon cœur, mon âme. Il me le faut. »

« Pour accomplir une sorte de rituel occulte ? lui suggère Pickering. Avez-vous entendu parler de ça ?

— Non, commandant Pickering, jamais. Les anecdotes qu'on m'a racontées n'ont rien à voir avec ces fantasmes d'adolescent torturé. Vous les voulez ? Les voici : le propriétaire de l'Antre du Renard proposait des fillettes de douze ans à peine dans les *backrooms* de son club. On trouvait toutes les drogues qu'on voulait dans ce bordel sordide et glorieux, et c'était l'un des repaires préférés de Röhm et de ses laquais pervers en bottes de cheval. Vous en voulez d'autres ? Le frère du propriétaire appartenait lui-même à la SA de Röhm et, comme son chef, il aimait les garçons. Voilà ce qu'on m'a raconté, commandant Pickering. Des histoires minables, horribles. Bon sang, monsieur, des joyaux maudits et de la magie ?

— Assez joué. Dites-moi ce que vous savez sur l'Œil de l'Ange qui pleure. Dites-moi ce que vous savez sur…

— Les voleurs de joyaux et les rituels magiques ? Commandant Pickering, j'étais en Allemagne quand les Allemands ont ovationné — *ovationné*, vous m'entendez ? — leur bien-aimé chancelier Hitler dans le Reichstag après la Nuit des longs couteaux ! Ils l'ont ovationné parce qu'il avait massacré l'ennemi, de sales petits voyous des rues, c'est vrai, mais il n'a pas agi ainsi parce qu'ils étaient fascistes, il l'a fait parce qu'ils étaient homosexuels ! J'étais à Berlin durant la Nuit de cristal ! J'ai vu un vieil homme battu à mort dans une rue parce qu'il était juif, juste parce qu'il était juif, et je… je n'ai rien fait. J'étais là quand tout s'est effondré, j'étais là quand les futuristes sont arrivés au pas de l'oie ! Bon Dieu, nous pensions que les fascistes étaient une calamité, mais nous n'avions encore qu'une vague idée de ce dont est capable l'humanité. Ce… Ces bêtises puériles sont une insulte à la vérité !

— La vérité, Herr von Strann ?

— Je m'appelle Reynard Cartier…

— Vous vous appelez Reinhardt von Strann. Vous avez quitté l'Allemagne de l'Est et vous êtes arrivé en Grande-Bretagne en 1947. Il y a deux ans. Vous venez de l'Allemagne de l'Est *futuriste*.

— Quoi ? Vous me traitez d'espion, maintenant ? Vous me traitez d'agent des futuristes ?

— Je ne sais pas comment vous vous y êtes pris pour vous inventer cette vie, mais croyez-moi, petit bout par petit bout, je découvrirai la vérité…

— Quelle vérité ?

— La vérité sur vous et sur votre frère.

— Je n'ai pas de frère !

— Menteur ! Depuis le début, vous mentez ! »

Une pochette d'allumettes délabrée

« ... *et son ornitho descend en flammes, et il tombait, il tombait*... »

Du bruit blanc crisse au milieu de l'émission.

« ...*mais il a sauté à la dernière seconde, Don, et il a tout bonnement disparu dans le ciel*... »

Microcoupures, d'une voix à la suivante.

« ...*donc il était là, sur le pont en feu d'une péniche aérienne qui venait d'exploser*... »

La milice doit être en train d'acculer temporellement cet enfoiré, se dit Joey.

« ... *et je te le dis, Don, il est sorti de ce tas de ruines sans une égratignure, et il s'est mis à miroiter et il a disparu comme un putain de fantôme*... »

Joey ferme son esprit pour faire taire l'émission et ferme la porte pour étouffer le vacarme de la musique. Même au bout du long couloir tapissé d'un papier peint vert qui se décolle et moquetté de bordeaux, les bruits du night-club lui parviennent, mélange bizarre des rythmes entraînants de la piste de danse en bas des marches et de la musique *easy listening* sirupeuse qui arrive d'en haut. Il a aimé fréquenter cet endroit mais, désormais, ce lieu l'irrite. Les mêmes visages à la con, la même merde à la con, les mêmes gens assis dans les mêmes box, à caresser de grands projets qui n'aboutiront jamais. C'est ici qu'ils ont rencontré Finn pour la première fois, tous les deux, Jack et Joey, deux petits trous-du-cul punk parmi d'autres, qui volaient et dealaient comme tous les morveux du Taudis. Il se rappelle Finn, Fox et Anesthésia bien carrés dans leurs fauteuils en haut dans la galerie surplombant le bar pour fomenter la révolution. Amour libre, Parole libre, et Merde à la Guerre. *Je suis partant*, leur avait dit Jack avec un grand sourire, comme si tout cela n'était qu'un putain de jeu.

Parfaitement maître de lui, Joey fourre ses mains dans ses poches d'un air désinvolte.

Penché au-dessus de la coiffeuse, le chanteur du club crache du sang dans son mouchoir. Les tubes à néon qui entourent le miroir bordent son visage d'une lueur aussi rouge que son smoking, aussi rouge que les taches sur sa chemise, aussi rouge que son regard furieux et maussade.

« Joey, nous nous connaissons depuis longtemps, toi et moi. Ne me fais pas ça. Ne te fais pas ça. »

Joey fait deux pas en avant, cogne la tête de l'homme contre le miroir et le pousse ensuite vers un divan en cuir usé au milieu de la pièce.

« *… je pense donc qu'il est allé là où se rendent tous les héros morts, dans l'éther, dans l'Hinver, vous voyez ce que je veux dire ? Mais s'il y en a bien un qui peut sortir de l'enfer…* »

Malgré les parasites qui le court-circuitent, le signal s'intensifie.

« *… l'un des gars du Red Clyde, tu me suis ? Le seul qui s'est échappé quand les Noir et Bleu ont commencé à cogner, et il a juré qu'il vengerait la mort de ses camarades…*

… l'assassinat d'Edward, la pierre de Scone, la destruction du palais de Cristal… Ce ne sont pas des coïncidences, c'est impossible…

… Toute participation à cette émission entraînera des poursuites judiciaires. Je répète… »

« C'est qui, cet usurpateur ? demande Joey au chanteur. Je veux savoir à quoi il ressemble, quand il est venu ici, avec qui il était, ce qu'il buvait, et s'il s'est torché le cul aux toilettes. »

L'homme tressaille quand Joey lui balance d'une chiquenaude la chose qu'il a trouvée dans la poche du manteau prélevé sur la sentinelle. Elle rebondit sur sa poitrine, atterrit sur ses genoux. C'est une vulgaire pochette d'allumettes délabrée, avec le logo de ce night-club miteux. Il y manque deux allumettes, et un numéro de téléphone est gribouillé à l'intérieur. Ce numéro ne mène nulle part — sauf au mobile d'une petite pute sordide,

Joey a déjà vérifié —, mais le fait que la pochette provienne de ce night-club entre tous signifie qu'on l'a placée sur la sentinelle en guise de poteau indicateur, tout comme la cigarette. Un petit bout de l'endroit où tout a commencé laissé comme un message là où tout s'est terminé, sur le pont. Un message qui lui est destiné.

Le chanteur regarde la pochette sans comprendre. Elle ne signifie rien pour lui, mais, même à la distance où il se tient, Joey sent la mort implantée dans ce minuscule bout de carton :

« *Qui sommes-nous ?*

— C'est moi qui pose les questions, mon pote. Bouge pas, putain ! »

La sentinelle se dit que merde, c'est bien sa chance, faut toujours qu'il tombe sur tous les tarés du coin, mais bon, il ferait bien de passer un petit coup de fil, et pourquoi ce téléphone à la con ne répond pas ? Ça y est… Très bien…

Merde.

Joey écarte le dernier souvenir pathétique, les ultimes pensées de ce type désespérément banal, trop con et trop lent pour avoir eu peur. On s'imagine que les derniers moments d'un mourant sont forcément intenses, la vie qui défile devant ses yeux, la décharge d'adrénaline pure, la terreur, la fureur fulgurantes de l'animal blessé, du rat acculé. Eh ben, non. La plupart des gens meurent sans y croire, en se disant que c'est trop bête, vraiment.

Ce connard n'a même pas bien vu le visage de son tueur.

« *… et il est mort ! Mais en fait, ce qui s'est passé, c'est qu'il a vendu son âme au diable pour pouvoir revenir une journée sur Terre tous les dix ans, un seul jour pendant lequel il peut faire tout ce qu'il veut avant que le diable ne l'entraîne de nouveau en enfer…*

— … et d'après ce Moorcock, il y a eu une série de meurtres dans Knightchapel au cours des années 1890, mais les francs-maçons ont couvert l'affaire pour que personne ne puisse même admettre leur réalité…

— … et la Guilde des voleurs raconte toujours plein de trucs sur Jack Talons-à-ressorts. Je te le dis, Don, ça va plus loin que tu ne le penses…

— Harvey, que dis-tu ? Tu es toujours là ?

— Putain de merde, la prochaine fois ils vont nous raconter qu'il a escaladé une saloperie de plant de haricots…

— … Ouais, mec, j'ai rêvé de lui, c'est vrai. Il vient, mettons, de l'intérieur de nos têtes, mec, comme un "mème", tu vois ce que je veux dire ? Une idée, un virus qui passe d'un hôte au suivant. C'est pour ça qu'il ne reste pas mort ! On ne peut pas tuer une idée… »

« Alors ça fait quoi, de bosser pour le Grand Homme, Joey ? »

Le chanteur tourne la pochette entre ses doigts, puis jette un coup d'œil à Joey, l'air de se dire que son ancien pote doit vraiment être taré s'il espère tirer quelque chose de ce petit machin d'une consternante banalité. Il se redresse avec difficulté sur le divan et penche la tête en arrière pour stopper son saignement de nez.

« C'est comment, la bouffe, là-haut, dans le Cirque ? Elle est meilleure que dans les prisons ou les hôpitaux, hein ? Ou alors elle passe avec les médocs ?

— C'est moi qui pose les questions, mec », réplique Joey Narcosis.

Le chanteur se lève, se dirige vers la coiffeuse et sort quelques mouchoirs en papier d'une boîte pour s'en tamponner les narines. Bravache, nerveux. Il cache quelque chose.

« Donc, Joey Narcosis est devenu un mec important, on dirait. Mais putain, t'es qu'un prisonnier, exactement comme nous ! »

Joey ne répond pas ; il lance son esprit vers l'extérieur, un peu, pour exercer une pression sur les pensées du chanteur, se glisser autour de sa peur, de sa colère, de sa frustration. Ensuite — *petit con, je t'emmerde* —, il se faufile dans sa cervelle et la lui ouvre comme un bistouri l'abdomen d'un cadavre autopsié.

Le chanteur tombe à genoux. Au bout d'une ou deux minutes à peine, Joey se retire, et les hurlements cessent.

Joey Narcosis s'arrange un peu dans le miroir avant de quitter la pièce. Il dispose désormais d'une image mentale parfaite de sa proie. Que cette image soit le double parfait du Jack de son souvenir ne l'inquiète pas outre mesure ; c'est un Jack debout dans ce club, un verre à la main pour porter un toast à Guy Fox, un bras sur l'épaule de Puck le Véloce, exactement comme au bon vieux temps. Joey ayant gobé une autre pilule avant d'entrer au Club Soda, cette constatation ne l'affole pas le moins du monde.

« *Tu ne comprends pas. Tu ne comprends pas, putain ! Évidemment qu'il est mort ! Que ce soit il y a dix ans ou vingt ans, quelle importance, vu que nous sommes tous morts ? Tu ne comprends pas ? Putain, nous sommes tous morts, mais nous ne voulons pas l'admettre ! Nous interprétons nos vies d'avant encore et encore, de telle ou telle façon, mais ça revient toujours au même ! Nous sommes morts ! Nous sommes morts, putain...*

— *... émission non autorisée et illégale. Je répète, ceci est une émission non autorisée et illégale. Toute participation à cette émission est un délit et entraînera des poursuites judiciaires. Je répète...* »

Le roi des larmes

« Je te ferai jeter dans les oubliettes les plus profondes jamais creusées ! » fulmine Pierrot.

Jack se lance dans un mouvement de kung-fu si énergique qu'il décolle avant de retomber sur ses pieds.

« Et mon cher papa me délivrera quand je le voudrai ! » ricane-t-il.

Il se balade sur scène mais Joey pose un pied sur la chaîne, le forçant ainsi à s'arrêter. Mains levées comme s'il avait oublié qu'il portait des menottes, Jack éclate de rire, puis exécute un petit tour sur lui-même. Une certaine longueur de chaîne s'enroule autour de sa taille.

« Parce que tu es vraiment fou, je vais éclairer ta lanterne ! » dit-il.

Il enroule la chaîne autour de son bras puis la dégage d'une bonne secousse du pied de Joey, qui titube, déséquilibré. Jack virevolte et lance la chaîne comme un fouet autour du cou de Joey, si vite que le public ne voit pas l'astuce derrière cette petite acrobatie : Pierrot a glissé une main entre la chaîne et sa gorge (*Bon Dieu, tu m'as presque décapité, petit salaud !* a hurlé Joey pendant la répétition). Tout ce que voient les spectateurs, c'est le geste adroit de Jack prenant Joey au lasso, l'étranglant d'une saccade et l'attirant tout contre lui, comme un partenaire de danse. Jack lui souffle un baiser.

« Aucune entrave ne peut retenir l'Arlequin ! »

« Entrave ? Mais de quoi parles-tu ? lui crache Pierrot en tirant sur la chaîne qui l'étrangle. Tu connais à peine la signification de ce terme ! Certes, quand tu invoqueras ton père au milieu de tous tes disciples, il te libérera peut-être ! Mais où est-il, en ce moment ? Il n'est pas visible à mes yeux ! »

Sa main se resserre sur la gorge de Jack, en une prise qui le force à lever le menton.

« Il est ici même, et voit le traitement que je subis, dit Jack. Il est juste devant toi, mon ami. La haine t'aveugle, on dirait. »

Pierrot regarde autour de lui en ricanant doucement, puis secoue la tête :

« Allez-y, attachez-le ! Aux écuries, dans les ténèbres noires comme poix. Nous le regarderons danser ! »

Don ramasse la chaîne.

« Quant à ces femmes qui te suivent, les complices de tes crimes, elles n'ont qu'à partager ton sort. Leurs mains délicates qui battent si bruyamment les tambours seront utilement mises à contribution sur mes métiers à tisser. C'est cela ! Je les ferai travailler dans les moulins pour servir mes industries, et si elles ne plient pas, je vendrai comme esclaves leurs corps brisés !

— Je pars, dit Jack. Après tout, ce que n'ordonne pas le destin, le destin ne me l'infligera pas. »

Il laisse Don le traîner et ne se retourne qu'au dernier moment, en tirant sur sa main pour désigner Pierrot malgré ses chaînes :

« Mais, sois-en sûr, tu payeras la rançon de tes insultes à l'Arlequin ! Je le jure sur l'esprit que tu dis ne pas exister ! Tu sais, Pierrot, c'est lui que tu outrages, en me mettant dans les fers !

— Emmenez-le ! Cet homme est un imbécile ! Il ose insulter le roi de la cité de Thèmes !

— Mais ma parole, tu ne comprends pas, putain ! lui crie Jack tandis que Don le tire dans les coulisses. La substance même de ton monde, de ta vie, c'est la substance des rêves !

— Je suis Pierrot, et je règne sur tout ce que tu vois ici !

— Tu es Morose, le roi des larmes ! » lui crache Jack depuis les coulisses.

Le chasseur et le renard

J'entre dans la bibliothèque, un reproche cinglant aux lèvres. Les deux battants de la porte se rabattent encore derrière moi quand j'aperçois mon frère. Je m'arrête net.

Il est assis dans le fauteuil préféré de notre père, le plus luxueux de la pièce, un volume sombre relié cuir ouvert sur ses genoux. Il a l'air terriblement studieux. C'est si peu fréquent chez mon frère que pendant quelques instants je crois voir Père en personne dans son fauteuil habituel, avec son attitude habituelle, c'est-à-dire le nez plongé dans un bouquin. Un verre de porto plein est posé sur le guéridon à côté du fauteuil, et quand mon frère lève le bras pour allumer la lampe de lecture ressurgit sur-le-champ le souvenir de l'époque où lui et moi venions ici dans les jupes de notre mère. Tranquillement, doucement, elle demandait à mon père s'il allait daigner souper avec sa famille ce jour-là. Prenant soudain conscience du crépuscule insidieux qui l'enveloppait peu à peu, il levait les yeux de son livre et allumait cette lampe, puis nous congédiait d'un petit geste de la main. Quand j'avais dix ans, je crois, ma mère, mon frère et moi, nous nous sommes définitivement installés dans notre maison de ville, à Strann. Nous rendions visite à Père de temps à autre, et chaque fois, nous le trouvions dans la bibliothèque, comme s'il avait élu domicile dans ce fauteuil. Il était diplomate avant la Grande Guerre, et je me souviens d'une enfance passée d'abord à la campagne non loin de Paris (quelques années mal employées), puis en Angleterre, pour laquelle j'ai toujours eu un faible. J'ai cru comprendre qu'il était tombé en disgrâce peu de temps avant la guerre, et que c'était cette disgrâce qui l'avait changé. Il a fini par se retirer du monde pour se réfugier dans ses livres.

Et voilà que mon frère est assis à sa place en uniforme débraillé, les boutons du haut ouverts sur sa tunique grise… Lui qui était toujours impeccable ! Je n'ai jamais vraiment compris sa fascination pour l'éthique guerrière — offrir sa vie à des gens qui n'ont que mépris pour les types comme lui est absurde —, mais sa rigidité martiale a toujours constitué une sorte de repère pour le jeune homme affligé d'un caractère fantasque que j'étais. Mon frère est donc assis dans la pénombre, voûté, plus agité et échevelé même que Père vers la fin. Des livres et des éclats de verre jonchent le sol. Tous ces débris proviennent des meubles vitrines alignés contre les murs. Je m'approche de lui d'une démarche prudente, en choisissant mes mots :

« Qu'est-ce que c'est que cette histoire de chasse aux renards, Johann ? Tu sais pourtant que je n'apprécie pas les sports sanguinaires ! »

Je m'adresse à lui d'un ton léger, mais dans ma poche, mon poing se resserre sur un télégramme froissé.

RENTRE DÈS QUE POSSIBLE STOP CHASSE
AUX RENARDS EN COURS STOP J

« Je ne voulais pas que tu comprennes tout de suite, Renard, me dit-il.

— Tu ne m'as pas appelé ainsi depuis notre enfance ! »

Je devais avoir à peu près cinq ans quand la légende folklorique de Reynard le Renard, roi des voleurs, m'avait valu ce sobriquet. Qui s'était enraciné en moi au point que, aussi loin que je me rappelle, je me suis toujours senti davantage Renard que Reinhardt. Car, voyez-vous, avant que mon père ne change, ses livres déteignaient autant sur notre vie que sur la sienne. Il adorait la mythologie et le folklore, et nous avons appris l'anglais et le français dans des traductions des frères Grimm et des *Fables* d'Ésope. En grandissant, nous sommes passés aux mythes grecs et romains, bien entendu à la Bible, et même à des textes orientaux. Père, qui avait l'air de tenir à ce que nous appréciions nous aussi ces mythes et ces légendes dans leurs aspects universels, les utilisait également pour nous enseigner les langues dans lesquelles ils étaient rédigés, en insistant sur les racines communes des différents vocabulaires.

« *Bruder*, nous disait-il, *brother*, *frater*, *frère*… Les ressemblances sont aussi importantes que les différences, mes enfants. Si vous apprenez comment dérivent les sons, vous finirez par comprendre qu'à une époque nous parlions tous la même langue. Nous racontions tous les mêmes histoires. »

Parfois, je me dis que l'*idée* de nos personnes, celles que nous *pouvions* être, intéressait davantage notre père que les personnes que nous étions vraiment. Percevoir le potentiel de ses enfants ne peut se révéler nocif, si ? Il faudrait peut-être toujours garder le réel à l'esprit… Bref, parce que j'étais Reinhardt, je devins Reynard à ses yeux, son petit Renard, roi des voleurs ; et mon frère Johann, lui, devint John, puis Jack, le Tueur de géants. Mon frère me lançait mon surnom pour se moquer de moi, en profitait pour me traiter de sournois et de gros poltron, mais moi, je ne faisais que tourner et retourner l'expression « roi des voleurs » dans ma tête. *Roi des voleurs, roi des voleurs*… Quand nous jouions, j'étais donc fréquemment le rusé Renard, et mon frère le noble héros Jack, qui déjouait mes plans, m'enfumait pour me faire sortir de mes cachettes, se battait avec moi, me faisait mordre la poussière… Évidemment, je parvenais toujours à lui échapper à un moment ou à un autre.

Quelques photogrammes de nous sont exposés sur un petit meuble dans le salon de la maison de ville familiale. Sur l'un d'eux, mon frère porte sa tenue du *Wandervogel* pendant une sortie de camping. Il est vraiment très chic, avec sa culotte de cuir et son foulard. Il était revenu de ce voyage avec un seul mot à la bouche, le nom de son nouvel ami, Thomas par-ci et Thomas par-là, d'ailleurs ils s'engageraient dans l'armée ensemble, blablabla. Une autre image me montre en jeune dandy de quatre ans, tout fier dans mon costume guindé. On m'a raconté qu'une fille du jardin d'enfants m'avait trouvé si mignon à cet âge qu'elle m'avait carrément adopté, allant même jusqu'à renouer mes lacets pour moi quand ils se défaisaient. J'étais tout à fait capable de le faire tout seul, m'a-t-on expliqué, mais à quoi bon le dire à mon admiratrice ?

Je contemple mon frère dans son uniforme froissé en me demandant si nos vies ont pu être en partie façonnées par les fables qu'on nous a racontées sur nous, et dans quelle mesure…

« Bon, de quoi s'agit-il, alors ?

— J'ai un boulot pour toi. »

Je souris. Je me doute déjà que cette histoire rocambolesque cache davantage qu'une surprenante proposition de travail, et je décide de tirer les choses au clair :

« Un ennuyeux travail de bureau dans l'affaire d'un ami de Père ? Tu sais pourtant que j'ai toujours tout fait pour éviter cette horreur, et je ne voudrais pas gâcher mes années de baccara. C'est gentil, mais j'ai déjà une occupation. Elle n'est pas des plus respectables, certes, mais…

— Respectable ? »

Il referme le livre et le pose sur le guéridon à côté de lui. Cuir noir craquelé, fermoir en cuivre, il s'agit sans doute de l'un des ouvrages de Père, mais je ne le reconnais pas… Il ressemble un peu à un grimoire imaginaire. Il ne s'agit sans doute pas de l'un de ces interminables traités sur la littérature romantique de l'Espagne médiévale ou autres sujets du même acabit. La main de mon frère se déplace lentement sur la couverture. Il l'effleure à peine du bout des doigts, la caresse. Je regarde autour de moi les éclats de verre et autres débris éparpillés sur le sol. Est-ce le résultat d'une recherche fiévreuse ou d'un accès de colère ne rimant à rien ? Il semblerait que, depuis le discours d'Hitler devant le Reichstag, mon frère soit devenu… imprévisible. Ce que je vois m'inquiète vraiment.

« Ton occupation actuelle est tout sauf respectable, si tu veux mon avis », ajoute-t-il.

Je tire un autre fauteuil d'un coin de la pièce et m'y assois de l'autre côté du guéridon. Le verre crisse sous mes pieds.

« Je veux bien admettre que je ne défends pas la patrie contre… C'est qui, maintenant ? Les Juifs ? Les futuristes ? Bref… Mais les gens ont besoin de se distraire. Je leur fournis ce service.

— Je vois. Un cabaret et des putains. De l'alcool et des chansons. »

Il tapote d'un doigt le bouchon d'une carafe en cristal posée à côté de son verre. D'un pas tranquille, je vais me chercher un autre verre dans le buffet où il a trouvé la carafe.

« Ne sous-estime pas l'utilité du divertissement, lui dis-je. Allez-y, battez-vous contre les futuristes, toi et tes amis. Vos congrès, vos manifestations et autres contre-manifestations ne me gênent pas. Mais nous, tout ce que nous voulons, c'est continuer à vivre, et oublier nos soucis le temps d'une soirée passée à boire et à chanter, comme tu dis. Mon travail n'est peut-être pas noble à tes yeux, mais il est salutaire. Je fais enfin quelque chose de constructif de ma vie, et tu désapprouves ? Je suis surpris. »

Il prend son verre et en boit une gorgée.

« Excuse-moi. J'oublie parfois que tu es rangé des voitures, si je puis dire. Terminé le jeu. Plus de Casanova ! »

Il prend une autre gorgée de porto.

« Alors c'est vrai ? Tu ne voles plus les bijoux des dames ? »

Rompu seulement par le *clink* du bouchon en cristal quand je l'extrais de la carafe et le *glouglou* du porto qui coule dans le verre, le silence est palpable. Nouveau *clink* quand je remets le bouchon.

Je m'assois dans mon fauteuil.

« Les bijoux, c'est ta spécialité, n'est-ce pas ? C'est ce j'ai entendu dire. Le plus illustre voleur de bijoux de la Riviera, paraît-il. Je suis sûr que Mère serait fière de toi. »

Je soupèse les options, j'envisage différentes possibilités de mensonges et démentis. Je doute qu'il puisse m'avancer une preuve indiscutable de ce qu'il me dit, mais ce n'est pas impossible. Je pourrais faire l'imbécile et arguer d'une série circonstancielle de coïncidences : un sobriquet remontant à l'enfance, le hasard des dates et des lieux… Je pourrais bluffer, jouer le naïf scandalisé, le frère blessé… Quoi ? Comment peut-il me soupçonner de tels méfaits ? Mais je ne serais pas convaincant, je le sais. Nous nous connaissons beaucoup trop bien. Je me contente donc de hausser les épaules :

« Nous avons tous nos petits vices. »

Dès que j'ai reçu son télégramme, j'ai compris que mon frère avait enfin deviné mon petit jeu. Il était temps, me dis-je ; j'attendais ça depuis des années. À chacun de mes retours à Strann après un été à Nice ou Cannes et des journaux décrivant en détail les impudents cambriolages du Renard noir, j'étais déçu de ne pas être reçu comme un enfant prodigue. Pendant des années, j'ai espéré voir un jour mon frère me prendre à part, un journal à la main, et me demander de son ton le plus sévère : « *Dans quoi t'es-tu fourré ?* » Au lieu de quoi, à plus d'une occasion, c'est moi qui l'ai pris à part pour lui poser cette même question. Alors, il était fier de travailler pour ces brutes, pour un déviant comme ce Röhm ?

Je me rappelle avoir soigné ma mâchoire endolorie en l'écoutant s'excuser. Il avait l'impression de se sentir chez lui, d'appartenir à une confrérie, de prendre part à un grand dessein, m'avait-il expliqué. J'avais compris alors qu'il ne cherchait pas à me mentir, mais qu'il se mentait à lui-même. Nous avons tous nos petits vices, c'est vrai. *Alors, comment va ton jeune « ami » ?* me dis-je. Eh oui, moi aussi j'ai un moyen de pression. Mais nous ne sommes plus des enfants. La loi du talion, je ne la pratique plus depuis bien des années. En ce moment, nous jouons à une sorte de jeu, celui du renard et du chasseur, mais il y a des limites au fair-play.

« Alors, tu m'expliques ? » lui dis-je.

Il pose la main sur le livre et se penche en avant dans son fauteuil ; la lumière de la lampe tombe en biais sur son visage :

« Le Renard noir, c'est toi, n'est-ce pas ? »

Je lève les mains, les poignets collés l'un à l'autre comme pour me rendre à la police :

« Coupable ! Mais tu ne vas pas balancer ton frère, si ?

— Je ne veux pas te voir en prison, me répond-il. J'ai un travail pour toi. Tu vas me voler un certain joyau.

— Je suis rangé des voitures, comme tu dis. J'ai pris ma retraite.

— Il *faut* que tu fasses ça pour moi, insiste-t-il. Tu *dois* me rendre ce service ! »

Sa main remue toujours paresseusement sur le volume posé sur le guéridon. Il caresse le cuir du livre comme on cajole un animal ou un attaché-case bourré de secrets qui vont sauver la nation. Je l'imagine attaché à son poignet par des menottes comme dans un roman d'espionnage à deux sous.

Quand nous étions petits, pendant nos jeux, je nous imaginais dans la peau de deux héros, l'aventurier et le filou, le chasseur et le renard. Lui se voit toujours ainsi, je pense, sauf que dans le monde réel, quand un chien de chasse attrape un renard, il l'égorge. Car, pour le chasseur, le renard est une vermine qu'il faut supprimer, et son sang macule le visage d'un jeune homme, rouge comme sa tunique, rouge comme le brassard de mon frère. Quand je considère l'époque où nous vivons, ces jeux auxquels nous jouions enfants et les histoires que nous racontait notre père me semblent avoir changé de signification.

« Et pourquoi veux-tu cette gemme ? »

Le rêve d'Arlequin

« Le pouvoir », dit Guy.

Don éteint les lumières. Dans la salle maintenant silencieuse, la sombre silhouette de Pierrot se détache à peine sur fond noir. Derrière lui, un fin voile s'abat, révélant la lueur orangée vacillante de la bougie qu'il masquait. Nous voyons à présent Jack en ombre chinoise, enchaîné, traîné dans une cellule, jeté au sol. Des silhouettes se dressent et le cernent dans la lumière tamisée, des créatures bestiales, monstrueuses, marionnettes découpées d'un spectacle de lanterne magique.

Je chante :

« Je te salue, discours, ô fille sacrée d'achillée, toi qui jadis en tes sources as reçu l'enfant du ciel et de la terre ! »

Contrairement aux autres, l'une des silhouettes est figée… Une femme, un enfant ? Une jeune fille.

« Ô sainte vierge, lorsque après l'avoir arraché aux flammes immortelles son père est apparu… »

D'un blanc éclatant dans le noir, une forme ailée s'élève soudain au-dessus de la fille. Ce petit tour fait appel aux compétences mécaniques et techniques les plus poussées de Don, notre spécialiste des sons et lumières. Ange Gabriel ou cygne de Léda, l'être ailé s'abat sur la fille.

Je chante :

« Et ainsi, entre ses cuisses, son père l'a mis au monde, un cri, un nom !

— Jack... » chuchote la Princesse.

Les formes se dispersent, se dissipent, l'ange de lumière et la fille des ténèbres se séparent, et il ne reste plus que Jack blotti dans ses chaînes. Le prisonnier de Pierrot attend son destin.

Je chante :

« Dors, enfant deux fois né, dans la matrice de ton père, sur la tombe de ta mère, et aussi dans tes rêves ! Nous te le promettons : tu reviendras ! Et tous te connaîtront à Thèmes ! »

Les lumières se rallument sur Pierrot. Dans son costume noir, il est désormais tout ce qui reste des ténèbres précédentes.

Je chante :

« Mais toi, ô discours, tu nous chasses, quand nous tenons nos cortèges couronnés de fleurs sur tes sols sacrés ! »

Je suis debout derrière lui et ma voix douce résonne à hauteur de son épaule :

« Pourquoi nous hais-tu ? Pourquoi nous fuis-tu ? Bientôt, oui, par la grappe, par les délices de la vigne, bientôt tes pensées se tourneront vers l'intérieur, bientôt dans ton sang et dans ta saumure, le sel de la semence et du péché, tu trouveras cette chose-là... l'esprit.

— Arlequin », ricane Pierrot.

Il fait volte-face, m'écarte du bras, et quitte la scène côté jardin.

Je chante :

« Quelle rage, quelle fureur elles expriment, ces créatures d'argile, ce Pierrot né de la terre et d'action, dragon d'un âge archaïque, sauvage et monstrueux, géant dans son inhumanité, volonté sanguinaire en lutte contre la divinité ! Donnez-lui un peu de temps et il fera enchaîner tous les serviteurs d'Arlequin ! À l'intérieur de son palais, il garde déjà notre compagnon plongé dans les lugubres ténèbres d'une prison ! La vois-tu, Arlequin, la façon dont règne Pierrot ? Tes prophètes se débattent contre sa cruauté implacable ! Viens, ô roi, brandissant le thyrse aux reflets d'or sur les flancs des lampes ! Réprime l'insolence de cet imbécile assoiffé de sang ! »

Je chante à la silhouette de Jack assoupi :

« Où es-tu, Arlequin ? En quel endroit de la nuit ? Dans les tanières ? Sur les cimes coriaces ? Conduis-tu ton joyeux cortège au son de ta flûte veinée de vert ? Peut-être dans les forêts, dans les retraites des lampes à huile où jadis l'orphelin, en jouant de la cithare, rassemblait arbres et bêtes farouches par ses chants ?

— Il est en prison, dit le Duc. Il a été jeté en prison, nous venons de le voir !

— Messire, c'est une métaphore, il me semble… », lui glisse le consul.

« Ô voiles bénis d'empyrée, Arlequin vous honore ! Il reviendra conduire ses rites et mener la danse… »

En coulisse, Don lance le son et lumière. À mon avis, c'est maintenant que ça devient intéressant — le rêve d'Arlequin, la transe du public… Les projecteurs montés sur le rail d'éclairage déversent des kaléidoscopes multicolores sur les murs et le plafond de la morne salle grise.

Je chante :

« Pour guider l'évolution des menées par-dessus la chute libre, par-dessus le flot de l'axe de rotation, par-dessus l'écume ludique du barattage, du chaos de la passion et de la praxis… »

Bleu ciel et or, feuilles vermeilles étincelantes et petits losanges des flocons de neige se bousculent sur les murs. Les fractales et les frondes chatoyantes du light-show se déploient, avec des éclats de saphir et de cornaline. Les gens poussent des *Ooooh !* et des *Ahhhh !* Il y a même un grand *Ouah !* Il devrait y en avoir un, en tout cas : l'acide de la glace carbonique fait sûrement son petit effet.

Je chante :

« Il franchira le cours rapide du père de tous les fleuves, qui donne le bonheur aux humains avec ses sources d'eau douce… »

Au cœur des remous lumineux naissent des marées argentées

qui s'écrasent par vagues, pommellent les chevaux, les juments palomino lancées au galop, les étalons noirs dans la nuit…

Et je chante :

« Par-dessus le fleuve de toutes les âmes qui fertilise cette contrée de destriers ! »

Caracolant parmi les sires et les dames, un unique poulain tacheté se cabre.

Je jette subrepticement un coup d'œil en coulisse. Je vois Joey sur un genou et Jack qui, derrière lui, gesticule de façon obscène avec sa flûte. Joey, l'éternel pessimiste, fourre un couteau dans sa botte.

Le bonheur est un canon chaud

« *À mon avis, toute violence est injustifiée, Don.*

— Toute violence, Jim ? N'est-ce pas un peu facile, un peu convenu ?

— Non, c'est la vérité pure et simple. T'as déjà vu un problème résolu sous la menace d'un fusil ? Ce genre de "solution" est un peu trop "expéditive". Moi, je pense qu'en ce moment, nous jouons avec le feu.

— C'est vrai ça ! La violence n'a jamais rien résolu ! Oui, c'est une belle idée, Jim, mais j'entends déjà la camionnette blanche qui vient te chercher [bruits d'une sirène d'ambulance], *et-et-et-et Elvis a quitté le navire ! Bonne nuit, Jim-Bob ! Fais de beaux rêves ! Ne laisse pas les bitmites te sucer le sang ! Et salut, euh… Salut Hugh, quelle est ton opinion sur notre sujet de la nuit ?* »

« *Don, Jack Flash n'est qu'un criminel. Ce n'est pas un héros. Entendre tous ces pauvres petits gosses de riches pleurnicher tout le temps parce qu'ils sont "opprimés", moi, ça me gonfle. Ils ignorent ce que signifie le devoir. Nos grands-parents ont combattu…*

— Pour eux, ouais, ouais, et qu'on nous rende le service militaire, et qu'on les envoie tous en Russie, voyons s'ils aimeraient vivre

sous le régime des futuristes, et la pendaison c'est encore trop bien pour eux, et qu'on rétablisse la torture… J'ai pas raison, Hugh ? J'ai pas raison ?

— Écoute, ce que je dis, c'est que nous au moins, nous avons le luxe de pouvoir nous plaindre…

— Et de nous retrouver sur la liste noire.

— S'ils le voulaient vraiment, ils se trouveraient un boulot !

— Ouais, ben dis ça aux homos !

— Tu parles de la clause 22 ? Cette loi du travail était absolument nécessaire ! Ces gens travaillaient dans nos écoles, avec nos enfants ! Ces pervers enseignaient à nos gamins !

— Comme ce bon vieux Socrate, hein ? Corruption de la jeunesse au premier degré ? Jette un coup d'œil dehors, Hugh ! Notre jeunesse n'a pas besoin d'être corrompue… »

Puck le Véloce et moi tournons l'un contre l'autre, enlacés. Nous dansons chair contre chair, chakra contre chakra.

« Alors, ça fait quoi d'être un avatar du chaos ? me marmonne-t-il dans un baiser.

— C'est parfois un peu… déstabilisant. »

Je sens un picotement monter et descendre le long de mon épine serpentine. Il part du halo d'endorphine qui plane au-dessus du chakra de la couronne, traverse le sixième chakra de l'œil ajna au centre du front (clarté de la sérotonine), puis descend vers le cinquième chakra, la gorge, la voix, la parole, le grognement guttural de la faim, puis vers le flot d'adrénaline de la peur et de la fureur logées dans le chakra du cœur. Il atteint ensuite le troisième chakra, plus bas, dans le diaphragme, le plexus solaire, où l'affect de la fierté et de la culpabilité naît d'une kinesthésie de poumons, de respirations nerveuses, de hoquets et de rire, puis il coule encore plus bas, vers le chakra hara du ventre inférieur, des intestins, et enfin… vers le chakra numéro un, la veine primale, appareil génital et désir charnel, source de l'énergie ki, de la testostérone et de l'ocytocine. Même pour qui a dissous son ego dans le Nirvana, la chair continue à vivre, et elle suit son propre programme, chéri.

Tout en bas, à l'endroit très particulier où mon prépuce lubrifié à coups de langue découvre mon gland et où sa langue lape bruyamment ma bite durcie, je sens la brûlure d'un orgasme brutal et cristallin quand son pouce force brutalement mon périnée à mi-chemin entre la racine de l'érection et le cul, antique astuce tantrique permettant de stopper la décharge du jus.

« Yeepee ! » dis-je, ou un truc dans le genre.

Ensuite il me faut deux minutes pour reprendre mes esprits. Chargé de toute la force de vie mystique de l'univers, arrimé dans mon corps, parfaitement conscient dans chaque fibre de ma chair, je me démêle de ce gamin lascif, je me relève et je me rhabille.

Le Renard m'a fait beaucoup d'honneur.

J'enfile mon pantalon de cuir (cavalerie aérienne américaine, lacé sur les côtés), ma chemise cramoisie (cosaques futuristes, couverte du sang de la noblesse russe), ma veste à épaulettes (le noir et or de l'Alliance ibérique libre), mes bottes militaires à ressort (république de Weimar, conception optimale) et, pardessus le tout, le manteau long renforcé volé à la sentinelle. Je me contemple de la tête aux pieds dans le miroir, je jette une écharpe de soie blanche autour de mon cou et je pose mes lunettes de protection nocturnes sur mon front. Avec les pointes couleur de feu de mes cheveux décolorés, pas très naturelles peut-être, mais pas impies pour autant, j'ai maintenant l'air passablement humain. La peau, les ongles, les narines, toutes ces petites choses qui comptent, ont un aspect normal. Seuls persistent l'argent et l'or de mes iris, rappel inquiétant du fait que je n'appartiens pas vraiment à ce monde.

« Tu penses pouvoir le coincer, alors ? me demande Puck.

— Joey ? Les doigts dans le nez, mec ! Joey est un ange, quand on le connaît.

— Mais il t'a *tiré dessus*, putain ! »

Je hausse les épaules.

« Normal, je l'ai énervé.

— Il nous a tous trahis !

— La seule personne que Joey ait trahie, c'est lui-même. »

Puck secoue la tête. Je suis la cause perdue numéro un.

Comme mon joint s'est éteint, je plonge la main dans la poche de mon manteau. J'en ressors la pochette d'allumettes, j'en arrache une, je plie la pochette pour insérer la tête de l'allumette entre le carton et le papier de verre, je la frotte, *ffch*, et je tire sur mon cône. Mentalement, je note : me procurer un briquet.

« Tu vas avoir besoin de ça », me dit Puck. Il sort une boîte en acajou de la coiffeuse et me l'apporte. Il l'ouvre tendrement, avec précaution. L'éclair argent et or du métal me foudroie.

Vénérable prototype de tous les modèles ultérieurs mais toujours considéré comme le meilleur de la gamme dans bien des manuels d'assassin, mon pistolet-ki Mark I Curzon-Youngblood luit comme une érection.

Carrément nickel, me dis-je. Tous aux abris, les gars.

Errata

Un plan grandiose

« Et qu'est-ce que tu comptes faire au juste, Jack ? Tu vas entrer en Allemagne et tuer Adolf de tes propres mains, et ensuite faire une petite virée en Italie pour aller voir Benito, tant que tu y es ? »

Seamus secoue la tête. Pas de doute, c'est un type bien avec le cœur à la bonne place, mais c'est un crétin, aussi. Eh oui, ils font la paire, tous les deux.

« Oui, pourquoi pas ? dit Jack. Nous pourrions le faire, tu sais. Nous pourrions le faire, j'en suis sûr. »

Seamus écrase sa Gauloise puante dans le cendrier et s'adosse à la coiffeuse. La chambre sous les combles, minuscule et mansardée, ne dispose que d'une petite lucarne faisant saillie vers l'extérieur. Un lit, une armoire, et pas grand-chose de plus. La piaule de Seamus n'est pas beaucoup plus grande, c'est sûr — pas étonnant avec son salaire de docker —, mais au moins, il la garde dans un état convenable, il fait son lit au carré comme il l'a appris dans l'armée. Jésus Marie Joseph, la chambre de Jack ressemble à l'intérieur de sa saloperie de cervelle, autrement dit elle est vraiment dans un état de merde, avec du linge sale qui traîne partout et des bouteilles de whisky vides, cinq ou six, non, bonté divine, sept, il y en a une autre qui sort de ce putain de tiroir, au milieu de toutes ces putains de chaussettes et autres merdes dans le genre. Ouais, pour un Anglais, Jack a une sacrée descente. Il peut en remontrer à Seamus et ça, c'est pas donné à tout le monde, putain.

Tous deux passent désormais beaucoup de temps à boire.

« Oh, alors c'est *nous* qui pourrions le faire, c'est ça ? dit Seamus. Ben ouais, on n'a qu'à traverser l'Allemagne nazie à pied en disant "bonjour chez vous" et "salut, vieux frère" aux gens qu'on croise ! C'est sûr, tiens ! Ils vont nous laisser aller rendre une petite visite au Führer ! Ou alors on n'a qu'à voler des uniformes nazis, hein ? Si on dit tout le temps *Sieg heil*, ils ne verront jamais la différence ! Ouah putain, quel plan grandiose, Jack ! Tenez bon, les gars, et… »

Seamus s'arrête juste à temps, avant de crier : « À l'assaut ! » Ce serait un coup bas. Le passé c'est le passé. S'il se répète ça assez souvent, ça va finir par s'enfoncer dans son crâne.

« Effectivement, c'est un bon plan, dit Jack. Allons à Berlin en tuant tous ceux qui croisent notre foutue route. »

Bon sang de bonsoir, mais il est sérieux, putain !

« On tue tout le monde ? » dit Seamus.

Jack ne lui répond pas. Il se lève du lit défait, ramasse une bouteille vide, la porte jusqu'à la coiffeuse. Il la pose là à côté du cendrier en écartant Seamus, et repart à l'autre bout de la pièce, ce qui lui prend quatre pas.

Puis il dit un certain mot et…

… et le verre brisé recouvre comme une poudre toute la surface du meuble en bois et les oreilles de Seamus carillonnent et il a l'estomac en vrac et le miroir sur la coiffeuse est tout gauchi comme ces putains de trucs déformants dans une attraction foraine ouais ceux qui montrent des membres tout déglingués dans la chambre distordue et des corps brisés méconnaissables sur un champ de bataille et un corbeau qui bat des ailes à la fenêtre noir blanc et rouge et Seamus sent le fer froid de la colonne du lit dans sa main et le monde cesse de frissonner.

« Nous ne sommes pas comme les autres, dit Jack. Toi et moi, nous sommes différents. »

Seamus ferme les yeux dans des champs de blé qui s'étendent à perte de vue, puis les rouvre d'un coup en respirant à fond.

« Que vois-tu, Finnan ? lui demande Jack. Que vois-tu quand tu fermes les yeux ?

— Rien.

— Que vois-tu quand tu es dingue et bourré ? Quand tu as tes crises ? C'est comme ça que tu les appelles, hein ? Quand les mots sortent de toi d'un endroit si profondément enfoui que tu n'arrives même pas à l'effleurer quand tu es sobre ?

— C'est pas... »

Il ignore ce que c'est, c'est sûr, mais ça lui arrive, il ne peut pas le nier, putain !

« Je comprends ce que tu racontes, Finnan. Je t'ai déjà entendu, rappelle-toi. C'est moi qui te traîne chez toi dans la nuit quand tu ne tiens plus sur tes pieds. Je t'ai écouté déblatérer, et j'ai *compris*. Je connais cette langue. »

Jack lui parle alors d'une certaine expédition dans une région désertique du Caucase, et de la langue qu'il a découverte là-bas, une langue couchée par écrit sur la peau des morts, une langue que Finnan connaît mais qu'il est trop effrayé pour comprendre, une langue que Jack comprend mais qu'il est trop effrayé pour parler.

Jack ouvre l'armoire et en tire une autre bouteille cachée derrière une sacoche de cuir qui semble avoir connu des jours meilleurs. Cette bouteille-ci est pleine et il en dévisse le bouchon. Il boit une gorgée puis la passe à Seamus, qui en avale une bonne lampée, amère, anisée, brûlante. *Bonté divine*. Il tousse, regarde la bouteille. *Bon sang de bonsoir, c'est pas illégal, ce truc ?*

« Sais-tu ce que nous sommes ? » lui demande à présent Jack.

Seamus prend le bouchon des mains de Jack et revisse la bouteille.

« Non, je ne sais pas, lui répond-il.

— Mais nous sommes différents, tu es bien d'accord ? »

Seamus hoche la tête, puis la secoue :

« Non, ce n'est pas nous, Jack. Ce n'est pas nous qui sommes différents, mais… »

Il lui rend la bouteille. Il se regarde et regarde Jack dans le verre gauchi du miroir, et voit des choses réduites avec des têtes trop petites, des créatures stylisées, comme sur les dessins d'enfant ou sur la paroi des grottes. Un reflet modifié par un mot…

« Tu sais ce que je vois quand je ferme les yeux, Jack ? La guerre ! Une putain de guerre sans fin et nous, on y combat, on y tue, encore et encore et encore… Mais ça n'a aucun sens, Jack. Du moins pas beaucoup. Ouais, c'est vrai, je peux t'affirmer que ces bons vieux Joe et Adolf vont très bientôt signer une saloperie de pacte pour se partager l'Europe ! Et je peux t'affirmer que ce pacte ne tiendra pas parce que tous les deux sont des enfoirés de première ! Mais… Je croyais voir l'avenir, figure-toi, mais maintenant je n'en suis plus trop sûr. Certaines de mes visions n'ont rien à voir avec le monde que nous connaissons, Jack. Il y a celles avec ces petites bêtes, tu vois, ces petites bêtes noires qui rampent partout et… Jésus Marie Joseph, je suis aussi cinglé que toi, putain ! »

Jack ramasse d'un doigt un peu de verre réduit en poudre, puis l'ôte avec son pouce.

« Si tu veux mon avis, nous ne sommes pas cinglés du tout. Je crois qu'on nous a gratifiés d'un… d'un don. Que nous avons un devoir à remplir. »

Le reflet distordu de Jack fixe Seamus depuis le miroir.

« Si nous pouvons changer les choses, murmure-t-il. Si nous pouvons vraiment changer les choses… »

Changer l'Histoire

« Changer le monde, insiste Jack. Le passé. L'avenir. Tout, mec ! »

Seamus jette son mégot dans l'évier en acier et ouvre le robinet. Il n'y a pas de cendrier dans la cuisine et il n'a pas l'intention de laisser tomber le mégot par terre, c'est sûr, alors il regarde le filet d'eau claire séparer le papier du tabac et les emporter vers la bonde. Quand tout a disparu, il referme le robinet. À l'étage il y a des voix, des petits rires, des cris perçants haut perchés, et quelqu'un marche lourdement. La femme et les gamins du Français, sûrement. Ils l'ont vue brièvement quand elle a ouvert la porte de derrière. Elle leur a jeté un regard, puis a appelé son mari. Seamus traverse la pièce vers la porte ouverte sur l'entrée et la ferme pour étouffer les bruits. Le fait-il pour la discrétion ou juste pour ne plus voir ce qu'il ne connaîtra probablement jamais ? se demande-t-il.

« Vous êtes anglais…, dit le Français.

— Moi ? Irlandais, le corrige Seamus.

— Aucune importance, dit Jack.

— Tu parles ! dit Seamus.

— Mes amis, je ne comprends pas comment ce… livre pourrait changer… le monde… Dites-moi, vous avez bu ?

— Pas depuis ce matin », réplique Jack.

La cuisine est petite mais propre et bien achalandée. Des pots et des casseroles sont suspendus au-dessus du fourneau en fer, des coupes de fruits et des paniers de légumes frais trônent sur les armoires. L'air est imprégné d'un fumet d'herbes, d'oignon et d'ail bien sûr, et d'aliments fumés — poisson, saucisses, fromages —, qui s'élève d'une marmite de soupe en train de cuire à petit feu sur le fourneau. Pas de doute, Seamus donnerait son bras droit pour connaître la paisible vie domestique de cet homme.

« Monsieur Reynard, ce qui compte vraiment c'est que… vous savez bien qu'Hitler ne va pas s'arrêter à la Tchécoslovaquie », dit-il.

Reynard hoche la tête et Seamus va s'asseoir avec eux à la table, un solide meuble en pin qui monopolise le centre de la pièce. Reynard est du côté le plus proche de la porte donnant sur l'entrée et de ce qui doit être la porte d'un placard à provisions casé sous l'escalier. L'arôme des bonnes choses qu'il contient flotte jusqu'aux narines de Seamus. Jack est assis à l'autre bout, près du fourneau, avec une pile de francs déposée devant lui sur la table. Elle est minable, mais c'est tout ce qu'ils ont. Seamus prend la chaise en face de Reynard.

« Ce qui compte vraiment, reprend Seamus, c'est qu'une guerre approche et que nous pouvons peut-être l'arrêter.

— En changeant les choses, dit Jack. Bref, tout ce que nous vous demandons, c'est d'exercer vos compétences. »

Seamus regarde la sacoche en cuir qui pend à l'épaule de Jack. Il l'avait déjà repérée en Espagne, dépassant du paquetage de son ami, mais n'a jamais posé la moindre question à son sujet. À l'époque, ça ne lui avait pas semblé important, vous pensez, une petite sacoche comme ça, à peine assez grande pour contenir quelque chose. Maintenant qu'il sait ce qu'elle contient, bon Dieu, c'est une tout autre histoire. Ils sont dingues, putain! *Si nous avions gagné la guerre en Espagne*, lui avait dit Jack. *Si les fascistes étaient… plus ou moins divisés… S'il n'y avait pas Staline et Chamberlain, et leurs foutues négociations avec Hitler… Tu as le don de double vue, Seamus. Tu peux voir quels changements seraient nécessaires. Je connais la langue, mais… aucun de nous deux n'a les compétences pour faire ça.*

« Il paraît que vous êtes le meilleur dans votre branche, insiste Seamus. Le seul qui peut effectuer correctement ce travail!

— Mais ça, monsieur Carter, monsieur Finnan [il ramasse quelques billets], ça, c'est une insulte. Ça suffirait à peine pour… *un passeport*[1], un titre! Vous me demandez de créer un livre en échange de *ça*?

— Vous ne comprenez pas ce qui est en jeu, mec, dit Jack. Vous… »

Seamus pose une main sur le bras de son ami.

1. En français dans le texte.

« C'est pas grand-chose, je le sais. Ça a l'air d'une putain de farce, je le sais aussi. Mais c'est tout ce que nous avons à part les chemises sur notre dos, et je vous donnerai la mienne si vous me la demandez, putain ! Je veux bien être votre esclave, même ! Je travaillerai à m'en écorcher mes putains de doigts jusqu'à l'os si vous faites ça pour nous ! Je le jure sur la tombe de ma mère et sur Notre Seigneur Jésus-Christ tout-puissant ! Regardez-moi dans les yeux, monsieur Reynard ! Putain, crachez-moi au visage si je ne dis pas la vérité ! »

Reynard soutient son regard pendant une seconde puis détourne les yeux.

« Je vous crois, monsieur Finnan. Je vous crois parfaitement honnête. Honnête et *pauvre*, malheureusement, mais c'est le cas de la plupart des hommes honnêtes. »

Il pianote un peu sur la table, de ses longs doigts délicats de pianiste, ou de joaillier, se dit Seamus. Ou de faussaire. Finalement, il semble se décider :

« Je ne vous promets rien, mais montrez-moi ces… ces écritures que je suis censé imiter, je vous prie. Je dois évaluer le temps que me prendrait cette tâche. »

« *Mon Dieu*[1], dit Reynard à voix basse. *Mon Dieu. Vous auriez une cigarette, s'il vous plaît*[2] ? »

Jack tire le paquet de sa poche de poitrine, en donne une à Reynard et une à Seamus, puis palpe sa veste. Seamus sort son briquet qu'il ouvre d'un coup de pouce, allume sa sèche et passe le briquet toujours allumé à Jack. Il allume la sienne, referme le briquet, le rouvre et lui fait de nouveau cracher ses étincelles pour allumer la cigarette de Reynard, le tout en un seul mouvement fluide. C'est une vieille manie.

Le contenu de la sacoche est étalé sur toute la table : des carrés, des rectangles brun doré de peau traitée, de cuir séché,

1. En français dans le texte.
2. En français dans le texte.

de vélin, si fins qu'ils sont presque translucides. Reynard en lève un vers la lampe et on dirait qu'il luit. Les empreintes qui le couvrent sont si complexes, si subtiles qu'elles évoquent des filigranes et le travail d'une aiguille plutôt que d'un pinceau. Ouais, ben justement, se dit Seamus.

« *C'est magnifique ! Quelle dextérité ! Formidable !* » s'exclame Reynard.

Il retourne la page :

« Cher ami, j'aimerais de tout mon cœur accepter ce défi mais ce que vous me demandez c'est de… de fabriquer un faux du même genre, si j'ai bien compris. Or, ici, l'encre est *dans* le vélin ! Vous comprenez ? Ce n'est pas de la peinture, ni du dessin… et je ne connais pas cette technique. Ça ressemble à des tatouages, je dirais.

— Prenez une épingle à la place d'une plume, dit Jack. Ne pourriez-vous pas créer ce genre de motifs ?

— Et ce vélin ! De quoi est-il fait ? Cuir de veau ? De porc ? Quelle superbe préparation ! Sentez-en la texture, la souplesse !

— Vous pourriez le faire au dos de ces… pages. »

Reynard lève un sourcil :

« Avec l'écriture authentique de l'autre côté ? Je ne comprends pas ! Si c'est pour escroquer un collectionneur privé…

— Pas du tout ! proteste Seamus.

— Mais avons-nous ici assez de matière pour créer ce livre que vous désirez ?

— Bon sang ! S'il vous en faut davantage, je vous donnerai la peau de mon dos ! » réplique sèchement Jack.

Seamus lui donne un coup de pied sous la table. Reynard lance un coup d'œil inquiet à Jack et examine de nouveau la page dans sa main en la levant dans la lumière.

« Où avez-vous trouvé ceci ? leur demande-t-il d'un ton calme mais ferme. Qu'est-ce que c'est ? »

« Je ne le ferai pas ! C'est abominable ! Vous êtes des *monstres* ! Des *bêtes* !

— Mais si, vous le ferez, dit Jack. Vous n'aurez qu'à écrire ce que nous vous dicterons. Vous ne comprenez pas ce qui est en jeu !

— Si, une fraude minable, proteste Reynard. Et macabre ! Votre collectionneur est un déviant, un monstre, *c'est cela* ? Il faut qu'il le soit pour vouloir posséder ce… ce mensonge !

— Ce qui est en jeu, c'est l'avenir du monde, martèle Jack. Vous voulez une preuve ?

— Jack, ne fais pas ça », proteste Seamus.

Jack prend les francs sur la table et les balance à Reynard :

« Ce n'est pas une question d'argent ! C'est ça… »

Et il crache un mot qui soulève Reynard dans les airs et l'y maintient comme une marionnette au bout d'un fil. Seamus lit la panique totale sur le visage de l'homme, son horreur absolue devant ces êtres qui se promènent avec une sacoche pleine de peaux humaines et lancent des mots magiques et, bon Dieu, il n'acceptera plus de travailler pour eux, c'est sûr ! Seamus balance de toutes ses forces un coup de poing à Jack, en pleine figure, et Reynard retombe, se ratatine par terre.

« Écoutez, monsieur Reynard. Attendez. Non, attendez ! »

Reynard joue des pieds et des mains pour s'éloigner de lui.

« C'est monstrueux ! *Vous êtes le diable !* Vous êtes le diable ! »

Alors Seamus agrippe l'homme, ouais, il empoigne sa chemise par-devant et le tire vers lui, bon sang, il est peut-être le diable, c'est sûr, il se sent comme possédé, avec dans sa tête le rugissement aussi intense qu'il l'a toujours été, dans la Somme, à Inchgillan ou n'importe où ailleurs, et il attire l'homme près de lui et lui siffle quelque chose à l'oreille, sans même savoir ce qu'il dit, mais c'est un mot si puissant, oh mon Dieu ! si puissant qu'il lui brûle la bouche, qu'il lui déchire les poumons en sortant, et qu'il résonne dans sa tête, et ensuite Seamus hurle et, putain, est-ce qu'il s'est évanoui, est-ce qu'il est tombé dans les pommes ?

Qu'a-t-il dit à cet homme ? Que lui a-t-il dit, putain ?

Reynard est debout devant le lavabo, secoué de haut-le-cœur. Il vomit.

« Je suis désolé, dit Seamus. Je n'avais pas l'intention de faire ça. Je ne voulais pas. Je ne sais pas ce… Qu'est-ce que je vous ai dit ? Qu'avez-vous vu ? Oh mon Dieu ! Je suis désolé.

— Six — six — six », bégaye Reynard.

Que celui qui a l'intelligence calcule le nombre de la Bête, pense Seamus. Oh ! putain de Jésus-Christ, c'est cette saloperie d'Apocalypse ! C'est ça, le bout du futur que je n'arrive pas à voir ? À regarder en face, plutôt.

« Six millions, dit Reynard.

— Je ne comprends pas ! »

Reynard vomit de nouveau.

Il se tient au-dessus de l'évier, pantelant, et crache de temps en temps. Muet, Seamus s'adosse à la porte du placard. Jack gît au sol en tas. Seamus lui a cassé le nez, on dirait.

Reynard tire une chaise de sous la table et s'assoit, toujours à côté de l'évier. Il regarde longuement et intensément Seamus, droit dans les yeux. À l'étage, l'un des enfants pleure, dérangé par le bruit, peut-être. Reynard hoche la tête :

« Vous dites qu'avec ce livre vous pourrez changer les choses ? »

4

La délivrance de la mort

Nouvelle Sparte et nouvelle Athènes

« Tu es fou, lui dis-je. Déjà, l'armée, j'ai du mal à comprendre, mais les SA ? Ce sont des brutes ! Une vermine brutale et sadique ! C'est quoi ? L'attrait de l'uniforme ? »

Il se hérisse et plisse les yeux, amer, défiant, et je regrette immédiatement mes paroles. Plus la peine de lui parler désormais, il ne m'écoutera pas. Je pousse un soupir et je repars vers les vitrines où les précieux bibelots de ma mère me semblent aujourd'hui si fragiles, si délicats, la porcelaine de Dresde qui n'a jamais servi, les sabots en céramique d'Anvers, les photos encadrées de mon frère et de moi… Par contraste, le meuble lui-même a l'air incroyablement solide. C'est un Chippendale ou quelque chose dans le genre, si je me souviens bien, rapporté d'Angleterre quand nous sommes revenus en Allemagne.

Qu'allons-nous faire de toutes les possessions de Mère ?

« Jonni, lui dis-je plus gentiment. Jonni… »

Il s'assied sur le tabouret du piano et tapote d'un doigt une unique touche noire. Nous n'avons jamais été de très bons élèves, lui parce qu'il se laissait facilement distraire par le soleil à la fenêtre, et moi parce que tout ce que je voulais, c'était apprendre à jouer le jazz éblouissant et virtuose que j'écoutais à la radio. Mon frère passe ses doigts dans ses cheveux blonds comme les blés. L'enfant chéri de sa maman, le petit soldat de son papa… Je me demande pourquoi je n'ai jamais été jaloux de la fierté qu'il leur inspirait. Je le protégeais déjà, je protégeais son… innocence. Quelle ironie, vraiment ! Mon frère aîné, dynamique, athlétique et tout à fait capable de se défendre dans une bagarre, et c'est moi qui le protège ? Je suis furieux, aussi, parce que je sais ce que cache cette attirance pour les délires fascistes.

« Prends un congé, lui dis-je. Reviens à Nice avec moi. Ou allons à Berlin, si tu préfères ! Je te ferai découvrir la vie nocturne. J'ai mes entrées dans certains clubs. Tu n'as pas à… »

Dans un silence ancien, très ancien, je me sens soudain tout petit.

« Les temps changent, Reinhardt. Je sais, je sais qu'il y a de vraies brutes parmi eux. Je sais que tout ce qui les intéresse, ceux-là, c'est de lancer des bombes incendiaires sur les communistes et les Juifs. Mais c'est tout, pour l'instant. Ce n'est que le début.

— Et c'est bien cela qui m'inquiète, Jonni. Qui seront leurs cibles suivantes ? »

Je m'inquiète pour toi, voudrais-je dire. *Pour toi.*

« Les futuristes, c'est ça, la vraie menace pour notre mode de vie, m'assène-t-il.

— Viens à Berlin avec moi », dis-je faiblement.

« Reviens à Strann avec moi », réplique-t-il.

Je referme le coffre-fort et je tourne la molette, puis je suspends la peinture à son crochet. Pour la énième fois, je me dis que cette croûte est vraiment ignoble, mais comme c'est un cadeau de mon frère, je n'ai pas voulu le blesser en n'accordant pas la place d'honneur à son tableau. Il masque donc mon coffre mural, derrière mon bureau. Elle appartient à l'affreuse série des *Chevaliers teutoniques* de *Herr* Hitler. C'est gris, monumental, tout en angles, en courbes, en dents et en roues, ça représente un innommable mécanisme qui n'est autre que l'armure brillante et articulée d'une sorte de Siegfried, et ça régurgite mal l'imagerie robotique du *Métropolis* de Lang. Monstrueux et prétentieux sont les seuls mots qui me viennent quand je contemple cette œuvre. Je me rassois dans mon siège, l'Œil de l'Ange qui pleure à la main, et je réfléchis à ce que je vais dire ensuite :

« Tu aimes vraiment ce… ? »

Je désigne la peinture à mon frère par-dessus mon épaule.

Il regarde ses pieds :

« Je ne suis pas un expert en art, mais je me suis dit que, bon…

— Si c'était à Hitler, ça devait être de l'art, c'est ça ? »

Il a l'air mal à l'aise. Parfait. C'est ce que je voulais.

« Et maintenant, qu'en penses-tu ?

— Je n'en sais rien. Écoute…

— Non, *toi*, écoute, lui dis-je. Regarde-le et dis-moi ce que tu vois. Elle a l'air un peu futuriste, cette peinture, tu ne trouves pas ?

— Oui, bon, d'accord, lâche-t-il sèchement, Hitler nous a trahis, je sais.

— Mais elle a également quelque chose de fasciste. Qu'y voit-on ? Une armure ou des armes ? Un homme ou une machine ? Difficile de dire où se termine l'un et où commence l'autre. Difficile de distinguer la différence, en fait. Fasciste ou futuriste, Jonni, quelle différence ?

— La différence, c'est l'Allemagne ! »

Il cogne du poing sur la table :

« La différence, c'est que nous, nous croyons en quelque chose ! Nous croyons en ce pays, en ce peuple, en notre héritage, en notre histoire, en… »

Je secoue la tête. Je pose le joyau sur le bureau et je le pousse vers lui.

« Romantisme de pacotille, lui dis-je avec une profonde lassitude. Vas-y. Prends-le et va-t'en.

— Reviens avec moi, répète-t-il. Tu verras tout, je te le promets. Et quand tu auras vu, tu comprendras.

— Je crois que je ne comprendrai *jamais*. »

« Je crois que je ne te comprendrai jamais, lui dis-je. Aussi loin que remontent mes souvenirs, tu as toujours voulu aller à Heidelberg, devenir officier et tout ça, et maintenant… Maintenant, à cause de ces cinglés, tu veux tout balancer ? »

Il ferme l'abattant du piano et pivote sur le tabouret.

« On n'est pas forcément cinglé quand on croit à quelque chose de plus grand que soi. Effectivement, la SA grouille de… de jeunes gens déchaînés, en ce moment. Ils sortent des *Freikorps*, c'est vrai, et beaucoup viennent de la rue. Contrairement à nous, ils n'ont aucune éducation. Ils n'ont pas connu nos existences privilégiées, mais ils forment la première ligne contre le communisme et…

— Quoi d'autre ? La juiverie internationale ? Les conspirations sionistes ? Tu ne crois pas vraiment à ces inepties, j'espère ? Je sais que tu n'y crois pas vraiment ! »

Je vais à la fenêtre, j'écarte le rideau en dentelle et je lui désigne la rue :

« *Herr* Hobbsbaum est-il un conspirateur sioniste, à ton avis ? Mérite-t-il les briques qu'on lui lance dans ses fenêtres ? La merde de chien sur son seuil ? Les slogans tracés avec du sang de cochon ?

— Non, bien sûr que non. Il y a de bons Juifs, Reinhardt, toi et moi nous le savons, mais… tu ne peux pas attendre la même chose de l'homme de la rue. La discipline va bientôt s'installer, ne t'inquiète pas. Les choses vont se calmer. Nous allons maîtriser le… *l'incendie*. Parce que, en ce moment, c'est comme un incendie, Reinhardt, un incendie qui balaie l'Allemagne et va la transformer, mais quand nous le maîtriserons… nous serons devenus la nouvelle Sparte, la nouvelle Athènes. C'est une histoire de frères d'armes, voilà tout. De… simplicité, d'honneur, de noblesse. »

Je retourne vers les vitrines et je prends le photogramme de mon frère en habit de *Wandervogel*, avec les Alpes derrière lui, les montagnes, les prairies. Bizarrement, avant ce séjour dans les Alpes, les vieux héros révolutionnaires, communistes, anarchistes ou républicains le fascinaient, Bakounine, Kropotkine, Danton et Robespierre, même s'il ne comprenait pas vraiment les idéologies qu'ils défendaient. Cet aspect contradictoire de sa personnalité m'étonne. Et si c'était parfaitement logique, au contraire, comme un nouveau sacrifice de la raison au profit du romantisme ?

Je repose l'image dans le meuble et je referme doucement la porte vitrée.

« Accorde-moi au moins une chose, s'il te plaît, lui dis-je. Ne porte pas ton uniforme à l'enterrement de Mère.

— Je n'ai pas…

— Je te prête un de mes costumes, lui dis-je sèchement.

— D'accord. Bien sûr. »

« Bien sûr, me dit-il. Tu peux encore changer d'avis, tu sais. »

La gare grouille du tohu-bohu des familles et des hommes d'affaires qui se fraient un chemin à coups de coude, ou se disent au revoir, ou attendent, les yeux fixés sur les horloges ou sur leurs montres. Nous nous faufilons parmi eux. Derrière nous, le porteur se charge de l'unique sac de voyage de mon frère, celui qui contient son uniforme. J'ai réussi à le convaincre à la dernière minute de voyager en vêtements civils, pour éviter les ennuis, les prises de bec avec les gens moins… patriotes que lui.

« Très juste, m'a-t-il dit d'un air absent. Tu as absolument raison. Ça va bientôt se produire. Je ne voudrais pas attirer l'attention sur moi, hein, Renard ? »

Je ne lui ai pas demandé ce qui allait se produire bientôt.

Il s'excuse et touche son chapeau en dépassant une jeune *frau* qui pousse un landau. Derrière lui, j'effleure mon propre chapeau en la dépassant à mon tour, et je lance un sourire au bébé. Je déteste la marmaille mais les vieilles habitudes ont la vie dure : les femmes aiment les hommes qui sourient aux bébés.

« Tu es vraiment sûr de ne pas vouloir venir avec moi ? » insiste mon frère.

Ma réponse se noie dans le coup de sirène grave et profond du train, et je secoue la tête. La vapeur siffle. Plus loin sur le quai, un groupe de jeunes gens en chemise noire et brassard orné du cercle et de la croix rient et bavardent gaiement ; plus que jamais ces jours-ci, ils sont partout dans la gare et partout en ville. Il y a deux ou trois ans, ils portaient probablement des svastikas, me dis-je, mais la scission du parti s'est mieux passée pour Hitler que pour Röhm, dernier membre de l'échelon le plus élevé du vieux parti nazi, et virtuellement seul, désormais. Et les rangs inférieurs s'amenuisent tout le temps : quel mâle vigoureux peut vouloir rejoindre une armée de pauvres types et de tantes ?

« Tu as entendu parler de la bataille des Thermopyles et de l'armée de Sparte ? m'a un jour demandé mon frère d'un ton un peu nerveux. Ils étaient trois cents, d'accord, mais surtout, ils formaient cent cinquante couples d'amants. Pas charnellement, sans doute, s'est-il hâté d'ajouter, mais spirituellement. *Spirituellement !* »

Hélas, les contingences ont rendu cette rhétorique complètement vaine, j'en ai bien peur. *Herr* Hitler l'avait compris, lui. Il avait compris que les hommes d'affaires de la classe moyenne et les brutes de la classe ouvrière sur lesquels il s'appuyait ne pourraient pas — ne voudraient pas — tolérer ce qu'ils considèrent comme de la dépravation pure et simple. Les jours de Röhm et de ses fascistes sont comptés. L'avenir appartient à ceux pour qui la rhétorique de l'Histoire, de la fraternité ou de tout ce qu'on veut peut être abandonnée sans regret dès qu'elle ne sert plus à rien.

« Donnez-moi ça. »

Je m'écarte un peu pour laisser Johann prendre son sac au porteur. Il le jette dans le train, grimpe sur le marchepied, me tend une main que je secoue maladroitement, avec raideur.

« Tu ne devrais pas t'inquiéter à ce point, Renard, me dit-il. Tout va bien se passer, maintenant. »

Il tapote sa poche de poitrine, celle qui contient la pierre enveloppée dans un mouchoir. Il n'a pas voulu la mettre dans son sac. Je pense à son propriétaire, ce Péchorin, à sa rencontre avec Himmler, aux mots qu'ont échangés ces deux hommes. De quoi ont-ils parlé ? Des zeppelins et des équipages en nombre insuffisant pour repousser les Japonais ? De l'alliance entre la puissance de l'industrie allemande et la nature impitoyable des Russes ? Mon frère a-t-il voulu semer la discorde entre eux en me demandant de voler cette gemme ? Non. En fait, je suis persuadé qu'il me cache autre chose.

Il ne pourra pas stopper si facilement l'avenir qu'il redoute, me dis-je.

Modèle d'impact d'un ange déchu

Joey arrive sur un vecteur tournoyant et freine comme il peut sa chute dans le passé à travers les jours, les mois et les années, ce qui n'est pas facile avec un manteau de laine qui ondoie, déploie ses ailes et se déchire dans les rugissants temporels. Le manteau ne va pas tarder à lâcher, mais il n'a que ça comme parachute. Ce vêtement va devoir tenir encore un peu.

Il attrape un vortex et navigue latéralement sur un remous en se tortillant pour accompagner la glissade. Guerrier kamikaze en chute libre, il tombe en vrille dans l'éther, plonge dans le temps vers un paysage à la fois historique et géographique, resserre sa spirale pour ne pas manquer sa cible. Le temps n'est pas une ligne droite, c'est une explosion qui s'ouvre en trois dimensions, comme quand on tire une balle à bout portant dans un crâne. Il existe donc plus d'une façon de s'y déplacer.

Joey pivote pour adopter une position de goutte, de fœtus. Il aperçoit sous lui un agroglyphe qui lui évoque une version plus petite des arbres abattus dans la Toungouska en 1908. Impact de météore, a-t-on affirmé, sauf que c'est faux. Ce n'est pas un météore qui est tombé des cieux en Sibérie. Il a observé ce phénomène assez souvent (simples cercles ou sceaux plus complexes) pour le reconnaître quand il en voit un : c'est la signature d'une chose ayant déchiré le continuum et plongé un peu à l'écart du sillon étroit et rectiligne que les gens normaux parcourent lourdement le long de la flèche du temps. Ces agroglyphes sont des marques d'atterrissage. Celui de la Toungouska en est une également, mais très grosse. Bon d'accord : gigantesque ! Il a toujours cru qu'un jour il parviendrait à capturer la Toungouska, à forer un trou dans le temps pour tomber droit en 1908, être là quand ça arriverait, et voir ce qui est assez gros pour faire ce genre de marque sur le monde. La Toungouska, c'est la putain de mère de toutes les autres, se dit-il. Le modèle d'impact d'un ange déchu.

Il se déplie en l'air au-dessus du cercle, comme un plongeur à la sortie d'un saut périlleux, mais lui, brise la surface liquide du réel les pieds devant et les bras écartés. Comme il recule dans le passé en même temps que le monde, il voit le blé se redresser quand il atterrit : les tiges bondissent à sa rencontre, la trace de son arrivée s'efface.

Puis il est là, debout dans le champ de blé, figé dans l'espace mais poursuivant lentement son retour en arrière temporel. Des corneilles tournent en rond dans le ciel mais queue la première, comme sur une vidéo qu'on rembobine. Il a assisté bien des fois à ses propres atterrissages mais ne se lasse jamais de cette vision, si bien qu'il recule d'une minute ou deux encore puis fait volte-face pour observer ce moment à distance, son sillage temporel repartant vers l'avant. Il regarde son autre moi marcher à reculons vers le point d'arrivée, étendre ses bras comme un épouvantail, foncer dans le ciel, se rouler en boule, et s'évanouir purement et simplement, le laissant au bord de l'agroglyphe, émerveillé par cette trace de mystère dans le monde.

Il se retourne à nouveau. Il lui reste un jour ou deux pour couvrir à pied la distance qui le sépare de sa destination, mais c'est parfait, ça lui laisse l'occasion de regarder le monde se dérouler autour de lui. Il le parcourt à pied, invisible, inaudible. Les gens normaux ne s'aperçoivent pas de sa présence car leurs petits intellects sont incapables d'appréhender l'anomalie de l'atemporel. Il aime marcher ainsi parmi eux, désynchronisé, déphasé. Il a l'impression que… que le monde lui appartient.

Il jette un œil sur son monde.

Le ciel azur est dégagé, mais dans le prélude à son arrivée, il bouillonne de façon chaotique. Même le rembobinage du blé redressé par un vent aspiré là d'où il est venu semble plus agité qu'il ne le serait dans l'autre sens. Tout vibre, tout semble un peu éthéré, mais avec une pénombre destructrice en sous-main. En fait, ce paysage lui évoque une peinture de Van Gogh, un monde vu sous l'emprise de l'absinthe ou de la démence. Les champs de maïs et de blé se succèdent à perte de vue ; c'est l'est d'Eden ou l'ouest de Smallville, à huit kilomètres et deux jours de distance de Lincoln en 1959. Ou une année qui ressemble à 1959, se dit-il ; car si l'on gratte un peu la surface, si l'on creuse un peu sous ce monde, on ne trouvera pas seulement des machines agricoles. On découvrira aussi des rubans jaune sale dans l'herbe et entre les racines des arbres et la mitraille coupante des véhicules piégés. Joey traverse un sentier poussiéreux entre deux champs. Un tesson tordu de garde-boue dépasse du sol, rouge et brun rouille, comme encroûté du sang des sacrifices, le sang versé qui imprègne la terre et la rend encore plus rouge qu'elle ne l'était déjà, le sang des gosses, le sang des agneaux offert à une divinité de poussière. Les gens craignent Dieu ici, se dit Joey. Ils donneraient tout pour une vie où l'apocalypse n'aurait jamais eu lieu.

Il cueille un brin de blé et roule son épi entre le pouce et l'index ; le grain et la paille disparaissent, emportés par le vent, arrachés à leur flux temporel par son intrusion, perdus à jamais. Une offrande de grain, de vie, pas plus significative pour Dieu qu'un grain de sable qui ne contient ni le monde et ni l'éternité, quoi qu'en dise le poète.

Dieu est mort, certes, mais depuis plus longtemps qu'on ne le croit, d'après Joey. Il était déjà enterré six pieds sous une couche de temps résiduel bien longtemps avant que l'univers n'ait mis au point la logique qui gouverne son réel. Un réel bâti sur la tombe de Dieu.

Joey a développé une sorte de théorie au cours de ses voyages, une théorie qui lui permet de s'orienter quand il est déphasé par rapport aux gens ordinaires. Il en est venu à penser au temps comme à un objet doté d'un volume et d'une masse, un objet en trois dimensions : la dimension frontale, la dimension latérale et la dimension résiduelle. Il marche en avant et à reculons du berceau à la tombe et de la tombe au berceau et il glisse latéralement sur les alternatives, les branches, les courants parallèles. Un pas ou deux de côté l'ont mené dans des mondes où les fascistes ont gagné la Seconde Guerre mondiale, où les Russes sont arrivés les premiers sur la Lune, où l'humanité n'a plus évolué après l'australopithèque, l'aïeul se gavant des cervelles de ses ennemis accroupi dans sa grotte. Joey a cru que le temps se limitait à deux dimensions, jusqu'au jour où il a découvert que quelle que soit la route empruntée, en avant, en arrière ou latéralement, il restait coincé au XXe siècle. En outre, chaque époque où il séjourne grouille de ces petites anomalies dont les gens ordinaires ne parlent jamais. Il a visité des cimetières abandonnés, envahis de végétation, où les dates des pierres tombales s'arrêtent en 2017, des pierres tombales dont les sculptures représentent des jeunes gens en uniforme, enfants chéris aux coupes en brosse de marines. Errata. Vestiges d'un avenir mort. Et il a vu des choses plus étranges encore.

Le temps a donc trois dimensions, il en est désormais convaincu ; et la troisième, c'est une accumulation de couches successives, d'univers morts stratifiés, de mondes moins bien ordonnés, moins légitimes que celui où il est né, des mondes de dieux et de démons tellement tassés qu'ils forment une croûte compacte sous ses pieds… le temps *résiduel*. D'une certaine façon, les bitmites ont découvert ces failles et les ont forcées au pied-de-biche ; en certains lieux, elles ont fracturé le réel pour mettre au jour des mondes entiers qui ne devaient plus être. Joey a mangé de la licorne à Paris, chassé la manticore en Afrique, arraché des ailes de fées pour gagner sa vie. Mais il n'en est pas moins coincé dans cette saloperie de XXe siècle.

C'est comme si un tremblement de terre avait dérobé le sol sous leurs pieds, ou comme si un glacier s'y était écrasé en le remodelant au passage avant de fondre, laissant le monde brisé en mille morceaux, effondré, truffé de débris tombés d'en haut ou remontés des profondeurs suite aux mouvements de terrain. Et ces débris sont des blocs de temps erratiques. Joey saute de corniche en corniche, dévale des pentes abruptes couvertes d'éboulis, parcourt les crêtes étroites entre les plateaux, et il sait que le temps est beaucoup plus complexe que ne le pensent les gens ordinaires blottis dans leurs grottes, ceux qui font comme si le Crépuscule n'avait pas eu lieu. Il a exploré les falaises à pic et les précipices qui bordent leurs existences, il a levé les yeux vers des hauteurs vertigineuses, plongé le regard dans le néant. Cités en ruine, déserts couverts de crânes d'oiseaux fracassés, grottes remplies de costumes de peau… Mais quel que soit l'endroit visité, Joey est piégé dans cette petite centaine d'années, dans ce naufrage de l'Histoire privé d'un avenir. Et il l'a toujours été.

Donc, Jack avait peut-être raison.

Ce qui n'a plus vraiment d'importance.

Joey effleure de la main le doux duvet des épis de blé et scrute les alentours pour repérer la route qui va le conduire en ville, la route qui le ramènera sur son lieu de naissance et son lieu de décès. Qui le ramènera à ce garçon.

La foire des ténèbres

Il peint Jésus. Il peint un Jésus au visage d'Elvis, mais avec des cheveux longs et plats et des lunettes de soleil. À la façon des anciens maîtres, il raccommode la noirceur de ses traits avec du violet, du bleu outremer, du bleu-vert, des touches de terre de Sienne brûlée. Le noir n'est pas une couleur, lui a expliqué son professeur ; l'ombre est bien plus subtile, plus complexe. Il doit pourtant souvent combattre l'impulsion qui le pousse à jeter sur la toile un peu de ce fameux noir juste pour corriger tel ou tel détail. Il y parvient toujours.

C'est difficile. Il plonge son pinceau en poil de chameau dans les petits tas de peinture de sa palette puis tend le bras pour tapoter la toile ici ou là. Zut, son pinceau a ramassé du noir. Il met pourtant toujours le tube de peinture noire de côté pour ne pas être tenté d'en barbouiller sa palette quand il y ajoute du jaune azo, du bleu phthalo ou autre, mais il en retrouve systématiquement sur sa palette, tout comme il mâchouille toujours un crayon en classe quand ses profs lui donnent des claques sur la tête et du *Joseph Darkwater !* Il jette le tube à la poubelle mais va tout de suite en chercher un neuf dans les fournitures qu'il se procure au magasin d'art de la ville.

C'est un comportement bizarre, mais tout le monde a ce genre de petites manies. Le corps semble agir indépendamment du cerveau. C'est ce pilote automatique qui sort les ordures, fait rentrer le chat tous les matins, assiste au cours de géo abhorré, rentre à pied à travers champs. Ou dévisse le bouchon d'un tube de noir, presse le tube sur la palette, fait les cent pas en évaluant la toile pour découvrir ce qui manque — ce qui manque vraiment —, plonge le pinceau dans la peinture noire et tapote un svastika noir comme de l'encre sur le front de Jésus sans que votre cerveau conscient puisse rien y faire. Quelle idée stupide ! Mieux vaut en rire.

C'est bizarre, certes, mais pas plus bizarre, tant qu'on y est, que de poursuivre sa petite vie cahin-caha, alors qu'en fait on en a ras le bol et qu'on a juste envie de crever. Putain, il rêve qu'on lui colle un flingue sur la tempe, qu'est-ce qu'il rigolerait ! Et l'autre en lui hurlerait : *Fais-le, bon Dieu ! Vas-y, tue-moi, putain ! Vas-y, appuie sur cette foutue détente !*

Donc, il peint Jésus. Il peint un Jésus jeune et punk, regard maussade et obstiné, sur une croix se détachant contre un ciel trop pourpre, comme on n'en verra jamais sur Terre, ce pourpre rayé de rouge cadmium, avec un soleil jaune canari bas sur l'horizon. Il tartine au couteau les rayons qui jaillissent dans une explosion de lumière. Est-ce un lever ou un coucher de soleil ? Peu importe. C'est du sous-Blake, mais sa toile en a besoin, de ces cieux qui s'assombrissent ou s'ouvrent, de ce soleil qui s'écrase ou lutte pour se lever encore une fois.

Après le coucher ou avant le lever du soleil, c'est là qu'il travaille le mieux. Ayant grandi à la ferme, c'est un lève-tôt qui se réveille avec l'aube et passe une heure ou deux en blue-jean, pieds nus, dans la grange, à barbouiller ses toiles de peinture avant sa douche du matin et son petit déjeuner à la cuisine. Ensuite sa journée s'englue dans le labeur quotidien de l'école. Il attend la fin des cours avec impatience, puis rentre chez lui en flânant, à son rythme. Il traverse les champs de maïs doré où travaillent des hommes d'argile silencieux comme des statues qui balancent leurs faux à la façon des esclaves du temps jadis, comme s'ils suivaient le rythme secret de quelque chant intérieur. Depuis qu'il n'y a plus les corvées quotidiennes, depuis que la ferme marche quasiment toute seule, il a plein de temps pour peindre.

Car désormais, ce sont les hommes d'argile qui font marcher les fermes. Cent ans plus tôt, c'étaient les *nègres*, vingt ans plus tôt les immigrés mexicains en situation illégale. Ces hommes brun-rouge à la peau craquelée comme recouverte de boue séchée ne sont originaires ni d'un continent lointain ni de l'autre rive du Rio Grande. Ils sont arrivés de l'Hinver, ces terres inoccupées où la mauvaise herbe s'étend à perte de vue. Quand ils sont apparus pour la première fois, se rassemblant par vingtaines devant les corps de fermes, les gens normaux ont pris peur. Paniqués, ils ont ouvert le feu sur eux puis les ont pendus aux arbres comme des corneilles mortes pour dissuader leurs congénères de s'approcher. Les gens normaux ont mis un moment à comprendre que ces hommes d'argile n'avaient qu'un seul souhait : travailler dans les champs. Joey se souvient de son père visant l'un d'entre eux avec son fusil de chasse. Indifférent à la menace, l'homme ramassait une houe pour s'occuper d'un plant de légumes près de la maison. Ils ne veulent qu'un grain de maïs par jour, comme s'ils n'avaient pas besoin d'un salaire ou de pain quotidien, comme s'ils n'exigeaient de leurs employeurs qu'un paiement symbolique. Leur dignité dément leur mutisme. Joey est persuadé qu'ils ne sont pas débiles, et il refuse de les appeler des *zombies*, contrairement aux autres qui redoutent ce que leur étrangeté et leur silence leur enseignent sur le monde dont ils viennent.

Au coucher du soleil, quand la lumière devient trop faible pour peindre, Joey les observe par la fenêtre. Leurs outils sur l'épaule, ils ramènent des champs les balles de la récolte, le produit de la terre. Il essuie la spatule sur son jean puis la nettoie sous le tuyau. À nouveau sans tache, l'acier brille. Lui aussi a des outils, comme les hommes d'argile ont les leurs. Les autres, les vrais zombies, ceux qu'il doit affronter chaque foutu jour que Dieu fait, ils n'ont que des couteaux invisibles qui jaillissent comme l'éclair, et dont ils se servent comme ça, en passant. Il suffit d'un mot, d'un regard, d'un rire. Quand il dépasse un groupe de sportifs ou de pom-pom girls, il y en a toujours un ou une qui se retourne, sort du groupe et lui balafre le visage avec un dard si aiguisé qu'il ne sent rien jusqu'à ce qu'ils aient disparu, et là, c'est une morsure humide et salée sur sa joue, et il se dit : *Fils de pute, fils de pute !* Jour après jour, il se sent perdre pied. Il se rapproche de la fin, il le sait. Ne les laisse pas t'atteindre, c'est ce que lui disait Jack. Rien à foutre de ce que lui disait Jack !

Donc il peint Jésus, et vachement bien. Il peint un Jésus ruisselant du sang acrylique rouge cadmium de sa passion, un Jésus au corps maigre et torturé, où chaque muscle, chaque tendon ressort, où chaque veine est un trait vert pulsant sur la chair pâle. On dirait un écorché, se dit Joey ; les quelques lambeaux de chair ensanglantée encore fixés au squelette pendent de l'épouvantail lui tenant lieu de corps. Rouge et vert, les serpents de sang désagrègent le corps et recouvrent la saillie des côtes, la dentelure du sternum, les nervures des biceps étirés. Mort d'un millier de coupures. Ce n'est pas la forme qui intéresse le peintre mais sa surface, la patine brutale d'un corps fouetté, transpercé, déchiré par les épines jusqu'à luire de son propre sang. Un Jésus tiré d'un charnier et hissé sur sa croix.

Il se rappelle son enfance avec Jack, il se rappelle MacChuill l'Ancien leur racontant la fin des temps, le Ravissement, les morts ressuscités, l'apocalypse couvant à mille kilomètres et vingt ans de distance, dans un autre pays, à une autre époque. Pour MacChuill, l'Armageddon, c'est une vallée d'Israël où les croisés et les djihadistes s'affrontèrent au cours d'une guerre sainte menée à coups de pierre par des enfants qui portaient sous leurs manteaux des ceintures d'explosifs ou conduisaient des humvees gueulant à plein volume *Burn, Motherfucker, Burn !* Le Choc, la Crainte et la Terreur. Babylone et Bagdad. Ce n'est pas la fiole d'un ange qui a asséché l'Euphrate mais un bombardier furtif déversant des bombes à fragmentation d'entre les mâchoires de son ventre. Quand les six cent soixante détenus de Guantánamo — à une demi-douzaine près — quittèrent cet enfer, toutes leurs pensées étaient remplacées par du venin de scorpion. Et bientôt, tout se mit à flamber et à grouiller de bitmites.

MacChuill l'Ancien était fou, ou il avait une *imagination fertile*, comme on dit. Il n'en parlait pas moins d'une guerre de dix ans suivie par dix ans de Crépuscule précédant l'avènement du Millenium, alléluia ! Sauf que c'était un Millenium sans Fils de l'Homme, affirmait MacChuill. Sans Christ ni Antéchrist, d'ailleurs. Un Millenium de rois s'opposant entre eux, de politiciens et de religieux luttant pour conquérir les cœurs, les esprits, les âmes, s'étripant pour exercer le pouvoir sur eux. Puis ces rois eux aussi sont devenus inutiles, petit à petit, au cours de ces années de villes fantômes et de routes sans fin, de stations gueulant des chansons hongroises au cœur du Sud profond, de villes dérivant dans les forêts et les champs éternels qui s'étiraient hors de portée des hélicoptères et des avions. Puis les signaux satellites et les réseaux Internet disparurent. Les sims continuèrent à trembloter quelque temps, ombres grises, répondeurs brouillés par l'électricité statique hantant les lignes des vidéophones. Puis il n'y eut plus d'États-Unis, plus d'Oklahoma, plus de comté de MacEwan et plus d'avenir. Il n'y eut plus que cette bonne vieille ville de Lincoln en 1959.

Ce récit dément moitié Wild Turkey moitié *Weird Tales*, plus délirant que n'importe quel truc genre soucoupe volante ou *Quatrième dimension*, le vieil homme le répétait sans relâche.

« On ne peut plus aller nulle ! disait-il. La route qui quitte la ville ne fait que décrire un grand cercle avant de revenir sur elle-même ! Les Russes, les futuristes, la pénurie de pétrole, la néodépression, tout ça c'est des conneries ! Des gros mensonges, je le jure devant Dieu ! En fait, c'est la faute aux bitmites, des petites machines minuscules… »

Ils ont fini par coller le vieillard à l'hosto. Hébéphrénie, ont-ils déclaré.

Il y repense parfois devant ses toiles vierges. Il pense à la route qui forme un grand cercle dans les champs puis revient, et il marche en rond sur un grand cercle qui le ramène devant la toile, où il essaye de découvrir ce qu'il veut peindre. Il ferme les yeux, et ses pensées font comme lui, elles courent tout au fond de sa tête, elles s'enfoncent dans les ténèbres, comme pour atteindre… *quelque chose… là-bas, dehors…* Il le sent. Il ne peut pas représenter cette chose sur la toile mais il la sent, un peu dedans, un peu dehors. Il ne sait pas ce que c'est, mais c'est froid, c'est sombre et ça vient pour lui. Comme si la mort venait le chercher.

Donc, il peint Jésus. Il ne croit pas en Jésus et ce n'est pas le complexe du martyr, parce que les « pauvre-de-moi », rien à foutre ! C'est le… le mystère de cette icône du sacrifice humain, un mystère qui le fascine et auquel il pense tout le temps, auquel ses épaules voûtées, ses yeux plissés et sa main crispée pensent tout le temps. Il se penche sur la toile, un minuscule pinceau en crin de cheval à la main, et il peint deux infimes crânes blancs, des reflets dans les lunettes de soleil que porte son Jésus, de grandes lunettes noires rondes en forme d'orbites vides.

Il ne s'identifie absolument pas au Jésus qu'il peint. Bon, c'est sûr, il a lui aussi des cheveux noirs de beatnik et une dégaine de punk pâle et décharné, et si la ville devait élire quelqu'un à crucifier, il gagnerait haut la main, pas de doute. En plus, jusqu'à l'année dernière, il racontait partout qu'il voulait crever, parce que, nom de Dieu, il crevait déjà à petit feu, alors il voulait que quelqu'un lui colle une balle dans la tête pour en finir une bonne fois pour toutes… Et puis l'année dernière, un petit pédé de l'autre bout de la ville s'était fait descendre et Jack, ben Jack était parti à travers champs et on ne l'avait plus jamais revu.

Il avait trouvé le journal de Jack dans la grange, comme un long au revoir.

Putain ! Joey n'avait jamais rien soupçonné. Yeux bleus et cheveux blonds, Jack était le bon petit Américain typique, et pas une fois Joey n'avait pensé à se demander pourquoi ce regard bleu lui semblait parfois si vide. Ni pourquoi un héros de l'équipe de gym, un roi des anneaux, choisissait de traîner avec le petit artiste bizarre. Sur la fin, le journal devenait un peu bizarre — beaucoup de blabla délirant comme quoi MacChuill l'Ancien avait raison —, mais bon, ce qui comptait vraiment était écrit là, noir sur blanc, le blanc du papier et le noir de l'encre qui lui maculait les doigts au fur et à mesure de sa lecture. Sa vision des choses changeait soudain, comme lorsque le monde s'écroule et qu'on plonge le regard dans un puits qui s'enfonce dans le néant, le néant de l'indifférence renvoyée à un ami qui devait avoir eu une trouille bleue qu'on découvre qu'il était pédé. L'indifférence et l'aveuglement de Joey envers son meilleur ami, Joey tellement absorbé par ses propres misères pathétiques qu'il n'avait rien vu de celles de Jack. Alors, Jésus ? Non, si Joey devait s'identifier à quelqu'un, c'était bien à Judas.

Donc il sait maintenant que certains souffrent beaucoup plus que lui, et il sait que ce foutu trou béant dans sa poitrine là où devrait se trouver son cœur n'est pas simplement causé par l'angoisse de l'adolescence. Ce n'est pas ce bon vieil auto-apitoiement, ce n'est pas de la culpabilité, c'est autre chose. Et ça se rapproche chaque jour. Une chose malfaisante. Et la seule façon de se l'expliquer, se dit-il, c'est d'y voir… *la mort.*

Sauf qu'il ne sait pas si c'est la sienne.

Un seul défaut majeur

« Ce ne sera plus très long, me dit-il.

— De quoi tu parles ? »

Assis dans des fauteuils près du feu qui diffuse une lueur dorée, nous nous dévisageons. J'attends une explication, je brûle de la connaître. La pierre est posée sur le secrétaire, étincelante, et je constate que je ne peux pas la quitter des yeux. Pourquoi l'ai-je volée pour lui ? Cette question, je dois me la poser. Pourquoi tous ces vols, au fond ? Je ne suis pas cupide. Je ne vole pratiquement jamais pour l'argent. D'autre part, la crainte d'être exposé à la vindicte et de finir en prison, avec la honte qui en résulterait pour notre nom, rien de tout cela n'aurait dû me forcer à accepter le plan de mon frère. Je sais pourtant que cet homme obstiné sacrifierait sans la moindre hésitation la réputation des von Strann s'il estimait que la situation l'exige.

En fait, ce sont les défis qui m'intéressent dans chaque cambriolage, le défi de la séduction, le défi du méfait à commettre, le défi que représentent les pierres elles-mêmes… Le mystère de ces choses si petites et pourtant si précieuses est tout simplement irrésistible à mes yeux. Les joyaux sont les créations de la roche agissant sur la roche pendant des millénaires ; ils naissent de la lente concentration du temps en un cristal unique aux multiples facettes d'une telle clarté, d'une telle précision… Comment ne pas être subjugué par ces petites choses ? Les diamants sont composés de carbone, tout comme nous, d'accord, mais combien de corps humains tassés par les éons faudrait-il pour créer une pierre comme celle-ci ?

Trois jours après son départ pour le domaine familial, j'ai succombé à la pression de la culpabilité. Je ne pouvais pas abandonner mon frère à la démence qui avait pris racine en lui, quelle qu'en soit la nature. Horst étant tout à fait capable de diriger L'Antre du Renard en mon absence, je me suis frayé un chemin dans la cohue de la gare centrale de Berlin, j'ai acheté mon billet, et j'ai pris le premier train pour Strann avec seulement les vêtements que j'avais sur le dos. Et voilà. Maintenant, j'attends les explications de mon frère, qui se contente de me sourire.

« C'est pour ce soir », me dit-il.

De nouveau, je m'interroge sur son état mental. Il a renvoyé tous les domestiques. Quand j'ai téléphoné chez nous avant de quitter Berlin, il a fallu une éternité avant que son « *Allô* » interrompe la sonnerie. Je lui ai dit que je venais, je lui ai intimé de ne rien faire de stupide avant mon arrivée, *Attends-moi, s'il te plaît*, et il avait murmuré *Oui, bon, d'accord*. J'ai dû lui téléphoner de nouveau depuis la gare de Strann pour qu'il m'envoie une voiture, et quand elle s'est garée, je me suis aperçu que je ne connaissais pas le chauffeur, un jeune gars tranquille à l'air sensible, presque un adolescent, en fait.

« Ce n'était pas censé se produire avant des années, et une partie de ce qui va se produire ne devait pas se produire du tout », me précise-t-il.

« Mais de quoi parles-tu, Jonni ?

— *Jack*, Renard ! Je t'ai dit de m'appeler Jack à partir de maintenant ! »

Nos voix résonnent dans le silence de la vieille maison apparemment vide. Nous ne sommes que trois ici, en supposant bien sûr que le jeune homme soit resté dans les parages après m'avoir guidé jusqu'au bureau où mon frère m'attendait assis dans le noir. Un grand calme flotte sur nous, comme un autre aspect de la pénombre, un aspect palpable imprégnant toute chose autour de nous. J'ai l'impression que cette maison, dans laquelle j'ai grandi et joué, m'est devenue étrangère ; je la sens ployer sous le fardeau d'une effroyable obscurité qui en fait désormais inextricablement partie. Et c'est comme si ce fardeau avait élu les épaules de mon frère.

« Qu'est-ce qui ne devait pas se produire, Jack ? »

Il lève les yeux vers moi. La lueur du feu reste piégée dans ses pupilles, et je pense à la roche qui pèse sur la roche, aux énergies qu'une telle pression génère, volcaniques, tectoniques. Le fardeau qu'il porte le change, l'écrase, mais malgré son uniforme négligé et son attention visiblement distraite, ce poids ne semble pas l'épuiser. C'est plutôt comme si son enveloppe rugueuse se fissurait lentement en révélant des facettes froides et nettes que je vois pour la première fois. De sa personne émane une réflectivité vitreuse à la fois concentrée et diffuse qui se concentre autant qu'elle se diffuse. Avec un seul défaut majeur en son cœur.

« Le futurisme, me répond-il. Ne ris pas, s'il te plaît. Et ne dis rien. Écoute-moi, c'est tout. »

Il se lève et se dirige lentement vers le bureau. Il pose sa main sur l'Œil de l'Ange qui pleure.

« Sais-tu que le parti grouille — grouillait, je veux dire — d'hommes aux idées étranges, mystiques ? Non ? Himmler, par exemple… Hitler aussi, d'ailleurs… beaucoup de ces traîtres qui ont cru aux mensonges du futurisme… Laisse-moi finir ! Même des gens de la base se sont intéressés à ce genre de choses, le Saint-Graal, la Lance du destin, etc. As-tu entendu parler du Livre de Toutes les Heures ? Non ? Moi non plus, jusqu'à il y a peu. Et puis, un jour, quelqu'un me l'a décrit, et tout m'a semblé tellement familier, comme un souvenir d'enfance, tu vois ce que je veux dire ? Sauf que… »

Il ouvre le secrétaire et en sort le volume relié cuir qu'il avait sur les genoux le jour où il m'a demandé de le rejoindre par télégramme.

« C'est l'exemplaire de Père, me précise-t-il. Une sorte de livre d'Histoire. C'est même *le* livre d'Histoire, pourrait-on dire. Une lecture intéressante. Savais-tu que le temps a trois dimensions ? Eh oui, toi et moi, nous ne pouvons même pas concevoir à quel point il est compliqué. »

Il dépose le livre sur mes genoux. De près, je reconnais immédiatement sur la couverture le motif de l'œil et des traits qui semblent en couler comme des larmes : c'est le même que celui qui flotte au cœur du joyau.

« Bref, toujours est-il que je l'ai lu, ce livre, et je peux te dire que la nuit prochaine va être très spéciale. Un vrai pavé dans la mare, même. Comme je te l'ai dit, elle ne devait pas se produire avant quelques années encore, mais apparemment, il y a eu des… des modifications qui ont un peu avancé le calendrier. Ce soir, il va y avoir un petit sacrifice, oh, tout petit si on le compare à ce qui va se passer après, mais ce n'en est pas moins un… un pas sur le chemin. Tu veux que je te montre où c'est ? »

Il veut ouvrir le livre sur mes genoux, mais, sans même réfléchir, je pose ma main dessus pour le garder fermé.

« Tu ne veux pas ? s'étonne-t-il. Ils ont trouvé un nom merveilleux pour ce qui va se passer, tu sais. Très poétique, très romantique. Ils vont l'appeler la Nuit des longs couteaux. »

Des fleurs des champs à la main

Il regarde les photos du jeune homme. Il survole le dossier qu'il a constitué sur les dix-sept ans d'existence de Darkwater et qu'il vient d'étaler devant lui sur le lit de sa chambre d'hôtel.

Les papiers de l'adoption, les carnets scolaires, les cahiers d'exercices… Et aussi le journal d'aujourd'hui truffé d'articles horrifiés sur les meurtres brutaux que le jeune homme a commis. Qu'un garçon si calme, si gentil, si inoffensif, ait pu perpétrer de tels actes… Quelle horreur ! L'étendue de leur insondable ignorance le fait presque rire. Quand le vieux monde est mort, les leçons de l'Histoire ont disparu avec lui. Les habitants de Lincoln considèrent visiblement leur environnement sans complication comme une sorte de bénédiction naturelle, un *Joyeux Noël, la guerre est finie* perpétuel, mille ans de paix et de bonne volonté avec James Stewart à la tête du journal local et le retour des magasins Mom and Pop maintenant que le Wal-Mart et autres centres commerciaux sont partis à un million de kilomètres de là, à l'autre bout de l'Hinver, dans ces régions désertiques cultivées ou non.

Qui se souvient encore de Colombine ? se demande-t-il.

Mieux vaut ne pas s'en souvenir, se dit-il. Mieux vaut ne pas admettre la vérité froide et désolée que recouvre chaque histoire, chaque assassin assassiné dont le silence est le repos des morts ou de la mort marchant dans un corps d'homme parmi les vivants, un corps d'homme sans âme, sans vie, sans cœur, creux déchiqueté de l'esprit qu'on lui a arraché.

Dans le journal, on cite ces quelques mots chuchotés à l'oreille d'une victime roulée en boule, le froc inondé de pisse, une victime épargnée pour offrir au monde une explication d'une simplicité brutale.

J'étais meilleur qu'eux, lui a dit le jeune homme. *Ils m'ont tué à petit feu, alors que moi, j'ai eu pitié d'eux.*

Joey cale le pied-de-biche dans la fente du minibar et y imprime une bonne poussée, une fois, deux fois. Le bois craque, la porte cède et il enfonce son outil, puis pousse de nouveau. En s'ouvrant, la porte fendue sort presque de ses gonds, adoptant un angle amusant, impossible. Elle a l'air flou, comme si en l'arrachant de son emplacement on l'avait aussi arrachée de la causalité. Pas de chance ! Il ouvre maintenant le frigo contenu dans le minibar et en sort une bouteille de Miller dont il fait sauter le bouchon pour en avaler une lampée. Heureusement, la brasserie est restée amarrée à la ville pendant qu'elle dérivait dans les dislocations du Crépuscule. Tous ces braves gars auraient-ils été capables de continuer sans elle ? Il est possible d'en douter.

Continuer… C'est ce que font les gens quand leur monde s'écroule, que ce soit à cause d'un gamin taré brandissant un gros flingue ou d'un président cinglé brandissant une Bible. Ils continuent, tout simplement, en attendant que ça recommence. S'ils avaient un peu de jugeote, ils pourraient changer leur destin, mais ils ne voient même pas le chemin tout droit et tout simple qui va du passé au futur, de la violence de leurs propos à la vengeance qu'ils appellent sur leurs têtes. Rien d'étonnant à ce qu'ils aient réagi comme ils l'ont fait à l'apocalypse, en choisissant de poursuivre leur existence comme si leur ville avait été séparée du reste du monde par un fleuve submergeant ses berges et mettant son pont à bas, ou se retrouvait isolée à l'autre bout d'un sentier de montagne bloqué par la neige, comme s'il leur suffisait de patienter jusqu'au dégel et au retour du printemps.

Il est peut-être un peu dur, mais il trouve ça normal qu'on ne puisse supporter qu'une certaine dose de naïveté aveugle, et que quand la dose est dépassée, on n'ait qu'une envie : cogner à coups de crosse de pistolet ces crétins ignorants qui *ne comprendront jamais, putain !* Putain, pas étonnant que ces types restent imperméables à tous les autres aspects de leur époque alambiquée ! Des gens qui ne voient leur propre mort que quand elle leur crache au visage son insulte de métal !

L'une des photos montre un enfant assis sur un rocher, des fleurs des champs à la main. Âgé de huit ou neuf ans, il sourit pour l'appareil. L'image même de l'innocence, comme on dit. Ensuite, il y a la photo d'école qui s'étale sur la première page du journal et que l'on retrouve plusieurs fois dans les pages intérieures. Et aussi le résumé des vrais crimes commis pendant les années quatre-vingt dans la grande ville dont il vient. C'est l'un des paradoxes de la chose : ces crimes ont remis la ville sur une carte, littéralement.

Il pose la bière sur le minibar, se lève, s'étire et attrape une crampe aux épaules, puis s'oriente dans le temps pour regarder vers l'avenir. Il voit par la fenêtre un oiseau monter en battant des ailes, décrire des cercles, se noyer dans l'azur… Un oiseau qui vole maintenant dans le bon sens. Sur le chevet de lit, le réveil indique 20:40. Bien. Il a toujours voulu assister à ce moment.

Il allume la télé et tombe sur la chaîne publique, l'unique chaîne du coin, KWTV. Dans l'appartement qu'il occupe en ville, Joey consacre toute une pièce aux anomalies rassemblées au cours de ses voyages et stockées sur DVD, lecteurs de données, R-drive et Qubes, à tous ces faits et ces idées issus d'un avenir qu'il ne verra jamais mais qu'il s'imagine plus ou moins, le 11-Septembre, l'Afghanistan, l'Irak, la Syrie, le Soudan, Jérusalem, New York, et… 2017. En comparaison, les images granuleuses en noir et blanc diffusées dans les coins comme Lincoln semblent si primitives ! Et dans les villes disposant de stations plus importantes et de technologies plus récentes, c'est encore pire. Certaines, celles qui ont en réserve des années de vieux films et de programmes sur cassettes, celles-là inondent les ondes de merdes en tout genre, des ondes qu'on aimerait volontiers muettes. Les rediffusions sans fin, quelle horreur !

En ce moment, KWTV bruisse du chaos de la veille. Une journaliste aux cheveux blancs qui a l'air tout droit sortie d'une fête de village interroge un médecin au centre médical de la ville.

« Nous ne sommes pas équipés, tout simplement ! lui répondil. Nous ne sommes pas prêts pour ce genre de désastre ! »

20:44.

On revient en studio où le présentateur, un vieux croulant

en cravate noire et gilet gris manifestement dépassé par les événements, se lance dans une énième régurgitation de faits et de sottises. Soudain, paf, l'écran vire à la neige statique. Ça y est.

L'écran siffle, gris-bleu pendant quelques secondes, puis une nouvelle image se dessine, une séquence aérienne prise d'un hélicoptère survolant à basse altitude des champs ondoyants où les hommes d'argile balancent leurs faux en rythme avec le *chouffa-chouffa-chouffa-chouffa* de la pale du rotor en bruit de fond.

« … en approche maintenant, Harry. Oui, exactement comme tant de ces villes isolées… »

La voix s'interrompt. L'image est assez nette à présent, et l'on distingue sans peine le logo au coin de l'écran, un logo dont la plupart des gens de cette ville diront d'abord n'avoir jamais entendu parler, jusqu'à ce que leurs souvenirs commencent à s'adapter à de nouvelles vérités. C'est une mystérieuse combinaison de lettres : CNN.

On retourne en studio ; la caméra cadre à présent un présentateur bien mis à l'air solennel et concentré, comme s'il comprenait vraiment la portée de la séquence diffusée en incrustation au-dessus de son épaule : le signal faible et vacillant de KWTV, avec son présentateur péquenaud qui fouille dans ses papiers, la main sur l'oreillette, et regarde hors cadre vers la gauche.

« … intercepté ces images, qui nous apprennent qu'une terrible tragédie vient de se dérouler à Lincoln, dit le présentateur de CNN. Joseph Darkwater… »

Joey coupe le son. Sans le ton rapide et stressé au timbre chaud du journaliste qui relate à la mitraillette les terribles événements de la journée, les mimiques idiotes du présentateur lui en apprennent beaucoup plus sur la crise en cours. Il ressemble à une saloperie d'animatronix, à un petit bout de machine médiatique géante genre Disney déclenchée par le goût du sang.

Une photo apparaît maintenant en incrustation, une photo qui s'agrandit jusqu'à remplir tout l'écran. Quintessence de cet événement sanglant, elle s'étale partout, dans les journaux et en couverture du magazine *Vrai Crime*. C'est la photo d'un garçon maigre aux cheveux plats dans un long pardessus en loques. Il regarde droit vers l'appareil et pointe un énorme flingue droit sur le photographe et son public imaginaire, les spectateurs de son show, les lecteurs des journaux et des magazines, tout le monde et n'importe qui.

Joey pointe un doigt-canon vers l'image.

Bang.

Parce qu'il dispose de la liberté d'aller et venir dans les champs temporels, Joey se pose parfois la question suivante : doit-il changer le cours des événements en retournant dans le passé ? Il lui serait si facile de tuer ce garçon pour sauver les innombrables vies qu'il a emportées avant de disparaître dans la nuit sans pitié ni remords ! Car il n'a même pas eu la décence de retourner le pistolet contre lui après avoir expié toute sa rage. Cette pellicule prélevée dans un appareil barbouillé de sang et balancée dans la boîte aux lettres du journal local, c'est la dernière trace de Joseph Darkwater. Par la suite, pendant des dizaines d'années, ses déplacements et ses motivations vont rester un mystère. L'émission *Crime sanglant*, par exemple, tente de remonter dans son passé avec la profondeur d'un cours de psycho de première année. Des photos de ses peintures indiquant à coup sûr un esprit perturbé, des rumeurs, des insinuations sur sa sexualité ou ses psychoses… Le garçon se sentait-il mal aimé parce qu'il avait été adopté ? S'était-il fait rudoyer à l'école pour la même raison ? La surabondance des explications ne fait qu'approfondir cette énigme :

Quelle a été la vraie raison de son geste ?

Joey se demande ce qui se passerait s'il tuait l'adolescent avant le massacre, substituant une énigme à une autre : qui pouvait souhaiter la mort de ce pauvre, pauvre garçon ? Il fallait être un monstre pour commettre un tel acte ! Il s'imagine la tragédie : les larmes, les cartes, les fleurs déposées à l'endroit de sa mort par ceux-là mêmes qui avaient fait de sa *vie* un supplice. Et qui maudiraient l'ange de pitié qui aurait sauvé leurs petites vies médiocres. Ce genre de tragédie aurait-elle le même retentissement que le massacre ? Question intéressante. Un petit assassinat de rien du tout pourrait-il à lui tout seul amplifier le signal de KWTV et lui faire traverser les champs du temps et de l'espace, rétablissant ainsi une ancienne connexion ?

La redécouverte de Lincoln est également signalée dans l'émission. À un moment, on y voit un technicien dans une station de télé, la main sur un cadran qu'il tripote pour se débarrasser de cette étrange interférence, et soudain il se retourne et s'écrie : *Eh, regardez ça ! Regardez ça !* Devant lui, sur l'écran, Joseph Darwater, gris et flou, pointe son pistolet vers l'appareil.

Joey éteint la télé et s'oriente de nouveau vers un chemin temporel à rebours. Il est debout, immobile, et il glisse, il laisse les secondes et les minutes le balayer comme des vagues.

20:43.

20:41.

Joey connaît le passé de cet avenir, et il part le rejoindre dans l'hier de ce monde. Il sait qu'il est peut-être la seule personne en ville, la seule personne au monde, voire la seule personne de tous les mondes, qui puisse modifier le passé… Sauf qu'il n'a pas l'intention de le faire.

Au contraire. Il attend hier avec impatience.

Acier poli tout simple

La peinture, une impression bon marché qu'il a dégotée dans une boutique d'occasion est déjà encadrée. Elle représentait un paysage côtier. Des chevaux blancs galopant sur une plage au clair de lune, dans les embruns, l'écume et la bruine argentés ; les crinières flottent au vent, les têtes sont rejetées en arrière. Œuvre parfaitement creuse à la technique parfaite. Il n'a pas perdu de temps. Il a assassiné ce kitsch crétin en le recouvrant d'un enduit d'apprêt déposé au pinceau en caresses épaisses et moelleuses. Le support est en velours noir, le cadre en acier poli tout simple. Il l'aimait bien tel quel, en fait : un simple rectangle blanc à la texture discrète (l'enduit séché) sur son support en tissu noir, dans un cadre d'acier. Il lui a fallu des semaines pour découvrir ce qu'il avait vraiment envie de peindre dessus. Et cette idée n'a germé que lorsqu'il a mis le cadre à la verticale pour, pourquoi pas, l'utiliser en format portrait.

Accroupi sur un siège qui tourne le dos à la toile, bras croisés reposant sur le dossier, il essaye de savoir si son Jésus est terminé. Il n'en est pas vraiment satisfait.

Derrière lui, une autre peinture est suspendue à un crochet sur l'un des piliers de bois qui soutiennent le niveau supérieur de la grange ; elle représente le journal qu'il ne tient pas, un gros volume relié de cuir qui — s'il le tenait — serait rempli à chaque page des mêmes mots répétés en boucle.

Cher monde à la con, écrirait-il chaque nuit. S'il fallait qu'on le lise après sa mort, autant secouer les gens au vitriol. Autant leur dire comment c'est. *Vous lisez l'Évangile selon Joseph Darkwater. Ne tendez surtout pas l'autre joue. Les humbles hériteront de la merde.*

Ce serait nul.

Il a brûlé le journal de Jack juste après l'avoir lu, parce que les parents de son ami n'avaient pas besoin d'apprendre tous ces trucs sur leur fils. C'était l'excuse qu'il s'était trouvée à l'époque, se dit-il en contemplant l'autre journal, mais il sait maintenant que s'il a agi ainsi, c'est aussi parce qu'il avait honte, et parce qu'il était furieux de ressentir cette honte. Le journal de Jack était un symbole de son échec, un emblème de tristesse et de désespoir. Voilà pourquoi il l'a livré aux flammes. Il est allé chercher une boîte en métal dans sa chambre, l'a rapportée dans la grange, a aspergé le journal de paraffine et l'a laissé tomber dans la boîte. Ensuite, l'allumette enflammée.

Un sacrifice.

Ses peintures ressemblent trop à ce journal. Elles restent piégées dans les banalités qu'il cherche à transcender. Aucune d'entre elles n'exprime ce qu'il aimerait y mettre vraiment. Elles ne sont pas assez froides, pas assez neutres. Quand il représente la brutalité macabre de la crucifixion, on dirait qu'il veut choquer, horrifier, engendrer l'empathie. Alors que ce n'est pas du tout son propos, bordel! Lui, ce qu'il veut, c'est dépouiller le Christ de son humanité, c'est représenter non pas la souffrance des hommes mais l'abattage sublime de ce dieu animal. L'observation détachée, clinique d'un sacrifice. Mais il n'y arrive pas.

Il fait tourner le pinceau entre ses doigts comme un magicien une pièce de monnaie; il joue avec l'idée de peindre un centurion à l'air lubrique en arrière-plan, ou peut-être un saint au visage empreint d'une grâce béate, un saint en train de louer Dieu parce qu'ils sont sauvés maintenant que le sang de Jésus les a lavés. Mais il ne voudrait pas avoir l'air de chercher à… Comment diraient-ils, déjà? Ah oui: soulever la controverse.

Nom de Dieu, il n'en a plus rien à foutre qu'ils ne comprennent pas! Qu'ils aillent tous se faire foutre! Au moins il a les couilles de voir une crucifixion pour ce qu'elle est, pour ce qu'elle révèle sur l'espèce humaine. Il devrait leur arracher leurs foutus cœurs, à ces connards, et les leur faire bouffer! Peut-être que ça, ils comprendraient!

S'il tenait un journal, il arriverait peut-être à trouver les mots pour expliquer ce qu'il ressent, mais il en doute. Alors à la place, il a son livre peint, sa peinture préférée entre toutes. Un livre tout simple, fermé, avec une couverture de cuir brun foncé. Terre de Sienne et terre d'ombre brûlées, avec des rehauts d'ocre jaune comme si des bougies l'éclairaient.

Autre image: un groupe de filles debout à la portière d'un bus scolaire, mais des filles pâles et glacées, avec des yeux vitreux de poupées de porcelaine; et toutes ont le même visage artificiel, le même regard vide. Le rouge et l'ombre à paupières de ces masques froids ne font qu'ajouter à l'aspect inquiétant de cette image sans âme. Ici ou là, tel œil semble ébréché, tel visage craquelé. Il les voit comme des créatures qui rient sans expression et parlent sans le moindre mouvement de leurs lèvres boudeuses.

La menace contenue dans cette image, sa signification, il ne peut l'exprimer en paroles mais elle lui est familière, aussi familière que les athlètes à la noix qui le traquent pendant les pauses déjeuner, avec leurs aboiements, leurs grognements d'hyènes et leurs rires haut perchés… Ils se croient poilants, ces connards ? Il n'écoute même plus ce qu'ils disent et ne sait pas si c'est de lui qu'ils rigolent, et d'ailleurs s'en fout, parce que maintenant, leurs rires le font automatiquement se raidir de rage et de honte. Ils sont trop cons pour s'en rendre compte, bien sûr, mais chaque bout de papier mâché qui vise sa nuque en classe est une nouvelle leçon qui lui confirme qu'ils prennent plaisir à sa souffrance, que la joie et la douleur ne sont jamais partagées, que l'empathie, c'est un truc pour les perdants.

Il regarde le Christ dans son cadre de velours noir et d'acier poli tout simple, et réfléchit à ce qui peut bien lui manquer.

Il n'y a pas de magie dans le monde

« Parlez-moi de cette nuit-là. Parlez-moi du rituel. Dites-moi comment votre frère… s'y est pris.

— S'y est pris pour faire quoi ? » lui demande l'homme qui prétend s'appeler Reynard.

Pickering consulte sa montre. Il se fait tard et ils n'arrivent à rien.

« Je n'ai pas le temps de jouer à ça », dit-il.

Il a encore deux interrogatoires à mener avant la fin de la nuit : celui d'un transfuge fasciste lié aux activités des Freikorps à Londres, et celui d'un probable agent futuriste « lituanien ». L'opération Hawkwing a ramené dans ses filets vingt-quatre criminels de guerre et agents présumés, des hommes et des femmes soupçonnés d'avoir travaillé dans des camps de concentration ou sur les projets de bombe A germano-russes. Des individus arrêtés du mauvais côté de telle ou telle frontière après la déclaration d'armistice et l'instauration du rideau de fer. Des individus qui ont commis des crimes secrets et se sont inventé de nouvelles identités. Le boulot de Pickering, c'est de décider qui doit vivre et qui doit mourir.

« Le bourreau attend derrière la porte, vous savez », dit-il.

Il se sent sale après cette menace, parce qu'elle est réelle et ne devrait pas l'être. Cet homme ne devrait même pas se trouver ici, parmi tous ces salauds assoiffés de sang. D'ailleurs il ne serait pas là si son nom n'avait pas été ajouté à la liste au tout dernier moment, par Pickering en personne. Reinhardt von Strann ? Mais enfin, il a travaillé pour la Résistance ! Tu vas vraiment le faire exécuter comme un vulgaire espion ?

Il refuse d'y penser. Si von Strann ne craque pas, lui non plus ne craquera pas.

L'homme garde le silence.

« Vous savez ce qu'il a fait, parce que vous y étiez, insiste Pickering. Vous avez tout vu. Comment est-il devenu cette… chose, cette créature ? »

« Et si *vous*, vous me le disiez ? réplique von Strann. C'est votre histoire ! Je ne sais rien de tout cela ! Vous tenez absolument à ce que je sois ce… cet incroyable personnage, ce von Strann, mais ce n'est pas le cas ! Cet homme est un fantasme, une invention ! Tout ceci est fascinant, mais en fin de compte… Je ne sais pas… Est-ce vraiment ce que vous voulez, commandant ? Des joyaux maudits ? Des rituels magiques ? »

Il baisse la tête, les mains sur le front, accoudé à la table.

« Il n'y a pas de magie dans le monde, commandant Pickering. J'ai connu des hommes comme vous dans l'Allemagne hitlérienne, des hommes qui voulaient croire si fort… Mais il n'y a pas de magie dans le monde. Ça ne vous dérange pas si je fume ?

— Non, je vous l'ai déjà dit.

— Vous avez du feu ? Merci. Où en étions-nous, déjà ? »

Un moment de confusion. *Il n'y a pas de magie dans le monde.*

« Je l'ai vu, dit Pickering. J'ai vu… l'impossible.

— Alors racontez-moi. Dites-moi ce que vous avez vu.

— J'ai vu votre frère. J'ai vu Jack Flash. »

Le prisonnier le regarde comme s'il était dérangé. Peut-être l'est-il, d'ailleurs.

« Mais c'est un mythe ! Une légende ! Je connais ces contes à dormir…

— J'ai vu Jack Flash, dit Pickering. Je connais son visage, et je peux le voir dans le vôtre. Je sais qui vous êtes.

— Ben dites-le-moi, alors ! Allez-y ! Si vous continuez à me le répéter, je finirai peut-être par le croire moi aussi ! Mais nous aurions tous les deux tort. »

« J'ai vu votre foutu frère, je vous dis ! J'ai vu la saloperie de monstre qu'il est devenu ! Pendant le Blitz. J'étais à Londres en permission, et je l'ai vu ! Ma famille, ma femme, mon fils… Oh bon Dieu, je l'ai vu dans les putains de ruines de ma maison, il est sorti des décombres avec la tête de…

— … votre femme dans une main, et celle de votre fils dans l'autre. Et il vous a ri au nez. »

Pickering lui fait écho du ton creux de l'horreur :

« Et il m'a ri au nez. »

Il ne peut extirper ce souvenir de sa tête. La sirène qui se déclenche trop tard, le tonnerre des canons antiaériens — *Venez tout de suite, dépêchez-vous* —, une maison qui décolle de l'autre côté de la rue, les fenêtres soufflées vers l'intérieur — *Oh Joe, nous n'arriverons jamais à rejoindre l'abri à temps* —, la mélopée funèbre des missiles — *dans la cave* —, et elle qui sort le bébé de son berceau, elle le tient dans ses bras, elle époussette le verre sur lui, elle sort de la pièce mais lui, Pickering, il reste debout près de la fenêtre sans vitre, piégé là, cloué dans ce moment précis, et il regarde les flammes de l'autre côté d'Hammersmith — *Joe, dépêche-toi* —, la voix de sa femme sur le palier — *Dépêche-toi, Joe* —, la voix de sa femme dans l'escalier, et les missiles qui se taisent, et ensuite… et ensuite… le premier coup de minuit… et ensuite…

« Et ensuite vous vous êtes retrouvé étalé par terre. »

Il s'était retrouvé étalé par terre, devant la maison, dans l'arrière-cour. Un mur démoli, pas de toit, un rideau de pierre avec du feu derrière, des fenêtres, non, des yeux pleins de flammes, la porte de derrière, non, une bouche ouverte, un masque mortuaire de pierre… Oh ! Seigneur, la bombe a dû frapper à l'avant. Elle a dû frapper à l'avant, là où les marches descendent vers la porte d'entrée, c'est là où elle l'embrasse et lui dit au revoir. Oh, mon Dieu !

« J'étais étalé par terre, et je l'ai vu. J'étais…

— … blessé, étourdi, mais vous l'avez bel et bien vu dans la fumée et les flammes…

— … dans les ruines de ma maison, et il avait… il avait…

— … la tête de votre femme dans une main et celle de votre fils dans l'autre…

— Je l'ai vu, dit Pickering. J'ai vu Jack Flash. »

« Vous n'avez pas pu voir ce qui n'a pas…

— Ne me dites pas ce que j'ai pu voir ou pas ! Ne restez pas assis là à me dire ce que j'ai vu ! Vous allez m'apprendre cette foutue vérité, vous m'entendez ? »

Il sort le pistolet de son étui et le pose sur la table, main plaquée dessus, le doigt sur la détente, puis le lève et le braque droit vers la tête de l'homme. Il s'entend respirer. Il doit rester maître de lui. Dans l'état où il est, un élément important lui échappe. Il repose brutalement le pistolet sur la table. Il doit se contrôler, bon sang ! Il pointe de nouveau l'arme vers le crâne de von Strann et joue avec le cran de sûreté : ôté, remis. Ôté, remis. Il doit absolument garder son sang-froid.

Il se rappelle avoir hurlé, étalé par terre, le pistolet à la main, il se rappelle avoir vidé le chargeur en plein dans ce… dans ce dieu du feu et de la guerre.

Lentement, il abaisse l'arme et redresse le cran de sûreté. Puis inverse sa prise pour frapper l'homme d'un coup de crosse au visage.

Von Strann ne se relève pas. Il reste allongé au sol, redressé sur un coude, une main sur le visage pour apaiser la douleur. Il redresse la tête pour observer Pickering comme s'il s'attendait à une pluie de coups. Le militaire se rassoit dans son fauteuil et lui fait signe. L'homme se remet debout en s'agrippant au rebord de la table. Puis relève sa chaise et s'y laisse tomber sans faire d'histoires, comme s'il avait chuté dans un moment de maladresse.

« Comment le savez-vous ? lui demande Pickering.

— Quelqu'un me l'a raconté, lui répond l'autre. Vous savez, j'aimerais vraiment pouvoir vous dire ce que vous avez besoin d'entendre.

— Ce que j'ai besoin d'entendre, c'est comment il s'y est pris pour se transformer en cette chose. Ce que j'ai besoin d'entendre, c'est comment le tuer.

— On ne peut pas tuer un mythe.

— On peut tuer n'importe quoi. »

Alone in the Endzone

La diode rouge du radioréveil passe en un click de 03:00 à 02:59. Allongé sur le lit avec le passé dispersé tout autour de lui, il se retrouve incapable de dormir pour la première fois depuis il ne sait combien d'années. Il se soulève et se tortille pour donner quelques coups de poing dans son oreiller, mais son insomnie n'a rien à voir avec l'inconfort. Il se laisse retomber sur le lit, les mains derrière la nuque. Il est crevé ; une chute libre à travers une vingtaine d'années, ça vous épuise un homme. Ce n'est pas aussi rude que de forcer le temps latéralement ou de se creuser un chemin avec les ongles à travers les strates résiduelles pour parvenir à un lieu mort, mais c'est assez fatigant tout de même.

Alors pourquoi n'arrive-t-il pas à dormir, bordel ? Bonne question. Dehors, les cigales stridulent la seule réponse qui lui vienne à l'esprit. Putain, c'est peut-être tout simplement trop calme pour lui, cette époque. Depuis quand n'a-t-il pas séjourné dans un Havre aussi paumé que celui-ci ? C'est un vrai citadin maintenant, habitué au bruit des voitures, aux moteurs qui accélèrent, aux stéréos qui pulsent, au hurlement des ambulances, aux ivrognes qui se disputent ou chantent dans la nuit. Il s'est habitué à ces sons aussi discordants et agressifs que les néons de ces nuits assassines, il aime la cité des matous jazzy, des rats tout-puissants et des types en veste blanche qui jouent des solos de pistolet automatique sur les échelles de secours. Les grandes villes sont tout aussi *cliché* que ces bourgs sortis de nulle part qui poussent dans la cambrousse, mais c'est *son* cliché désormais, et il ne se sent pas à sa place dans la nuit calme de cette pastorale endormie. Un peu comme un samouraï assis sous un porche qui utilise son katana pour tailler du bois.

Ce n'est pas le silence qui le gêne. Son appartement sous les toits, en ville, est tout aussi calme. Il a fait beaucoup de chemin depuis l'époque du garçon des rues tout droit sorti de sa campagne qui cambriolait les marchands de spiritueux et dormait à la dure dans une allée ou un squat, une pute dans un bras, sa ceinture nouée serré autour de l'autre. Ça, c'était il y a une éternité. Maintenant, il dort dans des draps de soie, et dans le silence.

Une conscience coupable alors ? Merde, certainement pas. Joey Narcosis n'a aucun regret, aucun remords. Il dort du sommeil des morts, du sommeil des justes. Il est fier du chemin parcouru, et s'il devait revivre son existence, il ne changerait rien, sauf qu'il passerait pro un peu plus tôt.

C'est en 1989 qu'il a fait son choix… Même si, à cette époque, les dates n'avaient pas beaucoup d'importance pour Joey. Comme il avait déjà beaucoup voyagé, il savait que c'était le gros bordel partout dans le monde, et il semblait être le seul à le savoir. Le seul rêveur lucide sur Terre. Il avait appris à fermer sa gueule, mais que ce soit à Chicago pendant la Dépression ou à LA dans les années quatre-vingt-dix, il retombait tout le temps sur la même toile de fond : les fusillades tirées de voitures en marche, les clubs qui ne s'ouvraient que pour les bonnes personnes… L'Antre du Renard, par exemple.

Ce jour-là, il avait croisé dans les toilettes un type habillé en femme qui avait l'air camé à l'héro jusqu'aux yeux, et qui rigolait en se barbouillant de rouge à lèvres comme un clown :

« Le monde entier est un théâtre, mon chéri ! Le monde entier est un putain de théâtre ! »

Et il se lave les mains dans la vasque, une ombre de sourire aux lèvres, en hochant la tête parce que quelque chose en lui vient de se réveiller en entendant ces mots.

La tante glousse et s'effondre, en criant :

« Merde ! Merde ! J'ai cassé mon putain de talon ! »

Joey se contemple dans le miroir et comprend soudain qu'il n'est depuis le début qu'un putain de garçon de courses, du muscle de location, le porteur de hallebarde à l'arrière-plan, un de ces types qui se font casser le nez dans les toilettes à mi-film. Terminé. Il va devenir acteur.

Dans le club résonne un vieux morceau de rock garage, « *Alone in the Endzone* » de Radio Birdman. Joey sort des toilettes et revient à la table où Eight-Ball, bras droit des Garçons du Futur, et le père Rome des Fusils aryens se partagent le territoire. La musique ne s'interrompt pas quand Joey descend les deux dealers d'une balle en plein front. Puis le temps se rembobine autour de lui. Chaque fois qu'il se tourne et se retourne, le temps défile d'avant en arrière et d'arrière en avant. Joey vide méthodiquement son chargeur sur les parasites et les sbires des deux autres. Une balle par personne. Il se surprend du coin de l'œil comme s'il était partout à la fois, projection d'images fantômes multiples succédant aux images fantômes, puis tout est terminé. Il ne sait plus ce qu'il vient de faire, mais il sait plus ou moins *comment* il l'a fait. Il est debout au milieu de la scène de carnage, indemne. Autour de lui, les noctambules hurlent et se mettent à tourner, à courir, mais au ralenti, de plus en plus lentement. Et il ressent cette… puissance énigmatique quand le monde s'arrête en grinçant, se fige autour de lui. Il n'était jusqu'alors qu'un des pantins de cette pègre, mais là, en dix immortelles secondes de violence, il vient de se forger un nom.

Il coupe les doigts bagués des deux dealers et griffonne sur une serviette son nouveau nom et un numéro où le joindre, puis les fourre dans la poche d'un gamin qu'il reconnaît, le messager de l'une des autres grosses huiles du coin. Et il s'en va. Pas très conventionnel pour lancer une affaire, certes, mais il fera la bonne impression dans les bons cercles, il en est sûr. Un bon début de carrière.

Il trimballe dans sa poche le magazine *Vrai Crime* trouvé dans un kiosque ce jour-là. Nichée au cœur de la merde sans nom que contient cette revue se trouve une petite parcelle de savoir, une chose qu'il ignorait jusqu'alors. Rien à voir avec son adoption ; ses parents la lui ont révélée très vite, en ajoutant encore plus vite que cela ne changeait rien à l'amour qu'ils lui portaient, qu'il était bien leur fils, et que donc, contrairement à ce qu'en disait la brigade freudienne, il ne fallait pas en faire un fromage. Mais les pisse-copie de *Vrai Crime* avaient découvert quelque chose que ses vieux ne pouvaient pas lui dire ; ils avaient mis le doigt sur son patronyme de naissance, Josef Pechorin.

Ce nom ne veut rien dire en lui-même mais il lui donne une… une identité. Car cela fait très, très longtemps que Joseph Darkwater est mort. Joey n'est plus ce petit marginal en manteau d'épouvantail avec un trou noir à la place du cœur, là où la rage, à force de se densifier, a fini par s'effondrer sur elle-même. Il n'est plus le jeune homme qui un jour a levé un gros flingue pour le braquer sur le crâne de quelqu'un. Il n'est même pas le narco de l'époque où il découvrait à la fois la vie urbaine et toutes les drogues qui permettaient de la supporter, et de se supporter aussi.

Le temps est devenu fou autour de lui, il marche dans la rue parmi des gens aussi lents que des zombies, mais ce qui le frappe plus que tout le reste, c'est l'impression que la vie qu'il a connue jusqu'alors n'était qu'un pont entre deux moments comme celui-ci, et qu'il dormait en attendant l'appel qui réveillerait son… son don. Comme à l'époque où il peignait, se dit-il. Comme quand on est inspiré : quelque chose prend le dessus en soi et, à la fin, on n'a plus qu'à reculer d'un pas pour contempler ce truc bizarre, merveilleux et terrible qu'on vient de créer de ses mains. Et Joey Narcosis est un nom qui lui semble parfaitement convenir à ce quelque chose.

Joey rabat le drap de lit et pivote pour s'asseoir au bord du matelas. Dans la chambre plongée dans la pénombre, il distingue à peine ses vêtements noirs jetés sur la chaise à côté de la table, l'autre chaise coinçant la poignée de porte au cas où un fouille-merde de l'hôtel veuille entrer. Le pistolet est là, à portée de main, sur le meuble de chevet, posé à côté de *Vrai Crime*, ainsi qu'une canette vide provenant du minibar, la seule qu'il n'a pas ratatinée au point de la faire disparaître.

Il saisit entre le pouce et l'index le cordon de la lampe qui pend au-dessus du lit et lui imprime une petite torsion, une légère traction. Il lui a fallu des années pour maîtriser les interactions les plus simples dans les trois dimensions du temps, mais ces temps-ci il y arrive sans même interrompre son rembobinage temporel. Tout est dans le mouvement du poignet.

Pourquoi n'arrive-t-il pas à dormir, putain ? Tuer ne l'a jamais perturbé, pas plus en tout cas que de voir le monde qui l'entoure s'arrêter et repartir, se dérouler et se rembobiner à volonté. Il considère les deux comme des preuves de sa liberté. En fait, ces meurtres donnent un sens à sa vie, une paix de l'âme, parce qu'il sait qu'il fait ce pour quoi il a été conçu. Apaisé, il se pelotonne dans son lit avec la certitude que rien ne compte parce que tout le monde meurt. Tôt ou tard, la mort débarque et réunit les gens dans sa sombre étreinte glacée. Et chaque meurtre que commet Joey lui rappelle son acceptation de ce fait, du choix qu'il a effectué et de la raison pour laquelle il l'a effectué.

Chaque suicide est un meurtre, chaque homicide est un accident, et la mort est l'unique finalité véritable de chaque existence.

C'est peut-être l'attente, alors, se dit-il. Comme un petit enfant qui n'arrive pas à dormir parce que, demain, c'est son anniversaire. D'une certaine façon, demain — ou hier, plus exactement — c'est le jour où Joey Narcosis est né. Ou du moins, le jour où il est mort.

Mort dans le désert

Darkwater rêve. Il fait nuit, et il marche dans les champs au milieu des hommes d'argile tout gris sous les rayons d'une lune tête de mort. Des gens crient dans son dos mais il continue à marcher, sachant que non loin, juste après la prochaine colline, il y a une ville, *la* ville. Il grimpe la colline. Le blé chuchote dans le vent et caresse le dos de sa main.

Une voiture argentée le dépasse comme un éclair, freine, s'arrête sur le bas-côté et recule vers lui. À l'intérieur, le conducteur se penche, et les vitres teintées descendent toutes en même temps. Cuir brun et intérieur bois, sombres circonvolutions du placage, dédale lisse et granuleux, doux et rugueux du Vélum.

Darkawater tend le pouce ; son sac à dos est lourd, rempli des pierres de lune qu'il a ramassées dans les champs. Et l'homme au volant de la voiture argentée lui propose de l'emmener. Avec ses longs cheveux noirs retenus en queue-de-cheval, son costume noir, sa veste de cuir et ses lunettes noires il a l'air… cossu. Un pardessus en laine noir est plié sur le siège passager.

« Vous êtes italien ? lui demande Darkwater.

— Russe », répond l'homme.

Ensuite, Darkwater est dans la voiture, et elle redémarre. Le manteau sur ses genoux le gêne, avec le sac à dos posé dessus.

« On va mettre ça dans le coffre. »

La voiture se range sur le bas-côté.

Joey descend dans College Street. Il connaît cette rue d'Asheville comme sa poche, ayant fréquenté son école pendant deux ans. Il y a plein de magasins de musique, de bars et de cafés dans cette petite zone bohème. Il y a aussi le salon de tatouage de Mme Iris. Et le collège de Lincoln.

Une seconde. Il y a quelque chose qui cloche. Asheville et Lincoln sont deux villes différentes, dans des endroits différents, à des époques différentes. Une seconde.

« Je t'attends ici ? lui demande le conducteur.

— Ouais, Jack. Attends-moi ici. »

Il part vers le portail de l'école et voit ce garçon qui ouvre d'une poussée la porte du bâtiment et descend les marches, son sac sur le dos. Il dépasse une bande de petits voyous. L'un d'eux fait un pas en avant — ou plutôt son fantôme sort de son corps en faisant un pas en avant — et, avec une indifférence tranquille et désinvolte, gifle la joue du garçon avec un objet pointu et argenté. Le jeune garçon s'arrête pendant une fraction de seconde, puis reprend sa route.

« Ton lacet est défait ! » hurle Jack dans son dos. Joey s'agenouille pour le renouer.

Les voyous se mettent à suivre le garçon. Leurs corps de chair restent à une certaine distance, mais leurs êtres fantômes s'assemblent autour du gamin comme des vautours sur une carcasse ou des hyènes se battant pour un bout de gazelle dans une émission animalière macabre. Joey voudrait l'aider mais son lacet est défait.

Ils tournent en rond autour du garçon, tailladent, coupent, détachent des lambeaux de chair. Ils se barbouillent de sang les uns les autres, se lèchent mutuellement les doigts, s'offrent des bouts de viande plantés sur les pointes de leurs couteaux. La façon dont ils se partagent leur victime a quelque chose d'atrocement intime. Joey cligne des yeux. Son lacet est renoué mais il vérifie l'autre, qui lui aussi menace de se défaire. Il le dénoue, tire bien sur les deux bouts, puis le gauche au-dessus et ensuite sous le droit, puis il tire bien dessus à nouveau et il lève les yeux.

L'âme du garçon tombe à genoux et abandonne son corps, qui continue à marcher. Joey fait une boucle, la replie, la passe au travers. Tire bien dessus. L'âme du garçon se traîne derrière son corps, auquel elle reste reliée par une sorte de fil astral, comme un bout de charogne traîné dans la boue au bout d'une corde. Les âmes des voyous, comme les chiennes qu'elles sont, rongent ses parties charnues et se battent au-dessus de ses entrailles. La corde se rompt soudain. Libéré du poids de son âme, le garçon titube vers l'avant, et tombe à genoux.

Joey est à genoux.

Il regarde par-dessus son épaule la voiture garée sur la route, la décapotable blanche évoquant un requin, avec ses ailerons et son coffre ouvert. Il regarde autour de lui le sable du désert et tous ces petits crânes d'oiseaux par terre, si fragiles qu'ils craquent et tombent en miettes sous ses mains. Debout derrière lui, l'auto-stoppeur tient une chose enveloppée dans le pardessus de laine. Ça a l'air lourd, encombrant, comme un sac à dos plein de pierres. Il passe devant Joey et laisse tomber son paquet dans le trou que Joey a creusé avec ses doigts dans le sable et les ossements. D'ailleurs ses mains sont couvertes de poussière blanche comme s'il avait travaillé avec du plâtre de moulage, et comme la main dans le trou, celle qui dépasse du manteau, mais celle-ci a du rouge sous les ongles, un rouge profond tirant sur le brun, mélange de cadmium et d'ocre. L'auto-stoppeur pointe un pistolet vers la tête de Joey, qui sanglote. Il n'aurait jamais dû faire monter ce type. En plus, ce n'est même pas sa voiture, et maintenant quelqu'un est mort et ses parents vont le tuer. C'est lui qu'on va encore accabler de reproches alors qu'il n'a rien fait.

L'auto-stoppeur s'accroupit. Malgré son regard sans compassion, il semble le comprendre. Il sort le manteau de la tombe peu profonde et le pose sur les épaules de Joey comme une couverture ou une robe de chambre, comme s'il voulait le réconforter. Il n'y a rien dans la tombe à part un sac à dos et un tas de pierres.

L'homme se relève, braque de nouveau son arme, appuie sur la détente.

Manteau noir sur le dos, pistolet à la main, Joey regarde le corps se balancer sous l'impact du tir, s'affaisser de côté et en arrière et rouler droit dans le trou.

Il se réveille dans un lit imprégné de sueur, et il sait qu'il devrait hurler. Il devrait hurler, pleurer ou quelque chose dans le genre après un rêve pareil. Son cœur devrait battre à toute vitesse, ses mains agripper les draps de terreur. Ce serait une saine réaction. Mais il se sent si bien aux commandes ! Il ne s'est jamais senti aussi calme de toute sa vie. Il peut fermer les yeux et sentir ses pairs se nourrir de son âme. Le jeune garçon à l'école, c'était lui. C'était lui, bien sûr. Mais qui était le conducteur ? Il l'a appelé Jack mais ce n'était pas Jack, c'était… autre chose.

Il ferme les yeux. Il revoit la main dans la tombe, les crânes d'oiseaux écrasés sous ses paumes. Mais ce qu'il *ressent*… ce qu'il ressent, c'est le poids d'un pistolet dans sa main. La solidité, la certitude d'un pistolet dans sa main.

Tuer un mythe

« Mets-la là-bas, Thomas », lui dit-il.

Mon frère s'agite dans toute la pièce. Il tire les chaises contre les murs et installe les bougeoirs pendant que le jeune homme s'échine à traîner la table à l'endroit qu'on vient de lui désigner.

Pieds nus, vêtu maintenant d'une chemise et d'un pantalon de lin blanc tout simple, il ressemble encore plus à un innocent, à un humble initié obéissant à son maître au doigt et à l'œil, sans se poser de question. Cette dévotion, que je décèle dans la façon dont il réagit aux instructions de Johann, m'inquiète énormément.

« Renard, rends-toi utile ! Donne un coup de main à Thomas, veux-tu ? »

J'attrape un bout de la table et nous la déplaçons à deux contre un mur.

« Vous êtes conscient que mon frère est fou ? » dis-je au garçon.

Johann éclate de rire. Il nous rejoint, me donne une tape sur l'épaule, passe la main dans les cheveux du jeune homme. Il n'a sûrement pas plus de dix-huit ans, me dis-je.

« Ne prends pas cet air bouleversé, Renard ! Cela ne te va pas du tout ! »

Le garçon rigole avec lui et lui lance un regard qui trahit son adoration et son impatience. Jonni le lui retourne.

« Va me chercher le couteau, Thomas, s'il te plaît ! »

« Alors c'est ça ? lui dis-je dès que le garçon a quitté la pièce. C'est ça, cet amour spirituel qui t'obsède tant ? Comment tu dis, déjà ? L'amour entre guerriers, l'amour entre dieux, Achille et Patrocle, Héraclès et Iolaos ? »

Mon ton est plus dur que je ne le voudrais.

« Effectivement, ce n'est pas le genre de désir qu'on trouve en vente dans les lieux de perdition de Berlin, reconnaît-il.

— Sans doute, mais je connais la vie, tu sais. Il en faut beaucoup pour m'embarrasser. Si tu tiens vraiment à ce garçon, Jonni, ne devrais-tu pas, je ne sais pas moi, l'emmener en croisière en mer Égée ou quelque chose dans le genre ? Au lieu de jouer au spirite de salon ? »

Il me dévisage d'un air stupéfait, comme si c'était moi le dément.

« J'ai l'impression que tu n'as pas retenu un seul mot de ce que je t'ai dit, Renard ! À croire que tu ne m'as pas écouté !

— Je t'ai écouté jusqu'au bout, et de toute ma vie, je n'ai jamais entendu un tel ramassis de sornettes », lui dis-je entre mes dents.

Je parle à voix basse en jetant un coup d'œil à la porte, un réflexe involontaire que je dois à nos parents, je le comprends soudain. Il ne faut surtout pas que les domestiques entendent leurs maîtres se disputer.

« Aleister Crowley n'est qu'un charlatan, lui dis-je. Et le surhomme de Nietzsche est une métaphore, Jonni, une *métaphore*. »

Il m'a expliqué son plan, bien entendu, un plan qui consiste à attirer un dieu dans le corps d'un homme, rien de moins, afin de créer un être surhumain, ce que Crowley appelle un *enfant de la lune*.

« Jack, réplique mon frère. À partir de maintenant, je suis Jack. Et ce n'est pas une métaphore, c'est un mythe. »

Il désigne le livre posé sur un fauteuil dans le coin de la pièce :

« Et chaque mythe comporte une part de vérité. Tu devrais lire ce livre, Renard. Tu devrais voir les choses que j'ai vues là-dedans. Le bombardement de Dresde, la bombe atomique, Hiroshima, Nagasaki… Tu comprendrais. »

« Que suis-je censé comprendre, bon sang ? Ce ne sont que des mots, et rien d'autre !

— Mais les mots peuvent devenir chair. Tu prétends que l'idéologie fasciste est morte, et moi, je t'affirme qu'elle ne mourra jamais, *parce que* c'est une idéologie, justement. Quand tu l'écrases ici, elle surgit ailleurs. Elle prendra de nouvelles formes, mais ce sera elle. Elle trouvera toujours de la chair fraîche. Pourquoi ne pourrait-elle pas prendre la forme d'un homme, après tout ? Et cette chair fraîche, si c'était la mienne ?

On ne peut pas tuer un mythe, Renard. Tu ne comprends pas qu'on ne peut pas tuer un dieu ? C'est ça, un héros : moitié humain, moitié divin — et c'est ce dont l'Allemagne a besoin aujourd'hui. Le monde a besoin d'un enfant de la lune. »

Je prends le livre et je m'assois dans le fauteuil, ce foutu machin sur les genoux. J'ai passé la dernière heure à tenter de convaincre mon frère de s'écarter de l'abysse dans lequel il semble vouloir se jeter. Si je fais appel aux docteurs les plus en pointe et aux meilleurs sanatoriums, restera-t-il encore quelque chose à sauver en lui, en termes de santé mentale ? Si je peux lui démontrer que ce livre n'est qu'un élément du décor d'un monde imaginaire absurde, tout s'effondrera-t-il pour lui ? Lui restera-t-il *quoi que ce soit* à quoi se raccrocher ? J'ai la sinistre impression que si je démolis d'un bon coup de pied ce château de rêve alambiqué, c'est mon frère lui-même qui va se disloquer en un million de grains de sable.

Je n'ai pas le choix, je le crains.

Je caresse le lourd fermoir de cuivre, puis le soulève :

« À quelle page dois-je aller ? Où sont toutes ces étranges et merveilleuses prophéties ? »

Il me lance un grand sourire. Il a de nouveau cette expression, ce regard enflammé.

« Lis n'importe quelle page, me répond-il. Ouvre-le n'importe où. »

Je fais courir mon pouce sur la tranche du livre. La porte s'ouvre : Thomas revient et je le regarde s'activer. Le jeune homme drape la table d'une étoffe rouge, puis dispose dessus les différents instruments de leur délire : l'Œil de l'Ange qui pleure, un chandelier qui n'est pas sans rappeler une menora, mais à cinq branches au lieu de sept, une dague longue et fine… Il jette un coup d'œil au livre sur mes genoux.

« Tu sais, tout ça me fait penser à Himmler et à son fatras occultiste », dis-je à mon frère.

Jonni se retourne vers moi :

« À Himmler ? Mais ce porc ne sait même pas ce qu'il fait ! Ce soir, il va ouvrir les portes, et il ne le sait même pas ! »

Son ton au vitriol me laisse pantois.

« Ce crétin sanguinaire n'a pas idée de ce qu'il va libérer ! Il ne sait rien du pouvoir du sang qu'il va répandre ce soir ! Alors que moi, j'ai le livre ! *Et moi*, je sais quoi faire de ce sang ! »

Les yeux braqués sur mon frère, j'ouvre le volume sur mes genoux :

« Très bien, si c'est vraiment que tu veux… Et si ça peut te faire entendre raison… »

Et je plonge dans le chaos.

La vacuité des fins et des commencements

Il redresse le cran de sûreté du Desert Eagle, qu'il glisse dans son étui d'épaule caché sous son pardessus de laine noir, puis rabat en arrière ses cheveux aile de corbeau pour en faire une queue-de-cheval tenue par deux tours d'élastique. Léger mais perceptible, le sourire que le miroir lui retourne est aussi froid et dur. C'est un narcissique, alors il resserre sa fine cravate noire pour avoir la meilleure allure possible quand il fera ce qu'il va faire. Les bords usés du pardessus ruinent plus ou moins le look sophistiqué qu'il cultive depuis des années, mais ce manteau est une partie intégrante de cette histoire. Qui serait différente sans lui.

Il se rappelle comment tout a commencé quand il était ce garçon : un mystérieux étranger est venu à lui comme la Mort, et lui a proposé un ténébreux marché. L'homme a laissé tomber ce manteau par terre et lui a tendu son arme :

« Vas-y. Tue-moi et tu pourras tuer n'importe qui. »

Il se rappelle avoir baissé les yeux vers l'homme étendu devant lui, une pulpe sanglante éparpillée à la place de la tête. Le choc ressenti à la vue de ce carnage avait été si brutal qu'il a tout effacé — le souvenir de sa vie d'avant, la capacité de s'imaginer avoir vécu autre chose. Et le souvenir de la personne qu'il était avant, la capacité de s'imaginer *lui-même* être quelqu'un d'autre que le meurtrier de cette chose. Son passé aussi mort que le cadavre effondré devant lui, c'était après ce meurtre que Joey avait changé. Régénéré dans le sang et les bouts de cervelle. Il n'avait ni vomi, ni pleuré, ni ri. Il n'avait ressenti aucune hystérie, aucune horreur, juste la vacuité des fins et des commencements.

Joey ramasse le recueil de *Vrai Crime* et le fourre dans la poche intérieure de sa veste de cuir, avec les coupures de presse et les photos quasiment aussi encombrantes que le pistolet. Le moment est presque venu de boucler la boucle, se dit-il, de faire naître Joey Narcosis de force en le tirant par ses languettes de bottes, d'offrir cette saloperie de pistolet chargé de balles dumdum à un gamin cinglé, lui offrant ainsi l'occasion, la possibilité d'assassiner son propre futur et, ce faisant, de le devenir.

Il sort de sa chambre d'hôtel et prend un raccourci direct entre le soir et le matin. Il descend le couloir. Une servante sort d'une autre chambre en refermant la porte derrière elle. Elle marche à reculons vers le chariot de linge et pose les serviettes propres dessus, puis le tire en arrière dans le couloir. Elle ne le voit pas, il ne sait pas pourquoi il la voit. Le monde tout entier et la lumière qui le baigne sont pour lui en mode recul, et si les lois de la physique s'appliquaient vraiment ici, dans ce monde qui repart en arrière, ses yeux devraient déverser de la lumière au lieu de la recevoir en eux pour la transformer en vision. Mais putain, ça fait longtemps qu'il pense que les lois de la physique ne sont que des approximations. Il ne prétend pas comprendre son cheminement jusqu'à cet instant, d'ailleurs ; tout ce qui l'intéresse, c'est sa destination, toute proche d'ici et de maintenant. C'est bientôt le moment.

Il se faufile dehors par une petite porte et se synchronise en douceur avec le monde qui l'entoure. Il se déplace maintenant avec le flot temporel frontal. Il part vers le collège.

Aujourd'hui est le premier jour du reste de ta vie, se dit-il.

Gouffre étroit et humide de brique brune fendant l'espace entre un grand magasin et un îlot de boutiques d'artisanat, l'allée n'est qu'à une cinquantaine ou centaine de mètres de l'école. Chaussures fabriquées à la main et tailleurs sur mesure. Bien sûr, depuis que Lincoln dérive dans l'Hinver, peu de marchandises nouvelles lui parviennent, et la ville a plus ou moins régressé. Il avait oublié combien elle est — était — surannée. Mais cela va changer quand les hélicoptères de CNN survoleront les champs à basse altitude pour aller se poser sur le parking du collège. Lincoln ne sera plus jamais la même après la tragédie.

Il jette les coupures et les photographies, son portefeuille, toutes les merdes qui pourraient permettre d'identifier son cadavre, sur un petit tas de journaux et autres détritus, enflamme le tout et le regarde brûler. Le numéro de *Vrai Crime* noircit et crache des étincelles ; ses pages se réduisent en cendres l'une après l'autre, et à la fin, il ne reste que le dos du recueil.

Meurtre ! Massacre ! Mutilation ! Numéro 23. Éditions du Macronomicon.

Il donne un coup de pied dans les cendres de sa vie, il les disperse sur le macadam. Cette tache grise, c'est son propre sang qui l'emportera. Il aperçoit quelqu'un du coin de l'œil.

« Eh Joe ! s'exclame-t-il. Joseph Darkwater ! »

La tragédie de Joseph Darkwater

Le garçon se tient à l'entrée de l'allée, hésitant. Doit-il répondre à cette interpellation ou courir comme un dératé ? Joey lui lance son pardessus, qui tombe devant lui, puis lève le pistolet comme si c'était un os pour un chien, un cadeau alléchant. *Viens chercher !*

« Joseph Darkwater ! » répète-t-il.

Ils restent là à se dévisager, lui avec la main tendue et le pistolet pendant à un doigt par le pontet. Il regarde le garçon dans les yeux, mais le gamin, lui, ne voit que l'arme. Avec son silencieux vissé dessus, elle incarne sûrement le pouvoir à ses yeux. Quelque part sonne une cloche, mais aucun des deux ne bouge. Ils sont englués dans ce moment autour duquel tournent leurs vies, *leur vie*, dans ce moment de mort. Les pupilles sombres, le regard vide, le garçon lève les yeux vers lui, et Joey ressent un vague soupçon de tristesse et de haine pour ce fantôme de son passé, cet enfant creux. Le poids du pistolet dans sa main est évident, authentiquc, ct alors même qu'il le tend au garçon comme une offrande, une partie de lui refuse de s'en séparer.

Il s'imagine étendu mort sur le sol, la tête réduite en bouille. C'est une sensation des plus étranges. Dans les journaux, il y aura des photos de l'allée condamnée par des rubans, avec du chatterton blanc par terre. Il y aura des spéculations sur cette mystérieuse première victime, cet étranger oublié dont certains se remémoreront soudain l'existence dans la confusion de la chasse à l'homme, de l'arrivée des équipes de journalistes, de ce premier contact avec le monde extérieur. C'est l'énigme que personne n'a résolue : pourquoi cette première victime ? Pourquoi cet étranger dans l'allée ?

Le garçon tend une main tremblante vers le pistolet.

« Vas-y », lui dit Joey.

Pour la première fois depuis très longtemps, il ressent quelque chose. Il se demande si c'est ça qui l'a attiré en ce lieu, s'il est revenu mourir ici parce qu'il savait inconsciemment qu'il y trouverait la possibilité de se rappeler à quoi ressemble la sensation de… peur.

Tue-moi et tu pourras tuer n'importe qui, se dit-il.

« Tue-moi et… »

Les yeux sombres du garçon sont écarquillés et… humides. Il pleure. Joey avait oublié ça. Il avait oublié qu'il pleurait.

D'un petit geste du poignet, il fait tourner le revolver autour de son index, attrape la crosse dans sa main, pointe l'arme vers la tête du garçon et fait tourner le chargeur.

« Oh et puis merde ! » dit-il en appuyant sur la détente.

La balle — le poing de Dieu — arrache de ses épaules le plus gros de son doux petit crâne. Seuls subsistent la mâchoire inférieure presque détachée et quelques fragments d'os blanc qui émergent de la chair rouge à l'emplacement de la tête. Secoué de spasmes comme un poulet décapité, le corps s'affaisse.

Un frisson le parcourt, une dernière secousse, puis le garçon se fige. Un tir à bout portant avec un calibre 99... Joey a du sang et de la cervelle sur la main et sur la manche, et des petites éclaboussures décorent sa chemise. Il goûte même un petit quelque chose de chaud et de salé sur sa lèvre inférieure.

Il remet le cran de sûreté du pistolet en place, dévisse le silencieux et le glisse dans sa poche, puis fourre l'arme dans son étui. Il est un peu déçu que le monde ne se soit pas déchiré autour de lui, que l'onde de choc de la balle — du paradoxe — en frappant le cœur du réel, ne l'ait pas transformé en une copieuse et sinistre bouillie, comme cette chose morte étalée par terre devant lui. Ça, il aurait bien aimé.

Il sort de l'allée et s'éloigne du collège. *A été ici, a fait cela...* Il est temps de passer à autre chose. Il avance à grands pas, un sourire aux lèvres. Il fend cette journée qui l'attend. Éclair de lumière et de ténèbres, le soleil feuillette le ciel d'avant en arrière, comme on tourne une page. C'est l'après-midi, la rue grouille de piétons, et derrière lui s'agite la police locale qui mène l'enquête sur le lieu du crime.

Les boucles et les paradoxes sont pour les gens ordinaires, se dit-il. Le temps fonce, fait des flash-back, des avances et retours rapides. Il est soumis aux chemins de traverse du hasard et de la causalité. Plusieurs univers multicouches superposés le composent, comme des strates géologiques reposant chacune sur la poussière du monde broyé en dessous.

Il glisse une pièce dans un porte-journaux et en tire l'édition du jour du *Lincoln Herald*. Un gros titre audacieux et brutal : *Un meurtre secoue Lincoln !* Il parcourt distraitement les pages en marchant — *Un jeune fermier assassiné brutalement* — le long de la grand-rue — *calme, renfermé* —, le long des journées — *un style de peinture bien à lui démontrant un talent certain* —, jusqu'à la route qui quitte la ville — *pourquoi vouloir le tuer ?* — puis à travers champs.

Les hommes d'argile balancent leurs faux. Joey s'arrête et se retourne pour lancer un dernier regard aux abords de Lincoln.

Qui sait si le temps n'est pas comme le monde, avec une peau de terre composée du sang et des cendres de nos personnalités plus anciennes, un monde d'Adam façonnés dans l'argile et qui s'y décomposent de nouveau ? Les briques dont nous sommes faits finissent par se craqueler et tomber en poussière ; au bout d'un moment, c'est tout le mur qui s'écroule, puis la poussière ensevelit les décombres, prête à recevoir la prochaine strate de constructions. Beaucoup plus bas, il y a la roche mère, qui donne sa stabilité apparente à l'ensemble, mais encore plus bas, loin, très loin sous la croûte d'un million d'éons, d'un million d'univers, subsiste encore ce noyau de chaos en fusion au cœur de toute chose. Joey va peut-être enfin découvrir un moyen de quitter ce siècle. Peut-être va-t-il pouvoir la faire, sa virée dans la Toungouska en 1908.

Il se débarrasse du journal, qui volette et trébuche dans un autre coin de temps et d'espace. Rien à foutre de celui qui le trouvera, ni du moment ou de l'endroit où il le trouvera.

Le réel paraît solide, le temps ressemble à un trait, mais en fait il n'existe ni certitude, ni absolu, ni loi dans l'univers, seulement les froids calculs de la survie à partir des expérimentations brutales et aléatoires du Temps et de la Mort.

Il lève les yeux. Des corneilles tournent en rond dans un ciel bleu agité.

Le réel ne suit pas vos règles, bande d'enculés. Il suit les miennes.

Errata

Une page de chaos rampant

Une carte en feu représentant le temps plutôt que l'espace : les pays sont des événements, les villes sont des dates. La Grande-Bretagne, l'Italie, la France, l'Amérique et le Japon sont des fleuves s'écoulant dans la mer de Chine après la traversée du continent XXᵉ siècle, des fleuves de troupes qui se croisent à Pékin en 1900 : les Poings de la justice et de la concorde se soulèvent, brûlent les églises, tuent les nonnes et les prêtres, décapitent les Chinois chrétiens. À partir de ce point, poursuivez votre route avec les femmes et les enfants boers jusqu'au petit village britannique des camps de concentration de 1901, descendez à pied la route de prisons qui s'étire du Caucase de 1902 à la Sibérie de 1903, en compagnie de Staline qui apprend le chemin en se repérant aux pogroms de Kichinev et Gomel, deux lacs de sang. 1904 est un autre camp de prisonniers dans la vallée de la mort, de nos jours Sakhaline, une île occupée par sept mille forçats russes libérés pour combattre les Japonais en Mandchourie. Cailloux dans l'eau : des Belges portent des paniers remplis de mains humaines au Congo ; des femmes retenues en otages sont enchaînées à des poteaux. 1905 est un petit bras de mer côtier où des enfants, des femmes, des hommes désarmés, leurs hymnes, leurs croix et leurs bannières s'écrasent par vagues contre les rochers cosaques sur lesquels se dresse un palais d'Hiver. 1906 est la chaîne de montagnes d'un Empire britannique écrasant de toute sa hauteur les soulèvements du Natal et du Nigeria. 1907 : encore des chaînes de montagnes, Guinée portugaise, Angola, Afrique allemande de l'Ouest et du Sud-Ouest, Afrique française de l'Ouest, et partout, rébellions et représailles. La mer agitée de 1908 en Macédoine — Serbes et Grecs, Bulgares et Roumains incendient mutuellement leurs villages. 1909, c'est l'île du massacre arménien dans le sud de la Turquie. 1910, ce sont des collines basses et des vallées cachées : fouet, torture, procès et pendaisons en secret de Grecs et de Bulgares dans la Macédoine turque. 1911 est l'océan de la république balayant en Chine la dynastie mandchoue honnie et des garnisons massacrées. 1912 est un fleuve d'or, de sang et de troupes tsaristes tuant cent soixante-dix travailleurs affamés dans les mines d'or de Sibérie, sur la Lena.

1913 : la faille des Balkans, avec ses ligues et ses guerres, est un gouffre qui s'élargit encore quand un capitaine bulgare tue un évêque, deux prêtres et une centaine de citoyens thraces après les avoir rassemblés de force dans la cour d'une école. 1914, c'est la bordure du grand continent, le promontoire d'un coup de feu tiré à Sarajevo qui abat des chevaux dans la Marne, et la carte s'embrase sur un monde en feu et 1915… Gaz, gaz, vite, les gars ! Qui se souvient encore du massacre des Arméniens ? 1916 monte à l'assaut à Gallipoli et dans la Somme ; des hommes défilent sous le feu des mitrailleuses — *Vous avez quel âge, les gars ? — Dix-neuf ans — dix-sept ans* — Crac ! — *dix-neuf ans — dix-huit ans* — BOUM !

Abasourdi et secoué de haut-le-cœur sous les coups de masse de l'histoire, je force mon esprit à quitter cette page. Je ne sais même pas comment j'arrive à lire ; les mots semblent jaillir du papier pour atterrir directement dans ma tête.

« Qu'est-ce que c'est ? Qu'est-ce que c'est ? »

Mon frère pose une main sur la page de chaos rampant. Je

lève les yeux, je vois son sourire et je suis soudain terrifié à l'idée de ce que ce livre lui a fait, de ce qu'il pourrait me faire…

« C'est ce que le monde devait être, me dit-il. C'est l'Histoire. »

1919, le palais d'Hiver pris d'assaut par soixante mille hommes, George Square, à Glasgow (*Envoyez les tanks !*), la République soviétique allemande mort-née, le décès de Rosa Luxemburg, les lance-flammes à Munich ; 1920, les blancs et les rouges se combattent en Pologne et dans les États baltiques, les républiques du Caucase se soulèvent puis s'effondrent, les Turcs et les Bolcheviques se partagent l'Arménie ; 1921, un million de Moplah de Malabar se révoltent en Inde, brûlent, pillent, les têtes des hindous décorent les royaumes musulmans ; 1922 (*Hail Caesar !*), le règne de Mussolini et les fasces de l'Empire romain de nouveau dressées ; 1923, Hitler sort son arme et la brandit dans la brasserie Bürgerbraü en hurlant : *Il faut sauver le peuple allemand !*, Primo de Rivera brûle la Constitution espagnole ; 1924, le socialisme en Italie : une voiture tachée de sang et un politicien disparu ; 1925, un djihad dans le Rif donne à Franco l'occasion de goûter pour la première fois le sang d'un indigène passé au couteau ; 1926, naissance de la Jeunesse hitlérienne, les marines américains se battent pour le bois, le riz, les plantations de bananes et de sucre du Nicaragua ; 1927, le Ku Klux Klan parade à New York le jour du Memorial Day, entouré par quatre cents fascistes en chemise noire ; 1928, Ramon Romero, docker en grève, est abattu à Puerto San Martín d'une balle dans la tête, tandis que le petit Che Guevara voit le jour ; 1929, des Arabes brûlent la Torah au Mur des lamentations et attaquent des Juifs à Hébron où reposent les patriarches ; 1930, émeutes en Inde après l'arrestation de Gandhi, encore le feu, la lueur des torches dans les yeux du fils du Kaiser quand deux millions de nazis crient *Deutschland erwache, Juda verrecke !* ; 1931, un drapeau italien hissé en Libye aussi haut que le cadavre du défenseur des senoussis, les troupes japonaises envahissent la Mandchourie ; 1932, treize millions de voix pour Hitler, la Bolivie et le Paraguay combattent pour une région désertique désolée ; 1933, le chancelier Hitler.

« Mon Dieu, dis-je. Mon Dieu, ce n'est pas possible. Ce n'est pas notre monde. C'est… »

1934, les Longs Couteaux entrent en action ; 1935, Mussolini en Éthiopie ; 1936, le poète Lorca est jeté dans une pauvre tombe ; 1937, des fascistes chantent à Jarama, puis ouvrent le feu et Guernica brûle ; 1938, les Brigades internationales défilent une dernière fois à Barcelone, brisées comme les fenêtres de la Nuit de cristal, les marchandises démolies jonchent comme des fleurs éparpillées le défilé d'Hitler en Autriche — *Sieg heil!* —, Prague est *lebensraum*, la Pologne est annexée, la guerre déchire le monde, il n'y a plus d'années, plus de dates inoccupées, juste un début de Blitz sans fin avec l'assassinat de Trotski, un pic à glace comme un marteau qui cogne, une faucille qui tranche, du Zyklon-B testé sur des soldats soviétiques prisonniers dans un camp appelé Auschwitz, oh ! et les Américains, avec leur petit air satisfait : *Nous avons sauvé vos culs pendant la Seconde Guerre mondiale mais il a fallu attendre que les Japs fassent sauter nos bateaux, fils de putes !* Certes, mais un peu tard, trop tard, vous avez raté le train, embarquement immédiat pour Birkenau, Dachau et Belsen ! Et dans la neige de Stalingrad, les hommes assiégés se rendent, affaiblis et gelés, frissonnants, grelottants, comme les gars des bateaux sur les plages de Normandie, mon Dieu, faites-nous sécher dans les flammes de Dresde, sous les nuages champignons protecteurs d'Hiroshima et de Nagasaki…

Je ne peux pas quitter le livre des yeux mais je vois mon frère, je le *perçois* debout à côté de moi. La panique m'envahit. J'ai l'impression que tout ce que j'ai connu vient de m'être arraché.

« Dans le monde *réel*, le futurisme n'existe pas, m'assène mon frère. Tu comprends ? Le futurisme n'existe pas ! »

Mais ce que je me dis en lisant ce livre, c'est qu'il n'y a pas de *futur*.

Une accumulation de morts

Des Juifs sont assassinés à Kielce en Pologne ou expédiés par les Britanniques dans les camps de Chypre ; la guerre du Vietnam commence avec les Français combattant Hô Chi Minh ; des empires s'effondrent, de nouveaux États surgissent et pataugent, Israël et Palestine (Arabes contre Juifs), Inde et Pakistan (musulmans contre hindous) ; Gandhi est abattu en se rendant à une assemblée de prière ; des avions quittent l'Égypte pour bombarder Tel-Aviv ; en Corée du Nord, Kim Il-sung est soutenu par Staline quand Mao prend Pékin ; la Corée du Sud contre la Corée du Nord ; la République populaire de Mao marche sur le Tibet ; au Sénat, McCarthy, MacArthur à Séoul ; les Argentins vénèrent une actrice, femme d'un dictateur ; personne ne pleure les écrivains, acteurs et poètes antifascistes juifs jugés et abattus derrière le rideau de fer ; les vopos à Berlin jettent leurs armes pour rejoindre la manif à la mort de Staline ; les pêcheurs japonais sous une pluie de cendres causée par la bombe H, à l'est de l'atoll de Bikini ; les nationalistes marocains massacrent les Européens et les musulmans ; les tanks soviétiques encerclent Budapest ; les membres des forces de sécurité hongroises sont pendus à des réverbères ; Israël dans le désert du Sinaï ; des parachutistes britanniques à Port-Saïd sur le canal de Suez ; des paysans conscrits rejoignent les bataillons de travailleurs de force dans la Chine du Grand Bond en avant (six heures de repos sur vingt-quatre) ; un chien envoyé à la mort dans l'espace ; plus de futur pour les trois mille contre-révolutionnaires « de droite » de la Ligue de la jeunesse communiste arrêtés en Chine ; Battista fuit la révolution cubaine ; des Noirs fuient les coups de feu du massacre de Sharpesville ; le dalaï-lama fuit le Tibet, courez ! Vous, le nouveau Premier ministre du Congo, courez ! Coup d'État puis capture, tortures et exécution par les partisans de Mobutu ; on pose les premières briques du mur de Berlin dans la baie des Cochons, les missiles cubains sont armés, le blocus est instauré ; *Ich bin ein Berliner*, dit JFK, puis des tirs déchirent la procession des voitures ; *We shall overcome* (« Nous vaincrons »), chantent les partisans de Martin Luther King quand Viola Liuzzo est assassinée par le KKK ; des émeutes à Watts ; les premières troupes US débarquent au Vietnam...

Les miliciens des gardes rouges de la Révolution culturelle détruisent tout ce qui reste du passé, les palais et les temples, les objets anciens, les intellectuels, les professeurs et les administrateurs, et des enfants portant le brassard rouge assassinent leurs parents ; au Vietnam, il tombe huit cents tonnes de bombes par jour, et Johnson dit aux troupes de *clouer les jaunes au mur* ; l'Égypte et la Jordanie attaquent Israël et lui concèdent la victoire en six jours ; les raffineries de pétrole flambent dans le golfe de Suez ; le chef de la police sud-vietnamienne pose le canon de son revolver contre la tête d'un prisonnier, appuie sur la détente et *bang* ! Robert Kennedy *bang* ! Martin Luther King *bang* ! *Helter Skelter* en lettres de sang sur une porte — *Mort aux cochons ! Qu'ils couinent comme les bébés morts de My Lai ! Ben oui, ils auraient pu avoir sur eux des ceintures d'explosifs*. Vous trouvez ça dingue ? Comme Vladimir Bukowski enfermé dans un asile de fous après avoir protesté contre l'utilisation par les Soviétiques de la psychiatrie pour faire taire les dissidents ? À Londonderry, les troupes britanniques tirent pour tuer au cours d'un Dimanche sanglant ; au Chili, la pitié devient un luxe quand Pinochet s'empare du pays, des étudiants, des professeurs et des syndicalistes, car *il faut torturer tous les opposants sinon ils ne parleront pas*, dit-il ; les Grecs et les Turcs se disputent Chypre ; les Khmers rouges prennent Phnom Penh, les Américains évacuent Saigon et le gouvernement du Laos tombe aux... »

« C'est le chaos. Un putain de chaos », dis-je.

La tête me tourne ; je repousse le livre dans ses mains et il me le prend toujours ouvert, puis le retourne pour lire à son tour. Il le tient comme un curé cinglé déclamant un sermon.

Et aujourd'hui, c'est quelle année ? En quelle année sommes-nous, bon sang ? Parce que Franco tue toujours, les Basques séparatistes, à présent, ben oui, ces attaques sur les bâtiments du gouvernement espagnol à Lisbonne, Ankara, Rome et Milan sont forcément la preuve d'une conspiration, franc-maçonne, juive, communiste ou que sais-je, parce que c'est bien connu, les chrétiens valent bien mieux que le reste du monde, comme ces gars de l'IRA qui attaquent une marche pacifique ou ces phalangistes qui écrasent une enclave musulmane dans l'Est chrétien de Beyrouth et massacrent les réfugiés palestiniens et leurs familles blottis les uns contre les autres, nus et entravés, sans parler de Steve Biko arrêté par la police, mort en taule des dommages cérébraux causés par une bastonnade, parfaitement, c'est noir, blanc et rouge tout partout, putain ! Mengistu appelle à une terreur rouge pour purger l'Éthiopie des *bandits*, des *anarchistes* et autres *tenants du féodalisme*, l'Union du peuple africain du Zimbabwe fait exploser en plein ciel un avion de ligne d'Air Rhodesia puis traque les survivants dans les débris pour leur couper la gorge, ouais je te jure, et regarde ça maintenant, regarde ça, les marines battent en retraite à Téhéran devant les militants islamistes qui prennent d'assaut leurs casernes, le Shah est évincé, la Russie s'embourbe en Afghanistan, et ouais, tuons tous les mecs qui chantent « Give Peace a Chance », et vendons ces putains de flingues aux rebelles de la Contra au Nicaragua, et l'argent du crime, envoyons-le en Iran, et t'as vu, là ? Quand les Argentins envahissent les Malouines ? Ouais, *L'Empire contre-attaque*, putain d'alléluia ! Coulé le *Belgrano* ! Les tabloïds roucoulent de plaisir : on les a eus ! Qu'est-ce qu'on s'en fout que des corps flottent dans l'eau, qu'ils partent à la dérive en compagnie d'un prêtre de Varsovie torturé et tué par la police secrète, puis balancé dans le fleuve rugissant des Tigres tamouls attirant dans une embuscade un convoi de soldats au Sri Lanka, et on tire à la mitraillette sur des manifestants en Afrique du Sud le jour de l'anniversaire de Sharpesville et voici un autre corps dans l'eau, un vieil homme, un passager du *Achille Lauro* tiré de son fauteuil roulant, exécuté puis balancé par-dessus bord — splash ! — et un nuage radioactif en provenance de l'étoile Absinthe de Russie tombe des cieux comme la manne d'un convoi de vivres et de médicaments des Nations unies en route vers les réfugiés de Chatila et Burj El Barajneh et bloqué par les miliciens chi'ites, parce que tout ça ne suffit pas, c'est jamais suffisant, putain ! Il faut que les Azéris et les Arméniens s'affrontent pour cette putain d'identité nationale dans une saloperie de noble lutte meurtrière, mais nous ne pouvons pas nous contenter de cela, non, alors gazons ces foutus Kurdes d'Halabja, et alors même que tombe le mur de Berlin et qu'une putain de révolution de velours se fait entendre, ben il y a encore des putains de tanks et cette saloperie de gaz lacrymo place Tian'anmen et des Arméniens assassinés dans un pogrom à Bakou et personne n'en a rien à foutre de la supplique de Mandela qui demande aux Noirs de cesser de s'entre-tuer, l'Inkatha et l'UDF en guerre, et Hussein au Koweït qui met le feu au pétrole, de grands panaches de fumée transforment le jour en nuit et les Serbes de Bosnie réinventent les camps et le génocide, et en Somalie ceux qui apportent les vivres et les médicaments et diffusent les nouvelles peuvent être assassinés comme ça, putain !

« Génial, dit Seamus. Tout ça, c'est foutrement… »

On tire un putain d'obus de mortier sur un marché de Sarajevo parce qu'il ne reste plus de civils, et au Rwanda, les Hutus massacrent les Tutsis dans des églises qui ne sont plus des sanctuaires, ben non, mais un refuge est-il vraiment sûr quand s'y trouvent des observateurs chargés de maintenir la paix ? Les Serbes de Bosnie prennent quatre mille musulmans hommes et enfants dans Srebrenica vaincue, et en Algérie, les fondamentalistes islamiques se vantent : *Nous avons coupé la gorge de sept moines*, nananère, ouais, gloire à Allah, les Talibans ont envahi Kaboul, et ces touristes qui constituent un nouveau sacrifice humain à Louxor, mais c'est pour la libération que les gens combattent, pas de doute, là-bas au Kosovo contre les Serbes ou à Omagh avec tout le putain de courage d'une voiture piégée. Vous avez dit la libération ? Soixante-dix mille villageois tués au Soudan, et ceux qui ont survécu forcés de se convertir à l'islam, les garçons enlevés et vendus comme esclaves. La libération, vraiment ? En Sierra Leone, les rebelles et les mercenaires brûlent la centrale électrique, le bureau de poste, la mairie, les quartiers généraux des Nations unies, et un millier de morts flottent autour d'une frégate abritant des Européens, des cadavres aux bras et aux mains coupés.

« Bon Dieu, je ne peux pas continuer », gémit Seamus.

Mais Jack pousse le verre contre ses lèvres pour le forcer à boire malgré sa gorge mise à vif par les effroyables mots du futur, des mots semblables à du verre brisé qui ont entaillé la voix épuisée du pauvre Seamus. Reynard masse sa main crispée en contemplant le scalpel, le stylo-plume, la seringue et les pages de peau humaine empilées devant lui, cette œuvre née de sa main, de la voix de Seamus et de la traduction de Carter. Pendant trois semaines, il a dû supporter Jack s'agitant dans toute la pièce et tournant les pages pour lui désigner tel ou tel symbole — *Celui-ci, ici, c'est celui-ci que tu dois écrire ensuite, allez, vas-y, pour l'amour de Dieu…* Et maintenant c'est là, une accumulation de morts sur la table, une histoire du XXe siècle et du reste, passé, présent et encore à venir.

« Je ne peux pas continuer, répète Seamus. Je suis cuit. Je suis fini, putain.

— Mais nous n'avons pas encore commencé ! » proteste Jack. Il prend la première page du livre et la pose devant Reynard. « Et maintenant, passons aux modifications », dit-il au Français.

5

Enfants de la nature

Arlequin dans la maison

« *Jack, je ne sais pas comment tu as fait, mais le type qui parle en ce moment te tire son chapeau bien bas. Oui, m'sieur, des témoignages nous arrivent de partout ! Nous avons des aérotrams en feu, des émeutes dans toute la ville, les poulets de Pitt Street sont partis en fumée, ça explose au centre commercial de Saint-Mungo, et — ne dirait-on pas l'un des petits jeux de notre sympathique boutefeu ? —, oui, le vaisseau de Powell l'Ancien vient de s'écraser sur la gare centrale ! On dirait que Jack est de retour pour sauver la nation, oh yeah !* »

Je pousse à fond la motoair dans un passage entre deux bâtiments et je ressors place Saint-Mungo, un ornitho aux basques. Les jets avant bloqués pour inverser mon déplacement, je pars en vrille en saut périlleux arrière. Je tire une fois sur mon poursuivant à cent quatre-vingts degrés puis, une fois le saut périlleux terminé, je pile dans les airs, les freins actionnés à fond. L'ornitho me dépasse ; je tiens juste assez longtemps pour envoyer un faisceau-ki trouer le cul du pilote, puis je réduis les rayons en trois panaches de vapeur d'orgone et ma motoair s'effondre comme un criminel sur son gibet.

« Io ! Io ! Disciples d'Arlequin, entendez mon appel ! Io ! Io ! M'entendez-vous ? »

La voix de Jack résonne dans la salle.

Je chante :

« Qui est là ? Quel est ce cri aviaire ? D'où vient-il ?

— Io ! Io ! je crie à nouveau. C'est moi, le fils de Similaire et de Zée !

— Io ! Io ! Maître, viens, joins-toi à notre joviale compagnie, ô maître de la joie !

— Le sol tremble dans son lit de roche ! crie Jack. Ah ! ah ! Bientôt la nation terrorisée vacillera et s'écroulera ! Arlequin s'est réveillé ! »

En coulisse, Jack lance un clin d'œil à Don, qui déclenche un grondement ultrasonique puis abaisse un autre levier. Le décor trépide avec un craquement sinistre, subsonique. Le son et lumière se poursuit avec de grosses fissures projetées sur les murs, et le Duc et la Princesse se lèvent précipitamment. Quand le palais en polystyrène de Pierrot tangue et s'effondre, tout l'endroit frissonne, comme les spectateurs horrifiés.

Pieds devant, je m'écrase dans la verrière du centre commercial Saint-Mungo. Je me débarrasse d'un coup de botte de la moto morte et j'effectue un saut périlleux façon plongeur d'Acapulco. J'attrape au passage une conduite en surplomb dont la soudure lâche dans un bruit sec en hurlant son courroux métallique. La conduite dégueule de la vapeur, se déforme sous mon poids. En bas, la motoair s'écrase avec fracas sur le sol de marbre, et des éclats de pierre fusent dans tous les sens au milieu des clients de ce début de soirée. Je me balance puis lâche le tuyau pour atterrir avec l'agilité d'un singe sur le rebord d'une fontaine ornementale. Le verre tinte tout autour de moi.

« *Jack s'en tire toujours, on dirait ! Notre vieux pote Papa Noël me dit que tu as le don surnaturel d'être partout et nulle part en même temps, comme Jésus, Elvis ou Jim Morrison. Dis-moi, c'est ça ? Quelques petites créatures au service de Satan ne seraient-elles pas remontées de l'enfer, ce soir ? Comment t'y prends-tu pour réussir ce tour de magie insensé ? Ah bah, une chose est sûre, en tout cas :*

le gamin qui joue au flipper en ce moment assure comme une bête! OK, je prends un autre appel. Salut, tu es en direct sur l'éther... »

Je chante :

« Le cri de victoire d'Arlequin s'élève entre ces murs! Il est ici, dans le palais! À genoux! »

Je saute de scène et me jette au sol. Bombardant tout le monde à coups de boîte à malices infernale, Don fait vibrer les cœurs et les ventres. La pluie de décibels de ses effets sonores diaboliques martèle les organes.

Paniqué, le Duc quitte son trône, doigt pointé vers une architrave de pierre : une grande colonne frissonne et gémit sous le poids du toit, puis se fissure et se brise. Le Duc jette ses bras en l'air pour se protéger du jeu de lumière qui s'effrite, tombe, et dégringole en plein sur lui.

Eh oui, c'est le premier hurlement de la nuit.

Embrase, embrase le palais de Pierrot!

« *Amigos, ça devient super-chaud à l'orée de la liberté! Votre œil dans le ciel, Don Coyote l'Abominable Chevelu, voit en bas en ce moment même... quel terme employer pour décrire tous ces braves miliciens qui aiment tant leur maman? Une horde? Une meute? Là tout de suite, je propose "nuage d'orage". Mais que manigance notre Jack, amigos? Je vois une nuée d'ornithos et de motoairs armés jusqu'aux dents se diriger vers l'ouest au-dessus du centre-ville! J'ai l'impression qu'ils sont lancés à la poursuite de quelqu'un, et vu la traînée de destruction que ce quelqu'un laisse dans son sillage, je crois bien que c'est notre gars, je crois bien que c'est Jack!* »

Tout le monde court vers les sorties.

« Allume la torche éclatante au feu de la foudre! Embrase, embrase le palais de Pierrot! » crie Jack.

Joey lance alors ses grenades éblouissantes, une à gauche, une à droite et une au centre. Leurs pointes barbelées se plantent dans les portes de chêne et les ampoules explosent en déversant lumière aveuglante et fumée. Ce n'est pas une attaque, juste un peu de confusion pour assaisonner un mélange qui, aux yeux de certains spectateurs, paraît déjà un poil exagéré. Une demoiselle d'honneur s'évanouit dans les bras d'un jeune serviteur, à la grande surprise de ce dernier. Complètement terrorisé, le consul du Duc s'est réfugié sous le trône. Le Duc lui-même, épée à la main, me dépasse à l'aveuglette, en titubant ; il semble se diriger vers la scène, mais trébuche sur des bouts de décor en polystyrène tombés de scène qui le détournent de son objectif. Il est comme un ours qui se cogne dans une cage.

Je crie :

« Le feu ! Regardez, l'éclair du lanceur de foudre ! Ne le voyez-vous pas briller sur la tombe sacrée de Similaire ? Prosternez vos corps tremblants, jeunes filles ! Agenouillez-vous ! Car notre roi Arlequin, fils de Zée, attaque et bouleverse de fond en comble ce palais ! »

Bingo, en plein front ! Je viens de trucider d'un tir de faisceau-ki adroit et désinvolte l'un des gorilles de la sécurité du centre commercial. Son téléphone portable se fracasse sur les dalles de marbre, affolant la plupart des clients qui s'éparpillent en hurlant. Quelques-uns pourtant cherchent sur eux des armes, des téléphones, ou que sais-je ; des informateurs ? Des agents en civil ? Je les descends — lui, elle, lui — avec la diligence précise d'un cow-boy d'aujourd'hui. Les sirènes hurlent déjà ; il doit me rester cinq minutes avant l'arrivée des chemises noires, dix peut-être si les décombres dans Argyle Street les ralentissent un peu. Bref, assez de temps pour prendre mon pied.

Jack réapparaît dans un éclair de lumière et une floraison de fumée. Après un saut périlleux, il atterrit sur un tremplin dissimulé sur scène. Bras écartés, il s'élève dans les airs, passe pile au-dessus du Duc, puis se reçoit dans la salle, juste à côté de moi. C'est le signal : Don inverse les fréquences, la salle baigne soudain dans la clarté lumineuse d'un ciel azur, les bruitages passent des graves aux aigus… Et le consul du Duc se décide enfin à ôter ses mains de ses yeux.

La panique disparaît aussi soudainement qu'elle s'était installée. La salle est encore un peu agitée mais les spectateurs ont compris : *Hé, mais bien sûr ! Ça faisait partie du spectacle !*

« C'est donc l'épouvante qui t'a conduit à te jeter ainsi au sol ? » me demande Jack d'un ton très doux.

Le public boit ses paroles. Il s'adresse à moi mais également aux spectateurs et à toutes ces belles dames. Est-il… amusé ou triste ? Il me tend une main en minaudant. La Princesse pose la sienne sur le bras contracté du Duc, le bras que prolonge une épée.

Jack m'aide gentiment à me mettre debout.

« Tu as vu Arlequin faire tomber ce palais, on dirait. Allons ! Relève-toi, reprends courage, et chasse de ta chair le frisson de la peur. Ouvre les yeux. Qu'est-ce que tout ceci, qu'est-ce que tu vois ? Ne sont-ce pas quelques rêves brisés ? »

Putains de singes qui dansent

« *Je vais pourtant vous dire ceci : si vous êtes de ces oiseaux de nuit qui se croient bien peinards, à l'abri dans leur nid douillet du Taudis, vous feriez mieux d'y réfléchir à deux fois ! Prenez votre envol, petits piafs, soyez libres, ou vous allez vous en prendre plein la tronche ! Parce que je vous le dis, le flanc gauche de ce gros nuage d'orage arrive droit sur vous ! J'ai l'impression qu'ils veulent isoler Jack le Tueur de géants et je parie qu'ils ne vont pas hésiter à lui faire savoir qu'ils sont là !* »

Je fonce dans le centre commercial : bijoutiers, merceries, grands magasins de mode, de chaussures, de jouets franchisés… Je plonge sous une enseigne HMV pour mitrailler les étagères ployant sous cet immonde R'n'B de boys band pour ados et autres ballades power pop piaillées par des vieux croulants caoutchouteux aux coupes mulet, toute cette putasserie post-punk antiavortement et antidrogue aseptisée et approuvée par l'industrie musicale, cette pop-rock corporatiste sans couilles, sans âme, sans caractère et sans tripes. Putain, si nos chanteurs camés préférés, de Robert Johnson à lord Mick Jagger, entendaient la camelote que ces marchands de merde colportent sous l'étiquette « musique », ils se tourneraient et se retourneraient si violemment dans leur tombe que, si on les branchait sur le secteur, ils nous éclaireraient toute cette foutue planète.

Je m'arrête pour reprendre mon souffle.

« *Allô, allô, vous m'entendez, amigos ? Le moment est venu pour tous les hommes de bien de se préparer au combat, de se sangler aux emplacements de tir et de déguster la virée en enfer qui leur arrive dessus. Tu les as eux, Fox ! Toutes mes pensées vous accompagnent, amigos ! Mon Dieu, faites que l'ange gardien des damnés veille sur ces gens ce soir… Ne t'inquiète pas, mon petit Fox, et toi, Jack, n'aie pas peur, mon coquinou ! Je serai là ! Je vous tiendrai au courant des événements au fur et à mesure de leur déroulement ! Je vous ferai swinguer pour vous filer la pêche et recharger les batteries de vos sex-pistols ! Extrait de l'Album blanc sur liste noire des Beatles, voici la bande-son idéale de ce qui se passe en ce moment : "Helter Skelter[1] ". D'après ce que je vois, ça vous arrive dessus à toute vitesse !* »

Des motoairs passent en trombe à travers le toit de verre et vrombissent en tous sens. Elles montent, elles descendent, elles zigzaguent, elles foncent sur toute la longueur du centre commercial en cherchant à me repérer. Des ornithos s'agitent un peu plus haut. Ils doivent être en train de cerner tout le périmètre et d'isoler les entrées, j'imagine. Je devrais vraiment songer à me barrer mais, eh oh ! on a toujours le temps pour une petite critique musicale.

1. « Tohu-bohu. »

Un vendeur plonge au sol pour éviter ma trajectoire, et je mitraille les étagères derrière lui.

Acid jazz au pH neutre, rock progressif résolument rétrograde, heavy metal doux et pelucheux comme un nuage, house music de véranda, garage de jardin, sans parler de cette saloperie de rock chrétien… Ces enfoirés ont castré la musique, lui ont ôté tout ce qu'elle pouvait avoir d'authentique. Merci mon Dieu pour l'ambient rap et la technotranse trip-hop ! Impossible de pondre ce genre de musique sans petites pilules magiques, hein, mes salauds ?

Une main sur mon entrejambe, l'autre braquant le pistolet-ki sur les étagères croulant sous les idioties, je canalise ma luxure existentielle dans mon chakra zéro puis je l'expulse vers la sortie et j'annihile la bande-son de ma mort. Dans tout le centre commercial, les clients hurlent : des missiles s'écrasent de-ci de-là selon cette bonne vieille tactique fasciste consistant à bombarder une centaine de brebis innocentes pour avoir la peau d'un seul loup. Ils veulent m'enfumer, me faire sortir, mais je ne m'exécuterai que quand je serai fin prêt. Le faisceau-ki déchiquette les étagères.

Brûle, bébé, brûle ! Disco inferno.

Des putains de singes qui dansent. Tout en réduisant en charpie un étalage de concerts filmés dégoulinants, je rugis : « Un gros beat répétitif ou la mort ! »

Le vendeur sourit de toutes ses dents, retire le badge qui porte son nom et s'éloigne du comptoir où son supérieur hurle et trépigne.

Je demande au jeune gars : « Où sont les Michael Jackson ? »

Esclave salarié du secteur tertiaire au regard de Spartacus, ce gamin n'est que trop heureux de me les désigner :

« Là-bas. Y'en a toute une saloperie d'étagère… Et pas un seul James Brown ! »

Triste indicateur sur l'état de notre société, me dis-je. Je transforme Wacko Jacko en flots de bandes noires qui jaillissent dans les airs.

« T'as du feu ? » lui dis-je en farfouillant dans mes poches.

Il me tend un Zippo argenté gravé d'une tête de mort genre pirate d'un côté, et le A entouré d'un cercle des anarchistes de l'autre.

« Garde-le, me dit-il. Tu en feras bon usage, j'en suis sûr. »

Quel beau garçon ! Je lui lance un baiser.

Cette pauvre bête imbécile, ce taureau

Je lui tiens la main.

Je chante :

« Nous sommes sauvés ! Quelle joie de te voir, d'entendre ta douce voix ! Nous étions si seuls, sans toi !

— Vous étiez tombés dans le découragement quand on m'a jeté dans les sombres cachots de Pierrot au cœur de ce palais ?

— Bien sûr ! Qui allait veiller sur nous, s'il t'arrivait malheur ? Mais comment ? Qui t'a libéré de l'enfer privé du misérable Pierrot ?

— Je me suis sauvé moi-même, facilement, sans peine, dit Jack. Avez-vous aimé mes petites farces ? »

Il fait tournoyer sa flûte au-dessus de sa tête :

« Je les trouve plutôt satisfaisantes.

— Il ne t'avait donc pas attaché les mains avec des liens ? »

Jack hausse les épaules :

« Là encore j'ai abattu son orgueil : il croyait m'enchaîner, mais il ne m'a pas pris, ni touché ; il s'est repu d'illusions. Il a trouvé un taureau à l'écurie où il m'avait conduit pour m'enfermer et lui a attaché les sabots ; les narines dilatées de colère, le corps luisant de sueur, il se mordait les lèvres en se battant avec cette pauvre bête imbécile, ce taureau. Et moi, tranquillement assis auprès de lui, je l'ai regardé faire. »

Mains sur les hanches, Jack se penche en arrière et éclate d'un rire feint.

« C'est alors qu'Arlequin est venu, a ébranlé la demeure de Pierrot et allumé une torche au tombeau de sa mère », reprend-il.

Jack flâne dans la salle. Portant son choix sur tel ou tel courtisan, il le reconduit à sa place sans en avoir l'air. Tous refusent ses avances en reculant, et aucun ne se rend compte que Jack, en dansant ici ou là, les mène comme les bêtes d'un troupeau.

« Mais Pierrot, en voyant la fumée, croit son palais en feu et court affolé en tous sens — Jack court partout puis autour d'une jeune fille —, puis ordonne à ses serviteurs d'apporter de l'eau, Tous les esclaves se mettent à l'œuvre, mais peine perdue ! »

La Princesse et le Duc sont les seuls spectateurs encore debout. Jack virevolte derrière eux, passe la tête entre eux et désigne le trône du menton. Le Duc ronchonne, mais la Princesse éclate de rire et entraîne son tuteur grisonnant vers son siège.

« Il y renonce quand il croit que je me suis enfui, continue Jack. Une épée à la main, il se précipite alors à l'intérieur du palais. Et là, à ce qu'il me semble — je donne mon opinion... »

Jack tousse dans sa main, puis baisse les yeux :

« Ce que je vous raconte, je l'ai vu de mes yeux... »

Il regarde autour de lui avec un air de *Vous n'allez pas me croire*, tape du pied, fait durer le suspense jusqu'au moment où ses hésitations déclenchent un grognement bourru chez notre hôte impatient.

« Il m'a semblé que l'Arlequin s'était transformé en fantôme ! »

En prononçant ces mots, Jack disparaît dans une bouffée de fumée. Le voilà de nouveau sur scène :

« Pierrot s'élance vers lui, bondit, transperce une vapeur lumineuse, croyant égorger son ennemi ! »

Une autre bouffée de fumée et Jack se retrouve sur le toit de la roulotte. Il tourne sur lui-même, mime des coups de poignard, parodie avec sa flûte un duel d'ivrogne à l'épée, tournoie, se fend…

« Mais voici qu'en outre Arlequin lui inflige d'autres malheurs ! »

Il bondit vers une corde fixée au rail des projecteurs, défait un nœud et se laisse majestueusement descendre ; baissé pendant la séquence onirique, le rideau se lève sur un décor de ruines.

« Il réduit le palais de Pierrot à un tas de décombres ! Le voici ! Quelle amertume doit ressentir Pierrot de m'avoir enchaîné ! »

Guy prend la corde de la main de Jack pour la nouer solidement.

« Enfin, sous la fatigue, il lâche son épée et s'évanouit. Lui, frêle mortel, oser entrer en lutte contre Arlequin le saint ! Tranquille, moi, je sors du palais, et je reviens près de vous, sans me soucier de Pierrot… »

Il me tend une main pour me hisser sur scène et reprend :

« Mais voici qu'un pas résonne à l'intérieur du palais : il va paraître sur le seuil. Que dira-t-il après ce qui s'est passé ? »

Jack se caresse le menton :

« Bah, je lui tiendrai tête sans m'émouvoir, même s'il arrive animé de colère. Il convient à un sage de contrôler ses emportements. »

Jack s'assoit sur un bout en polystyrène du palais de Pierrot et s'allume une cigarette.

Des moutons en habits de loups

« *Salut, euh… Guy. Qu'as-tu à nous dire ?*

— Ben voilà, Don. Quelqu'un d'aussi… volontaire que Jack Flash s'en moquera sûrement, mais une sale rumeur circule à son sujet, comme quoi il aurait une habitude plutôt déplaisante dont il n'arriverait pas à se défaire. Un truc qu'il traîne depuis très longtemps.

— C'est pas nouveau, Guy. Tu parles de l'absinthe ou du hasch ?

— *Je te parle d'une autre sorte de* sédatif. *Très* coûteuse. *Très* dangereuse. *Qui a causé la mort de pleins de gens. Il devrait faire attention.*

— *Et d'où tiens-tu cette information, Guy?*

— *Je préfère garder ça pour moi. Me suis juste dit qu'il fallait le faire savoir. Je suis sûr que Jack aime bien ton émission et qu'il l'écoute en ce moment même. J'en mettrais ma main à couper. Si ça se trouve, il ne se rend pas compte qu'il est complètement… toxico.*

— *C'est sympa de t'inquiéter pour lui, Guy, mais nous parlons de Jack Flash, tu sais. Je suis sûr qu'il peut venir à bout de tous les narcotiques connus de mémoire d'homme.* »

Les destructions commencent sur l'autoroute bordée d'hôtels et de bureaux en feu (le Hilton, l'Hospitality, l'Abbey National, le Nat Wes…) qui se succèdent vers le sud à partir de Charing Cross et jusqu'à Anderston. Éteintes ou vomissant des pluies d'étincelles, les enseignes brisées éclairées par les flammes tombent des toits qui s'effondrent. La ligne d'horizon est ébréchée comme une rangée de dents fracassées. Ça, c'est pour les chantiers navals, se dit Joey, pour la démolition des industries de la Clyde, pour l'étranglement des syndicats de soudeurs et d'ingénieurs. *L'esprit de Kentigern*, disait Jack. *Ils ne briseront jamais l'esprit de Kentigern*. Eh ben si, ils l'ont fait.

À une époque, dans Buchanan Street, il y avait une statue immonde, se souvient Joey. Le truc le plus moche qu'il ait jamais vu : une masse terne de métal moulé flanquée d'ailes tordues évoquant des nageoires ouvertes vers le haut, une sorte de pigeon obèse et mutant, la tête enfouie dans le sol. Si l'artiste avait voulu lui donner une allure *dynamique* et *puissante*, il s'était planté dans les grandes largeurs, putain ! Bref, cette sculpture avait été baptisée *L'Esprit de Kentigern*… Un nom parfait pour un truc laid et impotent.

Donc, une vengeance mesquine s'abat sur les banques, les commerces et quiconque travaille pour elles, tous ces pauvres enfoirés séjournant au Marriott pour assister au congrès de vendeurs de chiottes au centre de conf de Kentigern, les intérimaires gratte-papier qui font des boulots ne servant plus à rien, les masses abruties par leur quotidien et dont le seul crime est d'être complices du système. Sauf qu'aux yeux de Jack, c'est un délit majeur. Ne nous y trompons pas : Joey ne ressent pas la moindre sympathie pour ces gens. Mais lui n'est pas le héros du peuple.

Le pilote les fait descendre dans le canyon dévasté d'Argyle Street, à l'est, direction le centre-ville. Ils survolent à basse altitude des boutiques et des affaires de prêteurs sur gages défraîchies. Ils arrivent au-dessus du Parapluie d'Hielanman, où les quais aériens de la gare centrale enjambent la route.

Les flammes vertes éructent toujours sur le squelette du vaisseau aérien.

Ils contournent les flammes et les panaches de fumée et descendent en spirale vers la place Saint-Mungo. Joey Narcosis gobe un autre cachet. Toujours pas persuadé d'avoir affaire au vrai Jack, il veut quoi qu'il arrive éviter que le moindre souvenir de leur passé commun ne l'empêche de faire son boulot correctement. Il sent le ki parcourir le serpent de son épine dorsale.

Ses ailes déployées battant bruyamment, l'ornithoptère à canons touche le sol un instant, et Joey Narcosis saute sur les dalles en ciment. L'ornitho repart immédiatement dans les airs. Joey se redresse, s'oriente, examine tranquillement les trois côtés bordés d'édifices en grès style XVIIIe, boutiques et bureaux dégorgeant des flammes par les fenêtres. Des motoairs et des airvoitures sont garées tout autour du petit bâtiment ridicule occupant le centre de la place : l'office du tourisme, qui évoque la tourelle d'une folie victorienne qu'on aurait prélevée et lâchée à un endroit qui ne lui convient pas du tout. Les SS sont planqués derrière, bien à l'abri. Les miliciens, eux, sont alignés à découvert comme de la chair à canon, et ils font la gueule, leurs armes braquées sur les longues marches qui occupent le quatrième côté de la place et mènent au centre commercial avec ses vitrines fracassées et ses devantures incendiées. De la majestueuse pyramide de verre qui lui servait de toit ne subsiste qu'une couronne dentelée de poutrelles vomissant de la fumée noire dans un ciel déjà chargé d'ornithos et de motoairs lancés à pleine vitesse.

Foutus amateurs ! Un millier de marteaux pour aplatir une mouche ! Il part vers les marches en dégainant sa carte d'identité pour la montrer aux miliciens dont il traverse les rangs. Des moutons en habits de loups…

Un chat qui sort ses griffes

Pierrot revient sur scène. Sa longue chevelure est détachée, emmêlée, et la sueur a zébré les larmes noires peintes au crayon gras autour de ses yeux.

« Scandale ! s'écrie-t-il. L'étranger m'a échappé ! Tout à l'heure il était encore chargé de chaînes dans les écuries… »

Il marche en tous sens, et soudain, aperçoit Jack :

« Ah ! le voilà ! Qu'est-ce que cela signifie ? Comment as-tu fait ? Comment peux-tu apparaître ainsi devant mon palais ?

— Reste où tu es, dit Jack. Calme-toi, apaise ta colère.

— Comment as-tu pu t'échapper de tes liens et sortir de la prison ?

— N'ai-je pas déclaré ou n'as-tu pas entendu dire qu'on me délivrerait ?

— Encore une réponse rusée, une autre question pour répondre à une question. Espèce de sournois… »

Mais sa colère reprend le dessus, et ses mots se perdent dans un grognement inarticulé.

« Qui ? Qui t'a libéré ? marmonne-t-il.

— Celui qui fait croître pour les mortels la vigne lourde de grappes. »

Les doigts de Jack s'enroulent autour de sa flûte.

« Espèce d'enculé ! s'exclame Joey.

— C'est un compliment, je suppose ? » ricane Jack.

Pierrot se retourne vers les coulisses pour crier des ordres à ses gardes invisibles :

« Barrez toutes les portes de la palissade ! Fermez le périmètre ! Verrouillez chaque putain de portail ! hurle-t-il.

— Où veux-tu en venir ? Les fantômes ne traversent-ils pas les murs ? »

Pierrot m'écarte de son chemin d'un violent revers de main. Il veut attaquer Jack, qu'il attrape par le cuir de sa combinaison moulante. Je me remets debout en frottant ma mâchoire meurtrie, et je cligne les yeux. Bordel de merde, ça fait mal, putain ! Je regarde les muscles tendus de Joey, les articulations exsangues de son poing serré. Il est drôlement nerveux, ce salaud.

« Tu as de la finesse, oui, beaucoup de finesse, sauf quand tu devrais en avoir, gronde Joey.

— C'est surtout quand il en faut que j'ai de la finesse », réplique Jack.

Joey le frappe au ventre, puis se retourne et me dévisage. Bon Dieu, s'il pouvait me tuer d'un regard... Il laisse Jack s'effondrer et s'accroupit une seconde. Quand il se relève, j'aperçois dans sa main l'éclat métallique d'une lame de couteau.

« Attends ! » s'écrie Jack.

Il désigne quelque chose hors scène et Joey tourne brutalement la tête. Son regard fixe se porte vers les coulisses où Guy attend son tour, en costume de berger. Pierrot-Joey a l'air perdu.

« Ton messager arrive des collines avec des nouvelles », halète Jack.

Il parle d'un ton précipité, comme s'il avait le souffle coupé, et se tient le ventre d'une main. Sans rire, j'ai l'horrible impression qu'il ne joue pas. Putain, les mecs, Joey a pété une durite ! La folie de Pierrot — bon sang, il *y croit*, putain ! Il est là, l'air piégé, indécis, il agrippe son couteau et se tourne vers Guy qui entre sur scène dans le rôle du messager de Pierrot, puis de nouveau vers Jack.

« Je ne bougerai pas, insiste Jack. Écoute-le, entends ce qu'il a à te dire… Je resterai près de toi ; je ne chercherai pas à fuir.

— Tu mens, dit Joey, qui ne suit plus le texte. Tu vas crever.

— Mais merde… écoute ton… homme d'abord. Ensuite tu pourras t'amuser avec moi et me tuer comme bon te semble !

— Pierrot », dit soudain Guy d'un ton ferme.

Il agrippe l'épaule de Joey et le regarde droit dans les yeux, résolument :

« Pierrot, toi qui règnes sur ce pays de Thèmes, j'arrive… »

Pierrot repousse sa main d'une gifle. Guy atermoie :

« J'arrive de la citerne où tombe à jamais la neige éclatante de blancheur. »

Une pause. La main qui ne tient pas le couteau s'ouvre et se referme contre la cuisse de Pierrot. On dirait un chat qui fait jouer ses griffes. Je recule un peu, lentement ; Jack, lui, semble prêt à bondir. Pétrifié, Guy attend sa prochaine réplique. Une centaine de battements de cœur pendant lesquels Guy s'expose à la folie de Joey.

« Quel est le message si pressant que tu apportes ? » lui demande enfin Joey.

Tout le monde peut entendre notre soupir de soulagement.

« J'ai vu, ô roi, les vierges frénétiques, poussées par l'aiguillon de la folie, s'enfuir pieds nus loin de cette cité. Je viens avec l'intention de te dire, à toi et à la ville, les méfaits affreux qu'elles commettent, des choses plus qu'étranges. »

La lame de Pierrot ratisse une crasse virtuelle sous ses ongles. Guy reprend :

« Mais je veux savoir si je puis te rapporter avec franchise ce qui se passe là-bas, ou si je dois abréger mon récit. Car je redoute tes promptes colères, roi, ton caractère irascible et tyrannique.

— Parle, dit Joey. Tu n'as absolument rien à craindre de moi. »

Il semble se contenir, réprimer sa colère. Il me jette des coups d'œil coupables et fait tout pour ne pas croiser le regard de Jack.

« On ne doit pas passer sa colère sur un innocent », insiste-t-il.

Son calme semble cacher une attitude toujours aussi menaçante.

« Plus ce que tu me diras de ces rites sera sinistre, plus le sera aussi le sort du salaud qui a séduit nos femmes par son chant, conclut-il.

— Très bien. Aujourd'hui, à l'heure où le soleil darde ses premiers rayons… », commence Guy dans le rôle du messager.

Des gazelles dans leurs bras

À l'heure où le soleil darde ses premiers rayons et chauffe déjà la terre, le jeune Élixir sent sous ses pieds l'herbe moelleuse dont il bat les longues tiges à coups de baguette. Il conduit en chantant son troupeau mugissant tout en haut de la colline, là où la pâture est la plus tendre. Ce matin, l'air est frais et, en pensant à Accordéon et à ses chèvres, à ses offrandes de coings, de marrons, de prunes, à sa voix, Élixir sourit. L'autre jour, Accordéon lui a chanté une chanson, et ça l'a complètement ému, Élixir, vous savez, comme ça. Bien sûr, il n'a rien montré, vous n'y pensez pas. Avec un millier d'agneaux sur les collines et le lait qui coule tout le temps de ses troupeaux et autres hardes, cet Accordéon est une vraie bénédiction. Maintenant, c'est à ton tour de te faire désirer, se dit Élixir.

Koré décrit des cercles autour de lui, agite sa queue n'importe comment et fourre sa truffe humide contre sa cuisse. *Plutôt que de me tourner autour, tu devrais tourner autour du troupeau, petite idiote !* lui dit-il. Et là, soudain, il les aperçoit. *Eh ben, ma fille, c'est quoi, ça ?*

Elles dorment toutes, les membres détendus, les unes sur

des lits d'aiguilles de pin, les autres la tête posée sur des tas de feuilles de chêne. *Chut, ma fille*. Épuisées, elles dorment profondément, réparties en trois groupes, l'un d'eux avec Autonomie à sa tête, le deuxième avec Inox et le troisième serré autour de… *Ça alors ! Je ne rêve pas ? Non, je ne rêve pas !* La maman du Basilic en personne ! Élixir siffle tout bas, s'accroupit et attire Koré contre lui.

Il sait pourtant que Iacchos est en ville.

Elles étaient tout à fait décentes, mon seigneur, et non pas, comme les gens le prétendent, enivrées par le vin et par les accents de la flûte. Et elles ne cherchaient à profiter de la solitude des bois pour assouvir leurs désirs obscènes. Oui, ça, c'est ce qu'il dira après avoir redescendu la colline herbeuse et traversé la ville en courant, quand il se présentera à la porte de bois du Basilic, mains sur les hanches, plié en deux, haletant, le souffle coupé par la course. Ça, c'est ce qu'il dira au Basilic, mais plus tard, à Accordéon, Chrome, Asile et les autres, il chuchotera un tout autre récit. *Chut. Approchez-vous.*

J'ai vu les Bacchantes.

En entendant mugir les vaches, la vieille maman du Basilic se redresse parmi les autres et pousse un cri pour les réveiller. Elles chassent le sommeil en se frottant les yeux puis se lèvent, les vieilles, les jeunes, les femmes, les vierges… Élixir les observe, émerveillé par cette vision. Elles ont une façon si pudique et si gracieuse de se lisser les cheveux, de les rejeter en arrière… Et quand ils retombent sur leurs épaules, et quand elles s'étirent… Si le Basilic était ici, s'il assistait à cette scène de ses propres yeux, il se mettrait forcément à prier la divinité qu'il méprise.

L'éclair d'une cuisse — le cœur d'Élixir bat plus vite —, puis la fille rajuste sa nébride dont les liens s'étaient dénoués. *Chut, ma petite Koré. Assis, tout doux.* Accroupi dans les buissons, saisi d'une crainte respectueuse mais un peu honteux, Élixir rougit, lorsque soudain il aperçoit…

Les serpents autour des peaux mouchetées, des serpents qui ondulent, dardent leurs langues, lèchent les joues des femmes.

« Et d'autres se sont mis des couronnes de lierre, de chêne ou de smilax fleuri. Elles tenaient des gazelles dans leurs bras comme…

… les mères aux seins lourds de lait ayant abandonné leurs nouveau-nés en ville. Elles allaitent des louveteaux sauvages…

… l'une d'elles prend un thyrse, en frappe un rocher d'où sourd alors, je vous le jure, une eau limpide et pure…

… jaillit une source de vin, à l'endroit où elle a planté son bâton…

… sol qu'elles grattaient du bout des doigts, des ruisseaux de lait s'écoulaient, tout ce qu'elles désiraient pour…

… du miel gouttant des…

… des thyrses entourés de lierre. »

Le bavardage des jeunes bergers porte ces événements étranges et incroyables comme un flot tumultueux. Ils se bagarrent pour obtenir la parole, se disputent les mots, se conspuent pour se faire taire.

« Ô vous qui vivez là-haut dans la montagne ! »

Dans la hutte, la voix sonore d'Accordéon perce le bruit ambiant. Il est doué pour la parole ; il a appris à s'en servir pendant son séjour à la ville, et chaque fois qu'il se lève, les autres l'écoutent :

« Vous qui vivez sur les plateaux sacrés des montagnes ! Nous allons faire une faveur au Basilic ! Nous allons arracher sa mère aux Bacchanales ! Qu'en dites-vous ? »

Un murmure parcourt la troupe. Certains bergers hésitent. Des histoires affreuses circulent sur les Bacchantes et ce qu'elles font subir aux inconscients qui interrompent leurs rituels. Certains piaffent déjà d'impatience — Chrome et Asile ont hâte de s'y mettre —, mais d'autres ont l'air vraiment perplexes, comme

Serti et Palomino, qui tous deux soutiennent que ce n'est pas à eux de s'en charger.

Finalement, Accordéon gagne la partie, et ils se mettent tous en route.

Voilà. À présent, Élixir attend en embuscade, encore une fois caché dans un taillis touffu. Le moment est venu. Les femmes brandissent le thyrse pour commencer les Bacchanales, puis d'une seule voix invoquent Iacchos, dieu de la bière et de la brande, Iacchos, fils de Zeus ; et les bêtes sauvages leur répondent. Toute la montagne retentit de leur cri. Toute la nature rugit quand elles se mettent en chasse.

Les chiens de l'enfer à mes trousses

Lancé à fond sur son câble, l'aérotram tangue sérieusement. Le hululement de banshee de ses moteurs à réaction-ki couvre les conversations des passagers qui hurlent pour se faire entendre, et dans les rues, les chiens retournés à l'état sauvage aboient frénétiquement sur son passage. En haut de Buchanan Street, l'aérotram déchaîné passe avec un effet Doppler devant les galeries commerciales et la salle de concerts municipale à l'architecture wagnérienne, puis rugit au-dessus de Sauchiehall Street et de ses zones piétonnières décorées de bannières à svastikas, néglige les quais de Cowcaddens et prend un large virage du côté de St George's Cross, toujours vers l'ouest. Il a raté une, puis deux, puis trois stations déjà, et tonne toujours dans le ciel. Mais les aérotrams ont tendance à se comporter ainsi quand on balance leur conducteur à travers le pare-brise et qu'on tire un faisceau-ki à bout portant dans les quelques commandes encore intactes après un festival de baffes à mains nues digne du colisée de Trinovantium.

Tout en balançant un bon coup de pied dans ce qui reste de la porte d'accès au wagon, je brandis mon pistolet-ki avec un zèle psychotique. Je pique un sprint au milieu des passagers, qui se jettent d'eux-mêmes hors de ma route. Mon poursuivant tranche l'air au faisceau-ki, fracassant une vitre à ma droite, découpant un mec en costume à ma gauche. Il descend l'allée centrale à grandes foulées, écarte à coups de poing les passagers qui le gênent, progresse vers moi lentement mais implacablement. Joey Narcosis. J'ai un chien de l'enfer à mes trousses, un chien de l'enfer en costume et pardessus aussi saisissants que ses yeux, aussi noirs que son cœur.

Un faisceau-ki ricoche sur mon épaule. Déséquilibré, je tourne sur moi-même, et je vise mon adversaire en me recevant sur un genou. En plein dans le mille ! Sauf qu'il se débarrasse de ma rafale d'énergie bleu-vert d'un haussement d'épaules, comme un paratonnerre captant un feu de Saint-Elme et le canalisant vers le sol. Cinquième dan d'aïkido, je dirais. Pas mal du tout ! Bah, je peux l'avoir quand je veux.

Avec une indifférence désinvolte et calculée, il descend tous les passagers qui nous séparent, pulvérise les sièges matelassés derrière lesquels ils se terrent, les découpe quand ils se jettent paniqués sur le signal d'alarme, vers les portes, vers la moindre possibilité d'évasion. Déblayer le terrain, c'est comme ça qu'on dit, je crois. Quand il ne reste plus que ma petite personne, Joey agrippe le pistolet à deux mains, le lève, me vise…

Je bondis vers la vitre brisée dont j'empoigne le rebord supérieur, puis je me balance de tout mon poids vers le haut pour atterrir sur le toit de l'aérotram. Le vent fouette mon long manteau. Bottes plaquées au toit métallique, je quitte ma posture accroupie et me mets à courir vers l'avant du wagon. Le faisceau-ki transperce l'acier sous mes pieds, les ornithoptères de la milice me mitraillent d'en haut comme un putain d'essaim de sauterelles… Je saute sur le wagon suivant et tout en continuant ma course, sauter, courir, sauter, courir, je sors un bâton de dynamite. Pas de love-grenades cette fois-ci ; cette situation exige un truc plus radical.

Je l'allume, je le lance et je repars en sens inverse, par là d'où je suis venu. Je traverse d'un bond un panache de vapeur d'orgone bleu-vert qui jaillit en sifflant d'un réservoir à rayons fissuré, et j'atterris en plein dans la tronche de mon assassin potentiel. Le choc de la collision nous éjecte presque du toit. J'écarte Joey d'une bonne poussée. J'use un peu du kung-fu kangourou (bottes à ressorts : deux fois plus de force) mais il effectue une roulade arrière et bondit sur ses pieds.

En bas défile Great Western Road. Prochain arrêt, Kelvinbridge et le Taudis. Dans le ciel, les ornithoptères vrombissent.

« Mais t'es mort ! me crie Joey Narcosis. T'es mort, *putain* !

— Nous le sommes tous, non ? » lui dis-je. Au même moment, ma dynamite explose dans la cabine du conducteur. L'aérotram rugit dans les flammes et la fumée, donne de la bande, quitte son câble et tombe en hurlant vers un ancien fleuve transformé en décharge.

Une main aux griffes d'aigle

« Dans les vallées qui s'étendent le long des fleuves sophistes et produisent pour les Thémains l'épi riche en grains, nous venons ! Dans les cités établies au pied de la roche de cithare, nous venons ! Vers l'œil de l'homme et l'autre œil de la femme, nous venons ! Dans nos cheveux, du feu, mais il ne nous brûle pas ! Nous volons comme des faucons, nous traversons les cieux, malfaisantes, et saccageons tout de fond en comble ! Nous enlevons les enfants, notre gibier, des maisons !

« Nous venons à elle, mère de Morose, reine Agave, princesse Anesthésia, immortelle Colombine, notre guide ! »

Sans prendre garde au babillage des bitmites, Phreedom suspend à ses épaules deux antiques rupteurs de cuivre et de fer. Il y a des fixations sur ces armes, des courroies servant à les fixer aux armures angéliques, mais elle les porte en diagonale dans son dos pour éviter qu'elles ne tombent dans la poussière. Les courroies en cuir forment des sortes de cartouchières en X sur son gilet en synthe. Pendus aux barres transversales des rupteurs, des scalps d'anges volettent. Le tout évoque les pennes de quelque créature ailée, et c'est d'ailleurs de cela qu'il s'agit, plus ou moins. Phreedom plie et déplie sa main droite en contemplant les griffes d'ivoire qui remplacent ses ongles absents et le filigrane noir des bitmites recouvrant son bras nu. Trop longtemps dans l'Hinver, se dit-elle. Les griffes lui donnent pourtant l'impression de s'y trouver un peu chez elle, d'être une enfant de la nature, elle aussi. Et les enfants de la nature ont leurs préférences : quel besoin d'acier glacé quand on a une serre d'aigle en guise de main ?

Le tatouage des bitmites sur son bras, sa cicatrice de césarienne, la main griffue dont elle se servira un jour pour arracher le cœur du dernier Amortel, comme elle se l'est juré... Le métaphysique de Phreedom n'est qu'un long rappel de tout ce qu'elle a perdu : son frère, son fils, son humanité. Et pourtant, elle n'en veut plus à Finnan, qui lui a appris la vérité sur les Amortels et la Cryptolangue, et elle n'en veut plus à Métatron, dont les seconds couteaux se sont acharnés sur son frère et elle. Pourquoi ? Parce que la faim a remplacé les reproches.

En bas dans la vallée, le bétail a l'air grassouillet et appétissant. L'une des Bacchantes à côté d'elle pousse un hurlement.

Le veau au poil brillant s'abat sous elle en poussant un beuglement paniqué. Les yeux révulsés, il agite frénétiquement les pattes et la tête. Quand elle plante ses griffes dans sa gorge comme pour arracher une motte d'argile, le sang gicle. L'autre bras verrouillé autour de la mâchoire, elle lui tord la tête pour lui briser le cou. Ses compagnes plongent comme des chiennes déchaînées dans le bétail qui s'éparpille, démembrant les génisses à coups de griffes, de dents, de force brute. Un taureau blanc s'ébroue, baisse ses cornes éblouissantes et charge ces femmes, puis se retourne, secoue la tête de rage et de peur et fonce droit vers une autre meute. Il laboure tout ce qui l'entoure, mais on le fait trébucher, et d'innombrables mains l'entraînent vers le sol. Lancés de main en main, des bouts de carcasse jaillissent au-dessus de la troupe, des côtes, des sabots... Il leur faut moins de temps pour dépecer l'enveloppe de sa chair qu'à un prince pour sourciller, choqué par cette vision, avec un haut-le-cœur dans son mouchoir parfumé.

C'est terminé en quelques minutes.

L'une des femmes porte deux cornes brisées à son front, mugit, charge en riant les autres chasseresses. Ici ou là, quelques-unes écartèlent toujours des bêtes. Un groupe de quatre femmes peine de chaque côté d'une cage thoracique qu'elles veulent ouvrir comme un cadavre qu'on autopsie. Une fille martèle avec un fémur une tête coupée pour la fendre. La plupart se contentent de ronger leurs morceaux.

Phreedom laisse courir une main sur les lambeaux de chair qui dégouttent, suspendus aux branches des pins, et lèche le sang sur sa paume.

Une fléchette-ki la frappe violemment à l'épaule, et elle titube un peu sous l'impact, déséquilibrée. Les bitmites qu'elle abrite ne vont pas la laisser saigner mais elle ressent ce fer glacé comme un poison dans son corps, et elle se griffe l'épaule pour l'en extraire. *Enfoiré !*

« Attention, embuscade ! » crie-t-elle.

Les villageois déchaînés jaillissent en hurlant de leurs cachettes, se ruent vers elles, leur tombent dessus de tous les côtés, y compris par la piste. Leurs armes, pistolets à fléchettes et autres arbalètes, sont encore plus archaïques que celles de Phreedom, mais ils en usent avec rage contre les pilleuses. Avec un bruit sourd et une gerbe d'étincelles bleu-vert, un autre carreau chargé de ki frappe un arbre à côté d'elle.

« Venez, mes louves ! Prenez vos armes ! Suivez-moi ! »

Les femmes de Phreedom réagissent en une fraction de

seconde comme des chiennes, des harpies, des furies. Elles écartent ou écrasent comme des moucherons les fléchettes de fer, elles se ruent sur les villageois attroupés. Leurs rupteurs volés lancent des éclairs, déjouant cette attaque téméraire. Leurs adversaires sont des petits garçons jouant aux cow-boys et aux Indiens, aux anges et aux démons, aux chevaliers de l'Hinver contre la couvée de dragonnes de Phreedom, et ils n'ont aucune idée de ce qui les attend. Ses guerrières endurcies par des années de guerre en pleine nature se comportent comme des renardes lâchées dans une basse-cour.

C'est la déroute. Les blessés cherchent désespérément à échapper aux griffes des Bacchantes. Ils fuient devant elles en tirant à l'aveuglette derrière eux, et ceux qui tombent supplient les dieux d'intervenir. Phreedom terrasse l'un d'eux, enfourche à terre l'homme qui se débat et demande grâce, le fait taire d'une main plaquée sur sa bouche et son nez et attend qu'il cesse de marteler le sol de ses talons.

Elle met ses mains en coupe sous l'eau qui ruisselle du rocher pour en boire une gorgée et s'éclabousser le visage. Sur le collier en os de poulet, entre ses seins, c'est un liquide rouge qui s'écoule. De l'autre côté de la crête, ses compagnes agenouillées devant les sources qu'elles ont elles aussi fait jaillir lavent le sang dont elles sont couvertes. Les rupteurs fichés dans la pierre sont comme d'étranges autels de montagne. Les peaux se balancent dans le vent sur les croix dressées au-dessus de la roche, et les femmes écarlates à moitié nues portent l'eau à leurs visages comme au cours d'un rite ou d'une prière. Tous les rupteurs émettent un bourdonnement grave qui monte et descend au rythme des respirations et se mêle au bruit de l'eau qui coule. C'est la musique de la puissance, des énergies ki de la terre qu'elles piétinent, du Vélum qu'on frappe légèrement, et les bitmites sur son bras sinuent en rythme avec lui. Phreedom les sent qui s'étirent sur son épaule, lui chatouillent le cou, lui lèchent la mâchoire et la joue. Elles font partie de ce monde, désormais ; elles sont dans la poussière du vent, dans le sol, la roche, dans la chair des chasseresses. Phreedom les a longtemps considérées comme siens, ces petits lutins noirs qui ont fait du monde le paradis et l'enfer sur terre, mais maintenant, elle ne se distingue plus d'eux, elle *est* les bitmites.

Elle arrache du rocher le disrupteur en cuivre et sent son bourdonnement s'éteindre dans sa main. Les bitmites ont tout transformé, même les armes conçues pour les combattre. Elles les ont reconstruites en tenant compte des spécifications récoltées dans les cauchemars et les rêves. Avec ces engins, les anges lancent toujours des éclairs d'énergie brute, mais ces armes-ci, ses armes, *leurs* armes, transportent de l'information dans leurs rafales. Des signaux qui peuvent réduire un ennemi en poussière, certes, mais aussi, avec la même facilité, forer un trou dans un monde aquatique ou une mer de vin cachée sous la surface de quelque parcelle du Vélum en lambeaux.

Rien de bien compliqué là-dedans. Elle a fini par comprendre que les bitmites ne ruminent aucun plan secret, qu'elles ne cherchent pas à dominer le monde. Elles sont juste habitées par le besoin primaire de répondre à chaque demande, de servir les humains, de leur offrir tout ce qu'ils désirent — pouvoir et liberté, justice et vengeance, une vie simple, une mort glorieuse.

Et Phreedom, que veut-elle ? Le retour de son frère ? Le fils qu'on lui a volé ? Les têtes des fils de putes qui ont réduit son monde en bouillie, anges et démons confondus, tous sans distinction ? Une bonne biture sous les étoiles avec Finnan dans un camping du désert Mojave pour se moquer de ses délires sur le mystère et la magie et s'émerveiller des incroyables aventures qu'il vit en pensée ? Retrouver l'ange Métatron ? Exiger de lui qu'il réécrive la destinée gravée dans sa chair, passé, présent, et avenir aussi ? Le forcer à lui rendre Thomas et Jack ? Une vengeance ? Un… un retour ?

Que veulent-ils vraiment, tous autant qu'ils sont ?

Les bêtes parmi nous

« Aussi cet esprit, quel qu'il soit, messire, accueille-le dans ta cité, souffre-le ou fuis ! Il a de grands pouvoirs ! À ce que j'entends dire, c'est lui qui a donné aux mortels la vigne qui apaise leurs chagrins ! Or, sans le vin, plus aucun plaisir d'aucune sorte pour les hommes !

— Et toi ? Qu'en dis-tu ? »

Le regard maussade de Pierrot est braqué sur moi.

Je chante :

« Je redoute de parler librement devant ce roi. Je parlerai pourtant. Il n'y a pas d'esprit plus grand qu'Arlequin ! »

« Vous entendez ? dit Pierrot. L'insolence de ces bêtes sauvages nous atteint déjà ! »

Il montre Jack du doigt, puis moi, mais il s'adresse à Guy :

« Quel opprobre pour les lions ! Il n'y a pas de temps à perdre ! Nous devons agir tout de suite, prompts comme le feu électrique ! Va vite à la porte ! Donne l'ordre de venir ici à tous les hommes armés du bouclier ou qui montent des chevaux rapides, à tous ceux qui brandissent l'épée ou font chanter les cordes de l'arc ! Nous marchons contre les putains ! »

Guy le messager sort de scène en courant.

« Laissons ces chiennes hystériques nous défier ! Ce sera très divertissant, j'en fais le serment ! » gronde Pierrot.

« Tu t'entêtes toujours, Pierrot ? Malgré mes avertissements ? » s'étonne Jack, qui se remet lentement sur ses pieds.

Pierrot pointe son couteau vers lui, à portée de bras.

« Il est intraitable, cet étranger ! Enchaîné ou pas, il ne se taira pas !

— Et tu devrais m'en remercier. Malgré ta conduite odieuse à mon égard, je te préviens : tu ne dois pas prendre les armes contre cet esprit ! Renonce tout de suite à ton plan ! Arlequin ne supportera pas que tu déranges ses convives !

— Que je les dérange ? Je les ferai descendre des montagnes, oui ! Je les chasserai ! »

« Tu vas connaître la déroute ! Vous serez tous mis en fuite, et quelle honte ! Avec leurs petits bâtons, elles vont écraser tes guerriers en armure, tes brillants chevaliers ! Je lui sacrifierais, plutôt que d'enrager et de nier l'évidence ! Tu n'es que poussière, Pierrot ! Le roi, c'est Arlequin ! »

Pierrot le cingle d'un coup de couteau. Jack recule en titubant, la poitrine balafrée. Sous le cuir coule un fin filet de sang écarlate.

« Je lui sacrifierai, mais en immolant des femelles, comme elles le méritent, par centaines, dans les collines ! Non, tu ne me ramèneras pas à la raison ! Tu étais enchaîné, et tu t'es échappé : tiens-toi tranquille ou tu vas de nouveau tâter de ma lame ! »

Reprends le pouvoir

« Va te faire foutre ! gueule Jack. Tu veux te battre ? Allez viens, magne-toi, connard ! »

Il provoque Joey, et celui-ci doit se retenir pour ne pas flanquer ce triste con par terre. Pendant au moins une seconde, il parvient à maîtriser sa colère, puis il frappe Jack à la poitrine, paumes en avant, le repousse, l'écarte. Jack rebondit contre le mur, revient en deux grandes enjambées et balance une pluie de baffes à Joey. Maintenant, ils se tiennent tous les deux par leurs t-shirts, le blanc déchiré et sans manches de Joey et le haut rayé noir et rouge de Jack, et ils tournent en tirant sur leurs fringues comme pendant un concert punk, sauf qu'aujourd'hui les grognements et le venin qu'ils se crachent à la figure n'ont rien à voir avec une colère feinte, avec la rage splendide des coups de pied d'ados, des cheveux qu'on tire au copain et des rugissements de joie bestiale. Cette fois-ci, quand Jack repousse violemment Joey, aucune foule n'est là pour attraper son ami avant la chute ; il n'y a qu'une chaise qui se renverse, un bureau qui proteste bruyamment, des feuilles qui s'éparpillent par terre à côté de Joey. Les projets de révolution de Fox.

Joey prend quelques papiers et les froisse sous le nez de Jack :

« Rien à foutre de tout ça ! C'est rien que des… »

« Foutaises, dit Jack. Ils ne nous coinceront jamais ! »

Il s'adosse au mur de brique et lance par-dessus son épaule un coup d'œil dans la rue. Il adresse à nouveau un grand sourire à Joey, qui lui agrippe l'épaule et se penche à son tour pour voir ce qui se passe. Dix, peut-être douze des gamins de la bande des rasoirs traînent devant le Grosvenor, des bouteilles vides de Buckfast, de Thunderbird et de Mad Dog 20/20 tintant à leurs pieds. Le chef est perché sur une traverse d'échafaudage, un bras sur un montant pour garder l'équilibre et l'autre entre ses jambes. Le singe en chef, se dit Joey. Le roi Ned. Adossés aux piliers carrés encadrant l'entrée du cinéma incendié, ses seconds fument des clopes et se disputent les cachets avec des geignements nasillards — *Ouais bon, d'accord* — *Ouais deux putains de cachets, c'est bon, espèce de connard* — *Au fait, mec, ceux-là, c'est de la pure.* Les autres tournent en rond en se bousculant au passage. L'un d'eux joue avec sa lame, qu'il ouvre et referme sans s'arrêter… *Où ils sont, ces deux petits cons ? Je vais faire la peau à cet enfoiré de Narco…*

Joey se rejette en arrière, à l'abri du mur.

« Allons-y par en haut… », chuchote-t-il, le doigt pointé vers les portiques du second niveau, l'échafaudage et les préfabriqués qui engloutissent presque la chaussée pavée. Ils pourraient passer sans être vus.

« OK, passe par en haut, mais moi, j'y vais direct », réplique Jack.

Joey n'a pas le temps de protester parce que Jack est déjà

parti. Son ami dévale les galets, évite l'estocade d'une lame, puis, tête baissée, une bouteille qui s'écrase contre un mur. Trop rapide et agile pour ces petites merdes, il empoigne l'échafaudage et se jette vers le haut ; de toute façon, ces gamins sont abrutis par les tranquillisants pour chien que Joey leur a vendus. Sûrement…

« Merde », dit Joey.

Et il s'élance à la poursuite de Jack.

« Amène-toi ! » crie Joey.

Il empoigne Jack par le col de son blouson Piper, le tire un peu vers le haut pour passer un bras sous son aisselle et le hisse sur ses pieds. Hébété, Jack contemple le milicien dans le caniveau, la matraque, la flaque d'eau où elle baigne — l'eau qui la nettoie du sang et des cheveux — et aussi le pied-de-biche ensanglanté avec des cheveux et de l'os collés dessus…

« Tu l'as tué. Putain, tu l'as tué, Joey !

— Allez, viens ! »

Jack dégage son bras pour s'essuyer l'œil gauche : un filet rouge dégouline de ses cheveux flamboyants, un tout petit filet sous la pluie torrentielle qui lui fouette le visage. Il est en sale état. Si Joey ne l'avait pas rejoint à temps…

Il renifle du sang, se frotte le nez, tâte sa lèvre coupée, crache au visage fracassé du milicien.

« Viens », insiste Joey.

Soudain, un rayon céleste les illumine, un projecteur d'ornitho balayant leur allée. Jack recule un peu en claudiquant, se retourne, prend son élan et balance un coup de pied au mort en le couvrant d'insultes. Joey lève les yeux vers la pluie qui scintille en traversant le flot aveuglant de lumière :

« Amène-toi, allez ! »

« Allez, tu déconnes, dit Joey. Des motoairs contre les ornithoptères de la milice ? »

Il lance la feuille froissée à Jack.

« Et des canons sur tout le mur est du Taudis, dit Jack. Et avec les renforts d'Anesthésia…

— Nous ne savons même pas si c'est bien elle qui revient ! Elle est partie. Perdue pour nous !

— Pas grave. Faut juste que nous tenions le temps que le roi Finn atteigne les installations des ki-industries impériales. Quand nous les aurons prises, nous contrôlerons toute l'énergie de cette foutue ville ! »

C'est ça, le plan : sortir du Taudis, allumer un mur de feu le long du fleuve, et attendre que le roi Finn et ses hommes, sous le couvert des flammes, atteignent Finnieston, les quartiers des docks, les chantiers de construction des vaisseaux et l'usine de fabrication d'orgone. Avec Jack dans le ciel et Guy et Puck dans le Taudis pour mener sa défense. Tenir assez longtemps pour que Finn puisse faire main basse sur l'énergie, quoi.

« Ils sont avec nous, Joey ! Les ouvriers nous soutiennent… C'est parti, bon Dieu ! Si tu comprends pas ça, si t'arrives pas à l'admettre, ben putain, va te faire foutre ! »

Joey empoigne le coin du bureau et s'y cramponne pour se remettre debout.

« Ça va être un vrai massacre, insiste-t-il. Tu crois qu'ils vont se retenir d'anéantir les installations ? Tu auras de la chance s'ils ne rasent pas Kentigern jusqu'à ses fondations, c'est moi qui te le dis. On n'arrête pas les enfants de la révolution, c'est ça, Jack ? Tu n'as pas la moindre putain d'idée de ce dont ils sont capables ! C'est une ville de martyrs que tu veux, Jack ? C'est ça ?

— Je veux la liberté ! lui gueule Jack. Mais putain, qu'est-ce que tu veux, toi ?

— La paix dans le monde. Va te faire foutre », réplique Joey.

Les esprits en colère

Le Duc est subjugué, fasciné par cette image d'un esprit royal en pleine déréliction, d'un tyran terrassé par son destin. Depuis que l'Hinver a réduit l'Alliance en miettes, un million de ducs de l'enfer se sont installés partout dans le Vélum, et chaque Asmodée ou Belzébuth autoproclamé n'est qu'un rival de plus, un nouvel ennemi, une menace supplémentaire pour les précieuses cités-États de ses opposants.

C'est exactement ce qu'est Pierrot aux yeux du Duc : un de ces crétins qu'il déteste. Nous étions inquiets à l'idée qu'à ce stade de la pièce, le seigneur des lieux finisse par comprendre où nous voulions en venir, mais non, cet homme grisonnant est obtus, et nous sous-estimions à quel point. Tout comme Hitler qui adorait Wagner, aimait regarder les dieux se détruire et regardait avec délice le Walhalla brûler jusqu'à ses fondations, notre Duc s'est facilement laissé embobiner par la vision d'un Pierrot à terre et la promesse d'une fin violente.

Rien de neuf là-dedans, me dis-je. Beaucoup de frime, un peu de sang… Certaines personnes sont si faciles à distraire…

« Mon cher, il est encore possible d'arranger tout cela, dit Jack.

— Et comment ? En me faisant l'esclave de mes esclaves ? » ricane Pierrot.

Il renifle d'un air méprisant, imité par le Duc. Tous les mêmes, ces anges ! L'Alliance a beau être brisée, Gabriel et ses gorilles se voient toujours comme des seigneurs et considèrent toujours les humains comme des bêtes, des curiosités, des esclaves à soumettre. Malgré la chute de la république de Métatron, ces tyrans de carton-pâte sont persuadés qu'ils ont le *droit* de réprimer les esprits en colère d'une humanité parvenue. Ils instaurent donc dans leurs Havres l'ordre dont ils rêvent et les dirigent comme de nouveaux ducs de l'enfer.

En ce moment, Phreedom, ma sœur, est dehors dans l'Hinver ; elle rassemble les âmes rebelles, les êtres indomptés, les enfants de la nature, tous ceux qui ont choisi la chair et le chaos qui va avec plutôt que ce… ce brouillard écossais. C'est l'histoire que nous a racontée le roi Finn, en tout cas, celle que Guy a couchée par écrit… Mais il arrive que les histoires prennent des tours inattendus.

« Je t'amènerai ici les femmes désarmées, propose Jack.

— Voilà que tu machines une ruse contre moi ! Mais je ne me laisserai pas envoûter !

— Quelle ruse ? Il ne s'agit que de vous préserver du mal, elles et toi ! »

La Princesse n'accorde plus aucune attention à la représentation théâtrale. Elle voit Guy se laisser tomber de la roulotte du côté de la scène où il ne se passe rien et le dévisage avec insistance. Du côté opposé, Arlequin et Pierrot interprètent le combat éternel entre le chaos et l'ordre, entre la Némésis de la nature humaine et l'hubris de l'État. Guy se glisse le long du mur du fond, se faufile sous les torches pour ne projeter aucune ombre dans leur lumière, contourne la foule sans se faire remarquer, passe derrière le trône et s'approche d'elle. La Princesse est assise à côté du Duc, mais en contrebas.

« Tu es de mèche avec elles ! s'écrie Pierrot. C'est un complot pour que ton vin coule à jamais !

— Pas du tout, proteste Jack. Enfin si, j'ai conspiré, mais avec le divin ! »

« Apportez-moi mes armes ! Et *toi*, plus un mot ! » s'écrie Pierrot.

La Princesse laisse Guy lui prendre sa coupe des mains. Il lui chuchote quelques mots à l'oreille et elle secoue la tête, les sourcils froncés. Elle n'a pas entendu ce nom depuis très longtemps, j'imagine. Depuis une éternité, peut-être. De l'endroit où je me trouve, j'ai du mal à lire sur ses lèvres, mais je crois deviner : *Phreedom*… murmure-t-elle.

« Attends une seconde, Pierrot », dit Jack.

Une pause. Le destin de Pierrot va s'accomplir.

« Je vais te donner ce que tu veux *vraiment*. »

La princesse Anesthésia, notre Phreedom oubliée, regarde Jack à l'autre bout de la salle aux murs de pierre glacés. Et chuchote :

Oui.

Errata

La forme des choses à venir

« Votre frère savait ce qu'Himmler complotait, n'est-ce pas ? Il avait découvert l'opération Oiseau-mouche ! Il savait qu'Himmler allait purger la SA, massacrer les derniers vestiges de l'ordre ancien et dresser une nouvelle armée sur les cendres de l'ancienne. La mort du fascisme, le futurisme victorieux… Il voulait tout faire pour empêcher cela ! Je me trompe ?

— Commandant Pickering, combien de fois dois-je vous répéter que je ne suis pas Reinhardt von Strann ? Je ne sais sur cet homme que ce que je vous en ai déjà dit ! Je sais qu'il avait un frère dans la SA mais…

— *Vous* aviez un frère dans la SA. *Vous*, Reinhardt von Strann.

— Je ne suis pas cet homme ! Mon nom est Reynard, et je suis citoyen français !

— Vous êtes le frère de Johann von Strann, ce soi-disant Jack Flash. Et vous savez ce qu'il est.

— Non.

— Vous savez qu'il s'est transformé !

— Je ne sais rien !

— Vous savez comment il s'y est pris !

— Non ! Puisque je vous dis que…

— L'Œil de l'Ange qui pleure…

— Je ne…

— … au cours d'un rituel dans votre maison de famille à Strann.

— Mon nom est…

— Dites-moi ce qu'il a fait ! »

Comme si le sol remuait sous mes pieds, un coup de roulis me soulève le cœur, et je quitte mon fauteuil en chancelant. Mon frère tourne le livre ouvert vers moi — Ça bouge ! Oh mon Dieu, les mots, ils bougent ! — et le texte vortex tourbillonnant se mue en un svastika à l'encre rouge et noire sur le vieux manuscrit jaune.

« C'est de l'hypnose ! Du mesmérisme ! Ce n'est pas réel ! C'est impossible ! »

Je me raccroche désespérément à l'idée qu'il s'agit d'un faux, d'un fruit délirant du romantisme, d'une contrefaçon truffée de hiéroglyphes impénétrables et d'illustrations grotesques, avec sa reliure de cuir noir et ses pages de peau chaudes au toucher, comme vivantes, couvertes de lettres qui grouillent comme des fourmis, des lettres qui grouillent dans ma tête, oh Seigneur…

Je m'éloigne à reculons de mon frère :

« Les drogues, ce sont les drogues ! Tu m'as drogué. Drogué et hypnotisé !

— Le Livre de Toutes les Heures… Qui contient tout ce qui fut écrit un jour, mais aussi tout ce qui n'a *jamais* été écrit ! L'Histoire et le futur, mais aussi *toutes* les histoires, *tous* les futurs ! Et dans la langue des anges ! Une langue qui vit, Renard ! Le Logos ! La Parole de Dieu ! La Cryptolangue ! Regarde ça, Renard ! Voilà ce qu'a vu le premier chaman quand il a plongé le regard dans le feu volé aux dieux ! La forme de *toute chose* ! »

Dans le livre, je vois l'Histoire, je la vois qui se tord dans le maelström d'un symbole oublié, je vois la vérité se déjeter autour du mythe et vomir dans ses bras spiralés un million de meilleurs des mondes qui tournent comme une galaxie de constellations hasardeuses et changeantes. Le livre la retient difficilement, parvient à peine à la contenir. Gênée aux entournures, elle veut pénétrer dans notre univers, dans le réel, elle veut naître !

Je supplie :

« Ferme-le ! Ferme ce livre !

— Regarde, Renard ! Le Livre de Toutes les Heures ! Tu sais ce que croit Himmler ? Le Russe, je ne sais pas trop — je ne comprends pas quel rôle il joue là-dedans — mais Himmler croit que ce n'est qu'un vulgaire *livre d'incantations*, un misérable petit grimoire pour conjurer les démons ! »

En reculant, je me cogne à la bibliothèque, et une porte vitrée vibre bruyamment. Entre moi et la porte, il y a mon frère et le livre. Je n'ai nulle part où me réfugier.

« Des démons, laisse-moi rire ! crache-t-il. C'est un livre pour conjurer les mondes ! »

« Vous voulez que j'invente, c'est ça ? Ça vous dirait, un vieux grimoire ? Un ouvrage médiéval plein de connaissances occultes, de secrets et de vérités trop terribles pour qu'on les prononce à voix haute ? Quelques détails apocryphes, pour votre conte à dormir debout, ça vous ira ? »

Silencieux, glacial, Pickering le fixe, comme il a fixé l'espion futuriste interrogé avant cet homme… Trois heures auparavant. Le bourreau attend peut-être toujours dehors, et Pickering a soudain la vision absurde de cet homme adossé au mur du couloir et papotant avec une jolie militaire, une tasse de thé à la main : « *Oui, nous en avons déjà pendu trois aujourd'hui. Il est doué, ce Pickering !* »

D'ailleurs c'est comme ça qu'il a rencontré Sarah. Il attendait devant une salle du Cirque — oui, comme Thames House, l'original, le quartier général de la MI5 lui aussi surnommé le Cirque — quand il l'a vue passer, des dossiers à la main. Elle l'a aperçu elle aussi et lui a souri. Il n'était pas encore commandant à l'époque. Il ne s'est mis à monter en grade que… que quand il a cessé d'écouter les appels à la clémence et les supplications. *Pour l'amour de Dieu, monsieur, j'ai une femme et des enfants !*

Il n'a qu'à prononcer quelques mots. Le monde change depuis l'Armistice, et les gens comme Pickering ont un grand pouvoir. Quelques mots suffisent : *agent futuriste, ennemi de l'État.*

« J'ai des droits, vous savez, proteste von Strann. Vos supérieurs savent-ils exactement pourquoi vous me gardez en détention ? Quelles sont vos raisons de me suspecter ? »

Pickering reste muet. Son interlocuteur sait très bien que ses supérieurs n'apprécient pas plus « Guy Fox » et ses pamphlets jonchant les rues de Londres que la menace réelle des traîtres qui se cachent parmi eux, appuyés par la toute-puissance de Moscou. Ce petit nuisible fauteur de troubles relève à peine de la compétence de l'opération Hawkwing, mais que la bête noire de Pickering soit écartée ne risque sûrement pas de déranger ses supérieurs. Tant que cela n'interfère pas avec la lutte contre le futurisme, ils feront semblant de ne rien voir.

« La Stasi, la Gestapo, le NKVD, le MI5… vous êtes tous les mêmes ! Le nom officiel du MI5, c'est "Service de sécurité", n'est-ce pas, commandant Pickering ? Et quel en est l'acronyme, déjà ? SS, c'est bien cela ? Je croyais ces idées mortes et enterrées dans les ruines de Berlin, mais non, elles sont bien vivantes, ici en Grande-Bretagne ! En Albion, je veux dire. »

Pickering ne réagit pas. La victoire de Mosley n'est qu'un rond dans l'eau. Aux prochaines élections, Churchill reviendra au pouvoir. Les gens sont des crétins. Certes, le futurisme est toujours une menace, mais il faut garder la tête froide pour le combattre ; il faut réfléchir, sans paniquer ni devenir paranoïaque.

« Où est votre brassard, Herr Pickering ? ricane von Strann. Vous savez, avec le svastika ? Vous devez être fier de ce que vous faites pour le roi et votre glorieuse Albion, non ? Il faut porter votre cœur sur votre manche, voyons ! »

Pickering garde le silence. Oui, il est fier de ce qu'il fait, fier de son badge du MI5 — un œil sur une couronne dans une pyramide —, fier de servir le roi Édouard et l'Empire britannique. De servir la Grande-Bretagne. L'Albion ? C'est oublié, toutes ces bêtises !

« Où est votre svastika ? » insiste von Strann.

Je le repousse. Je veux partir, je veux franchir cette porte et quitter cette maison, même s'il fait nuit, ça m'est égal ! Je pourrais, en fait. Je pourrais l'abandonner à ses délires, mais j'ai les jambes en coton. Je me rends compte que je suis toujours adossé à la bibliothèque, alors je me mets à longer le mur en titubant comme un aveugle. Je me cogne à un pied de table, ébranlant au passage le chandelier et la dague posés sur le tissu rouge.

Je n'arrive pas à écarter de mon esprit l'image du symbole nazi aux barres bien droites se muant en une autre sorte de svastika, plus surchargé, plus oriental. J'ai l'esprit large, du moins j'ai la faiblesse de le penser ; j'ai vu beaucoup de choses à Berlin, et les « pratiques dépravées » qui scandalisent les vrais obsédés ne me font plus blêmir. Mais cette image, dans le livre… Elle me soulève le cœur ! Elle représente deux hommes, l'un à quatre pattes pour la partie inférieure, le deuxième planant en l'air au-dessus de lui dans une posture contorsionnée de maître yoga, les bras tendus devant lui, le dos arqué au point que ses jambes partent carrément en arrière, puis se plient vers le haut aux genoux. Un svastika semblable à une antique sculpture indienne, l'homme rampant et l'esprit flottant accouplés dans une union sodomite. Dieu et l'Homme ne faisant qu'un.

À quel rituel veut s'adonner mon frère, pour l'amour du Christ ?

L'Œil de l'Ange qui pleure brille devant moi. Son défaut me renvoie mon regard comme si la gemme était exactement ce que son nom suggère — l'œil d'un ange qui sanglote parce qu'il a vu la vérité cachée sous le réel. Je pose ma main sur la pierre. Je veux la cacher, ou me cacher d'elle, pas la prendre… Soudain, la main de mon frère se pose sur la mienne et l'immobilise. Il serre le livre sous son autre bras, le livre refermé, Dieu soit loué !

« Quelqu'un, *quelque chose*, a changé l'Histoire, tu comprends ? Le monde ne devrait pas être ce qu'il est », me précise-t-il.

Et qu'est-ce qu'il devrait être ? Ce siècle de massacres ? Mon frère a-t-il vraiment vu dans le livre la même réalité que moi ?

« Bon Dieu, Jonni ! Si c'est ça, le vrai monde, je préfère de loin les futuristes ! »

Il décolle ma main du joyau et l'écarte.

« C'est ce qu'ils se sont dit aussi, je crois », me répond-il doucement.

Il pose le livre sur la table et me prend aux épaules :

« Depuis que j'ai ouvert ce livre, Renard, c'est comme s'il y avait deux moi, le… l'idiot qui se tient devant toi et quelqu'un d'autre, quelqu'un de meilleur. J'ai peur de ce que je pourrais devenir dans ce monde-ci, de ce que j'y suis déjà. »

Il s'éloigne d'un pas, les mains levées comme pour me dire *regarde, regarde ce qu'ils m'ont fait*. Ses traits se tordent ; il ressemble à un enfant qui se retient de pleurer. Il ôte sa tunique et la jette de l'autre côté de la pièce.

« Dans ce monde-ci, je suis censé mourir ce soir. Les hommes d'Himmler sont déjà en route. Ils vont me traîner dans le jardin et m'abattre. C'est aussi écrit là-dedans. »

Il me désigne le livre.

« Une autre page. Une autre histoire. Et je ne veux surtout pas en faire partie, plus maintenant ! Pas comme ça. Pas quand je peux être tellement plus… »

Il a toujours voulu être un héros, un chevalier en armure brillante ou un garçon sorti de nulle part se dressant contre un géant. Il n'y a que dans ce monde-ci que des crânes en argent brillent sur les revers des guerriers. Non, c'est pareil dans *l'autre* monde, me dis-je. Exactement pareil.

« Je sais. Je sais ce que tu penses, Renard. Je te connais bien. Mais je dois essayer, tu comprends ? Tu me connais aussi. Tu sais que je dois essayer. Parce que je suis comme ça. »

Sous sa chemise déboutonnée s'étale un lacis de cicatrices.

Mon Dieu, sa poitrine est balafrée sur toute sa surface ! Pourquoi t'es tu infligé ça, Jonni ?

« Ceci n'est pas mon monde », conclut-il.

Un monde sans dieu ni magie

« Votre frère savait ce qu'Himmler complotait, n'est-ce pas ? Il avait découvert l'opération Oiseau-mouche ! Il savait qu'Himmler allait purger la SA, massacrer les derniers vestiges de l'ordre ancien et dresser une nouvelle armée sur les cendres de l'ancienne. La mort du fascisme, le futurisme victorieux… Il voulait tout faire pour empêcher cela ! Je me trompe ?

— Commandant Pickering, combien de fois dois-je vous répéter que je ne suis pas Reinhardt von Strann ? Je ne sais sur cet homme que ce que je vous en ai déjà dit ! Je sais qu'il avait un frère dans la SA mais…

— *Vous* aviez un frère dans la SA. *Vous*, Reinhardt von Strann.

— Je ne suis pas ce van Strann !

— *Von* Strann…

— D'accord, Von Strann. Dieu m'en soit témoin, j'aurais bien aimé, croyez-moi. L'Antre du Renard amassait des fortunes, alors que mon petit club se battait pour rester à flot. Voyez-vous, nous n'avons jamais programmé de numéros de zoophilie, nous. Ça vous dérange si je fume ?

— Non, allez-y.

— Vous avez du feu ? Merci. Où en étions-nous, s'il vous plaît ? »

Pickering referme le briquet d'une chiquenaude et l'empoche. Où en étaient-ils ? Il quitte son siège et se rend tranquillement au coin de la pièce. Il s'adosse au mur, bras croisés pour jauger le prisonnier, puis revient, ôte son képi, le pose sur la table…

« En juillet 1940, reprend-il, on vous a arrêté parce que vous aidiez des réfugiés à fuir l'Allemagne. Vous avez été accusé de traîtrise envers le Troisième Reich et condamné à mort. Étant donné les antécédents de la famille von Strann, le scandale a été retentissant. Mais bon, votre famille avait déjà connu d'autres scandales, n'est-ce pas ? Votre... »

Il s'interrompt. Il a déjà parlé de tout cela avec le prisonnier, donc cette impression de *déjà-vu* n'a rien d'anormal, mais elle est si intense, si profonde... Quelque chose ne tourne pas rond. Quoi, il n'en sait rien encore, mais il en est certain.

« Vous voulez que j'invente, c'est ça ? Ça vous dirait, un vieux grimoire ? Un ouvrage médiéval plein de connaissances occultes, de secrets et de vérités trop terribles pour qu'on les prononce à voix haute ? Quelques détails apocryphes pour votre conte à dormir debout, ça vous suffira ? Que dois-je dire, commandant ? Que voulez-vous entendre ? »

Pickering quitte son siège et se rend tranquillement au coin de la pièce. Il s'adosse au mur, bras croisés pour jauger le prisonnier, puis revient, ôte son képi, le pose sur la table. Combien de temps cet imbécile va-t-il continuer cette comédie ?

Quelque chose le titille mais il n'arrive pas à savoir quoi. Il écarte de ses pensées cette petite distraction.

« Comment s'y est-il pris ? demande-t-il.

— S'y est-il pris pour faire quoi, commandant Pickering ?

— Comment est-il devenu cette... chose ? Ce Jack Flash ? C'est le joyau, c'est ça ? De la magie ?

— Commandant Pickering, vous me parlez de choses impossibles : des joyaux maudits, des rituels magiques, ou ce von Strann, qui s'échappe d'un goulag sibérien et traverse en quatre jours le bloc futuriste jusqu'à la frontière occidentale. C'est tout simplement...

— En *deux* jours », l'interrompt Pickering.

Bon Dieu, ce type le sait très bien. Ils ont déjà évoqué le sujet.

« Vraiment ? Vous aviez dit quatre, non ? s'étonne von Strann.

— Non, *deux*.

— Bah, peu importe. Commandant Pickering, je… »

Pickering se retrouve soudain le pistolet à la main, un pistolet qu'il braque sur la tête de son suspect. Quelque chose en lui semble vouloir prendre le contrôle et percer un trou en plein dans les mensonges de cet homme. Il doit se faire violence pour empêcher son doigt d'appuyer sur la détente. Terrorisé, von Strann écarte la tête, mais Pickering le contourne, lui empoigne le menton, presse le canon de son arme contre la tempe de ce salaud :

« T'as parlé aux autres, je le sais. C'est comme ça que je t'ai découvert. Ton frère n'a pas détruit que ma vie. Je ne suis pas le seul concerné. »

L'homme pleurniche et se débat sous sa poigne. Quel trouillard. Pickering a effectivement discuté avec énormément de gens, dans les hospices ou les prisons, sous tel ou tel prétexte — « Enquête officielle sur les armes psychologiques futuristes » — « Nous pensons qu'ils ont utilisé la projection et l'hypnose de masse », et autres foutaises du même style. Il a discuté avec tous les survivants de l'autre Esprit du Blitz, si on peut vraiment qualifier ces pauvres types de survivants. Et tous lui ont mentionné le « Français », un homme cultivé, discrètement passionné, traquant la même histoire que lui : la légende de Jack Flash. Pickering arme le pistolet.

« Le 13 août 1943 », dit soudain von Strann.

Cette date, Pickering ne l'oubliera jamais.

« Oui ? »

L'homme tente à nouveau d'éloigner sa tête du canon, mais Pickering maintient fermement sa prise.

« C'est le jour où votre femme et votre fils sont morts, n'est-ce pas, commandant Pickering ? C'est votre histoire, c'est ça ? Ils m'ont tous raconté ça, en tout cas. »

Pickering n'oubliera jamais cette date parce qu'elle est comme un couteau planté dans un cœur qui palpite toujours. À lui aussi, ils lui ont tous raconté ça. Il les a cuisinés un par un, il les a obligés à se répéter plusieurs fois. Froidement, calmement, il les a regardés sangloter, glousser, raconter encore la scène d'horreur qui toutes les nuits le tire hurlant de ses rêves. Tous étaient soldats, officiers, des militaires comme lui. Ce Jack Flash semble choisir ses cibles de la façon la plus impitoyable qui soit : il ne s'en prend pas directement à ses ennemis mais à ceux qu'ils aiment, aux innocents.

« Ils m'ont tous raconté ça, reprend l'homme. Le 13 août 1943... C'est vrai, j'ai parlé avec eux. Mais vous ne comprenez pas. Ce n'est pas réel. *Il* n'est pas réel !

— Je l'ai vu. Et je ne suis pas le seul.

— Si j'ai bien compris, vous leur avez parlé vous aussi. Vous savez donc qu'ils sont tous fous. Leurs propos sont irrationnels, *bon Dieu*[1] ! »

Pickering éloigne le pistolet, relâche la détente et glisse l'arme dans son étui, puis, penché vers von Strann, lui chuchote à l'oreille :

« Moi, par contre, je suis l'homme le plus rationnel du monde. »

Et justement, c'est ça qui te rend fou.

Il a refusé de porter du noir à l'enterrement. Il y est allé en uniforme.

« Alors je le demande à l'homme rationnel que vous êtes : en quoi croyez-vous, commandant Pickering ? Vous croyez aux mythes ou au réel ? Vous voulez peut-être croire aux dieux et aux monstres, commandant, mais moi... moi je veux croire en l'humanité. Je veux un monde sans dieu ni magie. »

L'homme tremble, secoue la tête :

« Cela dit... Moi aussi, je l'ai vu, commandant Pickering. Que Dieu ait pitié de mon âme. Moi aussi, je l'ai vu.

— Ton frère... », ajoute Pickering.

Ce qu'il ressent le dégoûte un peu, mais c'est l'un des rares plaisirs qui lui reste depuis qu'on a massacré son univers : le

1. En français dans le texte.

plaisir vicieux de briser un homme. Von Strann a cet étrange sourire amer du condamné qui se rend au gibet sans avoir trahi son secret.

« Sous la peau, nous sommes tous frères », conclut-il.

Il palpe sa poche de poitrine, en sort un paquet de cigarettes : « Vous permettez que je fume ? »

« Allez-y.

— Vous avez du feu ? Merci. Où en étions-nous, s'il vous plaît ?

— Berlin, 1929. Comment s'appelait-il, votre club, au fait ?

— Les Jongleurs. Il s'appelait Les Jongleurs. Un de nos hommes jonglait avec du feu devant l'entrée. Jacques. Il était chargé d'attirer le chaland.

— Presque pas de zoophilie chez vous, c'est ça ?

— Presque pas. L'Antre du Renard faisait passablement honte à notre petit numéro de jongleur.

— Donc l'Antre était une affaire qui marchait ? Prostitution ? D'autres activités criminelles ?

— J'ai l'impression. À l'époque, le propriétaire me semblait être un type peu recommandable. D'après ce que vous en dites, je l'ai peut-être mal jugé… Ce briquet ne fonctionne pas, on dirait… Ah, ça y est. Donc, comme je vous le disais, toutes sortes de racontars circulaient à son sujet. Que voulez-vous savoir, commandant Pickering ? Que voulez-vous savoir, exactement ? »

Pickering quitte son siège et se rend tranquillement au coin de la pièce. Il s'adosse au mur, bras croisés pour jauger le prisonnier, puis revient, ôte son képi, le pose sur la table. *Reinhardt von Strann, Reynard Cartier, tout dépend qui on écoute*, se dit-il. D'ailleurs, sans la photographie du père von Strann dans le dossier, Pickering croirait peut-être le suspect. Malgré quelques vagues intonations germaniques, il parle avec un accent parisien tout à fait convaincant, et MacChuill est persuadé qu'il a débriefé cet homme à son arrivée. *Un brave type, vraiment ! Il nous a fourni des informations inestimables, en plus!* Bon sang, qu'est-il arrivé aux comptes rendus de leur entretien?

Il y a encore beaucoup de zones d'ombre chez cet homme, mais bientôt Pickering saura tout, il en est persuadé. Un coup d'œil à sa montre : il est encore tôt et ils ont toute la nuit devant eux. Ils y passeront le temps qu'il faudra.

« J'ai parlé aux autorités françaises. Elles ne conservent aucune trace de vous, figurez-vous.

— Les périodes de guerre sont confuses, commandant Pickering. On peut égarer des choses dans ce chaos, les perdre, les oublier ou...

— Les voler?

— Les perdre, répète-t-il. Quelques bouts de papier parmi des millions, commandant Pickering... Faciles à confondre, à glisser dans le mauvais dossier, à perdre en chemin.

— Les renseignements britanniques sont très efficaces, réplique Pickering.

— Allons, Joseph! Je suis sûr que même vous, vous perdez parfois la trace de certaines choses, non? »

6

La folie du roi Pierrot

Œil homo pour mensonge hétéro

Pierrot est pris au piège de la curiosité. Jack rit tranquillement et caresse son bâton :

« Tu veux les voir toutes, se reposant dans les collines rassasiées ? »

Enchanté par cette perspective, Pierrot répond d'un ton apaisé :

« Par-dessus tout, c'est vrai, chuchote-t-il. Je donnerais tout pour la voir… elle. »

Jack lui lance un grand sourire lascif : Arlequin ferre sa victime. Il se met à tourner autour de Pierrot :

« Pourquoi en as-tu ce violent désir ? Ne ressentirais-tu pas quelque dépit à les voir ivres de vin, ces putains, ces chiennes, toutes les jeunes filles de cette ville, et même ta propre mère Colombine ? »

Il pose cette question d'un air innocent et suave mais appuie sur les mots *ta propre mère*, oh ! très légèrement, en dardant la langue pour s'humecter les lèvres.

« Tu aurais plaisir à voir le spectacle de leurs rites ? Même s'il te rend amer ?

— Oui, sache-le bien, répond Pierrot. Je me tiendrais en silence sous les sapins. »

Il a une expression détachée, Pierrot, un peu rêveuse. Regard perdu dans le vague, il fait face au public. Dans son dos, Jack saute sur un élément du décor et s'y accroupit. Une main devant les yeux, doigts écartés comme pour reluquer au travers, il secoue et agite un peu sa flûte entre ses jambes. Les gloussements du public poussent Pierrot à se retourner, mais Jack brandit déjà la flûte en se caressant la poitrine ; le voici à nouveau dans la peau d'un Arlequin réfléchi et prévenant.

« Mais elles te découvriront à tes traces, même si tu te caches pour y aller, dit Jack d'un ton méditatif.

— Je me ferai voir, alors ! Tu as raison. »

Jack saute de son rocher, passe derrière Pierrot, se penche et lui chuchote à l'oreille :

« Alors, je te montre ? On le fait ? »

Il se mord la lèvre inférieure et pose ses mains sur les hanches de Pierrot. Putain, Guy, me dis-je, ta saloperie de pièce est carrément dépravée !

Pierrot se retourne ; de nouveau, Jack a pris une pose étudiée, désinvolte, parfaitement innocente.

« Oui, montre-moi, dit Pierrot. Partons tout de suite. Je déteste attendre. »

Jack empoigne Pierrot par la cravate pour le mener comme un chien en laisse, puis la lâche en secouant la tête.

« Tu vas devoir te vêtir d'une belle robe de lin.

— Pourquoi ? Je suis un homme…, proteste Pierrot.

— …qui veut rejoindre les rangs des femmes. Elles te tueraient si tu leur révélais ta *virilité.* »

Imperméable à ses insinuations, Pierrot hoche la tête à contrecœur :

« Tu as raison. Tu es plutôt malin, en fait.

— Tu ne sais pas à quel point », murmure Jack en aparté, puis à Pierrot : « C'est Arlequin qui m'a enseigné à l'être.

— Que dois-je faire, alors ? »

Pierrot semble si petit, si désemparé…

« Comment mettre à exécution tes recommandations ?

— Ne t'inquiète pas, je m'en charge. Entrons dans le palais. »

Il passe un bras autour des épaules de Pierrot :

« Nous allons te mettre de jolis vêtements ! »

Une grenouille venimeuse

Le ciel est lourd. La couverture nuageuse agitée reflète l'orange des réverbères transformé en une lueur terne et pesante. Par terre, Joey roule sur lui-même ; il a l'impression que son bras gauche est cassé, mais tout va bien. Les cachets suppriment cette douleur-là aussi.

En haut de la colline, de l'autre côté d'une brousse de buissons et d'arbres, derrière un mur surmonté de fil de fer barbelé piégeant dans ses griffes sacs en plastique et lambeaux de tissu, des lampes signalent les limites du monde civilisé. Les fenêtres-lucioles, les projecteurs installés sur toute la longueur du Cirque, les débris en feu de l'aérotram jonchant la pente au-dessus de Joey confèrent au feuillage terre de Sienne du parc une riche nuance clair-obscur.

« *Depuis les hauteurs célestes où je trône, je plonge actuellement le regard dans cette nuit sombre et orageuse. Les amis, je me dis que les autorités ont peut-être trouvé la sagesse, en fin de compte. À mon avis, ce soir, ils veulent fermer les portes du Taudis pour de bon, amigos. Une flotte aérienne vient d'arriver au-dessus du Cirque, des miliciens se déversent en masse des casernes de Maryhill. À l'ouest, vous êtes coincés par les murs d'Hyndland, les mecs ; et tenter de fuir, désormais, c'est se jeter dans la gueule du loup. Les choses ont l'air de se corser pour les petits amis de Fox, c'est moi qui vous le dis !* »

Joey se remet péniblement debout et examine les alentours. Quelques corps sont tombés de l'aérotram tordu, mais il est davantage frappé par le calme qui règne dans le parc, de l'autre côté de la cicatrice des wagons déjetés et des débris éparpillés. On dirait un jardin à l'abandon mais un jardin tout de même, malgré le Cirque qui le domine d'un côté et le Taudis de l'autre, et malgré la traînée de destruction métallique creusée en bas de la pente qui les sépare. Puis il remarque la lumière. Un lavis ocre et cramoisi colore les fleurs des champs et un vague motif jaune et noir apparaît sur l'herbe haute quand la lumière tombe dessus, un motif évoquant une grenouille venimeuse. Quand il était petit — quand ils étaient petits —, Joey peignait, des graffitis, bien sûr, mais aussi des toiles qu'il volait ou troquait contre des objets chapardés ; la première chose qui l'ait fait planer, c'est la térébenthine. Cela fait longtemps qu'il a laissé tomber ce passe-temps inutile, mais il est encore capable d'apprécier des effets de lumière dans la nuit.

Sculpté par la lueur volcanique des halogènes, balayé par les faisceaux qui lui donnent l'apparence d'un décor peint, le Taudis se dresse au-dessus de lui. Les faisceaux-ki tombent des ornithos de la milice qui arrivent du Cirque à basse altitude, en formation sur un rang. Les moteurs Cavor-Reich des torpilleurs qui se mettent lentement en position lâchent une vapeur incandescente de plus en plus dense. Le ciel finit par baigner entièrement dans un vert évoquant l'absinthe et les autres mondes. Folie et machines de guerre... Pas très malin, pense Joey.

Là-bas, rien n'éclaire le pont qui mène vers nulle part, et les formes se solidifient à partir des ombres olive et moites.

« *Mais, comme me disait mon vieux papa : "Fiston, chasser et poser des pièges, d'accord, mais si tu vises une bête, tue-la du premier coup, parce qu'un animal affolé, un animal blessé, n'aura plus qu'une seule obsession : avoir ta peau. Et quand tu pièges une bestiole, fiston, renard rusé, rat acculé ou que sais-je, assure-toi bien qu'il ne peut pas se libérer, parce rien n'est pire qu'un animal aux papilles aigries par l'acier amer des chaînes et des cages. Le seul moyen pour lui de se débarrasser de ce goût âcre et métallique, vois-tu, c'est de déguster le savoureux vin rouge du sang humain." Si vous voulez mon avis, les amis, ça fait une éternité que nous mâchouillons nos barreaux, mais Dionysos est passé dans le coin, et maintenant ça va barder, oh yeah!*»

Joey aperçoit en bas de la pente un socle de pierre qui se dresse avant le pont au-dessus des plates-bandes envahies de mauvaises herbes. C'est un ancien monument à la mémoire des soldats de la guerre des Boers. Autrefois, s'y prélassait un soldat de pierre assis dans une posture surréaliste et languide, casque colonial sur le crâne, regard comme braqué vers quelque lointain massacre de savane, une jambe pendant dans le vide et l'autre relevée sur laquelle reposait sa main paresseuse. Aujourd'hui, une silhouette trône à nouveau sur le piédestal, dans la même posture.

Jack pivote vers lui et lui lance un salut.

«*Je vous entends demander: qu'est-ce qu'il a dit? Dionne Warwick? Dianétique? Allons, vous m'avez bien entendu, les gars! Je vous parle de Dionysos, dieu de la bière, du vin et des fiestas, et aussi dieu des petits animaux piégés, figurez-vous. Alors faites gaffe, vous là, les braconniers, les gardiens des ghettos et des goulags! Faites gaffe, souriciers des villes, matous obèses persuadés de venir à bout de tous les rats! Un jour, vous risquez de prendre Dionysos au piège au cours d'une chasse, et, quand il est fâché, Dionysos devient complètement dingue!*»

«Tu sens? Cette riche et luxuriante odeur de... souvenirs? Ça sent un peu le rut, tu ne trouves pas? Plutôt... sexy, non? lui crie Jack.

— Moi, je ne sens qu'une odeur de merde et d'ordures!» réplique Joey.

Il y a autre chose, pourtant. Malgré la puanteur fétide des cochonneries qui pourrissent sous le pont, il distingue un soupçon de méthane et de carburants plus puissants: l'odeur des mines à ciel ouvert, des veines de cavorite qui ont rendu possible la révolution industrielle en Albion en lui fournissant toute l'énergie nécessaire, des sources-ki de Perse sur lesquelles s'est construit l'Empire, des gisements d'orgone en mer du Nord.

Le vent souffle du sud, du squelette de la plate-forme chimique impériale toujours en feu après vingt jours. Quelques images diffusées sur les chaînes de radiovision lui reviennent à l'esprit : traîné hors des décombres, le roi Finn qui délire sous l'effet des vapeurs d'orgone, puis le même enchaîné sur le quai et dégoisant sa rhétorique furieuse.

« Une odeur de merde et d'ordures, répète Joey.

— Certes, mais même la merde et les ordures peuvent changer si on les garde enterrées assez longtemps sous une pression constante. »

Oui, quelque chose remonte vers eux, une chose enfouie très profondément, bien plus bas que les rats.

Un roi brisé

Pierrot s'écarte :

« Mais avec des robes de femme ? J'en aurais honte !

— Tu ne dois ressentir ni honte ni peur, réplique Jack. Dans le cas contraire, tu peux renoncer tout de suite à espionner ces jeunes filles ! »

Pierrot semble réfléchir à la question. On voit ses pensées lui traverser l'esprit, on le voit se représenter habillé en femme, idée dérangeante mais tentante qu'il n'a jamais osé mettre en pratique, parce qu'il nie depuis toujours cet aspect de sa personnalité et que, de toute façon, c'est interdit.

« Quel genre de robe dois-je porter, à ton avis ? demande-t-il.

— Une robe qui te descendra jusqu'aux pieds », lui répond Jack.

La tête penchée d'un côté, il le regarde de haut en bas. De son œil d'homo, il évalue calmement la situation. Il brosse les longs cheveux de Joey vers l'arrière, le prend par le menton, lui incline le visage…

« Et sur ta tête, nous poserons une capuche », déclare finalement Jack.

« Décris-moi encore mon costume, dit Pierrot. Que comprendra-t-il d'autre ? »

Son courage augmente, on dirait. Jack s'agite tout autour de lui en minaudant comme une vraie petite tapette : il fait mine de prendre des mesures, examine Joey dans le cadre de ses doigts…

« Oui, bon. Un bâton dans ta main, et tu vas avoir besoin d'une peau tachetée de faon. »

Mais Pierrot n'est pas hardi à ce point. Sa honte refait surface, et il recule :

« Je ne peux pas le faire ! Je ne pourrai jamais m'habiller en fille !

— Alors il y aura des larmes », dit Jack.

Et soudain, il abandonne son numéro de tailleur pédé :

« Et quand Pierrot et mes jeunes filles en viendront aux coups, le sang va couler à flots, mon cher ! »

« C'est vrai », dit Pierrot.

De nouveau, il a cette expression détachée, comme s'il savait en son for intérieur que sa propre tragédie se dévoile, que son sang-froid s'effiloche. Désormais, Arlequin est aux commandes du destin, et Pierrot n'est plus qu'un passager en route pour une balade prévue d'avance.

« C'est vrai, répète-t-il. Je dois d'abord aller les épier.

— C'est plus sage en tout cas que d'attirer le mal par le mâle », conclut Jack.

Pierrot fait face au public, tel un roi ruiné qui regarde le monde lui glisser des mains. Derrière lui, Jack a posé ses mains sur les épaules de Pierrot, dans l'attitude de l'entraîneur de boxe qui masse son poulain.

« Mais comment vais-je traverser la cité ? En plein jour, on me verra…, hésite Pierrot.

— Nous prendrons des petites rues désertes. Tout ira bien. »

Les mains de Jack descendent un peu et pressent les bras de Pierrot :

« Je te le promets. Je te conduirai par le chemin le plus secret. »

Pierrot ferme les yeux une seconde. Quelque chose scintille sur le crayon gras, sur les traînées noires qu'il a sous les yeux. Les pupilles sombres et dilatées, il me regarde, et je sais qu'à cet instant précis, malgré son attitude glaciale et son cynisme endurci, Joey est réellement le roi des Larmes.

« Par où tu veux, tant que personne ne rit de moi, dit-il d'un ton calme.

— Oh, Pierrot, comme si nous y songions… [Jack fait un clin d'œil au public.] Entrons dans le palais, et choisissons notre itinéraire.

— D'accord. Je suis prêt, je crois. Je rentre. J'ai juste besoin de réfléchir un peu. Je peux encore décider d'y aller à cheval, une épée à la main. »

Ses paroles sonnent creux.

« *Il se peut* que je suive ton conseil. Laisse-moi le temps de prendre ma décision. »

Des passions de rongeur

« *Regarde, Jack, petit coquin ! Et vous, les crapules et les polissons du Taudis, regardez ! Ils viennent nous faire la peau ! Ils arrivent, les garçons ! Impitoyables et rapides comme l'éclair ! J'ai l'impression que le ciel va vous tomber sur la tête, cette nuit ! Ils arrivent avec leur dard mortel, et les dommages causés par le pistolet-ki d'un seul assassin angélique ressembleront à des égratignures sur la coque d'un porte-avions quand ils auront fini ce qu'ils viennent de commencer!*»

Joey sent la dernière pilule qu'il a gobée faire effet brutalement. Ses émotions sont étouffées comme une radio enfouie sous terre dont les piles s'épuisent et dont le signal dégénère en bruit blanc sifflant. Que ce soit le vrai Jack ou pas, Joey s'en fout. Il a un travail à accomplir, et les impossibilités du monde qui l'entoure ne l'inquiètent plus depuis bien longtemps.

L'ombre sur le socle, Jack, plonge dans les ténèbres comme un nageur plongeant d'un bateau. Il disparaît derrière la pierre et se reçoit en douceur en écrasant quelques buissons au passage.

«*Je suis Don le Coyote hurleur, et je m'adresse à vous sur les ondes de Radio Kentigern libre, la seule, l'unique! Vous me recevez depuis l'Enfer sur Terre, et si cette émission est la dernière, si vraiment nous sommes tous perdus, nous effectuerons notre sortie en claquant bruyamment la porte! À l'instant où je vous parle, amigos, oui, à l'instant où je vous parle, j'ai sous le coude une musique soi-disant morte, des chansons interdites dans l'éther mais que je vous gardais bien au chaud! Et d'abord, les Narcotics, avec leur reprise grinçante, frénétique et trash d'un classique bien connu! Je dédie cette chanson à Jack, mais aussi à Joey, parce que nous savons bien que dans le fond, ils ont tous les deux un peu le blues.*»

«*Comme l'a dit un jour un grand sage, "on n'a pas toujours ce qu'on veut*[1] *", les amis! Ouais, mais n'oubliez pas que parfois faut essayer quand même, parce que parfois ça marche! On a exactement ce qu'on veut! Et ça, c'est pour s'ouvrir et saigner…* Open Up and Bleed*!*»

Un simple riff de blues, grave et répétitif. Un deux trois quatre, un deux trois. Un deux. Un deux. Un deux trois quatre, un deux trois. Un deux. Un deux.

1. «You Can't Always Get What You Want», morceau des Rolling Stones: *You can't always get what you want,/But if you try sometimes well you just might find,/You get what you need…*

Joey fait le tour de la petite palissade métallique qui enclôt les plates-bandes au pied du socle. Jack émerge des buissons et part à reculons vers le pont sur l'allée au macadam fissuré. Les rubans jaune et noir de la police volettent sur les balustrades de grès. La silhouette de la sentinelle dessinée à la craie blanche a déjà été bombée par des vandales, qui l'ont étoffée de leurs motifs bariolés ; on dirait un tatoué de dessin animé passé sous un rouleau compresseur. Dans le temps, tous deux faisaient ce genre de choses, eux aussi : déchirer les rubans des scènes de crime, peindre à la bombe les empreintes de doigt ou les fibres… Bref, ils sautaient sur toutes les occasions de baiser les poulets.

Joey hoche la tête devant l'ombre psychédélique de la sentinelle :

« L'un des tiens, espèce de crétin.

— Ah putain. Sûrement un bleu, se lamente Jack.

Ouais, quand on pense que c'est ici que tu m'as tué… Pas la peine d'exprimer tout haut cette pensée devant Joey.

« Tu n'es pas Jack Flash », dit Joey

Jack Flash est mort.

« N'est-ce pas notre cas à tous ? » réplique Jack.

Joey tend un peu son esprit pour sonder la psyché de cet enfoiré. Il veut trouver une prise, mais l'âme de Jack est lisse et sombre, son esprit se dérobe chaque fois qu'il tente de l'atteindre. Il ne récolte que quelques aperçus de ce que son ennemi a dans la tête, quelques traits de lumière — les souvenirs d'un *tabak*, d'un père dont les cheveux bien peignés en arrière retombent sur le front quand il est furieux, d'un voyage en autobus pour le Stadde Cintrale avec un grand-père ; des souvenirs et des odeurs, celle du tabac de sa pipe, celle de chien mouillé du setter quand il secoue son pelage rouille, et le son d'une voix, la voix d'une mère qui fredonne un air folk au cours d'une veillée, et une sensation, le premier contact de ses doigts nerveux dans les doux cheveux d'une petite amie et…

Joey ne peut se défaire de l'impression qu'aucun de ces

souvenirs n'appartient vraiment à cet enfoiré. Certains ne se passent même pas à Kentigern.

Ils tournent l'un autour de l'autre. Tous deux cherchent une faille, une ouverture, et Joey sent l'énergie-ki se tortiller sous la surface : le sexe et la mort, la strip-teaseuse qui se trémousse avec son serpent. Bah, ce n'est qu'un carburant, un narcotique de plus comme ceux qu'il collectionne, amphètes, tranquillisants, inhibiteurs ou désinhibiteurs… On raconte beaucoup de conneries new age sur le ki, l'esprit, l'âme de la terre, ce combustible fossile qui fut chair autrefois comme nous le sommes encore, ce combustible en quoi nous nous transformerons tous un jour, mais Joey n'y croit pas. Il ne croit ni à l'esprit ni aux fantômes ou aux démons. Le ki n'a pas d'avatars, il n'a que des fanatiques.

Donc, il connaît ce « Jack Flash ». Il sait que ce connard a une histoire, une réalité, une certaine vérité clinquante qui le pousse à agir. Ce n'est pas Jack, pas son Jack, mais un petit morveux du Taudis shooté à l'orgone, un petit morveux qui rêve que le monde n'est qu'un rêve parce que c'est beaucoup plus facile que d'affronter le réel.

« Je sais qui tu es, lui dit Joey. Et je sais exactement d'où tu viens. »

Mais quand cet autre Jack lui sourit, Joey ressent une soudaine poussée de désir bestial et de peur — des passions de rongeur bouillonnent sous la surface — des rats sous ses pieds — une sensibilité sans capacité de raisonnement — humeur, posture, et rien d'autre…

« Mon pauvre, tu ne peux même pas t'imaginer d'où je viens ! »

Un dieu des plus terribles

Don est parti dans le public parler avec le Duc. Il gesticule frénétiquement. Nous avons un problème ! lui dit-il. Regardez, notre Pierrot nous fait un malaise, c'est évident ! Il a atrocement mal à l'estomac — oh non ! rien à voir avec la nourriture du château, elle est excellente —, donc nous nous demandions si par hasard… Oui, vous avez vu ? Il était trempé de sueur… En fait, il délire presque ! Bref, toujours est-il que, bon, nous devons lui trouver un remplaçant, et qui dans cette assemblée pourrait, voudrait, voire *devrait* jouer le *noble* Pierrot, le *prince* Pierrot, *roi* des Larmes ? Nous sommes des professionnels, voyez-vous, donc nous ne laisserons *pas* cet incident ruiner votre spectacle de ce soir ! Pas question ! *The show must go on*, comme on dit ! La représentation doit se poursuivre jusqu'au bout ! D'ailleurs, il ne reste plus que quelques scènes. Notre homme peut encore en jouer une, mais pas plus ! Par contre, au cas où — et si vous voulez mon avis, ce serait vraiment amusant —, au cas où vous accepteriez de participer à notre spectacle, à nos humbles et misérables efforts pour vous distraire — vous imaginez le résultat ? Un grand Duc de l'Enfer comme vous ? Vous brûleriez les planches ! Vous leur montreriez ce qu'est la colère, messire, j'en suis sûr… Et vous n'auriez aucune réplique à apprendre, vous n'auriez qu'à *être* Pierrot, triomphalement destructeur, rugissant à tout propos tel un roi en train de perdre les pédales, vous voyez ce que je veux dire ? Un vrai lion, comme vous, messire… Nous vous en savons tout à fait capable. Vous allez les subjuguer ! »

« Ma jeune amie, le moment est venu d'agir ! me lance Jack. Arlequin n'est pas loin, et sa proie tombe dans ses filets ! »

Un flash de dents carnassières, le blanc de ses yeux sous le masque, un salto arrière vers moi… Jack pirouette, s'agenouille et me prend la main. Mon irrésistible Jack Flash… Il se relève, me fait pivoter, m'attire contre lui, m'étreint, m'embrasse fougueusement. Sa langue force mes lèvres, ses mains se glissent sous la soie, me chatouillent le flanc, me caressent les hanches. L'une d'elles descend vers mon cul.

« Pas de culotte ? Petite salope, me souffle-t-il.

— Je t'emmerde », je siffle.

Il recule en tournoyant sur lui-même puis fait la roue jusqu'au rideau, à gauche, et l'écarte pour jeter un coup d'œil furtif en coulisse : changement de costume pour Joey, qui se laisse faire, clope au bec. À moitié nu, il fait un signe rapide à Jack, un rond avec le pouce et les doigts et articule un silencieux *Branleur !* Il est fou, certes, mais pas complètement parti. En ce qui concerne son obsession pour la méthode de Stanislavski, le pire est passé, en tout cas. À partir de maintenant, son personnage n'est plus qu'une marionnette. Ce n'est pas lui, la bête sauvage.

Jack revient vers moi en sautant partout comme un toutou qui sait qu'on va l'emmener en promenade et qui court tout excité de la porte à la laisse.

« Bientôt, Pierrot assistera à nos rites, et nous nous vengerons de lui ! s'exclame-t-il. Il y sera puni de mort ! »

Il s'humecte les lèvres. Heureusement que Joey est le seul à se trimballer avec un couteau, me dis-je.

Pendant ce temps, Don continue de parler tout son saoul. Il tente toujours de convaincre le Duc de se joindre au spectacle, ou d'essayer, au moins. Il flatte et cajole, parle en accéléré, ralentit le ton, puis manie la bonne vieille supplication sans détour. Il use de toutes ses compétences en matière de programmation neurolinguistique, comme il dit : l'art des hypnotiseurs et des télépathes, qui déchiffrent des signes et des indices si subtils que le Duc ne remarque même pas qu'on le manipule. Avec les psychotropes lâchés sur le public depuis le début du spectacle, il est déjà dans un état très propice à la suggestion, et je le vois soudain quitter son trône, tandis que Jack amuse tout le monde avec force danses et culbutes. Le Duc dodeline de la tête : il est en transe.

Guy a rejoint Anesthésia derrière le trône. Elle l'écoute sans lâcher Jack des yeux et, pendant que le Duc succombe, le sentiment de son identité réelle semble lui revenir lentement. Elle bouge les épaules, fait craquer sa nuque, prend une posture plus confortable, comme quand on fait passer son poids d'un pied à l'autre dans une fête. À chacun de ses mouvements, elle perd de sa réserve, de son allure innocente. Elle écarte un peu les pieds, se déhanche imperceptiblement. Son regard se pose sur moi et nos yeux se verrouillent pendant un court instant, puis elle ferme les siens, baisse la tête, ôte sa toque d'amazone et dénoue ses cheveux. Quand elle relève la tête, c'est pour fixer le Duc d'un air haineux.

Jack claque des doigts juste sous mon nez, et je sursaute

« Thomas Messenger ? Ici la Terre, ici la Terre », me chuchote-t-il.

L'Enfer, me dis-je. C'est l'Enfer, pas la Terre. Et je t'emmerde ! Ma sœur me manque ! Mais je hoche gentiment la tête.

Debout sur un élément de décor, il saute vers le haut et attrape un rail auquel il se balance, comme un pirate espiègle et fou qui s'amuse de la folie qu'il dispense.

« Je vais lui enlever sa raison ! s'écrie-t-il. Je vais lui remplir la tête d'illusions délirantes, le plonger dans la confusion la plus totale ! Car s'il garde son bon sens, il ne voudra jamais s'habiller en femme ! Après toutes ses menaces et ses intimidations, je veux en faire un objet de risée, en le promenant déguisé en femme à travers toute la ville ! »

Anesthésia — Phreedom, ma jolie petite Phreedom, mon Dieu, qu'est-ce qu'elle a grandi, tellement plus que moi ! —, Anesthésia qui a traversé la nuit de l'Hinver sans son frère et son fils, tous deux disparus, partis combattre furieusement les anges et les démons, les archontes de l'Alliance brisée, les ducs de l'Enfer et tous leurs chevaliers, Anesthésia qui s'est perdue en cherchant désespérément à faire ce qui était juste, Anesthésia secoue ses longs cheveux roux. Elle défait quelques boutons du col de sa robe d'amazone et en tire un collier d'os de poulet, qu'elle laisse pendre à la vue de tous.

« Allons ! Je vais mettre à Pierrot une parure splendide qu'il emportera en Enfer, victime de la fureur de sa propre mère, Colombine ! »

Jack ne quitte pas la scène, mais disparaît dans l'ombre. Je vois Don conduire le Duc le long d'un mur de la salle et lui faire contourner notre roulotte. Guy sur les talons, ma petite sœur Phreedom longe à grands pas le mur d'en face. Dans ce décor pseudo-médiéval, il lui faudrait vraiment une épée, ce serait parfait. Bah, elle tient plus du dragon que du chevalier, me dis-je.

« Le roi des Larmes saura ce qu'est l'Arlequin ! Le fils de Zée va enfin révéler sa vraie nature ! » ajoute Jack.

Il allume une cigarette, dont la flamme se reflète sur son masque de cuir, et conclut :

« Un dieu des plus terribles, malgré ses bienfaits pour les hommes. »

Écran de fumée

Lentement, paresseusement, le cuirassé des cieux se rapproche de sa cible. C'est une grande masse d'acier masquant la lune, une nuée d'orage métallique, et le grondement de ses moteurs fait vibrer le sol comme un tonnerre viscéral. Les aérobarges qui fourmillent tout autour ressemblent à des vairons sur une baleine, et les ornithoptères, encore plus petits, à des insectes des marais s'affairant sur toute la surface de l'eau. Joey voit une centaine de canons-ki se braquer vers le Taudis. Il prend dans sa poche la boîte à pilules, l'ouvre d'un clic et en extrait une blanche. Ils ne sont pas moqués de lui, au Cirque : elles sont excellentes.

Accroupi sur un mannequin de chiffon à moitié enfoui entre les sacs de sable de la barricade, Jack ne le regarde même pas… Putain, il ne regarde même pas cette force aérienne qui se met en position ! Tout le long de la tranchée de boue fortifiée par des sacs de sable qu'est devenu l'ancien fleuve bordant le parc dévasté, les postes de tir sont silencieux, les blessés gémissent. Joey voudrait établir une sorte de connexion émotionnelle avec les chairs flasques de ses anciens camarades, mais il ne reste plus rien à ressentir.

On peut suivre vers le sud la piste des lobotomies, jusqu'aux installations chimiques de production d'orgone à peine visibles entre les arbres fendus et les murs écroulés. Elle s'étire également vers le nord, puis disparaît dans la courbe du fleuve qui longe les créneaux du Taudis. Étayages de bois, passerelles, boue et corps déformés, on se croirait en pleine Première Guerre mondiale, si ce n'est que ces hommes sont toujours vivants… plus ou moins.

La bombe verbale a fait son boulot exactement comme ils le lui ont expliqué : la réaction en chaîne psychique s'est répandue comme une traînée de poudre tout le long de la ligne. Le visage de ces combattants est figé dans la terreur de l'instant, de la prise de conscience. Joey la sent toujours, cette parole, cette pensée étouffée par la chimie et par ses défenses naturelles ; elle est enfouie quelque part au fin fond de son esprit. Après tout, il a bien fallu qu'il l'apprenne pour la leur délivrer. Il dispose évidemment de l'armure mentale nécessaire pour s'en préserver, mais surtout, il ne sait pas ce qu'est l'espoir, et quand on ne sait pas ce qu'est l'espoir, la peur n'a pas de prise sur vous.

On est en 1979 et la révolution est terminée. Les bulldozers attendent sans doute déjà les instructions du Cirque.

Joey empoche la boîte de pilules, puis sort le pistolet-ki de son pardessus de laine noir. Il l'arme avec un petit clic, le lève, le colle sur la nuque de Jack.

« Tout ça pour un attaché-case rempli d'adamantium et une réserve d'oubli chimique jusqu'à la fin de tes jours… »

Joey retire vivement sa psyché du flash-back piégé que lui tend Jack et braque son flingue en plein dans la tronche de ce connard. Ça a la couleur de Jack, ça a le goût de Jack, mais ce n'est pas Jack, Joey en est désormais intimement convaincu. Fox s'est dégoté un agent maîtrisant quelques tours de psyché, on dirait. Il étudie l'imposteur, à la recherche du petit truc, du petit bout de Jack qui fait tenir toute l'illusion. Le cuir et les bottes ont l'air trop neuf… pas de lunettes de protection… Joey cherche encore à deviner ce que c'est quand le faux Jack sort soudain de sa poche une cigarette roulée déglinguée et un briquet argenté. *Bingo*. Le Zippo !

« Écran de fumée, dit Joey. Image fantôme vaudoue. »

Jack allume sa tige :

« Tu crois ? »

C'est réussi, il faut bien l'admettre. Même secondés par une armée de sorciers haïtiens jetant leurs sorts en coulisse, la plupart des experts en psyché seraient bien incapables d'effectuer un tel numéro de *dopplegänger*. Joey s'accorde une seconde pour admirer l'habileté de l'illusion, mais pas plus. Il a un travail à faire.

Il abaisse un tout petit peu le flingue avant de tirer.

« Les manteaux longs renforcés sont complètement inutiles si tu les laisses ouverts aux quatre vents, tu sais », dit Joey à son adversaire.

Tête pendante, l'homme à genoux se soutient d'une main posée au sol devant lui. Quelques filets d'un sang aussi noir que l'encre ou le pétrole dans la lumière ambiante gouttent de ses lèvres quand il expectore ses entrailles pulvérisées.

« Ben quoi ? Tu pensais que j'allais faire le con toute la nuit avec toi ? Échanger des traits d'esprit entre deux poursuites dans le parc ? »

Joey s'accroupit à côté de cette pâle imitation du vrai Jack Flash. L'homme gargouille en voulant répondre ; la rafale-ki lui a probablement fracassé le sternum et au moins quelques côtes. Joey pose un doigt sur ses lèvres et le canon du flingue sur la tempe de l'imposteur. D'après les râles de l'homme, ses halètements pénibles, Joey estime que l'un des poumons s'est déjà dégonflé et que l'autre est en train de rendre l'âme. Dans deux minutes, cet enfoiré va suffoquer sous la pression de ses organes internes, à moins que son cœur ne lâche le premier. C'est plus que suffisant.

« Allons-y. Voyons qui tu es en réalité », lui dit-il.

Il lui relève le menton et plonge le regard dans ces yeux désespérés, si près que malgré la psyché subtile et mouvante du faux Jack, Joey les sent, *les entend*, les sons turbulents de ses rêves, l'espoir moribond qui s'écoule, le chuintement de ses pensées, de ses dénis, roi des rats, roi des rats, traître à tout ce pour quoi nous avons combattu, à tout ce pour quoi nous sommes morts, non, pense Jack, non, pas ça, Joey, non, le tintement des idéaux qui volent en éclats, comme un ruisseau, non, une cascade qui s'abîme dans le néant, non, pas le néant, jamais le néant, non, pas là où crépite le bruit blanc, où meurt la radiation cosmique, pas dans le vide intersidéral, non, de la mort, non, de l'entropie, mon Dieu non, pas de Dieu, non, rien, seulement…

Jack Flash.

Boum !

Les batteries de canon du Taudis viennent d'ouvrir le feu. Les ornithoptères plongent, piquent en vrille, rendent coup pour coup, mais le cuirassé fait demi-tour parce que les autorités se moquent bien des rebelles du Taudis. Ils ne sont rien face à la force aérienne de l'Albion et aux putains de bataillons qui attendent au nord l'ordre d'attaquer, dès que le chemin aura été dégagé. Ces rebelles ne sont que des mouches qu'on écrase, rien de plus.

En voyant le cuirassé virer de bord, Joey comprend qu'il a vu juste.

« Si nous prenons les usines et les chantiers de construction aérienne, nous tiendrons Kentigern ! avait dit le roi Finn. Nous armerons les travailleurs, nous armerons le *peuple*, et ils reprendront ce qui leur appartient de droit, c'est sûr ! Ils n'attendent qu'un signe, le signe que le moment est venu, putain ! »

Joey avait rigolé. *Le peuple ne veut pas de ça, mon pote*, s'était-il dit à l'époque. Assis dans un club du Taudis, ils descendaient des verres en planifiant la révolution, et il a soudain compris que Finn, Fox, Anesthésia, Puck et même Jack le voulaient *vraiment*, eux. En fait, c'était la liberté qu'ils voulaient. Ou plus exactement le pouvoir, une fois ce terme débarrassé de sa rhétorique creuse. Tout ça, c'était une histoire de *pouvoir*.

Jack quitte le rebelle au cerveau en bouillie.

Quelques aérobarges se détachent et lancent leurs faisceaux-ki tranchants dans la pierre et le métal des défenses du Taudis, mais le gros de la flotte est en train de faire demi-tour et d'orienter ses canons vers les installations chimiques aux mains des rebelles. Anesthésia et Finn s'y terrent, mais avec leur ligne d'artillerie affalée dans la boue, les installations sont à découvert. Jack se retourne, voit Joey, se demande ce qu'il fait là, putain, et pourquoi il n'est pas comme les autres, et…

Joey lève son flingue vers l'expression de totale incompréhension de Jack.

Putain, mec! Que dire? Les quelques milliers d'habitants du Taudis ne peuvent espérer tenir la ville contre tous les chevaliers d'Albion. Et c'est peut-être mieux, finalement. Ainsi, le reste de Kentigern se verra sans doute épargner une nouvelle Purge… Mais ça, Jack ne le comprendrait jamais, putain. Et les autres ne le comprendront jamais non plus. Oui d'accord, Joey est dur. Parce qu'il ne s'est jamais laissé aveugler par l'écran de fumée d'un idéalisme illusoire, Joey a toujours compris mieux que les autres comment fonctionne l'esprit fasciste.

Alors il ne dit rien.

Symbole de tout ce qui a fait de Kentigern la Seconde Ville de l'Empire, l'usine de production d'orgone des industries-ki impériales explose, bombardée par les canons-ki du cuirassé et de sa flotte. Joey appuie sur la détente.

Le dilemme du prisonnier

Je chante:

« Nous danserons toute la nuit, les pieds nus, en extase! Nous rejetterons nos têtes en arrière et laisserons la pluie nous rafraîchir, comme des biches qui folâtrent dans les délices de la prairie et se cachent des humains dans les buissons des bois, heureuses d'avoir pu échapper, en franchissant d'un bond les filets tendus, à l'effrayante poursuite des chasseurs postés en embuscade ! Poussant l'hallali, le chasseur précipite la course des chiens, mais rapides comme l'éclair, le cœur battant, les membres douloureux, les biches filent dans la plaine, le long du fleuve ! »

Je marque une pause. Les portes s'ouvrent et le château engloutit la roulotte. Le macadam fait place aux dalles de pierre sous la grille de la première herse, encore suffisamment basse pour me permettre de frapper son métal froid au passage. Quand la suivante commence à se lever, la première redescend derrière nous. Il y en a sept en tout, chacune avec sa propre suite de gardes armés jusqu'aux dents, avec cuirasses et casques en synthe terne, anachroniques et délirants. Ici, rien ne brille comme l'acier, tout est gris mat. L'alliage de l'adamantium et du fer n'a aucun éclat et ne reflète rien. Après les couleurs de la ville, les soldats me font penser à des ombres sinistres. Mais c'est sans doute le but recherché.

Je suis pété de trouille, je ne peux pas le nier. Les défenses du Duc sont impressionnantes. Nous ne savons même pas où est coincée ma sœur, à quelle profondeur le rêve du Duc l'a entraînée. Je devine ce qu'il lui a dit, ce salaud, avec son décor médiéval, ses châteaux, ses chevaliers et toutes ces foutaises… Ben oui, ce pauvre petit orphelin élevé dans l'ombre s'imaginait que la réussite, c'était une quête grandiose avec un prix au bout pour le héros. Ouais, avec son air enflammé, ce Duc a su redonner à ma sœur une minuscule parcelle d'espoir.

En lui disant qu'un jour, il avait été un Jack.

« En quoi consiste la vraie sagesse ? » me souffle Jack.

Mais je pense à autre chose. Il y a un million de Jack, et il fallait que tu tombes sur le pire, Phree. Un million ? Un gazillion, ouais ! C'est d'ailleurs ce qu'il est, ce qui fait qu'il est Jack. Éparpillé partout dans cette saloperie de Vélum. Cinglé, cassé en mille morceaux, parce que les gens veulent toujours que leur Jack soit un héros et que merde, Jack est juste assez dingue pour vouloir leur faire ce plaisir, et donc, il se ramasse et se consume à chaque fois. Et putain, c'est pour ça que je l'aime.

« Quel est ce présent le plus beau… »

Allongé sur le dos, mon Jack tient devant ses yeux les pages de la pièce de Guy.

« Vas-y, cadet de l'espace. »

Je claque des doigts en tentant de me rappeler ma prochaine réplique :

« Quel est… quel est ce présent le plus beau que le paradis nous accorde, plus beau que nos armes victorieuses dressées au-dessus de nos ennemis, ceux que nous méprisons et dont la chute nous ravit ? Oui, c'est cela ! Rien de plus précieux que la noblesse !

— Dis-le d'un ton plus *amer* ! Plus *ironique* ! me crie Guy d'en bas. Rappelle-toi ! Tu as suivi Arlequin dans toutes ses pérégrinations depuis qu'il a quitté l'Orient, tout ça pour te retrouver prisonnier de Penthée… de Pierrot, je veux dire ! Depuis le début, tu es affable et souriant, mais là, tu commences à montrer les dents ! Tu lui balances son éthique guerrière à la tronche ! Tu dis OK, le plus fort a toujours raison, peut-être, mais Pierrot n'a pas la moindre foutue idée de ce à quoi il se frotte ! »

Je hoche la tête. Nous passons sous le portail.

Je me suis toujours dit que le Vélum était une sorte de page vierge sur laquelle on pouvait tout écrire. Mais qu'y écrivons-nous ? Des éternités de transactions, des pactes spirituels et des contrats sociaux, si nombreux qu'en certains endroits du Vélum, ces désirs griffonnés finissent par ressembler à un gros tas de ratures, comme l'empreinte démente des marques sur la poitrine de Jack ou les textes illisibles de Guy, fléchés, annotés, rayés et corrigés au point qu'ils en deviennent complètement indéchiffrables pour tout autre que lui. Les bitmites nous ont donné ce que nous voulions, certes, mais comme nous ne savons pas toujours ce que nous voulons…

« La puissance divine…, me souffle de nouveau Jack. Merde, je pensais que c'était *moi*, le méchant ! »

Je chante :

« La puissance divine se meut avec lenteur, mais inexorablement. Dissimulée derrière la marche du temps, elle pourchasse l'impie. Elle demande des comptes à ceux des mortels qui dans l'égarement de leur orgueil cultivent l'incrédulité et sous-estiment les dieux. Jamais nous ne devons concevoir ni mettre en œuvre rien de supérieur aux coutumes. Voici un peu de sagesse, offerte à prix d'ami, une loi de la nature sanctionnée par les mythes et l'histoire. La vérité, la seule, c'est : fais aux autres ce que les autres te font… »

« Ça me paraît un peu dur », dis-je.

Assis au bord du toit, je donne des coups de pied dans le vide :

« Je croyais que tu étais le gentil de la bande, Guy… Le mec bien élevé, avec de la compassion pour l'humanité apeurée, parce que c'est à ça qu'on reconnaît les mecs biens tu vois ce que je veux dire ? »

Il me fait signe du doigt, et je me laisse mollement tomber sur le banc du conducteur, entre lui et Don.

« Tu as entendu parler du dilemme du prisonnier ? me demande Guy. Imagine que tu es coincé dans une prison où tout le monde veut de la schnouf… ou du tabac, mettons. Qu'est-ce que tu fais ? Tu partages le tien avec tous ceux que tu croises en espérant t'en faire des alliés, ou tu le gardes pour toi et tu en voles aux autres si l'occasion se présente ? »

Je hausse les épaules, et je demande : « Qu'est-ce que je risque ?

— Considère ça comme un casse-tête sur l'altruisme et l'évolution. Prends une société qui pratique le libre arbitre mais se retrouve coincée dans un environnement aux ressources limitées. Les individus qui la composent peuvent donc choisir soit de coopérer soit de se faire concurrence entre eux. Autrement dit, soit de partager leurs provisions de "nourriture" soit de prendre tout ce qu'ils peuvent et de s'enfuir. Quelle est la meilleure tactique à long terme ? Celle du chacun pour soi jusqu'à ce qu'il ne reste plus personne ? Et quand on est gentil avec les inconnus, est-ce qu'on se fait systématiquement avoir ? »

La roulotte s'arrête devant la cinquième porte. Les gardes s'avancent pour jeter un coup d'œil rapide à notre équipement. Don saute par terre et leur explique en détail à quoi sert tout cet appareillage complexe. *Oh, ça, c'est seulement pour les effets sonores. Et ça, c'est un générateur de dioxyde de carbone.*

« Figure-toi qu'avant l'arrivée des bitmites, continue Guy, quelqu'un a lancé une simulation sur ce problème et a obtenu la réponse : si les sujets coopèrent avec tout le monde, c'est triste à dire, mais ce sont eux qui perdent face aux méchants. Et s'ils traitent tout le monde en rival, alors ? Ben ils sont perdants aussi parce qu'à la fin il ne reste plus personne pour se soucier d'eux. La stratégie gagnante, la vraie, est d'une simplicité lumineuse. »

La herse suivante amorce son ouverture, et Don remonte dans la roulotte.

« Quand tu rencontres quelqu'un pour la première fois, il suffit de te conduire avec cette personne comme s'est conduite avec toi la dernière personne que tu as rencontrée avant. Tu fais circuler, quoi. Partage ou vol, coopération ou compétition, tu passes à ton voisin », conclut Guy.

La roulotte redémarre.

« Je ne dis pas que la nature humaine est figée, bien au contraire. Je dis justement que ce fameux sens de l'honneur qui nous pousse au sacrifice de soi ou l'instinct de survie froid et calculé qui peut nous jeter à la gorge de nos congénères, que ces conduites ne sont pas gravées une bonne fois pour toutes en chacun de nous. En fait, on change tout le temps de stratégie. On change de comportement. On fait aux autres ce que les autres nous font. »

« Quel est ce présent le plus beau que le paradis nous accorde, plus beau que nos armes victorieuses dressées au-dessus de nos ennemis, ceux que nous méprisons et dont la chute nous ravit ? Oui, c'est cela ! Rien de plus précieux que la noblesse ! »

Assis autour des trônes vides, le consul et les courtisans ont l'air très mal à l'aise : comment doivent-ils se comporter maintenant que leur Duc et leur Princesse sont partis se joindre au spectacle ? Le consul repousse d'un geste un jeune serviteur, pose sa coupe et appelle une dame de compagnie, à qui il demande de s'assurer que tout va bien pour la Princesse. Merde ! Si cette fille s'approche d'eux, tout le plan risque de foirer, mais je n'ai aucun moyen de les avertir !

Je reprends mon chant, mais en y mettant plus de voix :

« Les hommes peuvent se dépasser les uns les autres en richesse ou en puissance, mais heureux celui qui échappe à la fureur de la mer et touche le port ! Heureux qui triomphe des épreuves ! Mais… »

Je saute de scène pour intercepter la dame de compagnie. Un sourire aux lèvres, je lui bloque la route, de mon air le plus doux et le plus innocent. Elle pique un fard quand je lui prends la main, et je l'attire dans la lumière du projecteur. Elle baisse les yeux, toute timide. Je me penche vers elle pour lui chuchoter un gentil mensonge à l'oreille et elle rougit encore plus. Je suis sûr que Joey ne m'en voudra pas si je raconte à la fille qu'il l'aime bien.

Je lui chante :

Innombrables sont les espérances ; les unes aboutissent à la richesse, les autres sont déçues.

« Innombrables sont les plans et les intrigues, car innombrables sont les esprits. Et pour tel rêve qui se termine sur le bonheur d'un homme, tel autre semble se défaire, comme une veste en cuir rapiécé portée trop longtemps et dont les coutures finissent par lâcher. »

Elle se libère en réprimant ses gloussements derrière sa main. Je n'ai pas le choix : je dois la laisser partir, car le consul m'observe avec méfiance. Mais, au moment où elle rejoint les coulisses, je vois Guy la repérer et sortir de scène à sa rencontre en secouant un mouchoir qu'il vient de sortir de sa manche. Ah oui, le chloroforme ! Ouf, putain. Elle aurait pu vendre la mèche !

Je poursuis :

« Alors le mieux, c'est de vivre au jour le jour ! Celui dont l'existence s'écoule ainsi, je le déclare heureux ! »

Un petit dieu-souris

Joey pousse contre la surface noire de l'attitude. La pose, le grand sourire, l'œil qui frise, tout ce réseau de petits signes et indices forment une coquille, une formule de Jack, mais en fait ce n'est qu'une image, c'est la façon dont se voit ce Jack, la façon dont il veut qu'on le voie. Donc, avant que ce pauvre connard ne rende l'âme, Joey va le dépiauter, lui ôter un par un ses mensonges et ses illusions. Il va prouver à ce taré qu'il n'est qu'un coureur de plus dans la course au sommet, poussé par les mêmes besoins, la même cupidité pathétique que tous ses collègues.

J'emmerde ton charisme, pense Joey. *Tu n'as rien de plus que nous autres.*

Il force les pensées de ce salaud comme on compresse un œil avec un pouce, lentement, de plus en plus fort.

« *Des créatures rôdent là-dehors, des monstres en liberté qu'on n'aimerait pas croiser pendant les nuits obscures comme celle que nous vivons… Le Trou flambe, les pilleurs se déchaînent dans l'Arcade, une chasse sauvage cavale dans les cieux au-dessus du Taudis… Vous pouvez me croire, les amis, c'est ce que je vois à l'heure où je vous parle. Ça va mal. Je ne pense pas avoir vu autant d'ornithos depuis le massacre de Brixton, et si vous voulez mon avis, ce soir, ils ne feront pas de quartier. Enfermez vos filles, amigos, enfermez vos fils, gardez-les bien à l'abri chez vous, parce que dehors c'est l'enfer sur terre et je ne vois aucun signe de notre champion, aucun signe de Jack. Jack, si tu es là, c'est le moment d'avancer tes pions…* »

Un grand sourire s'étale lentement sur le visage de Jack, un rictus impénétrable, ironique ou douloureux, furieux ou joyeux, ou alors c'est autre chose, un truc complètement différent. Les trous noirs de ses pupilles se dilatent, et en plongeant son regard dans l'âme de ce salaud, Joey sent… il sent… c'est indescriptible… Pris d'un vertige soudain comme au sommet d'un gratte-ciel, étourdi, il chancelle, il recule en titubant. Pour la première fois de sa vie, Joey sait qu'il contemple une chose plus vaste que la machinerie animale superficielle de la nature humaine. Pas une chose plus profonde — Jack n'a jamais été très profond — mais plus vaste.

Putain, c'est impossible!

« *Nous prions pour toi, Jack. Et à mon avis, il y a aussi des types qui t'adressent leurs prières, parce que tu le sais, nous éprouvons tous un profond respect pour toi!* »

La volonté de Joey est un rasoir tranchant dans sa main. Il en cingle l'air pour entailler la fine peau recouvrant l'âme de ce connard. Il va dépecer cet enfoiré et…

« *Jack, tu es le mec que nous attendions, le joueur de flûte que les gamins et les rats adorent, tu es notre Dionysos d'aujourd'hui, notre nouveau…* »

C'est creux, putain! Joey lâche le visage de l'homme dont le corps brisé s'affaisse. Sa poitrine se soulève encore péniblement: Jack veut respirer, il veut… rire! Il roule sur le dos. Le sang qui s'écoule de sa bouche est une poussière liquide grouillante, une encre noire, une huile noire, un sang noir de bitmites.

C'est impossible.

« *Et d'abord, où est passé Apollon? Vous voyez de qui je parle? Cette divinité de l'Olympe qui a commencé sa carrière comme petit dieu-souris dans les champs de blé de l'Attique? Un nul! Un moins-que-rien! Pas un héros, un zéro absolu!* »

Pierrot pantomime

Jack revient sur scène en dansant :

« Hey, Pierrot ! Toi qui es si pressé de voir ce qu'on ne doit pas voir, d'épier ta mère et sa troupe, et de nous prouver ta passion pour l'audace en portant des habits extravagants… Sors devant le palais ! Montre-toi en folle vêtue d'une robe de jeune fille ! »

Pierrot arrive à son tour. Il porte les habits d'amazone de la princesse Anesthésia, la longue jupe verte qui descend jusqu'au sol, la tunique boutonnée jusqu'au menton, la toque.

« Oui, tu ressembles tout à fait à une des filles du vénérable Pantalon ! s'écrie Arlequin.

— Et toi, tu es un taureau qui marche devant moi ! s'étonne Pierrot. Deux cornes ont poussé sur ta tête ! Tu étais donc une bête sauvage ? C'est étrange, je crois voir deux Soleils et deux Thèmes, deux Villes aux Sept Portes ! Tout a changé ! »

Quand il se frotte les yeux, le crayon gras le macule comme du mascara bas de gamme :

« Te voilà transformé en taureau !

— C'est parce que, désormais, le Dieu t'accompagne. Jusqu'alors, il te haïssait, mais maintenant, c'est ton pote ! »

Courtois et affable jusqu'au bout des ongles, Jack glisse un bras autour de la taille de Pierrot et l'attire au centre de la scène :

« Tu vois les choses différemment désormais. Tu vois les choses comme elles sont. »

« De quoi j'ai l'air ? » demande Pierrot.

Dans la scène précédente, Joey mimait la stupeur, mais le Pierrot qu'il interprète à présent est complètement fou. Il fait la moue, prend un petit air satisfait :

« N'ai-je pas autant d'allure que n'importe quelle femme… voire que Colombine, ma mère ? »

Il tortille entre ses doigts une mèche de cheveux qui lui est retombée sur le visage.

« Je crois la voir elle-même en te voyant ! Mais voici que tes cheveux ne sont plus à leur place ! Laisse-moi les remettre sous la toque ! »

Timide comme une écolière, Pierrot répond d'un air embarrassé :

« C'est dans mes appartements, en les agitant et en secouant ma tête en tous sens tellement j'étais gai, qu'ils se sont défaits. »

Il glousse.

« Je vais m'en occuper », lui propose Arlequin.

Jack écarte la main de Pierrot d'une petite tape et s'empare des mèches de cheveux rebelles :

« Lève la tête !

— Ça y est ? dit Joey. Je suis à ta merci ici, tu sais. »

Jack émet des petits bruits désapprobateurs en tournant autour de lui comme une maman poule — ou comme ma mère l'Oye, peut-être, si l'on considère le spectacle de pantomime que nous offre Joey, tout tartiné de fard rouge et de rouge à lèvres. Il parle beaucoup dans cette scène, et il le doit à Guy, mais derrière ces gloussements et ces battements de cils, je suis prêt à parier qu'il n'est pas très à l'aise.

« Ta ceinture est défaite », constate Jack.

Il exerce dessus une légère traction qui déclenche un petit mécanisme sous la robe, puis s'agenouille pour rectifier l'ourlet :

« Ta robe ne tombe pas bien… »

Au moment où il se penche, le public aperçoit une protubérance obscène qui gigote entre les jambes de Joey. La fausse érection remue chaque fois que Jack tire sur l'ourlet de la jupe. Cette petite blague cochonne fait hurler de rire le public.

« Oui, tu as raison, dit Joey. Ça ne va pas du tout du côté droit, dit-il en le désignant de la main gauche, mais le côté gauche est parfait », et il le montre de la main droite.

Perplexe, l'air de se demander laquelle est laquelle, il contemple ses mains croisées, puis lève la main gauche :

« Celle-là, c'est la droite.

— Prends-la », lui dit Jack.

Qui plonge la tête sous la robe.

« Euh… De la main droite ou de la main gauche ? s'inquiète Pierrot, les yeux baissés. Quelle main convient le mieux pour avoir l'air d'appartenir à cette troupe de femmes ? »

Quand il se penche pour empoigner la protubérance, elle part d'un côté. Il tend l'autre main, mais la bosse lui échappe à nouveau, pour le plus grand bonheur de l'assemblée. De droite à gauche et de gauche à droite, chaque fois que Joey veut l'attraper, la chose se dérobe. Il pose les mains sur ses hanches et fronce les sourcils, comme si les rires du public n'arrivaient pas jusqu'à lui.

Soudain, à la grande surprise de Pierrot, la protubérance disparaît avec un bruit sec, et Jack émerge de sous la robe. Il brandit comme un trophée une deuxième flûte, qu'il fait tournoyer un peu avant de la présenter à Joey.

« Tiens-la dans la main droite, et en marchant, lève-la en même temps que ton pied droit, comme ceci. »

Il lui fait une démonstration. Au rythme d'un tambour qu'il est le seul à entendre, il sautille de-ci de-là, et tout le public se tord de rire en regardant le pauvre Pierrot tenter d'imiter son guide. Joey a toujours été un danseur effroyable.

« Je te félicite d'avoir changé d'attitude, lui dit Jack. Tu avais l'esprit malade, mais il est maintenant exactement comme il doit être ! »

Pierrot se rengorge, tout fier :

« J'ai l'impression de pouvoir soulever une montagne, jeunes filles et tout le reste compris !

— Tu le pourrais, si tu le voulais. La question, c'est de savoir si tu le dois », réplique Jack

Pierrot entoure de ses bras un rocher en polystyrène :

« Faut-il emporter des leviers ? Ou n'aurai-je qu'à placer mes épaules sous la roche et la lever à mains nues ?

— Non, ne va pas renverser les sanctuaires des nymphes et les retraites de Pan, où il fait résonner sa flûte !

— Tu as raison : ce n'est pas par la force qu'il faut vaincre les femmes. Elles sont déjà prises dans les doux collets de l'amour. D'abord, je m'approcherai discrètement, puis depuis le couvert, je les espionnerai comme si j'étais un oiseau nicheur. Je me cacherai au milieu des sapins.

— Oui, tu seras invisible dans la cachette que te réserve le destin, j'en suis persuadé. Et c'est précisément pour cette raison que tu dois te montrer prudent, d'ailleurs. Tu les prendras peut-être, à moins qu'elles ne te prennent en premier. »

Un battement de tambour s'élève, juste assez fort pour étouffer tout bruit de conversation en coulisse.

« Mais, contrairement à ce que tu crois, tu finiras par comprendre que ces jeunes filles sont exemplaires, et que je suis ton seul véritable ami. Oh ! Pierrot, tu es seul à t'exposer pour cette cité, oui, seul. Il y a des luttes qui t'attendent, le prix du pouvoir et du trône.

— Alors, conduis-moi au cœur de Thèmes », lui dit Pierrot.

Puis, gonflant la poitrine :

« Je veux que chacun sache que je suis le seul, le seul parmi eux tous, qui ait les couilles de faire ce qui doit être fait. »

Bras croisés sur ses faux seins, il attend.

« Très bien, suis-moi, lui dit Jack. Je t'accompagnerai et veillerai sur toi, mais un autre te ramènera. Et, oui — il prend un petit air supérieur —, tout le monde va être épaté, tu peux en être sûr ! »

Le ton de ces derniers mots devrait déclencher la sonnette d'alarme.

« Oui, tu reviendras porté dans les bras de ta mère, ajoute Jack.

— C'est pour cela que j'y vais, dit Pierrot. Pour ramener ma mère à la maison, pas pour la gloire, je veux dire ! Mais… ma mère qui me porte ? Quel délice ! Tu me gâtes !

— Si tu veux voir les choses de cette façon, mais — Jack prend Pierrot par la main — oui, un délice bien mérité, pour la tâche que tu entreprends à présent. »

Exit Arlequin ; et, comme une vache, Pierrot le suit vers l'abattoir.

No future

Il n'y a aucun espoir dans cet homme, aucune foi, aucun rêve. Joey regarde dans son âme et ce qu'il voit c'est… rien.

Mais ce rien, il le reconnaît. Il le reconnaît parce qu'il a grandi dans le Taudis, parce qu'il a traîné dans ses rues avec la bande des rasoirs, parce qu'il fumait de l'herbe assis sur des murs en attendant que les futuristes et les fascistes se balancent leurs bombes nucléaires à la tronche, parce qu'il écoutait Don Coyote à la radio ; Don Coyote, il programmait « Anarchy in the UK » dans son émission, la seule valable dans un éther désormais saturé de merde. Qu'est-ce qu'il y avait d'autre à faire, de toute façon ? Parce que le punk, cette saloperie de mouvement punk, avait refourgué tout son stock aux mecs en Doc Martens avec leurs crânes rasés et leur Union Jack.

Bref, c'est ce rien qui prend racine en vous le jour où vous comprenez que même le nihilisme ne rime à rien. *No future* ? Et alors ? Putain, et al…

« *Qu'est-ce qui fait qu'une souris devient un homme ? Qu'est-ce qui fait qu'un homme devient un mythe ? Vous voulez le savoir ? Je vais vous le dire ! Au cœur des mythes, il n'y a rien, sauf ce que nous, nous y lisons ! Les mythes sont dépourvus de signification secrète, ils ne recèlent aucune vérité première, mes amis ! Ce que vous voyez quand vous examinez un mythe, c'est vous ! Et si les mythes sont les reflets de vos rêves et de vos peurs, si notre gars Jack est un petit peu cinglé, c'est peut-être qu'en fait, nous le sommes tous aussi un peu, mes amis ! Vous, moi, tout le monde !* »

C'est ce rien qui a poussé Joey à s'intéresser à Guy Fox, plus pour ses contacts lui permettant de dégoter de l'acide de première que pour cette révolution de merde. Et ce fameux rien croissait en Joey pendant que Jack se prenait de plus en plus au jeu des conneries de Fox, pendant qu'il se faisait un nom en lâchant des blocs de ciment sur les airvoitures de la milice et des cocktails Molotov dans les vitres des paniers à salade. À chaque saloperie d'émeute, il était là, de moins en moins Jack, de plus en plus Jack Flash, icône nouvelle génération aux cheveux de feu. La rébellion était devenue sa religion, avait pensé Joey. Son ami avait perdu cette absence de foi à laquelle lui s'accrochait comme à un joyau, un diamant froid, limpide, anguleux. Oui, c'est ça ! Jack avait adhéré au mensonge, Joey en était intimement persuadé.

Maintenant qu'il voit le rien au cœur de ce Jack-ci, il comprend soudain qu'il avait tort. Car le nihilisme qu'il aperçoit en Jack est aussi vide et noir que son propre cœur, voire même davantage.

L'enfoiré qui gît là se meurt en rigolant. La réponse au *Putain ! Qu'est-ce que j'en ai à foutre ?* de Joey brille dans ses yeux, sur ses dents qui restent éclatantes de blancheur alors que de sa bouche dégouline ce sang noir :

Bonne question, hein ?

Sur le pont, Jack frappe le macadam de la paume, puis tend le bras et ramasse le Zippo ; même maintenant il veut jouer au héros je-m'en-foustiste. Allumer une tige alors que vos poumons ne peuvent plus aspirer la fumée ? Quelle bonne blague ! Ses yeux s'ouvrent et se ferment sans arrêt. On dirait un chien qui veut rester éveillé.

« *Je vous le dis, amigos, on ne peut pas arrêter les enfants de la révolution. On ne peut pas arrêter l'esprit de la rébellion. On peut lui tirer dessus, le transpercer d'un coup de baïonnette, le laisser pour mort et l'enterrer dans un charnier au milieu des cadavres en putréfaction d'un millier de rêveurs, mais il reviendra toujours. Pas besoin d'une ville de martyrs, amigos ; un seul Jack suffit.* »

Le sang, l'encre, le pétrole, les bitmites… *Les bitmites ? Mais putain, c'est quoi, les bitmites ?* — le truc noir se répand autour de l'homme brisé — *Y'en a trop, c'est pas normal !* Ça ne forme pas des flaques, ça dégouline en ruisselets minuscules qui s'écartent de lui comme le dessin d'un impact sur un pare-brise craquelé. Comme une toile d'araignée. Sous les pieds de Joey, les pavés s'affolent, maintenant.

Il recule, le flingue levé, mais il sait qu'il ne vise plus rien.

« *Vous pensez pouvoir piéger votre âme sous une dizaine d'années de peur et de cupidité ? Vingt ans, un siècle ? Essayer un millénaire, amigos, essayez la totalité de l'histoire humaine ! Vous la retrouverez toujours sous les fondations de l'Empire, la musique rugissante du fleuve de sang qui pulse dans vos veines et cogne dans votre tête !* »

Comme au seuil de l'abysse, son esprit s'ouvre complètement. Un barrage antiaérien entre en action quelque part dans le Taudis, mais pour Joey, ce n'est qu'un effet sonore à bas volume. Lointain, irréel.

« *Continuez à rêver, petits tyrans insignifiants ! Laissez-moi vous raconter une anecdote sur Penthée, roi des larmes, qui voulut un jour piéger le dieu du vin et du chant…* »

Jack rabat en arrière un pan de son long manteau et Joey pointe d'une main tremblante son pistolet vers ce cœur vide sous la chemise écarlate avec, en travers, le holster de son pistolet-ki et…

Un bâton de dynamite saturée à l'orgone est enfoncé dans l'étui… Et merde ! Jack vient d'ouvrir le poing, il tient un Zippo argenté, il l'ouvre d'un petit coup de pouce et il l'allume, putain de bordel de merde ! Les yeux clos, Jack enflamme la mèche contre son cœur silencieux, puis ouvre les bras.

L'explosion met leur univers en pièces.

Que vienne la justice

Et Jack réapparaît sur le toit de la roulotte, dieu cornu et dansant. Le bois résonne sous ses sabots, et tous les projecteurs se braquent sur lui.

« Ta route est bien étrange, Pierrot ! s'exclame-t-il. Elle te mène à des événements si terribles et bizarres que tu y gagneras une gloire qui touchera le ciel ! Tends tes mains, Colombine ! Et vous, ses sœurs, filles du vieux Pantalon, levez les vôtres vers le ciel, le soleil et la lune ! »

Grâce aux astuces de Coyote, d'innombrables constellations s'éparpillent alors au plafond et Jack lance une main en l'air comme pour en ramasser une poignée et les semer autour de lui. Presque en diagonale, un pied lancé en arrière pour conserver son équilibre, il transforme son geste en torsion, en une espèce de vrille biaisée, un pas de claquettes, je crois, ou un truc cosaque... Le tambour marque le rythme, Jack virevolte, et les constellations se mettent à tourner au plafond, lentement d'abord, puis de plus en plus vite. Les disques d'or et d'argent du soleil et de la lune paradent, étincelants, au même rythme que Jack et le tambour. Les symboles cycliques des jours, des mois, des saisons, des années et des éons font leur révolution. J'ai l'impression de voir en action la roue du temps, du destin.

Soudain, Jack s'arrête pile, et les étoiles aussi.

« J'amène ce jeune idiot à un grand combat, mais le vainqueur, ce sera Arlequin, ce sera moi. Je ne vous en dis pas plus, car vous verrez le reste en temps voulu. »

Je chante :

« Allez, chiennes véloces de la folie aboyant dans la nuit ! Courez jusqu'aux collines où Colombine et toutes les filles du vieux Pantalon prennent part aux mystères et aux rites, et hurlez à la lune ! »

Des lumières arrivent derrière la roulotte. Don a fait redescendre l'écran, et des ombres le traversent vivement, des formes trop rapides pour être appréhendées, la suggestion d'un bras, d'une tête, d'une épée qui tournoie, d'une aile déployée… Une forme humaine couronnée d'andouillers, un rupteur dressé, le coup de patte d'un lion…

Je chante :

« Excitez les jeunes filles pour déchaîner leur rage ! »

Les ombres passent avec légèreté sur l'écran, une silhouette aux cornes bovines sort côté jardin, trois créatures aux têtes bestiales s'agitent et dansent…

« Oui, que Colombine soit la première à voir Pierrot, son fils, habillé en femme, vêtu comme une salope pour les épier, elles et les autres, les reluquer derrière un rocher ou à travers un arbre fendu par la foudre ! L'appel de Colombine soulèvera les jeunes filles ! »

Une ombre se braque, accusatrice. Amplifiée et modulée par les effets sonores de Coyote, la voix de Phreedom ébranle la salle :

« Quel est ce fils de Pantalon venu en courant nous espionner dans les collines, ma meute ? Quel être l'a donc enfanté ? »

Je l'entends aussi chuchoter :

« *Tu n'es pas mon Jack.* »

Les ombres tourbillonnent et se fondent les unes dans les autres, puis se résorbent soudain. Enchaîné bras écartés, un homme en robe de femme se débat, se balance violemment. Les êtres cornus et ailés qui l'ont capturé l'ont soigneusement attaché. Le chaos sous la fine peau de toute chose, c'est ainsi que Guy surnomme cette scène. Les créatures du ça de Pierrot. Les créatures de la nuit.

Je chante :

« Que vienne la justice ! Qu'elle se manifeste armée de son glaive, qu'elle le plante dans la gorge de cet enfant sans foi ni loi, fils d'Achée, enfant de la poussière ! »

La créature piégée derrière l'écran pousse un cri assourdi. Elle se débat, tire sur ses chaînes, envoie des coups de poing dans le vide… Guy et Don semblent avoir un peu de mal à la contenir.

« Il n'est pas né du sang d'une femme ! Quelque lionne gargantuesque l'aura craché, sans doute ! Le cœur mauvais et la rage sacrilège, possédé par un désir effréné, une résolution insensée, il vient assister aux jeux sacrés de sa mère et défie l'esprit de la meute ! Il croit venir à bout de ta force indomptable avec ses petits bras ! »

Une puissance aussi indomptable que Jack.

Je reprends :

« Que vienne la justice ! Qu'elle se manifeste armée de son glaive, qu'elle le plante dans la gorge de cet enfant sans foi ni loi, enfant de… »

La poussière que Jack soulève en atterrissant sur les dalles me fait éternuer. Il vient de sauter à bas de la roulotte.

« *Gesundheit.*

— *Dankeschön !* »

Nous examinons les alentours. Il n'existe que deux façons de quitter cette cour carrée oppressante : soit par le pont-levis de la septième herse qui se referme maintenant derrière nous sur la lumière du jour, soit par en haut : de chaque côté de la herse, le mur est chargé de chaînes et de rails qui semblent s'élever à l'infini, éclairés par des flambeaux aussi loin que porte ma vue. C'est un terminus vertical de funiculaires aux wagons-cages d'acier couronnés d'engrenages et de rouages évoquant les téléphériques mécaniques. Certains wagons ne sont pas plus grands que des ascenseurs, d'autres peuvent transporter des charrettes ou des cargaisons plus volumineuses. Les contrepoids sont gros comme des petites maisons, et j'aperçois toutes sortes de plates-formes de chargement, des rampes, des grues…

Des soldats surgissent autour de nous, et l'un des gardes nous indique une cage de taille moyenne avec un hochement de tête menaçant. Aux commandes de la roulotte, Guy dépasse le soldat qui lui donne des indications par gestes : *Par ici, avancez encore un peu !* Puis Jack et moi entrons à notre tour dans la cage, une douzaine de soldats armés sur les talons. Une véritable petite escorte flanque notre roulotte.

La porte grillagée se ferme avec vacarme, et les rouages de notre cage se mettent en action en grinçant. Bruits assourdissants et cris perçants du métal… La cage s'élève en vibrant.

Le nez appuyé entre les barreaux, Jack lève d'abord les yeux vers le sommet invisible de cet axe grandiose, puis contemple le sol qui s'éloigne de nous, comme frappé d'une admiration craintive pour les artifices inouïs de l'éternité. Je m'assieds sur le marchepied à côté de Joey, qui survole le texte de Guy, sourcils froncés. Il secoue la tête et marmonne qu'on s'épargnerait peut-être beaucoup de souffrances si on s'en tenait à des sujets simples, pour changer, par exemple la nature humaine… Sans doute aimerait-il que Fox laisse de temps en temps les grandes idées aux autres, et je crois que je le comprends un peu, me dis-je. Et pendant ce temps-là, nous nous élevons toujours lentement, en grinçant, vers le grandiose château du Duc.

Personnellement, j'aime mieux vivre au jour le jour, et à la nuit la nuit, en cherchant la vérité non dans l'éternité mais dans les minutes et les heures. Merde, c'est quand même plus marrant que de vivre à tout jamais dans une tour d'ivoire, non ?

Je ramasse une peluche sur l'épaule de Joey et je la chasse d'une chiquenaude.

« Tu veux bien me donner un coup de main pour mes répliques ? » lui dis-je.

Il exprime son accord d'un haussement d'épaules.

En fait, ce que Joey ne comprend pas, c'est que gueuler *J'emmerde toutes ces lois minables*, c'est se montrer bien plus respectueux du divin, si j'ai bien compris la pensée de M. Reynard. Je crois que Joey, notre éternel nihiliste, est en réalité le seul véritable idéaliste parmi nous.

Je lui tends mon exemplaire du texte en lui montrant où j'en suis, et il s'adosse à la roulotte.

Je chante :

« À présent, Arlequin, offre-nous ton sourire moqueur ! Montre-nous tes cent têtes, tes cornes de taureau, tes cheveux en serpents, les flammes de ton souffle de lion ! Viens ! Place ton collet mortel pour celui qui chasse ta meute, lorsqu'il s'abattra sur les jeunes filles rassemblées dans les collines ! »

Jack se retourne et nous lance un grand sourire, à Joey et moi. La cage s'élève en roulant sur le grand axe. C'est Jack le Tueur de géants qui escalade sa tige de haricot mécanique pour tuer le tyran dans les nuages et sauver la Princesse, me dis-je. Bon sang, ce Duc dans son château de sable géant construit pour s'attirer un bon coup de pied n'est peut-être qu'un autre Jack, un bout de Jack, un de ses rêves d'« un jour peut-être » balancé dans l'Hinver…

Mais putain, je l'aime quand même.

Et merde. Si ça se trouve, mec, nous sommes tous des rêves de Jack.

Pierrot est mort

« Ô demeure de Satan, jadis la plus florissante de l'Enfer ! »

Une main surgit à gauche et se plaque sur un pilier en y laissant des traînées sanglantes. Guy Fox s'avance en titubant, couvert d'éclaboussures cramoisies dans son costume de berger, le visage et les mains dans le même état.

« Demeure du vénérable prince qui a semé dans la terre les graines du serpent, demeure des hommes nés dans les champs ! »

Il sanglote, m'agrippe le bras, se penche pour me chuchoter que ça y est, c'est fait. Je hoche la tête. Guy se retourne en mimant exagérément la terreur :

« Je ne suis qu'un esclave, et pourtant… le cœur d'un esclave fidèle se brise sur la tombe de son maître ! »

Je chante :

« Qu'y a-t-il ? Des nouvelles de la meute ?

— Pierrot n'est plus, le fils d'Achée ! »

Je chante :

« Mon roi, mon Arlequin ! — mon Jack, me dis-je. Enfin tu te révèles dans toute ta puissance !

— Que dis-tu, femme ? hoquette Guy. Tu te *réjouis* des souffrances de mon pauvre maître ?

— Quoi ? Je chante donc dans une langue étrangère ? Pierrot est mort ? Tant mieux ! Je ne crains plus ses chaînes !

— Crois-tu donc Thèmes si dépourvue d'hommes que… »

Je l'interromps :

« Je suis une étrangère en ce pays ! Arlequin est mon maître, oui, Arlequin, pas Thèmes…

— Se réjouir de son meurtre est une félonie, et celle-ci entre toutes ne te sera pas pardonnée ! »

Je renifle, moqueur :

« Parle ! Dis-moi de quelle mort a péri ce comploteur scélérat ! »

Élixir et le Basilic ont laissé derrière eux les fermes du pays de Thèmes. Après avoir traversé en pataugeant la rivière des Sophistes, ils se lancent dans l'escalade des hauteurs de Cithare, précédés par l'étranger qui les guide d'un pas énergique en leur lançant de temps à autre un regard brillant et en dévoilant ses dents luisantes. Basileus ou Bacchus, Élixir ne sait pas lequel des deux il doit craindre le plus, et pour quelle raison exacte il est là, mais il n'a pas son mot à dire dans cette affaire, de toute façon. Donc, tout comme le Basilic suit l'étranger, Élixir se traîne derrière le Basilic…

Le basileus, se dit-il. Dieux du ciel, n'oublie pas d'utiliser le terme correct, sinon le basileus — *ce bâtard de basileus basilic* — le fera fouetter quand ils seront de retour en ville. Il ne serait pas le premier à qui cela arrive. Sa Misère n'est pas vraiment connue pour sa miséricorde.

Ils suivent l'eau clapotante d'un ruisseau dans le renfoncement d'une paroi rocheuse. Élixir écoute le bruit de leurs pas légers sur le lit d'aiguilles. Ils choisissent avec précaution leur chemin sous les pins. Élixir retient son souffle, qu'il ne relâche que discrètement. Ils s'arrêtent à l'ombre d'un arbrisseau et s'accroupissent pour observer sans être vus ce qui se déroule dans une clairière herbeuse.

Les jeunes filles sont assises, les mains occupées à de joyeux travaux. Les unes, celles dont le thyrse a perdu son lierre, lui rendent sa verte couronne de feuillage. Les autres se répondent par hymnes interposés, au grand ravissement de la meute. Elles sont insouciantes comme de jeunes pur-sang dételés du joug d'un char sculpté, se dit Élixir.

L'étranger sourit à cette vue. Élixir ressent une joie fugitive qui le rend un peu nerveux, et le Basilic lance des regards furieux à ces femmes.

« Étranger, de l'endroit où nous sommes, je ne vois pas la meute. En montant sur une hauteur ou sur un sapin qui porte haut la tête, j'apercevrai peut-être la conduite honteuse de ces femmes. »

Élixir voit alors l'étranger accomplir un miracle. Il déracine un sarment puis en cingle l'air comme avec un fouet. Le sarment s'enroule autour de la cime fendue d'un arbre mort, et l'étranger l'abaisse, cet arbre mort, il l'abaisse jusqu'au sol poussiéreux. Dépouillé de ses aiguilles, de son écorce et de ses branches, ce n'est qu'un tronc déguenillé, mais cet homme le ploie comme Accordéon bande son arc, sans à-coup, facilement, ou comme le vieux philosophe Erepsine trace lentement la courbe d'une roue avec un bâton dans le sable.

Ainsi, l'étranger, de ses deux mains, amène à lui et incline jusqu'à terre l'arbre qui ne se rompt pas, accomplissant là un acte surhumain. Puis il demande au Basilic de se tenir aux branches les plus hautes et laisse l'arbre se redresser dans le ciel. Il lâche si doucement le sarment, avec tant de précautions, que le maître d'Élixir ne subit aucune secousse risquant de le désarçonner. L'arbre s'élève comme un drapeau au-dessus d'un champ de bataille, ou comme un dispositif de cordes et de poulies conçu pour permettre à un dieu, au point culminant d'un spectacle, d'apparaître sur scène dans les cieux.

Le Basilic une fois sur son perchoir, son trône céleste, les jeunes filles peuvent le voir bien mieux qu'il ne les voit. Malheur ! Dès qu'elles l'apercevront… Élixir se retourne pour exprimer ses craintes à l'étranger, mais ce dernier a disparu ! Élixir ressent à présent la terreur d'un rêveur qui ne contrôle plus son rêve. Et du ciel tombe une voix, celle de Dionysos, sans aucun doute. Le grondement du tonnerre, un roulement de tambour :

« Jeunes filles, je vous amène l'homme qui se rit de nous et de nos rites mystiques ! »

Entre les nuages, un rayon de soleil tombe sur l'arbre, pilier ardent dressé entre le ciel et la terre.

« Vengez-vous de lui ! » dit la lumière.

Don défait un nœud d'une saccade. Des sacs de sable s'écroulent et derrière la roulotte s'élève alors la victime en robe d'amazone. Ligotée comme un Christ pédé sur sa croix, le visage caché sous la capuche. Imprégnée du sang qui coule toujours des blessures, la jupe verte volette quand l'homme se débat. Malgré le bâillon, je l'entends hurler. Ses bras sont repliés vers l'arrière sur la barre transversale d'un rupteur, et son corsage ouvert dévoile une poitrine ensanglantée couverte de cicatrices. Il se dresse comme un chevalier empalé sur une pique, comme la bannière impie d'une guerre impie. Accroupi sur le toit de la roulotte, Jack hulule de bonheur.

Je regarde les spectateurs, leurs visages où se confondent peur et excitation. Les serfs et les courtisans qui savent se tenir n'ont sans doute toujours pas compris ce qui vient de se produire. Ils pensent peut-être encore assister à un spectacle, à un vulgaire tour de chant. Mais quelque part dans leurs rêves, ils espéraient la voir, cette scène, et ils espéreront la voir aussi longtemps qu'ils vivront dans ces Havres bâtis sur la peur. Le Vélum est une harmonie des contraires, des tensions opposées, le bien contre le mal, l'ordre contre le chaos, et la Troupe d'Reynard... eh bien, nous avons un rôle à y jouer. Aussi longtemps qu'il y aura des ducs de l'Enfer, il y aura les gens comme nous, des filous, des rebelles, des ivrognes, des junkies, des voleurs et des putes, et un seul vrai roi, un roi libre car masqué, mon valet de cœur, ce coquin de Jack.

« C'est la mise à mort rituelle de la raison », nous explique Guy.

Nous entrons en roulotte dans la salle où les seigneurs et les dames de ce coin d'éternité sont en train de rassembler les serfs, les courtisans, tous dominés par le chagrin de leurs existences perdues et piégés dans ce fantasme du pouvoir de la raison sur le péché. Joey grommelle que nous ne gagnerons jamais, Don se montre bourru et sceptique — peut-on vraiment se fier à Jack ? Guy s'inquiète de chaque réplique, de chaque scène, de chaque acte, et sans quitter Jack des yeux, je râle parce que j'ai la peau douce. Jack, lui, se contente de nous lancer, avec un large sourire :

« Que le spectacle commence ! »

Et le voici qui danse dans le rôle d'Arlequin ou de Dionysos, dieu de la tragédie et de la comédie, des épopées et des romances. Avec Guy et Joey à mes côtés, je le regarde virevolter, bras écartés.

« Vengez-vous de lui ! » rugit Jack en tournoyant vers le Duc qu'il désigne du doigt, vers notre Pierrot suppléant, vers la tête qui gouverne ce corps politique de rêveurs, vers cet homme dressé sur sa croix comme le chef de... comme un Macbeth planté sur sa pique. Nous leur donnerons des héros, si c'est vraiment ce qu'ils veulent !

Il ne s'agit pas seulement d'une princesse à sauver. Là, c'est une putain de révolution de la psyché.

Errata

Quelque chose qui ressemble à la vérité

« Non, dit Reynard, ça ne marchera pas.

— Faites-le.

— Monsieur Carter, il est probable que… »

Reynard jette un coup d'œil à l'Irlandais en espérant son soutien, mais l'homme dans le fauteuil a perdu connaissance. Des bouteilles de vin vides roulent à ses pieds. Pour Finnan, cette année, chaque mois a été plus dur à vivre que le précédent. Même quand il est ivre, ses visions deviennent de plus en plus difficiles à supporter, et Reynard peut difficilement lui reprocher ses beuveries. Un million de travailleurs polonais s'engouffrant dans des trains sous la menace des fusils allemands pour rejoindre des civils tchèques, puis obligés de travailler jusqu'à la mort, Copenhague et Oslo prises par les forces d'Hitler, les bombes destinées aux ponts de Rotterdam qui tombent sur le centre-ville, les troupes britanniques évacuées de Norvège, les Allemands qui défilent dans Bruxelles et Anvers, les Britanniques se retirant de Boulogne et Calais…

Et Dunkerque.

Dans une semaine, les nazis vont entrer dans Paris. Ils ont une semaine pour les arrêter, une semaine pour découvrir *le* moment décisif qui leur permettra de réécrire l'histoire s'ils le modifient. Mais Finnan est une épave et les deux autres…

Depuis quatre mois, Reynard et Carter dorment à peine ; depuis quatre mois, ils travaillent vingt-quatre heures sur vingt-quatre à retranscrire les divagations démentes de l'Irlandais, tous ses « peut-être » et ses « si seulement ». Ils ont tapissé les murs de chronologies, de glossaires et d'index aux marges chargées de modifications potentielles. Il y a partout des brouillons réécrits plusieurs fois sur du papier normal avec une encre normale, des feuilles couvertes de ratures, transpercées par la plume, froissées puis jetées par terre sous l'impulsion du désespoir. Dans l'atelier de Reynard, le sol est jonché de brouillons rédigés dans la langue de ce fou, des brouillons aussi nombreux que les pages d'un roman. *Mon Dieu…* Ils ont voulu cartographier non seulement l'histoire de leur monde mais aussi ses permutations et, malgré tous leurs efforts, ils n'ont toujours pas trouvé la réponse.

Reynard ramasse la bouteille d'encre, ce fluide noir tourbillonnant que l'Anglais a sorti de Dieu sait où… Non, en fait, Reynard ne le sait que trop bien. Il a aperçu les coupures sur la poitrine de Carter. Mais… une créature au sang noir ? Comment est-ce possible ? Mieux vaut ne rien savoir. Il remet l'encre noire bien à sa place sur le bureau, comme si mettre de l'ordre dans ses instruments, c'était mettre de l'ordre partout, d'une façon ou d'une autre : dans l'histoire, le réel, sa vie.

« Il faut essayer, insiste Carter. Nous devons prendre ce risque.

— Et quel risque prenez-vous, vous, monsieur Carter ? lui demande Reynard. Vous avez une femme ? Des enfants ? Y a-t-il sur Terre une personne qui vous est chère ? »

Pendant une fraction de seconde, la colère flambe dans les yeux de l'Anglais, la colère, la douleur et la culpabilité. Ces paroles lui ont fait aussi mal que n'importe quel petit scalpel sur sa poitrine, comprend Reynard. Ce n'est pas la première fois que l'homme se hérisse quand on lui parle de famille ou d'êtres chers.

Pourquoi vous êtes-vous engagé dans l'armée, capitaine Carter ? s'interroge Reynard. *Contre quoi vous battez-vous en réalité ?*

« Et si nous entraînions la Grande-Bretagne et l'Amérique dans la guerre d'Espagne ? suggère Carter. Bon sang, une victoire alliée en Espagne… Ou même, si nous pouvions empêcher la guerre civile, si nous pouvions détruire le fascisme avant même qu'il ne… »

Reynard lève les bras au ciel.

« Non ! Ça ne marchera pas ! Écoutez… »

Il suit les sceaux d'une sinistre logique sur tel ou tel bout de papier épinglé au mur, *Et là, et là-bas, regardez, de la victoire à Barcelone et à Madrid à la chute de Gibraltar*, et ainsi de suite, l'amère vérité que Carter refuse d'admettre. Il faut que ça marche, oui, il le faut, sauf que ça ne marchera pas. Assassiner Staline ; tuer Hitler dans une tranchée tant qu'il n'est encore qu'un simple soldat ; s'arranger pour que les Turcs changent de camp en 1917… Ils pourraient altérer l'histoire à l'infini, mais il reste cette page qui ne change jamais, ce jeu de symboles infernal demeurant intact quoi qu'ils fassent.

L'Anglais plante sa cigarette dans une soucoupe qui déborde, un cendrier improvisé parmi la douzaine répartis dans toute la pièce ; la meilleure porcelaine de Saxe d'Anna.

Anna… Hier, il a dû à nouveau la supplier de rester ; elle avait fait sa valise, elle tenait Thomas par la main, ils étaient sur le seuil et le pauvre petit garçon pleurait parce qu'il ne comprend rien du tout à ce qui se passe, évidemment. Tout ce qu'il sait, c'est que Maman est fâchée contre Papa et ses nouveaux amis, et que la nuit les cris lui font peur et le réveillent, tous ces éclats de voix effrayés ou furieux. Comment en vouloir à Anna ? Il a bien tenté de lui expliquer… *certaines choses*, celles qui se rapprochent de la vérité. *Ces hommes sont des agents britanniques. Ce qu'ils font est important, tu ne peux même pas t'imaginer à quel point, et ils ont besoin de mon aide*. Oui, mais pourquoi lui ? *Pourquoi nous ? Pourquoi toi ?*

« Avons-nous vraiment le choix ? » dit Carter.

Reynard étudie Carter. L'Anglais fait les cent pas dans la pièce, aussi déchiré, aussi agité que les notes éparpillées autour de lui. Il lui évoque un avatar léonin du chaos ambiant, se dit le Français. Par contraste, la pile de peaux d'ange posée sur le bureau est si nette et bien rangée qu'on dirait presque que l'ennemi qu'ils combattent, c'est le livre lui-même, comme si l'encre dissimulait une conscience démoniaque. Confrontés à la vérité, ce tyran sinistre et inhumain, ils ne sont que des bêtes encagées pour le plaisir malsain d'un empereur. Carter reste indompté, il rugit toujours, il secoue les barreaux, mais Reynard… Reynard ne pense plus qu'à Anna et Thomas. S'ils n'ont vraiment aucun moyen de s'en sortir, pourquoi perdre son temps dans ce complot dément ? *Non. Quel imbécile ! Quel crétin !*

Carter arrache une feuille du mur et la plaque violemment sur le bureau ; c'est l'un des projets de modification qui n'aboutira qu'à la même horreur que celle qu'ils veulent éliminer, Reynard en est persuadé. Une horreur pire, en fait.

« Celle-ci, dit l'Anglais. Allez-y ! »

Reynard le fixe en silence, et…

Il voit dans ses yeux la mort de la raison. Mon Dieu, pas ça… Désespéré, il veut s'emparer d'une peau d'ange en haut du tas, mais Carter tire violemment sa chaise en arrière et Reynard se retrouve étalé par terre. Les notes qu'il serrait sous son bras se sont éparpillées. Le Français roule et se met à quatre pattes en cherchant à se relever, sans succès : une botte le plaque soudain au sol et il sent craquer ses côtes.

Carter ouvre la bouteille pendant que Reynard se relève avec difficulté, le souffle coupé. La porte du cabinet de travail est ouverte et Anna se tient sur le seuil. Pas ça, pas maintenant… Reynard se jette sur Carter en lançant un cri d'avertissement à sa femme. L'encre noire éclabousse le Français, lui brûle la main, Carter titube, écarte un bras pour retrouver son équilibre… Reynard, qui veut à tout prix s'emparer de la bouteille, lui enserre le poignet et la libère d'une saccade, mais comme Carter la tenait inclinée, du feu noir se répand sur sa paume et il hurle.

Il lâche la bouteille et tente de la rattraper, mais elle tombe, et des traînées d'encre noire strient l'air. La bouteille heurte le bureau, il y a de l'encre partout.

Reynard entend les jurons de l'Anglais, les hurlements d'Anna, les sanglots de Thomas, le rugissement de Finnan, mais il ne parvient même pas à les distinguer à la lisière de sa vision. Tout ce qu'il voit, c'est le motif des éclaboussures du sang noir sur une peau d'ange, une tache obscure sur le Vélum de ce siècle.

Le hurlement de sa rage

Toute la pièce rugit, tonnerre, cascade, ouragan, mur tourbillonnaire de bruits déchaînés, cinglantes cravaches de vent, vrilles de son qui me fouettent les manches, les cheveux, le souffle. Ce bruit énorme veut trouver une prise sur moi, m'entraîner de force en son cœur, m'intégrer à cette création monstrueuse… Le dos plaqué contre la bibliothèque, je me cramponne à une étagère. Je me raccroche à la vie, à la santé mentale, à mon âme même, je le sais. La pièce rugit comme un être vivant. Mon Dieu ! Elle sculpte l'air, elle lui donne une forme invisible mais palpable, et sur ma peau rampe un liquide glacé qui étouffe mes cris pitoyables. Les chandeliers roulent par terre autour du pentacle. Ici ou là, des flammes lèchent le sol, les murs, les volumes sur leurs étagères. Sur le bureau, les pages du livre volettent en tous sens ; on dirait qu'un fantôme recherche désespérément une référence sur une page dont il a oublié le numéro depuis longtemps… Seules subsistent la certitude d'une réponse et la fureur de ne pas pouvoir la trouver. De sa voix d'une centaine de fleuves ou du fleuve d'une centaine de voix, la pièce rugit comme un animal frustré. Est-ce là ce dont les dieux sont faits ? La surface du bruit des âmes ? Est-ce là le dieu que mon frère a appelé sur nous ? Un dieu qui aspire les âmes du cercle massacré des intimes de Röhm pour en tirer sa substance ?

Est-ce le hurlement de sa rage ?

« Pour l'amour de Dieu, non ! »

Debout au cœur du chaos ambiant, dague dressée dans sa main droite, il hurle des invocations inintelligibles. Le joyau qu'il tient dans sa main gauche diffuse une lumière diffractée qui l'enveloppe et s'épanouit dans la pièce, reflétant et réfractant tous ces petits feux qui l'entourent comme si l'air lui-même était fait de cristal. Sur les murs, les étagères, les lambris de bois sombre, le papier peint vert sapin que Père aimait tant, galopent les ombres qui dansent avec les flammes. Feu de joie païen dans la nuit au plus profond d'une forêt de pins ! Tempête de neige se déchaînant autour d'un Loki appelant à lui, *venez, venez*, tous les esprits de la nuit de Walpurgis ! Ou de la Nuit des Longs Couteaux…

C'est une force centrifuge autant qu'un vortex : les âmes sont arrachées, aspirées, la lumière inspirée vers le centre, et l'obscurité se diffuse en maculant la pièce. Des doigts de fantôme m'étreignent, des voix bégayent dans ma tête, et je commence à percevoir la peur de ces ombres papillonnantes, la terreur sous la rage. C'est le bruit des hommes qu'on tire de leur lit pour les traîner dans le jardin, nus et tremblants, le bruit des balles qui les frappent dans la nuque. C'est le bruit des enfants qui pleurent la nuit dans leur lit parce quelque chose ne va pas chez eux, quelque chose qui les empêche d'être plus courageux, meilleurs, plus forts, plus féroces, et qu'ils n'arrivent pas à corriger. C'est le bruit de ces hommes, de ces brutes, de ces assassins dépouillés de toute gloire, de tout feu aveuglant. Et je comprends alors que cette obscurité qui se diffuse dans toute la pièce n'est pas le mal en eux, bien au contraire. C'est leur faiblesse, leur apitoiement sur eux-mêmes, et leur honte aussi, la honte noire et secrète de leur humanité.

Leurs glorieuses atrocités, elles, s'agglutinent autour de mon frère.

« Johann, pour l'amour de Dieu ! »

Devant lui, le jeune Thomas s'est aplati à quatre pattes comme un toutou devant son maître, comme un acolyte devant la statue de son dieu. Au-dessus d'eux, figée comme la mort, plane une entité dorée, noire et d'un bleu-vert iridescent reprenant toutes les nuances sous le soleil, un spectre magnifique, un ange hideux et glorieux, une chose ayant adopté forme humaine mais une chose étrangère, totalement étrangère…

Je hurle le nom de mon frère.

Il me lance un coup d'œil par-dessus son épaule. Il s'adresse à moi d'un air épanoui et désinvolte, sourire aux lèvres, comme un enfant qui dirait : *Regarde ça ! Tu as vu ? C'est grandiose, non ? Regarde ce que j'ai fait !* Mais ses mots et les miens se perdent, noyés dans le torrent de bruit. Plaqué contre les livres par ce derviche, je le sens en même temps qui tente de m'aspirer vers le centre, et je reste là, tiraillé, cloué sur place. La terreur me presse de m'enfuir, mais elle est contrebalancée par une pulsion démente presque aussi irrésistible, l'envie irrépressible de sauter droit dans l'abysse.

Je dois mettre un terme à cette cérémonie. Au nom de tout ce qui est bon dans le monde, je dois y mettre un terme, casser le cercle, interrompre le rituel, briser la chaîne écœurante de ces instants qui ne peuvent aboutir qu'à un seul résultat. Fais-le, Dieu du ciel ! Fais-le, vite ! Arrête-le ! Éloigne-le de force de la splendeur terrible qu'il vient de libérer ! Il lève sa dague à hauteur d'épaule. Je vois le feu dans ses yeux et je sais, je sais ce qu'il veut faire. Horrifié, crucifié par ma peur, rempli d'une crainte respectueuse, je ne peux que regarder mon frère s'accroupir brutalement. La dague s'abat et tranche en un mouvement circulaire, puis se lève à nouveau, et le sang gicle dans son sillage. Le sang du garçon coule de sa gorge tranchée dans le tourbillon, qui le vaporise en une brume rouge, et je vois son corps s'affaisser, entraînant vers le bas l'étrange créature éthérée. Puis mon frère avance d'un pas en faisant tourner la dague autour de sa tête, comme pour trancher l'air et le rassembler autour de lui.

Brûlant, aveuglant, le sang m'asperge le visage. Quelque chose se rompt en moi, et le combat dans mon corps s'interrompt brutalement. Est-ce ma volonté ou ma peur qui a pris le dessus ? Je suis incapable de le dire. J'ignore si je veux arrêter cette horreur ou y participer. Bon Dieu, je n'en sais rien ! Quelle est cette compulsion intense qui m'anime ? Tout ce que je sais, c'est que je m'avance dans la tempête, vers mon frère… et vers cette créature, tous deux partageant le même espace, les membres de l'une enveloppant ceux de l'autre, image fantomatique superposée au réel… Non, cent images, un millier ! Pendant une seconde, ça porte l'uniforme de SA de mon frère, puis le trench-coat noir d'un futuriste la suivante, des lunettes de pilote, un jean kaki déchiré et ensanglanté, une écharpe autour du cou — carreaux et glands d'abord, soie blanche ensuite —, passe-montagne en laine noir, képi de l'armée britannique, veste de jeune tambour. Ça porte une centaine d'uniformes différents piqués d'insignes brillants, croix de fer et autres médailles que je ne reconnais pas, une centaine d'uniformes différents criblés de trous de projectiles, de déchirures, d'accrocs.

Je rentre dans le pentacle de chaos et je gifle mon frère, mais ma paume sur son visage semble aussi inefficace que mon cri inarticulé. Béat et perplexe, il me sourit toujours, même quand j'empoigne sa main ensanglantée pour lui arracher la dague. Je la rejette de côté, mais c'est trop tard. C'est fait.

Patchwork taché de sang ayant revêtu l'armure de tous ceux qu'il a réclamés, le dieu démoniaque de la guerre se love autour de nous, à travers nous, entre nous, en nous… Il veut m'éloigner de mon frère, je le sens ! Il le réclame comme son dû ! Je m'accroche à Johann, je l'agrippe par l'épaule, je me penche vers lui, je le maudis, je l'insulte, je lui hurle à la figure. La chose tente de noyer la réponse de mon frère dans le fleuve de voix qui emporte nos âmes, qui les entraîne et les noie au cœur du maelström des nouveaux souvenirs et des connaissances anciennes, mais je l'entends chuchoter dans ma tête.

C'est trop tard, Renard.

Et j'entends aussi hurler la créature collée à lui. Je la vois qui se débat pour mettre ses doigts dans ceux de mon frère, pour écarter ma main avec les bras de mon frère, pour me cracher sa fureur avec la bouche de mon frère. Je n'ai rien à faire ici ! Je ne suis pas comme lui ! C'est vrai, je ne suis pas un guerrier, je ne suis pas un soldat, et je n'ai rien à faire ici. Je n'ai rien à voir avec ça. La chose n'a aucune prise sur moi.

Mais, malgré sa folie, malgré l'idéal guerrier illusoire, aveugle et brutal, je reste le frère de Jack. Je crois que la chose me hait parce que j'ai encore une certaine influence sur lui. J'espère que j'ai raison.

7

Le retour de Colombine

Que Dieu nous préserve de nos rêves

Je me réveille dans un fossé longeant la route de campagne sinueuse qui s'étire entre le village de Strann et notre maison de famille. L'esprit embrouillé, je m'extirpe péniblement de ce bourbier herbeux, puis je tapote mes vêtements en charpie. J'essuie ici une projection de sang, là une traînée de suie… Je tripote une déchirure à mon pantalon, je la pince comme si elle allait se raccommoder par magie, ce qui n'est évidemment pas le cas. Je renonce. Je me mets à essuyer avec un mouchoir la boue dont je suis couvert sur tout le côté droit, mais avec mes petites tapes inefficaces, je ne réussis qu'à maculer le bout d'étoffe.

Tout empeste la fumée.

Après un virage bordé d'arbustes, de l'autre côté du bosquet de chênes et de pins qui mure le domaine, une unique et fine traînée gris foncé s'élève dans un ciel au bord de l'aube. Günther est déjà debout, je suppose ; il alimente sûrement les cheminées pour que tout soit prêt quand Père descendra prendre son petit déjeuner avant de disparaître dans son cabinet de travail. Nous, nous ne serons même pas encore sortis du lit. Une étrange idée me passe par la tête : ce serait la consumation sans flammes consécutive à un terrible embrasement qui dégagerait cette fumée. Bah, c'est absurde.

Un peu titubant, je prends la direction du village. L'auberge n'est qu'à une courte distance d'ici, et il m'est déjà arrivé d'emprunter un costume propre à Herr Heidelberger. Je ne peux pas rentrer à la maison dans cet état, tout de même ! Mère serait horrifiée et Johann me mettrait en boîte. *Johann ?*

Je trouve Herr Heidelberger dans sa taverne déserte. Pourquoi me regarde-t-il ainsi ?

« Von Strann », lui dis-je, troublé par son air perplexe.

Tiens, la photo d'Hitler est de nouveau accrochée au mur, derrière le bar. Un nouvel adepte du futurisme, certainement, mais je trouve ça un peu bizarre ; quand Hitler a trahi le fascisme, Herr Heidelberger m'avait semblé si amer…

« Vous êtes Johann von Strann ? me demande-t-il bêtement.

— Non. Moi, c'est *Reinhardt* von Strann. Johann, c'est mon frère. Mais vous… »

Je m'interromps. Je… je ne suis pas dans mon état normal, je m'en rends compte. Apparemment, la nuit précédente a été agitée, et je me sens patraque. Je tiens probablement des propos incohérents.

« Et vous vivez dans la grande maison ? »

Frau Heidelberger écarte son mari en le houspillant parce qu'il cuisine ce pauvre monsieur. Ne voit-il pas que cet étranger est en état de choc ? Elle me tourne autour en jacassant. Je vais bien ? Suis-je blessé ? Ai-je eu un accident ? Elle explore mes cheveux comme un phrénologue amateur lit les bosses du crâne. C'est ma voiture ? Une sortie de route, c'est bien cela ? *Appelle le docteur, Werner !*

« Je n'ai pas de voiture », lui dis-je.

« Aucune trace de voiture », explique le policier au docteur Volkaert.

Je secoue la tête. Je m'apprête à leur expliquer une fois encore que je n'ai pas été victime d'un accident de la route, mais le policier raconte maintenant à Herr Heidelberger que la vieille demeure a été détruite dans un incendie. Est-ce de notre maison qu'ils parlent ? Tout le monde va bien ?

« Sûrement les gitans, vous ne croyez pas ? suggère Herr Heidelberger. Ils ont campé là-bas tout l'été ! Ça m'étonne qu'il soit resté quelque chose à brûler dans cette vieille coquille vide, d'ailleurs. »

C'est vrai, la maison est bien déserte ces derniers temps, leur dis-je. Seul Günther y loge encore, avec les quelques employés que… Une seconde ! Une gorgée de cognac m'éclaircit les idées. Günther n'est plus là, lui non plus. Mon cher frère cinglé l'a laissé partir.

« Johann, dis-je. Un incendie ? Johann était… j'allais justement lui rendre visite. J'allais… »

Herr Heidelberger me repousse sur ma chaise — *Détendez-vous, monsieur, détendez-vous*… Le docteur Volkaert et l'agent de police parlent tout bas d'hôpitaux, de commotions et de délire, et le docteur Volkaert explique à son interlocuteur qu'il n'a jamais entendu parler de quoi que ce soit de ce genre ; il a déjà vu des amnésies, bien sûr, mais aucune comme celle-ci. Les traumas de la tête peuvent avoir d'étranges conséquences. Il vaudrait mieux contacter au plus vite un spécialiste qui puisse l'examiner. Ce n'est pas son sang sur ses habits, vous savez.

Je me rends compte que personne ne sait qui je suis, personne (je dois quitter cet endroit), même pas Heidelberger, alors que j'étais le meilleur client de cet homme il y a quelques années (je dois partir), même pas Volkaert qui m'a mis au monde (je dois partir) et même pas l'agent de police qui a pourtant forcément entendu parler du fils extravagant du vieux baron. Je dois me tirer d'ici. Je ne suis qu'un étranger à leurs yeux, un étranger couvert de boue et du sang de…

Oh, mon Dieu !

Un fleuve de voix se met à rugir dans ma tête.

Reynard a l'air abasourdi.

« Je m'appelle Reynard Cartier. Je ne suis pas sûr de vous comprendre.

— Ah bon ? Vous n'êtes donc pas Reinhardt von Strann ? » insiste Pickering.

Il ne peut s'empêcher de poser cette question d'un ton amusé. Il traverse la pièce, ôte son képi et le pose sur le bureau. Pas la peine de faire de cérémonies. Il s'assied en secouant la tête, avec un regard du genre *Désolé pour toutes ces bêtises*.

« Mais où voulez-vous en venir ? lui demande Reynard.

— Je sais, je sais. S'il vous plaît, ne m'en veuillez pas. Je sais que c'est absurde, mais un de nos informateurs affirme que votre vrai nom est Reinhardt von Strann et que vous êtes allemand. »

Reynard éclate rire :

« Vous me connaissez depuis combien de temps, Joseph ? »

Pickering lève les mains en geste d'excuse. Beaucoup de gens ont été accusés d'être des agents futuristes, mais là, c'est le bouquet. Cet homme est un héros, un vrai, qui dans sa fuite leur a fourni une masse d'informations essentielles. Pickering était là, avec MacChuill, le jour où le Français s'est mis à dessiner des cartes avec le stylo et le papier qu'on lui avait fournis. Une première carte, puis une autre, et encore une autre, etc. Dépôts de munitions, usines, casernes, batteries antiaériennes…

Et un fieffé crétin l'accuse d'être ce fameux Guy Fox !

« Je sais, dit-il. Écoutez, entre vous et moi… »

Pickering fait tout pour trouver les mots justes. Le Cirque change depuis la « paix ». La ville de Berlin a été aplatie, certes, mais il reste Moscou. Dans cette guerre plus feutrée, une nouvelle race d'agents a intégré le MI5 pour combattre au cœur des no man's lands entre l'Est et l'Ouest ; leurs mouvements sont silencieux et se font dans l'ombre. C'est indispensable, bien entendu. La sécurité de la Grande-Bretagne passe avant tout le reste, personne ne songe à le contester. Mais là, ça devient un peu trop… irrationnel à son goût. L'autre jour, par exemple, il a dû mener l'interrogatoire d'un mathématicien ayant travaillé à Bletchley pendant la guerre, pour cause de comportement suspect, de réunions secrètes, etc. Au bout d'une demi-heure à peine, le type a éclaté en sanglots, puis a avoué son homosexualité en bégayant. Être pédé ces temps-ci est une occupation à haut risque, car elle peut donner prise au chantage. Surveillance conseillée, détention discrétionnaire à domicile...

« En fait... certains nouveaux sont un peu trop zélés, reprend Pickering. Si ça ne tenait qu'à moi, mon vieux... mais les ordres sont les ordres. Je vais donc vous poser quelques questions... Ne vous inquiétez pas, ça ne durera pas longtemps. »

Reynard hausse les épaules :

« Ça vous dérange si je fume ?

— Non, pas du tout. Du feu ?

— Merci. Où en étions-nous ? »

Moitié Madeleine et moitié centurion

« Pas un oiseau ne chante dans la clairière. Les feuilles d'herbe elles-mêmes sont figées sous un ciel asphyxié et vide. Mais toutes les jeunes filles se sont levées derrière la princesse Anesthésia, derrière Phreedom, notre Colombine, notre reine. Nos regards sont braqués devant nous. Ce serait génial si c'était *lui* que nous entendions, mais nous n'en sommes pas sûres... Ce serait carrément nickel, même.

— Putain ! Fermez-la, mes sœurs ! Je n'entends plus rien ! » siffle Phreedom.

L'une des filles lui lance un regard étonné. Phreedom tapote le tatouage qu'elle a sur le bras. La fille grimace un sourire et hoche la tête : elle a compris. Des nanorécitants qui scandent chacun de vos actes... Les filles admirent Phreedom, évidemment, mais aucune ne *l'envie*.

« La voix retentit à nouveau. Nous, filles du vieux Pantalon, nous voici convaincues que c'est bien notre Jack qui nous appelle, Iacchos Bacchus, l'esprit de la meute. Et nous nous élançons. Inspirées par le souffle de sa folie, aussi rapides qu'un vol de colombes, nous nous ruons dans les vallées inondées, nous bondissons par-dessus les pierres levées géantes, nous filons vers notre amour. »

Tout en courant, puis en s'accroupissant, puis en reprenant sa course et ainsi de suite, Phreedom divise le groupe en deux : quatre par ici, quatre par là. Elle, elle se dirige vers l'abri d'un rocher, quand soudain une rafale pulvérise l'herbe sous ses pieds.

« Baissez-vous ! »

Phreedom se laisse tomber par terre, roule sur elle-même, et se relève, rupteur dressé. Perché sur la plus haute branche d'un sapin, l'ange sniper évalue d'un coup d'œil les forces en présence puis tente désespérément de trouver une branche dégagée d'où il pourra prendre son envol. Des ailes d'acier argenté se déploient.

Putain, pas question !

« Feu à volonté ! crie-t-elle. Clouez cet enfoiré à son arbre ! »

Trop légères pour pénétrer l'armure en synthe mais suffisantes pour réduire ces fines ailes en charpie, les charges qui frappent l'ange comme des balles dum-dum à l'ancienne évoquent le staccato rapide des kalachnikovs ou des Uzi. En voulant s'agripper à une branche pour conserver son équilibre, l'ange laisse tomber son arme. Phree donne un petit coup de pouce au commutateur de son rupteur, et de longs éclairs zèbrent l'air comme des balles traçantes. Certaines des filles l'imitent, tandis que d'autres arrachent des branches à l'arbre et font tanguer l'ange sous la force pure de l'assaut. Malheureusement, leur petit exercice de tir se révèle d'une utilité très limitée. Cet ange est peut-être impuissant et désespéré, mais là-haut, il reste hors de leur portée.

Main levée, Phreedom se relève. Les rupteurs se taisent. La jeune femme évalue la situation.

« Visez le pied de l'arbre », leur dit-elle.

« Allons ! Tenez-vous en cercle autour du tronc et saisissez-le, ma meute ! »

Et ma petite sœur Phree saute sur le toit de la roulotte ; la voici à présent sous le rail d'où pend son ancien ravisseur. Elle a libéré ses cheveux roux. Ainsi échevelée, elle est moitié Madeleine et moitié centurion, car elle a revêtu la cuirasse du Duc, qu'elle porte par-dessus la veste de motard que je lui ai donnée quand elle était petite, ça alors ! Le Duc s'immobilise un instant sur sa croix, puis recommence à se débattre.

« Prenons cette bête sauvage, qui se croit à l'abri ! Il ne révélera pas les mystères des rites d'Arlequin ! »

Les bitmites sortent de l'ombre et se mettent à fourmiller sur l'installation comme mille mains ténébreuses. Elles s'attaquent à sa base et le métal gémit. Un peu alarmé, je recule. J'espère que Phree et ses bitmites ne vont pas provoquer la chute du rail sur nous tous… Mais non ; elles décapent le métal ici, elles le dévorent là, on dirait des bûcherons qui programment la chute d'un arbre en fonction de l'angle d'une entaille.

Sous les cris du public mêlés à ses gémissements sourds, notre Pierrot de substitution s'écrase sur son grand trône. Il sait que sa dernière heure est venue. Phree lui arrache la capuche parce qu'elle veut qu'il la voie, qu'il constate qu'il n'a plus affaire à une mère mais à une prêtresse. Pendant une seconde, quand elle lui effleure la joue pour y essuyer une larme, je crois presque qu'elle va l'épargner.

« Mère… »

C'est Joey, en coulisse, qui vient de prononcer ce mot diffusé par le petit haut-parleur coincé entre les dents du Duc, sous le bâillon.

« C'est moi, mère ! Je suis ton fils, Pierrot, que tu as mis au monde dans la maison d'Achée ! dit Joey Narcosis. Aie pitié de moi, mère ! Tu ne me reconnais pas ? »

Sous le bâillon, le Duc commence à pleurnicher.

« Oui, je suis coupable, mais ne tue pas ton fils ! »

Je m'imagine ce salaud usant de toutes les ruses de la Cryptolangue contenues dans le livre. *Regarde-moi franchement, regarde-moi dans les yeux, regarde-moi dans l'âme ! Je ne me moque pas de toi. Je suis celui que tu cherches, je suis ton Jack. Crois-moi. Tu n'as qu'à me prendre la main, tu verras. Reviens ! Reviens avec moi.*

Je pense aux ducs bâtissant des Havres imaginaires pour toutes les âmes ayant égaré leurs êtres dans l'Hinver après le Crépuscule. Des portes verrouillées, des murs infranchissables… C'est ce qu'ils leur proposent depuis toujours, je suppose.

Phreedom va accomplir le sacrifice sanglant. L'épée du Duc s'élève au-dessus de son propriétaire. Et s'abat.

Une éternité de secondes chances

L'ange gigote un peu par terre puis tente d'escalader les éboulis à quatre pattes. Phree le rattrape en quelques bonds et empoigne ses cheveux blonds chiffonnés. Elle lui arrache presque la tête des épaules en la tirant en arrière.

« C'est moi ! C'est Jack ! » hurle-t-il.

Elle le traîne par les cheveux jusqu'en bas de la pente, se plante sur lui, pose les griffes de sa main droite sur la gorge de l'homme, lui immobilise les bras avec ses genoux. Les yeux bleus de son adversaire lui semblent si *justes*… Ils sont exactement comme ceux de l'enfant qu'elle a bercé un jour en lui fredonnant un air dans une ruelle puante de New York. Dans ses veines coulait l'héroïne qui l'entraînait dans le bleu, un bleu magnifique, un océan d'Anesthésia où ce monde qui se désintégrait n'avait pas d'importance, tout comme le Crépuscule qui balayait les villes et les transformait en cauchemars déchirés par des anges ou des démons. Tant qu'elle aurait Jack, tant qu'elle pourrait passer de piqûre en piqûre, tout irait bien. L'Alliance était brisée, les bitmites se répandaient dans le monde, Thomas était mort et Seamus avait disparu, mais elle avait Jack. Ils pouvaient fuir tout cela s'ils le voulaient, s'échapper dans l'infini.

Et puis, surgissant du blizzard de bitmites et de son bruit blanc sifflant, ils étaient arrivés, services sociaux, arbitres de la paix, agents du contre-terrorisme en costumes impeccables, armures de synthe, uniformes de l'armée ou de la police. Qui ils étaient ou ce qu'ils étaient, elle l'ignorait. Dans les spasmes du *delirium tremens* d'un Vélum intoxiqué, ils pouvaient être tout cela à la fois, ou une entité plus énigmatique qui ne parvenait à se manifester qu'en adoptant ces formes connues. Son élocution étant trop abîmée par la came, elle n'avait pas pu user de la Cryptolangue contre eux, et ils lui avaient pris Jack, c'est tout ce qui compte.

Combien de temps était-elle restée assise là-bas ? Elle n'en a pas la moindre idée.

« Vous allez bien, ma petite dame ? »

Le jeune homme qui l'avait trouvée, toute secouée de frissons, lui avait dit s'appeler Don. Il l'avait adoptée ou l'inverse, et ils avaient quitté New York ensemble, à pied, dans la foule des habitants évacués, et ils avaient bifurqué ensemble lorsque le camp où ils avaient pensé se rendre avait surgi devant eux. Parmi les sentinelles qui en gardaient l'entrée, il y avait un ange armé d'un rupteur. Il ne faut pas aller là-bas, avait-elle dit à son compagnon, et lui avait marqué son accord d'un hochement de tête. Il lui faisait confiance. Terrée sous les pins dans la lande enneigée, serrée contre lui, grelottante, elle avait expulsé toute la came de son organisme. Sevrage forcé dans l'hiver glacé. Dans l'Hinver glacé.

Elle avait vu Don grandir au fur et à mesure qu'ils s'enfonçaient dans le Vélum, grandir et vieillir. Elle l'avait vu dans ces yeux qui semblaient déjà contenir une sagesse plus ancienne que les années. Prêt à sacrifier sa vie pour cinquante jeunes esclaves secourues dans un pli du Vélum où la notion de seigneurs et de maîtres prenait un peu trop ses aises, Don avait fini par disparaître, lui aussi. Il n'était jamais venu à l'endroit où ils s'étaient donné rendez-vous. Elle n'avait pas réussi à découvrir ce qui lui était arrivé, tout comme elle n'avait jamais découvert ce qui était arrivé à Jack.

Phreedom plonge son regard dans les yeux suppliants de l'ange. Elle voudrait tellement se laisser couler dans le bleu de ces yeux. C'est peut-être lui. C'est bien possible.

Le temps vacille. Elle sait qu'elle vit un moment crucial. Elle s'est souvent demandé si les sensations de déjà-vu ne survenaient pas quand la vie de ceux qui les ressentent se rembobine jusqu'à la dernière mauvaise décision qu'ils ont prise… Le temps dans le Vélum est complexe, convoluté, et dans ce temps du rêve, les gens disposent peut-être d'une éternité de secondes chances.

« C'est moi, ton fils », geint l'ange, un de ces soi-disant ducs de l'enfer sur terre.

Elle tourne la tête et crache en fermant les yeux. Elle les sent rouler sous ses paupières. Elle n'écoute pas l'ange la supplier, elle n'écoute pas la voix de sa raison, elle se laisse posséder par ce moment, sa passion, sa vérité intime. Elle prend la main gauche de sa victime et, un pied plaqué sur sa poitrine, lui arrache le bras. Les bitmites qui courent sur elle lui donnent la force d'accomplir ce geste.

L'ange pousse un hurlement.

Elle abandonne la créature à ses compagnes, Inox, Autonomie et les autres, qui toutes se mettent à lui déchirer les chairs de leurs doigts avides. L'une d'elles se jette sur le bras qu'elle a laissé tomber comme un lion sur sa proie, tandis qu'une autre fait tourner une jambe au-dessus de sa tête. Une botte cuirassée s'envole.

Les cris de triomphe des femmes et les hurlements de l'ange fusionnent en une seule clameur animale. La proie gargouille, s'étrangle, sa respiration s'interrompt… L'ange se noie dans son propre sang.

« Elles arrachent ses côtes de leurs ongles redoutables, elles le déchiquettent, elles écrasent sauvagement son cœur sous une pierre… sanglote Élixir. Les mains dégoulinantes de sang, elles se jettent sur ses membres brisés et elles lancent sa *bite* [Élixir s'étrangle] au fond des bois… »

Assis par terre, genoux relevés, dos contre le mur, il se recroqueville.

« Ils ne retrouveront jamais tout », ajoute-t-il.

Accordéon referme calmement la porte, s'approche d'Élixir, s'accroupit à côté de lui.

« Sa mère a pris sa tête et l'a fichée à la pointe de son disrupteur. Elle la porte à présent comme celle d'un lion des montagnes… »

Élixir halète ; il doit reprendre son souffle, autant pour sangloter que pour s'exprimer.

« Elle arrive, reprend-il. Elle a quitté ses sœurs et les jeunes danseuses. Elle redescend à travers les prés du mont Cithare, elle rapporte la tête. Elle revient dans ces murs… Elle est toujours en transe ! »

Élixir regarde fixement la porte fermée ; il voit en pensée cette lointaine abomination qui se rapproche inexorablement.

« Fière de sa proie au funeste destin, invoquant Iacchus, son compagnon de curée, son auxiliaire à la chasse, elle *exulte*. Elle ne sait pas… »

Terrifié, Élixir parle d'une voix stridente :

« Elle ne sait pas que sa seule récompense est un trophée de larmes. »

Le retour de Colombine

« Quant à moi, pour échapper à ce lugubre spectacle, je m'en vais avant que la reine n'arrive au palais ! » s'écrie Guy par-dessus les hurlements.

Il saute de scène et contourne les débris du rail devant les courtisans et les serfs qui reculent à sa vue. Il évite le carnage, le corps du Duc au centre de la salle, la flaque de sang et de bitmites, et Phreedom aux mains aussi rouges que ses cheveux. Le consul panique et pique un sprint jusqu'à la porte… pour se retrouver nez à nez avec Joey qui racle du bout de son couteau la crasse sous ses ongles.

« La retenue, le respect du divin… C'est pour ceux qui tiennent à la vie le chemin le plus sage… à mon humble avis. »

Le consul se ravise et part à reculons rejoindre ses comparses éparpillés le long des murs. Guy s'arrête à côté de Joey. Il nous fait un signe de tête, d'abord à moi puis à Jack, qui est toujours debout sur la roulotte.

Je chante en Cryptolangue :

« Venez, célébrons en chœur l'esprit de la meute ! Venez, chantons la chute de Pierrot, fils du venin qui, sous une robe de femme, a suivi le taureau le menant à une mort certaine, leurré par son obstination aveugle ! »

Phree fait tourner l'épée au-dessus de sa tête et la lance de toutes ses forces. En même temps, Jack saute du toit, atterrit sur le tremplin camouflé et s'élève majestueusement en effectuant un saut périlleux et un salto arrière pour attraper l'épée au vol. Il retombe sur le dos du Duc avec un craquement effroyable, plonge l'épée dans le cadavre et se fige, les mains sur la garde.

Je chante :

« Pierrot a tenu le bâton d'Arlequin, signe infaillible de son destin funeste ! »

La Cryptolangue résonne dans toute la salle.

« Jeunes filles de Thèmes, votre glorieux chant de triomphe se termine en gémissements et en larmes ! Quelle noblesse y a-t-il à tremper ses mains dans le sang de son fils ? »

Phree lève un bras.

« Chut ! » lui dis-je.

Et dans le silence, on entend goutter le sang.

« Colombine aux yeux hagards, mère de Pierrot, fils de morose et roi des larmes », dis-je.

Je m'adresse à toute la maisonnée, et Phree se tourne vers moi. Ses yeux effectivement hagards sont ceux d'une enfant sous amphètes. Je crève d'envie de la rejoindre, de la serrer dans mes bras, de lui dire que tout est réglé… Seigneur, Phree, tout est réglé depuis le premier jour ! Je voudrais qu'elle comprenne. Cette foutue guerre est déjà finie… Les ducs, les Havres, les anges et les démons ne sont tous que des saloperies de rêves, des rêves incarnés dans l'Hinver par la grâce des bitmites, mais des *rêves* tout de même.

Je regarde Jack, notre Arlequin, notre Dionysos, seigneur du chaos. Le sexy, le tortueux Jack. Et psychotique aussi, très probablement.

Bienvenue en Enfer ! me dis-je. *Venez vous joindre aux réjouissances de l'esprit de la meute !*

« Mes sœurs du lointain pays d'asile ! » s'exclame Phreedom.

Elle s'approche de moi. Je descends de scène avec précaution.

« Je vous apporte des collines au palais un tendre gibier fraîchement tué ! »

L'heureux terrain de chasse, me dis-je. L'Hinver et ses cauchemars nés dans nos cœurs déglingués. Nous sommes tous des imbéciles parce que nous adorons nos mensonges sur le bien et le mal, l'ombre et la lumière et les monstres anéantis par de valeureux chevaliers. C'est parfait entre les pages d'un livre, Phree, mais quand on libère ces mensonges dans le monde, petite sœur, quand on choisit de considérer nos actes comme une croisade, un djihad contre les choses que nous haïssons… les bitmites nous offrent absolument tout ce que nous voulons.

« Je le vois », dis-je.

Je ne regarde pas ce qu'elle tient à la main, pourtant. Je préfère prendre ma petite sœur dans mes bras, tout en prononçant mes répliques.

« Bienvenue à la célébration ».

Elle me caresse la joue ; elle veut s'assurer que je suis bien tangible, bien réel. Elle articule mon nom : *Thomas*. Ses doigts sont encore humides.

« Je te salue », lui dis-je.

Je m'étrangle soudain ; je me racle la gorge et j'avale.

« Je te salue. Heureux de te revoir. »

Prenez garde à vous

Formes sculptées dans la nuit et les flammes, un pistolet-ki dans une main, un canif dans l'autre, nous émergeons de l'incendie sur le pont pour Nulle Part. Petits porteurs de peste aux yeux rouges, des rats s'égaillent devant nos pas silencieux et se déverse à flots dans le parc, des rats fantômes noirs embrasés qui grimpent la pente et se propagent autour du Cirque. Le crépitement des mitrailleuses, les hurlements des soldats agonisant après leur raid raté sur le Taudis se mêlent aux piaillements des rongeurs. Encore plus sonores, des gros boums retentissent au niveau des batteries de canons de Fox. Et encore plus fort, nous entendons craquer le destin, nous entendons rugir la terre qui s'ouvre sous nos pieds.

Derrière nous, la rivière de feu lèche le sol et progresse en faisant des embardées vers le nord et le sud ; la terre se fissure, des poches de méthane crèvent, un mur massif de flammes et de volutes de fumée nocive s'arque comme deux ailes derrière nous, et le combustible trempé d'orgone de la décharge pourrissante et des puits de mine suintants donne à cette scène sa tonalité vert foncé.

Des geysers de flammes foudroient les ornithoptères en plein ciel. Des jets de feu bleu-vert fouaillent les airs. Ce soir, le Taudis dispose d'une nouvelle ligne de défense.

Ici et là, quelques rats explosent ou se fracassent en mille mécanismes insectoïdes, redevenant les bitmites qui les composent. Nous marchons toujours. Les petites âmes gazouillantes rassemblent autour de nous les bouts de peau, les fragments brûlés du pardessus de laine, du manteau long abandonné sur la terre roussie. Tous ces lambeaux de personnalité, fragments et bitmites confondus, nous les attirons à nous. Car nous sommes eux et ils sont nous, nous sommes le sang des anges incisant dans le Vélum un tatouage noir représentant la véritable carte de ce monde ; non pas ses rues mais ses lignes de pouvoir, les filons de ce que l'on appelle le ki dans ce petit Havre de l'Hinver. Nous sommes le charbon, le pétrole né des âmes écrasées sous la peau du temps.

Nous sommes encre.

Don parle tout bas, d'un ton monocorde assourdi et lointain, mais insistant :

« *Oui, c'est ce qu'ils disent. Merde alors, ils disent ça depuis le commencement du monde, et ça n'est encore jamais arrivé. Pour ce que j'en sais, les seuls qui tombent, c'est les p'tits gars d'Albion en noir et bleu. Si vous voulez mon avis, ils vont devoir appeler les renforts. Parfaitement ; ils vont devoir appeler les gros canons, parce que, d'après ce que je vois, Fox vient de remporter cette bataille. Mais hé, c'est qu'une petite bataille de rien du tout, n'est-ce pas ? Une petite baston pendant une nuit d'hiver. Et, comme on dit, demain est un autre jour, les amis.* »

Nous escaladons l'échelle en acier rouillé pour nous hisser sur le macadam, dans un tunnel bas de plafond qui se divise en pattes-d'oie devant nous. Aux anciennes sorties du parc correspondent toujours celles qui trouent les blocs d'ordures composant le rempart extérieur du Taudis. Ici ou là le plâtre s'effrite, révélant les boîtes de conserve, les canettes écrasées et colmatées avec de la colle, et dans le tunnel mal éclairé, on distingue parfois des étiquettes d'aliments et de produits disparus depuis longtemps. Certains designs remontent aux années cinquante, voire au-delà ; il y a même quelques contenants en bakélite. Pas très malin de bâtir ses défenses en papier et en fer-blanc, peut-être, mais elles font au moins six mètres d'épaisseur, et plus haut, dehors, une couche de béton donne au Taudis l'apparence impressionnante qu'il souhaite montrer au reste de Kentigern.

Coulée dans le mur, une statue de pierre se dresse à l'embranchement, telle une sentinelle. C'est un gentleman victorien grisâtre et sinistre à la barbe broussailleuse, un trou et une tache de peinture à l'emplacement du nez, regard résolument fixé vers l'est, vers les meubles et les sacs de sable entassés à côté de nous, vers la tôle ondulée qui barre le pont à cette extrémité, vers la colline qui s'élève jusqu'au Cirque, vers les rues bordées de boutiques et de bureaux en grès, vers la cité marchande, vers la nécropole tapie au pied du mur est de Kentigern, vers l'Hinver et vers l'aube.

« *Bon, et puisqu'on en parle, il est temps pour moi de m'éclipser, justement, car chaque seconde qui passe nous rapproche de ce nouveau jour. Allumez vos postes demain soir à la même heure. Avec un peu de chance, vous tomberez sur mon émission. Serai-je au rendez-vous ? Qui peut le dire ? En attendant, je suis et je serai toujours votre seul et unique Don Coyote du crépuscule à l'aube. Je vais conclure ma* Galerie des monstres *avec un petit message pour vous, mes amis au pays des rêves. Le pétrole de minuit se consume lentement, et j'aperçois l'ardente clarté du jour ou de la damnation au-dessus du périmètre. Il est donc temps pour vous de mettre vos verres fumés et de sortir en trébuchant dans la froide lumière du réel. Et rappelez-vous, les amis : même si le ciel ne vous tombe pas sur la tête, il n'y a pas de mal à porter un chapeau. Prenez garde à vous, mes amis. Prenez garde à vous…* »

Une escouade de gardes du Taudis postés à l'ombre de la statue baissent leurs rupteurs et nous saluent quand nous passons.

Nous nous engageons dans le tunnel de droite, jusqu'à l'Union Gate. Des kiosques et des étals encombrent l'avenue qui descend la colline depuis le centre-ville. L'architecture académique de cette artère — du pseudo-gothique contrastant avec le néoclassique — est presque engloutie sous les bicoques et les bâtiments provisoires éclos au fil des décennies en dévorant chaque centimètre carré d'espace libre et construits les uns au-dessus des autres, peut-être sur quatre ou cinq niveaux. Au cœur de ce chaos somptueux plongé dans la pénombre, derrière les cordes à linge et les ponts improvisés reliant les constructions les plus récentes, on devine à peine les berceaux et les voûtes rouillés des rues couvertes. Au-dessus des rangées de lampadaires arqués et des vérandas de fortune avec leurs chaises et leurs tables de jardin en plastique, des gamins se balancent comme des singes aux échafaudages et aux échelles.

Et nous nous souvenons. Nous avons été Jack et Joey, nous avons grandi ici, nous avons escaladé ces échafaudages, nous avons joué à qui sauterait le plus loin, nous avons appris ici toutes les acrobaties de la survie. Nous avons volé de la peinture et allumé des feux. Dans les éclats éparpillés de nos moi, nous le ressentons à nouveau. Troublées parce que nous nous ressemblons tant ainsi, sous cette forme, les bitmites tourbillonnent entre nous, rapportant tel ou tel morceau à son propriétaire légitime. Nous remarquons alors quelques anomalies dans les lambeaux de peau recousus, dans les brins de souvenirs à nouveau entrelacés pour nous redonner forme humaine.

L'un de nous s'immobilise une seconde, enlève une parcelle de peau de son épaule et la plaque dans le dos de l'autre :

« C'est à toi, je crois. »

L'autre s'arrête à son tour en plissant le front. Il secoue la tête, s'arrache le petit bout de peau, le colle sur le bras de son camarade :

« Putain, je te la laisse ! Elle est plus toi que moi. »

Le retour de Colombine

« Je l'ai pris sans collet, ce jeune lionceau, comme tu peux voir, me dit-elle. Ce tendre petit a les joues fleurissantes d'un duvet récent sous la souple crinière de sa tête. »

Je distingue dans sa voix le chuchotement des bitmites. Leur synchronisation n'est pas parfaite ; le rythme qui module les graves et les aigus semble un peu en avance sur les mots que récite ma sœur à leur instigation. Elle soulève la chose morte qu'elle veut me montrer mais j'interromps son geste. Pas encore.

« Il a bien en effet la crinière d'une bête sauvage », dis-je.

Mais ce n'est pas la tête décapitée que je regarde, c'est la traînée rouge sur la joue de Phree, et ses cheveux qui lui tombent dans les yeux. Je les repousse derrière son oreille pour essuyer la tache de sang avec le pouce, ma main frôlant à peine son visage.

« Viens prendre part au festin », ajoute-t-elle.

« Où l'as-tu attrapé ? Dans quelle tanière déserte ?

— Sur le Cithare, me répond-elle. Oui… [d'un ton calme mais l'air un peu étonné, comme si elle redécouvrait une vérité longtemps enfouie en elle] sur le mont Cithare. Il a péri sur le Cithare. »

Il va falloir que j'y aille en douceur, je le sais. Je dois l'aider à reconstituer le puzzle de son passé, de l'abréaction à l'anamnèse ; la brutale Phreedom au cœur cassant comme du verre.

« Qui l'a atteint en premier ?

— À moi cet honneur ! Dans notre groupe, on me surnomme “bienheureuse Colombine” ! »

Elle baisse les yeux vers le cadavre et la nappe noire qui le démembre. Jack s'est accroupi à côté de cette boucherie. Il a coupé les cordes aux poignets du Duc, l'a retourné, a déchiré son corsage et, à présent, il examine l'empreinte sur la poitrine.

« Mes sœurs après moi ont frappé le monstre, conclut Phree. Oui, elles ont fait le reste après moi. »

« C'est une chasse heureuse que celle-là », lui dis-je.

Elle me désigne Jack, le souple et agile Jack qui dresse la tête comme un jeune chien curieux.

« L'esprit de la meute nous a inspirées ! Nous avons traqué notre gibier, nous l'avons tiré de l'antre du lion ! »

Jack suit des doigts le lacis des cicatrices.

« C'est un chasseur très habile, lui dis-je.

— Ainsi, tu me loues ? Bientôt, grâce à cette proie, les enfants de Pantalon… et mon fils Pierrot… vont eux aussi chanter mes louanges ! »

Je reste muet quelques instants. Les bras du cadavre sont tordus, sa chemise troussée dévoile une jambe bizarrement repliée sous l'autre. Paume vers le haut comme pour mendier, une main ouverte semble se tendre vers moi, vers Phreedom, vers tout le monde. Ma sœur me fait penser à un chat qui rapporte à la maison un oiseau aux ailes et au cou brisés, et le dépose aux pieds de son maître. Étrange proie, me dis-je, et capturée d'une bien étrange façon.

« Bien sûr, tu devais le faire. »

C'est ce qu'elle a besoin d'entendre.

J'imprègne mes propos d'un soupçon de sens caché. *Vas-y doucement, quand même.*

« Es-tu fière de ta chasse ?

— Oui, je m'en réjouis », me répond-elle.

Elle parle d'un ton plat, pourtant, parce qu'elle ne fait que répéter ce que les bitmites lui soufflent à l'oreille. La puanteur des entrailles répandues par terre fait remonter la bile dans ma gorge, avec son goût brûlant de vomi. Faut vraiment être un connard sans cœur pour affirmer que la vengeance est douce !

« Je me réjouis du grand, oui, du grand service rendu à mon pays ! » dit ma sœur.

Quand je tourne Phree face au public et à la nappe de sang, je sens son épaule prise d'un tremblement presque imperceptible. Je n'arrive toujours pas à regarder ce qu'elle tient à la main ou, plus exactement, je ne veux pas regarder. Je ne veux pas, point. Et pourtant, tout le monde dans cette salle va devoir la voir, cette chose, courtisans, serviteurs et acteurs confondus, et aussi Phreedom, ma pauvre Phreedom, elle plus que tout autre. Pour comprendre. Pour comprendre vraiment, complètement.

« Contemplons tous le trophée de chasse que tu nous as apporté », dis-je.

Elle soulève par ses longs cheveux la tête du défunt Duc.

Je m'écrie :

« Allons-y ! Regardons-la bien, tous autant que nous sommes ! »

Dame Liberté

Au grand effroi des gens qui se dispersent à cette vue, Phreedom entre à grands pas dans l'agora en renversant étals et charrettes au passage. Elle attaque deux par deux les marches menant au palais de marbre du basileus, fait volte-face sous la colonnade et brandit la tête de l'ange, encadrée par des colonnes corinthiennes, sous le fronton orné d'un relief dépeignant le légendaire Sac de Washington.

« Ô vous qui habitez la ville de Thèmes aux solides murailles ! Venez voir le fauve sanguinaire que nous, les femmes, nous avons capturé ! »

Les mineurs de sable se regroupent et chuchotent d'un air bourru. Un vendeur de soie rassemble des mètres de tissu mauve chatoyant dans la poussière d'un étal renversé. Les poissonniers, les boulangers, les vendeurs de fruits et les petites filles aux allumettes, tous surveillent farouchement leurs biens. Les bouchers empoignent leurs couperets.

« Et contrairement aux hommes qui s'équipent dans les armureries, nous ne nous vantons pas sans motif ! Nous, c'est à mains nues que nous avons capturé ce monstre, et arraché ses membres un à un ! Sans catapultes, ni lances, ni pièges ! » rugit-elle.

Pas besoin de ces merdes, se dit-elle.

« Où est mon vieux père ? Qu'il approche ! Et mon fils, où est-il ? Qu'il prenne une échelle et la dresse contre la maison pour clouer au mur cette tête de lion, ce trésor que je rapporte de la chasse ! »

Comme un rêve, Don se glisse dans sa mémoire, interpolation fluide, altération subtile et simple. Il contourne le palais du basileus.

« Suivez-moi devant le palais avec votre sinistre fardeau, les gars ! Ouais, suivez-moi avec le corps de Pierrot ! Après de pénibles recherches, j'ai retrouvé dans les replis du Cithare ses membres dispersés et déchiquetés, chacun à un endroit différent ! Allez, apportez-le ! »

En apercevant Phreedom qui brandit la tête comme un flambeau, il s'arrête.

« Vous avez vu ? Fermez-la deux secondes ! Putain, je ne le ferai pas si vous… Pourquoi vous ne bougez plus ? Vous avez vu, ça y est ? Putain, c'est sûr, c'est les rupins et les aristos qui vont descendre en premier et nous, comme toujours, on va devoir poireauter là jusqu'à la fin ! Vous avez vu ? Hé, tes foutus coudes, ôte-les de mes côtes, merde ! Ah mais, vos gueules, putain ! Regardez ! Regardez ! »

Les exclamations et les discussions sont aussi entassées que les passagers de troisième classe qui se marchent sur les pieds dans la coursive du vapeur, avec leurs valises, leurs paquets, leurs adieux. C'est le bruit des abrutis qui disent n'importe quoi et tendent le cou au-dessus de la cohue des têtes et des épaules, leurs bonnets à la main, des jeunes mariés tout excités qui papotent, se font des bisous sur la main, se retournent pour tenter d'apercevoir autre chose qu'une minuscule parcelle de ciel bleu à l'endroit où la coursive débouche sur le pont du bateau. Ouais, ils sont des centaines à se presser dans cette coursive, sauf que c'est à une lenteur d'escargot qu'ils progressent vers la passerelle, leurs nouvelles vies, le Nouveau Monde… New York.

« Ça va être magique, Jack, chuchote la jeune femme au bébé qu'elle berce tendrement. Oui, ça va être grandiose. Oh oui, vraiment grandiose. Oh oui… »

Elle fourre son nez contre celui du bébé. Il sourit, il glousse… Quel amour, vraiment ! Tout le temps dans l'entrepont, avec du bruit de nuit comme de jour, et pourtant, à peine quelques pépiements de sa part ! Pendant la plus grande partie du voyage, il a dormi aussi paisiblement que Jésus dans son auge !

Il est bien réveillé à présent, et ses yeux bleus fixés sur elle brillent comme le tout petit bout de ciel vers lequel ils se dirigent si lentement.

« C'est qui, mon tout petit effronté ? lui chantonne-t-elle. Mon tout petit effronté… »

Peu à peu, la foule avance, et le bavardage augmente de volume, parce que ceux qui sont en tête s'écrient : *Regardez ça, regardez ça ! Ouah, vous avez vu ? Bon Dieu, c'est grandiose, vraiment ! Regardez-moi ça, bon sang !*

Elle, elle ne voit pas grand-chose, à cause des têtes et des chapeaux de tous ces immigrants en habits du dimanche. On dirait qu'ils entrent dans une église à la queue leu leu pour assister à la messe de minuit ! Elle n'aperçoit qu'un bout de robe géante drapée sur l'épaule, un bras dressé, et la couronne en forme de soleil d'une femme verdâtre qui ressemble à un ange ou à une vénérable déesse de la justice, et qui brandit son flambeau comme un phare pour l'humanité. Elle, elle la voit à peine, mais elle soulève Jack au-dessus de sa tête pour que *lui* puisse la voir. Regarde ça, Jack ! Tu la vois ? On en rêvait, hein, mon bébé ?

Elle le ramène contre elle, le berce à nouveau. Ils avancent encore de quelques centimètres. Le bébé pépie dans ses bras, ses yeux grands ouverts aussi bleus que le ciel. Ce qu'elle prend pour l'éclat du soleil dans son regard, c'est peut-être la vision qu'il vient d'avoir, une vision miraculeusement piégée, se dit-elle. Un infime reflet de Dame Liberté imprimé sur l'âme de son fils.

Phree est hébétée. Les bitmites qui pullulent le long de son bras et sur la tête coupée se diffusent comme une brume iridescente peuplant la salle d'ombres de vies qui n'ont jamais été mais auraient pu être. Au cœur de l'Hinver, le passé n'est pas plus inéluctable que l'avenir. L'Hinver glisse et patine, un peu comme dans les rêves quand tout bascule brutalement, quand une scène dérive en une fraction de seconde et que les souvenirs s'ajustent en conséquence. De nouvelles histoires remontent à la surface, d'autres plus anciennes s'effritent.

« Je reviens à vous avec mon fils Pierrot massacré par les jeunes filles », dit Don.

Regard braqué sur les bitmites qui miment une forêt vacillante traversée de mères nobles et démentes errant dans les chênaies (Autonomie, mère d'Action, et Inox, dont les noms chuchotés flottent dans l'atmosphère), Don paraît humble et solide à la fois. Est-ce ce… cette réticence stoïque bien à lui qui lui permet de se glisser si naturellement dans les rêves des autres, ni vu ni connu ? Jack déchire les Havres comme un tourbillon, moi je saute dans son sillage, Guy et Joey impriment hardiment leurs propres empreintes à coups de stylo ou de couteau, mais Don est le seul à savoir faire ça : s'enfoncer profondément dans l'existence de quelqu'un. Interprétant maintenant le rôle de Pantalon avec gravité plutôt qu'avec pompe, il se dirige vers Phree.

« On m'a dit que Colombine s'en venait ici en se comportant comme une sauvage, déclare-t-il doucement en Cryptolangue. Nous revenions des rites, Scaramouche et moi, et nous avions déjà franchi les murs et traversions la ville, quand quelqu'un m'a appris l'atrocité commise par ma fille. Je me suis hâté aussitôt… On ne m'a pas trompé : c'est elle que je vois. Ah ! quel triste spectacle ! »

Moi, en revanche, je la distingue à peine dans le blizzard de bitmites qui enfle de plus en plus. Il contient trop de visions différentes et contradictoires : les étals d'un marché, une salle remplie de réfugiés portant des vêtements ternes période Dépression, des bois ténébreux grouillant de femmes déchaînées, des quais encore plus ténébreux, un vapeur dont la passerelle s'abaisse, Guy et Joey habillés en agent de police, en garde du palais… Je ne m'y retrouve pas dans ce capharnaüm projeté par les bitmites à partir de l'esprit de Phree. Don, lui, reste calme. On dirait qu'il perce sans problème ce trompe-l'œil du regard, qu'il ne voit aucun de ces… de ces décors, avec leurs costumes et leurs accessoires.

Ayant tous joué notre rôle, nous restons un peu en retrait. Il ne reste que quelques répliques à prononcer, certaines pour Jack et d'autres pour moi. À Don de retrouver ma sœur dans ce chaos d'Anna et d'Anesthésia, à Don de la tirer des ruines de son passé.

Elle éclate de rire :

« Je le dis de nous toutes, mais surtout de moi qui ai quitté mon métier à tisser et mes navettes pour m'élever plus haut, pour capturer de mes mains des bêtes sauvages à la chasse. J'apporte dans mes bras, comme tu vois, celle-ci que j'ai prise par mon courage, pour que tu la suspendes à ton palais. Tu es heureux, très heureux, que nous ayons accompli de tels exploits !

« Père, sois fier et chante à tue-tête ! Nos exploits courageux te vaudront la bénédiction des dieux ! Tes filles sont les plus vaillantes de toutes les mortelles et, parmi elles, je suis la plus pure de la lignée ! C'est pour accomplir de hauts faits que nous avons abandonné nos métiers à tisser et libéré nos mains ! Et nous avons traqué ce fauve dont je t'ai apporté la tête pour que tu la cloues au mur de ton palais ! Tu la vois ? Reçois-la, père, et invite tes amis à un festin en l'honneur de cette chasse ! »

La demeure du Basilic se dresse derrière elle et le Havre du Duc s'évanouit dans la grisaille. Le masque de la pièce réécrite par Guy est décollé, arraché, et l'antique mythe ressurgit. Jack est Arlequin qui est Dionysos. Don s'adresse à Phree en Cryptolangue, d'une voix bourrue qui fait vibrer l'air et miroiter la vision :

« Ce crime dans tes mains, cette invitation au festin est un spectacle intolérable ! La proie que tu offres aux dieux était sans prix, Colombine… Je pleure tes regrets… et les miens ! »

Il se rapproche d'elle, et elle le regarde d'un air troublé. Autour d'eux, les bitmites bâtissent en tourbillonnant des tours de verre et autres salles de marbre dans des rues bordées de gratte-ciel. Des hommes et des femmes fantomatiques agrippant des sacs de toile et des valises surgissent le long des murs parmi les courtisans, et aussi des marchands, des esclaves enchaînés issus de passés archaïques... Toute une foule de gens tremblants blottis les uns contre les autres, l'armée des âmes ensevelies depuis une éternité dans la poussière que recouvre la pierre de ce Havre.

Don descend de scène. Un bateau à vapeur est maintenant amarré derrière lui, et ça sent le pétrole, le poisson, la sueur, les fruits qui pourrissent dans les entrepôts alentour. Il neige sous un ciel d'hiver. Quelqu'un chante les yeux souriants des belles Irlandaises, *Ça me paraît déjà si loin*, ajoute-t-il, et je me rends compte que c'est moi qui ai dit ça, emporté par le flot des rêves. Ça y est ! Maintenant que l'Hinver d'Anesthésia se fond dans cet autre décor, je reconnais la ligne d'horizon.

« Arlequin nous a frappés durement, lui qui prétend être de notre sang ! Qui parmi nous mérite la honte qu'il nous envoie ? » poursuit Don.

Mais je perçois l'écho de ses paroles — *Tu parles d'un père qui êtes aux cieux ! Pourquoi notre foutu Dieu nous envoie-t-il ce temps de merde ?* Tout en poussant des jurons, l'Écossais empoigne la valise de la jeune femme, qui peut enfin porter son enfant à deux bras, l'emmitoufler dans son châle, le garder bien au chaud, le protéger contre les nuits d'hiver de New York.

« Viens, ma jolie ! Tu ne dois pas rester dans ce froid ! »

Elle paraît effrayée, perdue, elle tremble comme une feuille, mais l'accent biscornu de l'homme est chaleureux et réconfortant, alors elle le suit dans la foule vers le bâtiment de l'immigration, et comme cet étranger l'accompagne — il s'appelle Don MacChuill, lui dit-il —, elle est immensément soulagée, on peut le lire dans ses yeux.

Donc c'est Don qui marche près de ma sœur dans ce rêve d'un New York en hiver, avec ses rues d'or et sa Dame Liberté, et c'est Don qui va l'accompagner dans le froid de l'Hinver pour l'aider à affronter sa fausse éternité de chagrin.

Pour qu'elle redevienne Phree. Pour la libérer.

Un monde plus lent, plus gris

Berlin, 1936.

J'écoute le Führer. Le poste de radio qui chuinte derrière la vitre coulissante de la cabine du garde diffuse son discours au Reichstag. Les gens acclament la rhétorique tonitruante d'Hitler, et j'entends les hurlements des bouchers devenus victimes qu'on sort de leur lit pour les mettre à mort… Je ne les entends pas à la radio, ceux-là, mais dans ma tête. J'attends ce moment depuis sept ans, cet écho d'une autre Nuit des Longs Couteaux en un autre temps, un autre lieu. Les événements se produisent moins vite dans ce monde, ils ne sont pas aussi condensés, mais ils se produisent quand même. Le futurisme n'existe pas, dans cette version du monde, mais fondamentalement, rien n'est très différent.

L'ouverture des portes. Mon frère appelait cela l'ouverture des portes, et il avait raison. Je crois que lui et moi, nous avons franchi un seuil cette nuit-là. D'ailleurs, c'est probablement toute l'Allemagne qui a franchi ce seuil avec nous. Ensuite, elle s'est penchée depuis l'autre côté pour entraîner le reste du monde dans les profondeurs. L'ouverture des portes…

D'un autre côté, mon frère s'est trompé, et de bien des façons. J'ai l'impression que ce monde n'est pas celui auquel il s'attendait. À mon avis, il est plus gris, moins flamboyant qu'il ne l'espérait, si je comprends bien sa façon de penser. J'y réfléchis souvent pendant mes heures à l'Institut, dans ce monde plus lent, plus gris.

« Merci. Où en étions-nous ? »

Pickering referme le briquet d'un petit coup de pouce, l'empoche, se cale dans son siège et dévisage Reynard. C'est complètement absurde, tout ça ! En ce moment, le MI5 sursaute dès qu'il aperçoit son ombre. Tous ceux qui arrivent du continent sont des futuristes potentiels, tous les Irlandais sont des révolutionnaires, tous les pédés sont des espions. Et n'oublions pas les Juifs russes ; ben oui, des individus subversifs se cachent forcément parmi ces intellectuels en exil ! La rhétorique de Mosley sur l'ennemi intérieur, d'accord. Le nouveau patriotisme de l'Empire d'Albion, d'accord. Mais Pickering n'a jamais vraiment adhéré à tout ce blabla sur la nécessité de combattre le feu par le feu et d'avoir une Grande-Bretagne — pardon, une *Albion* — se dressant forte et pure contre l'ennemi slave.

Ce mélange d'opportunisme et d'idéalisme lui laisse un sale goût dans la bouche.

« En fait, nous en avons presque terminé, répond-il. Je suis navré d'avoir dû vous retenir si longtemps. Je vous laisse rentrer chez vous. Dites-moi, comment va votre fils ?

— Thomas ? Merveilleusement bien ! Il ressemble énormément à sa mèr… Mon Dieu, je suis désolé, Joseph ! Vous n'avez sûrement pas envie d'entendre ça ! Je… »

Pickering se force à sourire :

« Ne soyez pas bête. Au contraire, c'est exactement ce que je veux entendre. Ça me fait plaisir de savoir que vous êtes heureux. »

Je contemple mon crâne rasé dans le miroir de la salle de bains. À mon avis, même si je retrouvais le Livre et le joyau, même si je m'adonnais comme mon frère à quelque rituel ésotérique horrible et sanguinolent, ça ne me ramènerait pas dans le monde d'où je viens. Si jamais le Livre existe aussi dans ce monde plus rigide, il lui aura trouvé une place dans son propre système de possibles, tout comme il m'a trouvé une place d'interné anonyme dans un hôpital psychiatrique. Ici, le joyau n'est sans doute rien de plus qu'une jolie babiole dans le trésor royal d'un bouffon en habit d'hermine. Ici, le Livre est probablement un canular du XVIIIe siècle, un objet rare, certes, donc apprécié par les chasseurs de curiosités, mais à l'authenticité contestée depuis longtemps. Ici, mon frère est peut-être le héros qu'il rêvait d'être, un aventurier blond aux yeux bleus en veste de pilote, un pistolet crachant du feu à la main, grossièrement croqué à l'encre dans les cases en deux dimensions d'une bande dessinée américaine. Oui, dans ce monde aussi, il y a des… des histoires de Jack Flash. Des visions, des mythes… Mais j'ai l'impression qu'ici, Jack Flash n'existe que dans les fictions et les fantasmes.

Bien entendu, les futuristes n'existent pas non plus dans cet autre monde, mais nous n'en avons pas besoin ; les nazis sont plus que suffisants.

En pantoufles et pyjama, je me traîne mollement sur le linoléum, et je m'assois au bord du lit du vieux Kurt. Sa respiration est sèche et lointaine comme la radio que notre garde écoute tard dans la nuit ; c'est le souffle lent et asthmatique d'un accordéon, dehors dedans, dehors dedans. Les infirmières le laissent mourir, un demeuré qui rend l'âme, c'est toujours ça de travail en moins. La voix fluette de ses pensées surnage sur le fleuve qui coule dans ma tête. Dans la logique de ce monde, voyez-vous, on n'accepte les faits qui pourraient relever de la magie que si on peut les attribuer à la folie. Je tapote la main ridée toute parsemée de taches de vieillesse en marmonnant quelques mots de consolation.

Au bout d'un moment, la respiration s'arrête ; ne subsiste que la voix, le chuchotement de sa vie parmi tous ceux qui résonnent dans ma tête.

Reynard pose une main sur son épaule.

« Vous faites toujours des cauchemars ? »

Pickering hoche la tête :

« Oui, mais plus autant. »

Il lui est encore difficile de parler de son rêve récurrent, celui qui se passe la nuit et où il reste à la maison au lieu d'aller picoler dans un pub avec Carter. Mais au moins, il a fini par comprendre pourquoi le souvenir de Carter courant après lui dans les rues bombardées, puis le suivant dans la maison qui n'est plus qu'une coquille en feu pour l'arracher au berceau enseveli sous les décombres, pourquoi ce souvenir se mue en autre chose quand il le revoit en rêve. Il a compris pourquoi les événements de cette nuit-là prennent dans son imagination endormie une tournure nettement plus grotesque, plus crue dans son horreur, avec Carter dans le rôle du démon aux cheveux de feu, du monstre qui massacre sa femme et son enfant. *C'est la culpabilité du survivant*, lui a expliqué Reynard. *Dans le rêve, Carter représente cette part de vous que vous blâmez.*

« C'est bizarre… J'ai fait ce rêve si souvent que parfois j'ai l'impression que les souvenirs que j'en garde sont plus clairs que les vrais…

— Je sais. Tout le monde fait ce genre de rêves. Moi, il m'arrive de me dire que le monde serait meilleur si nous ne rêvions pas. Que Dieu nous préserve de nos rêves, Joseph.

— Ainsi parlent les rêveurs…

— Je sais, je sais. »

La maison d'Achée

Quand Phreedom se réveille, Don, penché vers elle, lui éponge le front avec un linge humide. Elle est encore faible, fiévreuse, mais elle se redresse en essayant de reprendre ses esprits. Ils sont dans une pièce vide, sol de planches sales et fenêtre sans vitre avec du polyéthylène cloué sur l'encadrement pour contrecarrer l'entrée de l'Hinver.

« Pourquoi es-tu si solennel, vieil homme ? Pourquoi es-tu si lugubre ? lui demande-t-elle.

— Tu es restée dans les vapes pendant neuf jours, tu sais », répond-il.

En voyant la tête que fait son ami, elle comprend que ces neuf jours ont été rudes. Autour d'eux, plantés comme des poteaux entre les planches, six — non, sept — disrupeurs émettent leur bourdonnement grave et profond. Il y a des bougies à chaque coin de la pièce. Le matelas crasseux imprégné de sa sueur est entouré d'un cercle de sel. Ça a sûrement bardé, mais elle se sent heureuse, et… incroyablement soulagée.

« J'étais avec Jack ? » constate-t-elle en même temps qu'elle prononce ces mots.

L'image de son fils s'impose à elle avec une grande netteté, et le délice qui l'envahit écarte toute autre pensée. Ils riaient ensemble… Il est là, dehors, ce jeune adulte qui marche sur les traces de sa mère. Comme elle, c'est un chasseur, et dans cette guerre déclarée contre les dieux, il fait preuve d'un zèle comparable au sien. Oui, c'était bien Jack, et il y avait des soldats, et une ville appelée Thèmes, et… merde ! Elle se rappelle aussi cette créature, cette cinglée qui pose ses griffes sur la gorge de Jack. Il faut le prévenir ! Elle veut se lever mais ses jambes se dérobent sous elle. Elle a encore la tête qui tourne. Merde !

« Où est-il ? Je l'ai vu ! Je dois le retrouver ! »

Phreedom voudrait oublier ce rêve, mais l'image de son fils Jack entouré de jeunes guerriers… Cette image la réjouit tant que, du coup, elle se sent bien. Alors quel est le problème ?

« Écoute, ma jolie… », lui dit Don.

Elle lit de la compassion dans les yeux de son ami. A-t-elle oublié quelque chose pendant sa fièvre ? *Non* — le chagrin va la broyer. *Laisse-moi me raccrocher à ce mensonge* — le chagrin exerce sa pression —, *je pourrais vivre en rêve pour toujours, sans cette maudite souffrance qui me gâche l'existence* — et quelque chose s'élève dans le tumulte de son âme.

« Que veux-tu me dire, Don ? »

Pourquoi se sent-elle triste ? Jack est vivant, elle l'a vu ! Elle a les idées claires, maintenant ! La fièvre a disparu ! Phreedom fait tout pour conserver sa béatitude.

« D'abord, lève les yeux vers le ciel, lui dit Don. Est-ce le même ? Tu crois qu'il a changé ? »

Il rabat le polyéthylène qui fait office de vitre et la jeune femme contemple New York dévastée. Immaculée sur fond de nuit bleu-noir, la neige tombe et…

… il est plus brillant qu'avant, plus lumineux, on dirait, mais qu'est-ce qu'elle a froid… Un jeune homme s'accroupit devant elle :

« Mademoiselle, vous m'entendez ? Dites voir, vous comprenez quand je parle ? »

Anna hoche la tête. Le jeune homme lui pose une autre question. Elle oublie tout le temps de quoi ils parlent, tout le temps, alors elle invente les questions de ses réponses, et elle lui dit qu'il lui reste encore un peu d'argent, celui que Seamus lui a donné, mais que bientôt elle n'en aura plus et qu'elle doit nourrir et habiller Jack et qu'elle doit manger et s'habiller, elle aussi, et vers qui peut-elle se tourner, pauvre exilée qu'elle est ? C'est pour ça qu'elle est venue dans ce pays, d'ailleurs. Elle savait qu'ici, on l'accepterait.

« Venez. On va vous sortir de la rue, sinon vous allez attraper la mort, avec ce froid. »

Elle hoche la tête et lui explique où elle vit et comment elle a trouvé cette maison en entendant chanter ces filles au son du piano, un son qui portait jusque dans les ruelles noires, sales, souillées de neige, et elle lui raconte cette église où résonnent des hymnes paillards et où se déroulent des mariages un peu spéciaux, la maison d'Achée, qu'on l'appelle, un bordel au bord de l'Hudson charriant ses flots de boue, avec sa lumière rouge à la fenêtre et ces chansons si douces, qu'est-ce qu'elles chantaient, au fait ? « Love is Pleasing and Love is Teasing[1] » ? Oui, c'est ça ! Et c'est quoi les paroles, déjà ? Ah oui, *love is a pleasure when first tis new*[2]… Elle lui parle du petit Pierrot en porcelaine tout couvert de poussière, sur le manteau de la cheminée, le genre d'objet qui se brise si facilement en mille morceaux, oui, comme son petit bébé s'est brisé en mille morceaux quand ils l'ont emmenée chez le docteur, un bout de fil de fer a suffi, et le Russe qui surveillait le docteur avait les yeux de l'hiver, le

1. « L'amour, ça fait du bien, l'amour, ça fait du mal. »
2. « L'amour, c'est toujours bien au début. »

Russe qui avait engendré cet enfant dans l'entrée de son bordel parce que quand il voulait quelque chose il le prenait, et il était si froid, froid comme la glace, et dur, et ce n'était pas de l'amour, oh non, ce n'était pas le mal qui accablait les hommes fréquentant cette maison, ou alors si, peut-être, c'était une sorte d'amour, parce que l'amour ça change, ça évolue, c'est vrai, ça commence tout doux au début et elle chantonne *but as it grows older it grows colder*[1]…

« C'est lui que vous tenez dans vos bras ? » lui demande le jeune homme d'une voix bourrue mais si douce, une voix de vieux alors qu'il est très jeune, oui, ce n'est qu'un enfant, en fait. Il lui a dit qu'il s'appelait Don.

Elle hoche la tête et lui explique qu'elle a très froid maintenant, vraiment froid, avec tout le sang qu'elle a perdu, ce sang qui les a fait paniquer, c'est pour ça qu'ils l'ont amenée dans cette ruelle, le docteur a dit pour l'amour de Dieu ne faites pas ça, etc. mais il l'a laissée quand même et elle a lu la peur dans ses yeux pas comme ceux du Russe pas froids comme ceux du Russe d'accord mais oh qu'est-ce qu'elle tient dans ses bras ? Mais quelle idiote c'est la tête de son lion Léo cette peluche qu'elle aimait tant qu'elle l'avait gardée même quand Thomas lui avait arraché la tête le méchant elle n'avait pas pleuré elle lui avait donné un coup de pied dans le tibia et c'est *lui* qui avait pleuré, bien fait pour lui !

« Vous en êtes sûre ? Jetons-y encore un coup d'œil, mademoiselle. Ne vous inquiétez pas, tout ira bien, maintenant. Vous n'avez plus rien à craindre. »

Elle baisse les yeux vers le petit paquet, couverture, patchwork et dessus-de-lit en lambeaux. Elle le serre si fort dans ses bras qu'ils semblent presque verrouillés, comme pétrifiés par le gel. Oh ! mon Dieu, mais qu'est-ce qu'elle voit ? C'est quoi, cette chose dans ses mains ?

1. « Mais avec le temps il s'éteint. »

« Regardez bien, insiste Don. Il faut que vous compreniez bien ce que vous voyez. »

Oh ! Jésus Marie Joseph. Jésus Marie Joseph, ce visage minuscule tout gelé… Elle refuse d'y croire. C'est impossible ! Sa vie est déjà bien assez malheureuse sans cette misérable vision.

« Vous voyez toujours une tête de lion ? » lui demande Don.

Oh non… Ce n'est pas son Léo mais ses cheveux sont tout aussi dorés et ses yeux aussi bleus que le ciel de sa savane imaginaire mais sa joue elle ne devrait pas être comme ça il a une belle peau mais pas tout à fait blanche pas blanche comme la neige non pas blanc et bleu comme la tête du Pierrot de porcelaine qu'elle a fait tomber du manteau de la cheminée elle voulait seulement l'épousseter et ensuite le Russe l'a traînée dans l'entrée il y a neuf mois et Mary-Jane a monté Jack dans sa chambre pour le calmer et le protéger pendant que sa maman criait parce que le Russe lui déchirait sa meilleure robe, la verte, pour la prendre de force et ensuite il l'avait laissée, exactement comme il l'a abandonnée ici pour se débarrasser d'elle après l'avortement clandestin bâclé et Jack n'a jamais aimé le froid non jamais et maintenant ses mains minuscules sont gelées…

Elle sent s'espacer les battements de son cœur.

Elle est là, la vérité, froide et intemporelle. On est en 1921 et Anna agonise dans cette ruelle isolée, un enfant mort de froid dans ses bras, l'autre réduit en miettes dans son utérus. On est en 2019 et Phreedom gît contre une benne à ordures, secouée de tremblements dus au froid et au manque. Dans son ventre il n'y a rien et dans ses bras non plus, parce que des mecs en costume chic lui ont pris Jack. On est en 2037 et elle est dans une autre New York ; il y a des milliers de New York sur la longue route qui traverse le Vélum, et elle doit explorer les New York de tous ses plis au cas où il s'y trouverait. Maintenant, c'est l'éternité. On est dehors, si loin dans l'Hinver que les années n'ont plus de sens ; ici, on mesure le temps en heures qui se dressent comme autant de cités, les cités de midi, les cités du Crépuscule, les cités de l'éternelle nuit…

Phreedom et Don sont devant une scène vide sous un projecteur solitaire. La jeune femme sent le poids de la tête coupée dans sa main, l'horrible poids de ce meurtre qu'elle et ses sœurs bitmites ont commis. Bon Dieu, il faut qu'elle soit tombée bien bas ! Que fait-elle à brandir cette tête comme une saloperie de trophée ?

Son bras retombe, mais elle n'arrive pas à lâcher les cheveux gris encore un peu striés d'or. *Dis quelque chose*, pense-t-elle, mais il n'y a rien à dire. Pour elle, les bitmites n'ont aucune réplique en réserve.

« Je n'ai pas attendu que tu comprennes pour le pleurer », dit Don.

Je survole la page en lisant les répliques de ma sœur, car pour les répétitions, c'est moi qui joue Colombine. Jack et Joey installent la scène autour de la roulotte ; ils tournent des poignées, verrouillent des boulons, hissent des sacs de sable avec des cordes. Guy fait signe de reculer à quelques gardes du Duc et leur demande de placer les trônes et les sièges en suivant ses instructions et en laissant un peu d'espace devant la scène. Debout au milieu de la salle, il regarde notre installation. Il cherche à déterminer où va tomber le Duc, je suppose. Je frotte mon pouce et mon index ; l'encre est toujours humide sur la page.

Je demande :

« Où Pierrot a-t-il péri ? Ici, dans le palais ? Où a-t-il été décapité ?

— À l'endroit même où jadis Action fut déchiqueté par ses chiens de meute, récite Don.

— Pourquoi est-il allé au Cithare, l'infortuné ?

— Pour railler Arlequin, toi, ta meute et vos rites !

— Mais nous, pourquoi nous y sommes-nous rendues ? Avais-je perdu la raison ? »

Don me désigne du menton l'entrée de la salle :

« Toute cette foutue cité s'abandonnait au délire. »

Armure grise, allure crâneuse et fière, le Duc fait son entrée ;

à côté de lui, un consul sautille pour rester à sa hauteur. Je siffle pour prévenir Jack, qui repère le Duc et disparaît pour ne pas se faire voir.

Je reprends la lecture :

« C'est Arlequin qui nous a perdues, je le comprends enfin. En refusant d'admettre sa nature divine, nous l'avons offensé. »

Fasciné par ce vieux guerrier, cet être à mi-chemin entre l'ange et le roi, je lis ma réplique d'un ton plat. Mon ventre nauséeux et mes couilles douloureuses me rappellent l'horreur de ce que nous nous apprêtons à commettre. Il ressemble tant à Jack ! Un Jack plus âgé, sans le sourire éblouissant… Oui mais il a piégé ma sœur et la retient dans ce château céleste, dois-je me répéter. Dans son rêve, dans ce mensonge, c'est une princesse à la con.

Mais doit-il vraiment le payer de sa vie ?

Don me donne un coup de coude et siffle entre ses dents pour me rappeler à l'ordre.

« Mais le corps de mon fils bien-aimé, où est-il, père ?

— Il m'a fallu longtemps pour le retrouver, membre après membre. Et je l'ai rapporté. »

J'essaye de ne pas penser à ce que nous lui réservons, à ce que Phreedom devra lui faire pour se libérer du mensonge qui la retient prisonnière. Jack est revenu de derrière le rideau vêtu de son costume rapiécé, le masque d'Arlequin sur le visage pour que le Duc ne se rende compte de rien. Costumes rapiécés, mondes rapiécés… Un million de Jack éparpillés dans l'Hinver. Les chiens de nos passés nous ont déchiquetés tous autant que nous sommes, nous ont réduits en pièces. Bon Dieu, est-ce vraiment un tel crime, ces sanctuaires offerts aux âmes perdues dans la sauvagerie de l'Hinver ? Ceux qui les bâtissent, ces hommes qui ont un peu de feu en eux et une vague nuance dorée dans leurs cheveux gris, méritent-ils la mort ? Mettons que nous démolissions ce Havre misérable, que nous dépecions ce mensonge et Phreedom avec… et que nous n'arrivions pas à rassembler les morceaux ? Que nous n'y arrivions jamais ?

Je feuillette la pièce de Guy. Plus j'avance, plus elle s'alourdit de ratures et de marques, de répliques réécrites dans les marges, de flèches et de ronds renvoyant à ses annotations.

Putain, Guy, j'espère que tu sais ce que tu fais, me dis-je.

Tous les mecs bien

« Putain, Guy ! J'espère que tu sais ce que tu fais ! » s'exclame Puck.

L'adorable Puck, qui fixe du regard l'ombre vautrée à côté de Jack sur le canapé du salon. Ils sont dans l'antre de Fox, son appart bien caché au cœur du Taudis.

« Nous avons besoin de lui, proteste Guy. Le temps est venu pour tous les mecs bien…

— Ah bon ? Cet enfoiré de psychopathe qui n'en a rien à foutre de rien ni de personne, tu trouves vraiment que c'est un mec bien ? »

Incapable de répliquer par un sarcasme (il n'a pas encore retrouvé toute sa tête), Joey se contente de lui faire un doigt. *Rien à foutre de ce que tu dis, connard !*

Nous les bitmites, couturières de la peau, nous montons et descendons le long de ce doigt, nous flottons autour de lui, nous en tissons la chair. Ce geste symbolique, cette affirmation toute simple et si singulière, appartient au noyau de son être, au cœur de Joey. Nous l'imbriquons en lui, nous le cousons en lui, nous connectons tel élément à tel autre. C'est la réponse du jeune homme questionné par Guy parce qu'il a mis la main sur de nouvelles drogues, c'est celle de l'ado interrogé par un milicien en chemise noire, c'est celle du garçon qui s'attire les railleries des autres parce qu'il peint. C'est la réponse muette à un millier de questions, à *toutes* les questions. Un majeur dressé.

Je vous emmerde.

« Tu vois ce que je veux dire ? insiste Puck.

— Oui mais parfois, ce genre d'attitude se révèle bien commode », réplique Guy,

« Vous jouez avec le feu, vous savez, dit Puck.

— Ben ouais, ça met un peu de piquant dans l'existence », rigole Jack.

Ce grand sourire éclatant nous fait basculer dans un autre instant, Jack qui gobe une pilule au cours d'une fête dans un entrepôt, puis un autre, Jack qui déboutonne la braguette de Puck, puis un autre, Jack qui balance un cocktail Molotov… Nous emboîtons tous ces instants, les *clic* et *tchic* de son briquet, ses bonds de toit en toit pour échapper au SS qui lui tire dessus, au chef de gang à qui il a lancé un baiser, aux gamins de la bande des rasoirs dont lui et Joey arpentent le territoire, ou pour relever un défi, tout simplement. Vers à soie fouissant la terre, araignées diligentes, nous filons l'acier soyeux où ces instants de joie étincellent comme des gouttes de rosée au soleil. Nous voyons Jack par les yeux de Joey ; ils se balancent tout en haut d'un échafaudage, à plusieurs mètres de la barre de fer d'en face, à plusieurs étages de hauteur, et Joey lui dit *Je parie que tu ne le feras pas,* et Jack lui offre sa réponse muette à lui : son grand sourire intrépide.

Je t'emmerde.

Jack s'extirpe du canapé, s'étire, prend Puck par la taille et l'attire tout contre lui.

« Qu'est-ce qui peut arriver de pire ? » lui dit-il.

Joey les observe tous les deux : Jack glisse une main légère sous le tee-shirt de Puck qui se rejette en arrière, chatouillé par le froid, puis il y a les petites tapes, quelques bourrades — *Mais casse-toi !* —, et la clé de Jack au cou de Puck en guise d'étreinte timide et infantile. Guy penché à la fenêtre, Puck et Jack qui se pelotent, et Joey complètement vanné, assis dans un coin… Exactement comme dans le temps, sauf que la sensation de dégoût qui le rongeait a disparu. À l'époque, quand il regardait Jack et Puck, il ne voyait que des gamins un peu bêtes jouant à la révolution. Et Guy, toujours un peu en retrait, qu'est-ce qu'il était louche, et quel poseur, avec sa cigarette et son verre ! Qu'est-ce qu'il pouvait bien manigancer ? Guy Fox, chef de la Guilde des voleurs depuis le départ du roi Finn. Était-il vraiment convaincu qu'ils allaient renverser ce putain de système ? Croyait-il vraiment toutes ces foutaises sur les *hommes de bien* ?

Et aujourd'hui, alors ? Aujourd'hui, Joey perçoit le chagrin de Puck caché sous sa malice. Aujourd'hui, il comprend que la sauvagerie de Jack n'est que le déni féroce d'une sourde inquiétude et que Guy porte sur ses épaules tous les malheurs du monde avec une désinvolture affectée. Et Joey se pose des questions. Ce qu'il a ressenti quand Jack s'est entiché de cette jolie créature brillante, image au nez retroussé de son moi secret et du rêve émoustillant d'une Kentigern libérée, ne serait-ce pas de la jalousie ? En a-t-il voulu à Puck et à la révolution qui lui avaient volé son meilleur ami ?

Putain, ce serait la merde, vraiment.

Il se traîne vers la fenêtre et contemple le Taudis à côté de Fox. Comme ce dernier vit près de sa limite est, quelques centaines de mètres seulement les séparent du mur de béton (et de feu, maintenant) les isolant du reste de Kentigern, mais on ne s'en rend pas compte. Si l'appartement était enfoui au cœur du Taudis, la vue serait comparable. À gauche, la cour arrière du vieil îlot d'habitations ; dans le temps, on y mettait les poubelles, mais aujourd'hui elle est entièrement occupée par des préfabriqués à plusieurs étages, des balcons, des échelles. Droit devant eux, sur le macadam d'un parking autrefois bondé d'étals tous les matins et de gamins jouant au foot tous les après-midi, un énorme hangar de tôle ondulée rouge de rouille et vert de mousse occulte complètement la plus grande partie du panorama. De l'autre côté se dressent d'autres habitations et d'autres préfabriqués cachés derrière l'échafaudage qui soutient le toit de matériaux hétéroclites isolant la rue du ciel.

« Quel est ton plan, alors ? demande-t-il à Fox.

— Je n'en ai pas pour l'instant. À mon avis, vous devriez vous tenir à carreau pendant un moment, Jack et toi, le temps que les bitmites abattent les murs de Kentigern. Ensuite nous sortirons dans l'Hinver pour dégoter le Havre suivant. Le roi Finn est *forcément* détenu quelque part. Il a trop de valeur à leurs yeux. »

Joey garde le silence ; il pense aux rats enflammés courant dans les ténèbres, aux rats qui s'éparpillent en ville et autour du Cirque. Aux bitmites répandant le chaos dans la nuit sans fin de Kentigern. Les habitants du Taudis ne redoutent pas le chaos, ils s'en repaissent, donc ça ira très bien pour eux. Mais dehors, dans les centres commerciaux, dans les bâtiments municipaux, dans la cité-État policier des comateux qui nient l'apocalypse que le monde a subie, ils vont vivre l'enfer.

« Et s'ils reprennent le contrôle ? hasarde Joey. Tu sais très bien que les enfoirés qui vivent là-bas ne veulent pas de leur liberté. Malgré les bitmites qui peuvent donner vie à leurs sordides petits fantasmes. Ils n'en veulent pas parce qu'ils la redoutent. Quatre illuminés ne peuvent pas faire la révolution à eux tous seuls, Fox.

— Cinq », dit Don en refermant la porte derrière lui.

Et Fox sourit à Joey comme si l'instant était lourd de sens.

« Nous les prendrons une par une, conclut-il. Une seule âme à la fois. »

La danse d'Arlequin

Elle traverse la ville en traînant derrière elle l'ange qui titube pour ne pas tomber. Pourquoi le laisse-t-elle en vie ? Elle ne sait pas trop. Malgré ce qu'il prétend, malgré ses yeux irradiant le bleu des ciels dégagés, des yeux étincelants, électriques, elle n'arrive pas à croire qu'elle a vraiment affaire à Jack. Et pourtant… quand elle a posé ses doigts sur la gorge de l'homme, quand ses griffes lui ont percé la peau, une infime parcelle de son humanité lui est revenue, et elle a suspendu son geste. Malgré les bitmites qui sifflaient dans sa tête, malgré la meute assoiffée de sang qui lui hurlait de le mettre à mort, elle a senti une petite parcelle de logique protester en elle : *Non, ne fais pas ça, tu n'as jamais voulu en arriver là. Ne te venge pas. La vengeance ne résoudra rien. Le monde, l'Hinver, le Vélum tout entier ne peuvent se réduire à une simple question de vengeance.*

Donc, elle traîne l'ange dans la ville qu'il dirige, ce petit Havre perdu dans l'Hinver dont il s'est proclamé le roi, le *basileus* à la con. Ils traversent le marché, renversant en passant les étals et les charrettes à bras, puis elle le force à s'agenouiller sous la colonnade de sa saloperie de palais, ange de feu autrefois grandiose qu'on a dépouillé de son armure. Le voici torse nu et… débarrassé de son empreinte. Le lacis de cicatrices sur sa poitrine ressemblait un peu trop à la marque de naissance de son fils disparu.

Mais Jack a hérité son étrange empreinte déchirée des bitmites et du tatouage confus qu'elle porte sur son bras droit, alors que la marque de cet Amortel n'est qu'une ruse. Ses cheveux grisonnants, sa barbe sont ceux d'un guerrier qui a voulu réécrire son destin, qui a refusé une mort glorieuse sur le champ de bataille, qui a préféré échanger sa vie de combattant contre celle qu'il s'est choisie. La vie du roi d'une petite ville. La vie d'un homme sensé, se dit-il probablement. Et pourtant, dans l'ordre désespéré qu'il a imposé à sa nature sauvage, Phree parvient tout de même à déchiffrer ce qu'il fut dans le monde d'avant le Crépuscule.

« Tristes sont les destins que nous nous fabriquons. Mais Pierrot, pourquoi a-t-il payé pour ma faute ? » s'écrie Phree.

Elle déclame cette tirade comme si la réponse était évidente. Pour tout et pour rien. Une servante se met à sangloter. Le consul lui agrippe le bras en observant nerveusement Joey qui fronce les sourcils. Je l'entends presque marmonner : *Tu récoltes ce que tu as semé.*

« Pierrot et toi, vous n'honoriez pas le dieu, et Pierrot refusait de se joindre à sa danse, dit Don. Il a causé notre ruine à tous, celle de cette maison, la tienne, la mienne et la sienne. »

Figés comme des statues le long des murs, les spectateurs ne parviennent pas à s'arracher au spectacle macabre du cadavre du Duc. Les volutes de bitmites qui s'élèvent du sol et se répandent dans la salle l'ont déjà presque dissous, et l'absence de ce corps est encore plus dérangeante que le corps lui-même. Il ne reste plus que la tête dans la main de Phreedom. On s'imagine toujours que la décapitation consiste à priver la victime de sa tête, alors que c'est aussi la priver de son corps ; c'est une tête qui perd son cœur, ses tripes, son épine dorsale… Une tête morte.

« Maintenant, je serai honteusement chassé de mon palais des rêves, moi Pantalon-le-Grand qui a semé la race des Thèmains et recueilli la plus belle des moissons ! »

Les larmes de Phree écrivent sur son visage la détresse et la honte d'une jeune femme qui a porté un enfant assassiné dans son utérus, l'a tenu gelé dans ses bras, l'a regardé gisant dans une tombe sinistre… ou se demande ce qui s'est vraiment passé. C'est la même chose, de toute façon. Parce que même si Phree n'a rien à se reprocher, rêver ces mensonges rendrait n'importe qui fou à lier. La mort de l'innocence signe la mort de l'espoir, et la mort de l'espoir celle de la raison, me dis-je. Le chagrin, c'est de la folie, Phree, peu importe le sens que tu donnes à ces mots.

Elle tourne autour de l'ange.

Il a dû se taillader tout seul à l'époque où les bitmites déchaînées ont balayé la réalité, suppose-t-elle, pendant le Crépuscule ou l'Hinver qui a suivi, comme un criminel de guerre dont les troupes vaincues s'évanouissent devant le couteau et qui choisissent la survie plutôt que la gloire, l'obscurité plutôt que l'exécution. Mais l'empreinte de cet ange n'est pas complètement effacée, et Phree peut y lire son passé, les flammes, la fumée, la guerre. En suivant les cicatrices sur sa poitrine, elle déchiffre le feu d'artifice de son ascension, les courbes tranchantes des villes tombées sur sa route, les mille entailles des âmes soumises, les piqûres d'épingles, les coupures de rasoir du massacre succédant à un combat apocalyptique. Il n'a eu qu'à prononcer un certain mot et le feu s'est déversé sur Bagdad, Téhéran et Damas.

Elle contemple cette empreinte et elle le voit, elle distingue en lui son identité travestie, elle le voit donner l'ordre d'exécuter certains anges, démons et humains sans distinction, elle le voit qui veut cimenter par la force brute les vestiges de l'Alliance, elle le voit ruminer sur son trône pendant que le Crépuscule rugit dehors, tellement bruyamment qu'il noie même la Cryptolangue de son garde du corps. Elle voit ce suzerain angélique tourner le dos et fuir, elle le voit abandonner ses frères à leur sort, aux bitmites et à l'humanité, leur nouvelle alliée, maintenant qu'elles abattent toutes les portes.

C'est moi ! C'est Jack ! lui a-t-il dit. Et elle a tant voulu le croire qu'elle a failli le tuer quand elle a compris qu'il lui mentait, quand elle a retiré ses griffes de la gorge de sa victime pour déchirer sa chemise, quand elle a su sans équivoque *ce* qu'il était, *qui* il était : un ange de feu qui se croyait capable de soumettre les démons mais avait découvert que la haine des humains est une force plus puissante que n'importe quel Amortel avide de pouvoir. Un ange de feu fuyant le Crépuscule et les bitmites, mais aussi la rage, le chagrin et l'incertitude libérés en lui. L'ange de feu. Le seul, l'unique.

Gabriel.

Elle lui chuchote à l'oreille : *Tu es lié à moi désormais. Je ne vais pas te tuer, mais tu dois comprendre qu'à partir de maintenant, c'est moi qui commande. Tu n'es plus roi. Tu peux être… duc, si ça te chante, mais plus roi.* Ce qu'elle lui fait subir, ce qu'elle se fait subir à elle-même en lui laissant la vie sauve est bien plus cruel qu'une simple exécution, mais elle aimerait tant qu'il soit Jack ! Et puis dans l'Hinver, ce monde dément post-bitmites où les mensonges peuvent devenir réalité, les âmes éparpillées se rassemblent autour des rêves qu'elles partagent.

Et le rêve de cet ange n'est sans doute pas complètement incompatible avec le sien.

Les bitmites s'écoulent le long de son bras puis de ses griffes dégoulinantes de sang et se déversent sur la tête coupée, fusionnant bras et tête au cœur d'un filigrane de symboles rampants. Elles rongent maintenant la chair sur le crâne, vision écœurante qui me soulève le cœur. Joey et Jack ont l'air de s'en foutre, mais Guy supporte très mal cette scène, comme moi. La main de Phree tremble un peu, son échine vibre. Hé oui, Phree, c'est ça, la mort ! Même en plein milieu de l'Hinver, même dans ces royaumes imaginaires où d'affreux tyrans meurent décapités par leur propre épée et où leurs cadavres se dissipent dans les airs, la mort reste sale. Ici aussi, elle laisse des marques visibles et obscènes.

Don prend le menton de Phree et tourne son visage vers lui. Les yeux de cet homme n'expriment pas l'horreur qu'il ressent peut-être. Il est calme, solennel.

« Je partage ta douleur, Pantalon. Le fils de ta fille a subi un châtiment mérité, mais cruel pour toi. »

Avec beaucoup de douceur, Don oblige Phree à lui céder la tête. Il la force à ouvrir les doigts, les décolle de la chevelure en train de se dissoudre. Ensuite, tenant par la mâchoire le trophée de la jeune femme, il s'adresse à lui :

« C'est sur toi que ma maison levait les yeux, c'est toi qui étais la clé de voûte de mon palais, toi le fils de ma fille. Tu étais la crainte de la cité. Ma vieillesse, nul n'osait l'insulter en te voyant, car il se serait attiré un châtiment mérité. »

Et tandis qu'il parle à la tête, la chair s'en détache comme de la poussière de bitmites, dénudant l'os blanc et poli.

« Ô mon précieux enfant, je te considérerai toujours comme

mon fils. Je ne t'oublierai jamais… toi qui me tirais tendrement la barbe, je ne t'entendrai plus jamais m'appeler, me demander d'un ton outré : “*Messire, qui vous insulte, qui vous outrage ? Qui trouble votre cœur, comme une épine dans votre flanc ? Nommez-le-moi, père ! Je lui ferai la peau !*” »

Maintenant que toute la chair s'est décollée du crâne, Don marche avec lui, parle avec lui. Le Pantalon qu'il interprète, un vieillard sénile, n'est pas sans évoquer le pauvre Yorick qui tiendrait le crâne d'Hamlet.

« Car, bien que tu ne sois plus… car tu ne referas plus jamais ces choses… »

Pendant quelques instants, Don se ratatine et sombre dans un chagrin muet.

« S'il est quelqu'un qui brave la vérité du divin, qu'il se souvienne de Pierrot et de Colombine, et de ses sœurs aussi ! Qu'il contemple cette triste mort, et qu'il croie au divin ! »

Croyez plutôt au hasard, me dis-je. Au hasard et au chaos. Et en un dieu qui danse, ivre de vin, en transe… Car quoi d'autre que le vin pour soulager notre peine ?

Les prophéties que nous écoutons

« Ah ! ma fille, nous allons traverser une passe difficile. Toi et tes sœurs… Je ne crois pas que votre vieux père puisse encore vous aider, mon enfant.

— Hélas ! Notre sort est scellé, vieil homme. C'est la misère, l'exil ! »

Les bitmites soufflent ces mots à Phree, certes, mais la jeune femme n'a pas besoin de les entendre, elle les ressent au plus profond d'elle-même. Ils la construisent, comme l'empreinte le long de son bras et les serpents entrelacés de sa nature, le conflit et l'étrange paix qu'il a fait naître ; tout est écrit sur sa peau, tout est gravé en elle, y compris cette prophétie qu'elle a crue bêtement il y a bien longtemps : celle de son voyage avec

Don dans le Vélum, de leurs séjours sur d'étranges rivages, d'un Don vieillissant, d'une Phree qui ne vieillit pas. La prophétie où ils poussent devant eux, comme les bêtes d'un troupeau, les jeunes esclaves qu'ils viennent de secourir et qu'ils ont enlevées aux maisons des aristos, dans le fracas des rafales de rupteurs qui pulvérisent le sol sous leurs pieds. Don leur fait signe de continuer et s'arrête pour retenir leurs poursuivants, si noble, putain, si con, putain, si…

Continue sans moi.

Qu'est-ce qu'il lui a manqué !

« Ah, ma pauvre enfant », lui dit-il.

Il la serre dans ses bras. Vêtu de la robe blanche de son personnage, il ressemble à un vieux cygne fragile qui replie ses ailes de neige sur un jeune congénère. Les bitmites murmurent à Phree la tirade suivante, et à l'instant où elle la prononce, elle est un peu Phreedom, un peu Anesthésia, un peu une certaine Anna. Mais elle est aussi Colombine, et elle le sait.

« Je te pleurerai, père. Adieu.

— Et moi sur toi, mon enfant, et je pleure sur tes sœurs. Adieu et sois heureuse, ma pauvre fille… Si quelqu'un comme toi peut arriver à trouver le bonheur. »

« Je trouverai mes sœurs, qui se joindront à moi dans mon exil et ma disgrâce. Allons où le mont Cithare ne puisse me voir, où mes yeux ne puissent voir cette maudite montagne, où le souvenir du thyrse ne s'attache plus à moi. Que d'autres membres de la meute en fassent leur joie ! »

Dans l'étrange prophétie de son passé gravée sur son bras, les choses ont l'air si simples ! Ce n'est que l'histoire d'une perte, une de plus, avec Tom, Finnan, le Crépuscule, et Don qui la trouve à New York. Ils ont voyagé si loin tous les deux, ils sont allés si loin à la recherche d'un endroit à l'abri des anges et de leurs guerres… Puis il est parti aussi. En ce temps-là, la guerre que menait Phreedom ressemblait beaucoup au salut. Chaque tête d'ange plantée sur une pique lui donnait une sensation de paix.

Elle a entraîné dans l'Hinver sa tribu mi-lionne mi-barbare, mis à sac avec son armée les cités qu'elle croisait, Havre après Havre, incendié chaque temple, chaque tombe rencontrés. Elle se rappelle leur raid sur l'Oracle de Lice, puis elle prenant la tête de la meute pendant la longue traversée de l'Hinver. La jeune veuve qu'elle était a mené ses enfants sur la terre froide des bienheureux vers un foyer qu'ils n'ont jamais trouvé, jusqu'au jour où elle a compris qu'elle ne pourrait jamais traverser le fleuve torrentiel de sa souffrance. Que jamais elle ne trouverait le repos.

« Adieu, ô mon foyer ! Adieu, ô ma patrie ! Arlequin a posé sur nous la lourde main de sa fureur ! » s'exclame-t-elle.

Le consul s'est tourné vers… Sara, la servante dont il tient le bras. Tiens, elle a un nom, tout comme le consul, qui s'appelle Etmundt. Et il y a aussi Merton, Rosai, Taner… Phree connaît tous leurs noms ! Ces courtisans, ces serfs, ces dames de compagnie, ces porteurs d'eau, ils ont tous un nom et une place dans ce Havre, sous le toit du Duc, chacun d'eux, et ces quelques âmes terrifiées ne sont qu'une fraction de toute une société de scribes et de cuisiniers, de femmes de ménage et de jardiniers, avec les chœurs qui chantent chaque matin dans les dômes autour des murs, les sonneurs de cloches et les sentinelles et ceux qui fouettent et les gardes. Elle se demande ce qu'ils vont faire maintenant que le Duc a disparu. Et sachant qu'elle ne peut pas rester ici plus longtemps, elle se demande si elle est triste parce qu'ils vont lui manquer ou parce qu'elle ne les a jamais assez bien connus pour qu'ils lui manquent.

« Dieu, pardonne-moi mon crime. Je sais que j'ai péché, mais ta vengeance est trop cruelle. »

Les yeux incroyablement bleus sous le masque, Arlequin prend le crâne du Duc des mains de Don.

« Qu'est-ce que tu attends ? dit-il. Pourquoi retardes-tu toujours l'accomplissement de ton destin ? Il est bien tard pour reconnaître en moi le fils du divin, Colombine ! Lorsqu'il le fallait, tu n'as pas voulu ! Si tu avais entendu raison plus tôt, tu connaîtrais le bonheur. Nous serions dans le même camp. Étant le fils non d'un mortel, mais de Zée en personne, je suis certes divin, mais j'ai souffert de ton mépris ! Mon nom n'était pas respecté à Thèmes ! »

Il tire sur un fil derrière sa tête. Le masque tombe, et Phree voit le visage qui hante ses rêves. Elle l'a connu nourrisson dans ses bras et ange vieillissant usant de tous ses charmes pour sauver sa peau, mais ce Jack-ci n'est pas un noble guerrier, c'est un Arlequin ; ce Jack-ci n'est pas un Duc, c'est un Dionysos au sourire carnassier :

« Tu sais, certains disent que les dieux sont fort bêtes de se comporter aussi bassement que les mortels, mais il y a bien longtemps… »

Il brandit le crâne du Duc. Des bitmites rampent dans ses orbites pour le dévorer de l'intérieur. Jack souffle dessus, et il tombe en poussière.

« Il y a bien longtemps, mon père en a décidé ainsi, et nous devons lui obéir. »

Je chante :

« L'âme prend bien des formes, et bien des destins peuvent s'accomplir. Parfois, celui dont nous rêvions ne se réalise pas, parfois même nous trouvons le moyen de provoquer les événements que nous redoutions… »

Les bitmites s'écartent de la poussière blanche qui plane dans les airs.

« Tel a été le dénouement de ce drame, comme vous l'aurez compris, j'espère », dis-je en conclusion.

Il n'y a pas de tomber de rideau. Les lumières faiblissent, et c'est tout. Nous ne saluons pas le public, qui reste silencieux. Jack actionne une ou deux manettes ; un *clang* se fait entendre, puis la plainte des moteurs, et la scène commence à s'élever.

Il écarte à coups de pied quelques rochers en polystyrène et Don conduit Phree vers notre véhicule. Jack, qui est monté dans la roulotte, fait coulisser un compartiment du plafond : la planque de nos rupteurs. Il en laisse tomber trois que je rattrape au vol, dont le mien. La paroi latérale du véhicule s'est maintenant complètement redressée. Jack prend un quatrième rupteur, l'allume, bondit vers une corde et se laisse glisser à côté de moi. Pendant ce temps-là, Don grimpe sur le siège du conducteur en enfilant ses gants de pilotage, et moi, je passe deux des rupteurs à Joey et Guy. Tout en gardant à l'œil les spectateurs tremblants, Jack rabat vers l'arrière les bâches recouvrant nos chevaux Waldo, harnache ces derniers, ôte d'un coup de pied les sabots bloquant les roues du véhicule puis saute sur le marchepied.

La main tendue devant lui comme s'il jouait du piano, Don redonne vie aux serres géantes. Les courroies du harnais se tendent et les Waldo tractent notre roulotte, qui s'ébranle puis s'extirpe lentement des installations scéniques. Dans la salle, elle évite le plus gros des débris, mais quelques chaises craquent sous les roues, et les Waldo en écartent d'autres d'un petit coup de doigt.

Guy et moi, nous suivons à pied la roulotte qui franchit la grande porte par laquelle nous sommes entrés quelques heures plus tôt. Joey se dépêche d'aller chercher l'épée du Duc dans un tas de débris au milieu de la salle, puis pique un petit sprint pour nous rejoindre. Juste avant que Joey et Guy ne rabattent vigoureusement les battants derrière nous, je capte l'expression du consul, la façon dont il se place entre nous et la servante, et je remarque à côté de lui le vieux courtisan qui cache à deux mains la tache humide étalée à son entrejambe. Tout ça parce qu'il voulait passer une bonne soirée, me dis-je.

Une fois la porte refermée, Joey coince l'épée dans les poignées en guise de verrou de fortune ; voilà qui devrait nous donner un tout petit peu d'avance. Guy grimpe sur le banc à côté de Don et je saute sur le marchepied, puis je joue des pieds et des mains pour escalader l'échelle d'accès au toit. Le couloir qui nous fait face est gris et interminable, et il y a encore d'innombrables gardes et des tas de portes entre nous et le monde extérieur. Bah, au moins, nous sommes six maintenant. Ce n'est pas grand-chose contre toute une armée, certes, mais il ne nous manque plus qu'une personne pour égaler les Sept Mercenaires.

Et, au moins, nous avons retrouvé Phreedom.

Errata

Un chasseur, un cueilleur

On l'a vu à Dresde, mon frère. On l'a vu à Dresde, à Londres, à Nagasaki. Mais moi, personne ne m'a vu. Personne ne m'a vu marchant dans Berlin pendant la Nuit de cristal, sur le verre fracassé et les vies anéanties. Personne ne m'a vu parmi les damnés emmenés à Auschwitz, Dachau ou Belsen, personne n'a vu les portes de fer se refermant sur nous. Personne ne m'a vu m'agenouiller sur des sols carrelés couverts de merde et de pisse pour tenir la main et recueillir les dernières pensées de ceux qui meurent autour de moi. Personne ne me voit, moi, le dernier de tous les voleurs qu'ils devront subir.

Et pourtant, dans les goulags sibériens, les camps de prisonniers de guerre japonais, les villages du Vietnam, les villes de Bosnie, partout où ont régné la souffrance et la misère, j'étais là. J'étais là, mais invisible et inaudible. Moi, je voyais, j'entendais, je savais tout des mourants — malgré leur état de déchéance physique et mentale — et je recueillais ce savoir pour le déverser dans le fleuve des âmes qui s'écoule en moi.

Au départ, je voulais juste échapper aux chasseurs de ce monde, connaître au moins une fois une existence exempte de toute responsabilité. Au lieu de quoi, je suis moi-même devenu un chasseur, un cueilleur. Ma propre vie ne m'appartient pas, mais il semblerait que je doive répondre de toutes les autres.

Ce ne sont pas vraiment les âmes que j'entends quand elles jaillissent des lèvres figées et craquelées, entre la dernière inspiration des mourants et leur dernier gargouillis. Je ne les entends pas au sens littéral, du moins ; c'est plutôt comme si me revenait le souvenir de ce qui a été. Au début, je croyais entendre des voix, je me croyais victime d'hallucinations ou de délires, comme disaient les docteurs debout près de mon lit, ceux qui me traitaient comme un chien. Au début, ces monologues étaient terriblement indistincts, confus, lointains. Au début, ils me semblaient sans queue ni tête.

Le temps passant, comme on apprend une langue étrangère en écoutant bavarder les clients d'un café que l'on fréquente tous les jours pendant des mois, j'ai commencé à décrypter les peurs non dites, les désirs, les joies et les peines des autres patients et du personnel qui m'entouraient, toujours présents, en fait, mais ne se cristallisant véritablement que dans leur dernier souffle. Je ne les entends pas, donc ; je m'en souviens parce que je les ai lus dans le Livre ou perçus dans le rugissement des fantômes hantant la pièce le jour où mon frère nous a entraînés dans ce monde-ci.

En cet instant débridé, les vies de tous les morts de cet effroyable siècle se sont déversées en même temps dans la pièce, et je les ai toutes écoutées. J'ai écouté toutes les heures de ces vies tourbillonnant autour de moi, déchaînées. Depuis, je me souviens d'elles malgré moi lorsque je me trouve à proximité de ceux qui les ont vécues, en particulier lorsque leur précieuse histoire personnelle leur revient brutalement pour la dernière fois.

Le fleuve des âmes, le voleur de vies

Dois-je laisser toutes ces vies brisées, égarées, oubliées, partir à la dérive dans l'éternité ? Dois-je me taire, en espérant qu'elles s'assoupissent à nouveau dans ma chair ? La première fois que j'ai ouvert la bouche pour déverser mes fantômes sur les docteurs de l'Institut, je ne songeais pas du tout à me réfugier au milieu des spectres de la mémoire. Dans les pensées de l'un des docteurs, j'avais capté le chuchotement fugitif de la stérilisation forcée et le vague souvenir d'un méfait encore plus atroce. Si j'arrivais à leur faire comprendre que nous aussi pouvions connaître des moments significatifs au cours de notre vie, me disais-je, si j'y arrivais, ils… ils comprendraient que nous étions humains, comme eux. J'ignorais…

J'ignorais que le fleuve des âmes allait non seulement inonder mon environnement mais aussi me piéger, m'entraîner dans son courant, me faire sortir de la prison où je croupissais, me transporter dans tel ou tel souvenir qui ne m'appartient pas. Je grimpe dans un train au moment de la rencontre entre deux amoureux. Dans une rue, j'entends une mère gronder sa fille qui rentre trop tard. Et ainsi de suite. Au départ, je voulais assister aux souvenirs oubliés pour en porter témoignage, mais chaque mot prononcé de ces vies perdues est un pas dans l'espace et le temps. Chaque fois que je me retrouve en prison, je peux m'en évader, et chaque fois qu'on veut m'amener dans un camp de la mort, membre anonyme d'un troupeau numéroté, je peux quand je le souhaite m'échapper dans le passé d'un mort.

Ne suis-je alors qu'un nécrophage, malgré mes rêves de miséricorde ? Pourquoi recueillir ces dernières confessions muettes ? Est-ce seulement pour voyager n'importe où et à n'importe quelle époque dans les vies que contient le Livre ? Suis-je le gardien, le témoin de ces âmes ou un vulgaire voleur de vies ? À vrai dire, je suis un peu des deux, je crois. Beaucoup vont me dire que je n'ai pas à recueillir ce qui appartient à la Mort ! Eh bien moi, je dis que la Mort gouverne ce monde en exigeant sacrifice et supplication, qu'elle brandit ses prérogatives dans le feu et le sang, et que moi, je refuse de m'y soumettre, parce que je connais son visage. Je connais le visage de la Mort, seul Dieu véritable dont l'unique réponse à nos prières est la destruction. Je connais le visage de mon frère.

Je ne me considère absolument pas comme un héros, mais si, en volant ces vies, je peux extirper quelques cauchemars d'un lieu chaque fois que je m'en évade, alors je le ferai. Les voleurs de vie ne sont pas des héros, oh non, car les héros savent que ce qu'ils font est juste. Je n'en suis pas certain, moi. Et je m'en moque. Les héros rêvent d'être des dieux. Ce sont les héros qui détruisent ce monde avec leurs certitudes aveugles et brutales, et nous, nous titubons au milieu des ruines pour rassembler nos morts.

VOLUME QUATRE

Deuil oriental

BUCOLIQUE

Éternités mortes et poussière

La Principaea Cosmogonea de Gioseppus de Paracletus

D'après Gioseppus de Paracletus, grand érudit du XVIIe siècle, le Livre de Toutes les Heures s'ouvre sur une liste de tous les nombres finis rationnels — 1, 2, 3, 4, etc. —, quatre cents nombres par page, quarante lignes de dix nombres chacune. Pas de zéro dans cette liste, le zéro représentant un pas hors de la finitude et ne relevant pas par conséquent d'un tome traitant avant tout de l'existentiel. Sur les pages opposées à cette liste de nombres, gribouillée de l'écriture ordinaire et nerveuse d'un commentateur anonyme, une liste de fractions se déroule en tandem : 1/1, 1/2, 1/3, 1/4, etc.

Logiquement, on pourrait en conclure que ce n'est qu'après avoir tourné la dernière page (que personne ne semble jamais atteindre quel que soit le temps passé à feuilleter le Livre) que le lecteur va enfin se retrouver face à l'infini sur une page et au zéro sur la page opposée. Le zéro, comme le lecteur éclairé du Livre le comprendra aisément, n'est pas davantage une mesure concrète du réel, des choses, que ne l'est l'infini. Comme l'infini, c'est une abstraction du concept d'unités mesurables du réel. Nous déduisons de notre expérience existentielle d'une ou de plusieurs choses les idées du tout (l'infini) et du rien (le zéro) ; mais l'infini et le zéro sont, de par leur nature non existentielle, transexistentiels… métaphysiques.

Au lecteur opiniâtre qui se résoudrait à feuilleter ces pages pour l'éternité, cependant, Paracletus explique que le Livre de Toutes les Heures, ayant entassé l'infini dans les quatre cents premières pages de son infinité de pages, se poursuit à partir de cette liste de nombres finis, plongeant plutôt brutalement dans les mathématiques proprement dites. D'abord, il se borne à décrire les bases de l'arithmétique, mais très rapidement, il élabore et développe son éventail de symboles transformationnels permettant de décrire des relations géométriques et algébriques très complexes.

On a longtemps soupçonné Paracletus de s'être largement inspiré du Livre pour composer sa *Principaea Cosmogonea* ; sa répartition initiale de principes et de théorèmes entre les parties Macroscopica et Microscopica — la première rédigée sur les pages paires et la deuxième sur les pages impaires — pourrait bien refléter une structure similaire à celle du Livre lui-même. Étant donné la pertinence de ce travail, y compris de nos jours puisqu'il a inspiré les mathématiciens et les spécialistes de physique théorique dans la construction de la physique quantique et des théories de la relativité, des super-cordes, des twisteurs et des vérités aléatoires, il serait effectivement remarquable que Paracletus soit seul responsable de cette surabondance d'ingéniosité.

Plus solide et plus théâtralisé

Après le coin de la rue, le *bip bip bip* incessant d'un camion qui recule perce le *vroum* lointain des camionnettes et des voitures livrant marchandises et vendeurs aux magasins de Sauchiehall Street. Fox tente de percevoir le chant des oiseaux dans le bruit matinal, en vain. C'est l'hiver à Kentigern. L'aube ne sera pas là avant, quoi, trois heures au moins, et il fera de nouveau sombre vers quatre heures de l'après-midi. Fox remonte son col et descend les marches de son perron, les mains fourrées dans ses poches. Il aurait dû penser à prendre un pardessus.

Il fait froid, mais pas assez froid pour la neige. De toute façon il neige rarement à Kentigern en cette période de l'année. À cause du Gulf Stream, les mois de décembre sont doux et humides ici, les Noëls blancs peu fréquents, au milieu de l'hiver la ville présente une tonalité ténébreuse plutôt rare ailleurs dans le monde. Éclairées par les reflets orange des réverbères sur les trottoirs humides et les décorations lumineuses dans les boutiques, les longues nuits de Kentigern manquent de cette qualité bleu-blanc de la neige en suspension ou balayée dans les caniveaux de New York ou Berlin. C'est plutôt l'ambiance des feux de joie invitant à la danse, des bûches crépitant dans le foyer, des ampoules en forme de bougies sur leurs candélabres de cuivre dans le pub bien chauffé où les gens se retrouvent entre amis. Dans cette ville, on peut passer plusieurs jours sans apercevoir la lumière naturelle, aller au travail dans le noir, rentrer à la maison dans le noir. Soit on trouve ça complètement déprimant, soit on apprécie l'atmosphère étrangement artificielle que cela confère à la vie, le clair-obscur rendant les choses à la fois plus concrètes et plus théâtralisées. Comme si le monde était une peinture du Caravage ou de Rembrandt. *Le Retour de l'enfant prodigue*.

À certains égards, ce sont tous des enfants prodigues, mais à différents degrés, se dit Fox. Joey, mélancolique et amer, paraît toujours piégé, Jack est dans le premier élan d'une libération extatique et sauvage, et Puck se la coule douce en pleine nature, dans une sorte de verger où il trouve tout ce qu'il faut à manger. Et lui, Guy ? C'est l'enfant prodigue qui parcourt le monde depuis un bon moment. Il commence à comprendre que la vie n'est pas aussi simple qu'elle le paraît, il commence à comprendre à quel point ce monde est dangereux, mais il ne veut pas laisser tomber.

Il tourne le coin, dépasse les phares aveuglants du camion-poubelle et évite un éboueur avec un mot d'excuse et un hochement de tête.

Au gré de ses changements d'opinion, de ses indications erronées et de ses rectifications, il espère avoir semé une petite graine dans l'esprit de Pickering, avoir fait naître de nouvelles connexions, comme les points suturant une peau en lambeaux sur la blessure du vide en lui. Mais Guy grave mieux la Cryptolangue qu'il ne la parle, et ce cher Joey est un sujet coriace qui n'a confiance en rien, traque sans répit la vérité et hait les illusions. Ils ont besoin de lui pourtant. Malgré le feu de Jack, malgré l'amour de Puck et la jugeote de Guy, tous trois ont besoin de la froide et sombre volonté de Joey. Pickering, Péchorin ou Narcosis, Joey ne sera jamais complètement dans le jeu, mais pour extirper les mensonges qu'ils se racontent à eux-mêmes, ils ont besoin de lui, de sa langue aiguisée comme le scalpel d'un chirurgien. Du couteau à palette du peintre qui racle les couches successives.

Grande théorie de la désunification

L'idée ancienne selon laquelle le travail de Paracletus dérive principalement du Livre est pourtant remise en cause par de nombreux érudits pour qui les dernières pages des *Principaea* de Paracletus prouveraient son aliénation mentale. Comme le remarquent et s'en alarment forcément les lecteurs, au fur et à mesure que progresse cet ouvrage, les fils parallèles d'une logique rigoureuse, l'invention et l'application du « calcul hypothétique », les modèles topologiques dérivés évoquant le travail de Poincaré, les prédictions et les hypothèses semblent s'embourber au milieu des tableaux et des graphiques de ses observations empiriques, qu'il commence à ajouter d'abord dans les marges, puis graduellement tout au long du texte, dans le moindre espace blanc disponible.

Comme le fait remarquer Schaller, à partir du volume trente-six, l'exégèse des modèles requiert plus de place sur la page que les modèles eux-mêmes. Les annotations, désormais placées sans le moindre discernement sur les pages impaires ou paires, sont fréquemment reliées aux équations auxquelles elles se rapportent par des cercles, des flèches et autres symboles sténographiques. D'après Schaller, ce n'est pas le travail d'un simple copiste, mais la carte dynamique — voire enfiévrée — d'un esprit bondissant furieusement en tous sens et tentant désespérément de trouver une logique à des théories et à des données toujours plus contradictoires.

Sur les pages qui ouvrent le volume trente-huit, la répartition entre Macroscopia et Microscopia se détraque complètement. Les équations, les formules et les observations sont désormais distribuées presque au hasard entre, et souvent à travers, les pages impaires et paires. Ensuite, comme l'avance Schaller, on sombre dans une « Grande théorie de la désunification ». Paracletus ayant renoncé à toute notion d'échelle, nous pourrions avancer qu'il traite d'une sorte de *Mesoscopica*. D'ailleurs, une génération entière d'épistémologistes et d'économistes tente d'appliquer ses théories sans perdre ce fait de vue.

Si c'est bien le cas, il est peu probable que Paracletus ait copié le Livre. Schaller affirme qu'il peut le prouver en se référant aux quelques sources biographiques plutôt fiables existant encore sur Paracletus : après une brève étude du Livre qui lui aurait procuré son inspiration initiale, Paracletus aurait perdu l'accès à cette œuvre et passé les dernières années de sa vie à tenter de reconstituer la somme de ses intuitions, se condamnant à la folie et à l'échec en raison de la nature même de ce travail de Goliath. Ce qui réside au cœur de la descente de Paracletus dans le chaos, conclut Schaller, ce sont ses efforts pour cartographier un labyrinthe qu'il n'a fait qu'entrevoir.

Chemins sinueux ou enchanteurs

Fox s'arrête au coin de Charing Cross et de Woodlands Road pour allumer une cigarette, puis pivote vers Park Circus, en haut de la colline. Il jette ensuite un coup d'œil en biais à l'horloge de l'église, sur la tour blanche, et se retourne pour faire face aux…

… lumières des lanternes suspendues et des néons de Chinatown, dragons et pictogrammes chinois. Il n'est jamais vraiment certain de la localisation de cette rue — c'est peut-être San Francisco —, mais quelle importance, en fin de compte ? Chinatown est Chinatown, quelle que soit la ville qui l'accueille.

L'heure est la même à sa montre, mais la luminosité ici est plus forte que là d'où il vient. Une fine tranche de ciel bleu clair pâlit au-dessus de lui puis se déverse des toits devant lui, dans l'entassement de supermarchés vendant du glutamate de sodium, des bouddhas décoratifs et autres paysages taillés dans du bambou et protégés par des vitres encadrées de bois noir laqué. En s'engageant dans la rue pavée, il évite de justesse un livreur qui, un carton hissé sur l'épaule, franchit les portes du restaurant occupant les étages supérieurs. Il y a des enseignes partout avec des mots comme *Pékin*, *Dragon*, *Jade* et *Canton*. Des *Auberges*, des *Grands Magasins*, des *Jardins*… Il devrait y avoir des auberges, des grands magasins et des jardins dans toutes les villes, se dit-il.

« Monsieur Fox ! Vous vous êtes levé tôt… »

« Je ne me suis pas encore couché », réplique-t-il.

Il recule et remonte sur le trottoir pour serrer la main à

M. Chung. Comment s'en sort *L'Impératrice de Shanghai* en ce moment ? Bien, il espère ? Oui, tout à fait, et pourquoi ne vient-t-il plus depuis des semaines boire du thé vert et jouer au go avec M. Chung ? Ah, mais M. Fox est très occupé ces jours-ci.

« N'importe quoi ! rigole M. Chung. *Moi*, je suis un homme occupé. Vous, vous êtes écrivain. Votre travail consiste à vous asseoir, à boire du thé vert avec un vieil homme et à jouer au go. Il n'y a qu'ici que vous pouvez apprendre notre antique sagesse chinoise, ne l'oubliez pas ! »

Guy éclate de rire. Le dicton favori du vieil homme, c'est *Confucius n'a jamais dirigé un restaurant. Confucius ne savait rien.* Je viendrai la semaine prochaine, lui promet Guy, la semaine prochaine. Il laisse tomber son mégot dans une flaque au coin de la rue, emprunte une ruelle qui serpente dans un étroit labyrinthe de brique, grimpe des marches qui sinuent sous une arche et aboutissent à des chemins tortueux, des chemins enchanteurs. Entre Istanbul et l'East End de Londres, il se faufile dans des rues bordées de saunas en ruine et saturées de pollution. Lumières rouges aux fenêtres, filles aux cheveux parfumés…

Y a-t-il en ce moment même quelques anges déchus dans ces bordels ? Des anges enfilant leurs vêtements, chemises et cravates, puis sortant leurs portefeuilles pour payer les filles des hommes ? Depuis que leur Alliance est tombée, beaucoup d'entre eux ont adopté le mode de vie des humains, attirés par les joies et les peines de la chair… Fox y voit une certaine raison d'espérer, mais aussi de redouter le pire. Le chaos dans lequel ils sont désormais plongés est du genre à s'affaisser, laissant surgir de nouvelles dualités.

Deux écoles de pensée rivales

Au XIXe siècle, deux écoles de pensée rivales se lancèrent dans un débat acharné sur les origines du Livre, et par extension celles du Cosmos. Se fondant sur la tradition religieuse soutenant que

Dieu avait rédigé le Livre avec Son sang en guise d'encre, les manualistes formalisèrent leur doctrine autour de la croyance selon laquelle l'encre a été la substance première du réel.

En résumé, ils soutenaient que l'encre était Dieu et que Dieu était l'encre, le substrat sur lequel est bâti le Cosmos, à la fois antérieur et extérieur au réel. Autrement dit, par-delà les limites spatiales et temporelles du monde ordinaire, « l'intellect infini, noir et liquide d'une puissance divine est le support d'activité grâce auquel le fini est défini ». Ce fut en vérité la théorie dominante pendant des siècles, parce qu'elle était en accord avec le climat théologique du christianisme et du créationnisme. Nous sommes tous l'œuvre de Dieu, affirmaient les manualistes, et la majorité des gens adhéraient à cette idée.

À l'époque des Lumières, les néo-iconoclastes remirent en cause cette théorie en insistant sur l'absurdité consistant à caractériser l'infini (autrement dit le non-existentiel) en termes de fini (c'est-à-dire d'existentiel). S'opposant férocement au concept anthropomorphe d'une déité créatrice, ils raillaient « ces sornettes primitives et superstitieuses d'un monde censé être formé par la salive noire recueillie dans la barbe de Dieu et barbouillée en jolis motifs sur une page ».

Si toutes les actions sont écrites dans le Livre, insistaient les néo-iconoclastes, l'action d'une « main de Dieu » manualiste devait forcément s'y trouver décrite. Certains acceptaient l'existence d'un scribe démiurgique, d'un scribe limité par le Livre exactement comme les créatures qu'il décrit, mais tous niaient l'existence antérieure d'un Créateur transcendant. Les néo-iconoclastes ne croyaient qu'au Livre. Rien n'existait en dehors du Livre, rien n'avait existé avant, rien n'existerait après. La substance première du réel, le substrat sur lequel est écrit le Cosmos, le véritable fondement du réel, c'est le vélin du Livre, affirmaient-ils.

Cette lointaine voix de clairon

Les marches sous ses pieds sont devenues blanches, un peu rosâtres ; c'est du calcaire, de la pierre de Jérusalem. Il se trouve dans la partie arabe orientale de cette ville, c'est toujours le matin, c'est toujours le milieu de l'hiver juste avant l'aube et toujours en 1999, mais Fox s'est légèrement décalé. Dans ce pli, Kentigern s'appelle Glasgow. La portion de ciel qui le surplombe est encore plus réduite dans ces rues de plus en plus étroites au fur et à mesure de sa progression, mais il est ici d'un azur intense, à la fois plus céleste et d'une réalité plus aérienne.

Fox consulte sa montre — pile à l'heure — et porte la cigarette à ses lèvres pour aspirer une bouffée. Il ferme les yeux en entendant un muezzin lancer l'appel aux prières du matin dans son minaret, quelque part au loin.

Anges déchus, livre des âmes… C'est l'une des légendes se rapportant au Livre de toutes les Heures ; l'ouvrage aurait été apporté sur terre par des anges qui ne se battaient ni pour le Paradis ni pour l'Enfer. La guerre des cieux faisait rage. Pensant le mettre à l'abri, ils avaient juste réussi à le perdre.

Fox rouvre les yeux.

Bursa. Les cafés et les restaurants se succèdent juste devant l'hôtel Dilmun. Le mont Uludag domine la ville, dans laquelle il descend en pente douce. Plus bas chante un muezzin, quelque part. Debout près d'une clôture, une cigarette à la main, Guy écoute les variations de cette lointaine voix de clairon en survolant du regard les toits et les jardins.

Le Livre n'est pas la seule chose perdue dans cette affaire, se dit-il. Ils sont tous perdus, plus ou moins. Le Crépuscule a libéré l'humanité tout entière de ses réalités originelles. Les identités individuelles ont été mises en pièces, puis éparpillées. Le Crépuscule a fini par s'éteindre et les êtres humains se hissent péniblement d'un monde détruit à un autre, parcourant la brume de l'Hinver à la recherche de leur famille, de leurs amis, forgeant de nouveaux liens dans cette pénombre glacée, s'accrochant à des formes et à des ombres qui *pourraient* être leurs frères disparus, leurs sœurs, leur père, leur mère... Qui pourraient être leurs autres eux-mêmes disparus.

Guy a fini par comprendre qu'il existe une connexion plus profonde qu'il ne le pensait entre eux, entre ses amis Jack, Puck, Anna, Joey, Don... et Finnan aussi, peu importe où il est, et lui-même. En fait, ces sept personnes, ces sept âmes, ne forment peut-être qu'une seule... identité.

Il dépasse la petite baraque en bois et le taksi Heykel garé devant pour entrer dans le hall de l'hôtel. Il aime la majesté désuète du Dilmun, qui traverse des temps difficiles. Cet hôtel ne vaut pas le Celik Palas un petit peu plus haut sur la route, avec ses grands bains turcs à coupole et ses photos noir et blanc témoignant de son état à l'époque coloniale : des jardins à la française s'étendaient là où passe une route aujourd'hui, une route encombrée de voitures crachant des gaz noirs par des pots d'échappement trépidants. Il fut un temps où le Celik Palas aurait été plus à son goût, mais, désormais, Guy se sentait plus à l'aise au Dilmun.

« *Geniden* », dit-il au réceptionniste.

Bonjour.

« *Geniden*, répète l'employé. Chambre 611 ?

— *Evet. Tesekkur.* »

Le livre non écrit

Il est facile de comprendre que ces philosophies — celle des manualistes et celle des néo-iconoclastes — débattent toutes les deux de la primauté de l'infini sur le zéro, ou l'inverse. Fascinées par la perfection de ces idées abstraites — notion théiste de l'encre en tant qu'esprit divin d'un côté, notion athéiste du vélin comme *tabula rasa* de l'autre —, les deux philosophies cherchent à ancrer l'énigme de l'existence dans un absolu essentialiste. En fait, en cherchant à arracher le déterminé à l'indéterminé, à tirer quelque chose du tout ou du néant, les deux ne font qu'enchanter le réel à partir de leurs abstractions préférées.

Par conséquent, toutes deux sont boiteuses ; elles n'expliquent pas par quelle opération les possibilités infinies d'un état métaphysique — esprit divin ou *tabula rasa* — se sont muées en vérités finies de l'existence réelle. On ne passe pas d'une fiole pleine ou d'une page vierge au Livre de Toutes les Heures en se contentant de prononcer un mot. Le livre non écrit, comme l'a affirmé Hobbsbaum, n'est ni dans l'encre ni sur la page.

Récemment, les philosophes sont revenus à une théorie plus archaïque de la nature cosmogonique du Livre, une théorie qui ne cherche pas à expliquer le passage de l'infini au fini, mais celui de l'indéfini au défini ; c'est la théorie dite de la « cosmogonie orphique ». Ici, ni l'encre ni la page n'ont la primauté, les deux n'étant que des substituts récents aux pigments et aux peaux dont s'est nourri le Livre au fil du temps. Car, au cours de l'histoire humaine, le Livre a émergé du mélange de ses sources disséminées, de ses inventions indépendantes : marques cunéiformes dans l'argile, tatouages tribaux sur la peau, entailles des propulseurs en ivoire…

Prenant le chaos comme point de départ, la cosmogonie orphique considère la (les) création(s) du Livre non comme un événement unique, et le Livre non comme un ouvrage rédigé par un seul auteur, mais comme un processus de conjonction et de différenciation, autrement dit d'évolution. Dans la cosmogonie orphique, pas de livre non écrit, pas d'état métaphysique antérieur et parfait de certitude absolue. La cosmogonie orphique recherche les origines du déterminé dans l'indéterminé, en quoi elle voit un phénomène extérieur au tout et au rien plutôt que le tout ou le rien eux-mêmes. D'après cette cosmogonie, avant le Livre il existait des myriades de livres, d'innombrables combinaisons d'encre et de vélin, d'argile et de roseau, de bois et d'ocre, de pierre et de sang.

Le printemps à Bursa

La sonnerie de l'ascenseur marque son arrivée à l'étage ; la porte s'ouvre sur un couloir inondé de chaleur et de lumière artificielle. Avec leur décor inchangé depuis des décennies, leurs sempiternels éclairages d'ambiance et leur température toujours limite, les hôtels de ce genre sont à la fois rassurants et suffocants. À l'intérieur, impossible de savoir en quelle saison on est.

Avant même de glisser sa clé magnétique dans le verrou et d'entrer dans cette chambre du sixième étage aux rideaux grands ouverts, il sait pourtant que c'est le printemps à Bursa. C'est toujours le printemps à Bursa.

Il fait coulisser la vitre et sent l'air nocturne encore frais qui se réchauffe déjà avec le lever du soleil. Ça ne l'ennuie pas d'entendre le bruit de la circulation quand la fenêtre est ouverte ; c'est même une consolation après toutes les foutaises pseudo-médiévales des Havres dans le désert de l'Hinver ou les excès de vapeur de sexe à Kentigern. Il est plutôt content de sa modernité chérie, malgré tous ses défauts.

Les autres — Jack, Puck, Joey, Anesthésia et même Don — ont l'air chez eux dans ces plis moins ordinaires ; ce sont des créatures du vélin et de l'encre, du Vélum et des bitmites. Mais Fox… il a beau les avoir parcourus, ces plis, il a beau s'y être immergé plus longtemps qu'aucun de ses amis, il ne s'est jamais dissous dans le Vélum comme ils s'y sont dissous, il ne s'y est jamais perdu comme ils s'y sont perdus… pas plus d'une courte éternité, en tout cas.

Il se dit parfois qu'il aimerait bien capituler et laisser les bitmites l'entraîner dans le rêve qu'elles lui attribuent.

Mais ce qu'il veut vraiment, c'est se réveiller ; et il veut que les autres se réveillent, que Jack et Joey arrêtent de jouer à si-tu-me-tues-je-te-tue, que Puck et Anesthésia arrêtent de jouer à la victime et à la vengeance. Ah oui, il y a Don, quand même… Don qui fait toujours ce qui est nécessaire, ce vieux soldat éternellement stoïque et posé. Tard dans la nuit, assis ensemble dans un jardin sur un toit dominant une apocalypse, Guy et Don ont observé les feux allumés par Jack, écouté les hurlements des anges déchiquetés par le rupteur d'Anesthésia, regardé les gratte-ciel s'effondrer dans des volutes de fumée grise.

« Nous devons découvrir un moyen d'en finir avec ça », avait-il dit un jour à Don.

C'était à Kentigern, juste après qu'ils eurent libéré Joey. Les bitmites avaient transformé la ville en un enfer provisoire autonome marquant la fin de l'Empire. Les bitmites s'étaient arrachées de leurs cloaques puants puis répandues en ville à toute vitesse, submergeant les rues par vagues, comme une marée, peste de rats chevauchés par des puces. Et les fascistes étaient tombés. Les rebelles avaient gagné, certes, mais en récoltant en échange une guerre civile sectaire : Verts contre Bleus, deux gangs exclusivement loyaux envers leurs couleurs et cherchant à imposer un ordre nouveau au chaos à coups de rasoirs effilés, de briques et de fusils à canon scié. Bon Dieu !

Don s'était contenté de lui sourire d'un air las.

Dans un autre pli, lui avait raconté Don, dans un autre Kentigern, les deux gangs ennemis auraient porté les noms de « catholiques » et de « protestants », chacun supportant une des deux équipes de foot rivales de la ville. Ils auraient chanté des chants de haine dans les gradins, avec les traditionnels coups de couteau et autres batailles rangées au centre-ville après les matchs nuls. C'était exactement la même image qu'ils avaient sous les yeux, mais dessinée à coups de pinceau plus hardis, une image participant de la nature de cette ville, de son caractère, cet héritage d'animosités ne rimant à rien. Elle serait toujours ainsi.

Fox avait regardé le soleil qui se levait à l'est — car le soleil se lèverait à jamais à l'est. Mais n'était-il pas un petit peu plus haut ce jour-là ?

« Rien ne dure toujours », avait-il répliqué à Don.

Là, en contemplant par la fenêtre le printemps à Bursa, il en est vraiment persuadé. Tout comme le Crépuscule, en balayant le Vélum, a modifié toute chose, entraînant dans son sillage la longue nuit de l'Hinver, le monde est de nouveau en train de se modifier.

D'ailleurs, c'est le propre du chaos.

Acrobates et artistes

Le concept de chaos appliqué au Livre de Toutes les Heures soulève des réactions particulièrement passionnelles. La résurgence de l'intérêt pour la cosmogonie orphique a certes attiré l'attention sur ce domaine, mais le legs des pensées manualiste et néo-iconoclaste reste prégnant dans les cercles religieux. Il existe donc encore beaucoup de résistance à l'idée que le Livre puisse être une entité intrinsèquement chaotique et l'ordre un comportement émergent, un épiphénomène.

En 1939, le professeur Samuel Hobbsbaum avança une nouvelle théorie, soulevant un tollé général dans le monde universitaire. D'après lui, et contrairement à l'assertion de Schaller, Paracletus était en fait resté en contact avec le Livre pendant ses dernières années de travail sur la *Principaea Cosmogonea*, et la confusion progressive de sa pensée en reflétait le contenu.

« Le Livre ne joue pas à James Joyce avec le Cosmos, voyons ! » déclara Schaller à cette occasion.

Quand nous abordons le Livre de Toutes les Heures et le Cosmos qu'il décrit, nous nous retrouvons confrontés à une construction existentielle composée de myriades d'éléments, étoiles, planètes, particules et ondes, matière, énergie, arbres, orages, acrobates et artistes. Ce que soutint Hobbsbaum dans son discours de 1939 à l'Institut royal de métaphysique, c'est que notre tendance à considérer le Livre comme un objet complet, consistant, singulier et grandiose est un acte de foi fondé sur notre désir de certitude.

D'après Hobbsbaum, le Livre serait intrinsèquement contradictoire, et les multiples descriptions qu'il contient forcément inconsistantes et incomplètes. Ce que Paracletus aurait cherché à démontrer dans ses *Principaea*, c'est que nos descriptions du Cosmos, même quand elles sont précises, cohérentes et globales… peuvent s'avérer totalement incompatibles les unes avec les autres.

« Considérons le temps et l'espace, déclara Hobbsbaum. Considérons le réel lui-même comme un palimpseste… »

Sa boucle de Möbius du temps et de l'espace

Fox fait coulisser la porte miroir de l'armoire, prend la sacoche de cuir à l'intérieur, la dépose sur le lit, la déboucle, en tire le Livre. Le contemple.

Il ne l'ouvre plus très souvent. La dernière fois, toutes ses pages étaient blanches comme un champ sous la neige. Effrayé, il s'est dit que l'encre du Livre avait dû s'enfuir, aspirée goutte à goutte dans le monde, transformée en ombre sous les pieds, en ciel nocturne, en bitmites infestant tous les coins et recoins de l'univers. Les pages blanches se succédaient, et Fox s'est arrêté juste avant la dernière. Qu'il n'a pu se résoudre à regarder.

Ils se trouvaient dans un pli correspondant plus ou moins à une Russie prérévolutionnaire. Ils retournaient à Kentigern dans un vaisseau aérien bondé de rupins et de valets, Jack et Puck coincés dans un entrepont avec les paysans, Joey scotché aux tables de jeux dans son uniforme noir flambant neuf et interprétant son personnage de fataliste géorgien devant des comtesses admiratives, Don et Anna habillés comme Jivago et sa femme et Fox dans une cabine pour lui tout seul, très pimpant avec son pince-nez et sa barbiche, un carnet de notes sous le bras ; un journaliste, peut-être ? Il avait passé les dernières semaines à regarder l'encre s'évanouir jour après jour, comme si quelque chose décapait le vélin ou le mettait à nu pour y faire apparaître un nouveau texte. Il quittait parfois ces pages des yeux pour contempler l'Hinver sibérien, puis les baissait à nouveau sur les vagues mathématiques grisâtres de l'infini et du zéro (d'après ce qu'il en discernait).

Ils se trouvaient quelque part au-dessus de Stavropol quand il avait ouvert le Livre sur une première page blanche.

Fox passe la main sur la couverture de cuir fragile et mince, craquelée au dos. L'objet a rétréci depuis qu'il l'a volé ou créé, bref, depuis qu'il est entré en sa possession, quelle que soit la façon dont il est entré en sa possession dans d'innombrables passés contradictoires. Auparavant grand et lourd comme un ancien grimoire, il ressemble aujourd'hui à une Bible de catéchisme, le genre de cadeau qu'on offre aux enfants après leur première communion ; plus épais qu'un livre de poche bon marché, il est aussi plus petit. Fox peut le tenir dans une seule main ou l'emporter dans une poche — il a été conçu pour cela, après tout : pour guider l'innocent à travers les tempêtes de la vie. Fox ne se sent pas si innocent que cela.

Un jour, il l'a mis en pièces, il a arraché toutes ses pages, les a balancées aux quatre vents. Quand était-ce ? Bon Dieu, ça remonte à si loin qu'il ne se le rappelle pas !

Jack était revenu en sang et couvert de brûlures de l'une de ses expéditions dans l'Hinver. *Saloperies de dragons !* s'était-il exclamé. Puis il avait laissé tomber le Livre devant lui comme un chien rapportant un bâton : *Regarde ce que j'ai trouvé !*

Il ne devrait pas exister mais il existe, ce truc impossible, ce livre volé dans un caveau et trimbalé partout dans le Vélum. Fabriqué avec de la peau d'ange dans l'éternelle Kentigern, forgé à Paris en 1939, ouvert à Berlin en 1929… Perdu et volé, détruit, refait, réécrit, ce Livre a connu autant de péripéties que le monde lui-même, et il les renferme toutes dans son anneau de Möbius du temps et de l'espace, et toutes ces histoires contradictoires se sont amalgamées en un seul conte confus et c'est bien une sorte de vérité, certes, mais truffée d'inconsistances, de digressions, d'interpolations et d'interprétations erronées, de fictions racontées comme des faits, de faits racontés comme de la fiction. Il y a les vérités et les demi-vérités, et il y a les mensonges, les mensonges innocents, les mensonges maudits. Et il y a les histoires, qui sont tout cela à la fois.

Fox ouvre le livre et tourne une page, qui craque entre ses doigts. Il referme doucement le volume.

Il pourrait le balancer par terre. Ce serait une bonne chose, non ? Le réduire en poussière, en éternités mortes.

De l'affaissement perpétuel

Hobbsbaum fonde sa thèse de l'affaissement perpétuel sur la réinterprétation d'une formule en apparence absurde à laquelle Paracletus consacre inexplicablement tout son dernier tome : $X \times 1/X = 1$. D'après Schaller, l'obsession de Paracletus pour cette formule ne fait que prouver une bonne fois pour toutes sa folie. De son côté, Hobbsbaum réalise un remarquable exercice intellectuel, un véritable exploit, bondissant d'un siècle à l'autre avec une perspicacité stupéfiante, de l'ère de l'alchimie à celle de la relativité.

La connexion entre cette formule et les suites de nombres rationnels et de fractions correspondantes listées dans les premières pages du Livre est établie depuis longtemps : 1/1 et 1, 1/2 et 2 etc. Hobbsbaum a eu l'idée géniale d'échanger dans la formule les valeurs de l'infini et du zéro, de l'interpréter comme étant la relation entre l'infini et le zéro, comme une équation. Considérant 1/l'infini comme égal à zéro tel que le Livre le laisse sous-entendre, il affirme que l'infini × zéro = 1.

On raconte qu'Hobbsbaum attendit patiemment la fin des quolibets (« balivernes ! » et autres « foutaises ! ») puis reprit son discours avec un léger sourire devant un public bientôt convaincu qu'il avait définitivement perdu l'esprit. En résumé, il soutenait que cette équation fonctionnait non seulement avec le 1, mais avec *n'importe quelle* unité de mesure. Effectivement, toute valeur finie pouvait être considérée comme le produit de l'infini et du zéro si l'on considérait le zéro comme l'inverse de l'infini. Or, c'était à ses yeux l'assertion la plus importante du Livre, une assertion codée dans son contenu même, cette liste des nombres finis et des fractions correspondantes.

« Toute valeur finie, un, deux, trois ou trois gazillions, répéta Hobbsbaum au milieu des huées qui s'élevaient de nouveau, tous les nombres sont le produit de l'infini et du zéro.

« J'en déduis donc que ce travail se rapporte spécifiquement aux singularités de la relativité et de la physique quantique, ces points de *densité* infinie et de *volume* zéro, et que la masse de ces singularités est forcément indéterminée, dans la mesure où l'infini multiplié par le zéro égale *le tout.* »

Le concept mathématique moderne d'indéfini ou du tout, familièrement appelé le T, était né. La notion selon laquelle toute certitude naît d'un affaissement perpétuel du chaos se muant non pas en ordre mais en… en existence, tout bonnement.

Une dernière danse à travers l'infini

Aujourd'hui, il comprend sans doute mieux que quiconque la langue de rédaction du Livre, la Cryptolangue. Malgré la complexité de son écriture (à côté, le chinois semble primitif et rudimentaire), la Cryptolangue laisse affleurer un système sous-jacent élégant dans sa simplicité. Les sceaux eux-mêmes peuvent être décomposés en six éléments de base : le point, le trait, la croix, la courbe, l'angle et la boucle. Permutés, combinés, ces éléments de base sont les empreintes de l'éternité.

Mais il y a autre chose. Fox est maintenant convaincu que les espaces entre ces six morphèmes sont tout aussi signifiants que les morphèmes eux-mêmes. Ces signes acquièrent une grande partie de leur signification grâce aux espaces qui les séparent, définissant leurs rapports les uns par rapport aux autres. La distance entre un père et son fils en dit autant sur la nature de leur relation que le fait qu'il s'agisse d'un père et de son fils. La distance entre deux amants allongés dans un lit nous fait toucher du doigt la nature provisoire de l'amour. Ce sont les espaces entre elles qui permettent aux empreintes de l'éternité de façonner l'existence dans les silences, se dit Fox.

Dans le minibar, il prend une mignonnette de gin bas de gamme et une petite bouteille de Schweppes qui siffle quand il la décapsule.

Il pense à l'impétueux Jack et à Joey, froid et ténébreux. Il pense aux rôles changeants de leur relation éternelle : amis proches ou ennemis séparés par un gouffre de haine stérile… Tous les autres semblent plus ou moins piégés dans une dernière danse à travers l'infini. Don et Puck. Lui-même. Une petite fille aux yeux verts assassins, perdue quelque part dans le Vélum. Et le rebelle irlandais qui est au cœur de tout cela, Fox en est sûr à présent. Le rebelle enchaîné au cœur de tout cela.

Sept âmes. Les Égyptiens de l'Antiquité croyaient que chaque personne avait sept âmes. Il regarde le Livre ouvert devant lui, les points, les traits, les croix, les courbes, les angles, les boucles et les espaces entre eux, le vélin que l'encre ne tache pas.

Debout à la fenêtre, le Livre de Toutes les Heures à la main, Fox contemple le printemps à Bursa. Il n'a qu'à serrer le poing, c'en serait fini de ce foutu Livre… sauf que le Livre ressurgirait en un autre lieu et un autre temps de cette saloperie de Vélum chaotique, et qu'il forcerait Fox à remettre la main sur lui.

Comment faire pour détruire ce foutu machin une bonne fois pour toutes ?

La ville est universelle. L'univers est une ville, une ville d'âmes délirantes ou plongées dans leurs rêves, des âmes qui dansent ensemble au son d'une chanson douce et sauvage. Le Livre n'est qu'une partition écrite à l'encre sur de la peau. Le Livre est là pour être lu, pour être chanté à pleine voix, pour susciter la danse. Quelle utilité s'il n'y a plus rien à lire ? Après tout, c'est peut-être la chanson qui compte, le pouvoir *scandé* de la Cryptolangue.

La poussière et les éternités mortes s'effritent dans son poing serré.

Errata

Un rêve de noyade

De l'air ! L'air explose dans ses poumons ; son hoquet rauque se transforme en bredouillement, en toux, en sanglot, en hurlement, comme quand on refait surface après avoir sombré dans les profondeurs de l'océan, après un siècle de suffocation, après un rêve de noyade. Il avance en battant des bras, il tend une main, le geste le tire de sa chaise et il s'effondre à genoux sur le sol de ciment. À ce contact, son coude craque, la paume de sa main claque dessus, il se recroqueville dans sa douleur comme un être brisé avalé par un Léviathan, ses os écrabouillés et recrachés sur un rocher battu par les vagues ; Finnan aspire l'air et le rejette péniblement hors de ses poumons atrocement, horriblement douloureux. Jésus Marie Joseph… Oh ! putain de merde de Jésus Marie Joseph… Merde… Il roule sur le flanc, puis sur le dos, serre par réflexe sa poitrine dans ses bras en s'agrippant les épaules. Il sent la poix humide du sang qui colle à ses avant-bras, aux points de contact avec son torse massacré. Oh, bon Dieu ! Il ne peut pas regarder, alors il fixe le ciel si bleu, pas le bleu pâle aveuglant des mi-journées mais un ciel matinal dense et sombre.

Soudain un os craque, et il se recroqueville, boule fœtale hurlante, puis c'est un autre craquement, le crissement perçant d'un os contre un autre os, et Finnan perd presque conscience tant cette foutue douleur est…

Elle cesse.

Ou du moins elle s'apaise. Ce n'est plus un océan de douleur s'écrasant vague après vague sur lui, mais un simple ressac, une écume qui clapote autour de son corps trempé et meurtri par la mer. Les yeux toujours fermés, il autorise une de ses mains à lâcher son épaule, et elle descend lentement, doucement ; du bout des doigts, il effleure sa clavicule, puis le sternum et les côtes. Il sent ici ou là la peau entaillée, les plaies ouvertes cuisantes, les élancements lancinants de ses côtes cassées quand il fait la bêtise de les sonder trop rudement, mais… tout est à sa place. Seigneur, il se rappelle ce qu'ils lui ont fait, il se rappelle les dégâts, la poitrine ouverte, comme un cadavre pendant une autopsie. Il le voit encore. Il voit…

En remontant de son estomac, la bile lui brûle le fond de la gorge. Finnan roule sur le flanc et dégueule, secoué par les derniers spasmes, gargouillis et haut-le-cœur de sa résurrection.

De nouveau sur le dos, il s'essuie les lèvres du revers de la main, ouvre les yeux sur ce ciel d'un bleu somptueusement bleu, putain ! puis les baisse lentement, craintivement, vers sa poitrine. Le crochet à viande a disparu et la cage thoracique intacte monte et descend au rythme apaisant de sa respiration, nappée de sang, comme si quelqu'un s'était défoulé sur lui avec un couteau à découper, ouais, mais pas… rien à voir avec le carambolage de trains que ces saloperies d'anges en avaient fait, l'homme de Métatron, là, Henderson, et l'autre… MacChuill. Ces putains d'enfoirés de l'Alliance.

Il essaye de remettre un peu d'ordre dans ses idées, de reconstruire la chronologie rationnelle des événements qui ont suivi sa capture, mais plein de trucs ont été endommagés par l'irréalité qu'ils ont forgée en lui — *écrite en lui*. Il n'y arrivera peut-être pas. Il se rappelle très bien les tortures, pourtant. Ils l'ont forcé à revivre son passé. Ils l'ont brisé et refaçonné en… porte-parole. Ils avaient voulu un oracle, un Prométhée d'aujourd'hui si profondément ancré dans le Vélum que les paroles jaillissaient de lui comme le feu d'un volcan. Ils voulaient savoir ce qui pouvait les terrasser, et il leur en a dit bien assez : *N'importe qui*, bande d'enfoirés ! *Tout le monde !* En fin de compte, ces abrutis n'en ont rien tiré de bon, y a qu'à voir comment les bitmites de Métatron se sont retournées contre lui, vu qu'elles se sentaient très bien du côté de n'importe qui et de tout le monde, merci beaucoup…

La dernière chose dont Finnan se souvient avec un semblant de précision, ce sont les volutes de poussière noire des bitmites soulevant le scribe de l'Alliance, l'arrachant du décor et balançant ce connard dans le Vélum comme une boule de papier, bon Dieu ! Ensuite les ombres s'étaient refermées sur lui pour lui chuchoter leur tristesse et leur individualité, langage liquide vivant aussi noir que la nuit, tourbillons de formes suggérant la conscience… l'empathie.

Même dans ta cage de chair et d'acier, nous t'envions.

Ouais. Bien que les bitmites soient composées du sang des Amortels morts depuis longtemps et de nanomachines n'ayant jamais connu la vie, on dirait bien qu'elles ont craché au visage de leur créateur, choisissant de souffrir avec sa victime, avec Finnan, pour savoir ce que c'est que de vivre.

Finnan roule sur ses paumes et ses genoux, puis prend appui sur la chaise en acier ; seules les bitmites ont pu ronger le fil de fer qui le ligotait, comprend-il, et en ce moment même, elles ressoudent ses chairs déchirées. Il se relève péniblement.

L'abattoir n'est plus qu'une ruine, béton fracassé, feuilles rouillées et tordues de tôle ondulée éparpillées dans une toile d'araignée de cercles concentriques qui se succèdent autour de lui. À ses pieds, il aperçoit des mouchetures de rouille brun-rouge, puis remarque les marques de la même couleur autour de ses poignets, dans les sillons laissés par le grillage qui les lui enserrait. À une certaine distance de la chaise d'acier, là où le vent dissipe les derniers restes d'un gros cercle de sel, des stries noires sur le ciment rayonnent à partir de l'épicentre du souffle, un rond de béton carbonisé… des bitmites, s'imagine-t-il d'abord. En fait, ce n'est que de la suie, des traces de brûlure. Comme l'image en négatif d'un cratère lunaire, noir sur gris au lieu de blanc sur gris. Il y perçoit un ordre certain, mais qui ne va pas jusqu'à la symétrie… comme si ce qu'il voyait n'avait pas été causé par le souffle d'une explosion mais par une… une mosaïque qui se serait étalée à partir du rond de sel en déchirant tout sur son passage puis en se recombinant pour former un grand vévé vaudou. Il y a une certaine régularité dans ces débris ; un motif semble s'en dégager.

Les carcasses fendues des centaines de bêtes abattues ici composent une partie de ce motif ; une partie essentielle, en fait. Un frisson glacé court le long de son épine dorsale. Maintenant décongelées, elles jonchent les ruines. Des buses déchirent la viande dans un nuage de mouches bourdonnantes, mais dans le cercle, Finnan est seul. Sur sa droite, il voit un gros morceau de viande d'aspect un peu différent. Une buse arrache du tissu noir pour atteindre la chair ; le bras humain que l'oiseau picore et malmène gigote, le corps tressaute, et soudain, la tête se tourne vers Finnan. Les orbites vides, les lèvres becquetées, Henderson est à peine reconnaissable.

Finnan se détourne et se met en marche. Il scrute les pics gris camouflés de vert des montagnes qui l'entourent et la brousse aride et sablonneuse aux limites du site en ruine, il s'engage sur une route poussiéreuse vers une ville de béton et de maisons d'adobe couleur pastel, des jaunes et des bleus en partie voilés par les arbres noueux. Il n'est pas aux États-Unis, c'est évident. On dirait plutôt l'Amérique latine. Le Mexique ? Un petit autel et sa statue de la Vierge se dressent là où un rocher saillant force la route à prendre un virage en lacet. Sentinelle céleste dans sa guérite garnie de fleurs fraîches, Notre Mère bienheureuse se penche avec bonté sur l'épingle à cheveux.

Quelque chose sur le visage de la statue le fait escalader le rocher pour aller l'examiner d'un peu plus près. Il s'accroupit, passe un doigt sur le plâtre peint. C'est elle, bien sûr, mais elle porte une robe d'un bleu profond à la place de sa veste de motard. Merde, c'est Phree, se dit-il. Putain, Phree, t'es allée jusqu'où dans le Vélum ?

En un temps complètement différent

Phreedom chasse une mouche de la carte. L'ancienne mission se dresse à bonne distance d'Alamosa, loin de tout sauf des serpents à sonnette et des buses dont elle a perçu les odeurs dès El Paso. Assise sur un rocher, la carte étendue par terre devant elle, elle sait très bien où elle va. Elle se dirige aux mensonges qu'on lui sert dans toutes les petites villes de la région. Tous ceux qu'elle croise prétendent ne rien savoir des hommes froids, mais en l'écoutant, ils finissent toujours par se trahir, par leur gestuelle plutôt qu'en parlant, et elle les lit comme des livres. Elle les observe qui survolent du regard la carte étalée sur un capot de voiture ; leurs yeux se posent ici ou là mais jamais… *à cet endroit.* C'est l'angle mort au centre de leur champ de vision, le lieu que leurs doigts contournent inconsciemment. Un jour, un commerçant affublé d'un tic nerveux lui a raconté tout ce qu'elle voulait savoir, et elle est partie dans le désert en s'orientant d'après le soleil, direction la mission. Car c'est là qu'elle les trouvera.

Les hommes froids. Des étrangers grands et minces, très pâles aussi, avec des cheveux blancs comme l'os, et dépourvus de pouls ou de chaleur corporelle. Parfois, l'un d'eux se rend en ville et tente de vivre sa vie comme n'importe qui. Il s'installe dans une baraque délabrée un peu à l'écart de la rue principale, puis ouvre boutique comme dealer de chance. À tous ceux qui le souhaitent, il vend des charmes, des babioles, des remèdes miraculeux, des gris-gris. Après une semaine ou deux, il disparaît aussi soudainement qu'il est venu, et en ville personne n'admettra de bon gré l'avoir croisé un jour.

Personne ne veut reconnaître qu'*ils* existent, parce que s'ils existent, ça veut dire que le monde déconne vraiment, et que les timbrés du réseau ont sans doute raison : les disparitions rapportées aux infos du soir ou la guerre au Moyen-Orient, ce serait vraiment les signes du Ravissement, de l'Apocalypse en marche. La fin du monde. Mais ici, la fin du monde ne se passe pas de la même façon qu'ailleurs. Dans la plupart des plis du Vélum, les gens ne sont que trop heureux de commencer le massacre dès qu'ils voient des anges brandir leurs épées ardentes. Il n'y a pas d'anges ici, pas de démons, pas de messies autoproclamés, pas d'extraterrestres, pas d'Elvis, pas de grand complot. Les hommes froids n'ont rien des petits hommes verts et ne savent rien de JFK ou du Nouvel Ordre du monde. D'ailleurs ils s'en foutent, visiblement. À leurs clients, ils ne proposent aucune rédemption, aucune damnation, seulement… des babioles.

C'est ce qui rend cet endroit unique à ses yeux, parmi tous les plis réduits en miettes par le Crépuscule, puis disséminés dans l'Hinver, ses époques, ses espaces tumultueux. Il ne s'agit pas d'un Havre banal barricadé contre les vents sombres, purificateurs et décapants des bitmites, profondément enfoui dans les fissures et les rides du Vélum. C'est autre chose, c'est un pli où la guerre des Amortels n'est même pas détectable au radar. Et c'est ça qui intéresse Phree. Par contre, ça fout une trouille bleue aux gens ordinaires. Sans la guerre, sans les anges et les démons, la fin du monde n'a aucun sens, tout simplement, et les hommes froids en sont le rappel glaçant. En cet endroit qui ressemble tant aux souvenirs qu'elle garde du réel, elle n'a aperçu qu'un seul démon cornu ; c'était dans un bar skin de La Nouvelle-Orléans et il reluquait une serveuse. Quant aux anges, ils semblent… totalement absents de ce pli.

Nouveau-Mexique. Le 1er avril 2037.

Ce coin ressemble tant à son enfance que c'en est douloureux.

Le terme « ange » est incorrect, d'ailleurs ; les qualifier ainsi est une vieille habitude dont elle cherche à se débarrasser. Ce qui manque dans ce pli, ce sont les *Amortels*. Voilà comment il faut les appeler. Sous un vernis de Cryptolangue, ce ne sont que des êtres humains ayant attrapé des pouvoirs magiques un jour… quelque part… en quelque sorte. Comme elle. Un trip au peyotl, un ami qui rend l'âme dans vos bras… Quiconque aperçoit même brièvement les champs de l'illusion et le fleuve des âmes qui les traverse en ressort changé à jamais. Parce que ça lui est arrivé, elle ne le sait que trop bien : elle a jeté un œil par la porte de derrière du réel. Les Amortels qui parcourent le monde depuis des millénaires ont tous entendu d'abord un mot qui a changé leur façon de voir le monde, suite à quoi ils ont tout bonnement décidé de ne pas mourir.

Elle se souvient de ce bidasse de l'Alliance qu'elle a interrogé un jour. Il lui a raconté qu'il avait arrêté de mourir quelque temps auparavant, à l'âge de vingt ans, au cœur d'une guerre qui n'était pas la sienne, vêtu d'un uniforme qui le haïssait. Il avait donc décidé qu'il se foutrait en l'air d'une autre façon. Étendu dans un trou de tirailleur, bourré, en plein trip, il avait entendu la Cryptolangue — *Comme si un jaune pris dans un barbelé répétait mon nom sans arrêt, mais pas avec une voix humaine. J'avais l'impression que les balles traçantes, les fusils et les bombes me parlaient*. Alors le bidasse était parti sous le feu et les éclairs, et il avait marché, et marché encore. Elle a connu un autre Amortel qui pouvait marcher sous une grêle de balles ; d'autres peuvent rester sous la pluie sans qu'une seule goutte les atteigne. Pour les Amortels, la chance, on peut la goûter dans le vent et la cracher sur sa paume.

La chance de cet enfoiré de l'Alliance avait cessé quand il avait croisé la route de Phree.

Tout ce qu'on trouve dans ce pli, ce sont les hommes froids. Des Amortels, peut-être, mais si c'est le cas, ce sont les seuls de tout le Vélum qui ne sont pas piégés dans l'un des deux camps de la guerre, les seuls qui ne jouent pas aux cow-boys et aux Indiens sans s'inquiéter des humains pris dans les tirs croisés. Il y a chez eux quelque chose d'impénétrable qui la tracasse.

« Ils pensent être en dehors de la vie, ils se croient différents, lui avait expliqué Finnan. Certains d'entre eux ont inspiré les histoires de vampires, j'en mettrai ma main au feu. J'avais déjà entendu parler de types sans chaleur corporelle, sans ombre, sans reflet. Ils adorent se dire qu'ils sont au-delà de la chair, tu vois, au-delà de la mortalité. Ouais, pas de doute, toute la chair fertile du monde, tout ce sang et cette poussière ne sont qu'une prison que nous devons fuir. »

Lui, en revanche, n'a jamais considéré le réel comme un piège.

Voilà pourquoi il a passé tant de temps à l'écart de leurs rituels et de leurs incantations, préférant mener une vie tranquille dans un camping habité par des ploucs blancs aux cervelles grillées par l'acide et autres fous de Jésus qui le traitaient comme l'un des leurs. Phree et son frère Thomas avaient pris l'habitude de s'asseoir avec lui le soir pour téter de la bière en l'écoutant raconter ses histoires à dormir debout, et puis un jour, un ange est venu frapper à sa porte pour l'appeler sous les drapeaux de l'Apocalypse, et Phree s'est retrouvée entre eux. Longue histoire. Pas de *happy end*. Elle se demande encore ce qui est arrivé à Finnan quand le réel s'est désintégré, quand l'homme ailé a fait résonner la trompette du Jugement dernier, appelant l'apocalypse sur eux tous. C'était vingt ans auparavant, dans ce pli. Pour elle, une éternité.

Mais dans ce pli-*ci*…

Qui sait ? Les armées aveugles et impies du paradis et de l'enfer se sont peut-être mutuellement rayées de la carte, en toute discrétion… Ou alors, étrange ravissement au sens biblique du terme, elles ont fait le grand saut dont elles rêvaient depuis toujours, elles ont quitté le monde de la chair pour vivre leurs éternités ordinaires. Bref, il n'y a aucun ange dans ce pli. Pas un seul. Rien à voir avec le Crépuscule, rien à voir avec l'Hinver.

Peut-être se trouve-t-elle dans un temps complètement différent.

1

Restes mortels

L'aube à Jérusalem

Le zeppelin descend à travers une couche nuageuse aux traînées cotonneuses. Au sud, la ville se dévoile petit à petit, étincelante. Le ciel doit être dégagé à l'est, car les constructions captent le soleil, sable et pierre adoptant la nuance dorée des matinées ensoleillées. La cité brille sur fond de nuit qui se retire. Des ombres acérées découpent le fouillis des murs et des toits, et à cette distance, les rues ressemblent à des lézardes de ténèbres. Pas un bruit, à l'exception du tambourinement assourdi des moteurs. On pourrait presque croire que la Cité sainte est un havre où tous — chrétiens, musulmans et juifs sans distinction — vivent en paix, ayant choisi d'abandonner la guerre à des institutions plus temporelles que la religion. Car, à cette altitude, rien ne permet de distinguer le Nord turc du Sud britannique ou le quartier juif du secteur arabe. Cette cité dorée semble incarner une harmonie fragile. L'aube à Jérusalem ? Une pure merveille.

Nous sommes le 14 septembre 1929, et trois semaines se sont écoulées depuis les émeutes arabes et le massacre d'Hébron.

Grâce à Dieu, Samuel n'était pas à Hébron, se dit Carter.

Il replie le journal sur ses genoux et le pose sur le siège vide à côté de lui, puis frotte une tache d'encre sur son pouce. Il est en permission pour quelques semaines, mais ce n'est pas ici qu'il va pouvoir se reposer un peu et retrouver une certaine paix de l'esprit. Il lui a suffi de lire les gros titres pour comprendre que la situation est grave. Ça va être la pagaille. Cette idée absurde d'une Palestine neutre sous le double contrôle des Turcs et des Britanniques… De qui se moque-t-on ?

Les deux Turcs qui voyagent en face de lui ont l'air maussades et hostiles. Jambes écartées, une casquette sur le visage, le Russe est affalé dans un coin près de la porte. Assis tout seul de son côté de la cabine, Carter réfléchit à la répartition des passagers, qu'il trouve d'une ironie sinistre. Ici, les Russes dans le Caucase, et là, les Britanniques en Perse et en Mésopotamie ; et les Turcs, alors ? Dans quel camp se situent-ils, au juste ? Il est de notoriété publique qu'ils observent avec beaucoup d'intérêt ce qui se passe en Géorgie et en Azerbaïdjan ; ils aimeraient bien savoir si les Russes vont pouvoir consolider leur victoire à Tbilissi.

Il aimerait bien retourner au front sur-le-champ, car il n'est pas sans savoir que la situation est désespérée. Les futuristes progressent chaque jour. Seuls les intempéries de l'hiver et le soutien décousu de leurs alliés cosaques les empêchent de lancer leur offensive. Tout le monde sait que si les futuristes prennent Bakou, alors, ensuite, ce sera Erevan. Bon Dieu, et s'ils soumettent le Kurdistan, ils peuvent très bien dans la foulée longer l'Euphrate pour prendre les champs encrifères de Mésopotamie.

Les Russes ne sont pas les seuls à menacer la région. Les Turcs n'ont jamais pardonné aux Britanniques le soulèvement qui leur a valu la perte du Kurdistan. *Ah! si seulement Atatürk était encore en vie*, répètent-ils à qui veut les entendre. Que les Jeunes-Turcs ne se satisfassent pas de cet Empire ottoman diminué — quoique rajeuni — n'a rien d'étonnant ; ce sont des révolutionnaires, et comme tous les révolutionnaires, ils ont de l'orgueil à revendre. *Les Turcs régneront à nouveau à l'ombre du mont Ararat*, marmonnent-ils.

Les Russes ici, les Britanniques là, et en face, les Turcs, se dit

Carter. Ne manque qu'un jeune Bédouin courant partout dans la cabine et tirant en l'air avec son Lee Enfield… L'Arabie de Fayçal.

Au nord de la ville, ils découvrent à présent les champs d'aviation de Ben-Abba, étrangement modernes dans cette Palestine désertique et sauvage. Ancrés à de sveltes tours d'amarrage métalliques, les gros cigares de la technologie aérienne flottent au-dessus du fouillis des entrepôts, des hangars, et à l'opposé, du côté des puits du désert, des terminaux de passagers. Carter remarque quelques rares vaisseaux de passagers de la BOAC, et tel ou tel drapeau national flottant au vent, mais quatre vaisseaux aériens sur cinq portent sur leur coque la croix noire de l'Allemagne, blason de la Compagnie aérienne internationale allemande. Pour ce qui est de la conception de ces engins, personne n'arrive à la cheville des Allemands. Ici ou là, parmi ces gros-porteurs imposants et rondouillards conçus pour le transport des passagers ou des marchandises, quelques formes aérodynamiques détonnent. Prévus pour les vitesses élevées et les cargaisons légères, les vaisseaux splendides et racés basés ici transportent probablement le courrier aérien, mais Carter sait quelles autres utilisations on peut en faire ; à Tbilissi, il a assisté à une petite démonstration de leur potentiel. Les vaisseaux aériens allemands sont les meilleurs, mais personne ne les achète mieux que les Russes, mieux que ces maudits futuristes.

En ce moment, Carter devrait être aux côtés de ses hommes, il le sait ; en ces temps de guerre et de pogroms, il devrait mettre de côté ses soucis personnels. Mais c'est une question d'honneur. Si Samuel est toujours en vie, il *doit* le retrouver. Et s'il est mort, comme le croit ce type, ce von Strann, Carter traînera ses meurtriers devant la justice, il le jure devant Dieu. Il sent la lettre de son vieil ami dans sa poche de poitrine comme un poignard planté dans son cœur, ou comme la menace d'un coup de poignard.

Ce n'est que la dernière d'une série de missives que le vieil homme lui a envoyée au fil des ans, de plus en plus bizarres, de plus en plus inquiétantes, écrites dans des registres qui vont de l'abattement absolu à la jubilation enfiévrée. *J'ai trouvé ce que je cherchais… Mes espoirs sont réduits à néant… C'est la réponse, Jack, tu comprends, la réponse… Perdue. Perdue, bon Dieu ! La moindre trace en a été détruite.* À une époque, Carter considérait son vieux prof comme un nouveau Schliemann sur le point de déterrer Troie, un Champollion moderne à l'instant eurêka où il avait découvert sur la pierre de Rosette le nom de Ramsès qui allait lui permettre de traduire ce premier cartouche. Mais ensuite…

Carter avait vite compris que les grands succès d'Hobbsbaum remontaient à un passé qui lui échappait. C'était avant la Grande Guerre, et le jeune homme n'avait pas encore terminé ses études. Samuel n'ayant jamais été assez habile pour exploiter à son compte les stupéfiantes découvertes de sa jeunesse, le monde universitaire retenait davantage ses excentricités présentes que son glorieux passé. Après la guerre, il s'est mis à parler sans cesse du bon vieux temps. Les noms de ses vieux amis encombraient ses conversations avec Carter, comme si ce dernier les avait connus. Le fils d'Hobbsbaum étant mort dans les Flandres, Carter en avait déduit que cette perte était au cœur de toutes ces années de fausses pistes à la recherche de la mystérieuse cité d'Aratta ou du site de la mythique Kur… Ce que le vieil homme s'imagine rechercher cache peut-être un désir bien plus simple et dévorant.

Il y a huit ans, Carter a failli le rejoindre dans cette quête folle. Il n'a pas saisi l'occasion qui se présentait, mais s'il l'avait fait, il aurait peut-être pu conduire le vieil homme en lieu sûr. Hélas, changer le passé est impossible.

Il sent la lettre dans sa poche, près de son cœur.

Un camarade solide

Voici ce qu'elle contient:

Cher Jack,

Si tu lis cette lettre, c'est que que mes craintes se seront vérifiées, et j'aurai disparu. Prions pour que von Strann ait pu te remettre cette missive en main propre. Les circonstances exactes de ma disparition sont peut-être un mystère pour le baron, et à mon grand regret je ne peux vous offrir qu'une explication succincte à ce stade. Il y a toujours la possibilité que ce communiqué soit intercepté et nous ne devons prendre aucun risque. Crois-moi, Jack, je te parle d'une question de la plus haute importance, et tu dois mettre notre amitié de côté. Je te connais, vois-tu. Les vendettas personnelles, ce n'est pas le moment. Car l'avenir du monde — le passé, le présent et l'avenir de ce monde — est en jeu. J'espère, non, je sais que tu pourras nous tirer d'affaire. Prions pour que cette lettre te parvienne. Jack, je te demande instamment de te rendre toute affaire cessante en Palestine. Tu dois rencontrer von Strann. Je connais tes sentiments envers les Prussiens, mais celui-ci est un homme bien, un artiste, pas un guerrier. Fais-lui confiance, Jack, et une confiance aveugle. Tu vas peut-être devoir lui confier ta vie avant la fin. Que le Seigneur ait pitié de nous tous! L'ennemi n'est pas celui auquel nous pensions.

Samuel

Un carnet de notes était joint à cette lettre. Pour qui sait déchiffrer les abréviations d'Hobbsbaum, il contient apparemment des ébauches d'articles historiques:

… à peu près au même moment, von Strann a croisé en Palestine la route de Jack Carter le Cinglé en personne. Arrivé depuis peu du front caucasien, il avait décidé de profiter de sa permission pour retrouver Hobbsbaum.

Jack Carter… Laissons de côté les fantaisies de certains films hollywoodiens récents ; en fait, avant ses victoires au Kurdistan, on sait peut de chose de la vie du célèbre capitaine Jack Carter. Hobbsbaum fut son professeur à Oxford, de cela, nous sommes sûrs, mais on ne trouve pas trace de Carter à Eton, alors qu'il prétend y avoir effectué sa scolarité avant ses études supérieures. Nous savons également qu'il s'est engagé dans l'armée au début de la Première Guerre mondiale en utilisant un faux certificat de naissance, et que son ascension y a été fulgurante : premier grade d'officier gagné sur le champ de bataille à l'âge de dix-neuf ans, et capitaine à vingt et un ans. Parce qu'un avancement aussi rapide paraît étonnant à une époque où les officiers roturiers étaient rares, certains en ont déduit qu'une sorte de protecteur occulte tirait les fils en coulisse, mais les rumeurs laissant entendre qu'il était le fils illégitime de tel ou tel duc semblent toutes infondées. Des dizaines d'historiens ont cherché sans succès à découvrir qui était sa mère… Ne parlons même pas de son père. Golding, le biographe de von Strann, va jusqu'à suggérer que c'est Carter en personne qui a lancé les rumeurs du fils illégitime pour dissimuler ses origines modestes.

En tout cas, que « Carter » soit le nom de sa mère ou fasse référence au métier de son père (charretier), cette jeune recrue fut un soldat avant tout, et un soldat surnommé l'Épée d'Erevan après ses victoires, c'est tout dire. Qu'a-t-il bien pu penser du baron von Strann, cet aristocrate élégant et veule ? On peut se le demander. Et vice versa, bien sûr. Quand ils se sont rencontrés par la force des circonstances, Carter devait représenter tout ce que notre baron prussien pacifiste aimait et haïssait à la fois.

Toujours carré dans son siège, Carter voit dans cet article une preuve alarmante de la folie d'Hobbsbaum. Son écriture abrégée est si crispée qu'elle en devient presque illisible… mais pas tout à fait. Si seulement elle l'était…

Une lettre rédigée par son supérieur, le commandant Hamilton, et adressée au vice-roi de Perse avant qu'il ne décerne la Victoria Cross (distinction militaire suprême de l'armée britannique) à Carter nous révèle quelques éléments essentiels sur l'homme lui-même. Hamilton le décrit comme « un camarade solide, son unique faille semblant être la témérité de la jeunesse ». Pour le courage dont Carter a fait preuve au péril de sa vie en tenant l'ennemi en respect pendant la bataille de Maïkop, permettant ainsi à tous ses hommes de s'échapper, le commandant Hamilton « ne peut que le recommander dans les termes les plus élogieux, et ceci malgré l'imprudence de son geste. Quiconque regarde Carter dans les yeux comprend qu'il agit non seulement avec passion, mais aussi avec une compréhension aiguë de la situation. Je suis sincèrement convaincu qu'il est exactement le genre de gars dont l'Empire a besoin ».

Par bien des aspects, malgré tout, la carrière de Carter dans l'armée est encore plus mystérieuse que sa vie avant son enrôlement. Nous savons qu'il a passé trois ans dans ce qui est à présent le nord de l'Irak, à la tête d'une force de guérilla combattant les Turcs et mêlant soldats britanniques, kurdes et arméniens. Sa mise en déroute des forces nationalistes turques à Karadut sur les pentes du Nemrud Dagh a très bien pu marquer le tournant décisif dans l'insurrection ayant entraîné l'indépendance du Kurdistan. Nous savons aussi qu'il a passé cinq ans comme attaché militaire au service du shah de Perse, et cinq autres années encore à conduire une nouvelle force de guérilla composée de Britanniques, de Kurdes, d'Arméniens et d'Azéris contre les forces futuristes qui, à cette époque, réclamaient les territoires perdus dans le chaos provoqué par la mort de Staline et accentuaient leur pression sur leurs fronts asiatiques du Caucase…

Et Carter se souvient : tapi sur le flanc stérile du Nemrud Dagh derrière la tête en pierre de la massive statue du roi Antiochos, des éboulis sous les pieds, visant sa cible avec son Lee Enfield et sachant que s'ils ne tenaient pas… Derrière lui, des femmes, des enfants, des vieillards tremblant de peur assis à l'abri des murs écroulés et des tas de rochers gravés d'inscriptions en grec ancien, et tout en bas, leur village qui brûlait. *Ça va être un massacre*, avait-il déclaré dans son rapport, suppliant qu'on lui envoie plus de troupes, plus de munitions, plus de ravitaillement. Et pendant ce temps-là, les Turcs débarrassaient l'est du pays de ceux qu'ils considéraient comme « indésirables ».

« Les Arméniens sont un peuple immonde, Carter Bey, lui avait déclaré son lieutenant, Mehmet. Les Turcs les déplacent, voilà tout…

— Un jour, les Turcs diront la même chose des Kurdes », avait répliqué Carter.

Mehmet s'était figé. Il l'avait regardé droit dans les yeux pendant ce qui avait semblé une éternité, et Carter se rappelle avoir su que cet instant, allez savoir pourquoi, que cet instant représentait le monde. Un trait dans le sable, s'était-il dit, un trait dans le sable. Il suffit d'un seul homme de bien.

« Très bien, Carter Bey, avait dit Mehmet. Allons sauver ces Arméniens immondes. »

Crispation des muscles de la mâchoire

Le soleil étincelle sur la peau argentée d'un zeppelin à l'amarrage, attirant son regard.

« Cette situation est gênante, vous ne trouvez pas ? lui dit le Russe. Après tout, ici, nous sommes en terrain neutre. Ne pourrions-nous pas au moins nous montrer… polis l'un envers l'autre, par respect pour nos hôtes ? »

Carter garde la tête tournée vers le hublot ; c'est le cas depuis Damas, d'ailleurs, sauf quand il faisait mine de lire le journal. L'étape Bagdad-Damas du voyage s'est révélée plutôt agréable, mais depuis… il partage sa cabine avec un officier de l'abominable Garde noire, et il s'en serait bien passé. La Garde noire, la plus haïe des sections russes, composée des pires hommes qui soient aux yeux de Carter : des cosaques ayant trahi leur tsar et leurs concitoyens, adeptes vicieux du futurisme révolutionnaire.

Il a déjà eu affaire à des types de ce genre. Il a entendu parler des centres d'internement qui défigurent le cœur de l'Europe, des pogroms, de cette prétendue « purification ». Il a assisté en personne aux méfaits des futuristes en Russie. Bon Dieu, même les sauvages africains reculeraient devant ces actes inhumains !

Et ce monstre a l'arrogance de s'adresser à lui comme un gentleman à un autre !

« Je me présente : commandant Josef Péchorin, dit le Russe. Et vous, vous êtes le célèbre capitaine Carter, n'est-ce pas ?

— Effectivement.

— Puis-je me permettre de vous demander une cigarette, capitaine Carter ? »

Silence tendu.

« Bien sûr », dit Carter.

Il a répondu d'un ton méprisant, un ton tout sauf courtois. Il refuse d'engager une conversation polie avec cet homme, mais lui lance tout de même un coup d'œil furtif en lui tendant son étui en argent. Le Russe affiche une expression en adéquation avec sa façon de parler, une expression dédaigneuse, comme s'il connaissait un secret lui donnant un avantage sur son interlocuteur. Avec un sourire froid et tranquille, il porte à ses lèvres l'une des cigarettes de Carter. Une cigarette noire, une cigarette russe pour un Russe en chemise noire, comme c'est approprié ! Carter referme vivement son étui. Les Turcs et les Britanniques sont les deux seules vraies puissances présentes dans cette région, et pourtant ce fasciste suinte l'indolence, l'insolence, le mépris désinvolte, avec son petit air supérieur. Et pourtant… Les forces turques stationnées au nord de la Palestine ou dans leur protectorat syrien ne représentent peut-être pas une menace pour lui, mais il y a une garnison au sud de Jérusalem et quelques postes de contrôle dans le secteur britannique de la ville où cet homme pourrait être abattu au moindre faux pas. Du moins, il faut l'espérer.

Carter aurait pu se trouver un siège dans une autre cabine de la nacelle, évidemment, mais pas question de faire plaisir à ce fasciste. Plutôt mourir ! Ces canailles se croient invulnérables parce qu'elles sont persuadées d'incarner le progrès — *l'inévitable victoire du futur* —, mais leur arrogance les perdra, il en est convaincu. Leur rhétorique d'acier cache un fatalisme né de la banqueroute morale qui les entraîne vers leur propre destruction. Rien n'est inexorable, en vérité. Un seul homme de bien suffit pour tirer un trait.

« Le célèbre capitaine Carter, reprend Péchorin. Vous êtes exactement comme sur les photos. »

Carter contemple à nouveau par le hublot la pierre sculptée rose et or d'une Jérusalem lumineuse. Il y a des dômes partout dans la ville qui grandit à vue d'œil : le zeppelin effectue son approche.

« On dit que les Kurdes vous aiment comme les Arabes vénèrent Lawrence.

— On exagère, dit Carter.

— Le héros du mont Ararat ! L'Épée d'Erevan ! Je suis surpris que votre général Allenby ne vous ait pas encore nommé colonel ! »

Crispation des muscles de la mâchoire, dents serrées… Carter préfère se taire. Cet homme ne peut être au courant de la honte muette qui le poursuit depuis les boues de la Somme. Une seule erreur, une erreur de jugement… Non. Un acte d'une brutalité impardonnable. *Je vous envoie en Orient, Carter. À mon avis, vous vous sentirez comme chez vous au milieu des Arabes.* Énoncée d'une voix saccadée, les yeux plissés, une accusation muette de barbarie.

Contrairement à Lawrence, il ne s'est jamais vraiment accoutumé aux mœurs locales, sans doute parce qu'il n'a jamais éprouvé le sentiment d'appartenir à cette terre, à son désert et à ses montagnes. Et pourtant… Carter et ses hommes ont passé dix ans à combattre aux côtés des Arméniens, des Azéris et des Kurdes… L'Épée d'Erevan.

« Croyez-moi, capitaine Carter, je regrette que nous soyons en guerre, tous les deux. Nous devrions être frères d'armes. Ah, si seulement les Anglais…

— Je crois plutôt que nous ferions de piètres alliés, vous et moi, réplique Carter.

— Nous ne sommes pas si différents, dit Péchorin. Nous savons tous les deux que la pitié est un luxe en ce monde. Nous ne sommes pas si différents… »

Péchorin lui lance un sourire, puis bouscule les Turcs pour sortir du compartiment. Il disparaît dans le couloir bondé.

N'ayant pas marqué de tournants décisifs à l'échelle des guerres entre nations, beaucoup de ses victoires les plus connues (Erevan, Bakou, Maïkop) relèvent plutôt du symbole, mais il nous semble tout de même curieux que de telles qualités de leader aient pu rester sans récompense, lit-on sur cet étrange fragment de… de quoi ? De chronique historique façon Hobbsbaum ? *Si ses origines douteuses n'ont pas eu d'effet négatif sur la promotion au grade de capitaine de ce « camarade solide », alors pourquoi les dix années suivantes — celles de ses succès militaires les plus remarquables — ne lui ont-elles pas valu un avancement plus conséquent ?*

Pourquoi ne s'est-il pas élevé davantage dans les rangs de l'armée ? Peut-on y voir la confirmation de cette hypothèse intrigante liée à la mort d'un jeune soldat ayant servi sous ses ordres en France, un certain Thomas…

Messenger. Carter relève brusquement la tête pour ne plus voir cette page. Il contemple la coursive grouillante d'hommes d'affaires arabes et européens, puis détourne les yeux quand un regard encadré par des tresses et une kippa se pose sur lui avec curiosité. Carter fixe les lambris qui lui font face, ce placage Art déco si lisse et si laqué qu'il parvient presque à y distinguer son reflet. Il ne secoue pas la tête, ne déglutit pas ; il a bien trop de sang-froid pour cela. Il garde *toujours* son sang-froid, d'ailleurs. Il referme le petit carnet de notes d'Hobbsbaum et le glisse dans sa poche à côté de la lettre. Ce n'est pas le seul passage troublant du carnet, mais c'est le plus personnel, le plus intime. Il a ordonné l'exécution du jeune Messenger pour désertion et lâcheté face à l'ennemi… Était-ce trois ou quatre jours avant la grande offensive ? Une exécution sommaire sur la ligne de front, parce que les hommes devaient savoir que ce genre de comportement ne serait pas toléré, et aussi parce que…

Il a du mal à l'admettre. Et aussi parce que les yeux bruns de ce garçon avaient hanté son sommeil dès sa première rencontre avec lui, et le hantent encore dix ans après ces événements. Il refuse d'y réfléchir. Il préfère penser à la fureur qu'avaient déclenchée en lui la faiblesse, la douceur, la lâcheté de ce garçon.

Il se lève, descend son sac de voyage du casier à bagages, le passe à son épaule et se fraie un chemin au milieu des gens qui se bousculent dans la coursive. Le débarquement est imminent. Ils vont bientôt emprunter la passerelle qui les mènera aux champs d'aviation de Ben-Abba. Le soleil se lève sur la Ville sainte de Jérusalem.

Mes brins d'Histoire

« Palestine, 1929, 469e parallèle, éon X-7 », énonce Fox.

Nous sommes tous assis autour d'une table. Guy ouvre son porte-documents et nous distribue des photocopies, d'épaisses liasses de pages agrafées dans le coin en haut à gauche. Je parcours rapidement la première page de mon jeu de notes, les phrases en caractères gras, les mots soulignés ou entourés, les deux ou trois flèches avec un LIS ÇA ! ajouté à la main… Fox n'a pas fait dans la dentelle. Je tends le cou pour jeter un coup d'œil furtif aux notes qu'il a destinées à Puck ; lui, il a eu droit à la couleur et aux jolies polices. Fox connaît vachement bien son équipe d'irrécupérables bons à rien.

« Cette opération va nécessiter la participation de chacun d'entre nous, dit Fox. Joey, tu seras le méchant. »

Joey s'affaisse dans son fauteuil, comme terrassé par une

gueule de bois carabinée. Dans la mesure où le traître des traîtres a trahi plus d'hommes qu'il existe de pays au monde, plus de pays qu'il existe de causes, et plus de causes qu'il existe de réels, manquerait plus qu'il râle.

« Ouais, comme toujours, dit-il. OK. C'est toi qui décides.

— Anna, tu resteras un peu à l'écart, sur notre flanc. Dans le rôle de la reine guerrière barbare. Ça devrait t'aller comme un gant. »

Anesthésia hoche la tête et sourit d'un petit air satisfait. Putain, si Don ne tempérait pas sa sauvagerie naturelle de sa voix profonde et grave, elle serait toujours en train d'écorcher des Amortels ou de leur arracher leurs armures en adamantium ! En outre, avec l'ennemi qui se terre en ce moment dans le Cirque, un peu d'action n'est pas de trop.

« Don, Puck, je vais avoir besoin de vous pour assurer notre couverture ; le vieux soldat, le guide autochtone, vous connaissez la musique. Puck ? »

Fox s'éclaircit la voix.

« Puck… »

Les yeux collés au cul du barman qui nous distribue nos verres sur la table tapissée de feutrine verte de l'arrière-salle du Club Soda, Puck agite la main — *Ouais, ouais, je t'écoute.* Quand l'homme lui tend son Long Vodka, il lui effleure les doigts en lui souriant gentiment. Je balance un coup de pied sous la table à ce petit con obsédé, et il me retourne une moue effrontée. Cette petite pute lascive, ce mec qui est Ariel comme Joey est Caliban et Fox, Prospero le comploteur… Puck me rend complètement dingue, vous savez. Certificat médical, camisole de force et tout le tralala.

« *Bien entendu*, je jouerai le filou, comme d'habitude. Et Jack aura le rôle principal », reprend Fox d'une voix d'instituteur légèrement tendue et sévère, genre *Votre attention, s'il vous plaît.*

Il nous lance son sourire le plus charmant et le plus désarmant. « Désarmant », un mot qui lui convient parfaitement, dirais-je, alors que les expressions comme « électron libre » et « agir sans réfléchir » tendent toutes à s'agglutiner autour de moi.

« Je crois que tu vas aimer ça, Jack, me déclare Fox. Dans la Vallée de la mort, les feux de l'enfer et tous ces trucs.

— Nickel, dis-je. Et un casse-croûte pour Jack, un ! »

Je me pourlèche les babines. Je crois déjà sentir l'arôme des anges grillés dans leurs armures. Vous trouvez ça dégueu ? Ouais, bon, peut-être, mais pour moi, le métaphysique ordinaire de la chair et du sang n'existe pas, et le joli « du berceau-à-la-tombe » des vies linéaires m'échappe complètement. Je suis un avatar du chaos avec une constitution d'adamantium ; dans mes veines coule la poussière noire des bébés bitmites, et un garçon en pleine croissance a besoin de se nourrir.

« Vas-y ! Qu'est-ce que tu attends de moi ? Excite-moi comme une bombe incendiaire ! Une grosse bombe incendiaire bien rouge ! »

J'incline ma tête de côté et je fais des yeux de chiot à mon interlocuteur.

« Crois-moi, ça va t'exciter », insiste Fox.

Je me carre dans mon fauteuil de cuir et je pose sur le tapis de la table de poker mes bottes de cavalier à ressorts en acier gris étincelant (souvenir de l'éphémère Été des Mohock tout droit tiré de l'ignominieux passé londonien). Pantalon serré d'un costume de tartan (garde nationale de la République écossaise libre), tunique noire à galons et boutons dorés (piquée à un aviateur lituanien), écharpe en soie rouge et blanc au cou et sur l'épaule (subtilisée à un pilote du Japon soviétique), j'adore les fringues dépareillées que je prélève sur des soldats appartenant tous à un siècle antérieur et à une chronologie différente. Je les appelle « mes brins d'Histoire ».

« Vas-y, étonne-moi, dis-je.

— Nous partons à la recherche du Livre de Toutes les Heures. La dernière version. »

Joey s'étrangle avec son Russe blanc, marmonne *timbré*

comme un renard et *un sens entièrement nouveau* entre les crachements. Je dois admettre que j'ai les oreilles qui picotent.

« Ah bon ? Pas l'original ? dis-je, surpris.

— L'original, c'est de l'histoire ancienne, réplique Fox. Mais l'histoire se répète. Chaque livre existe en plusieurs exemplaires ou survit à travers les extraits, les citations qu'on en tire, bref dans les œuvres des autres. Par fragments. »

Le Livre a été réduit en miettes, je le sais. Il est dans un état sacrément pire que celui de Jack le Fragmenté, votre humble serviteur. Soufflé aux quatre coins du Vélum. Je garde le vague souvenir de notre tentative pour le reconstituer, avec Fox et Finn, dans un autre fil du temps qui s'est finalement terminé en queue de poisson. Nous ne sommes pas arrivés à grand-chose.

« En fait, en ce moment [Fox plonge la main dans son porte-documents], certains fragments du Livre refont surface partout dans le Vélum. Des copies et autres contrefaçons. Je vous conseille de regarder dans la commode d'une chambre d'hôtel. Ce n'est pas la Bible des Gédéons que vous y trouverez. Et puis nous avons aussi ça [un classeur à anneaux qui s'ouvre avec un flop quand il le laisse tomber ; il est rempli de photos de tatouages maintes fois manipulées], et ça [un tas de feuilles de peau aux bords rêches attachées avec une ficelle, la feuille du haut étant presque entièrement barbouillée de noir], et même ça ! »

Il nous balance un livre de poche délabré, dos cassé, couverture cornée ; un exemplaire du *Macronomicon* de Liebkraft.

« Je l'ai trouvé chez un bouquiniste. Le gars derrière le comptoir m'a raconté une histoire très intéressante. Il dit qu'il y a une erreur dans chaque exemplaire mais qu'elle est chaque fois différente. À chaque tirage, dans chaque édition, une erreur différente dans chaque exemplaire. Il paraît qu'en les rassemblant toutes, toutes ces erreurs, on obtiendrait finalement le véritable *Macronomicon.*

— Putain, nickel, dis-je.

— Non, c'est pas nickel, Jack. Pas nickel du tout. Liebkraft décrit un Livre fictionnel, et un monde tout aussi fictionnel dans lequel ce Livre existe. Ben tu peux me croire, quelque part dans le Vélum, il y a effectivement un pli qui correspond à ce monde, et ce livre s'y trouve, le Livre de Toutes les Heures.

— Ouais, ouais, c'est bon, on a tous lu Escher, ricane Joey. L'hypothèse de la languette. C'est de la métaphysique pour débutant. Abrège.

— Je croyais posséder le seul Livre qui comptait, la version originale, reprend Fox. Sauf que quand on commence à modifier le Livre, quand on commence à l'annoter, c'est la version finale qui compte, celle d'où toutes les… toutes les erreurs ont été supprimées. La seule qui reprenne les réécritures et les versions abandonnées, et relie tous les fils entre eux dans le bon ordre.

— Et ? dis-je.

— Et nous savons que le Cirque sait où et quand se trouve cette version définitive complète, révisée et corrigée, le Livre dans sa forme la plus épurée. Ces types veulent mettre la main dessus. Nous devons absolument les devancer.

— Les informations dont nous disposons sont-elles fiables ? lui demande Anesthésia.

— Oui, elles proviennent du ministère, dit Puck. Accès de niveau un aux lectures du Duc à l'heure du coucher. Il a un penchant pour la prostitution masculine. »

Il arque un sourcil à mon intention et me lance le sourire le plus aguicheur, le plus lubrique qui soit. La prostitution masculine avec un cul tout doux, me dis-je. Un cul ouah-putain-de-rêve, un cul-velouté-peau-de-pêche, Puck et moi vautrés dans l'orgone, vilains garçons…

« Hé, Jack ! me lance Fox.

— *Jawohl !*

— Tu m'écoutes ? »

Je tire une taffe sur mon joint, je souffle un panache de fumée…

« Je te reçois cinq sur cinq, Foxy baby ! La Palestine, 1929. »

Un lévrier, une gazelle en habits de lin

Le 14 mars, *écrit-il dans son journal.* J'avais cru trouver von Strann en débarquant, mais je me suis trompé. C'est un jeune Arabe qui m'attendait. J'ai franchi le portique en acier de la tour d'amarrage, puis je suis descendu dans la zone de débarquement des quais et des entrepôts grouillant de monde qu'hébergent les champs d'aviation de Ben-Abba. Avec leurs foules crasseuses, la cohue bruyante des dockers et des aviateurs, et partout le fumet du commerce et de l'industrie, carburants, parfums, sueur, déchets et cargaisons pourrissantes, ces « champs » me rappellent bien davantage les nombreux ports que j'ai visités dans ma vie. Sous des cieux plus civilisés, les voyageurs, d'abord conduits ou menés jusqu'à un terminal avant de se retrouver plongés dans la foule, croisent en chemin des barrières et des couloirs où des officiers des douanes paresseux les font passer d'un hochement de tête après un coup d'œil rapide à leurs papiers. Ici, dès le pied de cette maudite passerelle, les gardes ont le fusil prêt à l'emploi à côté d'une table à tréteaux où sont étalés les sous-vêtements du pauvre crétin qui les a insultés en leur proposant un pot-de-vin trop peu généreux pour compenser ses manières de fanfaron. Ici, ils patrouillent autour des dockers et leur font signe d'ouvrir telle ou telle caisse au moment même où ils les chargent dans les chariots et les camions aux moteurs crachotants. Comme les passagers et le fret débarquent en même temps, une fois cette première épreuve subie, on se retrouve au cœur de l'action, sur du gravier poussiéreux, cerné de voyageurs hébétés, de leurs proches qui les hèlent, de domestiques qui hurlent les noms inscrits en alphabets romain, arabe ou hébreu sur les pancartes qu'ils brandissent à bout de bras. Il faut se frayer un chemin vers le terminal au milieu des démarcheurs qui vous alpaguent pour vous proposer des hôtels douteux et des plaisirs qui ne le sont pas moins, il faut éviter d'un bond sur le côté les camions chargés de moutons bêlants et de petits mendiants accrochés aux marchepieds. Mais toutes ces visions, tous ces bruits chaotiques ne sont rien à côté de l'odeur qui vous engloutit, une odeur plus fétide et prenante que les parfums de n'importe quel bazar méditerranéen, une odeur qui vous tapisse les narines avec une insistance écœurante. Pétrole, excréments et bien pire. Les seuls « champs » que cela m'évoque, ce sont les champs de bataille, avec la puanteur de la poudre à canon et du sang.

J'ai écrit que le garçon qui m'attendait était un Arabe, mais en le voyant qui se faufilait dans la foule en criant mon nom, en le voyant bondir vers moi comme un jeune chien surexcité, je me suis aperçu qu'il n'était pas de pure souche bédouine. J'avais affaire à un métis, sans doute, car sa peau était plus cuivrée que celle des Arabes basanés, et ses traits plus fins. J'ai cru voir un lévrier, une gazelle en habits de lin, ample chemise et pantalon. En fait, il me rappelait quelqu'un. [*Carter marque une pause, le stylo suspendu au-dessus de la page.*] Toi, Anna, et je dois bien admettre que pendant quelques instants, quand j'ai repensé au contenu inquiétant de la lettre de Samuel et des bouts de notes qui y étaient joints, une émotion idiote m'a submergé. Je suis sûr à présent qu'elle était due à certains souvenirs inconfortables ressurgis suite à la lecture de cette note démente, ou à la chaleur et aux gaz qui m'avaient plus ou moins affecté, fatigué comme je l'étais par ce voyage interminable. Mais sur le moment, soyons franc, une impression vague mais profondément alarmante m'a envahi.

Il marque une nouvelle pause. Soyons franc. *L'expression le frappe par son ironie relative dans cette lettre de confession couvrant dix ans de sa vie, une lettre qui s'est transformée en journal intime, son auteur échouant à se confesser vraiment à force de se lancer dans des digressions sans fin censées justifier ses actes passés, présents et à venir. Il l'a commencée pour expliquer à Anna pourquoi il n'est pas encore revenu, alors qu'il en rêvait, oh oui, évidemment… il l'a commencée parce qu'il l'aimait, parce qu'il l'aime encore. Il en est toujours persuadé.*

Bref, *reprend-il*, une pensée des plus étranges m'a traversé l'esprit : j'ai cru avoir affaire à une fille habillée en garçon, puis il m'a rejoint et j'ai repéré quelques poils de barbe juvéniles sur son menton. La bousculade des terrains d'aviation avait dû m'abrutir au plus haut point, j'ai honte de le dire. Le jeune homme m'a agrippé par la manche pour me sortir du flot des usagers et m'entraîner près d'un entrepôt en tôle ondulée où la cohue nous importunait moins.

La porte encastrée dans un coin s'ouvre en grinçant et Carter lève les yeux à l'autre bout du studio mansardé au plancher poussiéreux. Le garçon le salue d'un sourire puis referme la porte derrière lui.

« Je m'appelle Tamuz, lui dit-il. Je viens de la part de l'Eyn… du baron. »

Carter s'adosse à la tôle ondulée. Casquette militaire dans une main, il passe ses doigts dans ses cheveux, puis presse l'arête de son nez. Il remet la casquette, se redresse et examine le jeune homme. Pas plus de dix-sept ans et un regard qui passe du pistolet que Carter porte à la hanche aux galons de sa tunique, puis à la casquette. Amusé, Carter se met au garde-à-vous :

« Capitaine Jack Carter ! »

Le garçon lui lance un sourire rayonnant et lui rend un salut militaire approximatif, torse bombé :

« Suivez-moi, Carter Bey !

— En avant ! »

Tout en lui faisant signe de contourner l'entrepôt et de repartir vers le terminal, le garçon éloigne en agitant les bras les petits garçons qui viennent réclamer en geignant l'argent et l'attention de Carter ; il a déjà un guide autochtone à son service, après tout ! Le coup du garde-à-vous le gêne un peu, à dire vrai, mais cette astuce marche toujours. Parfois, offrir une cigarette tirée de son étui d'argent est encore plus efficace, mais c'est le même principe : traitez un jeune homme en soldat et il fera le tour du monde pour vous, aller et retour.

« J'avais compris que von Strann viendrait m'attendre ici en personne, dit Carter.

— Pas bien, pas le moment ! lui crie le garçon par-dessus son épaule.

— Mais tu me conduis à lui, n'est-ce pas ?

— Pas bien, pas le moment ! répète le garçon.

— Je dois absolument voir von Strann ! »

Carter lui agrippe l'épaule. Le garçon se soustrait à sa prise, se retourne, s'arrête sur sa lancée. On dirait qu'il cherche ses mots pour lui expliquer quelque chose, puis quelque chose semble lui revenir à l'esprit. Il sort une enveloppe de sa chemise :

« Pour toi. De la part de l'Eyn… »

Quand Carter lui tend la main pour s'emparer de la lettre, le garçon la lui prend, la glisse sous sa chemise et pose sa paume sur sa peau nue. Carter la retire brusquement, mais en voyant l'expression blessée et offensée du garçon, il sent mourir sur ses lèvres le commentaire cinglant qu'il s'apprêtait à faire sur *la bienséance, bon sang !*

« De mon cœur à ton cœur », lui dit Tamuz comme s'il s'adressait à un enfant débile, comme si c'était Carter qui ne savait pas se tenir.

C'est un moment embarrassant. Carter prend la lettre et la pose sur sa poitrine :

« De mon cœur à ton cœur. »

Satisfait par ce retour de l'étiquette, Tamuz hoche la tête. L'échange rituel a été accompli dans les règles. Il repart en faisant signe de le suivre :

« Lisez-la en marchant, Carter Bey ! Pas le temps ! »

Tout en ouvrant l'enveloppe, Carter se jette derrière son guide dans un convoi de vieillards poussant des brouettes remplies d'oranges, puis contourne un groupe de femmes en burqas pourpres bordées d'écarlate. Maudites lettres ! Encore un tas de foutaises abracadabrantes ! se dit-il en marchant à grandes enjambées.

« Où allons-nous ? »

Ils s'enfoncent dans une foule de plus en plus dense. Tout proche à présent, le bloc blanc du terminal les écrase de toute sa hauteur. Familles, voyageurs seuls, bagagistes et colporteurs s'écoulent dans les deux sens par les portes de verre en se bousculant au passage. Tamuz s'arrête le temps que Carter revienne à sa hauteur, puis plonge à l'intérieur avec lui. Ce vaste lieu préservé du soleil retient encore la fraîcheur et l'air vif du matin. Malgré les échos et la foule des voyageurs, il n'en paraît pas moins caverneux et vide, impression provoquée par le minimalisme fonctionnel de sa grande hauteur de plafond et de son sol en béton.

« Où allons-nous ? s'écrie Carter par-dessus la tête d'une petite Juive en robe noire et tablier blanc, poupée de tissu pendouillant dans une main tandis que de l'autre elle se cramponne à l'ourlet de sa mère. Carter évite cette femme avec un signe de tête à son adresse — *excusez-moi, pardon* — puis s'arrête à côté de Tamuz face aux portes à tambour, vitres et acier brillant ; c'est l'entrée principale du terminal des champs de Ben-Abba.

« À Tell el-Kharnain », lui répond Tamuz.

Le garçon lève une main, paume en avant, *attends-moi ici*, puis s'élance vers une des portes.

« Je t'emmène à Tell el-Kharnain ! crie-t-il à Carter. Attends-moi ! Je vais chercher le chauffeur ! Fais-moi confiance ! Nous allons à Tell el-Kharnain ! »

Les ruines de la vie

Comme l'a déclaré Ab Irim à son serviteur Éliézer : Mon ami, on raconte que Dieu offrit des costumes de peau à Adam et Ève quand ils eurent mangé le fruit de l'arbre en Son jardin et acquis la connaissance du bien et du mal, afin qu'ils cachent leur nudité. On raconte qu'après être monté aux cieux, Énoch offrit ces mêmes costumes à Noé pour le préserver de l'inondation, puis que Ham les vola à Noé et les transmit à ses fils, et ainsi de suite, jusqu'au jour où — c'est du moins ce qu'on raconte — ces costumes de peau en loques, détruits par les ravages du temps, se retrouvèrent aux mains de Nimrod, roi de Babylone. Et Nimrod regarda ces peaux et vit qu'elles étaient couvertes de mots.

« Que signifie ceci ? demanda Nimrod aux idoles sur leurs piédestaux.

— Nous l'ignorons, mais c'est sûrement le Verbe de Dieu, répondirent-elles.

— Et quel est ce Verbe ? insista Nimrod.

— La Mort », lui dirent-elles.

Comme il était roi, et plus puissant que sage, Nimrod ne pouvait comprendre ce mot, si bien que, croyant posséder le livre d'Énoch le scribe de Dieu en personne, croyant détenir le secret du paradis, il rassembla des sages venus de tous les coins de son royaume afin qu'ils étudient ces lambeaux de peau, de grands érudits, astrologues et prêtres, à qui il demanda de lui en expliquer le sens.

Ils examinèrent les lambeaux de peau, les assemblant de telle ou telle façon, tentant d'y découvrir un sens que le roi puisse comprendre. Ils découvrirent une infinité de significations sur ces lambeaux de peau et produisirent étude après étude. Ils découvrirent toutes les légendes du monde en permutant sans fin quelques symboles tout simples, ils découvrirent les mathématiques et la poésie, la science et la religion, et aussi des théories élaborées et remplies de sagesse qui semblaient se vérifier tout en regorgeant de contradictions. Ils en apprirent tant que Nimrod dut faire construire une tour pour héberger ces connaissances, la tour de Babel, mais ils ne découvrirent aucune signification simple et unique qu'un roi puisse comprendre. En revanche, un même thème surgissait sans arrêt.

« Que signifie ceci ? leur demandait Nimrod.

— Nous l'ignorons, mais c'est certainement le Verbe de Dieu, lui répondaient-ils.

— Et quel est ce Verbe ? insistait Nimrod.

— La Mort », lui disaient-ils.

Comme il était roi, et plus puissant que sage, Nimrod ne pouvait comprendre ce mot. Il finit donc par croire qu'il signifiait qu'un jeune prétendant le détrônerait un jour. Alors il rassembla des soldats venus de tous les coins de son royaume et il les envoya tuer chaque garçon nouveau-né.

Parce qu'il avait peur, ils furent soixante-dix mille à périr massacrés. Un seul en réchappa, Ab Irim, nourrisson que sa mère cacha dans une grotte, remettant à sa place l'enfant d'une esclave aux soldats. Dans la grotte, Ab Irim fut élevé par l'ange Gabriel, car avant la chute de Samaël, avant que l'ange de feu ne fût envoyé sur Terre avec Michel pour détruire Sodome et Gomorrhe, Gabriel, avec son cor, était l'ange de la musique. Il chantait pour endormir l'enfant quand il était fatigué et sur son doigt donnait du lait à téter à l'enfant quand il avait faim. Puis, Ab Irim étant devenu un jeune garçon, Gabriel le souleva, l'assit sur son épaule et l'emmena à Babel, afin qu'il affronte Nimrod et l'accuse.

« Que signifie ceci ? leur demanda Nimrod.

— Tu l'ignores ? C'est certainement le Verbe de Dieu ! lui répondit Ab Irim.

— Et quel est ce Verbe ? insista Nimrod.

— La Mort », dit Ab Irim.

On raconte que ces mots d'Ab Irim fracassèrent les idoles sur leurs piédestaux. Ils rendirent fous les sages en semant la confusion dans les langues qu'ils parlaient, les éparpillant aux quatre coins du monde. Ils provoquèrent la panique chez les soldats ; certains ne pensèrent qu'à fuir et d'autres qu'à combattre, mais ne sachant pas ce qu'il fallait fuir ou ce qu'il fallait combattre, ils se battirent les uns contre les autres et se fuirent eux-mêmes, ou fuirent les uns devant les autres et se battirent contre eux-mêmes. Et la grande tour qu'avait édifiée Nimrod pour contenir les connaissances des sages s'écroula, et les costumes de peau disparurent dans ses décombres. Et le grand empire que Nimrod avait bâti pour se préserver de sa peur s'effondra. Et Nimrod comprit enfin la mort.

Ainsi va le monde, comme on dit. La folie est ruine de la sagesse. Le chaos est ruine de l'ordre. Un seul mot prononcé par un jeune innocent peut renverser un empire jusqu'à ses fondations et jeter son peuple dans la confusion. Un ange peut posséder à la fois une épée flamboyante et un doigt d'où coule le lait. La nature humaine est contradictoire. Et la mort est ruine de la vie. Et si Dieu est la vie, éternelle et spirituelle, son Verbe, d'où découle toute la création, est forcément éphémère et matériel, et nous-mêmes ne sommes que son écho.

Mon ami, tous les hommes doivent mourir, car nous sommes la mort elle-même, car nous sommes le Verbe fait chair.

Restes mortels

« Escuzi ma. Perdun, m'sire… »

Par réflexe, Carter recule d'un pas. Il lève les yeux et marmonne des excuses à une femme portant un panama et un costume de lin. Dans un bruit de tissu froissé, elle le dépasse en le remerciant d'un sourire, puis s'engage dans l'une des portes à tambour du terminal. Il la suit des yeux. Elle descend l'escalier en faisant claquer ses talons et se tourne vers le premier taxi de la file. Elle marche à grands pas, terriblement moderne dans ses vêtements masculins, créature saphique et raffinée à l'allure dégagée.

Carter scrute la lettre que lui a remise Tamuz. Elle est de von Strann… l'Eyn, comme l'appelle le garçon, quelle que soit la signification de ce terme. Il le presse de l'attendre dans son studio jusqu'à son retour. Le garçon lui tiendra compagnie. *Où peut-il bien être, ce Prussien ?* Il le rencontrera le moment venu, lui apprend cette missive succincte. En attendant, Carter doit faire confiance à Tamuz. Quand il lira les autres carnets de notes de Herr Professor, il comprendra la nécessité du secret. *Ma maison est la vôtre,* conclut l'Allemand dans sa lettre, *Prenez-y vos aises. Je suis sûr que Tamuz veillera à votre confort jusqu'à mon retour. Je vous prouverai alors que je peux être un hôte digne de ce nom, cher capitaine.* Aucune adresse.

Il replie la lettre et la fourre à la dernière page du carnet de Samuel. Le garçon doit être parti depuis dix bonnes minutes déjà. Il se tapote paresseusement la jambe avec le carnet en se demandant s'il doit partir à sa recherche. Il le tient comme tout lecteur habitué aux interruptions : d'une seule main, l'index glissé à l'intérieur pour marquer la bonne page, le pouce le gardant presque fermé. Il le rouvre, mais son regard reste tourné vers l'entrée, les portes à tambour et le large escalier en béton qui descend jusqu'à la route encombrée de voitures, de charrettes, de taxis et de camions avançant au ralenti.

La reliure en cuir est desséchée, craquelée et, à l'intérieur, quelques pages se sont détachées. Indépendamment du contenu de ce carnet, Carter se sent un peu gêné quand il l'examine. Ce n'est pas un journal intime, donc il n'a pas vraiment l'impression d'envahir la vie privée de Samuel, mais quand même… C'est comme quand un gars meurt au combat et qu'on cherche les trucs cochons dans son paquetage avant de le renvoyer chez lui, parce qu'il n'est pas question que les parents du défunt trouvent du porno à deux sous au milieu des lettres qu'ils lui ont envoyées. Quand on fouille comme ça dans les affaires d'un mort, on a le sentiment que tel ou tel album, tel ou tel jeu de cartes ou médaillon sont d'autres restes mortels, au même titre que sa chair qui se putréfie dans la boue d'un no man's land. Les sténos des gens sont aussi personnelles que leur écriture normale, et parfois même davantage. Elles peuvent s'individualiser au point que les autres ne parviennent plus à les déchiffrer et n'y voient que des gribouillis. Carter jette un autre coup d'œil vers la porte. Toujours aucun signe du garçon.

À l'extérieur, l'air se réchauffe. Carter s'accorde une seconde pour regarder au-dessus des têtes et s'orienter quand, soudain, il repère un étal de falafels. *Allons demander à son propriétaire s'il a aperçu le garçon*, se dit Carter. Il se met à descendre les marches…

« Le capitaine anglais ! Vous auriez quelques lires pour un soldat estropié, le capitaine anglais ? »

Carter se retourne, baisse les yeux. Une pince lui retient la manche, une main gauche à laquelle il manque tous les doigts sauf l'index et le pouce. À la vue du pauvre mendiant qui l'agrippe, il amorce un recul. Il se sent horrifié malgré lui, comme… comme quand il a vu un lépreux pour la première fois, ou un camarade mort, ou la folie dans les tranchées.

« Quelques lires pour un soldat estropié, le capitaine anglais ? »

Ce mendiant est une véritable épave. Noir et atrophié, son bras droit inerte pendouille contre son flanc, un moignon à la place de la main. Il est assis sur les marches, des ballots de toutes tailles remplis de haillons dispersés autour de lui et une casquette de l'armée turque contenant quelques pièces posée à l'envers devant lui. Si ce n'est un pantalon kaki dont une jambe repliée vers le haut est fixée par une épingle là où devrait se trouver le genou, cet être est nu. La poussière incruste sa silhouette ridée, patinée, tannée par le soleil. Il ressemble à un fou mystique des Indes. Ou plutôt à une momie qui aurait rampé jusqu'ici depuis sa tombe pillée pour mendier les biens mortuaires qui vont lui manquer dans l'éternité. Il peut avoir quarante ou quatre mille ans.

Dans cet horrible visage dévasté, un seul œil valide défie Carter, perçant comme un œil d'aigle. Mortifié, l'Anglais cille et détourne le regard, puis le reporte sur cette ruine humaine.

L'homme incline la tête et tend à nouveau sa main gauche, du moins ce qu'il en reste.

« Bien sûr », dit Carter.

Il fouille dans sa poche, s'accroupit et dépose quelques pièces dans la casquette. Une fois à la hauteur du mendiant, il ne peut s'empêcher de scruter son œil. Le type lui sourit, dents blanches dans un visage hâlé, puis bénit Carter en lui touchant le front et la poitrine avec la pince qui lui tient lieu de main.

« Que Dieu soit avec vous, le capitaine anglais. »

Carter veut se relever, en vain ; son regard reste rivé sur l'œil de cet homme. Il a déjà vu des estropiés de la guerre, mais jamais…

Il veut dire quelque chose, mais ne trouve pas ses mots. Le vieux soldat-mendiant éclate d'un rire amer.

« Je sais ce que vous pensez, le capitaine anglais, dit-il en hochant la tête. Vous vous demandez : qu'a-t-il bien pu arriver à ce pauvre homme ? Ce doit être horrible ! Vous avez le temps d'écouter l'histoire d'un vieux soldat, le capitaine anglais ? Vous avez le temps d'écouter mon histoire ? »

Tamuz n'est toujours pas en vue.

« Oui, j'ai le temps », répond Carter.

Tous les chevaux du roi

Un coude sur la table, je survole mes photocopies. Elles contiennent la brève histoire de la monture que je vais chevaucher comme un loa vaudou. Le capitaine Jack Carter, héros de la Première Guerre mondiale, Erevan, Bakou, Tell el-Kharnain, etc. Je feuillette sept pages d'anecdotes démentes, de moustaches cosmétiquées et de blabla à la con, et ouais, ce mec est gay, j'ai compris ! Je hais l'ennui. File-moi un pistolet-ki et montre-moi l'armée à dézinguer, bébé, mais ne cherche surtout pas à programmer la rébellion en moi, ou je vais me mettre à roupiller. J'arrive à la dernière page, que je tourne sans quitter des yeux l'adorable oreille de Puck, quand soudain… cet enfoiré de Fox claque des doigts, mettant un terme à ma rêverie émoustillée.

« OK. Donc, c'est moi le héros. Carrément nickel, dis-je en haussant les épaules. Et ensuite ? Je fais boum ? Mort glorieuse au combat et tout le bin's ? »

Fox pousse un soupir en soufflant une volute de fumée au passage :

« Cette fois-ci, j'aimerais que tu t'abstiennes de t'auto-consumer. »

Je fais tourner une gorgée d'absinthe dans ma bouche, puis l'avale avec un claquement de lèvres :

« Mais c'est ce que je fais le mieux, Foxy baby !

— Là, il s'agit d'un cambriolage, pas d'un meurtre, réplique Fox. Tu vas devoir garder une certaine cohésion, Jack, juste cette fois. D'ailleurs, c'est pour ça que j'envoie Joey avec toi. Pour maintenir une dynamique rigoureuse. Pas de subtilité, pas de nuances, juste des héros et des méchants, le bien et le mal, le noir et le blanc…

— Et du rouge tout autour, putain ! s'exclame Puck. Ne le prenez pas mal, les mecs, mais vous êtes cinglés ou quoi ? Envoyer ces deux-là ensemble, c'est comme supplier pour avoir un bain de sang ! T'as lu à quoi ressemble ce connard dans ce pli, Jack ? »

Puck tourne une page, puis la pointe vers Joey.

« Pas la peine de chier dans ton froc, mon mignon, dis-je à Puck. Il ne noiera aucun chaton, je t'en fais la promesse. Il est méchant comment ?

— Jack, as-tu lu le résumé sur le Joey du pli en question ? me demande Fox.

— Ouais », dis-je.

Il écrase sa cigarette dans le cendrier et me regarde sans un mot.

« Non », dis-je.

Je survole quelques autres pages en n'y lisant bien sûr que les annotations pourvues de quatre points d'exclamation au moins. Un simple coup d'œil me suffit pour comprendre que ce Josef Pechorin est un mec abominable. Conçu en Géorgie durant la Terreur de 1901, fils illégitime d'une comtesse russe blanche et de son violeur cosaque. Assassine sa propre mère à l'âge de seize ans pendant la purge de Tbilissi, puis dirige les massacres des yézidis en Géorgie et en Arménie. Recruté par les phalangistes britanniques en Perse comme atout potentiel dans la guerre contre les futuristes. Trahit ses supérieurs pour obtenir un poste avantageux dans la Garde noire. Bref, toujours la même histoire. Toujours pareil, pour autant que je puisse en juger. Il y a aussi un truc sur une disparition sur les pentes du mont Kazbek dans le Caucase…

« T'as vu ? Kur ! Il a été à Kur ! insiste Puck en agitant sa page.

— Ce n'est pas prouvé, râle Joey. Ces renseignements sont peu fiables.

— D'ailleurs nous ignorons si Kur fait partie du décor dans ce pli », approuve Fox.

Mais je vois où Puck veut en venir. Chasseur-tueur psychique ne travaillant que pour les plus offrants, traqueur surdoué au cœur de glace noir, Joey est trop heureux de pouvoir interpréter dans la plupart des plis du Vélum la Némésis de mon super-héros schizoïde. J'ai perdu le compte du nombre de fois où nous avons croisé le fer, ces rencontres se soldant la plupart du temps par la mort de l'un de nous deux, si ce n'est des deux. Et un Pechorin muni de la Cryptolangue contre un Carter qui n'en a jamais entendu parler dans ce pli…

« Je m'en fous. J'aurai sa peau », dis-je.

Bon d'accord, c'est chouette d'avoir Joey dans son camp, mais j'aime assez quand il joue le bon vieil affreux. L'existence peut être un tantinet chiante quand on n'a que son propre potentiel chaotique à se mettre sous la dent. Au moins, avec Joey, je sais toujours où me situer : je suis le héros qui s'oppose au méchant.

« Ouais, on peut toujours faire confiance à Jack Flash pour sauver les meubles, hein les mecs ? » ricane Joey.

Aussi sarcastique que son commentaire, son regard froid reste braqué sur les dépouilles d'anges empilées entre nous, bousillées et souillées. D'un geste vif, j'ouvre mon Zippo et rallume à sa flamme ma cigarette de hasch. Ben quoi, tout le monde peut se tromper.

« D'accord, et donc, quel est le plan ? » dis-je.

« Rien à foutre ! gueule Joey. Pas question, putain. Chaque fois que tu parles d'une opération Orphée, les autres se plantent ! Eurydice… La femme de Loth…

— Vachement excitant, dis-je en m'humectant les lèvres, avec un clin d'œil discret à Puck.

— Nous pouvons le faire, insiste Fox.

— Sans l'équipe au complet ? proteste Anesthésia. Sans le roi Finn ?

— Notre rôdeur irlandais a disparu, dit Fox. Pour le déterrer, faudrait creuser profond, vous le savez. Plus profond que les rêves. Plus même que la mort.

— Plus profond que la merde dans laquelle nous serons si les Amortels apprennent que nous voulons leur arracher le Livre ? lance Joey.

— Il reviendra, dit Anesthésia. On ne peut pas étouffer une bonne histoire, et celle du roi Finn est un putain de classique sans âge. Et une fois Finn de retour dans la partie…

— Alors ils furent sept », intervient Don.

Le chiffre magique, me dis-je. Les sept jours de la semaine. Les sept cieux, les sept enfers, les âmes des sept mercenaires d'une humanité morcelée et émiettée dans tout le Vélum. L'inconscient collectif est un dragon à sept têtes, et même un avatar puissant comme votre serviteur n'est en réalité que l'une des têtes de cette grosse bête. Une seule pièce dans un grand jeu d'échecs où toutes les pièces se déplacent à leur manière et où l'on ne peut gagner la partie qu'en les faisant agir de concert. Le cavalier a besoin d'une dame qu'il puisse défendre vaillamment, d'un fou qui croise son chemin, d'un roi et d'une tour, et même d'un petit pion au nez retroussé qui flatte son cheval et chauffe bien son lit la nuit. Le problème, c'est que l'un de nos hommes est à terre.

Mais quel besoin de Prométhée quand on dispose du feu lui-même ?

Fox reprend la parole :

« Le roi est mort, vive le roi, c'est ça ? Non, ça ne marche pas. Finnan nous a passé le relais. Il est parti, et nous ne pouvons pas attendre son retour. Tu connais bien l'Hinver, Anna. Les choses changent là-bas, n'est-ce pas ? »

Elle hoche la tête. Elle pense à Kentigern, qui s'est transformée en un gros Taudis général. Mais ce n'est pas le seul Havre où les Amortels battent en retraite. Il y a effectivement une certaine odeur dans l'air, un changement de saison, un nouvel âge, un nouveau jour, une page nouvelle, appelez ça comme vous voudrez…

« Si nous ne frappons pas les premiers, faites-moi confiance, *ils* le feront », conclut Fox.

« Mais j'insiste : ne vous attendez pas à une petite balade peinarde dans l'éternité. Dans le pli que nous visons, vous allez devoir prendre l'itinéraire le plus ardu. »

Un mystérieux enchevêtrement miroite au-dessus du feutre vert de notre table de poker : de ses doigts dansants, Anesthésia trace en l'air ce qui ressemble à des vévés et autres sceaux vaudous. Elle passe un doigt autour d'une maigre spirale, qui se ramifie une fois, puis une fois encore, puis la fait pivoter et la manipule pour en tirer une forme. Anesthésia construit une simulation : la substructure de toutes les villes, tunnel après tunnel, trou de ver après trou de ver. Avant, nous pouvions sauter sans problème d'un moment ou d'un endroit à l'autre, par exemple lever notre pinte dans un bar de Mexico et la siffler à Madrid, mais depuis quelque temps, nous risquons de nous retrouver attablés dans une taverne de la Terre du Milieu si nous ne prenons pas de précaution. D'ailleurs, nos Amortels s'en tiennent désormais à leurs routes de brique jaune, bien à l'abri de l'Hinver et des hooligans comme nous. La simulation d'Anesthésia reprend leurs itinéraires, les souterrains et les égouts reliant mines, lignes telluriques et autres voies du dragon, coutures d'énergie-ki qui tournent et se tordent à travers l'espace et le temps, et autres tunnels entre les époques.

« C'est pas mal. On dirait un flocon de neige en 3D », nous fait remarquer Puck.

N'importe quel fou de Dieu y verrait plutôt les cartes de l'Enfer, sauf que les chrétiens sont une espèce en voie de disparition dans ce Havre où Youngblood a obtenu les secrets du Kali Yuga pendant son heure de gloire, vous vous rappelez, *La Conquête de Shangri-La* ? Après quoi, il a rapporté tous les mystères du ki et de la kundalini dans cette bonne vieille Angleterre. Donc ici, dans la mystique et mécaniste Kentigern, c'est un mandala, celui de Mâyâ, mère des illusions et des voiles du Vélum, et ce n'est pas Dieu qui se trouve au centre de ce dédale mais le plus gros des trous de ver, un puits vertical tombant droit à travers les strates de siècles jusqu'au noyau de la chaosphère elle-même, avec un millier de ramifications qui partent dans tous les sens. C'est l'entrée de la cité d'Émeraude, c'est une échappée vers Erewhon, ce sont les portes du Paradis, de l'Enfer et de ce putain de pays imaginaire. Mais c'est aussi une route vers la Palestine en 1929, 469e parallèle, éon X-7.

Comme le montre trop clairement la sim d'Anesthésia, il y a un problème : tous ces tunnels se lovent sous le seul endroit de ce Havre où *ange* n'est pas un gros mot et où l'homme qui a libéré la ville n'est pas considéré comme un héros. En haut de la simulation, couronnant la fosse comme une souche d'arbre dévorée par les vers et dont les racines mortes s'enfoncent dans l'éternité, il y a le Cirque. Le seul moyen d'y entrer.

J'espère que le plan de Fox est solide.

La chair morte

Le pacha avait un plan, récite le mendiant, dans un anglais approximatif mais suffisant. Il raconte à Carter qu'il a servi dans le 9e corps de l'armée turque sous les ordres d'Enver Pacha, qui voulait mettre la main sur les champs d'encre de Bakou, et plus encore. *Oui, le capitaine anglais, il avait un plan!* En décembre 1914, ils marchèrent aux cris d'« Allah Akbar » pour éloigner les Russes de Kars et d'Ardahan, et leur tendre une embuscade à Sarikamis. À mi-chemin entre Kars et Erzurum, quatre-vingt-quinze mille Turcs affrontèrent soixante-cinq mille Russes. Cela faillit marcher ; les Russes semblèrent vouloir battre retraite, mais le climat… *Les Russes sont froids à l'intérieur*, lui explique le mendiant, *et les Turcs n'aiment pas le froid.* Cinq jours et cinq nuits de combat à se geler en altitude dans une épaisse couche de neige, raconte-t-il à Carter. Des soldats qui se perdent dans la nuit. Ils tentèrent d'allumer des feux, mais beaucoup de ceux qui s'endormaient ne se réveillèrent jamais. Trente mille hommes rendirent l'âme au combat, et davantage encore périrent victimes du froid mordant. Deux semaines plus tard, quand ils atteignirent Erzurum en vaincus, il ne restait plus qu'un cinquième de cette armée…

« C'est là que cette main est devenue la serre que vous voyez, l'Anglais. Quel mot avez-vous pour ça ? Ah oui, vous dites gelures. »

Il fait claquer ses dents avec un bruit audible.

« Elles m'ont emporté les doigts. Elles m'ont laissé avec… ça. »

Enver Pacha mit tout sur le dos des Arméniens chrétiens, bien entendu.

Et ensuite — *ah oui* —, il raconte à Carter l'épisode de Suez en février 1915. Un autre plan grandiose, une riposte surprise — *ce sera facile, ils disaient* — consistant à couper le canal de Suez, autrement dit la jugulaire des Britanniques en Orient, puis à s'introduire dans l'Égypte islamique et y fomenter une révolte.

« Ah ! ils étaient aveugles comme je le suis maintenant, ici… de cet œil-ci. Une baïonnette britannique l'a emporté, et aurait aussi emporté ma vie si je n'avais pas tué d'abord le soldat qui la tenait ! »

Le capitaine anglais était-il à Gallipoli ? demande-t-il à Carter. Connaît-il l'odeur des cadavres qu'on laisse se putréfier sur le champ de bataille ?

Carter n'était pas à Gallipoli, mais il connaît hélas trop bien cette odeur.

Avec sa serre, le mendiant soulève son bras droit atrophié et rabougri et le porte à son front dans une parodie de salut. Le lieutenant-colonel Mustafa Kemal Bey, le grand Atatürk en personne, était aux commandes, explique-t-il. Un homme à la volonté de fer.

« Vous, tous les soldats qui combattez ici à mes côtés, vous savez que vous êtes engagés sur l'honneur ! s'exclame le mendiant dans un simulacre amer de fanfaronnade militaire. Ne jamais battre en retraite ! Pas même d'un pas ! Vous voulez du repos ? Pas question ! Pas de repos pour notre nation, jamais ! Pas de repos tant que nous n'aurons pas rejeté l'ennemi à la mer ! »

Il lâche son bras qui retombe comme un poids mort.

« Les plans et les discours, capitaine. Très important dans une guerre. »

C'était en mai, raconte-t-il à Carter. Après plusieurs attaques et contre-attaques, chaque camp se retrancha. Ils se retrouvaient dans une impasse qui dura à peu près un mois. Les Australiens se terraient dans leur petite ligne de tranchées, et les Turcs savaient qu'il allait falloir frapper tôt ou tard. Les renforts commencèrent à arriver — *des petits jeunes*, dit le mendiant. *Jamais connu le front. Dès qu'ils voient mon couvre-œil et ma main, ils pissent dans leurs frocs.* Mais calmement, discrètement, raconte-t-il à Carter, ils s'entassent dans les tranchées jusqu'à ce que les avions d'observation britanniques ne puissent plus les rater.

« Je leur dis que ça va être un massacre, mais ils sont sourds. Comme moi, capitaine, comme moi de cette oreille. Une de vos grenades quand nous avons fait une sortie. Des éclats d'obus l'ont arrachée. Ils ont extrait des éclats de ma tête ! »

Il rigole. Le docteur lui a dit qu'il avait eu de la chance d'avoir survécu.

« C'est vrai, j'ai vraiment eu de la chance, hein, capitaine ? »

Il ferme les yeux et se penche en avant, le coude de son bras gauche valide posé sur sa cuisse. Devant le terminal des champs d'aviation, le calme est revenu, la foule s'est éclaircie. Carter a maintenant la place de s'asseoir à côté du mendiant sur sa marche poussiéreuse. Il remarque les regards que les passants lancent à ce pauvre homme, les expressions dégoûtées, honteuses, détachées. Le vieux soldat regarde droit devant lui, l'œil clos. Le menton haut alors qu'il ne regarde rien, se dit Carter.

« Quand avez-vous perdu votre jambe ? lui demande-t-il. Et le bras ?

— La jambe d'abord. »

C'est aussi de l'acier froid qui lui a pris sa jambe, raconte-t-il à Carter. Ça s'est passé en octobre 1917, et les Britanniques s'apprêtaient à attaquer Gaza, encore une fois. Les Turcs le savaient parce que l'artillerie d'Allenby bombardait leur garnison depuis quatre, cinq, six jours. Deux ou trois divisions avaient été déployées. La rumeur courait que d'autres étaient en route. Des avions Bristol volaient au-dessus d'eux à la recherche de points faibles dans les lignes turques. Pas de doute, l'attaque frontale était imminente.

Il s'était donc senti en sécurité à Beersheba — Beersheba, dans le désert, petite ville sans importance — jusqu'à l'arrivée de la cavalerie qui les attaqua de partout.

Le souvenir des chevaux australiens les chargeant le même soir dans la fumée et la poussière d'une bataille qui avait fait rage toute la journée l'a marqué à jamais. Il était resté là, émerveillé par cette vision, tandis que la cavalerie leur fonçait dessus et brisait leurs défenses. *Des chevaux affaiblis par la soif, ils crevaient de soif, capitaine ! Mais ils étaient tellement beaux !* Il avait vu ces bêtes franchir d'un bond une rangée de sacs de sable et de soldats ici, et là-bas, et un peu plus loin ; elles sautaient par-dessus les lignes turques comme une vague s'écrasant sur eux. *Tellement beaux !* Et il dit à Carter, c'est horrible, capitaine, c'est horrible, le hurlement d'un cheval quand on lui tire dans le ventre, alors qu'il saute magnifiquement au-dessus de votre tête.

« Détruire des créatures pareilles… »

Il parle du cavalier dont il a abattu le cheval et qui s'est rué sur les Turcs, les yeux remplis de larmes, le fusil d'un mort à la main. Il titubait encore avec deux balles dans la poitrine mais la troisième l'avait fait tomber. Entre-temps, sa baïonnette avait entaillé le mollet du vieux Turc.

« Pas une blessure profonde, capitaine. Ça aurait pu guérir très vite, mais [il secoue la tête] pas dans le désert. »

Sans même avoir eu le temps d'empoisonner les puits, les Turcs avaient été mis en fuite à Beersheba, et il était parti clopin-clopant dans le désert, avec son escouade, soutenu par ses camarades, et parfois un peu porté par les jeunes qui avaient entendu dire qu'il était là à Sarikamis et à Gallipoli, des hommes qui l'appelaient l'Ancien et voyaient en lui une sorte de mascotte. D'abord ils le crurent fou parce qu'il voulait les conduire dans le désert, mais l'Ancien connaissait le désert comme sa poche, ça oui, il savait plein de choses sur le désert, alors ils décidèrent de lui faire confiance.

Quand ils parvinrent à Tell el-Sheria, la gangrène s'était déjà installée.

« Savez-vous où je me suis réveillé après l'amputation de ma jambe, l'Anglais ? Je me suis réveillé dans les ruines d'un hôpital, entouré de cadavres. Je me suis réveillé dans des rêves de morphine, capitaine. »

Ayant rompu la ligne de front à Beersheba, les Anglais profitèrent de leur avantage. Ils voulaient prendre Jérusalem avant Noël, puis Damas. La scie du docteur avait à peine terminé son œuvre, la dernière suture était à peine en place que les premiers obus emportaient le toit de l'hôpital.

« Qu'est-ce qui était réel, capitaine, entre ce que j'ai vu et ce que j'ai cru voir ? Je ne sais pas. »

Il dit avoir été réveillé par la souffrance et avoir rampé dans les décombres tandis que les obus s'écrasaient autour de lui. Il s'était débrouillé pour mettre la main sur de la morphine, cette morphine qui lui avait donné la force de continuer, malgré les murs qui s'écroulaient autour de lui. Des obus, encore des obus, puis des grenades et des tirs. Des soldats qui hurlaient. *J'ai vu un homme de feu, capitaine, un djinn !* Des chevaux squelettes montés par des anges. Des rafales de feu bleu-vert comme des floraisons d'orchidées, trop symétriques, trop sculptées pour être réelles. Des démons de poussière noirs comme la nuit s'élevant des blessures des soldats terrassés. Pendant qu'il délirait, il eut des visions si étranges qu'il ne remarqua pas les éclats fichés dans son bras droit. Puis il se retrouva gisant dans les sables du désert à l'extérieur de la ville, caché entre un rocher et le cadavre d'un cheval.

« Ma mère, elle vient du désert, dit-il. Elle n'est pas turque, mais pas arabe non plus, non. Ma mère, elle m'a appris beaucoup de choses sur le désert, des choses que même les Bédouins ignorent. Il y a beaucoup de sel dans le sable. Ici, quand on veut conserver quelque chose pour toujours, on l'enterre dans le sable, capitaine. »

Il tapote d'un air espiègle la cicatrice près de l'épaule de son bras atrophié, là où les nerfs ont sans doute été coupés.

« Le sable conserve les choses mortes, capitaine. »

Carter sent un frisson lui parcourir l'échine. Cet œil d'aigle a perdu presque toute son humanité, en fin de compte. Il y lit un nouveau défi. Le mendiant le regarde fixement, n'exigeant plus de lui qu'il voie l'homme derrière les mutilations, mais qu'il perçoive une vérité plus profonde derrière l'homme, une vérité qui n'est peut-être pas complètement sensée.

Carter se lève. Où est ce maudit garçon ?

« Je n'ai pas terminé mon histoire, l'Anglais. Je n'ai pas terminé. Laissez-moi finir mon histoire ! »

À présent, il raconte à Carter les derniers jours de sa guerre : en se repliant pour fuir l'avance des Britanniques, la VIIIe armée avait découvert par hasard la loque qu'il était devenu, une loque amputée, rendue folle par la morphine. Il y eut la chute de Gaza, et Jérusalem assiégée. En novembre 1917, Lawrence ressortit changé d'une nuit de sévices subis à Deraa, et Fayçal rallia la révolte arabe défaillante. En novembre 1917, Kemal Atatürk de retour à Istanbul fut relevé de son commandement par le pacha ; rongeant son frein, il fomenta alors son soulèvement nationaliste contre le sultan laquais des Allemands. Atatürk et ses hommes s'emparèrent du *Sultan Yavuz Selim* et du *Middili*, deux croiseurs allemands basés en mer de Marmara pour assurer la défense d'Istanbul... ou raser la ville si nécessaire. Atatürk perdit la vie dans la révolte ; les nationalistes tenaient leur martyr.

Le coup d'État plongea dans le chaos les forces turques présentes en Palestine. Les ordres qui leur parvenaient (quand il y en avait) étaient contradictoires. Damas fut assiégée début décembre. Ses lignes de ravitaillement coupées, la ville crevait de faim. Et ainsi, le jour même où les Turcs acceptaient l'armistice, laissant l'Allemagne mener seule ses combats, cette épave, ce déchet humain fut surpris en train de voler à manger dans la cambuse de l'hôpital militaire où il récupérait, et l'insulte ultime fut perpétrée sur ce qui restait de sa personne.

L'œil du vieillard cloue Carter sur place.

« Ils ont eu pitié, vous croyez, capitaine ? Et la loi, alors ? J'ai volé de la main gauche — comment vous dites ? J'ai pincé, oui, pincé. Mais ils ont pris la main *droite* ! Ma main droite inutile ! Morte ! Sèche comme une figue ! La tradition, capitaine, la tradition. Alors, vous l'aimez, mon histoire ? »

Carter reste muet.

« Bah, je vais vous offrir mieux que des mots. Je vais vous montrer, capitaine. Je vais vous montrer ce qui m'est arrivé. Je vais vous *montrer* mon histoire. »

Il agite son bras gauche autour de lui comme pour englober l'escalier, le terminal dans son dos, la foule qui entre et qui sort. En réalité, il désigne ses ballots, comprend Carter.

« Là, vous voyez ? dit le mendiant [il commence à déballer l'un des petits ballots de chiffon], j'ai sauvé mes doigts à Sarikamis. Regardez. Vous voyez ? [Carter sent la bile lui monter à la gorge.] Et à Suez, j'ai rampé dans le sable. Est-ce que j'entends les obus et les balles ? Non ! »

Il s'apprête à ouvrir un autre ballot mais Carter fixe toujours le contenu du premier. Ce n'est pas possible. Bon Dieu, ce n'est pas possible…

« Donc je rampe dans le sable. Et je retrouve ce qui reste de mon oreille gauche ! » s'exclame le vieux Turc.

Il grimace et rigole tout bas en pelant le deuxième ballot. Des doigts morts et charnus et… une vague boule de tendons posés sur les chiffons sales comme des racines exotiques qu'il proposerait à la vente, des fruits noirs séchés au soleil. Carter regarde ce fou, mais que peut-il lui dire ? L'homme tire vers lui le plus gros des ballots pour lui faire descendre les marches et le déballe devant lui :

« Je traîne ma jambe avec moi dans le désert pendant que la morphine me montre des anges et des démons. Je l'ai déterrée dans les débris. Vous comprenez, capitaine ? Vous comprenez pourquoi je fais ça ? C'est à moi. À moi !

— Pour l'amour de Dieu, mon ami…

— Ma main aussi, je la garde ! Ils me l'ont prise pour vol, mais elle est à *moi*. »

Il ouvre le dernier des paquets comme un enfant qui ouvre un mouchoir contenant la pomme qu'il veut offrir à son professeur.

« Ils ont tous un nom, vous savez, insiste le vieil homme. C'est mon — comment vous dites ça ? — mon butin de guerre. Mon trésor ! »

Il parle de plus en plus fort. Il est fou, vraiment fou, ça ne fait pas l'ombre d'un doute. Carter recule.

« Ces doigts, je les ai baptisés *Arménie*. Ce morceau d'oreille est *Sinaï*. Cette jambe s'appelle *Palestine*, et ce bras mort, ah oui, capitaine, ce bras, il s'appelle la *Ville sainte de Jérusalem*. »

Carter descend une marche. Puis une autre. Se retourne. Partir, juste partir. N'importe où. La voix lui court après :

« Qu'en dites-vous, capitaine ? Cette main coupée, desséchée par la poussière du désert et déjà morte quand je l'ai perdue, comment dois-je l'appeler, dites-moi ? Dois-je l'appeler *Syrie* ? »

Des bâtons et des pierres

J'ai enfin retrouvé le garçon, *écrit Carter*, mais à ma grande surprise, il était cerné par un groupe de cinq ou six petits Arabes qui l'accablaient de sarcasmes, des filles et des garçons tous plus petits que lui mais rendus formidablement courageux par leur supériorité numérique, et tous débordant d'une haine démente. On aurait dit qu'ils avaient affaire à Lucifer en personne. Ils vociféraient des injures, le traitaient de *sheitan*… d'ennemi… de démon ! J'ai aperçu une ignoble petite crapule avec une pierre à la main. Il était prêt à la lui lancer, et l'aurait fait, tu peux me croire, si je n'avais pas été là pour la lui prendre. Je lui ai donné une taloche sur l'oreille et, inutile de le préciser, ces gamins ont tous pris la fuite avec cette lâcheté typique des petits durs. J'avais de la peine pour mon pauvre guide autochtone ;

il était dans un état pitoyable ! On lui avait craché au visage et il s'était salement écorché les mains en se protégeant des coups de bâton.

Mais il y a encore plus curieux, Anna.

« Tu vas bien, mon garçon ? lui demande Carter. Tu n'as rien de cassé, on dirait. Juste quelques écorchures. »

Le garçon hoche la tête, essuie un mollard sur son front et insulte les enfants en fuite. Il a l'air plus irrité que secoué, il ne pleure même pas. Il ne montre aucun signe de peur ni de soulagement. Il les insulte d'un air menaçant, comme un commerçant escroqué qui ne peut se résoudre à abandonner son étal pour courir après un voleur.

Bizarrement, *reprend Carter*, dès que les petites crapules se sont éparpillées, j'ai compris que Samuel avait raison sur un point au moins. Car vois-tu, ce garçon, ce Tamuz, il aurait pu se libérer très facilement de ses bourreaux, il aurait pu les semer sans problème. S'il avait été en mesure de se battre, il les aurait rossés, j'en suis certain. Mais quand ils sont partis, Tamuz est resté sur place sans réagir ! C'est là que j'ai remarqué le cercle que l'un de ces petits garnements avait tracé par terre autour de lui, un cercle qu'il refusait absolument de franchir. Il n'aurait pas bougé d'un centimètre ! Ses bourreaux n'ont eu qu'à rester hors de sa portée, de l'autre côté de cette ligne tracée dans la poussière, pour le rouer bien tranquillement de coups de bâton et lui jeter des pierres et des insultes. Piégé dans un cercle comme un démon à la merci des vertueux ! C'est du moins ce qu'ils croyaient tous, manifestement.

Le trait a été tracé dans la poussière avec le bâton qui a laissé sa marque sur la main du garçon, probablement. Tamuz avance le pied vers lui, puis le recule. Il ébauche un haussement d'épaules, mains levées, paumes tendues vers l'extérieur, comme s'il cherchait la solution de son problème à tâtons. Un comportement a priori *incompréhensible pour un Anglais, se dit Carter en grimaçant.*

Il donne un coup de pied dans la poussière. Il a brisé le cercle, et Tamuz incline la tête d'un air étonné. Comment un Anglais peut-il comprendre ceci ?

« Tu es yézidi, pas vrai ? » lui demande Carter.

Je t'avoue, Anna, que lorsque Samuel m'a parlé pour la première fois de la tribu de Tamuz, je l'ai écouté d'une oreille plutôt sceptique. Ses théories sont fascinantes, enrichissantes mêmes, et je ne me suis jamais laissé influencé par l'opinion de ses collègues à son égard, mais ayant passé du temps au Kurdistan, j'ai eu l'occasion d'y rencontrer beaucoup de yézidis aux côtés desquels j'ai combattu. Je sais de quoi je parle. Il me semblait plutôt absurde de vouloir à tout prix situer l'origine de leurs étranges coutumes et croyances dans la vallée de la mer Morte. Les yézidis ont peut-être leurs histoires de guerre au paradis, d'anges déchus et de géants antédiluviens, mais celles-ci s'enracinent clairement dans le mazdéisme et le manichéisme, deux hérésies nées en Perse. Et après tout, ce peuple tire son nom du terme perse signifiant ange. Hélas, ces dix dernières années, les recherches de Samuel ont pris un tour inattendu, et ses méthodes sont devenues… non orthodoxes, c'est peu de le dire.

Je suis sûr à présent qu'il a découvert quelque chose. Et pas seulement quelques correspondances fortuites entre les hérésies kurdes et les fameux Énakites ; car j'ai vu de mes propres yeux le même incident se produire trois ou quatre fois autour du lac Van… des enfants yézidis piégés dans un cercle et harcelés sans pitié parce qu'ils ne veulent absolument pas franchir ce trait.

Pourquoi ?

Le garçon ne sait rien de ces yézidis, mais il tente de lui expliquer :

« Comme l'a raconté Ab Irim à son serviteur Éliézer, ce sont les coutumes que nous emportons avec nous. Des collines d'Irad, nous avons apporté ces coutumes. En la cité d'Ur, nous avons apporté ces coutumes. En la cité d'Haran, nous avons apporté ces coutumes. Aux cités de Siddim, nous avons apporté ces coutumes. »

Le garçon déclame cette formule apprise par cœur d'un air pénétré, le front creusé de rides solennelles. Puis lui lance un sourire et un clin d'œil.

Carter n'est même pas certain de pouvoir localiser tous ces lieux. Haran est au nord dans la région où ont régné les Hittites, Ur se situe plus bas, dans le delta de la Mésopotamie où serait née la civilisation, et Irad… c'est peut-être Eridu, l'une des plus anciennes cités sumériennes ? Ou Aratta, qui sait ? Aratta qui a entretenu des rapports si étroits avec Sumer que leurs peuples se considéraient comme cousins, mais qui se trouve loin au nord, dans la région montagneuse plus tard connue sous le nom d'Urartu, au cœur des collines d'Ararat.

Aux yeux des Kurdes musulmans et des Arméniens chrétiens, les yézidis sont des adorateurs du diable. D'ailleurs eux-mêmes sont peut-être des démons, après tout ! Il est vrai qu'ils adorent l'ange-paon qu'ils appellent Malek Taous, un capitaine des anges et, tout comme Lucifer, un rebelle, un paria… mais dans leur religion, ce personnage finit par obtenir le pardon et sa réintégration aux cieux. Quant à cette histoire de cercle, elle se révèle beaucoup moins sinistre qu'elle n'en a l'air. On trace un cercle lors des controverses, pour permettre à ceux qui s'y tiennent de témoigner. À mon avis, il symbolise la tribu, et dire un mensonge quand on se trouve à l'intérieur revient à… à empoisonner toute la société. Agir en refusant de respecter ses limites — en sortant du cercle, par exemple, en franchissant la ligne — équivaudrait à abandonner son identité de membre de la tribu. Les jeunes semblent comprendre la puissance de ce tabou, mais pas sa signification.

Si l'on en croit la formule de ce garçon, les Énakites de Samuel seraient effectivement de lointains cousins des yézidis, comme mon ami me l'a affirmé un jour. Par contre, je refuse de le suivre dans ses élucubrations quand il prétend que ces histoires d'anges ne se limitent pas à des distorsions grossières de la Bible. En tout cas, cette question m'intrigue.

Le garçon sort du cercle rompu et saisit le mouchoir que lui tend Carter pour tamponner ses écorchures. La nuance cuivrée de sa peau vient de trouver son explication. Si ses congénères ne sont pas bédouins, s'ils ne sont pas arabes du tout… Carter repense aux paroles du vieux mendiant : ma mère, elle m'a appris beaucoup de choses à propos du désert, des choses que même les Bédouins ignorent…

« Viens, Carter Bey, lui dit Tamuz. Je t'emmène. La voiture n'est pas loin. »

Pour une raison mystérieuse, il lance un clin d'œil à Carter :

« Tu vas aimer notre chauffeur. Il est anglais, comme toi. »

Une angoisse soudaine et sans nom

« Ouais, je veux ! Écossais ! s'écrie avec un accent épais l'homme assis sur le marchepied de la Rolls. Ce petit crétin vous a dit que j'étais anglais ? Ouais, toi, le petit bâtard… Pardon, m'sieur, pardonnez mon langage, mais ça fait un moment que j'ai pas vu un gentleman dans le coin, ouais, à part lui, vous savez, et c'est pas un mec dans votre genre, pas vraiment porté sur le cérémonial, mais… Vous voyez de qui je parle ? Du baron, je veux dire ! »

Il faut une bonne seconde à Carter pour se repasser ce discours et le comprendre, après quoi il dit *oui*, sans être vraiment sûr d'avoir répondu à la bonne question.

« Ce petit mendiant raconte ça juste pour nous mettre en boîte, mais bon. Maudits "Anglais" ! Putain… Pardon, le prenez pas mal, m'sieur. Maudit p'tit *qadishtu*… »

Tamuz évite une taloche du chauffeur, réplique quelque chose que Carter ne saisit pas, puis saute par-dessus la portière de la Rolls décapotée et se reçoit sur le siège passager, à l'avant. Il passe ses doigts dans sa frange et repousse ses cheveux en arrière pour se dégager le visage, l'acajou luisant du compartiment à gants lui faisant office de miroir. Carter ne peut s'empêcher de tendre un peu le cou pour examiner le capitonnage de cuir sombre.

« C'est une pure beauté, hein, m'sieur ? »

Le chauffeur et la voiture forment une combinaison étrange. L'un est aussi débraillé que l'autre est parfaite. Don MacChuill — il décline son identité avec son accent écossais guttural et volubile — est un homme de poussière et de sable. Difficile de dire de quelle couleur sont ses cheveux ou son uniforme froissé, et la seule portion de peau qui ne se confonde pas avec la route est celle qui entoure ses yeux. Ou plutôt son œil… Encore une victime de la Grande Guerre, probablement. Lunettes de protection relevées sur sa casquette de chauffeur, cigarette pendouillant à ses lèvres, il réveille avec dextérité les chevaux-vapeur du véhicule. Contrairement à lui, la voiture est immaculée, et le chiffon qui ne quitte pas la main de son chauffeur prouve qu'il en tire autant de fierté que son discours le suggère, une fierté inversement proportionnelle à celle que lui inspire sa propre apparence, visiblement. Tout en continuant à discourir, MacChuill fait tomber la cendre de sa cigarette — avec quelques petites tapes sur les flocons qui s'égarent sur sa veste —, puis ouvre à l'arrière une portière pour Carter en soulevant au passage un léger nuage de poussière. La moitié de ses propos sont complètement inintelligibles :

« … ouais, le baron connaît vachement bien sa voiture, ouais, mais bon… »

Lui aussi franchit d'un bond sa portière. Une fois installé au volant, il tend à Carter, derrière lui, les lunettes de protection qu'il vient de sortir de sa poche :

« Vous allez en avoir besoin, m'sieur ! »

Il rabat les siennes sur son œil valide et le couvre-œil en cuir, puis redresse sa casquette.

« Tout le monde est prêt ? On y va ? Prochaine étape : Tell el-Kharnain ! »

La voiture vibre sur les routes défoncées, secouant Carter en tous sens. Les virages défilent ; ils grimpent les collines au nord-est de la Ville sainte. Feuillage vert foncé pommelant le terrain gréseux, rocailleux ou sablonneux, les oliveraies et les orangeraies se succèdent en terrasses. L'architecture des mosquées, des synagogues et des églises qui ponctuent la route est à peine plus complexe que celle des bâtiments séculiers carrés des villages qu'ils traversent, avec leurs pâtés de maisons sommaires et leurs trous en guise de portes et de fenêtres. Seuls les tours et le symbole occasionnel — étoile de David, croix ou croissant — signalent une intention plus noble.

Carter trouve étrange qu'une région aussi aride puisse être considérée comme une terre sainte, *la* Terre sainte, particulièrement en cette époque tellement intolérante envers la foi. Mais qu'y a-t-il d'autre ici-bas ? L'abysse des futuristes, l'enfer nihiliste de ces hommes qui ne croient qu'en leur propre volonté ? Il a vu des choses qui ont mis à mal ses croyances — en Dieu, en l'humanité, en l'existence de la sagesse, de la justice ou de la pitié dans le monde — et pourtant, nous *devons* croire, se dit-il. Nous devons avoir la foi ! Il examine la nuque du garçon. Elle tressaute, elle trépide au rythme de la route. Ces Énakites sont peut-être des adorateurs du diable, et les yézidis aussi, mais cela signifie que même *eux* ont une foi. Alors que les futuristes… les futuristes ne prient pas et n'offrent leurs holocaustes qu'aux fournaises du progrès.

« Vous auriez pas une cigarette, m'sieur, des fois ? J'ai fumé ma dernière et je crève d'envie d'en griller une, vous savez, mais bon…

— Bien sûr ! répond Carter. Tenez. »

Il se penche en avant, l'étui ouvert à la main. MacChuill, qui a lâché le volant pour prendre une cigarette, se retourne dans son siège.

« Carter Bey ? »

Tamuz écarquille les yeux — *puis-je ?*

« Vas-y », lui dit Carter.

MacChuill conduit en chantant un air traditionnel écossais. Il ne manque qu'un crincrin pour l'accompagner. Carter se demande comment il y arrive, avec la poussière qu'ils soulèvent en roulant et qui tourbillonne autour d'eux comme un derviche crachant ses poumons. Au bout d'une demi-heure de route, l'Anglais tousse à n'en plus pouvoir et se résigne à sortir de son paquetage une écharpe — bout de tissu bordé de glands qui ressemble au keffieh palestinien à carreaux — dont il se couvre le nez et la bouche. MacChuill et Tamuz semblent tous les deux immunisés contre la poussière. Carter s'est d'abord imaginé que la barbe de l'Écossais faisait office de filtre, mais elle a beau être broussailleuse, elle n'est pas fournie à ce point. Bizarrement, l'air qu'ils déplacent doit emporter le moindre grain de poussière loin de Tamuz, car sa chemise reste d'une propreté immaculée, exactement comme elle l'était avant le départ. Carter prend soudain conscience que cette poussière devrait être rejetée derrière eux ; le simple bon sens voudrait qu'elle ne s'enroule pas autour du véhicule, qu'elle ne lui tourbillonne pas au visage, qu'elle ne s'élève pas de la route devant eux là où la voiture va passer, comme pour venir à leur rencontre.

Ça tangue ; Tamuz tourne la tête vers lui et il voit bouger les lèvres du garçon. Il a peut-être décidé de se joindre à la chanson, mais il ne chante pas aussi fort que l'Écossais, pas assez fort pour se faire entendre, en tout cas. Par contre, la voix de MacChuill est si puissante et rocailleuse qu'en comparaison, le rugissement du moteur ressemble à un ronronnement.

La route prend la direction du sud pendant quelques secondes, puis attaque les virages d'une pente abrupte surmontée d'un rocher en saillie. Au sommet, Jérusalem leur apparaît soudain dans le lointain, entourée d'une aura blanc et or, un peu comme un mirage. Puis ils s'engagent dans une passe, une balafre creusée dans la roche, et la ville disparaît. Peut-être parce qu'ils n'ont fait que l'apercevoir, cette vision frappe Carter d'un sentiment indéfinissable, une pointe d'angoisse ; oh, rien de très violent, rien de très évident. La curiosité, peut-être ? C'est le genre de sensation que l'on ressent parfois dans la rue en dépassant une personne juste au moment où elle repousse ses cheveux. On aperçoit un beau visage trop brièvement pour enregistrer ses traits, et quand on se retourne sans le vouloir parce qu'on veut en savoir davantage, il est déjà trop tard, le visage a disparu.

La route bascule vers l'est et la voiture aussi. Elle s'éloigne en trépidant de la Ville sainte, de la foi perdue de Carter.

Jack fera boum

« Ayez un peu foi en moi, dis-je. C'est dur à ce point ? »

Une chute libre à travers un million de mondes éteints, bras écartés pour capter les courants du temps, en orientant son corps vers un trou à mi-hauteur, un trou grand comme un conduit de ventilation.

« Ben c'est le fameux saut dans l'abysse…, me précise Fox

— Nous aurons des parachutes ? lui demande Joey.

— Ou des rétrofusées ? Une rétrofusée, ce serait cool… » dis-je.

Fox lève les yeux vers nous et pousse un soupir.

« D'accord. Pas de rétrofusée pour Jack [je lui montre mes dents], allez, relax, mec ! Ça m'éclate et c'est facile. Tomber, c'est ce que je fais le mieux.

— Le plus dur, ça va être d'arriver jusqu'au puits-ki. »

Je contemple la grande terrasse de style XVIIIe, tout en haut de la sim :

« Quelques murs et quelques miradors, pas de quoi fouetter un chat !

— La structure en surface n'est qu'un trompe-l'œil, dit Fox. Le véritable Cirque se trouve en dessous. Notez le bouclier antiparadoxe. »

Je plisse les yeux pour étudier les bouts de plans recueillis par

Don dans les rêves hurlants de Joey, puis réunis par Guy avec un semblant de logique et reconstitués en sim par Anesthésia. J'ai l'impression que certaines parties ne s'emboîtent pas correctement et je redresse la tête comme un clébard interloqué. J'essaye bien de défausser les contextes et les événements intriqués, mais en vain. Tout ça m'a l'air aussi timbré qu'un rêve de philatéliste.

« Ce Cirque est un vrai bordel temporel, intervient Joey. Et vous pouvez me croire, j'y ai vécu. Ceux qui empruntent le mauvais couloir sans autorisation ne se retrouvent pas seulement à l'endroit d'où ils sont partis, mais aussi *au moment* où ils sont partis. Sans le souvenir d'être revenus. »

Je hausse les épaules. Quel besoin d'un souvenir quand on a la joie de vivre et un pistolet à orgone ?

« Bon. L'itinéraire suivant devrait vous conduire aux niveaux les plus bas. »

D'un doigt, Fox nous montre un trajet qui débute à la périphérie des plans, là où les couloirs forment des anneaux de Möbius-Hilbert, puis se déplace vers l'intérieur et vers le bas en direction de notre toboggan pour l'Histoire, ce puits foré dans la chaosphère. Je baisse mes lunettes 3D, je zoome et je suis le déplacement de son doigt en redressant la tête de quelques degrés encore. Et je comprends enfin ce que je regarde. Des routes. Des édifices.

Il était une fois, ma jolie ville de Kentigern. Elle avait une sœur jumelle, voyez-vous, une jumelle baptisée Dunedin, base principale de l'Albion en Calédonie, construite sur des collines volcaniques noires avec un gros et vieux château en son cœur, un château perché sur un culot de basalte aux parois à pic, avec des balustrades aussi sinistres que février, des canons sur ses remparts, et des casernes creusées à profondeur d'oubliettes. Kentigern la réprouvée, ville de constructeurs de navires et de travailleurs de l'acier, ville du Commerce et de l'Industrie. Dunedin, elle, était un avant-poste d'orchestres de cornemuses, de politiciens, de puissance et de majesté. Un putain de piège à touristes en tartan pour fascistes amateurs de folklore. Jusqu'à l'arrivée du Crépuscule, où Kentigern a mangé Dunedin. Apparemment, elle ne l'a pas digérée.

Je contemple dans la sim d'Anesthésia les bâtiments et les ponts de cette cité souterraine toute froissée, avec ses rues tortueuses mises sens dessus dessous et son château suspendu tête en bas au-dessus d'un puits sans fond. Gothique nazi à donf!

« Ne me dites pas que nous devons entrer dans le château, dis-je.

— Vous devez entrer dans le château, approuve Guy.

— Nickel ! »

« Si je comprends bien, on ne peut pas faire sauter les portes ? Balancer quelques bombes sexuelles par les fenêtres, et faire un petit tour dans le carnage charnel ?

— Ce ne serait pas une bonne idée, Jack, me répond Fox.

— Et si je me déguise ? Je pourrais mettre une blouse de labo, tenir un bloc-notes…

— Pourquoi pas un masque en caoutchouc et une fausse moustache, tant que tu y es ? Avec ton métaphysique et les scanners psy du château, tu n'arriverais même pas à la porte !

— Tiens, prends ça. Ça te permettra d'entrer dans le Cirque, au minimum », me dit Don.

Il me tend mes papiers de voyage astral : un passeport périmé au coin détaché et un vieux billet d'avion pour la Turquie, un billet de Monopoly rose vif enfoncé à l'intérieur. J'ouvre le passeport. Un dessin au crayon représentant un visage souriant (et sommaire : deux points pour les yeux, un trait pour la bouche) à l'emplacement de la photo, des détails effacés au Tipp-Ex et réécrits au crayon… C'est vraiment du travail de faussaire ! Ça sent le larbin, même. Je pose le tout sur la table et je prends la seringue remplie d'encre que m'offre Anesthésia.

« Et ceci te permettra d'entrer dans le château », me précise-t-elle.

Cette seringue embaume le parfum de mon âme, mais c'est normal, remarquez : elle est chargée d'une eau de béatitude encodée à dose homéopathique avec les diagrammes complets de mon archétype. C'est de l'information liquide vivante, un ectoplasme viral, du sperme de logos, du foutre de mème, du jus d'âme. De l'encre extraite de mon empreinte.

« Quand tu seras dans le château, reprend-elle, trouve celui qui te servira de couverture, entrave son âme et débarrasse-toi de ton costume de peau. Ensuite… dissous-toi en lui. D'après nous, il faudra douze heures pour que le mème de Jack Flash se superpose à l'âme de son hôte, alors entrave-le à minuit. Il passera une bonne nuit de sommeil ; il fera quelques rêves farfelus, certes, mais il franchira les portes du château avec l'impression d'être en pleine forme, et au moment où il voudra engloutir son panier-repas…

— Jack fera boum, dis-je. Dans sa tête.

— Plus ou moins, admet Fox.

— Et quelle est cette cible ?

— L'architecte du Cirque, dit Fox. Expert en Escherspace, autorisation de niveau bêta. »

J'ouvre le dossier qu'il me tend pour jeter un coup d'œil au pantin SS répugnant que je vais devoir enfourcher pour un rodéo infernal. Mais le boulot, c'est le boulot, je suppose. C'est comme Dédale : il n'a pas fabriqué le Minotaure, il a juste construit le labyrinthe qui l'héberge. Malgré tout, à ce niveau de complicité, ce mec doit être un lâche de première, un couard avec un menton fuyant et des yeux en vrille. Sauf que sur la photo il n'a pas l'air du genre à sucer la bite de Satan. Il est plutôt pimpant, avec sa petite masse de cheveux beatnik, son bouc et sa moustache. Putain ! Il ressemble à un bohémien, en fait.

« Il s'appelle Jacques Reynard Cartier. C'est du moins ce qui est écrit sur ses papiers, m'apprend Fox

— Je connais ce visage, dis-je.

— Un parent éloigné », marmonne Fox.

« En fait, j'ignore comment il est arrivé ici, nous explique Fox. Je soupçonne que cela a quelque chose à voir avec une certaine réécriture ratée de l'Histoire qui s'est terminée d'une façon plutôt… flamboyante.

— Tu penses à Strann ? dis-je.

— À Strann, Paris, ou ici. Dieu seul sait dans combien de plis ce petit fiasco a eu lieu. Bref, j'ai l'impression que notre homme a pris un embranchement dans la tempête, bien décidé à, bon, se calmer, à suivre les règles, à se dégoter un boulot sympa…

— Ouais, larbin démoniaque de l'Empire, c'est sympa, dis-je. Pas comme toi, mon Foxy. »

Fox garde les yeux fixés sur la sim mais ses doigts martèlent la table *staccato*. Difficile de se voir en vendu, j'imagine.

« Qui sait, il s'est peut-être dit qu'il pourrait agir de l'intérieur, suggère-t-il. S'infiltrer… contaminer le système en se montrant humain. Sauver quelques âmes, lui mettre ici ou là des bâtons dans les roues. Sans Livre. Sans grandes idées. Sans plans grandioses. »

Il secoue la tête.

« Bon… Évite de faire sauter ta couverture, c'est tout ce que je te demande, dit-il. Plus précisément, évite de la *flinguer*. Il pourrait y avoir des… des retombées temporelles.

— J'adore les retombées temporelles », dis-je.

Je souris à pleines dents. Éclairs fulgurants, mondes qui éclatent en mille morceaux, réécritures dont l'onde de choc se diffuse dans le réel… Avoir autant de passés que d'avenirs donne un peu de profondeur à la vie. La linéarité, c'est vraiment pour les ringards.

« Jack, rappelle-toi que certains d'entre nous n'ont pas vraiment la même… capacité à rebondir que toi », insiste Fox.

Ouais, ouais, j'ai compris. Le larbin démoniaque de l'Empire qui va m'emporter dans ses rêves à l'intérieur du château, faudra pas que je le drogue, faudra pas que je le cueille avec une batte de base-ball, faudra pas que je le laisse tomber d'un grand building avec un *oups* d'excuse. Interdiction de le tuer.

Interdiction de me coudre dans sa peau écorchée. Je ne dois pas arriver devant la porte du château avec une grimace démente sur le visage et les cheveux décolorés couleur de feu, en insistant sur le fait que je ne suis *pas* Jack Flash, absolument pas, voyons ! Je suis le type qui travaille au niveau *machin*, vous savez, avec le *truc*. Regardez, j'ai une moustache ! Et un porte-bloc-notes !

« Je serai bon, je vous le promets, dis-je.

— J'ai été heureux de te connaître, Guy », ajoute Joey.

Errata

La mission

Il a emprunté des routes menant en des lieux qui n'auraient jamais dû exister, du moins dans les mondes sensés. Il s'est engagé dans des rues latérales donnant sur des ruelles conduisant quelques dizaines de mètres plus loin à des cités de l'autre bout du monde. Il a discuté avec des gens qui rêvent les souvenirs d'autres personnes, des rêves plus vivants que leur vie éveillée, ou qui se murmurent à eux-mêmes des langues qu'ils n'ont jamais apprises, ou qui se rappellent des enfants dont il n'existe aucune trace et dont personne d'autre ne se souvient. Il a traversé des villes où les fameux hommes froids ont fermé boutique la veille, toujours la veille, ne laissant derrière eux que l'étrange rebut hideux et bas de gamme du kitsch magique, boucle d'oreille en serre de poulet, crâne de cristal… Et même ici, dans le Mojave — où tout a commencé, d'une certaine façon —, même ici, aucune saloperie d'ange à l'horizon.

Il sent pourtant dans l'air la sueur de Phree, un parfum aussi lourd que la chaleur ambiante. Finnan sait qu'il est sur la bonne piste.

Ses bottes de baroudeur tannées et éraflées soulèvent la poussière. Il marche péniblement. Il donnerait son bras droit pour un verre d'eau, pas de doute. Ses lèvres sont craquelées comme du vieux papier, et le soleil lui paraît bien trop ardent pour cette heure de la matinée. Il sait pourtant que cet itinéraire en ligne droite est nettement plus sûr que la route officielle de l'ancienne mission en adobe. Elle se trouve juste au bout du ravin, paraît-il, mais vu la tournure des événements, elle pourrait aussi bien le conduire à Disneyland ou à Dodge City. Il contourne donc un affleurement torturé au pied des collines de grès friable et là, il a l'impression d'entrer en enfer, un certain genre d'enfer, du moins. Un mélange de tonton Walt et de Sergio Leone.

Une mer de véhicules tout-terrain rouillés, un parking qui s'étire jusqu'à l'horizon, des mauvaises herbes et des broussailles sèches entre les carcasses métalliques… Le village, la mission, se dresse au cœur de cette désolation.

La mission s'élève parmi quelques rares bâtiments effondrés et, pendant une seconde, il la voit telle qu'elle était jadis. L'image fantôme de ses murs blancs et de son clocher se superpose au réel de ce pli. Comme certains mots anglais, italiens, inuits ou étrusques portent encore un écho de la Cryptolangue dont ils sont une forme corrompue, la mission miroite — ombre et reflet confondus — entre les images de ses états précédents, blanchie à la chaux, sereine, ou beauté grandiose et fissurée de veuve de péon en habit de deuil assise à l'ombre sur son banc de bois, vous savez, cette vieille dame que tout le monde vient voir pour ses conseils et ses potins, et aussi parce que si on ne la traite pas avec le respect qui lui est dû, on va avoir les oreilles qui sifflent.

Cette impression ne dure qu'un instant, puis la vérité le frappe, la réduisant à néant.

La mission a été repeinte en rouge, le rouge des reins de Satan enflammés par la luxure, et c'est largement aussi vulgaire. Même chose pour les ruines du petit village qui l'entoure, mais elles au moins, grâce à leur petite taille, elles sont presque ensevelies sous les étals, les vélums, les tentes et les wigwams, les drapeaux, les bannières, les dais… et la foule des hommes froids et de leurs clients qui se promènent partout.

Il ne s'attendait pas à voir tant de gens normaux dans la mission. Il croyait avoir affaire à l'ultime refuge des hommes froids revenus vivre parmi ceux de leur espèce après avoir renoncé à s'installer dans les villes où ils n'étaient jamais les bienvenus. Une planque fortifiée pour les Jim Jones en herbe, une secte version amortelle.

En fait, ça ressemble plutôt à un Mardi gras sous acide.

Finnan tire un paquet de Camel de la poche arrière de son chino et se prend une cigarette en tapotant le paquet. Sa première inhalation de nicotine sans filtre, une bouffée paresseuse, se manifeste à la façon d'un vieux toutou qui s'agite pour faire la fête à son maître, *eh salut ! Alors, t'es revenu ?* Il a toujours aimé la nicotine ; elle lui confère une patience de saint et une voix de pécheur. Et le clic-tchic apaisant des Zippo, le *chhhhh* tranquille du tabac qui s'enflamme, le *chuk* du briquet qu'on referme… Certaines choses ne changeront jamais, même à la fin du monde. Même après la fin du monde.

Un homme froid émerge de cette fiesta démente et s'exclame en se dirigeant droit sur lui :

« Eh salut ! Alors, vous êtes revenu ? »

Finnan le dévisage. La peau et les cheveux sont d'une belle couleur ivoire, mais il arbore un chapeau et un habit à basques façon bannière étoilée, et toutes ces perles, ces rubans, ces plumes… On dirait un oncle Sam vaudou. L'Irlandais comprend tout de suite qu'il a affaire à un bonimenteur, à un charlatan. Ce type n'a de magique que les jolies couleurs de son habit et la langue habile pour attirer les gogos dans ce carnaval.

« C'est la première fois que je viens, réplique Finnan.

— Pour nous, chaque nouveau client est un vieil ami. Rentrez ici, mon cher. Nous allons vous procurer ce que vous désirez. Un peu d'amour ? Un peu d'argent ? Une petite chérie, peut-être ? Pour vous tenir chaud au lit et passer du bon temps ? J'ai pas raison ? Faites-moi confiance ! Et faites-vous confiance, aussi ! Ce que nous ne pouvons pas vous offrir n'a aucun intérêt. Dans notre domaine, nous sommes… *éblouissants* ! »

Presque admiratif devant les boniments de l'homme, Finnan lui lâche un sourire forcé. Il ne fait pas confiance à ce connard, pas une seconde. D'après son ton cadencé, il chantonne en Cryptolangue. Cet enfoiré n'est peut-être pas un Amortel, mais il en est aussi proche qu'on peut l'être.

« Dites-moi ce que vous cherchez », dit l'homme froid.

La petite fille qui a volé le monde, pense Finnan.

« La vérité, répond-il. Auriez-vous un petit colifichet en os de poulet qui se met à puer la merde dès que quelqu'un ment comme un arracheur de dents ? Ça ouais, ça me serait bien utile. »

Aussi jovial et faux qu'un guide-accompagnateur pour touristes, le bonimenteur éclate de rire. Tout ça fait partie du numéro, se dit Finnan. Les futures victimes s'y attendent, elles l'espèrent, même. Le charme espiègle, il connaît : pour peu que vous ayez les yeux qui pétillent, vous pouvez gagner la confiance de n'importe qui, même si vous conseillez aux gens de se méfier de vous.

« Vous êtes un homme logique, pragmatique, reprend le bonimenteur. Vous savez parfaitement ce que vous cherchez, je le sais et ce ne sont pas mes affaires. »

Il lui désigne le marché d'un moulinet de la main :

« Promenez-vous à loisir. Observez. Posez toutes les questions que vous voulez. »

« Une chose quand même, cher ami. Un petit conseil, ajoute-t-il sourire aux lèvres, en lui cédant le passage.

— Un conseil gratuit ?

— Complètement gratuit. »

Finnan inhale une bouffée et attend.

« Ne faites pas attention à l'homme derrière le rideau », dit le bonimenteur.

Froid comme la glace, regard d'acier, il effleure son chapeau, se retourne vivement et s'éloigne d'un air hautain.

« À la revoyure », ricane Finnan dans son dos.

Attrape-rêves, peintures de sable

La mission se dresse au bout de la seule rue du village, avec une cour carrée à l'avant et quelques bâtiments en ruine tout autour. Le problème, c'est que lorsque l'on remonte cette rue, elle semble s'étirer, se déformer. L'espace se met à sinuer autour de l'intrus comme le monde-serpent d'un mauvais trip. Finnan se demande si ce phénomène ne fait que refléter le désordre des étals multicolores et des badauds aux yeux écarquillés prenant racine devant eux, ou s'il est l'une des conséquences de l'authentique bordel qu'est devenu le réel. L'Irlandais est resté à l'écart de ce monde pendant si longtemps… Combien, exactement ? Bah, rien à foutre. En tout cas, il meurt d'envie d'affronter le Crépuscule et le long Hinver qui l'a suivi, la nuit noire et profonde qu'il a traversée en rêve. Tête baissée, il serpente vers la mission sur le chemin envahi d'étals proposant des merdes des quatre coins du monde, tous ces trucs censés porter bonheur si l'on n'y regarde pas de trop près ; et chaque fois que Finnan fait un pas, il a l'impression d'en faire aussi deux en arrière et deux sur le côté, sans jamais se rapprocher de sa destination.

Il contourne des couvertures étalées par terre et leurs marchandises nord et sud-américaines, attrape-rêves, peintures de sable, statues de saints, autels du vaudou et de la *santeria*, potions et charmes. Il louvoie entre des étals proposant colliers de runes scandinaves, Ganesh hindous, Guanyin chinoises, bâtons celtiques et autres fétiches africains. Yin et yang, échantillons de sang extraterrestre, madones qui brillent dans le noir, miroirs avec images en relief de Jésus, Elvis ou Diana, anneaux à têtes de mort, anneaux du mauvais œil, pentacles, rosaires, tapis et châles de prière, tambours, cornemuses, crécelles, cristaux, équipement bondage, bougies vampiriques, jeux de tarot, Yi King, eau bénite, balles en argent, pattes de lapin et cette saloperie de bruyère blanche porte-bonheur… La disposition des étals ne répond à aucune logique, et aucun chemin n'y mène ; c'est juste une distribution aléatoire de magie, comme un champ de mines impossible à traverser en ligne droite.

Après avoir passé cinq minutes à se frayer un chemin dans cette foule, il en déduit que cette répartition hasardeuse ne l'est pas tant que cela.

Les gens achètent vraiment cette camelote. Les touristes, les pèlerins, ils recherchent tous un petit quelque chose pouvant leur rendre comme par magie leurs tranquilles vies d'avant. Les banlieusards, avec des appareils photo et des gosses… Ces gens vivent assez loin des villes pour ne pas avoir pris de plein fouet le choc du monde qui se fracasse mais assez près pour s'en inquiéter quand même. Tout ce qu'ils veulent, c'est un peu de sécurité, Finnan le sait. Il les a écoutés en douce, il connaît leurs histoires. Un jour, ils ont voulu appeler des amis ou des parents et ne sont pas parvenus à les joindre. Un jour, ils ont trouvé un tram à la place du bus qu'ils prenaient pour aller au boulot. Une nuit, ils ont assisté en direct à la télé à la dissolution de Prague. Où se situait Prague, déjà ? En Russie, non ? Ils n'en étaient pas très sûrs, mais ils savaient reconnaître une histoire effrayante quand ils en voyaient une. Petit restau après petit restau, en remontant la route appelée le Voyage du Mort, Finnan a été témoin de leurs peurs, prenant peu à peu la mesure de la désintégration du réel, du Crépuscule et de l'Hinver.

Dans les parages d'Alamosa, un vieux pompiste lui a demandé ce qu'il cherchait.

« Des anges, lui a-t-il répondu.

— Bon courage, mon vieux, a répliqué l'homme. Tout le monde les cherche, ces anges. Quand vous les trouverez, demandez-leur où ils étaient pendant que la planète devenait folle. Demandez-leur pourquoi ma Sarah a été ravie il y a quinze ans et pourquoi ils ne se sont pas encore montrés ici-bas.

— Je le ferai, je vous le promets.

— Quinze ans et aucun Antéchrist à l'horizon ! Demandez-leur ! »

Finnan a avalé la dernière gorgée de sa Mountain Dew puis écrasé la canette avant de la balancer dans une poubelle, un sourire aux lèvres. Et son regard s'est perdu dans le lointain, au bout de la route.

« Demandez-leur », a répété le vieil homme d'un ton plus désespéré qu'irrité.

Finnan sent la Cryptolangue sur sa nuque, comme une main chaude, moite de sueur. Il la sent tout le long de son épine dorsale, et sur ses épaules, aussi ; il a l'impression qu'un truc va jaillir de ses omoplates, que des serres ou des ailes vont se déployer, des tentacules fouetter l'air… C'est une énergie animale qu'il peut à peine contenir. Qu'on l'appelle la chance, la magie ou cette putain de Force, elle est plus puissante en ce lieu que chez la plupart des Amortels. Finnan se sent tendu comme jamais. La chose a des dents.

Il tente de déterminer l'origine de cette sensation. Elle ne provient pas des charmes et des breloques exposés sur les comptoirs et les couvertures qui l'entourent, mais des maisons en adobe écroulées, et plus que tout de la mission. La mission de Sante Manité, c'est comme ça qu'elle s'appelle sur la carte. Il jette un coup d'œil aux hommes froids colportant leurs élixirs miracles pour guérison instantanée des peurs profondes de l'âme, ces hommes froids qui se repaissent de cet endroit comme des vautours d'une charogne, arrachant à coups de bec des lambeaux de peau et de chair. Il ramasse une pièce de monnaie chinoise sur l'étal le plus proche, et ses doigts picotent. Elle contient un soupçon de Cryptolangue, certes, mais ce n'est qu'une résonance, un reflet. Le vrai pouvoir se cache dans le bâtiment principal de la mission.

Seigneur, qu'est-ce qu'ils y conservent, ces salauds ? Le putain de cadavre de Dieu en pleine putréfaction ?

« Dieu n'est pas mort », dit quelqu'un dans son dos.

Finnan s'arrête et se retourne. C'est un homme froid debout derrière un étal de livres new age, genre développement personnel et mysticisme. *Le Tantra pour les nuls. Comment utiliser ses amis et manipuler les gens. Comment jouer la victime et ramasser la mise.*

Il se souvient avoir joué aux cartes il y a bien longtemps, dans une autre vie, pendant une guerre, des cartes avec des femmes à poil dessus… Était-ce en France ou en Espagne ? Bah, peu importe. Il a compris à l'époque que la grande spécialité des joueurs de poker et des officiers, autrement dit de ces salauds qui mentent et qui trichent et des obsédés du contrôle mental, consiste à déchiffrer l'attitude de leurs adversaires, leur haine, leur peur, la nature de leurs besoins. Et à réagir aux moindres tics, contractions musculaires, flexions des doigts, battements de cils, odeurs corporelles, pauses, coups d'œil, attentes… Car de ces corps traversés par la succession des défis et des hasards se dégage une certaine logique, et si l'on y ajoute un soupçon de Cryptolangue, les paris, les bluffs, les vérités deviennent transparents. Les bons joueurs ne lisent pas dans les esprits, ils lisent les corps. Et dès qu'ils connaissent la main de leurs adversaires, ils prononcent les mots qu'il faut pour provoquer la réaction qui les arrange.

L'homme froid sourit tranquillement, d'un air entendu ; il va garder la chute de sa blague pour lui, sauf si on la lui demande.

« Ah bon ? Sans déconner ? dit Finnan.

— Dieu n'est pas mort. Il dort, voilà tout, insiste l'homme froid en hochant la tête d'un air entendu. Vous voulez vous rendre à la mission, pas vrai ? »

Allons-y, se dit Finnan, qui ne laisse rien voir pour l'instant : « Ce marché est très animé.

— Pas étonnant. Il y a beaucoup de demande en ce moment. »

Vas-y, joue ton va-tout.

« Certaines de ces merdes me semblent un peu douteuses. J'ai pas raison ?

— Pas du tout. Rien que de la magie authentique. Et qui fonctionne comme un charme, pourrait-on dire. À mon avis, c'est la première fois que vous visitez ce genre d'endroit. Je parie que vous trouvez ça immoral…

— Mais non, mais non, j'adore, réplique Finnan d'un ton détendu. C'est très… *éclectique*.

— Effectivement. Il y en a pour tous les goûts.

— Ouais, ça a l'air. »

Allez, à ton tour, mec.

« Vous cherchez quelque chose en particulier ? Laissez-moi deviner. Des informations sur les interconnexions quantiques ? Sur la théorie du chaos, peut-être ? »

Finnan prend un livre, jette un coup d'œil à sa quatrième de couverture et le repose, en feuillette deux autres, en retourne quelques-uns, les remet dans le bon sens. Pseudo-histoire, folklore et science déviante.

« Non. Sur la mythologie sumérienne, plutôt. *Le Livre de Toutes les Heures*, ça vous dit quelque chose ? »

L'homme froid bat des paupières. Ça vient de faire *clic* dans sa tête, on dirait.

Cartes sur table, mec. Le donneur est grillé, j'en ai peur.

« Je n'ai rien là-dessus, il me semble. »

Désolé, monsieur, je vais devoir vous demander de quitter la partie.

« Dommage, dit Finnan. Bon, à la revoyure. »

Il se retourne, prêt à s'éloigner.

« Attendez ! Vous voulez vous rendre à la mission, n'est-ce pas ? Je peux vous indiquer le chemin ! »

Finnan secoue la tête :

« Non merci, mais pouvez-vous me dire où il y a de la bière, ici ? Je crève de soif.

— De la bière ?

— Laissez tomber. Je trouverai. »

Finnan se met en route, puis s'arrête :

« Mais bon…

— Oui ?

— Si je trouve ce que je cherche, je vous promets que vous serez le premier à le savoir. »

2

Une ombre de Jérusalem

Avec pour âme une singularité

Le duc Irae caresse sa grande barbe blanche, puis effleure d'un doigt paresseux la cicatrice qui sinue comme une veine sur le côté gauche de son visage. Elle part de sa joue, passe au-dessus de l'orbite détruite où une petite boule facettée remplace désormais son œil perdu, et continue jusqu'à la ligne des cheveux. La guerre a un coût et cet œil sacrifié n'est pas cher payé. D'autres en ont bavé nettement plus que lui, ceux qui ont perdu la vie, ceux qui ont perdu leur âme. Raphaël est mort, Métatron a disparu, et Gabriel… mieux vaux ne pas penser au sort qu'a subi ce seigneur du feu dans l'Hinver. Sans parler de Sandalphon, ce petit pisseux pacifiste. Quelle pitié, vraiment, mais hé, *c'est la mort*[1] ! Il s'est montré utile, en fin de compte. Ils ne sont donc plus que trois, mais *trois* est un nombre aussi sacré que *sept*. En outre, un gouvernement à trois est forcément plus stable, plus compact. Il y a donc Michel et Azazel, archanges de la glace et de la mort, porteurs de Paix et de Pitié, main droite et main gauche de la Loi, et le Duc, jadis connu sous le nom d'Uriel, Gloire de Dieu.

Dans ce visage grisonnant aux traits ciselés qui semble sculpté dans le granite, le regard est glacial, impitoyable. Le Duc étu-

1. En français dans le texte.

die l'Abysse sans ciller. Cet énorme ravin sans fond est la plus grande des mines-ki d'Albion. Dans une tempête de vapeurs d'un vert malsain zébré de bleu électrique, il s'étire loin, très loin sous le balcon, et plonge loin, très loin jusqu'au noyau d'énergie-ki, cette énergie orgonique moteur de pur chaos au cœur de toute chose. L'encre sous la peau du Vélum.

Si Dieu était vraiment mort, ceci serait sa tombe, se dit le Duc : une mine à ciel ouvert creusée dans la substance même du réel et produisant une quantité inépuisable d'énergie brute.

Au-dessus et autour de lui, la ville de Dunedin, monstrueuse impossibilité, pend de la voûte de la caverne. Les rues-stalactites courent à la verticale, à l'horizontale, en diagonale et les édifices s'accrochent comme des chauves-souris aux ponts-chevrons. On ne distingue ni le haut ni le bas. Le Duc ne prête pourtant aucune attention à ce labyrinthe ordinaire, car c'est le monstre qu'il surplombe qui le fascine. Son regard plonge dans la machine géomagique qui depuis vingt ans, presque une éternité, alimente en énergie ce petit Havre glorieux, mirage d'un empire où le Soleil ne se Couche Jamais. Une fois n'est pas coutume, un sourire joue sur les lèvres du Duc : le soleil ne peut se coucher dans cet empire caché sous terre. Son royaume secret.

L'Histoire est de leur côté. Il a hérité de ce puits transperçant les profondeurs du Vélum après le règne bref et honteux du lord protecteur Crowley. La Révolution futuriste dans le bloc de l'Est et la Grande Guerre ont fourni une excuse toute trouvée pour justifier l'industrialisation — l'*exploitation* — de cette source d'énergie. Et lorsque Mosley a restauré la monarchie, ceux qui comme le duc Irae étaient restés fidèles au roi traître ont été récompensés par un accès illimité à la source même de la puissance de l'Albion. *Disposez-en comme vous voudrez, au nom de l'Empire.*

Le Duc a des raisons de se réjouir de la réalité en trompe-l'œil sur laquelle est bâtie Kentigern. Ça n'aurait pas pu mieux marcher s'il avait écrit ce scénario lui-même.

La tempête d'énergie-ki se reflète dans l'œil à facettes du Duc comme distordue par sa courbure, et la couronne noire du seuil événementiel qui flotte en son cœur y évoque une pupille perçante. Comme si Irae avait pour âme une singularité.

« Très… nietzschéen », déclare-t-il.

À son côté, le professeur Arturo, biochaosiste et bodhisattva, a l'air encore plus maussade que d'habitude. Comme tout scientifique qui se respecte, cet ours vacciné contre les enthousiasmes contagieux par un régime autoprescrit de médication et de méditations reste complètement imperméable aux tentations du monde. Pour Arturo, cet abysse est le gouffre dans lequel il sombrera inévitablement dans l'oubli, le nirvana noir auquel il aspire pour être libéré de ses désespérantes obligations. Hélas, malgré la perte de ses illusions après son abjecte reddition aux mécanismes de l'État, voire à la roue du Destin elle-même, une infime partie de son âme languit encore. Les drogues l'aident, cependant, et l'absence totale du moindre début d'ego dans sa psyché imbibée de narcotiques contribue efficacement à maintenir son objectivité professionnelle, ce qui n'est pas une mince affaire, son travail pour le duc le plus puissant d'Albion étant par bien des côtés profondément discutable d'un point de vue éthique. Il gobe une autre pilule et, instantanément, sa conscience domptée sombre à nouveau dans sa torpeur habituelle. Ne surnage que l'appréciation froide de la nécessité de sa souffrance.

« C'est même wagnérien, messire », ajoute-t-il.

Le duc Irae approuve d'un hochement de tête. Il collectionne le maître nihiliste, dont il possède de nombreuses toiles parmi les plus célèbres. Le décor à ses pieds lui rappelle terriblement le tour de force du maître, *Inferno en bleu et vert*. Quelque chose dans cette âpreté écrasante et dans l'allusion au grand artiste préfuturiste éveille une pensée en lui, et il redresse sa tête chenue pour se tourner non pas vers Arturo mais vers la bioforme qui se tient derrière lui, l'archiviste-scribe psychique et néanmoins stupide de tous les instants de Sa Seigneurie.

Tu notes tout, j'espère?

La bioforme hoche la tête d'un air absent, tout en intégrant son geste au grand récit de la vie de son maître.

Sans se retourner, le Duc s'adresse à Arturo :

« Désormais, nous sommes les maîtres de ce monde. Où en est notre architecte ? »

— Il avance. Tout va bien, les délais seront respectés. Normalement, dans quelques jours, le Cirque sera isolé.

— Parfait. Et le projet "Enfant de la Lune" ?

— La période de gestation est achevée. Nous nous occupons en ce moment même des derniers préparatifs du parachutage. En ce moment, les mages relient la coquille à sa destination. Ils travaillent jour et nuit. Quand nous lâcherons la coquille… elle filera plus droit qu'une balle de pistolet. Elle touchera sa cible, je n'ai aucune crainte à ce sujet.

— Vous n'avez jamais aucune crainte, Arturo. Vous n'avez aucun espoir.

— C'est juste, messire. »

Le Duc plonge le regard dans le maelström. Si seulement il pouvait voir à travers la tempête bleu-vert, si seulement il pouvait contempler dans le puits des histoires ce pli du Vélum où, d'après Arturo à la vue perçante et ses espions prophètes indiscrets, le Livre émerge en ce moment même… S'il pouvait en être vraiment sûr…

Mais rien n'est vraiment sûr dans un monde sans Dieu.

L'abîme noir du temps s'étire à ses pieds, et la tempête miroite au-dessus de lui comme la lumière sur le pétrole, encre iridescente couleur de paon bleu et vert ; mais dans cette splendeur chaotique, nulle curiosité, nul jugement, nulle passion. Nulle *volonté*.

Mais bientôt, se dit le Duc. Très bientôt.

Fière et païenne

« On arrive, regarde ! Bientôt ! » crie Tamuz.

Une main sur le pare-brise pour conserver son équilibre, il se lève et pointe l'index à deux heures, vers la vallée du Jourdain, en bas. À travers les tourbillons de poussière blanche, Carter distingue une fine ligne vert foncé qui sinue du nord vers…

Tell el-Kharnain ! Chevauchant le fleuve à l'endroit où il se fond dans le bleu pâle de la mer Morte, comme bâtie sur les moignons des tours jumelles écroulées, la ville se dresse au-dessus du désert. Cette cité grandiose s'élève sur les ruines de deux mythes antiques. Le fouillis de ses édifices est construit dans cette pierre or pâle que l'on trouve partout en Palestine, mais ici, pour une raison ou une autre, l'aspect de ce matériau frappe Carter. Il a l'impression de voir du sel, de l'os, de la chair ossifiée, peut-être, une chair cassante qui s'effrite sous l'action des éléments. Le brun clair un peu jaunâtre qui donne l'impression que Jérusalem est projetée sur du papier ou du parchemin, comme un origami de vélin aux lignes découpées et aux coins anguleux, semble ici décapé, plus mince, frangé sur les bords. Ici, comme à Jérusalem, minarets et dômes se dressent au-dessus des toits, mais partout la ligne des édifices est rompue par des guenilles sombres flottant au vent, comme s'en aperçoit Carter quand la voiture secouée en tous sens se rapproche de sa destination.

Il doit crier pour couvrir les plaintes bourrues du véhicule mené par la poigne rude de MacChuill, qui l'éperonne d'une vitesse à la suivante. L'Écossais a l'air de considérer cette route comme un parcours du combattant.

« C'est quoi, ces drapeaux ? s'exclame Carter.

— Ce sont des peaux de chèvre, Carter Bey ! Ça porte bonheur ! » répond Tamuz

Carter hoche la tête. *Bien sûr*… Il connaît un peu la culture de cette ville. Les lettres de Samuel s'attardent longuement sur les contes apocryphes qui s'y rattachent, des contes de faiblesse, de châtiment, de péché et de tourment, des récits sur l'archange Michel ouvrant une fissure dans le désert de pierre après la guerre des cieux pour emprisonner les anges déchus sous la vallée de la mer Morte. D'après ces récits, les deux tertres qui se dressent de chaque côté du Jourdain et qui donnent son nom à la ville — « le Tertre du Cornu » — seraient les cornes de Samuel, le chef des rebelles. Pour Carter, ces *tells* ne font que traduire, comme c'est le cas partout au Proche-Orient, l'existence sur place d'une ancienne civilisation. Couche après couche, c'est une accumulation de déchets, de cités construites sur des villes construites sur des villages.

Cependant, pour les tribus de Bédouins qui vivent dans le désert à l'ouest de Tell el-Kharnain, mythologie et histoire n'ont rien d'incompatible. Ces deux tertres étant à leurs yeux les ruines de Sodome et Gomorrhe, ils refusent de mettre le pied dans l'enceinte de la cité. Dieu considère que ceux qui se tiennent sur les cornes du *Sheitan*, de l'Ennemi, commettent une abomination, affirment les Bédouins.

Avec ses synagogues, ses scriptoriums et ses forteresses, la Palestine tout entière a été bâtie en l'honneur d'un Dieu de lumière. Rien de tel à Tell el-Kharnain, la cité honnie ; elle n'aurait pas été bâtie mais se serait agglomérée au-dessus d'un roi mort comme un manteau de ténèbres ondulant au vent, à la façon des légendes et des rumeurs qui s'agglomèrent autour d'un événement oublié. Avant Petra sculptée dans la roche du désert, avant la chute de Massada, avant l'abandon d'Ein-Gedi, avant que les esséniens n'entreposent à Qumran leurs rouleaux et leurs écritures, avant même la construction du Temple à Jérusalem, Tell el-Kharnain la blasphématoire se dressait déjà, fière et païenne, le regard fixé sur l'autre rive d'une mer sans vie.

La voiture descend dans la vallée de sel et se dirige vers la cité.

Le 15 mars, *écrit-il.* Tell el-Kharnain, ville pécheresse s'adonnant à tous les plaisirs de la chair… Sa réputation étant encore plus sordide que celle de Whitechapel, je ne peux pas dire que je brûlais de la visiter. Hélas, le séjour de Samuel parmi les trublions qui y vivent représente mon unique point de départ pour tenter de le retrouver. Je n'ai pas eu le choix. J'ai dû me résoudre à descendre dans cette ville malsaine et, ma chère Anna, je t'assure que, depuis, le bruit et la puanteur des terrains d'aviation de Ben-Abba représentent désormais le sommet de la civilisation à mes yeux ! On entre dans Tell el-Kharnain par la route du sel ; l'on découvre d'abord au loin le bidonville sordide qu'ils appellent la ville nouvelle, puis l'on s'engage à une allure d'escargot dans ses rues envahies par les foules indolentes des portes de Jéricho et du marché de la soie. C'est vraiment un spectacle bizarre que celui de cette cité proscrite et de ses habitants, si semblables à leurs voisins en termes de vêtements et de coutumes, mais avec certaines différences leur conférant une grande étrangeté. Les femmes portent des abayas et des jilbabs jusqu'aux chevilles, bien sûr, mais taillés dans une soie couleur safran. Les hommes arborent kippas et tresses, mais leurs redingotes aux motifs écarlates et pourpres sont aussi voyantes et négligées que leurs contreparties ashkénazes sont noires et austères à Jérusalem. Nous sommes passés devant des échoppes aux vitrines remplies de hadiths et de misraïms ouverts sur des illustrations resplendissantes et autres étals de tapis illustrés de versets du Coran et de scènes mêlant oiseaux, bêtes, hommes et anges. Cette imagerie sensuelle est un anathème dans la culture du Levant, tu peux me croire, Anna ! Les juifs et les mahométans haïssent ce genre d'icônes, avec une ferveur qui n'a d'égale que celle des ulstériens les plus zélés, oserais-je dire. Je savais déjà que Tell el-Kharnain était une cité d'apostats, mais je me rends compte à présent qu'elle grouille également d'hérétiques et de blasphémateurs.

Carter ouvre le Cantique des cantiques posé sur la table à côté de son journal. Il a repéré cette petite chose délicate il y a une heure environ, dans une boutique, par hasard, alors qu'ils grimpaient les marches d'une rue incurvée menant au porche voûté et à la cour sur laquelle donne l'appartement mansardé de von Strann. Il feuillette les fines pages de parchemin, toutes couvertes d'une écriture arabe tressée d'illustrations comme un manuscrit médiéval ou une mosaïque maure, de ce livre aussi obscène que les sculptures hindoues, ce livre écrit d'une belle encre de Siddim, tellement noire et luisante qu'elle a l'air encore fraîche.

Que tes seins soient comme les grappes de la vigne,
Le parfum de ton souffle comme celui des pommes,
Et ta bouche comme le meilleur des vins.

Il referme le Cantique.

Ici au moins, dans l'appartement de von Strann, reprend-il, *je peux rédiger mon journal en attendant le retour du jeune Tamuz. Ici au moins, les masses oppressantes ne m'atteignent pas, et je peux me détendre sans craindre qu'on ne me plante un couteau dans le dos ou qu'on ne me détrousse.*

Il ment et il le sait. Il n'arrive pas à se détendre. Il en rêve, pourtant, mais deux fois pendant le trajet, on a arrêté leur voiture pour leur demander leurs papiers. La ville grouille de militaires turcs. Les Turcs vont bientôt s'acoquiner avec les fascistes, ce n'est qu'une question de semaines, et les quelques Européens désinvoltes qu'il a aperçus sur les marchés, panama sur la tête et costume de lin, sont des imbéciles. D'un autre côté, d'après les regards que les habitants de la ville réservent aux miliciens, les Turcs vont probablement rencontrer une certaine résistance quand le moment viendra. Ces gens n'aiment pas ceux qui prétendent les diriger, et ce n'est pas nouveau. Yvan et Mehmed feraient bien de se rappeler le sang romain versé par les zélotes et autres sicaires.

Le moment de la confrontation approche, Carter en est certain, et il prie pour avoir retrouvé ce maudit Samuel et quitté la ville avant qu'il ne soit trop tard. Mais où est-il ? Et d'abord, où est le fameux baron, ce von Strann ? Il n'ose pas imaginer ce qu'un soi-disant gentleman peut bien faire à Tell el-Kharnain.

La cité des sens

… Donc, sur les conseils de son médecin, von Strann est arrivé dans cette ville en 1921, à la fin du printemps. Les eaux curatives et l'air bienfaisant de la vallée de la mer Morte étaient censés soulager son problème pulmonaire.

À première vue, il peut sembler étrange de trouver une ville thermale dans cette région désolée, l'endroit le plus bas de la Terre. Ce désert salé et sulfureux évoque l'exil plutôt que la guérison, et certains visiteurs s'étonnent qu'une terre aussi stérile ait pu subvenir aux besoins d'un village, sans parler d'une ville de la taille de Tell el-Kharnain. Historiquement, c'est l'irrigation extensive de la vallée du Jourdain qui a rendu cette région habitable, témoignage de l'attrait stupéfiant qu'elle exerce sur les hommes depuis des temps immémoriaux, et de la ténacité de l'esprit humain.

Cette ville inique a également survécu aux ravages du temps, et là aussi, on peut s'en étonner, car il s'agit sans l'ombre d'un doute de l'endroit le plus détesté du Levant.

Nous savons désormais que Tell el-Kharnain a attiré les malades dès sa création et tout au long de son histoire. Dans les années soixante-dix, les fouilles de Bauval ont apporté la preuve que les traditions se rapportant aux propriétés curatives des eaux de la mer Morte remontent aux débuts du Néolithique. Avant les découvertes de cet archéologue, on croyait que la ville avait été fondée en même temps que les cités-États phéniciennes de Sidon, Tyr et Byblos, mais Bauval a mis au jour des structures vieilles de huit mille ans sur ce site, des édifices combinant les fonctions de bains publics, d'hôpital, de temple et de bordel. Il a également établi l'existence d'une prostitution institutionnalisée dans les temples de la ville, trait fréquent dans tout le Proche-Orient néolithique. Que Tell el-Kharnain puisse se dresser à l'emplacement des cités bibliques de Sodome et Gomorrhe est toujours matière à discussion, bien sûr, et en raison de l'actuelle instabilité de la région, les fouilles rigoureuses nécessaires pour confirmer ou infirmer cette théorie ne seront sans doute pas menées avant longtemps. En tout cas, après le rejet unanime de cette théorie au cours des années soixante, certains archéologues respectés semblent désormais admettre qu'il y a peut-être une part de vérité dans les légendes qui ont poussé Alexandre à rebaptiser la ville Héphaistionopolis en l'honneur de son amant.

À l'époque de Jéricho et de Çatal Hüyük, Tell el-Kharnain était déjà un lieu de villégiature très « sea, sex and sun », et ses bains publics n'avaient rien à envier à ceux de notre San Francisco d'aujourd'hui. Plus tard, sous occupation babylonienne puis romaine, sa réputation douteuse, les plaisirs de la chair qu'elle semblait promettre se sont avérés aussi lucratifs pour elle que le commerce de l'encre. On pourrait s'attendre à ce que la tolérance des autorités à l'égard de cet antre de débauche se soit amoindrie sous domination ottomane, mais pas du tout. Même à cette époque, la cité semble avoir été florissante. Les hommes d'affaires les plus honnêtes, les imams les plus hautains trouvaient toujours un prétexte, en général d'ordre médical, pour séjourner à Tell el-Kharnain. Louée par les poètes et les peintres de l'ère romantique qui y voyaient la « cité des sens, qui colore le canevas de l'âme de l'écarlate du péché », elle devint pour les Européens une destination de plus en plus populaire. À la fin du XIXe siècle, Tell el-Kharnain apparaissait comme une sorte de Mecque pour libertins de toute obédience, et ce fut le cas jusqu'aux années vingt, lorsque les débauchés d'Hollywood l'élurent comme lieu de villégiature préféré, à égalité avec Beyrouth. Si l'on garde tout ceci à l'esprit, et si l'on tient compte des penchants supposés de von Strann, on peut en conclure que son installation à Tell el-Kharnain a pu être, au moins en partie, motivée par la rumeur des excès hédonistes qui s'y déroulaient autant que par des considérations purement médicales.

D'une certaine façon, von Strann le convalescent était aussi un exilé. Son état de santé n'est pas la seule raison qui l'a poussé à quitter son pays natal. Ce départ a tout autant été provoqué par la montée du futurisme et la terreur qu'il entraînait dans son sillage. Aristocrate refusant de servir dans l'armée, homosexuel présumé, von Strann était une double cible pour un mouvement qui se repaissait de haine et de ressentiment. Il expose d'ailleurs très clairement son point de vue dans une lettre datée de janvier 1922 et adressée à sa famille : « [...] *ne me demandez pas de revenir. La Prusse est devenue déroutante* ». En fait, il la qualifie d'*unheimlich*, terme difficile à traduire car suggérant également l'étrange, le mystère, les choses contre nature, voire carrément le surnaturel. Dans sa biographie, Golding déduit de l'emploi de cette expression que von Strann était un exilé politique et rien qu'un exilé politique. Pour ce qui est des rumeurs sur la sexualité de von Strann, le biographe affirme : « Qu'un homosexuel qualifie son pays de "contre nature" nous semble hautement improbable. » Les auteurs du présent ouvrage ont surtout l'impression que cette observation nous en dit davantage sur les présomptions de Golding que sur les véritables motivations de von Strann.

Que ce soit ses problèmes de santé, sa sexualité, la politique ou une combinaison des trois, peu importe en réalité ce qui l'a incité à s'installer dans cette région. Ici, dans la vallée de la mer Morte, à l'ombre de l'antique Sodome, von Strann a trouvé non seulement un remède à ses problèmes pulmonaires et un lieu à l'abri des remous politiques du début du XXe siècle, mais aussi un exutoire à sa sexualité jusqu'alors réprimée, grâce à la pratique artistique qui allait le rendre célèbre. C'est ici, dans cette cité décadente et dépravée cernée par un désert stérile, que von Strann est devenu l'un des pères de la photographie, mais également de la pornographie modernes. Ici, parmi les esséniens à la peau mordorée venus des déserts environnants, il a découvert à la fois ses sujets et son salut.

Une ombre de Jérusalem

« Il faut grimper jusqu'en haut ?

— Oui, Carter Bey ! La maison tout en haut ! Carter Bey… »

Les bottes de Carter claquent sur les marches. Tout en continuant à grimper, Carter s'écarte pour céder le passage à Tamuz. L'Anglais hoche un *Pas de quoi* au *Pardon, monsieur* énoncé par le garçon très fier de sa prononciation parfaite. La volée de marches qui conduit au studio mansardé du baron est étroite et resserrée comme les ruelles tortueuses du plus bohème des quartiers de la plus bohème des villes, étroite comme l'arche ouvrant sur la cour entourée de fenêtres aux volets fermés enfouis sous la vigne et les feuilles. Tamuz monte deux marches à la fois, et la sacoche de Carter se balance à son épaule quand il la repousse pour prendre la clé du studio dans sa poche. L'adolescent a insisté pour porter cette sacoche pendant les cent mètres d'escalade séparant le studio du baron et l'endroit où MacChuill a garé la voiture…

« Bon ben m'sieur, nous y sommes. Le p'tit gars va vous conduire à la piaule de sa seigneurie. Ouais, c'est tout là-haut ! Si vous avez besoin d'un chauffeur, dites-le au nain ici présent et il viendra nous chercher… Compris, m'sieur ? »

C'est la bohème, Tell el-Kharnain, se dit Carter en sortant de la voiture.

« Monsieur ! Monsieur ! Des filles ? Des garçons ? Du haschich ? »

Tamuz écarte le trafiquant qui hausse les épaules et reporte son attention sur un vieux monsieur trop occupé à fixer Tamuz et

Carter pour se soucier de lui. Le monsieur soulève son panama, essuie son front en sueur avec un mouchoir et les reluque quand ils passent. Dans ces rues, les Européens sont plus nombreux que les autochtones, pour la plupart des crapules serviles qui abusent des touristes en leur proposant leurs services sordides. Carter considère depuis toujours les Arabes comme un peuple noble mais, visiblement, les exigences décadentes des Européens ont façonné ceux qui vivent dans cette ville. Comme l'a dit Engels, la demande crée le marché. D'un autre côté, le spectacle était déjà le même sous les règnes de l'Égypte et de Babylone, les dominations assyrienne et perse, les occupations hellénistique, romaine et byzantine, et même pendant les croisades. Dans les murs de la rue latérale où l'entraîne Tamuz, de grands blocs de pierre en témoignent, avec leurs sculptures abîmées remontant à des règnes oubliés, leurs bas-reliefs rescapés des razzias successives subies par cette ville perpétuellement reconstruite sur ses ruines, qu'elles soient architecturales ou morales.

… Pommelée par le treillis de pierre du mur extérieur et les feuilles de l'oranger dans la cour, la lumière de cette mi-journée strie l'escalier plongé dans l'ombre. Depuis qu'ils ont quitté la bousculade des rues, l'ambiance est devenue très agréable, Carter est forcé de le reconnaître. Ils ont traversé l'antique quartier des marchands d'encre autour du Beth Ashtart, lui a expliqué Tamuz, l'endroit d'où les négociants du monde entier exportent depuis toujours et sous toutes ses formes l'encre de Siddim, pigments exquis, poudres et liquides servant à teindre les robes raffinées des empereurs ou à donner des couleurs aux statues de la Vierge.

L'adolescent ouvre la porte et Carter le suit à l'intérieur. Ils entrent dans une pièce tout en longueur qui paraît encombrée malgré l'absence de meubles. Un parquet, un toit en pente, des murs clairs enduits de plâtre, deux fenêtres, une lucarne, une cuisine avec un four et un évier en acier, une longue table à tréteaux et pas grand-chose de plus. Dans un coin, il y a un lit et une coiffeuse, avec un lit de camp défait à côté. Cloué et fermé par du ruban adhésif, un lourd rideau noir barre l'extrémité de la pièce… Un appareil sur trépied est pointé vers le rideau, et Carter en déduit que ce tissu isole la chambre noire et sert de toile de fond aux photos. Manifestement, von Strann mène une vie ascétique. Ce qui encombre la pièce, ce ne sont pas des meubles mais les impressions encadrées suspendues aux murs ou entassées à leur pied et les photographies accrochées à des cordes qui se croisent à hauteur d'homme. Toutes représentent des jeunes gens nus dans des poses homériques. Carter perçoit tout de suite leur valeur artistique, ce qui ne l'empêche pas de trouver cette imagerie malsaine et repoussante. Tell el-Kharnain et le studio de von Strann sont faits de la même étoffe, et cette étoffe, c'est une soie écarlate et pourpre, douce et sensuelle au toucher. La ville tout entière est une Jérusalem noire, une ombre de Jérusalem, aussi impie que la cité de Salomon est sacrée.

Que tes seins soient comme les grappes de la vigne,
Le parfum de ton souffle comme celui des pommes,
Et ta bouche comme le meilleur des vins.

Il survole du regard les photographies obscènes suspendues comme des fanions en caressant du doigt le cuir doux du Cantique des cantiques. Les affaires du baron pourraient bientôt devenir un peu moins lucratives.

En attendant le retour de von Strann, écrit-il, *je ne puis m'empêcher de réfléchir à tout ce que les Alliés vont perdre si la Turquie passe aux futuristes. Je suis très inquiet, je ne peux pas le nier. Je pense aux Européens qui fréquentent les cafés et tavernes de cette ville et qui vendraient gaiement leurs concitoyens pour…*

« Carter Bey ! »

L'adolescent pose une assiette vide et un bol de dattes sur la table devant lui, puis enfourne un fruit noir. Carter referme son carnet et son porte-plume. Tamuz mâche sa datte, recrache le noyau dans sa main et le laisse tomber sur l'assiette.

« Au marché, j'ai entendu un homme poser des questions sur le soldat anglais », dit-il d'un ton désinvolte mais un peu interrogatif ou vaguement inquiet. Il est retourné vers le four. Carter ne sait pas ce qu'il a préparé, mais ça sent drôlement bon. « Un Européen, précise Tamuz. L'accent, je sais pas. Pas anglais. Pas allemand non plus. Cheveux noirs. Yeux noirs.

— Chemise noire ? »

Le garçon sursaute. Tape sa cuillère en bois sur le rebord d'une marmite. Goûte son plat.

« Pas aujourd'hui. Mais les autres fois, oui, je crois. Je crois qu'il porte une chemise noire d'habitude. Et il… il se tient comme toi.

— Ah bon ? Et comment je me tiens, moi ? » lui demande Carter, un coude sur la table, l'autre sur le dossier de sa chaise, un sourire amusé aux lèvres.

Tamuz se retourne vers lui, se redresse, adopte une rigidité toute militaire. Sourcils froncés, il tourne lentement la tête de chaque côté comme une sentinelle aux aguets, après quoi il abandonne sa pose et pointe sa cuillère vers Carter :

« Comme si beaucoup d'hommes te suivaient, dit-il. Tu n'as peur de personne. »

Carter prend une datte dans le bol et la roule entre ses doigts :

« Vraiment ?

— Tu es fier et redoutable », conclut Tamuz.

Obsidienne ou ténèbres, une boule

Fier et redoutable, le duc Irae traverse à grands pas les laboratoires du professeur Arturo. Les serfs en blouse blanche s'écartent de son chemin. Ses bottes résonnent sur les grilles d'acier couronnant le niveau inférieur. Le bruit de ses pas parvient même à percer la clameur des machines, martèlements, ronflements, cliquetis et autres bourdonnements… Sans s'inquiéter le moins du monde du gouffre vertigineux qui plonge sous le fragile squelette d'acier jusqu'à la chaosphère, tout en bas, le Duc marche comme un général sur un champ de bataille : avec détermination, tout entier concentré sur son but. Son œil unique ne perd rien de la scène, qu'il domine dans chaque aspect de son comportement de guerrier. Derrière lui, Arturo se hâte ; il voudrait rester à la hauteur de son maître, mais n'y arrive pas. Au bout de la passerelle, en passant devant l'archiviste, il grommelle, incapable de cacher son ressentiment devant cette créature jeune et saine. Dans son for intérieur, il est doublement amer : son absence de fierté ne fait que souligner l'égoïsme de sa dépression.

Des bobines de bandes magnétiques tournent entre les diodes clignotantes, les moniteurs à écran vert, les vases à bec bouillonnants et les solénoïdes qui grésillent, toutes ces choses semblant pousser comme des champignons sur cette construction délirante. Ces cartes perforées, affichages holographiques, valves, oscilloscopes, postes de radiovision et ampoules luisantes des condensateurs-ki composent l'ordinateur central multiréseaux du professeur Arturo dans les entrailles du château sous le Cirque. Ici, on ne renouvelle jamais rien, on ne met jamais rien au rebut. Et les murs verts grillagés d'or et encastrés de noir, des cartes mères géantes, sont reliés par branchements ou par ondes aux coprocesseurs du cube quantique et aux réseaux neuraux d'orgone liquide, tous intégrés dans cet ordinateur en perpétuelle évolution.

Cramponné au-dessus du grand abysse de la mine-ki comme un tapis de stalactites mécaniques, enfant hybride de Babbage et de Bosch, le laboratoire, l'ordinateur-laboratoire, plus exactement, est tout autant un sanctuaire dédié à son propre héritage que le top du top en matière de technologie informatique. C'est l'incubateur des nouvelles technologies, mais c'est un incubateur froid et hostile, à la fois crèche et cimetière, dont les composants luttent pour la survie. Perché sur le puits béant de la destruction, c'est la création cannibale du Progrès lui-même.

« Et tout ça pour un seul petit Dieu ! s'exclame le duc Irae.

— La chaosphère est… complexe, messire, proteste faiblement Arturo. Rien que pour maintenir l'intégrité… »

Le Duc agite une main :

« Si vous dites que nous en avons besoin, je vous crois. Le projet Enfant de la Lune bénéficie de mon soutien plein et entier. »

Derrière des parois en plexiglas, des rangées de bonobos bavards sont sanglés dans des chaises d'école rembourrées. Ils tapent bruyamment sur les machines à écrire intégrées dans leurs pupitres en bois comme un monstrueux pool de secrétaires, et une armée de techniciens prélèvent et scannent les longues bandes de papier au fur et à mesure que les machines les crachent. Des étincelles jaillissent sur les cuirs chevelus rasés des singes ; les branchements sifflent dans les cerveaux, dans leurs crânes trépanés. Reliés à une cuve en verre remplie de vapeur d'orgone bouillonnante, des tubes lumineux bleu-vert aux allures de perfusions intraveineuses pulsent en eux et autour d'eux. Un unique tuyau palpitant sort de la cuve et disparaît dans l'abysse ; c'est par là que l'énergie remonte.

« Comment se passe cette petite expérience annexe ? » demande le Duc par-dessus la cacophonie.

Arturo claque des doigts, et immédiatement, un technicien le rejoint.

« Alors, quel résultat ? lui demande-t-il. Vous obtenez quelque chose ?

— Le sujet n° 23 semble canaliser du Shakespeare, monsieur. »

Le technicien lui tend une rame de papier accordéon perforé, et Arturo la survole en la dépliant par-dessus son épaule comme une bande de téléscripteur, trente centimètres, soixante, un mètre vingt, un mètre quatre-vingts, la laissant retomber en plis à ses pieds.

« *Ce fruit des ténèbres*, lit Arturo. *Ces tours qui se perdent dans les nues…* Vous appelez ça un résultat ? »

Le technicien se confond en excuses, mais Arturo l'interrompt :

« Abandonnez la phase Alpha et envoyez tous les sujets au département de métaphysique pour dissection. Passez à la phase Bêta.

— Et les nouveaux sujets, monsieur ? Où allons-nous…

— Contactez les Ressources humaines ! Le personnel administratif pullule. Faites preuve d'un peu d'initiative, bon sang !

— Je ne suis pas autorisé à faire preuve d'initiative, monsieur… »

Mais le Duc et le professeur sont déjà repartis à grands pas, et le sous-fifre comprend qu'il est congédié… avec une autorisation implicite qui équivaut à une promotion. Il claque des doigts, et immédiatement, un technicien le rejoint.

« Oui, professeur ? »

La bioforme archiviste franchit derrière son maître des portes ouvertes à la volée, quand soudain…

« La voici ! » déclare Arturo.

Obsidienne ou ténèbres, une boule flotte devant eux, une bulle de pur chaos. Au moins deux mètres de diamètre, sans rien à son contact excepté les reflets du monde qui l'entoure. Dans le vaste laboratoire d'Arturo, c'est d'ailleurs le seul élément qui ne soit relié à rien, à aucun autre engin délirant. C'est une singularité. La chambre d'écho, comme la surnomme le professeur Arturo.

Ce fruit des ténèbres, se dit-il. *Un dieu en gestation.*

De l'encre brillante de Siddim

« Dieu sait que je n'ai jamais pu comprendre cet homme, mais bon, dit MacChuill. Il est très secret, vous savez. Il va souvent dans ce maudit désert avec les bicots… Bon, excusez mon langage ! C'est comme ça que votre prof est devenu pote avec lui, je crois. »

Les vitesses protestent, et la voiture tourne à un coin. Si seulement cet Écossais cinglé pouvait garde un œil sur la route et ses deux mains sur le volant au lieu de malmener les freins, l'embrayage et l'accélérateur comme s'il dansait le charleston ! se dit Carter, stupéfait par sa façon de conduire. Bon Dieu, c'est un levier de vitesse, pas un manche à balai, mon brave ! Ils font une embardée à gauche pour éviter une charrette, puis à droite pour faire de même avec un étal de dolmas, puis s'engagent dans l'avenue des Palmiers en soulevant un chapelet d'injures derrière eux. Les imprécations et les coups de klaxon retentissants de MacChuill couvrent le boucan ambiant et Carter, qui ne comprend pas grand-chose à ce qu'il lui raconte, fixe d'un air abattu un étal de soieries. À côté, assis sur des chaises en métal, deux vieux bonshommes jouent au backgammon, penchés au-dessus d'une table pliante.

« Ouais, il… *Moi aussi, je t'emmerde !…* il voulait… *Gaffe à ta gueule, connard ! Dégage de cette putain de route, espèce d'abruti !…* il voulait se faire bien voir des bicots. Du peuple de Tamuz, je veux dire ! Merde, attendez. »

Embourbée dans la foule qui s'attarde devant les étals alignés au bord de la route, la voiture s'arrête en grinçant. L'avenue des Palmiers s'étire tout droit vers le nord sur la rive est du Jourdain, protégée du soleil par une épaisse frondaison entretenue par irrigation, dais naturel pour les marchands en tout genre. La chaleur reste pourtant féroce, et l'air est lourd, languide.

« Le peuple de Tamuz ? s'étonne Carter. C'est von Strann qui l'a présent…

— Bordel de merde ! »

Une main plaquée sur le klaxon dont le braiment discordant vrille les nerfs de Carter, MacChuill fait reculer la voiture. Pas de doute, seul un Écossais habitué à la cornemuse peut supporter ce genre de vacarme, se dit l'Anglais. MacChuill se lève, crie par-dessus le pare-brise quelques mots incompréhensibles mais suffisants pour que la foule s'écarte un peu, se rassoit, repasse les vitesses… Et lentement, le véhicule repart en cahotant.

« Désolé, m'sieur ! Sacré bordel, cette route, mais c'est la seule que je connaisse pour aller aux puits d'encre ! »

Carter laisse retomber le lourd rideau, s'éloigne de quelques pas de cette chambre noire de fortune, pose la main sur l'appareil photo.

« Les puits d'encre ? » répète-t-il.

MacChuill hoche la tête en se roulant une cigarette, sa boîte à tabac ouverte devant lui. À première vue, les informations qu'il détient ne semblent pas plus utiles que celles de Tamuz, mais le moindre indice peut faire la différence. Quelque chose qui aille un peu plus loin que les regards et les allusions vides de sens de l'adolescent : *Tu dois attendre le baron, tu dois attendre von Strann*… Sûrement pas, bon sang ! Chaque jour perdu est un jour perdu de trop. Et Carter n'a rien obtenu chez les antiquaires du quartier où il est allé traîner hier. Pour l'instant, l'Écossais est son seul atout.

« Ouais, dit MacChuill, c'est la seule fois que je l'ai vraiment rencontré, à part comme ça, en passant… votre gars, Hobbsbaum, je veux dire. Le baron nous avait demandé de les emmener là-bas tous les deux. Pourtant y'a pas grand-chose à voir, aux puits d'encre. Y'a que des grosses machines moches, monsieur. Ce que je veux dire… »

MacChuill porte la cigarette à ses lèvres.

« Z'auriez pas du feu, des fois ?

— Je crois que si. Une seconde. »

Carter tapote ses poches, localise son briquet argenté, le prend, l'ouvre d'un coup de pouce, en fait jaillir la flamme.

« Merci ! » dit MacChuill.

« Où j'en étais, déjà ? »

L'Écossais secoue la tête et hausse les épaules :

« Ah ouais… ils ont quand même passé vachement de temps

là-bas, à discuter avec les ouvriers. Ouais, comme s'ils avaient des parts dans ces foutus puits ! Alors qu'en ce moment, c'est plus trop une affaire, ça c'est sûr. Creuser la terre coûte vachement trop cher quand il y a mille autres façons d'obtenir un truc qui fait l'affaire, voyez ce que je veux dire ? »

Carter acquiesce d'un hochement de tête. Après tout, on ne fait pas un sac avec de la soie. L'encre indienne qu'on fabrique de nos jours est plus que suffisante pour les bureaucrates et les livres de comptes des banquiers.

Brillant indélébile de l'encre de Siddim, dans les Très Riches Heures de tous les ducs de la Terre et sur le vélin de tous les livres de Prospero…

Certes, mais même les poèmes lyriques vantant les vertus de l'encre de Siddim ont été rédigés et imprimés avec une encre plus ordinaire devenue d'un noir terne en séchant. Les puits d'encre au nord de la ville produisent encore de petites quantités du précieux liquide pour les marchés spécialisés, mais ce commerce est condamné à disparaître, cela ne fait pas l'ombre d'un doute. Et quel intérêt cette encre peut-elle présenter pour Samuel ? Éprouve-t-il pour elle une curiosité passagère bien normale pour un savant plongé toute la journée dans les manuscrits anciens ? Bah, ça vaut quand même le coup d'essayer.

« Pouvez-vous m'y emmener ? Je vous en serais extrêmement reconnaissant.

— Aucun problème ! »

MacChuill semble intéressé par le briquet que Carter ouvre et ferme paresseusement du pouce.

« Joli machin que vous avez là !

— Je l'ai depuis des années. C'est un vieil ami. »

Carter referme le briquet, le lance en l'air, le rattrape, le glisse dans sa poche :

« Très bien, allons-y ! »

Pour un seul homme vertueux

Tu connais ta Torah, non ? Tu dois connaître cette histoire telle que la Torah la raconte, l'histoire de Sodome et Gomorrhe. Mais les histoires sont légion et il n'y a qu'une seule vérité. Comment est-elle présentée dans ton livre ? Quelle est l'histoire qu'on y raconte ? Que le Seigneur apparut à Ab Irim au coucher du soleil et lui parla. « À l'aube, je détruirai les cités de Sodome et Gomorrhe, car la fumée de leurs péchés remplit mes yeux de larmes. Ces deux cités seront donc effacées du livre de Vie ».

Il est dit qu'Ab Irim, craignant pour la vie de son neveu Loth — c'est ça ? — qui vivait dans la cité de Sodome, intercéda auprès du Seigneur. « Vas-tu détruire tout Sodome, le bon comme le mauvais ? Est-ce ainsi qu'agit un Dieu de sagesse, de justice et de pitié ? »

Le Seigneur se fâcha mais céda à cet appel : « Très bien, Ab Irim. J'épargnerai cette cité s'il s'y trouve cinquante hommes vertueux. » C'est bien cela, hein ? Mais Ab Irim, qui avait toujours peur pour son neveu Loth, intercéda à nouveau auprès du Seigneur : « Et si les hommes vertueux ne sont que quarante dans la cité, vas-tu quand même détruire tout Sodome, les vertueux comme les mauvais, parce qu'il manque dix hommes ? Est-ce ainsi qu'agit un Dieu de sagesse, de justice et de pitié ? » Et de nouveau, le Seigneur se fâcha mais céda à son appel : « Très bien. J'épargnerai cette cité s'il s'y trouve quarante hommes vertueux. »

Tu connais forcément la suite de l'histoire : comment Ab Irim marchanda avec le Seigneur jusqu'à ce que le soleil se soit couché et que la nuit soit tombée, comment il continua à intercéder, si bien que le Seigneur céda à tous ses appels et accepta d'épargner la cité s'il s'y trouvait dix hommes vertueux. Les anges descendirent les chercher mais Loth fut le seul vertueux qu'ils trouvèrent. Les cités furent détruites et seule la vie de

Loth fut épargnée. C'est l'histoire que ta Torah raconte, oui ? Eh bien il en existe d'autres.

Voici comment Ab Irim raconta l'histoire à son serviteur Éliézer. Depuis, les descendants de son serviteur la racontent toujours ainsi. Quand Ab Irim se trouva devant le Seigneur cette nuit-là, il est dit qu'il posa des questions, qu'il intercéda auprès du Seigneur, et que le Seigneur accepta d'épargner la cité s'il s'y trouvait *neuf* hommes vertueux, puis s'il s'y trouvait *huit* hommes vertueux. Mais Ab Irim insista : et si on n'en trouvait que *sept*, ou seulement *six* ? Et s'ils n'étaient que *cinq* ?

On dit qu'Ab Irim intercéda auprès du Seigneur pendant toute la nuit jusqu'au dernier moment, juste avant l'aube, lorsque le Seigneur céda à son dernier appel : « Très bien, Ab Irim. J'épargnerai la cité s'il s'y trouve un seul homme vertueux. » Ab Irim ressentit un grand soulagement, car il savait que Loth était vertueux et qu'en son nom, le Seigneur ne détruirait pas la cité de Sodome.

Mais à l'instant même où le Seigneur prononçait ces mots, le premier rayon du soleil tomba sur les cités de Sodome et Gomorrhe à l'autre bout de la vallée, et Ab Irim assista à leur destruction. Aucun homme vertueux ne se trouvait dans les murs de la cité, lui expliqua le Seigneur, car pendant qu'Ab Irim marchandait avec Lui, Ses anges étaient descendus dans la cité et en avaient sorti Loth, afin que ceux qui résidaient dans ses murs ne puissent échapper à la mort sous une pluie de soufre et de feu.

Les anges du Seigneur détruisirent Sodome et Gomorrhe car la fumée de leurs péchés remplissait de larmes les yeux de Dieu. Les deux cités furent effacées du livre de Vie, et n'en subsiste que l'infamie attachée à leur nom. Voilà ce qu'Ab Irim raconta à Éliézer, son serviteur.

Les puits d'encre

Doubles maléfiques des tours d'amarrage dans les champs d'aviation de Ben-Abba, les installations de forage en métal noir se succèdent en rangées et colonnes pas tout à fait régulières sur les plaines blanches du fond de la vallée. On dirait les pièces d'une partie d'échecs géante arrivant à son terme : tours Eiffel inélégantes, marteaux des cavaliers se balançant comme des têtes de chevaux qui renâclent, fous équipés de grands pistons en guise de mitres. Des pignons et des chaînes tournent sans relâche pour descendre les travailleurs damnés au fond des puits de l'Enfer. Plus loin, le complexe industriel ressemble à un Dieu joueur d'échecs avachi dans la défaite : la raffinerie évoque une tête posée sur une table, les entrepôts des bras écartés, et les oléoducs qui s'étirent vers les autres installations des doigts distendus. L'odeur de soufre est oppressante.

En grimpant vers les gisements d'encre, la route passe devant une ruine tellement érodée qu'elle pourrait passer pour une saillie rocheuse sans les angles droits déroutant de quelques portes et fenêtres. C'est une ancienne forteresse des templiers, lui explique MacChuill ; de là, ils surveillaient les pèlerins et les profiteurs profanes qui circulaient sur la route d'Héphaistonopolis, la cité impie.

« Pas vraiment ce qu'on attend d'une fraternité de guerriers chrétiens, lui fait remarquer Carter.

— Ouais ben je suppose que c'est aussi ce que s'est dit l'Inquisition… »

L'hérésie, le blasphème et la sodomie, les trois chefs d'accusation retenus contre et confessés par les Templiers, les cathares et les albigeois… Trois persécutions extrêmement appréciées des pseudo-historiens, qui se repaissent du contenu fantaisiste des confessions arrachées sous la torture. Derrière ces événements se cachent pourtant des raisons politiques et économiques tristement banales, comme le savent bien les érudits sérieux. Néanmoins, un point au moins mérite qu'on s'y intéresse : pourquoi ces trois allégations, hérésie, blasphème et sodomie, sont-elles systématiquement associées ? Plutôt que de spéculer sur la véracité douteuse des chefs d'accusation ayant conduit ces « pédérastes » au bûcher, leurs terres et leur argent se retrouvant ensuite aux mains des bons catholiques, plutôt que de fabriquer tout un réseau de mystères occultes reliés par des liens ténus (Baigent, Leigh et Lincoln, 1982), plutôt que de faire remonter les « traditions secrètes » de ces hérésies aux obscènes baptêmes esséniens sanctifiés par du foutre (Allegro, 1979) ou aux haschischins homosexuels (Burroughs, 1959), concentrons-nous sur la *signification* de ce mythe. Pour atteindre le cœur de la matière, forons les couches de spéculations nées des histoires rédigées par les vainqueurs et des affabulations audacieuses et prétendument véridiques de nos modernes experts en arcanes. Enquêtons sur la vraie nature de ces accusations, leur sens sous-jacent, la sémiologie de ces trois péchés.

Insulter Dieu en le traitant de démiurge malfaisant, uriner sur un crucifix, adorer la tête coupée de Baphomet… Ces félonies, ces crimes contre l'orthodoxie sont tout à fait cohérents : ils répondent à certaines croyances monothéistes dont ils sont le reflet symétrique, voire une extension. Ainsi, pour les « hérétiques », l'anthropomorphisme d'un Père céleste est en lui-même blasphématoire, le crucifix devient une idole qu'il faut fracasser, et le salut véritable n'a rien à voir avec un sacrifice sanglant païen par essence mais tout à voir avec le néoplatonisme rebelle et ascète de saint Jean-Baptiste, cet Orphée moderne dont la séparation de l'esprit et de la chair, ou de l'âme et du corps, atteint une apothéose symbolique avec sa décapitation. Au cœur des accusations de blasphème réside peut-être la crainte d'avoir affaire à une forme plus pure de monothéisme, une forme qui rejette les images gravées de Dieu le Père et Dieu le Fils, une forme où l'on vénère le Verbe avant la Chair avec une dévotion qui échappe aux plus orthodoxes des croyants. D'une certaine façon, ces hérésies peuvent être considérées comme un point final logique à l'horreur éprouvée par les tenants du monothéisme face à la sensualité païenne. Rien d'étonnant donc à ce que l'iconoclasme ait émergé plusieurs fois et de façon totalement indépendante à différentes époques et en divers lieux de la chrétienté, que ce soit concrètement (destruction effective des idoles), comme projection d'une paranoïa subconsciente, ou pour justifier avec cynisme le pillage de la propriété et des privilèges. L'iconoclasme, c'est la remontée en surface des absolus sans mélange qui sous-tendent le christianisme, c'est un filon de haine maléfique exploité pour dénoncer les corruptions du monde et de la chair, la haine que manifestent ceux qui considèrent que l'enfer, c'est le monde et c'est surtout la chair, sinistre prison des âmes souillées par le péché.

La question reste entière : pourquoi l'accusation d'homosexualité est-elle invariablement ajoutée à la fin d'une liste de charges qui ressemble à un manifeste manichéen ? Y a-t-il un rapport entre la sodomie et cette dévotion transcendante au divin ?

Pas le moindre, se dit Carter. Pas le moindre indice à se mettre sous la dent. Il vient de passer deux heures à discuter avec les employés du lieu et aucun d'entre eux ne se rappelle Samuel ou von Strann. Pourtant, deux Européens cinglés arrivant dans cet enfer aride au soleil de midi pour poser des tas de questions absurdes, ça aurait dû marquer les esprits. Carter étudie MacChuill. Assis dans une posture désinvolte sur le marchepied de la voiture, il fume sa cigarette en regardant s'agiter dans un fracas discordant l'industrie lourde en action et les convoyeurs transportant les blocs de cristal noir qui fondent déjà au soleil. Si l'Écossais lui ment, il est vraiment doué ; il pourrait faire du théâtre ou du cinéma plutôt que de gâcher son talent dans le rôle du chauffeur d'un pornographe prussien amateur de jolis garçons à la peau mordorée.

« Vous savez, les employés changent souvent ici, avait-il hasardé un peu plus tôt. Il y a du pognon à se faire, c'est vrai, mais c'est un boulot salissant, ouais. Vous sentez cette odeur ? Ça pue, non ? »

Soufre, caoutchouc brûlé, vapeur de pétrole et œufs pourris.

« Et je ne vous parle même pas des risques. Quand on creuse pour trouver du minerai et qu'on touche une veine liquide... J'ai un peu bossé dans les puits, figurez-vous, et j'ai vite compris que je voulais pas crever pour du pognon. Périr noyé dans de l'encre... Bon Dieu, quelle horreur... »

Maintenant assis sur les décombres d'un muret construit par les Templiers, Carter contemple les vapeurs noires qui s'élèvent des cristaux d'encre entassés sur les convoyeurs. Les traînées dérivent et se tordent, formant des arabesques fleuries qui évoquent un peu l'écriture que deviendra peut-être cette encre une fois purifiée, emballée et exportée à l'autre bout du monde. Ces puits existent depuis au moins deux mille ans, mais il ne reste plus rien des vestiges des civilisations disparues qui auraient pu intéresser Samuel, vestiges évacués depuis longtemps pour dégager le terrain au moment de l'installation de cette industrie mécanisée moderne. Bon sang, pourquoi son vieil ami serait-il venu ici ?

« Et vous savez, cette encre, elle ne part pas au lavage, contrairement à la poussière de charbon ! avait continué à déblatérer MacChuill. Elle tache, ouais, elle se met droit sous la peau ! Regardez. Sous un bon éclairage, on la voit toujours sur ma main ! »

Et MacChuill avait levé le bras, puis tourné sa main dans les deux sens pour montrer à Carter une marque visible selon un certain angle, une sorte de tatouage brouillé, effacé par le temps, mais qui pendant une fraction de seconde lui avait semblé d'une netteté, d'un mordant et d'un noir éclatants, impossibles. Un jeu de lumière, sans doute...

« Je vais devoir rester assis quelques instants. Je me sens un peu étourdi tout d'un coup. Quelle chaleur, bon sang… »

Donc MacChuil attend, désinvolte, sur le marchepied de la voiture et Carter se repose à l'ombre d'une ruine des Templiers en réfléchissant aux raisons qui ont pu pousser Samuel à venir ici. Et d'ailleurs, est-il vraiment venu ici ?

Et nous observons Carter tout en laissant dériver nos vrilles dans les airs, et nous rêvons des mondes que nous allons devenir.

Alerte ! Alerte !

« La mort elle-même est moins somptueuse », constate le duc Irae.

Il tourne autour de la chambre d'écho comme un critique d'art jaugeant une installation d'une extrême originalité. Quoi de plus normal, d'ailleurs, que cet œuf dont va éclore le Seul Dieu Véritable soit plus somptueux que la mort ? Lorsqu'un être meurt, ses sept âmes lui sont arrachées puis se dissolvent l'une après l'autre, mais cette chose… cette chose va les réunir toutes. Le *Sekhu*, les restes mortels. La poussière de l'ange Raphaël recueillie dans les ruines radioactives d'une ville connue autrefois sous le nom de Damas. Le *Ka*, le double. L'armure vide de Gabriel retrouvée dans un Havre déserté au cœur de l'Hinver, le facial sculpté de son casque reproduisant parfaitement les traits de son visage. Le *Khu*, l'ange gardien, Uriel en personne, autrement dit le duc Irae de cette insignifiante petite contrefaçon qui fait office de pli ; il a offert son œil au projet pour veiller dessus de l'intérieur. Michel et Azazel ont donné de leur personne, eux aussi, avec le *Bâ*, le cœur du prince, et le *Kaibit*, l'ombre de l'ange de la mort. Et le *Sekem*, alors ? La sixième âme, numéro deux dans la hiérarchie, la vie, l'énergie, le chant brûlant de l'esprit ? C'est le hurlement de Sandolphon quand Uriel a gravé ces autres âmes en lui, un hurlement dont l'écho se répercute encore dans cette bulle de chaos, un hurlement qui tombe pour toujours vers cette singularité sans dimension, énergie infinie, potentialité à l'état pur, un vide, un océan qui attend qu'on lui chuchote un mot, le *Ren*, le nom secret de Dieu.

Gabriel a eu le tort de penser que n'importe lequel d'entre eux pouvait s'installer sur le trône. Un ange de feu sur le trône de Dieu ne pouvait que transformer le paradis en enfer, c'était inévitable… et aucun des trois autres ne s'en serait mieux tiré. Uriel-Irae n'a jamais eu cette prétention idiote. Dans le fond, il est toujours ce vieux soldat qui préférait assurer auprès de son roi le rôle du gardien et du conseiller loyal.

Bref, s'il veut restaurer l'ordre dans le Vélum, il lui faut une parcelle de chacun de ses congénères, et en l'absence de Métatron, cela veut dire qu'il lui faut le Livre, ce Livre de Toutes les Heures égaré, caché, volé, déchiré, éparpillé, recomposé. Pas le petit modèle de rien du tout rapiécé à partir de quelques fragments mais le seul et l'unique, la Cryptolangue qui écrit le monde ou plutôt *tous* les mondes, gravés pour l'éternité en encre de sang sur la peau des anges. Et ce qu'il y a de merveilleux avec le Vélum, avec le Livre qui sculpte ses plis et les âmes qui vivent et meurent en eux, c'est que même s'il est réduit en lambeaux, l'un de ces lambeaux, l'une de ces fictions brisées et distordues, contient forcément son histoire, l'histoire du Livre. Tout ce qui a été ou qui sera un jour, tout ce qui pourrait être ou ne pas être, tout est écrit dans le Livre de Toutes les Heures, qui ne serait pas complet s'il ne se mentionnait pas lui-même, n'est-ce pas ?

Et qui ne serait pas complet non plus sans l'invocation ultime, un unique petit mot qui pourrait exister et qui par conséquent *existe* dans le Livre, un unique petit mot en Cryptolangue pour appeler et entraver dans la chair de ce monde le Seigneur des Seigneurs…

« C'est vraiment magnifique, dit le Duc. C'est splendide. »

« En effet, messire. »

Le professeur Arturo hoche la tête. Il ne tire aucune satisfaction de l'approbation de sa Seigneurie. Pour lui, la splendeur est un concept irrationnel…

Passage en mode urgence.

Mode narratif : fermeture.

État de la bioforme : lecture-enregistrement.

Bioforme : Alerte. Alerte. Intrus détecté dans le Premier Cercle.

Duc Irae : Identifiez l'intrus. Arturo, nous sommes en avance sur notre programme.

Bioforme : Identité de l'intrus inconnue. Signature incohérente. Bouclier antiparadoxe déployé.

Pr Arturo : Nous pouvons accélérer la mise en œuvre du projet Enfant de la Lune, monsieur. C'est lui. C'est forcément lui.

Duc Irae : Ça vaudrait mieux, Arturo.

Pr Arturo : Archiviste, séparer les duplications par filtrage. Scanner toutes les signatures identitaires pour déterminer l'empreinte de l'intrus. Comparer les signatures d'agents sur une centaine de générations.

État de la bioforme : commande lancée.

Bioforme : Signature identitaire non concordante.

Pr Arturo : Comparer la signature avec celle de l'agent souterrain nom de code « Jack Flash ».

État de la bioforme : commande lancée.

Bioforme : Signatures identitaires contradictoires.

Pr Arturo : Actionner routines de réitération de Mandelbrot sur les deux identités.

État de la bioforme : commande lancée.

Bioforme : Signatures identitaires contradictoires.

Pr Arturo : Réitérer et répéter, puissance dix.

État de la bioforme : commande lancée.

Bioforme : Signatures identitaires contradictoires.

Pr Arturo : Lancer analyses quantiques sur tous les résultats. Comparer analyses.

État de la bioforme : commande lancée.

Bioforme : Signatures identitaires concordantes.
Viabilité : conséquente, exhaustive.

Pr Aruro : Vous n'obtiendrez rien de mieux. Notre hôte est arrivé, messire. Jack Flash.

Duc Irae : La mouche est piégée dans la toile. Emparez-vous de lui et maîtrisez-le.

La voix dans votre sang

Le 17 mars, *écrit-il.* Ça devient de plus en plus bizarre. Après la fausse piste d'hier, celle des puits d'encre, je me suis réveillé ce matin d'une humeur exécrable. J'étais si fâché d'avoir été mené en bateau que j'avais décidé d'effectuer une petite exploration tout seul. Je faisais mes ablutions quand Tamuz s'est levé. Il voulait absolument venir avec moi, mais lorsqu'il est revenu avec MacChuill, il n'a pu que constater l'évidence : j'étais parti sans lui. J'imagine que ça ne lui a pas du tout fait plaisir, mais j'ai de plus en plus l'impression que mon fidèle petit guide autochtone ne me fait visiter que les endroits où Samuel n'a jamais mis les pieds. C'est un jeune gars plutôt honnête, je n'en doute pas, mais je crois qu'il a pour mission de me préserver du danger en m'empêchant de partir sur les traces de Samuel tant que son maître, ce Prussien dont Samuel m'a dit tant de bien, ne sera pas revenu. Malheureusement, ma patience à l'égard du baron s'affaiblit d'heure en heure. Le garçon me répète sans arrêt qu'il est parti dans le désert, et à la façon dont il s'exprime, je suis convaincu que l'*Eyn*, comme il l'appelle, éprouve un intérêt sincère pour son peuple. D'après Tamuz, l'emploi de ce terme ne serait qu'une simple marque de respect, mais il sonne comme un titre tribal à mes oreilles. Je me demande si ce baron n'est pas devenu un Arabe blanc, lui aussi. Tu vois de quoi je parle, Anna ? L'un de ces Européens qui adoptent les mœurs locales et se pavanent en robe et coiffe indigènes ? Apparemment, le sang noble reste noble partout, quelle que soit l'origine ethnique des veines dans lesquelles il coule. ~~Avant~~, je En ce qui me concerne, j'ai ma petite idée sur la nature de la véritable noblesse.

En tout cas, quel que soit le sens du mot *Eyn*, il fait partie du puzzle.

Ce terme, il l'a entendu pour la première fois de la bouche de Tamuz, sur le terrain d'aviation. N'y voyant que l'emploi d'un dialecte local sans intérêt, il l'a aussitôt oublié. Mais la nuit dernière, en s'attaquant à une nouvelle entrée du petit carnet d'Hobbsbaum, il l'a rencontré dans… dans une autre de ces envolées fantaisistes assez dérangeantes. Il a retranscrit dans son propre journal et en écriture normale ce passage sténographié :

Prétendre reconstruire fidèlement cette langue à partir des quelques fragments ayant survécu à la destruction est illusoire, mais l'éminent paléolinguiste M. Ventris (1987) a apporté une contribution décisive à ce débat : il souligne que malgré les nombreux termes empruntés au sémitique dont elle est émaillée, la langue énakite n'appartient aucunement à la famille des langues afro-asiatiques. Pour Ventris, le terme énakite eyn, *par exemple, pourrait bien dériver du sumérien* en, *qui signifie* seigneur.

Ce qui le dérange, ce ne sont pas seulement les dates, les allusions à des ouvrages qui n'existent pas ou l'invention à grande échelle d'une histoire du futur, comme si Samuel travaillait à l'écriture d'un roman fantastique dans la veine de Wells. En fait, ce qui le perturbe, ce sont les détails et l'absence d'un contexte. Sans aucun indice sur l'origine de ces bribes d'érudition apocryphe, il se sent comme un docteur perdu dans l'expression intime du délire de son patient, ce genre de démence calme et prosaïque qu'il a rencontrée dans la Somme…

Quand il pénètre dans la tranchée-abri, le regard haineux de l'aumônier glacial. Des dessins sur papier brun éparpillés partout. Des dessins obscènes de Carter nu, avec des ailes, et du feu dans les yeux.

« Quand vous vous regardez dans le miroir, vous ne voyez pas l'ange ? Oh, et vous n'entendez pas la voix dans votre sang ? » lui avait demandé le garçon.

Des yeux bruns dans l'aube grise, des yeux plus tristes qu'effrayés.

« Le moment est venu, dit Jack Carter le Cinglé.

— C'est toujours le moment, non ? » réplique le soldat Thomas Messenger.

Concentre-toi, se dit-il.

Si c'est en fréquentant un conteur tribal fumeur de kif que Samuel a perdu toute prise sur la réalité, ces notes n'ont peut-être pas plus de signification que les gribouillages automatiques d'un charlatan spirite. Contrairement au passé, l'avenir n'est pas encore écrit. Et les anges n'existent pas, voyons. D'après Tamuz, von Strann aurait d'autres carnets de Samuel en sa possession, mais, pour l'instant, Carter se contentera des résultats nettement plus fiables de ses propres recherches. Il n'y a pas d'anges dans le monde, se dit-il, pas de magie, pas de prophéties. Cette voie-là mène à la folie… comme pour Samuel… ou le jeune Messenger…

Concentre-toi, bon sang !

Il écrit : *Je n'ai pas mis longtemps à repérer les marchands les moins recommandables, ceux qui proposent de vraies antiquités, les types qui font dans le funéraire authentique, autrement dit pillé, plutôt que dans les contrefactions en toc qu'on vend aux touristes. Ensuite, une courte enquête m'a suffi pour prendre connaissance d'un incident remontant à deux semaines environ : Samuel et von Strann ont fait fuir deux assaillants qui voulaient apparemment s'emparer d'un livre que mon ami avait sur lui. La propriétaire de l'étal en a rajouté un peu, je suppose… Un feu se serait déclenché pendant la bagarre, un feu qui aurait pu faire de gros ravages dans la casbah et ruiner son commerce, mais Allah est miséricordieux, etc. Toujours est-il que sa description des deux « voyous étrangers » valait le prix que j'en ai payé.*

« Non, ils n'étaient pas arabes. La peau pâle, les yeux bleus. Des Américains, je dirais, à la façon dont ils parlaient. Mais des Américains qui ont vécu dans beaucoup d'endroits. »

Assise sur un tabouret, sous le dais qui signale l'entrée étroite de son échoppe, la marchande fourre de la paille dans une boîte en hochant la tête pour appuyer ses propos, puis lève les yeux vers Carter. La boutique elle-même est une pièce mal éclairée encombrée d'étagères croulant sous les figurines shabtis, les crânes de Jéricho enduits d'argile avec des yeux en coquillages, les statues de pierre, les sceaux cylindriques. Il semble très facile d'y voler quelque chose puis de s'enfuir dans cette casbah pour se fondre dans le tourbillon des activités citadines, mais dans un endroit aussi confiné, on peut tout aussi facilement se faire prendre la main dans le sac, renverser une lampe à huile, mettre le feu…

« Des hommes étranges, ajoute la marchande. Avec des cheveux comme des serpents. »

Elle secoue la tête et passe à l'arabe pour lui expliquer ce qu'elle veut dire : pas comme la cascade de cheveux des femmes, mais des mèches indomptées, épaisses, tressées, feutrées, leur arrivant aux épaules. Comme les Africains, conclut-elle d'un ton méprisant avant de se lancer à nouveau dans des lamentations sans fin à propos de l'incendie et du gagne-pain qu'elle a failli perdre…

« Ce feu n'était pas naturel ! »

La voix leur parvient de l'intérieur de la boutique, et un vieil homme sort de l'ombre en clopinant. Dans son visage ravagé par le temps comme l'argile craquelée des crânes de Jéricho, ses yeux sont deux cataractes aussi blanches que des coquillages. Des yeux braqués sur Carter.

« Retourne à l'intérieur ! proteste la marchande. Monsieur, ne fais pas attention à mon père. Il est aveugle mais il croit qu'il voit mieux que…

— En tout cas, j'ai de très bonnes oreilles, ma fille. Et je l'ai entendu ! L'ange a mis le feu en prononçant un mot, et je l'ai entendu !

— C'était une lampe, une lampe à huile en mauvais état ! Ne fais pas attention à lui. Il est vieux et…

— Tu as retrouvé du verre brisé par terre ? Non ? Je connais la voix de celui qui a pris ta mère. Je connais la voix de l'ange de la mort.

— Père… ça suffit ! S'il te plaît, monsieur, va-t'en ! S'il te plaît ! C'est pas bon pour lui ! »

La femme pousse son père à l'intérieur en ignorant les protestations du vieil homme — *Je l'ai entendu, j'en suis sûr !* — et Carter se retrouve en train de reculer dans la rue — *J'ai entendu la voix dans mon sang*. Il pense aux lettres, aux notes démentes de Samuel, à la folie de ceux qui croient aux mythes et à la magie.

Vous n'entendez pas la voix dans votre sang ?

Un deuil oriental

Un chuchotement : *Jack…*

Un éclair de Shamash, de soleil, sur le briquet argenté dont il fait jaillir la flamme pour la sèche de Don, le reflet du feu dans son œil et un grand sourire dans le miroir de la tranchée-abri — des dents blanches de carnassier, comme le lion avachi dans un coin sur le corps doux et cuivré du jeune homme, du soldat Tamuz Messenger, dont les yeux éteints le fixent, dont les lèvres bleues murmurent encore son nom :

Jack…

Je vous connais, mais quand vous ai-je rencontré ? Nous sommes en quelle année ?

Les déflagrations tonnent dans son rêve, boum BOUM boum… Jack ramasse le croquis de l'ivoire phénicien représentant Adonis et la lionne et le glisse dans une chope en fer-blanc accrochée au mur ; ça fait un bruit de ferraille qui rythme le bavardage de cet Irlandais, de ce Finnan enchaîné sur sa chaise — *Réveille-toi, Jack !* dit-il. *On a besoin de toi ici, pas de doute ! C'est pire que ce que l'Espagne serait devenue si on n'y était pas allés pour les baiser dans les grandes largeurs! Toi, moi et Fox, ça fait trois!*

Assis sur sa couchette dans son rêve d'une tranchée-abri du passé, Jack regarde l'Irlandais, le sergent Finnan, c'est ça, Seamus Finnan, Shamash ou...

Prométhée, enchaîné dans le Caucase parce qu'il a dérobé le feu... L'identification de Japhet à Iapetus, père de Prométhée, rend encore plus crédible la corrélation entre les trois fils de Noé, Sem, Ham et Japhet, et, respectivement, les peuples sémitiques, africains et indo-européens. Pour les érudits européens de l'époque, le « feu dynamique » de la race guerrière des Aryens est d'une énorme importance historique. Que la taxinomie biblique puisse négliger les fondateurs de la civilisation classique était impensable à leurs yeux, et ils trouvaient absurde d'imaginer qu'on puisse remonter aux racines antédiluviennes des Noirs et des Juifs, mais pas à celles de la race aryenne.

J'ai fait une erreur, dit Jack. De sa tranchée-abri, il voit des dirigeables se rassembler de l'autre côté de la chaîne du Caucase pour lâcher leur feu sur les villages arméniens. *Une grave erreur.* Bon Dieu, qu'avait-il fait? Qu'avaient-ils fait, tous autant qu'ils étaient?

Tout le monde peut se tromper. Ce qui compte, c'est que tu te réveilles, putain!

Mon Dieu, il est froid comme l'hiver, comme une nuit d'Hinver, le vent qui souffle et s'engouffre dans la grotte derrière lui. Jack relève le col de sa capote et se tourne vers la lumière de l'aube, de cette journée qui perce sur Jérusalem où les femmes pleurent Thomas encore et à jamais. Elles psalmodient les lamentations du deuil oriental, des lamentations puissantes et longues, elles ululent comme le muezzin dans son minaret, elles entonnent des péans de souffrance adressés à Dieu, non, pas à Dieu mais au soleil levant, à Shamash, à Seamus, à...

Le modèle romantique a cherché à asseoir sa crédibilité sur des assomptions racistes. Schiegel (1853) est allé jusqu'à identifier Japhet à Jupiter, et l'Hébreu Yahvé à Jove, autre nom de Jupiter. Il voyait dans ces similarités phonétiques purement accidentelles la preuve de l'existence d'un grand Dieu indo-européen importé à Rome depuis Ilium (autre nom de Troie) « à l'époque où les Sémites sacrifiaient encore des nouveau-nés dans les fournaises de Moloch ». Quand la Bible nous dit que les fils de Japhet habitaient dans les tentes de Sem, il ajoute : « C'est manifestement l'influence civilisatrice des Aryens qui est sous-entendue ici, les Aryens qui apportèrent partout avec eux l'idéal éclatant d'un Dieu des dieux tout-puissant qui remplacerait l'immémoriale déesse païenne. »

Les fils de Japhet

Entourée de crânes couverts d'argile et de figurines shabtis, Anna est assise dans le noir au fond de la boutique d'antiquités. Sous son voile de veuve, elle pleure son frère, son double, elle déchiffre la main atrophiée du vieux mendiant aveugle, elle suit du bout de son roseau l'empreinte du mort momifié, elle perce la peau pour en extraire le sang noir qui se vaporise, se dissout dans l'atmosphère, se transforme en chuchotements de ténèbres qui l'enveloppent, lui, MacChuill, moitié aveugle moitié mendiant. Elle tend son esprit vers Jack.

Paye-moi à l'avance. Un seul sekhu *contre une fortune. Tous tes talents contre l'homme que tu aimes.*

Il entre dans cette pièce à peine assez haute de plafond pour s'y tenir debout et à peine assez large pour déployer ses ailes, six par six par six *kaibits*. Il s'agenouille devant la femme figée, sous ses ailes écartées, les ailes d'un ange de miséricorde aux cheveux rouges et à la peau cuivrée. Elle lui accorde son pardon d'un baiser sur son front. Ses larmes se mêlent à celles de Jack, le sel de son chagrin lui coule dans la bouche, le sel de sa sueur aussi, quand il embrasse ses seins, son menton. Et puis ses lèvres à lui, ses lèvres retroussées, malicieuses, la sensation de ses dents qui lui mordillent l'oreille, l'oreille de Jack, et de ses doigts qui lui pincent un téton.

Tamuz, gémit-il dans son sommeil.

En fait, si les fascistes et les futuristes ne s'étaient pas servis de la théorie du « Yahvé aryen » de Schiegel pour justifier leur antisémitisme, l'arrogance et l'absurdité de cette récupération la rendraient totalement risible. En réalité, les rédacteurs des généalogies de Sem, Ham et Japhet s'intéressaient fort peu à ces tribus obscures aux confins de leur sphère de connaissance. S'ils s'étaient réellement penchés sur le problème, ils auraient bien été forcés d'admettre que les « fils de Ham » (sur lesquels pèse la terrible malédiction de leur peau noire, selon le modèle romantique raciste) se rapportent majoritairement à des tribus, des cités et des nations sémitiques plutôt qu'africaines, et que les « fils de Japhet » correspondent en gros aux tribus caucasiennes indigènes du nord de l'Anatolie. Peu d'entre elles sont de souche indo-européenne, et la tribu des Aryens à la peau blanche et aux yeux bleus inventés par les romantiques n'en a jamais fait partie.

Suis-moi, Jack, lui dit Thomas.

Tamuz le guide dans les rues du souk où déambulent des anges de mort et de paix, longs manteaux noirs ornés de plumes, peau cuivrée, dreadlocks, visages vipérins crachant leur feu sur tout le monde, hommes, femmes et enfants qui meurent réduits en cendres. Un ange renifle un Hobbsbaum hassidique marmonnant des prières appuyé contre un mur.

Tu es à nous, vieil homme. Tu es tout entier à nous. Tu es dans un livre qui nous appartient, le livre de tout ce qui nous appartient, le livre de tout ce qui a appartenu à…

Le mot que prononce l'ange est un chuchotement, un *hhhhhh*, un souffle sans voyelles, des lèvres arrondies pour former le *qu* d'un *quoi*, d'un *qui*, d'un *quand*, et le contact d'une langue dans le *a* d'un *ya*, d'un *jawohl*. D'un Yahvé.

Tu es à nous, désormais.

Jack a son arme à la main.

Je vous emmerde !

Il se réveille, se redresse dans son lit. Les feuilles couvertes des notes d'Hobbsbaum glissent sur les draps et s'éparpillent sur le parquet noir.

Compilées bien des générations après que les ancêtres de leurs auteurs avaient quitté le Nord et la région de la cité hittite d'Haran pour envahir et dévaster les cités-États côtières de Canaan, ces généalogies bibliques ont été établies pour expliquer *a posteriori* le mélange des ethnies du croissant fertile. En réalité, ces taxinomies expriment moins les distinctions raciales de l'époque que les divisions politiques et culturelles entre les pasteurs « sémitiques » semi-nomades et les colons « hamitiques » dont ils pillaient les villes et les cités. Dans ce contexte, ces fils de Japhet qui « habitaient dans les tentes de Sem » représentent probablement les tribus du nord de l'Anatolie s'exprimant dans des langues non afro-asiatiques, mais qui, ethniquement parlant, pouvaient être ou ne pas être « sémitiques », dans la mesure où les racines ethniques et linguistiques ne coïncident pas toujours. En tout cas, nous savons qu'ils ont formé le gros des troupes de ces envahisseurs connus sous les noms de « Khabiru », « Habiru » ou… « Hébreux ».

Errata

Les anneaux d'un serpent

Attablé sous l'auvent noir, Finnan engloutit une longue lampée de bière glacée, puis recule sa chaise pour contempler la foule. Il commence à s'habituer à cet endroit, à la façon subtile dont les gens se déplacent pour vous empêcher d'aller d'un endroit à un autre par l'itinéraire le plus évident, à celle dont les étals bougent quand on ne les regarde pas. Il ne lui a pas fallu longtemps pour découvrir ce vieux bar désert et sans toit avec sa petite table de bois et sa chaise installées dehors en attendant le client potentiel, ainsi que sa caisse de bière derrière le comptoir, poussiéreuse mais glacée. Coup de bol.

Il observe deux touristes qui tournent en rond, passant d'un étal au suivant et ainsi de suite jusqu'au retour à la case départ et rebelote. Chaque fois, ils posent exactement les mêmes questions et, chaque fois, ils obtiennent exactement les mêmes réponses. Les hommes froids les contournent soigneusement, évitant les boucles, traversant certaines zones d'un pas énergique en provoquant des remous de poussière, et la foule s'écarte pour les laisser passer. Cette rue à la gloire des bibelots kitsch se comporte de façon incohérente, illogique, mais cela lui confère une certaine dynamique. Comme les anneaux d'un serpent, se dit-il.

Il prend une autre gorgée de bière, pose son paquet de Camel et son briquet sur la table, tire un jeu de cartes de sa poche et le pose à côté. Ce sont des trèfles, des piques, des cœurs et des carreaux tout ce qu'il y a de plus banal. Rien à voir avec le tarot. Il entame une partie de solitaire, soulève la petite bourse magique qui pend à son cou par un lacet de cuir, en sort un bouton de peyotl. On ne peut pas espérer battre le serpent en jouant franc jeu. Il fait passer le peyotl à l'aide d'une autre gorgée de bière.

Cinq minutes après…

Dix minutes après…

Une éternité…

Aussi insouciant qu'un jour de printemps, le bonimenteur s'approche nonchalamment de la table. Peut-il s'asseoir avec lui un moment ? lui demande-t-il. La mescaline commence à faire effet. Étirées côte à côte comme des autoroutes de sucre candi, les couleurs insensées des vêtements de ce charlatan glissent vers les bords en bavant des ruisselets de lueurs.

« Faites comme chez vous », dit Finnan.

Il pose la dame de cœur sur le roi de trèfle. Les couleurs des cartes lui font penser à une télé à cristaux liquides dont la luminosité serait poussée à fond. Ou à un logiciel de sim ayant perdu la boule.

« Joignez-vous à moi pour une bière, cher ami. Une petite partie de sept familles ? »

Derrière lui, le bonimenteur se balade dans le bar d'un pas lourd qui résonne sur l'épais plancher. Il ressort avec une chaise et une bouteille, traîne sa chaise face à Finnan, dossier tourné vers la table, l'enfourche, les bras croisés sur le dossier, boit une gorgée de bière. Grimace pincée :

« Un peu chaude.

— Pas de bol », dit Finnan.

Ce visage est tout blanc, comme incandescent, ou éclairé

sous la peau, comme une pellicule surexposée. Poussière de lune poudreuse, perle et reflet d'argent. Pas d'iris à proprement parler, juste de grandes pupilles noires, ouvertes et franches — *Franchement, mon cher ami*… Finnan ne lui fait pas confiance une seconde.

« Vous savez, cher ami, je ne connaissais même pas cet endroit, dit l'homme. Comment êtes-vous tombé sur ce coin isolé ? »

Finnan hausse les épaules :

« Quand j'ai été quelque part, je n'oublie jamais le chemin.

— Ne m'avez-vous pas dit que c'est la première fois que vous venez à Sante Manité ?

— Oui, mais je suis un "cher ami", cher ami. Vous ne vous souvenez pas de moi ?

— Hum. Je suis *vraiment* confus, mais votre nom m'échappe.

— Finnan.

— Finnan, répète l'homme froid. Finnan…

— C'est ça.

— Où nous sommes-nous rencontrés, cher ami ? Je n'arrive pas à m'en souvenir.

— À Prague, peut-être ? Vous étiez bien à Prague pendant la dissolution, non ?

— Non. J'ai vu ça à la télé, comme la plupart des gens. Alors vous y étiez ? C'était comment ? »

Le bonimenteur a l'air sincèrement intéressé, mais c'est pour assurer sa prise sur Finnan, pour deviner ce qu'il mijote. Ces hommes froids ne sont peut-être pas des Amortels, mais ils jouent le même genre de jeu, fait d'ambiguïtés et d'esquives. Si l'information c'est le pouvoir, ils communiquent par escarmouches. Finnan secoue la tête.

« Bah, j'en sais rien, répond-il en souriant. En fait, j'y étais pas, cher ami. »

Sacrée mise

Il retourne une carte, un valet d'épées, qu'il pose sur la dame de cœur. Petit changement de costume, donc. Ça y est, ça démarre. La carte suivante est un page de calice, suivi par l'as de soleil — pas de doute, ce bon vieux Shamash Seamus —, puis le cavalier de lune et le Don des os.

Le bonimenteur s'avance vers la table et sa chaise racle le sol. Une latte grince.

« J'ai l'impression que ce plancher est pourri, mon cher ami, dit-il. À mon avis, nous courons un danger en restant ici.

— Mais non. Cet endroit a juste été un peu négligé. Vous pourriez le retaper facilement.

— Pour quoi faire ?

— De la bière derrière le bar, un ventilateur au plafond… Dehors, les gens crèvent de chaud et de soif. Il y en a plein qui apprécieraient sûrement un petit rafraîchissement.

— Nous offrons déjà un rafraîchissement mais d'ordre plutôt… spirituel, mon cher ami.

— Finnan.

— Finnan. Quoi qu'il en soit, nous répondons à d'autres besoins, comme vous pouvez le constater. »

Finnan hoche la tête. La mescaline pose ses bras emplumés tout autour de lui, et un frisson lui chatouille l'épine dorsale. Il a perdu la notion du temps, mais ça y est, il monte lentement. Il le sent.

« Alors dites-moi, mon cher ami… Finnan, oui. Qu'est-ce qu'un homme comme vous peut bien rechercher dans un endroit pareil ? Vous n'êtes pas comme nos clients habituels.

— Ah bon ? Que voulez-vous dire ?

— C'est difficile à exprimer. »

Finnan étudie les veines sous la peau de son avant-bras, la pulsation verte de la vie, le flot du cuivre oxydé. Il tend les nerfs qui descendent de son poignet, s'adosse à la chaise et s'étire paresseusement en savourant le plaisir d'occuper un corps : ça, c'est ce qu'on obtient avec du bon peyotl : un vrai trip sensuel.

« Et vous, comment vous appelez-vous ? Et à quel jeu jouez-vous ?

— Mon nom est Harker. Mais qu'entendez par "jeu" ? »

Harker le bonimenteur. Joli !

« Ben, "jeu" », s'étonne Seamus d'un ton désinvolte. Il rassemble le paquet de cartes, puis : « Vous jouez à quoi ? Au poker ? Au rami ? Au black-jack ? »

« Ah, d'accord ! Je ne joue pas, en fait, dit Harker.

— Tout le monde raconte ça, mais c'est des mensonges. Tout le monde joue !

— Les jeux d'argent sont interdits dans cet État. »

Finnan ramasse les cartes, les bat, pose le paquet, lève sa bière, lance un clin d'œil à Harker :

« Ben moi, je joue toujours dans cet état. De plus, qui vous dit que nous allons jouer pour de l'argent ?

— Alors pour quoi jouons-nous, cher ami ? »

Finnan se distribue trois cartes côté face, l'as de soleil et dame de cœur, encore, puis un joker.

« Pour des infos », dit-il.

Harker siffle une gorgée de sa bière et repose la bouteille sur la table.

« Sacrée mise, dit-il.

— Les seules qui vaillent la peine, non ? »

Finnan lui distribue trois cartes qu'il prend sous le paquet, côté face caché. Deux valets pour ce joker — une paire de cow-boys, une paire d'hameçons —, et la troisième carte c'est le secret tacite autour duquel ils dansent tous les deux. La reine des livres.

« Ça ne vous embête pas si on joue avec le joker ? dit-il. Il ne manque qu'une seule carte dans ce jeu. J'ai cherché cette garce partout, mais où elle est passée, j'en sais fichtre rien.

— Ça me paraît honnête. Alors, à quoi jouons-nous ? »

Finnan descend encore une gorgée de bière, sort une Camel de son paquet, se la colle au coin des lèvres, ramasse son Zippo — *Clic, tchic* — *chhhh* — *clink* — et tire une taffe.

« Le jeu, c'est le bonneteau version Où est la dame ? »

3

L'étranger dans le miroir

Son mauvais côté

Le 18 mars. Tamuz et moi sommes allés prendre un café dans la casbah tard la nuit dernière. Dans une toute petite auberge au bout de l'une des innombrables ruelles du quartier des marchands d'encre, nous avons bu un breuvage noir parfumé à la cardamome, à l'eau de rose et à d'autres épices sucrées impossibles à identifier. Les saveurs de l'Orient sont souvent piquantes, âcres, exotiques, mais, mon Dieu, comme elles stimulent agréablement le palais ! Le tabac des narguilés proposés par les *kifim* ambulants est lui aussi additionné de mélasse et d'anis, je crois, ce qui lui donne une intense saveur de réglisse ; on dirait un mélange capiteux de goudron et d'absinthe.

J'ai un peu honte de moi, Anna. Nous ne nous sommes pas contentés de café et de tabac. Il faut me comprendre ; j'espérais lui tirer les vers du nez.

Tamuz esquisse une vague moue. Des traînées de fumée s'élèvent de sa bouche entrouverte, puis il penche la tête en arrière, exhale un épais nuage imprégné de l'odeur du haschich, lui lance un grand sourire.

« Tu croyais que j'allais tousser, Carter Bey ? »

Carter rigole :

« Je constate que tu as l'habitude, contrairement à moi ! »

Tamuz hausse les épaules à la française, avec vulgarité, genre *Je m'en fous* plutôt que *C'est même pas vrai*.

« Ma sœur, elle aime pas que je fume du haschich, dit-il. Mais l'Eyn, il est venu ici beaucoup de nuits, et il me dit, Tamuz, ce que ta sœur ne sait pas ne peut pas la mettre en colère. C'est le mauvais côté de l'Eyn. Mais nous avons tous un mauvais côté, n'est-ce pas, Carter Bey ? »

Il hoche la tête d'un air malicieux vers Carter et se penche au-dessus de la table pour lui tendre le tuyau de la pipe.

« Toi aussi, tu as sûrement un mauvais côté, je pense. Toi… Le capitaine anglais est impassible, mais il aime le haschich. »

Carter aspire quelques bouffées rapides et retient la fumée dans sa bouche comme avec un cigare, sans l'inhaler à fond.

« Tamuz, ton Eyn est un sacré filou. Et qu'est-ce qu'il dit d'autre ? »

Nous avons parlé tard dans la nuit. J'ai appris sur von Strann énormément de choses que les lettres de Samuel n'abordaient que brièvement — le fait qu'il se soit installé dans cette région pour des raisons de santé, que la photographie n'était guère qu'un passe-temps à ses yeux avant les purges visant l'aristocratie dans son pays, purges qui lui avaient valu de rompre avec sa famille, le forçant à employer son nouveau talent pour joindre les deux bouts. D'après le garçon, parmi les clients de notre homme, beaucoup s'intéressent à son œuvre en tout bien tout honneur ! Ils n'y verraient que des études classiques du corps masculin, du moins c'est ce qu'ils prétendent. Sans doute est-ce vrai pour quelques-uns d'entre eux, mais je trouve cela un peu difficile à croire…

Le garçon semble n'avoir aucun problème avec les penchants malsains de von Strann. D'un autre côté, je me demande quel genre de relation ces deux-là entretiennent. Les murs du studio sont couverts des photographies du baron, dont un certain nombre représentent Tamuz, je n'ai pas mis longtemps à le remarquer. Au début, j'ai cru que… comment dire… qu'une sorte de liaison uraniste les unissait, mais Tamuz m'a appris la nuit dernière quelque chose d'étonnant.

« Eh oui, Carter Bey ! »

Tamuz atterrit avec un bruit sourd sur le lit de camp et roule en arrière, les mains derrière la tête. Carter retrouve son équilibre contre le lavabo, s'asperge de nouveau le visage puis referme le robinet et passe les doigts dans les cheveux pour se sécher les mains. Il n'a aucune idée de l'heure qu'il peut bien être, mais il est tard, ça c'est sûr. Ils ont dû parler pendant des heures. Enfin surtout Tamuz ; il lui a cassé les oreilles toute la soirée.

« Eh oui ! L'Eyn, il m'a dit : "*Tamuz, si c'est vraiment ce qu'ils veulent, qui suis-je pour les juger ? Chacun ses goûts !*" Mais quand même, parfois, il te ressemble un peu. »

Le jeune homme s'assoit, bras croisés, une contrariété feinte lui plissant le front.

« *Aie l'air un peu plus triste ! Moins salace, Tamuz ! Tu n'es pas un satyre, Tamuz !* [il balance ses jambes hors du lit] et blablabla. Pourquoi vous êtes tous si sérieux, Carter Bey ? Mon peuple et moi, nous trouvons que la peau, c'est pas honteux. Toi et moi, on pourrait dormir ensemble, ma peau contre ta peau. C'est pas honteux, Carter Bey.

— À mon avis, il ne vaut mieux…

— Ça te fait honte, c'est ça ? Mais nous avons tous notre mauvais côté et… oh pardon, Carter Bey ! Je parle trop ce soir, hein ? Le haschich t'a fatigué, j'ai l'impression. Et le raki. Moi, c'est le café qui me fait ça, qui me fait parler comme ça. Je vois bien que je te fatigue !

— Je suis debout depuis trop longtemps ! »

Quand Carter ôte sa chemise, les yeux de Tamuz étincellent à la lueur de la lampe. À une époque, ce regard l'aurait mis mal à l'aise, mais dix ans dans l'armée, ça vous enseigne à ne pas vous comporter comme une gonzesse. La vérité, c'est qu'il s'en fout. C'est ça qui est bien avec le raki et le haschich.

« L'Eyn, il voudrait te photographier, je crois. Je crois que les gens paieraient très cher pour ta photo. Je crois… »

Carter se pince l'arrête du nez, se frotte les yeux. Aucun clignement, aucun battement de cils ne voile le regard noir et brillant de Tamuz. L'adolescent se lève.

« J'ai assez parlé pour ce soir, hein, Carter Bey ? »

L'idéal de l'éphèbe

L'une des photographies de von Strann traduit parfaitement son attitude ambiguë envers l'idéal militaire. Dans les tons sépia fanés d'une impression à l'albumine, nous voyons un officier de l'armée britannique, jeune et fringant — image contemporaine unique dans l'œuvre de von Strann —, penché au-dessus d'un jeune Arabe étendu. Les historiens ont longtemps caressé l'idée qu'il puisse s'agir de l'insaisissable capitaine Carter en personne, mais cette théorie a été remise en cause récemment (Bildunger, 1989). Ce qui est sûr en tout cas, c'est que cette image exprime la dualité entre noblesse austère et grandeur brutale qui évoque le néoclassicisme de Jacques-Louis David, une dualité que l'on ne retrouve que dans cet exemple du travail de von Strann. Manifestement, des idées complexes sont ici à l'œuvre. Devons-nous y lire une allusion aux valeurs classiques du héros grec de l'Antiquité, du jeune guerrier, de l'idéal de l'éphèbe ? Une référence à l'honneur martial de la noblesse prussienne et de l'éducation traditionnelle de von Strann, même s'il est par la suite devenu un paria pour ses pairs ? Au militarisme futuriste qui a détruit l'ordre ancien ?

La composition renvoie à *Achille pleurant Patrocle* de sir Joshua Montague, mais là où l'Achille de Montague brandit son épée vers le ciel en criant vengeance, le soldat de von Strann pointe la sienne sur la gorge d'un Patrocle toujours en vie. À la fois fétichisé et menaçant, ce guerrier dont la tête se détourne du spectateur — posture qui le déshumanise en le rendant impossible à identifier — nous attire et nous effraie tout autant.

Carter plaque sa bouche sur celle de Tamuz. Une de ses mains s'égare dans les cheveux du garçon, et l'autre explore tout doucement sa hanche, comme on explore une brûlure presque guérie mais encore trop sensible. Carter ne prend pas, ne serre pas. Il retient le jeune homme du bout des lèvres, l'embrasse du bout des doigts. Il attend. N'y tenant plus, Tamuz l'entraîne au lit, peau contre peau. Une main glisse de l'épaule au biceps de Carter, une cuisse veloutée le presse à la taille, un corps pèse sur lui, le membre dégainé de Tamuz glisse contre son ventre. Le sien s'est dressé, durci. On l'enfourche, et il n'a pas le choix : il serre Tamuz dans ses bras, lui empoigne une fesse. Le jeune homme se dégage en lui chuchotant à l'oreille des mots doux dans une langue étrange. Il s'assoit, crache dans sa main, s'empare derrière lui du sexe de Carter qu'il mouille de sa salive, un sexe déjà humide de désir. Quand Tamuz recule et se redresse pour le guider en lui, Carter pose les mains sur les hanches du garçon et interrompt son geste.

« Ne fais pas ça. »

Cette photographie de von Strann nous parle également des nuits de terreur, des pogroms et des camps de concentration du nouveau Reich, évocation inextricablement mêlée dans l'image au fantasme du guerrier vu comme objet inaccessible d'un désir idéaliste et idéalisé. Derrière l'homo-érotisme prégnant de cette photographie se cache la peur tout aussi prégnante inspirée par ces hommes qui se sont d'abord emparés du pouvoir en commettant des actes d'une sauvagerie atroce, puis ralliés à un futurisme très commode pour justifier la défense froide et brutale de leurs intérêts personnels. Quelque part, c'est peut-être le futurisme lui-même qu'on a voulu suggérer ici, cette esthétique du mécanique, cette « éthique de l'automate » comme l'a décrite Churchill pour la postérité. Mais si l'épée est un substitut phallique, si l'on considère ce guerrier qui domine sa victime terrassée comme un conquérant sexuel, si, comme l'affirme F. B. Herbert, chaque meurtre est un viol, peut-on également prétendre lire l'inverse dans cette image ?

Bildunger nous a expliqué en détail en quoi cette photographie peut être vue comme un commentaire de von Strann sur le contenu sexuel de la politique, mais ne pourrait-on également la considérer comme un commentaire sur le contenu politique de la sexualité ? Sur les relations entre domination et soumission, actif et passif, soldat et victime, homme adulte et jeune homme ? Certes, l'épée peut être vue comme un substitut phallique, mais von Strann semble penser que l'inverse est également vrai : le phallus peut être vu comme un substitut d'épée.

Carter repense à ce marin français devant un bordel de Bordeaux, un marin complètement saoul, comme lui, et qui n'était resté qu'une demi-heure à l'intérieur, comme lui. Tous deux avaient immédiatement compris pourquoi ils étaient ressortis aussi vite. Il repense à ce club de Londres, à ce serveur lui lançant un regard d'invite chaque fois qu'il posait un verre sur la table. À cet acteur dans un hôtel du Caire, bien trop efféminé à son goût mais qui l'avait séduit en lui récitant l'épilogue du *Songe d'une nuit d'été*, un porto dans une main, avec un moulinet de l'autre — *Donnez-moi toutes vos mains, si nous sommes amis !* Tous se sont montrés assez courageux pour tenter une approche, alors que Carter restait là, incapable d'attaquer, incapable de fuir. Et maintenant, Tamuz.

Il sent sur sa taille une main qui affermit sa prise, il sent des doigts humides lui écarter les fesses. Une douce pression et il s'arque, il pousse sa bite dans les draps froissés. Le regard tourné vers l'appareil photo et la chambre noire, il aperçoit vaguement la forme mouvante de Tamuz au-dessus de son épaule. Sa tête repose sur un bras crispé, mais quand le jeune homme porte à nouveau sa bouche à son oreille — un souffle, un mot, une caresse de cheveux sur sa nuque —, Carter se détend. On le chatouille et il s'ouvre, il frissonne, il se détend sur le drap de lin entortillé. Il s'ouvre, il ferme les yeux et s'ouvre sous les doigts de Tamuz et la bite qui s'introduit doucement, pas encore assez pour la douleur mais suffisamment pour faire monter le plaisir, celui qui viendra quand il se sera complètement abandonné à la confiance, à la foi, à ce jeune homme splendide en lui, à la bite qui se glisse en lui, qui le pénètre jusqu'au point délicieux de la souffrance et du plaisir, jusqu'au gémissement, oui, comme les rares autres fois, avec ces autres qu'il a tant haïs, tant aimés !

Et maintenant, Tamuz.

Reflet du soleil sur des ailes étincelantes

« Les salauds ! » s'exclame Carter.

Tamuz lève les yeux de son plat, une sorte de porridge libanais à base de lentilles évoquant un peu l'houmous ou le baba ganoush mais en plus parfumé, plus subtil, d'une délicatesse presque siamoise. Carter déchire un bout de pain azyme et le plonge dans son bol.

« Je dois remonter la trace de ces deux canailles jusqu'à leur… »

Tamuz redresse la tête et lance un regard de biais pour le mettre en garde. À portée d'oreille, sur la place qui entoure l'imposante masse du Beth Ashtart, un groupe de miliciens turcs arrête un type du coin qui hausse les épaules et leur désigne vaguement le restaurant. Carter hoche la tête puis mord dans son pain. Sur la table, son journal intime est ouvert à la page où il rapporte ses conversations avec les marchands :

Deux « étrangers » (les assaillants de Samuel ?) vus en train de discuter avec la milice turque. Et un Européen aux cheveux foncés. Dans le coin pendant un jour ou deux. Cherchait « le capitaine anglais ». Accent russe ?

Il referme le journal, le planque dans sa sacoche et glisse cette dernière sous la table.

Les salauds. Au moment où il tenait enfin une piste.

« On va où, Jack ? »

Carter allume le briquet et tire sur la cigarette qui s'éveille à la vie. Il regarde Tamuz, son guide autochtone tellement innocent qui attend sa réponse devant un temple antique consacré à une déesse putain — le Beth Ashtart, demeure d'Astaroth.

« Nous retournons dans la boutique d'antiquités de l'autre jour. Je suis curieux de voir si tu vas la reconnaître ! C'est par là.

— Ces rues sont dangereuses ! C'est pas un bon quartier ! »

Carter sourit. Dans cette partie de Tell el-Kharnain, peu de rues échappent au brouhaha des affaires et du chapardage, mais il ne risque pas grand-chose de ce côté-là. Un ornithoptère évoquant une chauve-souris passe au-dessus des toits… Reflet du soleil sur des ailes étincelantes, reflet de la guerre. Maudite industrie prussienne ! Maudits Prussiens, maudits Russes et maudit…

« Jette un coup d'œil à ces soldats turcs, là-bas, dit-il. Et là-bas, tu les vois ? Et là. Ça devrait t'inquiéter davantage que quelques voleurs minables. »

Il prend le garçon par l'épaule et l'entraîne vers une charrette d'oranges.

« En particulier ce capitaine, là-bas, qui paraît s'intéresser un peu trop à nous. Suis-moi ! Par ici ! »

« Par ici ? répète Tamuz. Je préfère pas, je crois que j'ai jamais pris ce…

— Laisse tomber, petit gars ! Tes explications louches, je m'en passe très bien. Von Strann, qu'est-ce qu'il t'a demandé ? De ne rien dire, de ne rien faire, de me distraire jusqu'à son retour ? »

Insensible aux protestations du garçon, Carter commence à remonter la rue. Il pose poliment ses questions et plaisante un peu dans tous les commerces qu'il croise, sans perdre de vue sa destination : la boutique d'antiquités et son vieil aveugle fou. Ces commerçants n'ont pas vu grand-chose, mais il récolte tout de même quelques bribes ici ou là, les échos tout frais des visites d'un individu posant le même genre de questions que lui sur Samuel, les deux étrangers… et sur lui. *Un Russe ?* demande Carter.

Feuilletant des parchemins, tripotant des colifichets et autres bibelots en argile couverts d'inscriptions, Tamuz lambine ostensiblement derrière lui. Arrivé à une dizaine de mètres environ de la boutique d'antiquités qui fait le coin de la rue, Carter tente de soutirer une description à un marchand quand soudain une bombe explose.

Ensuite, il se retrouve devant la boutique détruite, le regard plongé dans les flammes, le désastre, le carnage, au milieu des sanglots de douleur et de panique, et Tamuz arrive derrière lui, essoufflé, et le tire par la manche :

« Viens, Jack ! Faut partir !

— Les salauds… »

« Capitaine, vos papiers, je vous prie ! »

Carter pose le pain sur son assiette, se carre dans son siège, tend ses papiers au capitaine turc qui les feuillette tranquillement, en prenant bien son temps. Il lui demande ce qu'il fait dans cette ville et combien de temps il compte rester, bref, toutes les questions d'usage.

« À quelle heure êtes-vous arrivé dans ce restaurant ?

— À midi, intervient le propriétaire. Ce gentleman et son ami sont ici depuis plusieurs heures. »

Il porte un crucifix au cou. Ce Libanais français à l'air plutôt détendu ne se montre pas très aimable envers les Turcs, ce qui n'a rien de surprenant. Quelques regards soupçonneux, quelques haussements d'épaules et demi-vérités faciles en retour… Le capitaine est bien obligé de rendre ses papiers à Carter. Il lui conseille d'éviter les putes du coin parce qu'elles sont vraiment sales, puis quitte le restaurant dans un bruissement de robes, ses hommes sur les talons.

Après son départ, Carter reste un moment silencieux.

« Tu as raison », reconnaît Tamuz d'un ton hésitant.

Le ton de la confession.

« Ce que tu m'as dit tout à l'heure… Tu as raison. L'Eyn, il m'a demandé de te… de te faire tourner en rond. De te préserver…

— De m'éviter les ennuis ? Quel culot !

— … du danger, termine Tamuz.

— Pourquoi ? Dans quoi s'est-il fourré ? Dans quoi a-t-il entraîné Samuel ?

— Je n'en sais rien, je te le jure, Carter Bey ! *Jack.* De mon cœur au tien, je ne sais pas pourquoi. En tout cas, il m'a dit… il m'a dit : "C'est dangereux." Il m'a dit que la mort te suit. »

Par-dessus la table, Tamuz pose sa main sur la poitrine de Carter.

« Fais-moi confiance. »

Carter la repousse quelques secondes plus tard.

Juis de Jack

Puck le Véloce, mon jeune étalon au beau petit cul zélé… Il descend le zip de ma braguette et glisse la main dans le rabat de mon short en coton, main qui va se nicher entre mes couilles et ma bite. Mon manche s'y love tout naturellement. J'effleure du bout des doigts la nuque soyeuse de Puck là où la peau devient douce et glabre — peau brun doré, duvet brun foncé des cheveux que la teinture a épargné à cet endroit — et je l'attire contre moi. Nos lèvres s'entrechoquent, nos corps se verrouillent, je glisse un bras le long de son flanc pour aller lui caresser le cul sous son pantalon baggy motif camouflage et palper ses fesses bien au chaud dans leur caleçon CK. Lèvres scellées, langues emmêlées, nous nous étreignons poitrine contre poitrine. Il a adopté une posture bizarre, tendue, qui lui permet, en desserrant un peu notre étreinte, de me tripoter dans mon caleçon, de me caresser les couilles, de soupeser le manche qui se durcit.

Sa prise s'affermit ; traction régulière, prépuce glissant sur le gland et puis retour en bas. Je respire un grand coup et plonge le regard dans ses yeux verts, pupilles noires dilatées, cils noirs assoupis battant au rythme d'une félicité songeuse.

« On en a pour une semaine, me dit-il. Il va nous falloir une sacrée quantité de jus pour réussir une projection astrale complète.

— Tantra niveau sept, au moins », conclus-je.

Mes yeux s'égarent sur la protubérance d'un petit lobe d'oreille extrêmement appétissant.

« Quel pied ! »

« Assieds-toi et ne bouge pas », m'ordonne Anesthésia.

Je me carre dans mon siège en voyant s'approcher l'aiguille de son bidule à vide hypodermique. Elle pique ici ou là mes cicatrices de guerre bitmites, elle les suit d'un trait à un point, le long d'une courbe ou sur un cercle, elle bourdonne un instant à telle ou telle jonction. Comme pour souder mes circuits. Standardiste du central téléphonique de mon âme, Anesthésia établit telle ou telle connexion ici et en détruit telle autre, mais sans refaire vraiment mon empreinte. Car la petite ampoule de son pistolet de tatouage n'injecte aucune encre sous ma peau, elle la récolte.

Les Amortels considèrent que l'histoire d'une vie tient tout entière en un seul sceau parfait, l'empreinte. Ils oublient que, dans chaque vie, il y en a d'autres, petits amoureux oubliés et leurs sœurs tordues, vieux ennemis et vieux potes, soldats grisonnants et voyous sexy. Et je suis l'avatar du chaos, bébé. En reliant les points de mon empreinte, on peut faire plein de jolies images.

Anesthésia termine sa tâche, recule, détache l'ampoule du pistolet. À l'intérieur, l'encre tourbillonne en formant des motifs complexes, comme une logique dans le chaos.

« Les papiers », dit-elle.

Puck lui lance un paquet de Rizla qu'elle attrape au vol. Elle en tire une feuille de papier à cigarette, puis deux, trois, quatre, cinq p'tites cigarettes sont allées au marché…

Pendant qu'une main me pompe lentement, une autre main s'insinue sous mon t-shirt, vient titiller mon téton d'un pouce caressant, glisse le long de mes côtes saillantes et s'attarde au creux de ma hanche, là où ma ceinture se cramponne négligemment. Je plonge mes deux mains dans son caleçon, je les plaque sur son cul adorable, et je l'attire contre moi. Je sens sa queue bien ferme contre mon ventre. Il serre la mienne dans son poing, dans son corps, bite contre bite sous les couches de vêtements.

J'écarte le futal et le caleçon pour libérer son cul doux et crémeux, je les descends lentement, à mi-fesses, et plus bas… Le voici complètement à l'air. Mes mains repartent devant pour dégager et défier sa bite dressée. Son cul nu s'offre à la brise, sa bite durcie s'épanouit dans ma main, le pantalon et le caleçon tombent.

« Une semaine », répète-t-il.

Une semaine ferme, me dis-je. Quel salaud, ce tantra ! Mais il nous faut du jus, pas du sperme.

Anesthésia verse mon sang noir sur les petites feuilles, l'une après l'autre. Les bitmites s'infiltrent en elles, globules grossissants prenant progressivement forme. Quand c'est fini, elle range ces cigarettes bitmites dans mon étui en argent. Cinq cigarettes apparemment semblables à des Russes noires normales mais toutes chargées d'un petit extra : une bouffée de Fox, une pincée de Puck, une larme de Don, un soupçon de Joey et une touche d'Anesthésia.

Il paraît que tout le monde a un petit bout de Jack Flash en lui. Et que Jack Flash a un petit bout de tout le monde en lui.

Anesthésia referme l'étui d'un geste sec, le glisse vers moi sur le feutre vert de la table de poker et vide dans une seringue le reste de l'encre iridescente, du *juis de Jack*. C'est vrai, je laisse toujours une impression aux gens — une impression, quelques bosses, un petit bout qui manque —, mais j'ai quand même de la peine pour l'alter ego de Fox, cette marionnette manipulée par Moloch et Mammon. Le pauvre crétin ne va pas comprendre ce qui lui arrive.

Anesthésia me remet la seringue et je contemple les tourbillons de jus d'âme.

« Évite de te shooter avec », ricane Joey, qui me connaît beaucoup trop bien.

Pas de secrets

La brutalité aveugle des explosions de bombes sur les marchés, les champs sanglants du Caucase, les guerres qui ne visent pas l'obtention d'un territoire mais l'extermination pure et simple… Il en a assez. Les futuristes semblent prêts à tout pour remporter leur guerre impie, y compris à plonger le monde dans le désespoir et la honte. Quelle que soit l'issue de cette guerre, ils y seront parvenus, se dit parfois Carter.

Il s'adresse enfin à Tamuz :

« Je suis désolé. Je n'aurais pas dû m'emporter. »

Le jeune homme croise son regard. Les dix dernières minutes se sont écoulées dans un silence maussade, avec Carter assis sur le lit les yeux tournés vers la chambre noire masquée par le rideau et Tamuz attablé tripotant une olive prélevée dans la coupe.

Carter sait qu'il n'aurait pas dû se lâcher ainsi, que c'était cruel de sa part. Il ne peut quand même pas reprocher à Tamuz de se montrer loyal envers les siens et le baron ! Aucune de ses accusations irréfléchies n'est fondée — *Un peuple barbare ! Tout à fait capable de meurtre ! Des sauvages, des Huns !* —, mais ce n'est pas la première fois qu'il perd ainsi son sang-froid. Apparemment, Samuel (espérons qu'il est toujours en vie) est parti se cacher parce qu'il se sentait menacé, mais ces maudits Énakites ne sont peut-être pas en cause. Comment savoir, bon sang ?

« Je veux t'expliquer, dit Tamuz. Je *voulais* t'expliquer, tu sais. Tu as raison d'être furieux.

— Mais non. »

Le garçon n'a fait que suivre les instructions, ou plus exactement des ordres assenés avec une extrême insistance.

« J'ai dit à l'Eyn que j'aimais pas ça. C'est pas notre habitude. Nous…

— Je n'ai rien à te reprocher, l'interrompt Carter. J'ai passé ma colère sur toi, voilà tout. »

Il se retrouve devant la boutique détruite, le regard plongé dans les flammes, le désastre, le carnage, au milieu des sanglots de douleur et de panique. D'épaisses volutes de fumée noire masquent le feu, et par contraste avec les marchands qui s'agitent dans tous les sens pour trouver de l'eau et des couvertures et préserver leurs auvents de l'incendie en étouffant les flammèches, la poussière se redépose avec un calme et une lenteur incroyables. Tamuz arrive derrière lui, essoufflé, et le tire par la manche :

« Viens, Jack ! Faut partir !

— Les salauds… »

Carter se dégage le bras et houspille le jeune homme :

« Qui a fait ça ? »

Il a dégainé son Webley en se précipitant vers l'explosion, un réflexe, mais n'aperçoit autour de lui que le chaos de l'horreur ordinaire. Pas la moindre robe ondulante, pas d'assassins disparaissant à un coin de rue, pas de chemise noire et de pistolet dans l'ombre d'un pas-de-porte. Juste une fumée étouffante et des hommes et des femmes hébétés, en larmes, couverts de plaies, dégoulinants de sang.

« La milice va arriver ! Faut partir ! »

Carter agrippe le garçon par sa chemise. S'il doit raser cette maudite cité pour trouver les coupables, il creusera jusqu'aux racines.

« Tu sais quelque chose ! Dis-moi quoi !

— Je sais que la milice va te demander ce que tu fais ici ! Viens ! »

Carter lui jette un regard noir.

« Je te dirai tout ce que je sais ! »

« Et c'est tout ce que tu sais ?

— Je n'ai pas beaucoup vu ton ami. Je reste ici. Je vis en ville, maintenant. Je cuisine pour l'Eyn, je surveille sa maison quand il part. Je restais ici quand ton ami allait voir mon peuple. »

Pour étudier leurs hérésies, se dit Carter. Pour se droguer avec Dieu sait quelle substance s'il faut en juger par ses notes. Et puis… Et puis il y a quelques semaines, une dispute avait éclaté entre Samuel et le chef des Énakites, une dispute qui avait duré jusqu'à fort tard dans la nuit. C'est MacChuill qui l'a raconté à Tamuz.

L'Écossais était parti chercher Samuel et von Strann pour les ramener tous les deux à Tell el-Kharnain. Il avait passé la nuit dans le camp énakite, et au matin, c'est le boucan qui l'avait réveillé. Samuel avait disparu, et von Strann essayait de calmer la chef du clan en lui parlant doucement. Ensuite, von Strann et elle avaient enfourché leurs montures et étaient partis dans le désert.

Carter a du mal à contenir sa fureur :

« Et c'était quoi, l'objet de cette dispute ?

— MacChuill, il comprend pas notre langue, il comprend juste un mot ou deux, par-ci par-là. Il comprend un peu, c'est tout.

— Et c'est quoi, le *peu* qu'il a compris ?

— Il dit que ma sœur a traité ton ami de voleur.

— Et qu'est-ce qu'il aurait volé ? Une maudite relique ? Des secrets tribaux ?

— Nous n'avons aucun secret. »

Carter assène des mots que ce petit salaud de menteur reçoit comme des coups de poing :

« Putain mais tu vas me le dire ? »

« Nous n'avons aucun secret, Jack. Enfants, on nous apprend que… »

Tamuz secoue la tête comme pour trouver ses mots et chasse une mouche de son oreille. Il pose un instant sa main sur la cuisse de Carter puis sort du lit et se dirige vers une des cordes où pendent les clichés de von Strann : Tamuz incarnant Dionysos avec une jarre de vin et une couronne de laurier, Tamuz en Apollon une jacinthe à la main, etc. Il détache l'un des clichés, l'apporte au lit avec précaution et le dépose sur les genoux de son compagnon. Carter le prend pour comparer le modèle au cliché. L'image d'une beauté splendide et sordide à la fois, une beauté pour laquelle il ne devrait éprouver aucun désir mais qu'il désire quand même foutrement.

« L'Eyn, il dit qu'il prend des images de ce qu'on a à l'intérieur, reprend Tamuz. Il dit que son appareil ne vole pas l'âme mais… mais qu'il la montre, oui ? Comme un miroir ! Voilà, tu tiens mon âme dans ta main. Tu vois bien que je n'ai pas de secrets pour toi ! »

Carter rend l'épreuve à Tamuz, balance ses jambes hors du lit, tend la main vers la pile de vêtements abandonnés sur le lit pliant, y pêche ses sous-vêtements. Un parfum sucré-salé de sueur et de semence lui imprègne la peau, la sueur et la semence d'un autre, ce qui lui donne la sensation étrange de ne pas être vraiment lui-même. Comme si depuis une demi-heure, depuis qu'il s'est réveillé, il n'était pas le Jack Carter qu'il connaît mais un autre Jack Carter, quelqu'un qui existe en lui sans être lui vraiment. Il a voulu expliquer ce qu'il ressentait à Tamuz : avec le parfum d'un autre sur sa peau, il lui serait facile de rester allongé là sans éprouver la moindre honte pour le péché qu'ils viennent de commettre.

Carter enfile son caleçon. Son matériel de rasage est rangé au-dessus de l'évier, dans une chope en fer-blanc. Il se penche vers le petit miroir suspendu au mur en se savonnant le visage. Il observe Tamuz du coin de l'œil, le rusé Tamuz, avec ses haussements d'épaules innocents et sa connaissance étrangement limitée du commerce des antiquités locales, Tamuz qui raccroche le cliché sur son fil.

Pas de secrets, mon œil !

Le pilier de son chagrin

Comme l'a raconté Ab Irim à son serviteur Éliézer, un seul homme dans tout Sodome se révéla vertueux aux yeux du Seigneur, donc digne d'être sauvé, son neveu Loth. Et comment savons-nous que Loth était vertueux ? Est-ce parce qu'il rencontra les deux anges envoyés à Sodome pour détruire la ville et leur offrit l'hospitalité ? Est-ce parce que Loth fut le seul à Sodome à souhaiter la bienvenue aux anges envoyés pour commettre un massacre ? Est-ce là la preuve de sa vertu ? Lorsque les hommes de Sodome virent les anges, ils les suivirent dans la rue jusqu'à la porte de Loth. Là, ils appelèrent Loth et lui demandèrent de leur livrer ces anges. Alors est-ce parce que Loth, et lui seul à Sodome, donna asile aux anges envoyés pour les massacrer tous ? Est-ce là la preuve de sa vertu ?

Dans ta Torah, professeur, nous apprenons que les hommes de Sodome ne haïssaient pas les anges, mais les désiraient, au contraire. Ils convoitaient leur beauté. Car quoi de plus beau qu'un ange ? Le Verbe de Dieu est écrit sur sa peau ! Dès lors, quoi d'étonnant à ce que les hommes de Sodome les aient désirés ? À la place des anges, Loth leur proposa ses deux filles, vierges toutes les deux, préservées des hommes jusqu'alors. Faites donc comme bon vous semble avec elles, leur dit-il, mais laissez ces deux hommes en paix ! Violez mes filles innocentes, mais laissez ces deux hommes en paix !

Dans ta version, telle est la preuve de sa vertu.

Notre version est différente, mon ami.

Nous avons quitté Ur des Chaldéens avec Ab Irim et nous

l'avons suivi à Haran et au pays de Canaan, car nous vivons depuis toujours aux côtés de ton peuple, celui des fils de Sem, à la fois serviteurs sous vos tentes mais aussi étrangers, vagabonds du désert. Et l'histoire que raconte notre peuple est bien différente de la vôtre. Tu vas me dire que la vôtre est vraie parce qu'elle est écrite à l'encre, alors que nous ne faisons que chuchoter la nôtre, nous la transmettant ainsi de génération en génération, et les mots que nous prononçons s'envolent aussitôt. Et tu as peut-être raison. Parfois, c'est quand on écrit le conte qu'il devient vrai.

Tu écris ce que je te raconte, mon ami ?

Bien. Sans doute est-il temps que *notre* histoire devienne vraie.

Comme l'a raconté Ab Irim à son serviteur Éliézer, mon ami, les anges qui marchèrent dans Sodome la veille de sa destruction n'avaient pas été envoyés pour avertir Loth mais pour le tester. Loth ne les accueillit pas aux portes de la cité mais se jeta à leurs pieds, terrorisé parce qu'il craignait pour sa vie. Il ne les invita pas à le suivre mais fut traîné chez lui comme un condamné. Ce n'est pas parce qu'il voulait sauver les anges de la foule qu'il lui offrit ses filles à leur place, mais parce qu'il avait peur d'eux. C'est par ce moyen que sa vertu fut mise à l'épreuve. Car, aux yeux du Seigneur, l'homme vertueux est celui qui Lui offre ses services, sa maison, et même ses filles dans une complète obéissance. Mon ami, il est dit dans notre conte que Loth ayant réussi cette épreuve, la ville aurait dû être épargnée, selon la promesse qu'Ab Irim avait arrachée à son Seigneur, mais que dans Son courroux, Sa jalousie et Son esprit de vengeance, le Seigneur avait formé un autre plan.

D'après toi et les tiens, votre Dieu est un Dieu de sagesse, de justice et de miséricorde. Voilà qui explique sans doute pourquoi, quand Loth offrit ses filles à la foule et qu'elle les rejeta, les anges sortirent et massacrèrent tous ceux qui s'étaient rassemblés là avec les épées de feu qui sortaient de leur bouche.

Offrir une chose dont on sait qu'elle ne sera pas acceptée est un geste sage. Punir l'offense de ceux qui refusent un tel don est un geste juste. Offrir la paix de la mort à ses ennemis est un geste miséricordieux.

Mais il me semble que ta Torah ne parle pas de la récompense que les anges exigèrent en échange. Elle ne parle pas de la femme de Loth qui leur versa du vin, leur prit leurs robes pour les débarrasser des cendres de l'humanité, leur lava les pieds, oignit leurs cheveux. Elle ne dit pas ce que la femme de Loth apprit de la bouche des anges, elle ne dit pas que la femme de Loth comprit que son époux allait mourir, qu'il n'y aurait aucun homme vertueux dans la cité, et que la cité serait détruite. Voilà pourquoi Loth rassembla toute sa maisonnée, sa femme, ses filles et ses serviteurs, et s'échappa dans les collines, nous dit-on.

Dans votre histoire, mon ami, la femme de Loth est une créature stupide transformée en statue de sel pour avoir contemplé derrière elle la destruction de Sodome. Dans la nôtre, c'est par défi qu'elle a regardé derrière elle. Elle s'est peut-être montrée stupide, mais aussi très brave. Et si elle fut transformée en sel, c'est pour s'être dressée contre les anges avec ses larmes pour seul rempart, des larmes pour la cité qu'elle aimait et pour tous ses habitants massacrés, mettant les anges au défi de franchir le pilier de son chagrin.

Mais ça, c'est notre conte. Comment savoir si le nôtre est le bon, nous qui n'écrivons rien mais laissons nos mots dériver comme la poussière dans le vent, comme les cendres, comme le sel ? Une question, mon ami : dans votre conte, comment s'appelle la femme de Loth ? Dans ta Torah, je crois qu'elle n'a pas de nom.

Nous, nous nous souvenons d'elle, mon ami. Nous savons comment elle s'appelle.

Le bruit du danger

C'est le bruit des sabots sur les pavés qui le réveille, suivi par un cri en arabe et les hennissements d'un cheval. Carter se redresse dans son lit. La porte de la cour s'ouvre avec un fracas tel qu'il se laisse tomber par terre et roule sur le plancher pour s'emparer de son holster. Le danger a un son bien particulier, le son d'une voix anxieuse, d'un accès de violence dans un geste banal. Ou de pas précipités résonnant dans un escalier. Carter sort le Webley du holster, puis plaque sa main sur la bouche de Tamuz et lui souffle un avertissement, la crosse du pistolet appuyée sur l'épaule du jeune homme. Tamuz remue et gémit au contact de l'acier froid. Il sort de sa torpeur, veut s'asseoir, parler, mais Carter le bâillonne étroitement pour étouffer son marmonnement confus en portant à ses lèvres le canon du pistolet, comme un doigt : *Chut*. Tamuz hoche la tête. Carter l'attire au sol derrière lui puis fait sauter le cran de sûreté du Webley et vise la porte d'une main tremblante, un doigt sur la détente.

La porte s'ouvre. Carter s'apprête à lancer une sommation à l'intrus mais Tamuz le prend de court, une main sur son bras pour dévier le canon :

« Non, Carter Bey ! Tout va bien ! »

Une silhouette, une apparition dans la nuit. Robes fluides du désert, traits fins d'un visage à peine esquissé par l'éclairage au gaz de la cage d'escalier, et quelques détails, une coiffe arabe, une moustache filiforme. Est-ce une sacoche de cavalier qu'il porte à l'épaule ? Carter n'a fait qu'entrevoir cet homme, qui entre et referme déjà la porte derrière lui.

« Eyn Reinhardt ! s'exclame Tamuz.

— Tamuz ! Pour l'amour du ciel, allume-nous une lampe ! Et vous, vous devriez baisser votre arme, capitaine Carter. Je vous en serais extrêmement reconnaissant.

— Von Strann ?

— C'est bien moi. Pourriez-vous viser autre chose, au moins ? »

Carter baisse le bras, lâche la détente, remet le cran de sûreté en place et… arrache le drap du lit pour le jeter sur son épaule. Il est en train de replacer l'arme dans son étui quand jaillit la flamme vacillante d'une allumette, bientôt remplacée par la lumière de l'une des petites lampes à gaz installées dans le mur. Penché au-dessus d'une chaise, le baron dépose ses sacoches et sa coiffe sur la table puis examine à tour de rôle Carter et Tamuz. Avec son hâle soutenu et ses cheveux foncés, on le prendrait presque pour un prince arabe, mais ses yeux gris perçants détruisent cette illusion — ou plutôt ce fantasme, se dit Carter. Quel déguisement ridicule !

« Je suis Reinhardt von Strann. Et vous, vous être bien Carter ?

— Oui. Capitaine Jack Carter. »

Von Strann lui tend une main qu'il serre vite, sans détour.

« Si vous souhaitez vous habiller, faites donc, je vous en prie, ajoute le baron. Nous n'avons pas le temps de bavarder, et vous vous posez sans doute énormément de questions. Ceci facilitera peut-être la formulation de certaines d'entre elles. »

Il tire une liasse de papiers de l'une des sacoches en cuir — un cuir taché de sang et roussi par le feu, remarque Carter —, la feuillette et lui tend une page.

Couverte de l'écriture non abrégée d'Hobbsbaum.

Le Reich futuriste et le Nouvel Empire ottoman signèrent le traité d'Istanbul le 19 mars 1929, et l'avant-garde des troupes turques débarqua en Syrie pour commencer sa marche vers le sud. La nouvelle se répandit comme une traînée de poudre dans les villes de Palestine. À Tell el-Kharnain, pourtant, la bataille était déjà perdue d'avance, la ville étant tombée sous le contrôle de la police turque avant même la prise des bâtiments gouvernementaux. Dans les jours qui suivirent, Jérusalem devint un champ de bataille sanglant où s'affrontèrent les forces britanniques et turques, alors qu'à Tell el-Kharnain, où les Turcs ne rencontrèrent aucune résistance, ils se contentèrent de rassembler les dissidents et les indésirables. Quelques combats dispersés éclatèrent dans les quartiers libanais et juif où l'opposition était forte, mais les habitants de cette ville refuge des hédonistes comprirent vite que la guerre qu'ils avaient voulu fuir les avait suivis jusqu'au cœur de leur asile, désormais transformé en base d'opérations.

Que l'arrivée de von Strann à Tell el-Kharnain cette nuit-là soit purement fortuite ou que ses contacts énakites lui aient transmis certaines informations sur le déplacement des forces turques, que von Strann soit revenu pour prévenir Carter ou pour s'assurer de son aide, le résultat est le même : tous deux se retrouvèrent jetés ensemble dans l'holocauste qui allait engloutir la cité. On ignore encore ce qui a déclenché ce désastre mais…

« Pour l'amour du ciel, qu'est-ce que c'est ?

— La vérité, réplique von Strann. *Une* vérité, du moins. Cette ville va brûler, et tous ses habitants vont périr. »

Un remède pour karma

« Toi et moi, *mon ami*[1] », dis-je.

Être sylvestre, soyeux et svelte contre créature venue du ça, nous sommes assis face à face sur le tapis persan sophistiqué, Puck le Véloce et moi, tous deux jambes croisées dans la position du lotus. Il a l'air béat et lascif. Il a ôté son t-shirt skatepunk et sur son torse scintillent des nervures en trompe-l'œil, des couleurs éclatantes qui dégoulinent sur lui et luisent de l'éclat de l'acide gobé deux heures plus tôt. Joli ! Sur la stéréo, la

1. En français dans le texte.

collaboration proscrite Lennon-Morrison commence à grimper en douceur, plus haut, toujours plus haut… C'est du prépunk expérimental de mecs de vingt ans, de la complaisance pure et simple (les pires excès des deux ; un croisement entre *Revolution 9* et *Soft Parade*, vous imaginez ?), mais je dois continuer ma mission coûte que coûte. J'ai besoin de me nettoyer les chakras, de recharger ma kundalini, de recentrer mon ki, et cette mosaïque musicale charrie le sexe et la mort sous forme de mantras tantriques. C'est vrai que c'est de la merde, mais de la merde chargée à bloc, et je sens l'énergie orgonique couler à flots en moi.

« Putain, qu'est-ce que c'est bon… », gémit Puck.

Son aura est si bleue qu'on dirait un Krishna de bédé en futal camouflage porté bas sur les hanches pour dévoiler l'élastique de son Calvin Klein. Moi, je me sens comme le joyau dans le lotus. Du coin de l'œil, je perçois dans le miroitement doré de mon auréole comme une myriade de bras qui s'agitent. À la fois Shiva et Shakti, je suis le Bouddha en érection, bébé bodhisattva flottant dans une mer de félicité, assassin angélique se rechargeant pour le massacre à venir.

Illusion d'empreintes plaquées sur le réel et reflétant le moi-myriade du Vélum, un dédale de sculptures hindoues et de hiéroglyphes mayas délirants tourbillonne en mandalas fractals sur les quatre murs de l'antre du Renard. Tout autour du son de la stéréo, les bruits se tordent dans ma tête : cloches, klaxons, bourdonnements, pépiements, gongs, tous syncopés, tous rythmés. Pour moi, c'est ça, la musique *trance* !

« Mais qu'est-ce que c'est bon, putain… », répète Puck.

« On dirait vraiment que ça vient d'Orient », nous fait remarquer Guy Fox.

Tranquille, désinvolte, il sirote son gin tonic devant la fenêtre en saillie. Il caresse sa fine moustache et passe ses doigts dans son épaisse chevelure aile de corbeau, notre roi des voleurs, notre prince des charmeurs, le chef de notre cellule révolutionnaire. Comme il doit rester vigilant, il en a pris deux fois moins que Puck et moi. Nous jouons un jeu dangereux, un jeu que l'Empire, notre ennemi, ne prend pas du tout à la légère.

Abandonnant la posture du lotus, je me lève pour enfiler une robe de velours. Je la sens se draper autour de moi, douce et lisse. Quand je m'étire, des vagues de frissons chatouillent mon épine dorsale de serpent, et quand je soulève le pistolet-ki Curzon-Youngblood Mark I posé sur la coiffeuse, l'énergie orgonique qui pulse en lui le fait bourdonner. Ouais, c'est bien vrai, ça. Le bonheur, c'est simple comme un flingue chaud.

« Merde, qu'est-ce que c'est bon, putain ! » s'exclame Puck.

Guy Fox survole le Taudis du regard. Un de ses sourcils se soulève.

« Messieurs, j'espère que vous êtes prêts. Nous allons avoir de la visite. »

Dehors, les ornithoptères de la Milice royale d'Albion approchent en rase-mottes au-dessus des toits, les faisceaux de leurs projecteurs balayant les immeubles d'habitation délabrés et les squats du Taudis. On dirait un essaim de sauterelles au-dessus du bidonville de l'Enfer.

Puck le Véloce se relève souplement et tend une main devant lui. L'aura crépite autour de lui quand il caresse la hampe de sa lance-ki de presque deux mètres de long qui se met à bourdonner, alimentée par la force mystique de l'énergie orgonique kundalini circulant dans tout ce qui est sexy à mort.

« Bon, le moment est venu de guérir un karma, on dirait », suggère Puck.

Fox me regarde, lève son verre — *Santé, vieille branche !* — et déclare :

« L'opération Orphée est lancée ! »

L'histoire d'une histoire

Tamuz court dans tous les sens. Il rassemble des provisions, remplit des bouteilles d'eau, tire une malle de sous le lit, l'ouvre… Von Strann arpente la pièce.

« Où est Samuel ? C'est tout ce qui compte à mes yeux ! s'exclame Carter.

— *Où est Samuel ?* répète von Strann. Croyez-moi, capitaine Carter, mes gens savent plein de choses. Nous savons que les Turcs rassemblent une flotte de dirigeables prussiens en Syrie pour frapper la Palestine britannique. Nous savons que votre ami russe, le commandant Pechorin, est lui aussi en ville, et qu'il est en contact avec le commandement de la garnison turque. Nous savons que les Turcs et les futuristes sont le cadet de vos soucis, capitaine Carter. Mais nous ignorons où se trouve Samuel, et cela nous inquiète profondément. Bien plus que vous ne pourriez l'imaginer.

— Mets ça. Faut pas qu'ils te reconnaissent », dit Tamuz en tendant à Carter une longue robe blanche identique à celle du baron.

Carter la jette sur le lit d'un air méprisant, déboucle sa ceinture et ôte sa chemise. Complètement obnubilé par von Strann, il n'accorde aucune attention au garçon.

« Ne dites pas n'importe quoi, monsieur. Je veux des réponses !

— Tamuz vous a-t-il parlé du Livre ? Ou Samuel, dans sa lettre ?

— Quel livre ?

— Le Livre de Toutes les Heures. »

Tamuz renifle dédaigneusement.

« C'est l'histoire d'une histoire. Une histoire pour enfants, comme ton Père Noël !

— Comme l'a raconté Ab Irim à Éliézer, commence von

Strann, l'ange Énoch avait un livre. Un livre qui contient toutes les histoires possibles, l'histoire de tous les anges, de tous les êtres humains, de tous les démons. Un livre qui contient toutes les histoires, vraies ou fausses, y compris celles se rapportant au livre lui-même, comment il a été rédigé, perdu, volé, détruit. Mais l'histoire la plus importante nous dit qu'on le retrouvera un jour. Un jour, quelqu'un brisera son sceau et lira à voix haute le nom de Dieu en Personne pour Le faire revenir en ce monde. Un jour, quelqu'un Le libérera de l'encre qui L'enchaîne dans le Vélum, qui L'enchaîne dans le livre.

— Ce n'est qu'une histoire ! s'exclame Tamuz. Un conte pour enfants ! Ma mère nous la racontait toujours à l'aube du nouvel an !

— Ta mère voulait te préparer à la vérité. Ton peuple possède ce livre depuis des générations, et le garde caché. Voilà pourquoi ils n'ont aucun recueil de légendes ou d'histoires, voilà pourquoi ils n'écrivent rien ; car tout est déjà écrit dans le livre.

— Nous n'avons pas de secrets, dit Tamuz. Mon peuple n'a pas de secrets.

— Quand on possède le livre, plus personne n'a de secrets », réplique von Strann

Carter secoue la tête.

« Cette fois-ci, je suis d'accord avec Tamuz : on dirait un conte pour enfants.

— Vous avez une cigarette ? » lui demande von Strann.

Carter lui tend son étui. Le Prussien se sert, le referme, tapote la cigarette sur l'étui et la regarde une seconde avant de la porter à sa bouche.

« Ça, c'est mauvais pour vous, vous le savez, capitaine Carter ? Ça encrasse les poumons, ça empoisonne les cellules. Laisse ça, Tamuz. Nous n'en aurons pas besoin. Il nous faut seulement de l'eau et de la nourriture. Nous savons plein de choses, mes gens et moi, mais si ce sont les futuristes qui détiennent notre ami

— et croyez-moi, quoi qu'ait fait Samuel, il reste mon ami —, mais si ce sont les futuristes… nous pensons qu'il s'est peut-être rendu chez les Turcs, vu ce qu'il venait d'apprendre… »

Il se tait, tire sur sa cigarette. Comme s'il hésitait devant une certaine décision à prendre, se dit Carter. Comme s'il différait le moment inéluctable.

« Comme l'a raconté Ab Irim à son serviteur Éliézer, reprend von Strann, ce n'est pas Dieu qui a donné leurs costumes de peau à Adam et Ève. Vous connaissez ce passage de la Bible, n'est-ce, capitaine Carter ? Parce qu'ils avaient honte de leur nudité, Dieu leur donna les costumes de peau… Cela s'est peut-être passé ainsi. C'est peut-être une vérité, mais en voici une autre. Au commencement, c'est Adam et Ève qui ont donné à Dieu un costume de peau. Au commencement, Dieu n'était qu'un concept, jusqu'au jour où nous avons décidé d'enchaîner le monde sauvage avec nos mots. Et nous avons créé nos dieux à l'image de l'humanité, c'est-à-dire mâle et femelle.

— Il était une fois, dit Carter. Écoutez, vos hérésies énakites ne m'intéressent pas. Je suis sûr qu'elles sont très…

— Laissez-moi vous montrer la Cryptolangue, capitaine Carter. Laissez-moi vous montrer un peu de cette langue dans laquelle est écrit le livre. Vous allez voir de quoi il est capable. Vous allez voir comment l'homme pourrait créer Dieu à son image. »

Couleur de poussière et de cuir

[…Von] Strann est parti avec son boy [… et ?] le chef, enfin c'est ce que […] croyais encore, est arrivé à cheval des sables arides du désert occidental sur [sa monture ?] tonitruant […] Le cheval s'est cabré et son [… ?] a ondoyé dans les airs. La djellaba en lin noir qu'il portait pour se protéger du soleil cruel du début de l'après-midi ne découvrait que ses yeux, […] étincelant dans la lumière, l'émeraude ou le jade de […] yeux verts […] pas un peuple sémite ? Et pourtant la nuance cuivrée de leur [peau ?…] eu peu de temps pour réfléchir à ces questions, car […] le chef énakite […a ôté ?] sa djellaba et […] vu que c'était [une femme ?…] en fait, aux longs [cheveux ?…] tressés, avec une cicatrice s'étirant de son œil à sa mâchoire. […] étais stupéfait, […] dois le dire, ce filou de von Strann n'ayant jamais fait allusion à ce détail ; faites-lui confiance pour s'assurer […] première rencontre avec les Énakites aient le côté théâtral adéquat. Et même dans […elle ?] parlait d'une voix comme […] d'innombrables fleuves tumultueux, comme un torrent rugissant […] dans […] âme […] elle-même :

« Je suis Anat-Ashtarzi ibn Alhazred, descendante du poète Abdul et des prophètes Ziatsuzdra et Éliézer, des fils et des filles de l'Enaki, le Peuple du Vrai Livre. Nous marchons entre les malédictions du Seigneur, à l'ombre de son ennemi, et nous ne servons ni homme ni dieu. »

[…] lui ai dit que, en tant qu'anthropologue, […] désirais étudier les coutumes et traditions de son peuple, car […] les croyais très anciens et ils pouvaient nous apprendre beaucoup de choses. En tant qu'anthropologue, bien sûr, […] dit, […] savais qu'ils devaient avoir des secrets qu'ils ne souhaitaient pas partager avec des étrangers. À ces mots, elle a éclaté de rire.

« Notre vérité est plus ancienne que ton histoire, *habiru*. Vous qui avez quitté la Chaldée et Ur des Chaldéens avec nous, vous devriez connaître la vérité qui se cache dans votre Torah, la vérité de celui qui est mort pour que votre peuple puisse vivre. Tu es le bienvenu, *habiru*. Tu vas venir avec nous, tu vas écouter nos contes, tu les ramèneras à ton peuple. Des secrets ? Les secrets, c'est pour ceux qui ont honte. Si ton peuple ne connaît pas nos contes, c'est parce que vous n'avez jamais demandé à les écouter. Viens. »

Elle s'est penchée pour […] offrir sa main, […] soulevé sur le cheval avec une grande facilité, comme si c'était […] la femme et elle l'homme.

« Où allons-nous ? » […] demandé.

Tout autour de nous tourbillonnaient les sables âpres et brûlants du désert, qui récurent la peau, qui piquent les yeux. Où un peuple pouvait-il bien *vivre* dans un endroit comme celui-là ?

« Nous allons à […] », répondit-elle.

À cet instant […] cru que von Strann était parti […] avec une folle. […] cru être en plein délire, […] cru… […] peux pas dire exactement ce […] cru. Cette idée était démente. Mais maintenant […] sais, car […] l'ai vu, et […] vu le Livre. C'est le monde qui est dément.

[…] dans les collines, plusieurs jours. Une chaîne de montagnes absente de toutes les cartes […] jamais vu, incroyablement accidentées […] hors de notre monde ? […] connais bien cette région mais ce coin […] était totalement inconnu. Quand […] posé des questions, elle s'est contentée de rire […] nous sommes arrivés au camp. C'était une vraie ville, mais une ville de tentes et de bannières. De vastes dais de peau s'élançaient vers le ciel, évoquant davantage des chapiteaux de cirque ou des voiles de bateau que le style bédouin traditionnel, et en plus primitif car les textiles multicolores des Arabes étaient remplacés par toutes ces dépouilles non traitées. Et quand nous nous sommes approchés, […] vu que les grandes perches qui formaient ces hautes et complexes mâtures, et que […] pris au loin pour du bois décoloré jusqu'au blanc le plus pur par le soleil du désert, étaient en fait sculptées dans de l'os. C'était de l'os, ou de l'ivoire, mais de quel animal […] ne pourrais le dire car aucune espèce existant de nos jours ne présente d'os ou de défenses de la taille de ces grandes tiges et de ces bâtons. […] savais que […] contemplais un spectacle unique, un mode de vie qui aurait dû disparaître des millénaires auparavant. […]

frissonné dans [...] cœur, car cette vision [...] rappelait quelque chose. Les tentes et les bannières [...] l'héraldique d'une grande armée médiévale se réunissant en vue d'une bataille. Une héraldique lugubre couleur de poussière et de cuir.

La chef de tribu [...] regardé de ses yeux perçants puis elle a dit, comme si elle avait lu dans [...] pensées :

« Tu n'as aucune raison de nous craindre, *habiru*. Nous marchons entre les malédictions du Seigneur, à l'ombre de son ennemi, mais nous ne nous agenouillons ni devant l'Un ni devant l'Autre. Leur guerre n'est pas la nôtre. Pas encore. »

L'étranger dans le miroir

« Jack », dit von Strann.

Il murmure ce mot en exhalant un panache de fumée informe, et cette unique parole lâchée dans un souffle semble percer un trou droit dans la fumée, lui donnant forme, la dispersant en vagues déferlantes de mondes recourbés, une fumée noire dans cette pièce blanche alors qu'elle devrait être blanche dans l'obscurité. Carter recule en titubant. L'une des épreuves de von Strann — un négatif, non, un cliché vu en négatif — lui fouette la main quand il veut écarter la fumée qui dérive et se déploie autour de lui en formant des lignes et des spirales, sceaux gravés dans la peau humaine, dans la chair, cicatrices tatouées à l'encre de Siddim aux tout premiers jours du monde, au temps des hommes et des femmes qui l'entourent maintenant, histoires écrites sur leurs peaux, leurs amours, leurs pertes, comment ils ont vécu et comment ils sont morts. Et la même histoire se déroule en lui ; une veine dans son bras raconte la racine d'un arbre, une omoplate la puissance des bœufs, la courbe d'un muscle la vivacité du poisson, le sillon d'une empreinte de doigt une volée d'oiseaux qui se pose, un autre sillon les étoiles qui tournent sous ses pieds, des étoiles qui tombent comme des grains de blé dans les brins d'herbe entre ses orteils, comme les gouttes de pluie qui tombent du ciel, et la ride provoquée par un mot qui s'écrase dans l'eau et scintille comme la lumière sur l'eau et se diffuse en toute chose.

« Jack. »

Jack se penche au-dessus de l'évier pour contempler dans le miroir le reflet d'un étranger, d'un *doppelgänger* qui certes a son vécu mais aussi un million d'autres par-dessus le marché. Le monde est redevenu normal, mais Jack ne le sera plus jamais. Le monde est encre et vélin désormais, et lui, c'est une rature de merde, une tache sur la page. Il enfile sa chemise et la boutonne sur sa poitrine couverte de cicatrices. Von Strann — Reinhardt, Reynard, on s'en fout de son putain de nom — écrase sa cigarette sur la table. Tamuz s'est assis au bord du lit. *Thomas*, se dit Jack. Il ne peut plus regarder ce garçon sans voir cet autre visage, sans se voir caresser cette gorge veloutée, sans se voir tripoter ces plaques d'identification, sans voir ces cheveux doux qui balaient sa poitrine nue, les yeux de Puck levés vers lui, la tête de Puck bien calée sur son ventre comme sur un oreiller, la corne de Puck qu'il titille du doigt. Bon Dieu ! Il voit maintenant ce garçon avec des ailes iridescentes étalées sur l'herbe, des yeux de chat ou des cheveux vert printemps…

L'étranger du miroir a tué ce jeune homme scintillant, mais il est aussi son amant, son ami et son frère dans les innombrables plis d'un Vélum qu'il parvient à peine à appréhender. Il est le feu pour cette âme de papillon, un papillon qui veut seulement l'impressionner par son vol éclatant, sans se douter qu'il est dans sa nature de brûler.

La sensation commence à faiblir. Le bon sens se referme comme un poing sur son cœur emballé, le renvoyant dans le déni, dans un monde où il n'est que Jack, Jack Carter, ou Jack Carter le Cinglé de la Somme, ou l'Épée d'Erevan… Ce monde est le seul qui existe, ce Jack est unique. Le palais des glaces s'éloigne au milieu des traînées de fumée qui dérivent dans la pièce…

… *nous* dérivons dans la pièce. Nous avons joué notre scène — un seul mot, une seule parcelle de notre petit conte — et nous nous dissipons. Nous nous enfonçons entre les lattes du plancher pour retourner dans la besace contenant le journal de Carter et les notes de Samuel, et nous remontons en spirale le pied de la table pour rejoindre les sacoches de selle de von Strann et d'autres notes encore. Quelque part là-dedans se trouvent d'ailleurs les mots qu'il s'apprête à prononcer. Nous caressons tendrement le parchemin mort, parchemin mort et encre morte, une encre qui n'est pas vraiment noire mais d'un bleu triste, indigo insipide, pourpre décoloré. Nous sommes riches des contes veloutés incrustés en nous par des siècles et des siècles de sommeil sédimentaire rocailleux.

Chut… Il commence à parler. Ses mots sont un tout petit peu plus vivants dans sa bouche que dans la main d'Hobbsbaum.

« C'est ça, la Cryptolangue, dit von Strann. Vous avez compris maintenant…

— Non ! » le coupe Jack.

Mais si, chuchote l'étranger dans le miroir.

Dans la chaosphère

À l'autre bout du Taudis, le faisceau-ki d'un ornitho coupe en deux une maison en tôle ondulée couronnant un bâtiment plus grand. Explosion de flammes. Ils savent où nous sommes, bien sûr, mais leur petite démonstration ne m'impressionne pas. Ils ont peut-être la suprématie dans l'éther mais les rebelles font la loi dans la rue et en plus, j'ai des couilles en adamantium et un sourire d'acier. Ça va être la fête, ce soir !

« Essaye de ne trop foutre le bordel », me lance Puck.

Il baisse ses lunettes blanches de vision nocturne et je lui ébouriffe sa touffe de cheveux verts, c'était trop tentant.

« Moi ? Pourquoi je ferais ça ? » dis-je en tapotant d'un doigt l'une de ses minicornes. C'est le sel de ma vie, ce petit punk.

Fox râle :

« Cette opération est ultra-secrète ! Alors s'il vous plaît…

— … pas de pertes civiles, complète Joey. Faut le dire à notre pyromane.

— Ouais je sais, ruser et louvoyer », dis-je.

Je zippe mon bomber en peau de yeti, je suspends les cartouchières, je fixe les pinces, je sangle les courroies, j'attache les moraillons et j'ajuste les velcros. Je serre le lacet de mon pantalon de cuir et j'enfile mes gants blancs en chevreau. Je jetterais bien à mon cou une mousseline de soie rose extravagante et rétro, mais je me décide pour une écharpe en soie blanche, en souvenir du bon vieux temps. Je m'inspecte dans le miroir mural. C'est génial d'avoir à nouveau un corps en chair et en os et des yeux bleu électrique, mais au bout d'une semaine de tantra, je luis des pieds à la tête, y compris mes foutues dents, qui irradient quand je pousse un grognement de désir débridé à l'adresse de Puck. J'ai hâte de me retrouver dans ce délire moyen-oriental, je vous le dis.

« De quoi j'ai l'air ? »

Ma voix gronde comme un fleuve à mes oreilles.

« Arrête de faire le con et allons-y », réplique Joey.

Visage blafard de Pierrot maléfique maquillé au crayon gras avec des larmes noires sous les yeux, mime monstrueux en manteau de cuir noir, ce démon plante une barrette d'énergie dans sa lame-ki. Je descends sur mon nez mes lunettes anti-mâyâ : sous la dégaine gothique et le fard se cache une âme d'adamantium articulé aussi brillante que le mercure et plus satinée que le petit cul velouté de Puck. Sous mes gants, mon propre métaphysique est d'ailleurs assez comparable. Puck, lui, reste bleu comme un porno hindou. Je rembarre son ultime tentative de pelotage tout en essayant de me l'imaginer version cuivrée…

« Allez ! De quoi j'ai l'air ?

— T'es carrément nickel », répond Puck.

Guy Fox caresse sa moustache en nous dévisageant d'un air un peu dubitatif, Joey et moi.

« Évitez le soleil », nous conseille-t-il.

Dehors, les ornithos balaient de leurs faisceaux les murs et les fenêtres d'une école abandonnée. Ils se rapprochent.

« C'est ton premier voyage depuis longtemps, alors garde ton calme, me suggère Puck.

— T'inquiète, tout ira bien ! »

Je glisse mon canif dans ma botte ; malgré mes grimaces menaçantes, ils ne veulent pas que j'emporte mon pistolet.

Manteau long renforcé, armé jusqu'aux dents et prêt pour une échauffourée, Don Coyote grommelle :

« OK. Ceci est l'ultime acte de résistance de la contre-culture. Rappelez-vous Newbury et la Solution irlandaise. Nous savons tous qu'il n'y aura pas de quartier. Allons… »

Le faisceau d'un projecteur se déverse par la fenêtre, kaléidoscope de couleurs qui me brûle les sens pendant un instant. Je ressens sa charge psychique, ses antennes astrales qui furètent, qui déchiffrent la pièce. Le pilote de cet ornitho en approche est à ma recherche. En un seul mouvement fluide, Puck se laisse tomber sur un genou, balance la lance-ki sur son épaule, braque sa hampe d'acier sur l'ornitho et le volatilise en plein vol. L'esprit du pilote explose comme une gerbe de lumière dans ma tête.

« Bon, il est temps de se quitter, nous dit Fox. On se revoit en 1929… Du moins j'espère. »

Je regarde Puck :

« Ça ira ?

— Fous le camp ! »

J'étire mon esprit pour quitter le réel et m'immiscer dans

la chaosphère, l'univers sans loi sous la peau du temps et de l'espace, le Vélum. Fox et Coyote s'évanouissent dans le bordel ambiant. Les formes coulent, fusionnent, mais j'ai encore le temps d'entendre les ornithos ouvrir le feu et de voir ce feu s'abattre. Un éclair de lumière… *Le grain des champs miroite.* L'acide atteint son apogée, ou alors il parle.

À côté de moi, il y a Joey. La glace et le feu, l'ombre et la lumière, le méchant et le gentil. Son Cirque onirique se referme sur nous, ses cellules, ses portes, ses couloirs conduisant à des rues très loin en profondeur, des rues qui montent et descendent dans tous les sens.

« Essaye de te souvenir de notre putain de mission, me dit-il. Essaye de te souvenir que tu es un agent. Rappelle-toi qui tu es, et pourquoi tu es là, OK ?

— Opération Orphée. Fastoche : entrer et ressortir. De la gnognotte.

— Et surtout, rappelle-toi à quoi nous avons affaire. »

Nous quittons déjà ce réel, nous filons…

Errata

Grillons, cloches et clairons

La main de Finnan reste posée sur la carte du milieu.

La foule se rassemble derrière Harker. Le peyotl transforme les visages imbéciles en grotesques sculptures roses, des sculptures qui foutraient une trouille pas possible à Finnan s'il n'était pas totalement conscient que c'est son imagination qui les reconfigure. Elles ne sont que des miroirs magiques de tous les… moi qu'il pourrait être. Lui aussi traîne une foule derrière lui, de toute façon, la foule des hallucinations nées de l'ombre et des lumières qui s'agitent à la lisière de sa vision. Des fougères doré et vert ondulent dans le bar vide. D'antiques déités aztèques sont attablées ou adossées aux murs. Une mousse veloutée pousse sur les tables de billard et recouvre le sol, et une musique bourdonne et tintinnabule — grillons, cloches et clairons — dans le saloon perverti par ses sens. D'un geste sinueux, coulant, il tapote la carte et la retourne. Une dame.

« Vous gagnez encore ! s'exclame Harker. Vous êtes trop bon à ce petit jeu ! »

Son visage blanc luit, rayonne ou miroite dans la lumière du désert. Finnan s'adosse à sa chaise. Il a un torticolis. Ça lui fait toujours ça, le bon peyotl, ça apaise l'énergie électrique de la Cryptolangue, ça l'égalise pour en tirer la magie relax d'un bluesman. Les lents frissons d'une épine dorsale serpentine et vachement belle. Il se sent comme à la maison.

« Coup de bol », dit Finnan.

De la chance, vraiment ? Seamus boit une gorgée de bière. Il ne pourrait pas arrêter définitivement la picole, ça c'est sûr. On n'échappe jamais complètement à son passé, même en se planquant dans le désert.

Rien à foutre, pense Finnan. Il pose la bouteille. Il doit aller plus loin :

« Essayez encore une fois. Vous m'avez presque eu, ce coup-ci ! »

Harker grimace un sourire et secoue la tête. Les rubans de son chapeau ondulent dans la brise.

« J'ai assez perdu comme ça, dit-il.

— Encore une partie ! Pour une dernière petite question !

— Je vous ai dit tout ce que je sais. »

Il a raconté à Finnan qu'il a été John Harker, chef des ventes d'une petite boîte de produits dérivés du cinéma, jusqu'au jour où sa femme et ses enfants ont disparu dans le Crépuscule. Le Crépuscule a frappé durement dans ce pli, a-t-il expliqué à Finnan. Les gens disparaissaient non seulement sans laisser d'adresse, mais aussi sans laisser de souvenir. Sauf que, pour Harker, les choses ne se sont pas passées ainsi : il se rappelait parfaitement bien sa famille adorée. Ses beaux-parents ne se souvenaient même pas de leur propre fille et ils l'ont pris pour un fou sur le seuil de leur porte. Lui avait gardé tous ses souvenirs, absolument tous, l'enfant indisciplinée au collège, la fois où elle avait défoncé la voiture de ses parents, leur mariage à Reno. Il s'est donc mis à lire des trucs sur les enlèvements extraterrestres, les complots gouvernementaux, le Ravissement, il a envoyé des tombereaux de lettres aux journaux et aux émissions de débat, mais personne ne l'écoutait. Et personne ne l'a écouté non plus quand le monde est devenu vraiment dingue, quand les banlieues se sont vidées maison après maison, quand les Abandonnés se sont mis à errer dans les rues comme des malades d'Alzheimer. Parce que, une fois dépouillés de tous leurs souvenirs, les gens redeviennent des enfants. Un jour, Harker est allé chez son meilleur ami. Une gamine était assise sur la balancelle à côté de lui, sous la véranda. Harker ayant grandi avec David Johnstone, il a tout de suite reconnu ce dernier, il l'a reconnu à son sourire aux dents écartées, malgré l'absence de barbe et la disparition de la cicatrice remontant à l'accident de bateau ayant entraîné la mort par noyade de Julie-Ann, la petite sœur de David.

Et justement, la gamine assise sur la balancelle à côté de David, c'était Julie-Ann.

« Ce jour-là, je crois bien que je suis devenu un peu fou, c'est vrai », conclut Harker.

Il a été homme-sandwich pendant un certain temps après avoir perdu son boulot, il a dormi dans les rues, il a mangé ce qu'il trouvait dans les poubelles, il a hurlé des trucs sur la signification secrète de l'agencement des détritus à des gens qu'il ne connaissait pas, il s'est mis à marmonner tout seul vingt-quatre heures sur vingt-quatre, à fredonner des petites mélodies apaisantes. Parfois, il avait l'impression de voir les détritus danser sur sa musique.

La Cryptolangue, s'est dit Finnan. Les bitmites. Un pli où les bitmites se concentraient sur les passés douloureux, les amputaient de leurs chagrins et des causes de leurs chagrins… même quand l'enfant ingrate d'un homme et d'une femme est aussi l'épouse d'un autre homme.

« Vous aimiez beaucoup votre femme ? » lui a demandé Finnan, après avoir retourné une autre dame. Question cruelle, il le savait.

« Pas assez, cher ami, a répondu Harker. C'est d'ailleurs peut-être pour cela que je suis devenu un peu fou. »

Et puis un jour, a poursuivi Harker, il s'est réveillé en pleine nuit avec à la main une valise remplie de charmes et de babioles et un manteau en patchwork bariolé sur le dos, dans un bus qui arrivait à Garsonville, Illinois. Dans la poche intérieure du manteau, il a trouvé les titres de propriété d'une petite boutique donnant sur la grand-rue et dans la vitrine zébrée de pluie de la boutique, il a aperçu son reflet blanc et mince, le reflet d'un étranger. Il venait de se réveiller dans la peau d'un homme froid.

« J'ai alors ressenti l'appel de la magie, et j'ai oublié ma peur, mon ami ! Je savais que désormais, tout irait bien pour moi, et je voulais partager cette foi avec les autres. »

Finnan a failli le croire. Il a failli le croire parce qu'il le devait, il en est sûr.

Harker a décollé ses fesses de sa chaise ; il a l'air d'hésiter, mais son attitude n'est qu'un faux-semblant, un élément de la pièce qu'il lui interprète, comme lorsqu'il lui a raconté son histoire : mêmes tours de passe-passe dans ses gestes, ses déplacements, ses revirements. Et la foule… Attirée par l'histoire et la dextérité d'Harker, par sa voix et ses mains, elle s'est rassemblée derrière lui. Il manipule ces gens comme des cartes, comme il a voulu manipuler Finnan. En prétendant ne pas être un pro. En se faisant passer pour un loser. En les embarquant tous dans son petit jeu et en attendant le bon moment pour porter le coup fatal. Avec son histoire de malchance, il les a acquis à sa cause.

Les hommes froids sont venus à Sante Manité parce qu'ils ont senti l'appel de ce lieu, a-t-il conclu à la fin de son histoire. Un jour, ils ont compris qu'ils avaient fait tout ce qui était en leur pouvoir pour apporter un peu de foi aux gens des petites villes, et, comme les saumons qui remontent le courant pour se reproduire ou les oiseaux qui savent quand ils doivent repartir vers le sud, ils ont su qu'il était temps pour eux de partir.

« Voilà pourquoi nous sommes venus ici, cher ami. Mais je ne vois pas en quoi cette histoire peut vous être d'une quelconque utilité. »

Le mur de cibles et de dupes se déploie derrière Harker comme un manteau de couleur. D'après l'homme froid — qui en parle avec une franchise désinvolte — les trafiquants de magie du marché ne savent pas ce qui attire le chaland en ce lieu, mais pour Finnan, c'est évident. Il lit sur les visages les désirs et les peurs de ces gens stylisés, réduits à des images crues, à des caricatures en sueur. La graisse se plisse sur les têtes de mort, des becs se tordent, des yeux de chouette clignent. Ils chuchotent, se câlinent, s'égratignent, se picorent, pointent leurs doigts boudinés — *T'as vu ça ? Tout est dans le poignet, héhéhé* —, s'embrassent les oreilles, et chuchotent, se léchouillent, se mordillent. Le sexe et la mort.

Cette mascarade freudienne déjantée s'agite devant la masse rouge de la mission qui se dresse à l'autre bout du marché. À présent, la mescaline qui coule dans le système sanguin de Finnan déverse en lui un flot de visions et de voix. Des cieux fractals s'épluchent l'un après l'autre, bleu électrique, céruléen, azur… Au-dessus de la mission écarlate plane un féroce soleil ailé. Une aura lumineuse semble engloutir la scène tout entière, et dans ce lavis nitescent les seuls éléments vraiment réels en apparence sont le sable et le ciel, les bâtiments en ruine et surtout la mission. La place du marché paraît crayonnée de traviole sur le monde réel, poussière dorée, motifs cannelés du sol alvéolé, solidité éparpillée du grès fracassé.

Pas de doute, c'est un spectacle forain, aussi artificiel que le bonimenteur quand il prétend être battu, le bonimenteur qui se lève, prêt à abandonner la partie.

Une dernière question

« Allez, encore une partie ! insiste Finnan. Pour une dernière question ! »

C'est le moment qu'attendait Harker. Il contemple les gens

en mimant d'abord la honte pour gagner leur compassion, puis un ressort imprévu, une soudaine résolution. Il se rassoit, se carre dans son siège. Un *Vas-y!* se propage dans les rangs. Harker pose trois cartes sur la table en croisant les mains, un coup en haut, un coup en bas, un coup en haut.

« Bon alors, quelle est votre question ? demande Harker.

— Que savez-vous sur la mission de Sante Manité ? À vous.

— Même question.

— Je ne vois pas ce que je pourrais savoir sur cet endroit, en dehors de ce que vous m'en avez dit.

— Simple curiosité, mon ami. Vous connaissez les règles. Choisissez une carte… n'importe laquelle. »

Finnan tapote la carte du milieu. Harker n'a même pas fini de la retourner qu'il sourit déjà. C'est un valet. En constatant que la chance tourne en faveur du perdant, le public pousse presque des acclamations. Finnan hausse les épaules, grimace un sourire, avale une lampée de bière. Harker travaille un peu la foule en se gargarisant de sa victoire, puis se retourne vers lui :

« Donc, qu'est-ce que *vous*, vous savez sur la mission de Sante Manité ? »

Seamus fait tourner la bouteille en toupie, puis gratte l'étiquette.

« Très bien, dit-il enfin. Je n'ai pas grand-chose à vous raconter, John Harker, car rien n'est sûr à mes yeux. Tout ce que je sais, c'est que votre mission là-bas est la seule chose qui compte vraiment ici, que toute cette place du marché, vous-même inclus, n'est qu'une… une fausse piste. Je n'ai pas trop envie de deviner ce qui se cache là-bas, mais ouais, je veux bien essayer de deviner pourquoi. Si ça vous intéresse, bien sûr.

— Allez-y. »

Seamus tire sur sa Camel, souffle la fumée et observe le tourbillon des volutes bleu-gris.

« Quand j'étais môme, j'étais enfant de chœur. Je vous l'ai déjà dit ? Non ? Bref, comme tout bon petit catho, j'ai appris par cœur tous les noms des saints. Or, j'ai jamais entendu parler d'un Sante Manité, ça c'est sûr. Bon, certains saints ont des noms bizarres, comme Dionysos ou Bridget, qui sonnent tellement comme des noms de dieux païens qu'on pourrait se dire que les missionnaires chrétiens se sont contentés de tousser dans leurs mains, de regarder par terre et de dire aux convertis en herbe, bon, fiston, t'inquiète pas, tu peux continuer à les prier, sûr, tant que tu les appelles des saints et pas des dieux.

« Mais bon, Manité, c'est quand même le nom de saint le plus bizarre que j'aie jamais entendu. Alors je me suis demandé d'où il venait. Je veux dire, corrigez-moi si je me trompe, mais je jurerais que les Algonquins utilisent ce mot pour nommer une sorte d'esprit, un truc quelque part entre un dieu et un humain, il me semble, et vraiment parfait pour devenir un saint, vous croyez pas ? Manitou, c'est le mot juste.

— Ah bon, vraiment ? »

« Croyez-moi, je suis une mine d'informations inutiles.

— Je vous prends au mot, cher ami, dit Harker. Mais vous ne me faites pas l'impression d'un homme enclin à croire aux saints… ou aux dieux.

— Je crois aux saints et aux pécheurs, je vous assure. Je ne suis pas convaincu qu'on ne puisse être que l'un ou l'autre, c'est tout. Mais les dieux… les prières, les suppliques… »

Seamus incline sa bouteille vers le marché :

« Pour moi, tout ça, c'est un gros ramassis de conneries. Le prenez pas mal.

— Nullement. »

Finnan repose la bière.

« Il y a un truc dans cette mission. Un truc qui s'appelle peut-être bien Sante Manité. »

Il ne prononce pas le *n'est-ce pas ?* auquel l'autre s'attend et aspire une nouvelle bouffée de fumée.

« Mais bon, dit Seamus, elle est peut-être construite sur un ancien cimetière indien, tout bonnement. »

« Peut-être, dit Harker. Encore une partie ? Encore une question ? »

Son visage brille tant à présent que la lumière qu'il diffuse noie pratiquement tous ses traits. Il a deux fentes noires à la place des yeux, une légère protubérance à la place du nez, et sa bouche s'est fondue dans la peau. C'est une ébauche, un visage décoloré de dessin animé, quelques traits au crayon, un mannequin de vitrine en train de fondre, chauffé à blanc. Ses vêtements flambent dans une collision féroce de rouges, de blanc et de bleus. Les flammes vacillent dans la brise.

« J'ai besoin de me dégourdir les jambes, de traîner encore un peu dans le coin. Plus tard peut-être, John Harker, répond Finnan.

— Oui, peut-être. Mais je ne sais toujours pas ce que vous cherchez. Nous voulons seulement vous aider à trouver ce que vous cherchez, Finnan. Nous ne voulons que votre bonheur. »

Il radote, ce bonimenteur, cet Arlequin en haillons ; il n'est qu'un accessoire de décor sur fond de place du marché peinte. On dirait le robot diseur de bonne aventure d'un vieux parc d'attraction qui aurait pris du galon en revêtant le costume du maître de manège.

« Moi non plus, je ne sais pas ce que je cherche. Mais vous m'avez donné quelques idées, je peux vous le dire. »

La mescaline illumine le monde derrière les yeux de Finnan. Il se lève, repousse sa chaise, ramasse ses cartes, ses clopes et son briquet, s'étire et bâille. Il est temps d'aller visiter les coulisses.

4

Les ventricules de son cœur

L'écran argenté

La tour et les toits du Taudis vus depuis une fenêtre à barreaux… un reflet dans une pièce regorgeant de livres sur le futurisme… le couloir devant la cellule… une cage d'escalier en spirale qui descend au sous-sol niveau treize… Joey qui décolle une grille du mur et inspecte un conduit de ventilation… qui traverse en rampant le flot des rêves pompés tout en bas pour alimenter le sommeil psychique du Cirque… le rythme d'acier des lames du ventilateur qui tournent lentement devant nous à une jonction en T en soufflant une fumée truquée dans l'espace reflet, la glace sèche des rêves de Joey… un tournant à gauche, une chute brutale dans les ténèbres et…

Je regarde une salle de cinéma miteuse — rideaux et sièges de velours rouge déchiré, peinture qui s'écaille sur le plâtre — à travers son écran argenté. Des couples se pelotent et s'embrassent dans le noir. Au milieu de cette crasse délabrée millésimée années soixante-dix, je les reconnais à leurs revers assez larges pour faire du deltaplane. Quelque part dans le public, des parents potentiels construisent leur futur : elle, elle arrête le geste de son compagnon ; lui, démon à la langue de velours, la persuade, et elle finit par consentir. Ce jeu rituel est le même depuis l'invention du chromatoscope. Merde, si ça se trouve, les gens jouaient déjà à ça à l'époque de Shakespeare.

L'image vacille à la lisière de ma vision et je tourne vivement la tête pour la suivre des yeux. Elle flotte maintenant au pied d'un lit où…

« C'est quoi, ce bordel ? » dis-je.

« Polanski, *Le Fils de Satan* », me dit Joey qui se solidifie en miroitant à côté de moi.

Joey et moi, on fait partie des figurants, des disciples masqués dans une scène de sabbat. Sur le lit, Satan baise sa pauvre victime dopée. Les autres disciples s'éparpillent en voyant Joey dégainer sa lame vorpale en un geste fluide et singulier. Le chef des démons aux cornes d'un rouge lascif lève les yeux pour contempler ces figurants surnuméraires dans son petit drame catho du destin : Joey Narcosis, tueur de rêves et sincèrement vôtre, et Jack Flash, plus hot que l'Enfer lui-même si je puis me permettre. Je m'apprête à faire les présentations lorsque Joey s'avance, fend l'air de son épée puis la ramène à son côté. L'air outré, la tête de Satan roule de ses épaules et du sang noir gicle et asperge le plafond de la chambre à coucher.

Et… coupez! me dis-je.

Les larbins de Satan reculent dans les coins. Secoué de spasmes, le cadavre s'agite sur la fille, et je le fais rouler du pied, en sortant au passage mon canif de ma botte. À travers le miroir magique qui volette ici et là en fonction des différentes prises de vues, plans rapprochés et plans larges, j'aperçois les spectateurs éberlués par l'étrange tournure des événements à l'écran. Même Polanski n'est pas bizarre à ce point-là d'habitude. Je plante vigoureusement ma lame dans l'écran pendant un panoramique, je saute sur le lit, j'empoigne le manche et j'effectue une large découpe dans la toile à la façon d'un pirate dans une voile. De l'autre côté des pans qui s'ouvrent devant moi, les spectateurs désertent leurs sièges en hurlant.

Je décroche de ma cartouchière une grenade à l'orgone dont je retire la goupille avec les dents avant de la balancer dans le réel.

En mettant le pied dans la salle, je renifle autour de moi. Je décèle ici un très léger parfum de phéromones, le même arôme psychique que sur mon passeport, mais presque noyé dans les relents moisis de la sueur au pop-corn et de la peur au hot-dog. La puanteur du sexe augmente soudain en intensité. Ça baise déjà dans les loges. Je me laisse tomber sur la moquette près d'une ouvreuse qui gémit par terre, la jupe de son uniforme rose relevée. Cette femme fait des choses… indescriptibles avec un cône de glace.

Deux semaines de tantra et elle me donne des idées…

Joey atterrit près de moi pile au moment où je prends un Cornetto dans le plateau délaissé par Sexy Sadie. Là-haut sur l'écran déchiré, Sharon Tate hurle pour un public qui n'en a cure, et quelques flashs d'infos subliminaux tremblotent pendant l'action. Massacres de stars de cinéma et de villageois en Indochine, internements, état d'urgence, tous les petits mensonges qu'on enterre bien profond dans les crânes des masses décérébrées pour entretenir la boucle. Comme ça, ils croient que c'est tout le temps cette année-là, et les bitmites font en sorte que ce soit le cas. Comme si on projetait sans arrêt le même film quelle que soit l'heure de la journée. C'est pas pour rien que cet endroit s'appelle le Cirque.

Tout en me dirigeant avec Joey vers la lueur verte d'un panneau indiquant la sortie, j'arrache du dossier d'un fauteuil un trench-coat gris que j'enfile sur mon cuir. À présent nous descendons à grands pas un vestibule sombre, moquette qui colle sous nos pieds, éclairage chiche, papier peint rouge foncé aux motifs dorés. Affiche encadrée de lord Jagger dans *Performance*.

Je décolle le petit carton du haut du Cornetto et je déshabille le cône chocolat-menthe.

« Frais et crémeux », dis-je.

D'un geste vif, Joey baisse la poignée de la sortie de secours et nous émergeons dans l'air du soir.

La ville baigne dans l'éclat criard des lampadaires verdâtres qui illuminent la rue animée au bout de la ruelle… et les rues au-dessus de nos têtes et sur les côtés, toutes ces putains de routes qui partent dans tous les sens, au milieu d'un fouillis de bâtiments sens dessus dessous ou couchés sur le flanc. Putain ! un rêve d'architecte psychopathe lâché en apesanteur ! À quelques centimètres du sol tout au plus, un aérotram nous dépasse péniblement comme un dinosaure vieux et mou, dans un fracas de moteur et de vitres qui vibrent. Des voitures flottent non loin de nous, des scooters bourdonnent autour d'elles. Sur le mur en face de moi, le panneau m'indique Northbridge Road. Nous ne sommes donc plus très loin du but, d'après ce que je sais de Dunedin. Plus bas, au coin suivant, des miliciens en chemise noire stoppent la circulation devant une barrière rayée rouge et blanc. C'est un poste de contrôle, et celui qui donne accès à la Voie impériale, justement. Je replonge dans la ruelle. Mon faux passeport peut tenir lieu de laissez-passer post-couvre-feu à usage unique, mais il ne me serait d'aucune utilité à ce niveau de sécurité.

C'est là où Joey entre en scène.

Il se penche devant moi pour examiner les miliciens. Ces types-là, nous sommes autorisés à les tuer. Ou plus exactement, il est autorisé à les tuer. Je l'envie un peu, je dois le dire.

« Essaye de ne pas tout foutre en l'air. Ils pratiquent encore la pendaison en public, dans ce coin », me fait remarquer Joey.

Le plan est simple : je dois mettre la main sur mon moi de couverture, me télécharger dans les profondeurs crados de son inconscient, et y rester le temps de me faufiler discrètement dans le Château pendant que Joey, qui empeste mon sang (il coule en ce moment même dans ses veines), détourne l'attention de la milice. Puis je me débarrasse de Peau d'Âme, je me glisse ni vu ni connu dans les profondeurs secrètes du Cirque (sans déclencher d'alarmes), je tire Joey de l'oubliette où on devrait l'avoir fourré bien au chaud, et nous nous ouvrons un chemin jusqu'à la mine-ki en faisant un carnage. Les doigts dans le pif, je vous dis.

« Franchement, mec, ça peut pas foirer !

— Ben voyons », réplique Joey d'un ton carrément sceptique. Il hoche la tête — *À toi de jouer* — et je lui réponds de la même manière. Je quitte la ruelle en tournant à droite d'un air désinvolte pour remonter la route vers le nord, ce qui m'éloigne du poste de contrôle. Je jette un coup d'œil dans mon dos juste pour m'assurer que Joey se dirige bien vers les gardes. Son épée jaillit du fourreau en chuintant.

Tête baissée, je m'éloigne.

« Hé, fils de putes ! Ça vous dirait de venir sucer mon foutre délicieux ? » crie Joey derrière moi.

Ah bon, d'accord ! Comme si c'était mon genre de dire ça !

L'équilibre du monde

Le 20 mars. Cette journée de combats approche de son terme. Nous pouvons nous estimer heureux d'être encore en vie. J'ai lutté côte à côte avec le baron contre les forces turques, et je ne sais plus trop quoi penser. J'ai pu constater de quel bois il est fait. Indéniablement, c'est un homme courageux, un homme d'honneur. Vingt-quatre heures plus tôt, je l'insultais, je le traitais de menteur et de meurtrier, mais dans le fond, je savais déjà que lui et sa chef énakite n'étaient pour rien dans la disparition de Samuel. Je l'ai su avant même qu'il ne me révèle l'existence du livre. Je l'ai su dès qu'il a marmonné ce maudit mot. Un livre de prophéties, m'a-t-il dit. Un livre de noms.

Le Livre de Toutes les Heures est écrit dans une langue… condensée. Sans quoi il aurait fallu un million de pages pour y dépeindre chaque existence qui fut ou qui sera jamais. Lire une seule page du Livre, c'est comme lire… mille pages à chaque mot. Apprendre une telle langue serait donc possible ?

« Nous ne l'apprenons pas. Nous nous en souvenons », m'a expliqué von Strann.

Il m'a raconté que Samuel avait discuté de l'une des pages du livre avec la chef des Énakites. Une page contenant une prophétie ou une invocation, une chose effroyable que mon ami refusait d'admettre. Samuel voulait corriger ce passage, persuadé qu'ainsi, il pourrait changer le futur. ~~J'ai su rien qu'en entendant ce mot qu'il suffisait d'un seul mot pour tout changer.~~

« Dans la langue des Énakites, a repris von Strann en haussant les épaules, mille mots tiennent en un seul signe, mille pages en un seul mot, mille livres en une seule page. Il y a peut-être un million d'existences en jeu, ou davantage, qui sait ! »

Je n'ai pas voulu le croire, Anna. Je suis un mauvais coucheur et un entêté, et je n'ai pas voulu croire ses "affirmations absurdes". Des prophéties ? Des mots de pouvoir ? Je l'ai injurié, je l'ai insulté ! Finalement nous sommes restés là, les yeux dans les yeux, nos visages à quelques centimètres l'un de l'autre, comme deux adversaires avant la sonnerie de cloche annonçant le début d'un combat à mains nues. Parfois c'est quand les invectives laissent place au silence que la menace est la plus grande, Anna, et j'aurais très bien pu lui balancer un coup de poing si à cet instant Tamuz ne s'était pas interposé entre nous.

« Eyn, non ! Carter Bey ! Je t'en prie, Jack. Eyn Reinhardt. »

Von Strann semble reprendre son sang-froid, ravaler cette rage qui le possède ; il s'éloigne dédaigneusement, puis se retourne vers Jack.

« Capitaine Carter », articule-t-il d'un ton mesuré.

La voix est tendue, le regard angoissé, et Jack sent sa colère s'évanouir. Cet homme semble porter le poids d'un million d'âmes… C'est comme si Carter, en percevant une certaine résonance sous le simple son de son nom, contemplait cette masse. Est-ce le regard de von Strann, sa voix ou la main de Tamuz sur sa poitrine qui l'incite à céder un peu de terrain ?

Ou alors, c'est parce qu'il prend soudain conscience, à sa grande horreur, que ce poids n'accable pas seulement von Strann. La pièce, l'air dans la pièce résonnent toujours d'un écho étrange, qu'il ressent aussi en lui quand il serre le poing, quand il écoute son cœur battre dans sa poitrine criblée de cicatrices ; quelque chose lui oppresse le cœur.

« Jack », dit Tamuz.

Il est toujours énervé, voilà tout. Il voudrait s'en persuader, mais c'est comme s'il cherchait à conserver son équilibre sur le pont d'un bateau qui tangue de plus en plus, ou à viser une cible tout en chargeant sur une pente abrupte couverte d'éboulis. L'un des supports du monde qui l'entoure a été détruit, et le sol penche selon un angle si aigu qu'il doit lutter pour rester droit. Son regard passe de Tamuz à von Strann et inversement, et il a une étrange impression de déjà-vu, celle que nous ressentons quand un inconnu nous évoque un acteur ou une vieille connaissance dont nous ne nous rappelons pas le nom.

Mais plus que tout, Carter perçoit ce… cette sincère tristesse sur le visage de von Strann, et sa propre instabilité dans l'air craintif de Tamuz. Il a failli perdre le contrôle, il le sait. C'est cela, cette sensation dans sa poitrine.

L'envie de perdre le contrôle.

Ces créatures à la chair d'argile

Comme l'a raconté Ab Irim à son serviteur Éliézer… Je t'ai déjà parlé de ces costumes de peau que Dieu offrit soi-disant à Adam et Ève pour couvrir leur nudité. Je vais te raconter la suite, d'accord ? Mon ami, tu connais déjà ce conte, je pense : Dieu créa un jardin, un paradis, puis il construisit un mur autour de sa terre, comme vous, aujourd'hui, vous construisez des murs autour de vos villes ; il fit monter les eaux pour l'irriguer, comme vous qui creusez des puits et des canaux d'irrigation pour alimenter ces villes ; il façonna un homme dans de l'argile crue, et une femme dans un os de cet homme, pour qu'elle soit sa femme, tout comme vous aujourd'hui vous façonnez vos fils à votre image. Et vos filles deviennent avant tout leurs femmes, c'est-à-dire qu'elles font partie de vos fils, c'est ça ? Car si la femme fut créée dans la côte d'un homme, sa place est assurément au côté d'un homme, n'est-ce pas ? Ça, c'est votre conte, il me semble. Ce n'est pas le nôtre.

Notre conte, mon ami, n'est pas très différent. Nous racontons nous aussi que ces *edimmu* — c'est notre mot à nous —, ces créatures à la chair d'argile, remplies d'un peu de son souffle et de son sang, furent créées pour travailler dans son jardin et en prendre soin, pour peiner dans les champs du Seigneur. Nous disons aussi que le Seigneur ordonna à ses serviteurs de n'obéir qu'à une seule loi : il leur dit qu'ils pouvaient se nourrir des fruits de tous les arbres du jardin, sauf de celui qui poussait au milieu. Nous racontons que Dieu les menaça : s'ils mangeaient le fruit de cet arbre, ils risquaient la mort. Et nous racontons aussi que de toutes les créatures du jardin, le serpent était la plus sage, mon ami. Et le serpent alla voir la femme, et lui dit :

Prends le fruit.

Si je mange ce fruit je vais sûrement mourir, protesta la femme.

Tu mourras un jour, mais pas aujourd'hui, répliqua le serpent. Et ne préfères-tu pas mourir comme une déesse, les yeux ouverts ?

La femme goûta le fruit et, parce qu'il avait bon goût, le mangea.

Mais dans notre conte, mon ami, nous ne qualifions pas cet acte de péché, car comment une créature d'argile avec juste un petit peu de sang et de souffle pour la faire marcher et parler, juste assez de vie pour peiner comme une esclave, comment pourrions-nous maudire cette créature parce qu'elle a goûté de ce fruit interdit ? Goûter la connaissance du bien et du mal, goûter le fruit de l'arbre de vie, mon ami, est-ce donc un crime pour ton peuple ? Non, mon ami, si cette femme qui a quitté le flanc de son homme est la mère des vivants, c'est parce qu'elle a agi ainsi. De toutes les créatures du jardin, cette femme était désormais la plus sage et elle alla voir son époux, et lui dit :

Prends le fruit.

Si je mange le fruit je vais sûrement mourir, protesta l'homme.

Tu mourras un jour, mais pas aujourd'hui, répliqua la femme. Et ne préfères-tu pas mourir comme un dieu, les yeux ouverts ?

L'homme goûta le fruit et, parce qu'il avait bon goût, le mangea.

Puis leurs yeux à tous deux s'ouvrirent, et ils surent qu'ils étaient nus, et ils se cachèrent dans les buissons du jardin, dissimulant leur honte parmi les branches et les feuilles. Telle est l'histoire que nous conte ta Torah, mon ami, une histoire de péché et de honte. Mais s'ils ont connu la honte, ils ont aussi connu la fierté ; et ils ont connu la haine, l'amour, la tristesse et la joie, et tout le bien et le mal que nous connaissons en nos cœurs. Car ils ont mangé le fruit de l'arbre au milieu du jardin, et goûter à ce fruit, mon ami, goûter à ses sucs doux et amers sur la langue et qui coulent dans la gorge et vont remplir le ventre… Mon ami, la sagesse ne ressemble à aucun fruit, car quand on y a goûté on connaît une faim inextinguible.

Notre conte se termine exactement comme le tien, mon ami. Car il y est dit que lorsque le Seigneur découvrit que ses esclaves se cachaient de lui, lorsqu'il sut qu'ils possédaient désormais la sagesse, il les craignit, il eut peur de les voir devenir aussi puissants que lui ; alors il les chassa et envoya un ange à l'épée de feu garder les portes de son paradis. Car tous les maîtres craignent les esclaves ayant goûté à la sagesse. Tous les maîtres craignent les esclaves qui voudraient désobéir à ses lois. Tous les maîtres craignent les esclaves qui savent faire la différence entre le bien et le mal !

Ce genre d'esclaves cause bien des problèmes.

Et des mots comme des armes

Jack pose une main sur l'épaule de Tamuz — *Tout va bien* — et le garçon s'écarte, rassuré. Un hochement de tête de von Strann l'incite à reprendre les préparatifs du voyage.

Dehors, au loin, des chiens aboient.

« Vous devez comprendre la nature du danger qui nous menace, reprend von Strann. L'époque est à la traîtrise et nos ennemis sont particulièrement… ce qui les rend si dangereux, c'est à la fois ce que nous ressentons et ce qu'ils détiennent. »

Il soupèse le holster de Carter avec le Webley à l'intérieur, puis le lui tend.

« La menace d'une arme compte moins à leurs yeux que la peur et la haine qu'un homme peut ressentir.

— Qui sont ces ennemis ? Les futuristes ?

— Bien pire », répond von Strann.

« Ce mot, ce mot que j'ai… *utilisé* sur vous… Certains, ceux qui parlent cette langue couramment, obtiennent des résultats inimaginables. Je pense… Samuel pensait… que le Livre a été créé pour garder ces gens sous contrôle, pour les enchaîner dans un monde où *telle action* relève du bien et *telle autre* du mal, où *telle chose* est vraie et *telle autre* fausse. S'ils contrôlaient le Livre, ils pourraient… le modifier, déplacer l'équilibre en leur faveur. »

Un hurlement dans le lointain. Bruit de verre qui se brise.

« L'équilibre… », répète Jack.

Dix ans se sont écoulés depuis la fin de la Grande Guerre, dix années de folie, d'anarchie, d'holocauste sanglant. La guerre qui mettra fin à toutes les guerres, s'était-il dit en s'enrôlant pour combattre le Kaiser, sauver la Belgique et, dans la foulée, mettre un terme au militarisme prussien. Dix ans à combattre le génocide au Kurdistan.

« Quel équilibre ? » dit-il.

« Capitaine Carter, je vous en supplie ! Je ne suis pas votre ennemi ! Moi et mes gens, le peuple de Tamuz, nous voulons retrouver Samuel, tout comme vous ! Il nous a volés, et alors ? Nous ne croyons *absolument pas* à la vengeance. Faites-moi confiance ! Nous ne sommes pas des barbares. Nous ne mentons jamais. Et nous n'assassinons personne au nom de la justice. Ni pour mettre la main sur tel ou tel livre ! Nous — Anat et moi —, nous ne sommes partis à sa recherche que pour… nous voulions lui sauver la vie ! Et sauver nos vies, aussi. Nous le recherchons depuis qu'il a disparu. Et nous avons découvert…

— Qu'avez-vous découvert ? »

Von Strann déglutit et soulève l'un des rabats de la sacoche.

« Nous avons découvert la carcasse de son cheval, une charogne roussie, carbonisée, déchiquetée par les vautours ; c'était bien sa monture, nous l'avons identifié à son licou. Et nous avons découvert ceci, enfoui dans ses intestins. Quelqu'un avait ouvert le cheval… pour cacher ça dans les entrailles de cette pauvre bête. »

Von Strann éparpille sur la table les feuilles volantes qu'il vient de sortir de la sacoche.

« Si vous ne me faites pas confiance, faites au moins confiance aux mots de Samuel. Mais s'il vous plaît, cessez de nous retarder avec votre entêtement ! Si nous n'avons pas quitté cette ville dans une heure, nous n'en sortirons pas vivants, si vous voulez mon avis ! »

Jack ramasse l'une des pages.

… sais maintenant comment traduire intégralement cette langue,

contrairement […] et faux sont signalés, […] crois, dans le […] si bien que la Cryptolangue, comme […] en sont venus […] et les mots comme des armes, des outils, […] une épée de feu…

« Et je suppose que cet ennemi va utiliser ses épées de feu contre nous, dit Carter. Les mots comme des armes, hein ? À mon avis, les mots ne sont d'aucune utilité contre un Lee Enfield.

— Ah, c'est ce que vous croyez ? »

La bombe à retardement dans ton cœur

Les chemises noires arrivent au moment où j'envoie d'un coup de pied mon dernier mod en parka dans le meuble à pâtisseries du petit restau italien, tables de formica et expresso, où j'ai suivi ma future monture. J'avale d'une main un petit verre de café tout en lançant de l'autre mon canif qui se plante dans le cœur glacé d'un SS en civil. Le bonhomme tombe en lâchant son pistolet-ki qui glisse vers moi sur le lino. Un plongeon pour m'en emparer, une roulade, et je me relève en faisant feu.

J'emmerde le plan de Fox. Vous voulez de la baston ? Eh ben, en voilà !

Ma couverture court se mettre à l'abri, et je descends le facho qui s'apprête à lui tirer dans le dos — *Ce ne sont pas des manières, mon pote*, comme dirait Fox. Avec ses Ray-Ban noires et son col roulé, le gars ressemble plus à un gentil matou qu'à un rusé renard, et pourtant c'est bien lui ; son petit bouc et sa petite moustache en sont la preuve indéniable. Merde, deux nouveaux venus nous visent par les fenêtres avant de plonger dans le restau. Leurs déflagrations-ki fracassent les tables en mille morceaux qui volent dans tous les sens. Le ketchup et la moutarde giclent, et des nuages de sucre, de sel et de poivre s'élèvent autour de moi. Tout en éternuant, je tire dans le plafond qui tombe sur les deux types, coup de bol. Putain ! Ça part en couille, cette histoire ! Notre mission n'est pas seulement en péril, elle a complètement foiré, bébé ! L'ennemi m'attendait ! Un salopard nous a vendus, et quand j'aurai trouvé qui c'est, il ira jouer de la flûte aux portes de l'Enfer !

Du coin de l'œil, je perçois un mouvement — et je fais feu en me retournant. L'air horrifié, le beatnik est projeté en arrière dans les miroirs muraux. La petite amie — choucroute blonde, lunettes en écaille, twin-set bleu ciel — pousse un hurlement en voyant Jacques Reynard Cartier s'affaisser et glisser par terre sur le côté, complètement cassé, hébété.

Je gueule : « Merde ! Merde merde merde merde merde merde merde ! »

Les pertes civiles s'amoncellent, mais ça, c'est le bouquet, le gros, le salé, un bouquet trempé dans le sperme.

J'effectue un placage de foot, une glissade sur le lino pour balancer des coups de pied dans les jambes d'un autre milicien à qui j'explose la tête en passant. Son super-ego jaillit de son crâne, il s'écroule et j'arrache le pistolet-ki de sa poigne crispée. Allongé par terre, pistolets-ki croisés poignet sur poignet, je descends trois autres chemises noires qui sautent par les portes coulissantes d'un aérovan cuirassé. Dans les rues, les sirènes hululent de plus en plus fort. Furieux, affolé, je tire des deux mains et j'abats les quelques survivants de l'escouade de la milice, puis je me retourne pour évaluer les dégâts dans le café ravagé. La fille berce dans ses bras le beatnik mourant.

D'accord. Je vais devoir improviser.

J'enfonce les flingues dans ma ceinture, je descends la fermeture Éclair de ma veste et j'en sors la petite boîte qui contient la seringue remplie d'une giclée argentée de mon âme, l'Essence distillée de Jack censée inoculer au pauvre abruti en train de crever devant moi l'âme d'un assassin angélique.

« Et pour la couverture ? Qu'est-ce qu'elle devient ensuite ? avait demandé Anna à Fox.

— Une petite danse avec la mort, rien de mieux pour transformer un vulgaire pion en tour », lui avait-il répondu en haussant les épaules.

En fait, si j'en crois Guy, je suis le feu au cul de Fox, le truc qui l'oblige à courir, et aussi le bon génie du traître, le mec qui oblige Joey à rester toujours dans notre camp même si quelqu'un le paye pour l'inverse. Je suis la rage d'Anesthésia, la perversité de Puck, le sang-froid de Don, le feu de Finnan. Je suis le *ça* libéré, bébé, la bombe à retardement dans ton cœur, celle qui fait tic tac tic tac jusqu'à ce que le réveil sonne et que tu ouvres les yeux en sentant la bonne odeur du café. Je suis celui qui libère le vrai toi dans ta tête.

Parce que vois-tu, tout le monde a un moi secret, et pour le libérer, il faut laisser le boutefeu faire sauter la double porte de ta perception en un instant de satori sekhem au Semtex. Et alors bye-bye, Jack disparaît dans la nuit, et sortant des décombres fumants, le nouveau toi émerge dans la lumière, une princesse, un Puck… ou un Fox.

Du moins, c'est la théorie de Fox.

Je m'accroupis à côté du beatnik.

Merde.

Ça aurait dû être facile, mais le bouclier antiparadoxe est sans doute déjà en action et… je regarde ce Jacques Reynard Cartier qui ne deviendra donc jamais un Fox avec sa jugeote, son savoir-faire et son flair. Je distingue le Guy en cet homme qui me fixe de ses yeux vides et agonise devant moi. Comment savoir quel effet va avoir cette mort sur notre propre roi des voleurs ? Mais il nous reste peut-être une dernière chance, du moins je l'espère…

Après tout, nous sommes dans le Vélum, et si je n'étais pas coincé derrière les murs blindés du Cirque, je pourrais me faire sauter la cervelle et me réveiller à un monde de distance, à Sumer, dans le Crépuscule ou dans les régions désertiques de l'Hinver, séparé de ce pli par une petite éternité de marche de rien du tout. Hélas, le Cirque est le dernier Havre des Seigneurs de ce putain d'ordre ; et ici, ils ont établi des règles, ces enfoirés. D'un autre côté, si j'injecte à Cartier un peu de moi en rab, si je peux rendre un peu de sa psyché à Fox avant que l'onde de choc temporelle ne se propage dans notre réel, alors peut-être…

Ah, bordel ! Je ne sais absolument pas ce que je fais. La métaphysique tactique, ça n'a jamais été mon fort. Moi je ne suis que la troupe de choc de l'*urgrund*, rien de plus !

Je remonte quand même ma manche jusqu'au coude, puis je répète mon geste sur lui pour chercher une veine dans son bras. Si je suis vraiment l'avatar de l'anarchie qui rend toute chose possible en démolissant le réel… alors ça vaut la peine de tenter le tout pour le tout.

« Désolé, vieille branche. Lancement du plan B. Ne t'inquiète pas, tu ne sentiras rien. »

Les sirènes de la milice hululent dehors, au loin.

Et les anges reviendront

Un fragment de page constellé de taches de roussi et de trous carbonisés :

… peux lire cette langue […] sais ce que racontent les histoires, mais […] changent tout le temps […] si chaque fois qu'on ouvre le Livre […] différent — et s'il est vrai qu'il contient nos avenirs écrits […] pages, et s'il contient tous les avenirs qui ne se produiront jamais et tous ceux qui se produiront, où est le bénéfice si on ne peut pas faire la […] férence ?

Une serviette tachée de vin rouge, de l'encre en lettres capitales :

YHVH. Pas de voyelles. Pas de notes !

Un bout de papier éclaboussé de taches d'encre et d'empreintes de pouce :

… de von Strann […] Anat-Ashtarzi, elle voulait distinguer le vrai […] faux. Elle pensait […] un indice dans l'[…] écriture

elle-même, une chose que son peuple n'a pas totalement comprise. Et […] pense que […] peut-être trouvé cet indice.

Une page de journal censurée sous des ratures si insistantes qu'elles transpercent presque le papier :

… comment pourrais […] trahir ce privilège ? Elle a […] parlé si longuement de […] et de ces forces qui dans ce monde connaissent l'existence du […] et cherchent à le posséder, pas seulement comme une relique mais pour le pouvoir qu'il contient. Alors comment puis […] même envisager cette ligne de conduite…

Et puis il y a les chronologies, les notes biographiques sur des gens qui ne sont pas encore nés, les descriptions d'une technologie du futur, les listes d'auteurs et de livres dont Jack n'a jamais entendu parler, l'histoire de villes imaginaires, et de longues citations de Dieu sait qui — l'un de ces documents semble être extrait de *L'Iliade*. Ici et là, les mots sont soulignés, biffés ou affublés d'un point d'interrogation.

Une autre page de journal :

… le mot « Loth » signifie « caché » en hébreu. Et si ce qui résidait à Sodome, ce qui s'en est échappé, n'était pas un homme mais un secret ? Le Livre lui-même ? Ou un secret plus spécifique décrit dans le Livre, dans une langue indiquant la hauteur et l'intonation […] pour cela que les anges sont venus à Sodome, à la recherche d'un secret perdu même pour eux ?

Une note intitulée Genèse 4:17 :

… veut dire que Caïn a construit la première ville et l'a nommée Énoch, d'après son fils ou que cet Énoch […] et l'a nommée d'après son fils ? […] n Énoch, père d'Irad, et Enki, dieu d'Éridu, […] leur cité la plus ancienne située aux embouchures du Tigre et de l'Euphrate. Sumer, que les Sumériens connaissaient sous le nom de Kiengir — Le Pays du Kien. Kien = Enki.

Une page où s'étale une seule phrase barbouillée de sang :

Et les anges reviendront à Sodome.

Jack continue sa lecture.

Les ventricules de son cœur

Le 20 mars. Cette journée de combats approche de son terme. Nous pouvons nous estimer heureux d'être encore en vie. J'ai lutté côte à côte avec le baron contre les forces turques, et je ne sais plus trop quoi penser. Tell el-Kharnain est tombée, et nous prions pour que MacChuill tienne sa langue. Quel crétin j'ai été en refusant de partir quand von Strann m'a supplié de le faire ! Que Dieu me pardonne ! Si nous étions partis quand nous en avions encore la possibilité, MacChuill serait avec nous, et Tamuz n'y aurait pas laissé sa peau ! Mais Anna, je n'ai rien voulu entendre, et les déflagrations de la mitrailleuse, Tamuz qui court vers moi et tombe, les Turcs derrière lui à l'entrée de la cour… Cette scène me hantera jusqu'à la fin de me jours, je le crains.

Tamuz dévisse l'appareil photo de son trépied, l'enveloppe dans un pantalon et le dépose dans la malle. Il replie le trépied.

Il était parti chercher MacChuill. Il n'était même pas arrivé sur l'avenue des Livres que nous l'entendions déjà revenir en courant. Nous les avons attendus en bas des marches, prêts à les recevoir. Ah, si seulement nous avions réagi plus tôt ! J'en ai descendu deux avec mon pistolet. Le troisième a bien failli s'échapper mais c'était sans compter la réaction de von Strann. Il m'a fallu une interminable seconde pour comprendre, contrairement au baron, qui est devenu fou en un instant. L'incarnation de la vengeance, Anna ! Je me suis retrouvé dans la rue juste à temps pour le voir attraper le dernier Turc, une main plaquée sur son front ; il lui a tiré la tête en arrière, bon Dieu, il ne devait pas être beaucoup plus vieux que Tamuz, ce soldat, dix-huit ans environ, et j'ai lu la peur dans ses yeux quand von Strann lui a tranché la gorge…

Le baron ramasse les pages que Jack a lues et laissées tomber, et les remet dans la sacoche.

Von Strann a transporté Tamuz en haut des marches, et pendant ce temps-là, j'ai fait de mon mieux pour dissimuler les trois Turcs morts dans notre cour. Nous avons prié pour que ces quelques coups de feu et le sang sur le sol ne nous trahissent pas. Nous espérions au moins parvenir jusqu'à chez MacChuill et la voiture avant que tout le quartier n'entre en ébullition, mais nous sommes arrivés au moment où les miliciens le traînaient dans la rue pour l'embarquer dans un camion. En réalité, nous l'avons entendu avant de le voir ; il jurait tellement que l'air en devenait rouge de honte. Notre Écossais s'est vraiment débattu comme un beau diable. S'ils avaient été un tout petit peu moins nombreux, ils n'auraient pas réussi à le retenir, j'en suis persuadé. Et si von Strann ne m'avait pas tiré en arrière pour m'écarter des phares du deuxième camion qui est arrivé juste après avec deux fois plus de Turcs à son bord… je ne serais peut-être pas en train de t'écrire ceci.

Nous sommes de retour dans le studio de von Strann, Anna, avec le cadavre de Tamuz allongé sur le lit. Des coups de feu résonnent dans toute la ville. Au bout d'un jour de combats, nous nous retrouvons piégés comme des rats, le baron et moi. Toute retraite nous est coupée. J'ai déjà lu une bonne part des notes de Samuel, les vraies comme les fausses, les histoires alternatives, les mythes oubliés. Mon propre passé. Le présent d'un étranger.

Une vingtaine d'avenirs différents et, dans chacun, le garçon meurt.

Jack observe Tamuz qui glisse le trépied dans un grand sac. Il se sent pris dans un kaléidoscope de réels, un kaléidoscope dément, absurde, impossible. Il n'arrive toujours pas à admettre — il refuse d'admettre — toutes ces balivernes sur des anges et des livres rédigés dans des langues anciennes, mais chaque battement de son cœur est un coup de tambour qui ponctue sa marche vers l'un de ces avenirs qu'Hobbsbaum a couchés sur papier avec ses mots à lui. Et ce cœur… Il ne connaît Tamuz que depuis quelques jours, mais l'image de ce jeune homme qui tombe parce qu'on lui a tiré dans le dos, l'image de son corps allongé sans vie sur le lit… Carter a l'impression que son cœur est vide comme une tombe pillée, et tendu comme la peau du tambour qui rythme la mort du garçon.

Continue ta lecture, notre Jack jaguar, lui intimons-nous, nichées dans chaque recoin, chaque fissure, chaque lézarde de cette pièce, et dans les ventricules de son cœur.

Quelqu'un devra payer

Le 20 mars. Cette journée de combats approche de son terme et nous pouvons nous estimer heureux d'être encore en vie, le baron et moi. Tamuz n'a pas eu cette chance, et MacChuill non plus. Tous deux sont morts aux mains des Turcs. Ce ne serait pas le cas si j'avais cru von Strann quand il m'a parlé de ce traité entre les Turcs et les futuristes, de la flotte aérienne se dirigeant vers nous depuis la Syrie, de la police et de l'armée parcourant déjà les rues à notre recherche. Mais j'ai refusé de le croire, j'ai refusé de partir ! Comment pouvait-il savoir toutes ces choses ? lui ai-je demandé. Ah, que de temps perdu, Anna ! Quelle obstination stupide ! Et Tamuz qui me tirait par la manche en me suppliant de croire le baron, de lui faire confiance ! Il a voulu poser ma main sur sa poitrine — le rituel de confiance, à nouveau — et je l'ai écarté si violemment qu'il est tombé par terre.

Quelqu'un devra payer. Ce sont les seuls mots prononcés par von Strann depuis que nous sommes revenus dans l'appartement. Il berce le corps du garçon et répète tout bas cette phrase, encore et encore. Il me dévisage avec une haine glacée que j'ai déjà vue chez les Cosaques, les Prussiens, et même certains de mes camarades, ceux qui ont survécu à d'innombrables atrocités ; cette expression, je l'aperçois très souvent le matin dans le miroir depuis Maïkop — ou qui sait, depuis la Somme, peut-être. En réalité, ce n'est pas moi qu'il regarde. Cette haine n'a rien de personnel. Du moins, je ne suis pas le seul en cause. C'est une haine d'autant plus glaciale qu'elle ne s'adresse pas directement à ce qui se dresse sur sa route. Elle a beau vous regarder droit dans les yeux, elle ne vous voit pas vraiment. C'est la haine qu'on voue au monde où une telle erreur, une erreur impardonnable, a été rendue possible.

Quelqu'un devra payer.

Je crois von Strann, désormais. Aujourd'hui, c'est Tell el-Kharnain, mais demain, qui peut le dire ? Dans ce studio où nous attendons, demain est suspendu au-dessus de nos têtes comme une épée de Damoclès. Les Turcs ont pris la cité ; les combats sont sporadiques. Ils ne vont pas tarder à découvrir notre planque. En tout cas, comme le répète von Strann, quelqu'un devra payer, j'en suis sûr moi aussi. Aussi dément que cela puisse paraître, si ce que croient ces Énakites est vrai — et maintenant, j'en mettrais ma main au feu —, tout ce que nous pensions connaître est une farce. Je prêterais peu de foi à ces idées si je n'avais pas lu… Jack, je sais que tu lis ceci en ce moment même. Je sais que tu te méfies de von Strann ; à tes yeux, c'est un imbécile obsédé par son fantasme de vie dans le désert. Tu as tort. J'ai eu tort. Pour t'en convaincre, Jack, je vais te révéler le secret que tu portes depuis dix ans dans ton cœur :

Thomas Messenger.

Jack laisse tomber la feuille sur la table. C'est Samuel qui l'a rédigée, certes, mais ce sont ses mots à lui ou ceux d'un autre Jack, il en est intimement persuadé. C'est comme s'il le savait déjà, comme si la vérité, réveillée par la lecture de ces maudits carnets de notes en lambeaux, sommeillait depuis toujours en lui. Les carnets de notes de Samuel, truffés d'extraits traduits à la hâte d'un livre qui contient toutes les histoires et tous les avenirs, y compris le sien. Von Strann et lui attendant que les Turcs les délogent, MacChuill capturé, Tamuz mort…

Il a porté une cigarette à sa bouche ; il l'a prise dans son étui sans même s'en rendre compte, mais elle est bel et bien là. Comme son futur. Attendant tranquillement qu'il agisse.

« Tamuz, j'en ai assez ! s'exclame von Strann. Je veux en finir ! Va chercher MacChuill. Et dis-lui d'amener la voiture ! Vas-y aussi vite que possible, mais sois prudent ! Et si tu vois une patrouille turque…

— Attends », dit Jack.

Il boucle son holster :

« J'y vais. »

Le cœur même d'Albion

Je m'accroupis un instant sur la pierre de Northbridge, une gargouille à l'air menaçant et déterminé, puis je saute au milieu des déflagrations-ki qui fracassent l'air autour de moi. Les pieds devant, je traverse dans ma chute le toit en verre du terminal de Waverley. Mon trench-coat se déchire au passage, mais j'atterris comme un chat dans une pluie d'éclats. C'est le chaos chez les passagers : paniqués, ils décampent, se bousculent, s'éparpillent en tous sens. Je me bouche mentalement les oreilles dans la cacophonie générale, je me passe une main dans les cheveux pour en ôter les éclats de verre. En haut, les fachos ouvrent à nouveau le feu, et c'est tout le toit de la gare centrale du Cirque qui explose. Les gens hurlent de plus belle sous cette averse de cristal.

Je lève les yeux, heureux de ne pas être sujet au vertige ; dans cet Escherespace gauchi, tout est sens dessus dessous, ce qui veut dire que le vortex bleu-vert du puits sans fond est suspendu au-dessus de nous comme un trou dans le ciel. Des vaisseaux aériens suivent des câbles qui découpent l'obscurité sous tous les angles, comme des projecteurs, mais se recourbent au loin juste avant l'horizon événementiel pour disparaître dans des tunnels. Ces enfoirés doivent déjà avoir pris pied dans d'autres plis, et ils essayent de reconstruire leur Empire par le bas. Je me demande quels Havres ils ont réussi à relier à partir de ce centre névralgique… Liverpoule ? Godchester ? Bon Dieu, ils ont peut-être fait redémarrer le cœur même de l'Albion, la ville de Kaerlundein !

À l'heure où je vous parle, les choses n'ont décidément rien de nickel.

Le *Waverley*, dernier des vieux vaisseaux aériens à hélice encore en service, s'extrait de son poste de mouillage. Il s'élève en évacuant de la vapeur d'orgone bleu-vert dans un mugissement de corne de brume, et je me précipite vers lui. Les chemises noires tirent toujours, fauchant la foule et découpant le sol de marbre derrière moi. Tout le hall de gare n'est plus qu'une zone de massacre pour l'escouade de gorilles postée sur Northbridge. Fox ne va pas être content, lui qui nous avait demandé « d'éviter les pertes civiles ». J'espère au moins que ce carnage va ralentir nos adversaires.

Ça a foiré. Ça a complètement foiré, et dans les grandes largeurs. Malgré le jus d'âme que je lui ai injecté pour turbocompresser son esprit, rien ne nous dit que notre beatnik va s'en tirer. Et malgré le petit peu de lui que je me suis injecté dans les veines, je dois quand même le sortir sain et sauf du Cirque. Ensuite il y a le Château qui nous toise d'un air hostile sur son culot de basalte, et que j'aperçois à travers le toit fracassé du terminal. Quelque part, Joey Narcosis est traîné vers les oubliettes et un destin qui ne me vaudra certainement pas sa reconnaissance.

Et claquer trois fois les talons dans mes bottes de cavalier rouge rubis ne va pas nous ramener dans le Kansas, Dorothy !

Il nous a fallu une sacrée quantité de jus pour arriver ici, il m'en faudra autant pour sortir.

Tête baissée, je longe le quai en évitant les obstacles et je pique un sprint vers le *Waverley*. La toile d'araignée de sa superstructure en acier empêche les fachos de m'avoir tout le temps en point de mire et arrête juste assez leurs tirs pour me permettre d'atteindre une rampe d'embarquement. Je cours à toute vitesse et hop, je saute, je bondis grâce à mes bottes à ressorts, je vais y arriver, je vais y arriver… Me voilà agrippé au flanc de la nacelle. L'antique vaisseau aérien s'élève dans les airs et s'éloigne de la vaste panse victorienne du terminal.

« Cessez le feu ! » s'écrie le sergent SS, dont les hommes continuent à décharger leurs armes sur moi. S'ils touchent les réservoirs à rayons du dirigeable, l'explosion va emporter tout le terminal et ce qui se trouve dans sa proximité immédiate, y compris ces hommes. Elle pourrait même causer de sérieux dommages dans tout Dunedin. Bien sûr, comme les crétins qu'ils sont, ils continuent à tirer.

M'obligeant à relâcher ma prise, les tirs-ki me secouent et malmènent mes nerfs à vif, que je tente de dompter en respirant profondément.

« Cessez le feu, bon sang ! » rugit le sergent.

Je modère ma surcharge d'adrénaline et me concentre sur le chakra du cœur, où une grande vague menace de me submerger. Je la bloque, je harnache ma haine et mon amour, puis j'ouvre mes chakras de un à sept et je joue de cette flûte intérieure. Je pousse une note grave dans les champs de force du ki perdu dans l'atmosphère. Tout en étirant mon désir, je réfléchis à toute vitesse… aussi vite que Puck le Véloce. Je me tends vers mon partenaire tantrique, l'amoureux qui me relie à mon monde à travers la chaosphère, mais des remous temporels parasitent la connexion. Je n'arrive pas à me rappeler où je l'ai rencontré pour la première fois. Était-ce à Kentigern ou en Caroline du Nord ? En 1916 ou jamais ? Merde alors !

Un tir-ki me frappe à l'épaule — j'ai l'impression d'avoir reçu un coup de marteau électrique —, mais je m'accroche, cramponné d'une main à un hublot, les orteils calés sur les deux centimètres du rebord d'un poutrage métallique. Une grosse huile en costume deux pièces presse son nez contre la vitre et me regarde d'un air horrifié. Il prend un air encore plus inquiet en me voyant lever mon autre main, celle qui tient le pistolet-ki, et viser le réservoir à rayons, droit au-dessus de ma tête.

Rien ne vaut son chez-soi. Rien ne vaut son chez-soi. Rien ne vaut son chez-soi.

Je fais feu, et la déflagration fracasse le monde autour de moi.

Une divinité de la poussière et du courroux

« Allez au diable ! »

Au milieu de la rue, Jack avance en hurlant sa haine. Il tire sur les soldats, une fois, deux fois, trois fois, et l'un d'eux tombe comme une pierre. Celui qui s'empare de la femme à moitié nue pour s'en servir comme bouclier humain, Jack lui colle une balle dans le front. Les deux autres décampent en levant leurs fusils. MacChuill passe en courant à côté de Jack, s'accroupit près de la femme et de son enfant, épaule son Lee-Enfield et descend un autre Turc d'une balle dans le dos. Le quatrième a le temps de riposter ; sa balle siffle à l'oreille de Jack, puis le Webley riposte. Frappé en pleine poitrine, violemment projeté en arrière, le Turc s'écrase contre un mur et s'écroule. Plié en deux sur le flanc, il essaye en vain de se remettre à genoux. Il s'affale, secoué de spasmes, et ses coups de pied dispersent les choses balancées dans la rue : des vêtements, des meubles, et un petit oiseau en bronze, un oiseau à tête humaine.

Jack ramasse le fusil du soldat et le met en bandoulière.

Il y a les cris, les pas précipités, les portes qu'on ouvre et ferme à la volée, les femmes qui hurlent, qui geignent. Partout retentissent les bruits de la guerre, une guerre moderne baignant dans le sang des innocents assassinés, portes ouvertes à coups de pied, mitrailleuses qui transforment les gens en chair à pâté. Les Turcs se sont lancés dans une campagne de terreur ; ils forcent les familles à sortir dans la rue, ils tuent les hommes et les garçons, ils violent les femmes et les filles. Son Webley à la main, Jack a l'impression d'être pris dans l'œil d'un tourbillon d'événements, un ouragan, une colonne de fumée et de flammes tourbillonnant dans le désert, et ce n'est pas un vieillard céleste à barbe blanche qu'il affronte mais un dieu de la tempête, une divinité de la poussière et du courroux.

MacChuill tente d'arracher la femme et sa fille au corps de leur mari et père. Il veut les persuader de partir, leur explique qu'elles sont en danger si elles restent, mais la femme hystérique se contente de sangloter en leur posant dans sa langue des questions auxquelles ils ne peuvent pas répondre. Elle parle l'arménien, comprend Jack. Il s'accroupit et lui dit : *Il faut partir, maintenant. Pour le bien de ton enfant.*

« Putain de Jésus Marie Joseph ! Quel chaos, bon Dieu ! dit MacChuill.

— Non, c'est bien organisé, au contraire », réplique von Strann.

Tamuz debout à côté de lui, le baron s'agenouille au-dessus du soldat turc.

« Regardez le ciel, leur dit-il. Vous voyez dans quelles directions il est clair ? À quels quartiers de la ville mettent-ils le feu, à votre avis ? Au quartier arménien et au quartier juif ! »

De l'autre côté de la grande place du Beth Ashtart, l'incendie illumine le ciel nocturne. Les incendies, plutôt, des incendies bien distincts, séparés les uns des autres. Au sud-ouest, au nord, un ici, un là, un autre là, c'est peut-être cinq ou six zones distinctes qui semblent avoir été prises pour cibles.

« Nous devons quitter ce quartier, insiste von Strann. Nous devons… »

Il s'interrompt, la tête tournée vers le bas de la rue. MacChuill et Jack réagissent instantanément. Jack entraîne la femme loin du corps de son mari, dans une ruelle, une main plaquée sur sa bouche, et MacChuill fait de même avec la gamine en larmes, Tamuz sur ses talons. À l'instant où un milicien turc apparaît au bout de la rue, von Strann recule dans une embrasure. Le rayon d'une lampe torche balaie les corps étendus dans la rue. L'homme pousse un cri.

De nouveau, ces maudits échanges de tirs. La femme est tuée en se précipitant vers le corps de son mari, la gamine dégouline de sang dont elle macule généreusement MacChuill, et Tamuz, ce crétin, tire au hasard à découvert avec un fusil turc.

« Je vais m'en sortir, hein, Jack ? »

Traîné dans l'escalier, Tamuz trébuche et grimace. Jack le soutient d'un côté, von Strann de l'autre, et le fusil qui pend à sa main par la bandoulière heurte les marches et le mur. Il est très pâle.

« Bien sûr que tu vas t'en sortir, mon garçon, lui répond Jack.

— C'est qu'une petite égratignure de merde, fiston, ajoute MacChuill derrière eux. T'es quoi, bordel ? Une tante, ou quoi ? Ma mamie a connu pire — ah, bon Dieu et putain de… »

Ils ouvrent la porte d'un coup d'épaule et entrent en titubant dans le studio de von Strann. Jack jette un coup d'œil derrière lui. MacChuill, qui porte toujours la gamine, colle son oreille contre elle, puis rend son regard à Jack en secouant la tête.

Dehors, la ville barricadée à double tour attend que les soldats se lassent. La ville, dont les rues regorgent des cadavres de ceux qui ont tenté de fuir ou pris les armes pour combattre les Turcs. La ville et ses échanges de coups de feu, qui retentissent partout dans les ruelles et les venelles. La ville et ses émeutes, ses poursuites, ses bagarres et ses massacres. Tell el-Kharnain, ville décadente des bourgeois bohèmes, ville sensuelle et pécheresse, tombe encore une fois.

MacChuill dépose l'enfant sur le lit puis l'examine, à la recherche d'un souffle, d'un pouls. De leur côté, Jack et von Strann installent Tamuz dans un fauteuil. Jack s'agenouille pour défaire la manche déchirée nouée autour de la cuisse du blessé et vérifie encore une fois que cette plaie-ci n'est que superficielle. Parfait. Il renoue le pansement. Von Strann retire tout doucement la tunique roulée en boule qu'il a pressée contre le flanc de Tamuz pendant qu'ils revenaient ici. C'est celle-ci, la mauvaise.

« Laissez-moi voir. Vous avez des bandages ? »

Jack décolle la chemise imbibée du garçon, l'ouvre, essuie le sang avec sa manche ; cette blessure n'est pas trop profonde, Dieu merci. Il n'a pas pris une balle dans le ventre.

« Je vais m'en sortir, hein, Jack ? J'ai pas très mal.

— Tout ira bien, ne t'en fais pas. »

Jack pose sa main sur sa poitrine, puis sur celle du garçon : « De mon cœur à ton cœur. »

Les Fils de Sidim, par Rainer Van Stronn (1933)

La lune pâle et gibbeuse brillait la nuit sur la cité, mais le jour, c'était un soleil rouge et bouffi. De jour comme de nuit, le siège continuait, et de jour comme de nuit, les Fils de Sidim scandaient les lugubres lamentations de leur chant de deuil. De jour comme de nuit, l'armée turuque accablait d'une effroyable terreur les pauvres habitants de la cité de Sidim, les innocents et les faibles. Et de jour comme de nuit, Kartur le guerrier et son nouveau frère d'armes, le prince-artiste Vhneszran, veillaient dans la tourelle en ruine du temple de T'hmusz.

À tour de rôle, aurait-on dit, l'un d'eux arpentait la pièce comme une panthère en cage en contemplant la cité fortifiée, laissant l'autre dormir d'un sommeil troublé, agité. L'inébranlable patience du prince Vhneszran d'un côté, l'appétit de bataille qui donnait aux yeux brillants de Kartur le guerrier cet éclat inflexible, voilà tout ce qui différenciait l'attitude des deux hommes. En fait, tous deux attendaient ce qui se produirait fatalement, comme ils le savaient bien. Car même en ces jours de déclin du royaume turuc, son armée restait puissante. Pendant ce temps-là, préparant sa vengeance, le peuple noble et fier des Fils de Sidim chantait de jour comme de nuit ses complaintes vengeresses. Et de jour comme de nuit, cet horrible chant de meurtre, de culpabilité et de sang franchissait les murs de la cité, semant une terreur indicible dans le cœur des soldats turucs, jeunes et vieux. Semant dans leur cœur l'horreur insidieuse causée par la certitude de la mort.

Certains, les plus imprudents et les plus lâches, tentèrent de fuir ce lieu d'épouvante, abandonnant leur poste et leurs compatriotes. Leurs camarades les capturèrent et les exécutèrent, et leurs cadavres nus pendaient maintenant à des gibets dressés le long des remparts de la cité, dépouillés de toute armure, dépouillés de tout honneur, comme un avertissement pour les autres. Et ceux d'entre eux — peu nombreux — qui parvinrent à éviter ce triste sort en ouvrant des brèches dans les murs de la cité ? Ceux qui crurent pouvoir s'enfuir dans les sables brûlants du désert ? Qu'en était-il ? Leurs têtes coiffaient désormais les hampes des bannières des Fils de Sidim, bannières taillées dans les peaux des ennemis tombés, bannières qui flottaient au vent aride du désert dans la poussière et le sable, tout autour de la cité. Battant langoureusement, elles semblaient bouger au rythme de l'abominable élégie des Fils de Sidim, tout comme les nuages ondoyants de poussière et de sable ; on aurait dit que les éléments, que le désert lui-même pleuraient toute cette dévastation et promettaient des représailles sinistres et macabres.

Dans sa tour barricadée, Kartur écoutait et observait la cité, sans se rendre compte qu'il caressait d'une main impatiente la poignée gainée de cuir de son épée étincelante. Très bientôt, le destin frapperait la cité de Sidim, portant un coup terrible aux ignobles larbins du roi de Turuq, laquais débile du Nouvel Empire ruzzo-purzien.

Un chant de deuil, une complainte

Le 21 mars. C'est l'aurore. Par la fenêtre, je regarde le soleil se lever comme l'œil de Dieu lui-même au-dessus de la cité occupée de Tell el-Kharnain. On dirait l'aube du Jugement dernier, ce jour où tous les secrets seront chantés comme chante le muezzin, ce jour où la vérité se dressera enfin en secouant des siècles de sommeil.

Mais ce matin, le muezzin est silencieux ; il a probablement perdu la vie dans une de ces maudites rues, et la seule chanson que j'entends, c'est ce murmure tranquille que von Strann psalmodie du bout des lèvres au-dessus du jeune mort.

Il chante dans la langue étrange des Énakites, j'en suis convaincu. En tout cas, ce n'est ni de l'arabe ni de l'hébreu, ni de l'arménien ni de l'azéri. Je ne connais pas cette langue mais je sais que c'est celle des Énakites, je sais que c'est la Cryptolangue parce que je comprends parfaitement ce qu'il dit. C'est un chant de deuil, une complainte, mais dans la souffrance qu'il exprime, dans cette tristesse, je perçois aussi de la colère, et même une menace. Qui me rappellent un peu le ton calme, sinistre et mesuré avec lequel le baron a prononcé les mots « Quelqu'un va payer ». Je me sens mal à l'aise. J'ai l'impression d'entendre dans le lointain d'autres voix chanter elles aussi cette complainte, presque en deçà du seuil de perception. À mon avis, je me fais des idées, car ces voix s'accordent trop bien à celle de von Strann. Quand nous sommes tendus, fatigués, notre imagination peut nous jouer bien des tours.

D'un autre côté, je ne pourrais pas affirmer qu'elles n'existent pas réellement.

Essaye de me comprendre, Jack. Je suis si las… Le baron est toujours assis au bord du lit à côté du cadavre. Moi, j'ai passé la plus grande partie de cette nuit noire interminable à la table de la cuisine. J'ai déchiffré ce que je pouvais des notes de Samuel et j'ai médité au-dessus de ces pages en lambeaux déchirées, brûlées, tachées de sang, presque illisibles. Elles contiennent trop de choses, trop d'inconsistances, et j'ai bien peur d'en rajouter une avec cette nouvelle entrée. J'espère cependant que ceci te sera utile malgré tout. As-tu lu les autres entrées du journal ? Je me le demande. Est-il déjà trop tard, au moment où tu lis ces mots ? Tout ceci a-t-il déjà eu lieu ? As-tu, tout comme moi, passé trop de temps à réfléchir aux incohérences de la première rencontre entre Samuel et von Strann, puis entre Samuel et cette tribu aux étranges coutumes ? As-tu comme moi ressenti cette horreur hypocrite devant les rituels « détestables et efféminés » qui valent sa réputation à Sodome ? Dans le journal, je retourne trois jours en arrière, et les mots que je lis sont ceux d'un inconnu tellement obsédé par l'idée d'être un homme, un vrai, qu'il a passé toute sa vie à étouffer ses propres désirs.

Tu connais bien ce sentiment, Jack. Tu peux éviter d'y penser mais pas le nier, au fond de toi.

Je contemple Tamuz mort par ma faute, tué par mon arrogance et par la haine que je me porte. Jack, même si Samuel n'a trouvé ces mots que dans le Livre, même si tu ne peux les trouver que dans ses notes, je prie le Seigneur de t'accorder le choix d'une autre voie.

Jack pose la page et balaie la pièce du regard. Von Strann est effectivement assis sur le lit, mais c'est la fillette qui est allongée dessus, pas Tamuz. Lui, il se repose sur le lit pliant, blessé mais toujours en vie. Quant à MacChuill, il dort recroquevillé à côté du lit pliant ; les Turcs ne l'ont pas capturé. Ce présent diffère de celui que décrit le journal de cet autre moi brisé, mais pas tant que cela. Pas suffisamment, en tout cas.

Von Strann marmonne son étrange chanson au-dessus de l'enfant morte, et dans le lointain d'autres voix psalmodient la même complainte vide.

Le 21 mars, *écrit-il.* Si seulement nous pouvions séparer le vrai du faux dans tout ce que Samuel a glané au cours de ses recherches ! Qu'est-ce qui peut nous être utile là-dedans ? J'ai lu ses longues descriptions des mouvements de troupe qui ne sont planifiés que maintenant, des modalités des alliances et des trahisons qui ne se sont pas encore produites, des plans de guerre alliés pour les décennies à venir, et même des stratégies les plus subtiles des futuristes… Sur le passé, le présent et le futur, j'ai lu des choses que Samuel n'aurait pas dû, pas pu connaître si le Livre n'existait pas. Sur les camps d'internement des futuristes, aussi. Sur ce qui se passe vraiment ici, et pourquoi.

Un sacrifice, il appelle ça. Le sacrifice des élus.

Errata

La Pièce

Finnan se lève, submergé par des vagues successives de révulsion et de vénération, des vagues qu'il ressent comme des forces extérieures aussi concrètes qu'une caresse, une coupure, un rayon de soleil sur son dos. Il a dépassé le stade sexe-et-mort, carotte-et-bâton de son trip, il a épluché ces névroses superficielles, et il s'enfonce de plus en plus dans le psychodrame que la drogue façonne avec ses rêves, dans une représentation aux personnages tirés de son passé. Il entrevoit fugitivement Phree en *anima* angélique, en gardienne ailée, avec Tom qui interprète le moi, l'âme perdue des étés disparus. Des bourreaux amortels en costard noir jouent les rôles du ça et de l'ombre. Puis Finnan s'aperçoit du coin de l'œil, enchaîné, son ego figé dans l'orgueil et la souffrance. Ici, l'ombre qui s'abat sur lui se transforme en soldat borgne et vieillissant, un corbeau sur l'épaule ; là, il voit un visage qu'il ne reconnaît pas, celui d'un jeune débauché à la moustache fine. Un renard traverse sa vision comme un éclair.

Après les hallucinations, des certitudes élémentaires et éphémères s'en prennent maintenant à lui. Le peyotl arrache les cordes de ses émotions les plus profondes, et ses convictions s'épanouissent en lui comme des fleurs de lotus en pleine éclosion. Finnan est un dieu, putain ! Seamus Shamash Sammael Sodding Finnan ! Ouais pas de doute, voilà ce que ça fait d'être un dieu ! Sauf qu'après des années de mescaline, de sorts et d'incantations en Cryptolangue, Finnan sait très bien que croire de tels fantasmes est débile. Alors il rejette sa tête en arrière avec un grand éclat de rire, il repousse les flatteries de son cœur et de sa tête et il se jette dans le rêve, à la recherche d'une sensation plus viscérale, plus honnête. Pour obtenir d'un trip de ce genre un truc qui en vaille le coup, faut écouter ses tripes, oublier les vérités qu'on veut entendre, avoir les *cojones* de tailler dans la merde. Faut balancer les béquilles offertes par la psyché, parce que l'inconscient n'est souvent qu'une mascarade, comme le marché où les hommes froids arnaquent les paysans en leur faisant croire à leurs amulettes illusoires.

L'illumination, c'est l'escroquerie ultime, et Finnan le sait.

La foule et la place du marché s'évanouissent derrière lui dès qu'il pose la main sur une boiserie où la peinture s'écaille. Il pousse une lourde porte dans un geste égal et confiant et pénètre dans une pièce en ruine qui n'a pas fini de s'écrouler. Des murs de grès effondrés, jadis une écurie, dérivent et obliquent pour former une nouvelle perspective. La pièce est devenue aussi immense que tout un paysage ; son sol sale est un grand désert, et chaque pierre une mesa élevée. Une pièce immense et ouverte. Ceci n'est pas *une* pièce, d'ailleurs, c'est *la Pièce*, et les poutres de bois qui soutiennent ce qui reste du toit forment l'architecture du ciel lui-même. Une illusion, celle qu'il ressent.

Le vieux cuir noir craquelé des brides et des selles suspendues tourne et se tord pour se transformer sous ses yeux en manteaux et en pardessus fatigués, attributs abandonnés ici par les aînés des dieux. C'est le vestiaire des Anciens, et chaque stalle est occupée par une ombre que peut nommer l'entendement vacillant de Finnan. Ces noms inventés et arbitraires sont pourtant signifiants, comme tous les noms : Ixzoche, dieu de l'Océan des âmes mortes ; Kavajokee, dieu de l'Eau-de-vie et du Sang gelé ; Nixo, petit dieu du Manteau de cheminée.

Finnan les invente et adresse aux ombres correspondantes un hochement de tête au fur et à mesure de sa progression entre les deux rangées de stalles. Même les faux dieux ont droit à un minimum de respect désinvolte.

Il avance dans la ruine à ciel ouvert, et les ombres prennent vie. Une illusion, celle qu'il ressent.

Des ailes de corbeau, des anneaux de serpents crépitent autour de lui. Il est assis jambes croisées dans une cabane à suer simulée, entouré de ses anciens-ombres vêtus de cuir fatigué, de brides et de selles devenues peaux et fers, dépouilles d'anges massacrés, fers pour démons vaincus, voiles de Vélum à déchirer et chaînes de Cryptolangue à briser. Il est dans cet état de satori où chaque objet est un symbole et où chaque symbole porte une signification mythique, qu'il peut perdre soudain pour adopter un sens nouveau. D'ailleurs lui aussi peut prendre un sens nouveau, parce que, pas de doute, Finnan a toujours été bon à ce petit jeu, faire chier le monde, mais il a trop souvent pratiqué le peyotl pour se faire avoir comme un bleu. Il est temps de démonter ce trip, d'y déterrer la vérité. Ce ne sont pas des dieux qui l'entourent, mais des selles en peau de dieu et des bouts d'âme en acier pour chevaux humains montés par les *loas*, les *orishas*, les esprits du vaudou et de la santeria. Des costumes de peau, des empreintes portées par des chasseurs-cueilleurs pour singer et masquer le visage du divin au cœur du mystère. Le tissu, la charpente du Vélum dépouillés de toute chair, la surface et la structure d'une réalité dont on a tondu la substance.

Ben venez, pense-t-il. Montrez-moi donc de quel bois vous êtes faits.

Et il sourit quand nous les esprits ruisselons des murs, traversant sa vision, rugissant notre autorité archaïque et obscure comme un fleuve déchaîné, nous les âmes mortes de ce lieu délaissé perdu dans le désert, nous les déifiées, nous les damnées par le temps.

Il tire une bouffée de sa cigarette puis souffle des volutes d'haleine de dragon.

Alors c'est quoi, cette histoire ? pense-t-il.

Dans l'écurie en ruine, nous lui montrons alors comment les villes ont sombré dans le Crépuscule. Nous lui montrons les gens errant au milieu des décombres, les gens hypnotisés par les infos télévisées se rapportant à la Fin des Jours, les gens qui ont vu se déliter tout ce sur quoi ils avaient cru pouvoir compter, corrosion lente mais inexorable de toute cohérence. Dans le sifflement et les crépitements des annonces radio, nous lui racontons le démantèlement et la dislocation du monde, nous énonçons d'un ton dépourvu d'émotion la liste des disparitions et des perturbations, nous lui narrons un récit de mondes flottant dans le Vélum, de Havres creusés pour survivre au froid de l'Hinver. Nous voulions seulement leur façonner un monde à l'image de leurs rêves, lui expliquons-nous, mais nous avons découvert que la seule chose que les gens ont en commun, c'est leur croyance en l'existence d'ennemis.

Par terre, deux scorpions se traînent l'un vers l'autre, latéralement, dards dressés, en étudiant leur adversaire. À l'extérieur, les bruits de la foule, dans l'état modifié où se trouve Finnan, dans notre Cryptolangue, évoquent les tambours et les chants d'un carnaval des Caraïbes.

« Du rhum, du rhum, du bon rhum ! Quand je t'appelle, tu dois venir ! »

Les scorpions dansent, et nous dansons autour d'eux, un million d'anges de poussière posés sur la pointe d'un dard. C'est le rassemblement, et nous le lui montrons ; le tamisage des âmes, d'un côté le bien et de l'autre le mal, d'un côté le vrai et de l'autre le faux, d'un côté le chaos et de l'autre l'ordre… d'un côté nous et de l'autre eux.

« Du rhum, du rhum, du bon rhum ! Quand je t'appelle, tu dois venir ! »

Les scorpions dansent, et nous dansons autour d'eux. C'est

le rassemblement, et nous le lui montrons, dérive définitive au cœur d'une apocalypse qui va anéantir les deux camps dans un ultime cataclysme tout-puissant.

« Mon scorpion va combattre ta scolopendre ! Du rhum, du rhum, du bon rhum ! »

Finnan s'étire, se relève et se retourne vers la porte, vers la mission où les gens scandent le nom de leur saint de carnaval, le fameux Sante Manité. Et nous lui laissons entendre la véritable origine de ce nom, au cœur du chant, de cette célébration un peu démente :

Ils chantent : « Sante Manité. »

Et il entend « Sans humanité. »

Le dernier bastion de la religion

Dans l'église règnent des ténèbres chargées de poussière et tranchées par les diagonales de lumière. À la lueur des bougies qui répandent leur clarté dorée, tout semble un peu trop parfait pour être ce que ça prétend vraiment être, c'est-à-dire un lieu sacré ayant sombré dans le profane. Le gothique américain pompeux de cette église à l'abandon, ces statues de saints et de madones dont la peinture s'écaille, ces bougies noires sur l'autel, ces senteurs de sexe et d'urine flottant dans l'air, tout ça cache autre chose. Le crucifix a dégringolé, certes, et on a piétiné les chapelets, mais une certaine… piété persiste en ce lieu. Même dans son déni, son travestissement délibéré, l'endroit empeste la religion. Finnan referme doucement les battants derrière lui, puis caresse du bout des doigts le grain grossier du bois, solide, solennel.

Cela fait bien longtemps qu'il n'est pas entré dans une église, mais ouais, c'est pile poil comme la dernière fois… Pile poil.

Bon d'accord, pas tout à fait.

« Alors comme ça, tu leur as vendu ton âme, finalement ? » dit-il.

Moitié veuve corse moitié putain de Babylone dans sa robe pourpre et son foulard écarlate, elle émerge de la pénombre derrière l'autel.

« Je *suis* elles, réplique la jeune femme. Elles avec un E majuscule. Je suis la reine-chienne de l'Enfer, tu ne le savais pas ? Je suis la chef des armées rebelles, je suis la princesse...

— Phree, la coupe-t-il. Il y a une époque où tu n'étais que cette bonne vieille Phree. Je t'ai appris le poker, tu t'en souviens ? »

Elle lui sourit :

« Les règles de la maison : pas de rois, pas de reines, c'est les valets qui gagnent et les as qui sont libres.

— Ouais, la meilleure façon de jouer à ce jeu. »

« Les choses changent », lui dit-elle.

Finnan allume une tige et en aspire une longue bouffée. Avec ce poids de la Cryptolangue en lui, il se sent depuis toujours comme directement connecté à une nova logée au fond de sa cervelle. Il est persuadé qu'il pourrait faire frire un pauvre crétin innocent s'il laissait les mots jaillir de sa bouche sans pouvoir les dompter. Et maintenant plus que jamais, dans la chaleur du Mojave, avec le peyotl qui monte et descend le long de son épine dorsale et cette ex-petite amie qui s'est livrée corps et âme à l'enfer, il lui faut de la nicotine pour se brider, pour donner à ses pensées un rythme calme et lent. Pour se refroidir. Il la regarde des pieds à la tête.

Bon Dieu, Phree, t'aurais pu déguerpir et tracer ta route ! Pourquoi tu l'as pas fait ?

Il sent l'envoûtement sortir d'elle par vagues fiévreuses, comme si un truc se consumait dans la fournaise de son âme. Putain, pas étonnant que les hommes froids aient été attirés ici ! Phree est plus vraie que leurs breloques ! En la trouvant, ils ont sûrement eu l'impression de mettre la main sur un truc énorme, sur la magie censée imprégner tous leurs charmes. Finnan en mettrait sa main à couper ! Évidemment, Harker est debout derrière elle, forme pâle dans les ombres.

« Ma parole, c'est la Sainte Vierge de la mission de Sante Manité ! ricane l'Irlandais.

— Comme tu le sais, Finnan, je ne suis plus vierge, et je ne me qualifierais pas exactement de sainte. »

Pas besoin de rajouter *Et à qui la faute ?* Finnan ne se rappelle que trop bien son propre rôle dans la damnation de Phree.

« D'accord. Alors c'est comme ça que ça se passe, dans le dernier bastion de la religion ? Bon Dieu, Phree, des pattes de lapin ? Des serres de poulet ? Des putains de cochonneries pour l'âme ? Et ils avalent tout ça sans broncher ?

— Ne sois pas si dur avec eux. Tout ce qu'ils veulent, c'est un peu de paix.

— C'est pour ça que tu leur vends tes merdes ? »

Elle s'assoit sur l'autel avec une grâce désinvolte et reste perchée là, un pied dans le vide, l'autre posé par terre. Elle tripote le collier en os de poulet qui pend toujours à son cou.

« Ben oui, c'est ce qu'ils veulent, répond-elle. Que leur reste-t-il d'autre ? Tu as oublié ce que ça apporte, on dirait. »

Elle se trompe. Il n'a jamais oublié ses petits rituels d'antan, les baisers sur les lettres de sa petite amie, le signe de croix avant de partir à l'assaut, ouais, et la balle avec son nom gravé dessus toujours fourrée dans sa poche. C'était il y a très très longtemps, mais il n'oubliera jamais, c'est sûr ! Il n'a jamais oublié que tout ça, c'est des bobards, mais il n'a jamais oublié non plus ce qui marche *vraiment*, comme il l'a découvert un beau jour.

« Tu sais pourtant que rien sur ces étals ne peut faire du bien à ces gens. Tu vends des mensonges !

— Vendre la vérité attirerait trop l'attention sur moi. Et toutes ces niaiseries forment un bon écran de fumée pour la magie véritable.

— Celle que tu caches à l'Alliance ? »

Elle éclate de rire.

« L'Alliance est brisée ! Tu avais raison sur tout, Finnan. L'Alliance s'est déchirée en combattant son ombre… avec un petit coup de main de nos amies les bitmites. La poussière d'Alliance.

— Mais toi, Phree, tu combats toujours, on dirait.

— Je suis la déesse de la guérilla, désormais. C'est mon job. »

Il tente de se la représenter avant que tout ceci ne commence : une gamine, un garçon manqué portant la veste de motard de son frère, à l'époque où lui n'était qu'un solitaire un peu cinglé dans un camping balayé par la poussière, un solitaire qui refusait de parler de son passé, mais n'était pas avare d'anecdotes sur la magie et le mystère. Il n'avait jamais eu l'intention de les séduire, de séduire Tom et Phree, mais quand il avait fini par comprendre que la Cryptolangue dans sa voix remuait leurs âmes sans même qu'il s'en aperçoive, il était déjà trop tard.

« Change de job, lui suggère-t-il.

— Je n'ai pas le choix. C'est la guerre.

— J'ai connu la guerre, figure-toi. J'en ai vécu quelques-unes. *Pas le choix ?* Foutaise ! On a toujours le choix !

— Quel autre choix ? Fuir ? Se cacher dans le désert, quelque part dans le Vélum ? Tu as essayé. J'ai essayé. Malheureusement, la guerre continue à se propager jusqu'à ce qu'elle te trouve. »

La dernière fois qu'ils s'étaient vus, c'était déjà dans une église. Thomas venait de mourir et Phree avait changé pour toujours en voulant le sauver. Les agents de l'Alliance parcouraient le monde, remontant à l'odeur la piste de leurs frères pour les enrôler de force. Phree était donc partie direction le soleil couchant pour se faire oublier dans les régions inhabitées du Vélum, tandis que Seamus Finnan tentait de son côté de s'oublier dans la boisson. Et la guerre l'avait rattrapé, et pas qu'un peu.

« Alors finalement, t'as accepté le shilling du roi, dit-il.

— C'est le roi que nous combattons. Tous les rois du paradis, tous les ducs de l'Enfer, tous les tyrans de pacotille de cette putain d'éternité à la noix !

— Et les princesses ? »

Elle grimace un sourire en fronçant le nez — tiens, un soupçon de l'ancienne Phree…

« Il faut parfois jouer le jeu pour les troupes, tu vois ce que je veux dire ? »

Elle se laisse glisser de l'autel et lui fait signe de la suivre. Elle se dirige vers la porte de la sacristie.

« Cette guerre-ci est différente, lui lance-t-elle par-dessus son épaule. Et celle-ci, nous pouvons la gagner, nous allons la gagner. Nous avons l'avantage. »

Harker ouvre la porte et s'écarte pour le laisser jeter un œil dans la pièce. Une petite table, une chaise. Sur la table sont posés un classeur de photostats sur papier glacé, des instruments de tatouage, du matériel chirurgical, un miroir à raser. L'homme assis sur la chaise, Finnan ne le reconnaît pas. Par contre, son empreinte, il la reconnaît immédiatement, putain ! Elle est si puissante qu'elle semble flotter autour de lui ! Il est nu jusqu'à la taille, et Finnan distingue parfaitement les lignes noires couvrant chaque centimètre de son torse, peut-être le motif le plus complexe jamais arboré par un Amortel. L'aiguille du pistolet à tatouer bourdonne. L'homme grave l'histoire de son ancienne vie sur son bras. C'est l'histoire du reflet sous ses yeux, l'histoire de celui qui un jour écrivit un livre, de celui qui eut l'idée foireuse d'écrire la Cryptolangue, de s'emparer d'elle pour transformer le chant en symbole. L'empreinte est si complexe que Seamus ne peut l'appréhender dans sa totalité, impossible, et cette façon dont elle s'enroule et se déroule dans des flots de rouge et de noir qui courent sur la chair… Mais il peut tout résumer en un mot, Seamus, parce que, pas de doute, le nom de cet homme au cœur de son histoire est gravé sur son cœur pour que le monde entier puisse le contempler, le nom de ce scribe de toute chose, du Livre de Toutes les Heures ; ce n'est pas Métatron, non, ce n'est pas le Métatron de l'Alliance, mais celui qu'il fut jadis, celui qu'il était avant l'Alliance, avant que les *sebittis* ne veuillent changer le monde avec pour seul résultat de se changer eux-mêmes. Ce n'est pas Métatron mais…

« Enki », dit Seamus, qui veille à ne pas prononcer ce mot en Cryptolangue.

5

Gardien des anges

Danse avec le danger

Je défonce d'un bon coup de pied le panneau latéral de l'ornithoptère. Mes talons heurtent si durement les côtes du pilote qu'il se retrouve projeté droit à travers la porte opposée. Je me jette dans le siège vide pour empoigner les commandes de l'engin rugissant qui tournoie sauvagement dans les airs et le dompte *in extremis*

Pour l'instant, tout va bien. Il ne me reste plus qu'à retourner chez Fox, dans le Taudis, avant un nouveau saut périlleux à travers les plis, en priant le diable pour qu'il puisse raccommoder ce petit accroc dans le temps.

La masse du Cirque au-dessus de moi, les toits du Taudis en dessous, les rayons-ki épars qui déchirent l'air autour de moi, feu ami et attaques ennemies confondus… Je plonge avec l'ornitho au cœur des explosions de couleurs, je les contourne, je soulève les caches, je localise les boutons de commande sur les manches à balai, et je vise un ornitho ennemi. Programmés pour les empreintes de pouce du pilote, les deux boutons ne réagissent pas.

Pas cool.

Une déflagration-ki fait valdinguer l'engin. Tout en pilotant d'une main, je dégaine à la vitesse de l'éclair mon pistolet-ki

Curzon-Youngblood Mark I, j'explose le pare-brise de mon ornitho et je fais feu sur l'ennemi. Virevoltant dans les airs tel un derviche tourneur céleste, je danse avec le danger. Des ornithos ennemis tentent de deviner mes manœuvres, des canons pétaradent. L'un d'eux réussit à en descendre un autre en plein vol. Nickel !

J'ai l'impression de refaire la bataille d'Angleterre mais dans un grand huit. Putain, heureusement que je ne n'ai pas le mal des transports ! Je vire sur l'aile pour descendre un ornitho qui menace un de mes flancs. Mon ami le pilote s'agrippe désespérément d'une main à sa portière ouverte tout en balançant le pied dans son engin pour tenter d'y remonter. Il braque son pistolet-ki vers mon crâne, ma parole ! Je plonge et nous faisons feu en même temps. Il pulvérise les instruments de contrôle au-dessus de ma tête, mais moi, j'envoie un faisceau-ki droit dans son bide, et il disparaît dans le ciel bleu.

Complètement fou à présent, mon ornitho hurle — son du métal qui se déchire — et se cabre dans le ciel. Il est temps de mettre les voiles, on dirait. Tout en m'éjectant du siège d'un bond arrière par le pare-brise fracassé avec une habileté consommée et une vraie chance de cocu, j'envoie l'ornitho détruit se coucher sur le véhicule ennemi tout désigné par sa position de chef de groupe, puis un tir-ki à deux mains me libère dans l'explosion du carnage qui s'ensuit. Je tombe en tournoyant et m'écrase sur l'aile d'un ornitho en me raidissant juste à temps pour m'assurer une prise suffisante. Le pilote tente une culbute désespérée pour se débarrasser de moi et rependre le contrôle de sa machine mais je m'accroche, et l'appareil déséquilibré tombe en vrille.

Au moment où il atteint l'altitude qui me convient, je me balance et je lâche l'aile. La force centrifuge me projette exactement là où je voulais. Je fracasse pieds devant le bow-window visé, et m'écrase dans le quartier général des rebelles, l'antre de

Fox. À côté de la fenêtre, Puck le Véloce et sa lance-ki crachent des flammes dans le ciel. Coyote saigne, allongé sur le tapis persan.

« T'es revenu, me dit-il. J'espère que t'as pas tout fait foirer. »

Je claque mes talons d'un air penaud :

« Quelle est ta définition exacte du mot "foirer" ?

— Consulte le dico à "Jack Flash" », réplique-t-il.

Je parcours la pièce du regard. Il manque quelque chose.

« Où est Fox ?

— Qui ça ? » me demandent en même temps Puck et Coyote.

Et soudain la réplique temporelle nous frappe.

Jet de sang et de cervelle

Le 21 mars. Je cherche un signe dans les notes de Samuel, quelques mots de sténo me confirmant que ce monde, mon monde, est le bon et qu'il finit bien. Mais nulle part Samuel ne décrit la vérité que je vis, c'est-à-dire nous terrés dans un ancien temple sous l'œil vigilant d'une putain vierge. Les variantes sont innombrables — dans certains mondes, MacChuill est capturé, dans d'autres von Strann perd la vie —, mais dans toutes celles que j'ai examinées pour l'instant, nous nous retrouvons piégés dans l'appartement de von Strann après avoir battu en retraite pour éviter les patrouilles, tous nos itinéraires de fuite bloqués par les points de contrôle éclos dans la nuit. Je tente de les localiser d'après les diverses variantes, mais le tableau reste incomplet. Et comment être certain que ces scénarios alternatifs sont assez proches du nôtre pour pouvoir être considérés comme des renseignements fiables ? Comment savoir si les différences ne sont pas plus substantielles que les ressemblances ?

Je tire espoir du fait que le monde que je connais diffère énormément de tous les autres. Ici, c'est dans le Beth Ashtart que nous nous retrouvons coincés, que nous rongeons notre frein en attendant que les Turcs nous découvrent. Ici, un seul mot de Tamuz a suffi pour me persuader de cesser mes fanfaronnades et mes récriminations stupides contre le baron. Plutôt que de les gêner, je les ai aidés, et ici, Tamuz est revenu avec l'Écossais en moins de temps qu'il n'en faut pour le dire. Le moteur de la voiture tournait toujours quand nous avons dévalé les marches jusqu'à la rue, avec MacChuill debout derrière le volant nous pressant de nous dépêcher dans sa langue bien à lui, gutturale et colorée, plus compréhensible par le ton et le contexte que par le contenu de ses propos. Ici, je pense que nous serions peut-être parvenus à quitter la ville si nous nous y étions pris un tout petit peu plus tôt. Nous avons presque réussi !

En l'occurrence, nous venions de nous engager sur l'avenue des Palmiers quand l'enfer s'est déchaîné.

La voiture prend bruyamment un virage très serré pour s'engager sur l'avenue des Palmiers, puis un autre virage encore plus délicat ; MacChuill bloque les freins et s'acharne sur le volant.

« Putain de bordel de merde ! Accrochez-vous ! » crie-t-il à ses passagers.

La carrosserie vibre, les roues patinent, le caoutchouc brûle, le virage se transforme en épingle à cent quatre-vingts degrés. Le long de l'avenue, des soldats quittent en courant leur barrage improvisé — un camion garé en travers de la route — et leur hurlent de faire halte, fusils levés. Jack plaque durement Tamuz à l'épaule pour le mettre à l'abri, puis tente de viser les Turcs avec son Wembley alors que la voiture qui chasse le déséquilibre complètement. MacChuill se bagarre pour arrêter le véhicule, le moteur rugit, les roues patinent…

« Putains de salopards, venez… »

MERDE

Jack entend la détonation du fusil et presque en même temps le bruit sourd de l'impact — est-ce lui qui est touché ? La voiture cale après quelques violentes secousses, et MacChuill s'affaisse sur le volant, puis glisse sur le côté. Un jet de sang et de cervelle décore le pare-brise. Dieu tout-puissant ! Jack tire sur les Turcs et — *fuyons* ! — tous trois sautent du véhicule et courent loin des détonations et du *chtong* des balles qui frappent le métal. Ils redescendent la rue en passant d'un endroit à l'abri des balles au suivant. Jack tire à un coin pour retenir les deux derniers Turcs pendant que von Strann et Tamuz foncent jusqu'à la rue suivante où…

Von Strann virevolte comme s'il venait de recevoir un coup de marteau à l'épaule. Tamuz dérape, fait demi-tour, revient en courant vers Carter, mais le soldat surgit derrière lui, le vise et…

Pan !

Tamuz chancelle — *Pan !* — et puis tombe.

Jack braque son arme vers le soldat, mais un autre coup de feu retentit, du sang et des esquilles giclent du visage du militaire. Par terre, von Strann pointe son fusil vers l'endroit où se tenait le Turc.

Jack parvient à se traîner jusqu'au corps de Tamuz, puis tombe à genoux.

Subtextes et symboles, Les Péchés de Sodome,
par L. Wooley (1988)

Par conséquent, lorsque nous examinons ce qui est parvenu jusqu'à nous des scénarios originaux et des storyboards des *Péchés de Sodome*, nous y décelons bien des éléments qui annoncent non seulement l'œuvre plus tardive de Griffith mais également les films à grand spectacle de réalisateurs comme Kubrick dans *Spartacus*, Lean dans *Lawrence d'Arabie* ou Korda dans *Achille*. Comment ne pas voir, dans la scène de l'Exode des *Dix Commandements*, une évocation de la fuite de Loth et de sa maisonnée dans le film de Griffith, surtout en sachant que ce dernier avait prévu de recruter deux mille figurants pour constituer la « maisonnée » de Loth ? On a aussi beaucoup comparé le fameux discours des « escargots et des huîtres » dans *Spartacus* au discours du « lait et du miel » déclamé dans *Les Péchés* par le jeune esclave Tamuz au guerrier hébreu, Jonathan. Dans *Spartacus*, les rôles du séducteur et du séduit, ou de l'esclave et du maître, sont inversés, certes, mais il est très possible que le scénario de Kubrick ait été influencé par une connaissance superficielle du ou des scénarios de Griffith. De la même façon, l'homo-érotisme subtil d'Achille pleurant Patrocle dans le classique de Korda (1957) tire peut-être son origine de la scène où Jonathan sanglote sur le corps de Tamuz.

Mais rappelons-nous le contexte de l'époque. Le studio se déroba, refusant de financer ce projet, et *Les Péchés de Sodome* ne virent jamais le jour. Quel film aurions-nous si Griffith avait pu développer ses idées jusqu'au bout ? Notre imagination tourne en roue libre. Ce long-métrage aurait sans doute généré un degré de controverse plus grand qu'*Intolérance* au moment de sa sortie, ou que *Naissance d'une nation* aujourd'hui. La fin du film — Dieu détruit les cités de Sodome et Gomorrhe en n'épargnant que les gens purs et vertueux de la maisonnée de Loth — doit davantage au pragmatisme qu'à l'éthique, illustrant par l'exemple l'hypocrisie de l'époque : tant que les coupables étaient punis à la fin, étaler sur grand écran les crimes les plus odieux (et bien sûr les plus palpitants) ne posait aucun problème. À en juger par les scénarios rescapés, Griffith semble avoir voulu mettre à l'épreuve les frontières ténues entre le tolérable et le permissif, avec des scènes d'hédonisme et d'excès clairement conçues pour assouvir un public lascif en manque de scandales et de sensualité, et une fin morale pour se dédouaner.

Comment s'étonner alors qu'Eric von Strohn, auteur d'un gros succès biblique (un navet pieux et boursouflé, à vrai dire), ait décrié ce projet en le qualifiant « d'ignoble perversion non seulement de mon travail humble et honnête, mais aussi des Saintes Écritures elles-mêmes » ? Von Strohn menaça d'intenter un procès à Griffith en arguant que le scénario obscène des *Péchés* diffamait son personnage, puisqu'il glorifiait les horreurs proférées. L'Église, les censeurs et les autorités bien-pensantes accusant Griffith de blasphème notoire et de sensationnalisme vulgaire, le studio eut à subir des pressions de plus en plus sévères, jusqu'au jour où le potentiel commercial de ce contenu explosif fut surpassé par l'hostilité pure et simple que le projet s'était attirée, avec le danger qui en découlait. Les invectives venimeuses des opposants au film atteignirent un tel degré de violence que l'on s'imagine aisément, si ce long-métrage avait vu le jour, de grandes foules de paysans indignés et vertueux sillonnant le pays en brandissant des torches pour incendier sur leur route toutes les salles de cinéma et faire flamber ces bobines sordides et salaces entassées en de grands feux de joie.

C'est hélas ce qui a dû se produire à une moindre échelle, car la plupart des exemplaires trop rares du script original et de ses réécritures ont été soit perdus soit détruits il y a bien longtemps. Tout le monde a fini par oublier ce projet, enseveli au fil des ans sous la poussière des rêves hollywoodiens. Inutile d'espérer reconstituer l'une des versions du script dans sa totalité : trop d'éléments nous manquent. Cette idée, comme le film lui-même, doit être abandonnée aux sables du temps. Certaines biographies de Griffith ne font même pas allusion aux *Péchés de Sodome*. Pourquoi le devraient-elles, d'ailleurs ? Après tout, ce film n'a jamais été réalisé ! Beaucoup (trop) d'étudiants en cinéma ne considèrent ce projet que comme un bref raté dans la carrière du grand homme, un incident fortuit. Et pourtant, en jouant les archéologues du grand écran, il est possible de mettre au jour quelques fragments oubliés, de les dépoussiérer, de comprendre la façon dont ils s'insèrent dans l'histoire du cinéma.

La chute de Sodome, par exemple, point culminant du film, entre en résonance avec bien d'autres scènes, de l'escalier d'Odessa dans *Le Cuirassé Potemkine* à la fermeture du ghetto de Varsovie dans *La Liste de Schindler*. Quant à la capture et la torture des héros, le prince hittite Istran et le jeune guerrier hébreu Jonathan…

Pour les mourants et les morts

Le 21 mars. Voilà, nous attendons dans le Beth Ashtart, planqués derrière une barricade de vieux bancs d'église et de vitrines d'exposition. Dans un compromis désespéré de hâte et de sang-froid qui nous a laissés complètement épuisés, le baron et moi-même, nous avons porté ou traîné sur les mosaïques ce vénérable patrimoine pour l'empiler devant l'entrée, le détournant à des fins ô combien prosaïques.

C'est une scène étrange, calme et lugubre. Une curieuse tranquillité règne en ce lieu depuis que nous avons entassé pêle-mêle devant la porte les meubles de classement et les vitrines prélevés au centre de la salle. Von Strann est étendu sans connaissance sur l'un des bancs, pâle et affaibli ; il a perdu beaucoup de sang, mais je l'ai rafistolé comme j'ai pu. Tamuz est allongé sur l'autel, veillé par l'Ange qui pleure. C'est ainsi qu'est surnommée cette statue de femme peinte, peut-être le prototype de toutes les madones, la Vénus originale pleurant son Adonis. Je m'imagine ce musée tel qu'il était autrefois : un temple, un lieu de guérison, de deuil, de prières pour les mourants et les morts.

À mon avis, von Strann devrait s'en tirer. Il est bien plus solide que je ne le pensais ; il vaut au moins deux fois certains soldats que j'ai connus si j'en juge par la façon dont il a supporté mon extraction maladroite de la balle qui l'a frappé à l'épaule. Je ne suis pas chirurgien, loin de là, et j'ai eu de la chance : le temple étant dépourvu de fenêtre, j'ai pu m'éclairer à la bougie sans craindre que les Turcs ne la repèrent. Au moins, je n'ai pas eu à creuser à tâtons dans le noir.

Je veux prier ce dernier téraphim, cette déesse païenne à la gloire révolue depuis longtemps ; l'écarlate et le pourpre s'écaillent ou pâlissent jusqu'à se confondre avec le blanc du plâtre et le bleu pâle, son œil unique est orné de pierres précieuses, l'autre orbite étant vide. Sur sa joue courent les profondes entailles d'où lui vient son surnom, un surnom d'aujourd'hui pour cette Astaroth de jadis. Je veux prier l'Ange qui pleure, je veux lui demander de veiller sur nous du mieux qu'elle peut.

Et je prie pour que la Cryptolangue et le Livre existent vraiment, pour que les générations futures puissent y lire les patronymes de tous les innocents assassinés au nom d'idéaux déments, pour qu'elles puissent les pleurer. Que les crimes des généraux et des démagogues responsables de cet enfer marquent ces hommes au fer rouge, comme ce fut le cas du premier assassin. Que leurs forfaits infâmes soient gravés dans leur chair !

Je veux prier pour que quelqu'un paye.

« Nom de Dieu ! »

Jack revient en coup de vent dans la pièce, et von Strann prend sa place, debout derrière MacChuill ; accroupi sur le seuil, l'Écossais tire sur les Turcs dans l'escalier. L'Anglais fait jaillir le barillet de son Webley. Les cartouches tombent, bruit de métal sur les lattes du plancher…

« Jack ! »

Tamuz lui lance la boîte de munitions qu'il a trouvée dans le tiroir du haut de la coiffeuse. Carter verse une dernière poignée de balles dans sa paume, recharge son arme, lâche la boîte vide. MacChuill revient dans la pièce et Jack s'accroupit à sa place ; penché dehors, il se rejette soudain en arrière, il tire sur des hommes qu'il aperçoit à peine. Bon Dieu, combien sont-ils ? Bien assez nombreux pour vouer à l'échec tout espoir de les tenir en respect, malgré les six ou sept cadavres qui bloquent l'escalier !

Carter descend un autre Turc avec sa dernière balle et plonge de nouveau à l'intérieur — *MacChuill ?* — mais l'Écossais secoue la tête en fixant une baïonnette sur son fusil. Tamuz fouille dans la coiffeuse au cas où.

« Alors ? Tu as trouvé quelque chose ?
— Non, rien du tout. »

« La table ! leur crie von Strann qui referme la porte à la volée. Vite ! »

Jack et MacChuill tirent et traînent jusqu'à la porte la table dont les pieds raclent bruyamment le plancher, la redressent, la coincent sous la poignée, puis pèsent dessus de tout leur poids. Des pas dans l'escalier, des coups font vibrer le chambranle, un cri en turc — *Reculez !* — et Jack tire MacChuill en arrière juste au moment où une rafale fait voler en éclats la porte et le chambranle. Derrière, des hommes se jettent contre la porte, toujours plus nombreux, encore des tirs de mitrailleuse, puis la porte fragilisée est ouverte à coups de pied, et les voilà tous les trois, MacChuill avec son fusil à baïonnette, von Strann avec la Winchester qu'il tient comme une batte de cricket et Jack, un couteau dans une main et le Webley à l'envers dans l'autre, les voici tous les trois seuls contre trop de miliciens turcs, et des miliciens trop bien armés, la preuve en est ce tir de mitraillette inutile qui coupe MacChuill en deux, sur place, alors qu'il baissait son fusil.

« Lâchez vos armes ! »

Von Strann laisse tomber la Winchester, mais Jack profite de la faille ; il bondit, évite l'arme du tireur, plante son couteau dans les tripes de cet enfoiré, lui balance son Webley en pleine figure, s'empare de sa mitraillette et se contorsionne violemment pour la pointer vers les Turcs : il a juste le temps de voir la crosse d'un fusil se ruer vers sa tête et…

Nous l'accueillons dans les ténèbres.

La cité d'un millier d'histoires

Elles sont légion, les histoires qui circulent dans cette ville, amigos. Chaque pavé piétiné, chaque piquet dans les clôtures entourant les ghettos du South Side en a une à nous raconter. Ça va des losers de la pègre qui proposent en loucedé le fruit de leurs exactions dans les tunnels où des trains à l'heure cliquetaient jadis le long des voies ; ils les proposent aux surhommes qui nous dirigent, vous savez, ceux qui sont prêts à payer de jolies sommes pour quelques douceurs genre une orange et des collants résille histoire de passer le temps pendant ces nuits interminables. Et croyez-moi, nous les connaissons toutes, ces histoires, et bien plus encore, dans l'œil du cyclone qui précède l'aube. Vous écoutez Galerie de monstres, *vilaine émission noctambule signée Don Coyote, et nous vous avons dégoté quelques scandales bien juteux qui vont vous faire rougir jusqu'à la racine des cheveux. Par ailleurs, nous sommes toujours à la recherche de morceaux de choix, comme vous le savez, donc si vous détenez quelques cancans dignes de nos ondes astrales, prenez votre téléphone, composez le six-six-six-quatre-oh-oh-oh et laissez-nous les souffler dans les cieux.*

J'atterris durement sur le toit et je roule pour me retrouver accroupi dans la posture du chasseur. Le projecteur de l'ornitho me cloue dans son faisceau, alors je me retourne et je braque sur l'engin volant mon pistolet-ki Curzon-Youngblood Mark I. Je m'en fous d'être sous les feux de la rampe, mais j'aimerais bien une pluie de roses à la place de ces floraisons d'énergie-ki qui martèlent le béton tout autour de moi. Elles sont certes aussi jolies, mais si je pouvais rester en vie assez longtemps pour profiter du champ' après le spectacle… À vue de nez, il est temps pour Jack de quitter la scène fissa.

Je vise les articulations de l'ornitho, une fois, deux fois. Le petit joujou technologique estropié bat des ailes avec un boucan du diable et une trajectoire erratique, puis s'écrase après une jolie culbute sur le béton.

Ben voilà. Si ça se trouve, il y aura un rappel.

Mais commençons avec une histoire qui risque de scandaliser les oreilles prudes : celle d'une poule au grand cœur et du super-espion pilote qui veut revoir sa petite chérie. Rien de salace ni d'audacieux là-dedans, me direz-vous ! Je vous entends d'ici : ce n'est pas ce que vous attendiez de Don, de ses incursions prolongées dans la psyché humaine… Petits curieux, vous voulez savoir, hein ? Eh ben, pour commencer, cette petite poule a plus de matos dans le froc que la moyenne des putes, si vous voyez ce que je veux dire. D'après la rumeur, ce jeune gars est très doué pour faire bruire les secrets en froissant les draps. Bref, mon petit doigt me dit qu'on l'a vu y a pas longtemps entrer et sortir en vitesse d'une suite coûteuse. Parce que, toujours d'après la rumeur, l'un de nos ministres craquerait complètement pour ses joues de pêche.

Ça ne vous suffit pas ? Vous en voulez plus ? Vous voulez connaître toute l'histoire ? Vous voulez savoir à qui notre petite tante a révélé ses secrets, amigos ? Alors, à qui, à votre avis ? À son chéri bien sûr ! À la puce humaine qui se tortille dans la fourrure de notre grande et bonne Albion et qui n'est autre que Jack Flash, le seul, l'unique ! Bon, si j'étais ministre, je dirais que c'est carrément impoli…

Évaluation rapide de la situation : de l'autre côté du tas fumant de pizza pilote-ornitho, je repère une porte. Je cours vers elle… et je m'arrête en catastrophe ; derrière la porte résonne un martèlement surpuissant qui fait vibrer tout le chambranle, mélange de canonnade et de feedback strident diffusé par un ampli éventré d'un coup de couteau à cran d'arrêt et poussé au maximum. Un bélier sonique ! Putain, fait chier ! La porte commence à luire, à *partir*, elle éclate en mille morceaux dans des gerbes d'étincelles et de cris perçants, des miliciens se laissent tomber par dizaines sur le toit, et moi je file déjà dans l'autre sens sur le sol de béton, en tirant à l'aveuglette par-dessus mon épaule. Coup de talons à ressorts, saut périlleux avant par-dessus l'épave de l'ornitho, et me voici à l'abri derrière l'engin, le pistolet-ki dans son étui, une grenade d'orgone dégoupillée dans chaque main. J'arrête pas de leur dire de faire l'amour, pas la guerre, à ces salauds.

S'ils n'écoutent pas la voix de la raison…

Des revolvers à Salt City, *Joe Campbell (1973)*

« Si tu n'écoutes pas *el commandante*, *gringo*, nous allons devoir te tuer, *sí* ? ricane le chef des bandits. Faisons un marché, d'accord, *gringo* ? »

Jack Carter plissa les yeux et répondit tout bas entre ses dents :

« Peut-être, faut voir. »

Van Stern redressa la tête et lécha le sang de ses lèvres fendues par le coup de poing du commandant, au coin de sa bouche. Son pied allait avoir besoin d'un sérieux rafistolage mais c'était un dur, pas du genre à se laisser briser par une seule balle.

« Allez pourrir en enfer, fils de putes, bande de pouilleux ! » s'exclama-t-il.

Carter se retourna vers lui :

« Apparemment, nous n'avons pas vraiment le choix, *amigo*. »

Mais il avait parlé d'un ton calme, mesuré, comme s'il avait un plan.

« Écoutons ce type, ça ne peut pas nous faire de mal », conclut-il.

Tout en caressant sa moustache, le commandant se versa une autre rasade de whisky. Il lampa l'alcool, tête renversée, puis inhala une bouffée de son cigare et reposa son verre sur le bout de carte déchiré étalé sur la table.

« Vous et moi, nous sommes faits du même bois, capitaine Carter. Que l'un de nous soit un Yankee et l'autre un confédéré ne change rien à l'affaire. Quand on y réfléchit, nous sommes tous les deux des soldats. Nous savons ce qu'est la guerre, les horreurs qu'on y subit, celles qu'on est forcé d'y commettre. Ce n'est pas joli joli, tout ça. La guerre transforme les hommes. Elle les laisse un peu froids, comme morts à l'intérieur ; elle les transforme en tueurs. Nous ne sommes pas si différents, capitaine Carter.

— Où voulez-vous en venir, commandant ? siffla Carter.

— J'y arrive, capitaine, j'y arrive. Premièrement, grâce à la moitié de cette carte, je sais que notre squaw navajo qui aime tant ses Indiens a caché dans le coin un trésor d'une valeur inimaginable. Deuxièmement, je ne peux pas mettre la main dessus parce que la région grouille de ces satanés Peaux-Rouges. Troisièmement, avec notre ami ici présent en guise d'otage, il y a de fortes chances que ces sauvages nous laissent passer… Et enfin, il me faut l'autre moitié de cette carte, et je suis persuadé que vous savez où elle se trouve. Voilà où je veux en venir, capitaine. »

Pendant les explications du commandant, le Mexicain avait tiré un couteau de chasse d'un étui à son flanc, couteau dont il jouait maintenant d'un air menaçant tout en faisant lentement le tour de la table.

Van Stern éclata de rire :

« Vous savez parfaitement que Salt City ne pourra jamais tenir contre une tribu d'Indiens, pas plus qu'elle n'a tenu contre votre bande de cruels hors-la-loi ! Vous tremblez, dans vos maudites bottes de couard ! Vous savez parfaitement que dès la nuit venue, ces "sauvages", comme vous dites, vont s'abattre sur la ville, et qu'ils n'auront tous qu'une seule idée en tête : vous alléger de votre scalp ! »

Jack regarda le pisteur, puis le commandant.

« Réfléchissez, capitaine, insista ce dernier. De l'or… Plus d'or que vous ne pourriez en rêver. Alors, qu'en dites-vous ? »

Le Mexicain était arrivé derrière eux, et Carter sentit l'acier froid de sa lame pressé contre sa gorge.

« Si tu sais ce qui est bon pour toi, *gringo*, tu écoutes le commandant.

— Si vous me tuez, vous ne trouverez jamais les tablettes d'or », répliqua Carter.

Le commandant fit signe de reculer au chef des bandits, mais son regard glacé était celui d'un coyote affamé.

« Je n'ai jamais eu l'intention de vous tuer, capitaine. La mort est un peu trop définitive à mon goût. »

Il tendit sa main au Mexicain pour qu'il y dépose son couteau et ajouta :

« La souffrance, par contre… »

Le commandant Josef Pechorin

Jack émerge du chaos de l'inconscience, un chaos déchiré par de lugubres délires, anges en chute libre, livres en flammes, voix psalmodiant un chant funèbre, et quelqu'un qui dit :

« Recommencez. »

Une rafale froide et humide le gifle, et il se réveille en crachant. Il a de l'eau dans la bouche et les narines. Il s'étouffe, tousse, bat des cils. Il veut lever la main vers sa tête douloureuse pour se frotter les yeux, s'éclaircir les idées, mais ses bras sont ligotés dans son dos et il ne peut rien faire…

Il secoue la tête mais la faiblesse cède la place à la souffrance.

« Vous êtes avec nous, capitaine Carter ?

— Oui… »

Devant lui, il y a une table crasseuse, avec un homme flou et sombre assis au bord. Les choses deviennent progressivement plus nettes et il constate qu'il se trouve dans une cellule en béton. Un seau à la main, un Turc attend près d'un robinet dans le mur, et von Strann est affaissé à côté de Carter, ligoté sur une chaise, lui aussi, avec du sang qui dégouline d'une plaie au-dessus de son œil. Le timbre de voix du facho, l'arrogance indolente avec laquelle il se penche vers l'Anglais le sortent définitivement de sa torpeur. Il reconnaît tout de suite ce salaud.

« Ça y est, vous êtes remis ? » lui demande le commandant de la Garde noire Josef Pechorin.

Jack garde le silence et fixe l'homme d'un air sombre.

« Oui, vous l'êtes, on dirait. »

Le parfum du tabac et de l'armagnac imprégnant l'haleine de Pechorin (un verre d'eau-de-vie dans une main, un cigarillo dans l'autre) ne peut rivaliser avec l'odeur viciée de merde et de sang qui règne dans cette pièce. C'est la répugnante pestilence de la mort et de la torture. Il y a un trou d'évacuation dans un coin et le sol en béton est détrempé, mais sous les pieds de Jack, certaines taches incrustées ont résisté à tous les récurages.

« J'ai quelques questions à vous poser, reprend Pechorin.

— Carter, Jack, capitaine, 10138769. »

Pechorin pousse un soupir, avale une gorgée d'armagnac, fait tourner son verre pendant quelques instants et le pose sur la table. Il se lève et se dirige vers von Strann.

« Tenez-vous vraiment à suivre la routine habituelle ? Je vous pose des questions, vous refusez d'y répondre, je fais de mon mieux pour vous briser et vous tenez bon héroïquement jusqu'au moment où je braque mon arme sur le crâne de votre ami en menaçant de lui faire sauter la cervelle. Comme ça. »

Il presse le canon de son pistolet contre la tempe de l'homme inconscient et Carter entend le bruit du chien qui s'enclenche.

« Vous vous butez, car vous savez qu'en temps de guerre il faut être prêt à sacrifier quelques vies, et moi, plutôt que de dilapider mes moyens de pression, je décide de vous prouver que nous irons aussi loin qu'il le faudra. »

Il baisse son arme, vise le pied de von Strann et tire.

Le hurlement se mue en insultes étouffées par des gémissements, eux-mêmes entrecoupés d'insultes. Pechorin regarde Jack d'un œil expert, glacé.

« Carter, Jack, capitaine, matricule 10138769. »

Pendant que von Strann reprend ses esprits après ce réveil atroce, Jack regarde résolument devant lui. Il doit absolument faire abstraction de la souffrance de son ami. Il entend toujours le chant étrange et déroutant des Énakites, assourdi et lointain, certes, mais plus fort qu'avant, et il se concentre dessus. Il ignore de quelle direction lui parvient cet air — qui semble les envelopper — mais impossible de s'y tromper : c'est bien la complainte de von Strann pour la petite fille morte. Une complainte qui résonne comme si des milliers de voix la chantaient. Si les notes de Samuel sont exactes, les Turcs doivent être en train de s'énerver, en ce moment.

« Capitaine Carter ! »

Pechorin lui empoigne le menton et le force à tourner la tête vers un von Strann grimaçant de souffrance. Il marmonne à voix basse, affaissé vers l'avant. D'une saccade, Carter échappe à la poigne du Russe : il veut regarder devant lui, et seulement devant lui. Là, sur la table, il y a les sacs de selle remplis des gribouillis de Samuel, le journal intime de Carter, le Cantique des cantiques et un plan de la ville.

« Carter, Jack, capitaine, matricule 10138769 », répète-t-il.

À côté de lui, les gémissements faiblissent, et le baron adopte un ton calme, mélodieux. Jack a l'impression de comprendre ce que psalmodie le Prussien : « Quelqu'un devra payer », une affirmation qui se fait soudain plus… plus précise. Pechorin se déplace pour apparaître dans son champ de vision, et Jack lit dans ses yeux noirs que cette chanson le déconcerte. Comme l'Anglais l'a appris pendant sa formation, il doit refuser la discussion et répéter sans cesse son nom, son rang et son matricule, car tout autre propos donnerait une prise à son bourreau. Sauf qu'il se trouve dans une situation vraiment… *critique*.

Un coup d'œil aux notes sur la table, et il se décide.

« Alors, commandant ? Les autochtones sont un peu agités, on dirait ! Vos lignes de communication sont coupées, n'est-ce pas ? Dites-moi, combien de vos patrouilles de reconnaissance ont-elles disparu sans laisser de traces autour de Tell el-Kharnain ? »

Le petit sourire supérieur se crispe légèrement.

« Vous avez l'air inquiet, commandant ! Vous voulez nous donner l'impression que votre victoire est inéluctable, mais, dans le fond, vous êtes un peu superstitieux, n'est-ce pas ? Et c'est comme si cette part irrationnelle en vous redoutait des… des événements imprévus, c'est ça ? Ou vaut-il mieux employer l'expression "événements prévus", dans le cas qui nous occupe ? »

Pechorin pince tellement les lèvres qu'il semble feuler :

« Capitaine Carter, vous feriez mieux de vous préoccuper de…

— … Oui, je sais : "de ce qui vous attend plutôt que des sornettes mystiques de ces sauvages sans éducation", le coupe Jack. Des sornettes, vraiment ? C'est vraiment ce que vous croyez ? Alors dites-moi pourquoi, si vous feuilletez ce carnet de notes rouge posé là, juste là devant moi, dites-moi pourquoi vous allez y trouver cette conversation, transcrite mot pour mot ! Je vous en prie, faites donc ! C'est sur la page intitulée *Le commandant Josef Pechorin*. Comme vous. »

Pâle et silencieux, Pechorin reste figé pendant un moment indicible, un moment qui s'étire comme le glas solennel d'une cloche. Il semble durer une éternité, ce moment. Les deux hommes se défient du regard. Ils savent que sur ces pages déchirées, tachées de sang, couvertes de l'écriture en pattes de mouche de Samuel, ils ont lu exactement les mêmes mots, et leurs âmes se défient. Ils savent tous les deux que leurs destins sont déjà écrits, scellés, et qu'ils sont inextricablement liés.

Le Fils de la ville, *R. Graves (1956)*

Dès que le Cosaque est entré dans la pièce, j'ai su que j'allais avoir des problèmes, et des problèmes encore pires que je ne le pensais, me suis-je dit en apercevant l'affreux gorille qui le suivait. L'épaisse moustache de ce type ne parvenait pas à dissimuler son sourire méprisant et stupide. Vous obtiendrez un résultat assez ressemblant en rasant un singe et en lui enfilant un costume. Mais, costume ou pas, il valait mieux éviter de s'approcher de lui : le singe en question avait peut-être été rasé, mais pas douché au jet, si vous voyez ce que je veux dire.

« Content de vous revoir, ai-je lancé au Cosaque. Présentez-moi votre ami, voulez-vous ? Où l'avez-vous déniché ? Dans la mafia turque ?

— Je vais le laisser se présenter tout seul », réplique le Cosaque.

Donc notre gros lourdingue s'exécute, prénom *Coup de poing numéro un*, nom de famille *Coup de poing numéro deux*, un sur chaque joue, bien entendu. Une fois ces formalités accomplies, je suis resté assis là quelques instants à me dorloter la mâchoire tout en me tripotant d'un doigt une dent branlante. Quand on rencontre quelqu'un pour la première fois, ce genre de silences gênés est inévitable, j'imagine.

« Ravi de vous rencontrer, chers amis, ai-je repris après un moment. Je vous offrirais bien un verre, mais j'ai cru comprendre que cet hôtel est dépourvu de service en chambre. »

Le Cosaque s'est assis au bord de la table.

« Nous devons parler.

— Mais volontiers. Qu'est-ce que vous pensez des Yankees ? »

Le Cosaque a secoué la tête.

« Parlons plutôt du Livre. »

« Je ne lis pas beaucoup, vous savez. Quoique, j'aime bien les bédés dans les journaux. Vous lisez des bédés, vous ? »

Coup de Poing numéro un m'a balancé une réplique pleine d'esprit.

« Dites-moi qui a le Livre, monsieur Carter », m'a suggéré le Cosaque.

Comme je le pensais, le Turc et lui recherchaient le Livre, et ils croyaient pouvoir me soutirer des informations à ce propos. Je travaille dans cette branche depuis assez longtemps pour savoir qu'il y a des moments où ne pas ouvrir la bouche est une excellente idée et d'autres où il vaut mieux gazouiller comme un canari. Hélas, j'ai toujours un mauvais timing.

« Allez vous faire foutre, le Cosaque ! Je ne sais pas de quoi vous parlez !

— Monsieur Carter, regardez autour de vous ! Vous êtes coincés. L'un de vous deux finira par craquer, et quand ce sera fait, l'autre deviendra… superflu. Vous ne devez rien à ce baron ! Faites la part du feu, voyons ! Sauvez votre peau !

— J'ai une dette envers quelqu'un. Un certain Sam Hobbes. C'était mon partenaire jusqu'au jour où ses freins ont lâché sur une route de montagne.

— Un accident est si vite arrivé, monsieur Carter. Loin des villes, les routes sont dangereuses. Votre ami aurait dû se montrer plus prudent.

— Vous savez quoi ? À mon avis, quelqu'un lui a fait la peau. »

Pendant une seconde, le Cosaque a pris un air pensif, puis il a fait mine de me transpercer du regard. Une alarme s'est mise à sonner dans ma tête : quelque chose, dans son attitude… Soudain, j'avais l'impression bizarre qu'il me faisait marcher. Il ne savait pas ce qui était arrivé à Sam, pas plus que moi.

« Monsieur Carter, pour qui travaillait votre ami ? Beaucoup de gens cherchent le Livre, vous savez ! Des gens qui sont prêts à n'importe quelle extrémité pour mettre la main dessus. Qui a engagé votre partenaire pour qu'il se charge de le voler ? Les hommes de George Curzon ? Les frères Mason ?

— Les frères Mason ? C'est quoi, ça ? La dernière section rythmique à la mode ? »

Le Cosaque a poussé un soupir, puis s'est penché au-dessus du bureau pour appuyer sur le bouton de l'interphone. Un « *Oui ?* » chuintant a succédé à un fort bourdonnement.

« Notre invité me paraît bien réticent, messieurs. Je crois que nous allons devoir recourir à des méthodes plus… persuasives. »

Une seconde plus tard, la porte s'est ouverte. Deux autres types sont entrés, mais ces deux-là n'étaient pas du modèle courant. Je les ai instantanément classés hors catégorie. Dents parfaites et ongles manucurés, aucun des deux ne portait de revolver, parce qu'ils n'en avaient pas besoin. Ils appartenaient à la race de ceux qui laissent les autres se salir les mains à leur place. Comme ces deux petits malins suintaient l'autorité, j'en ai conclu que le Cosaque leur obéissait — ou qu'ils étaient ses partenaires, au minimum —, ce qui rendait les choses bien plus compliquées que je ne l'avais pensé au départ. Première hypothèse : le Turc, le Cosaque et ces types formaient une grande famille heureuse ; deuxième hypothèse : le Cosaque avait un autre fer au feu et le gorille des Turcs était trop bête pour s'en apercevoir.

« Je ne crois pas avoir le plaisir de vous connaître », ai-je dit.

L'un des deux petits malins a ouvert un boîtier en argent contenant une seringue et une ampoule, a enfoncé l'aiguille dans l'ampoule pour y prélever du liquide, a fait jaillir le liquide de l'aiguille, et enfin a tapoté cette dernière d'un ongle. Un ongle manucuré, donc. L'autre a fait signe au gorille et tous deux ont pris position de chaque côté de ma chaise.

« Je m'appelle Mike, et lui, c'est Bill, m'a expliqué le rigolo à la seringue.

— Des noms courts et percutants, lui ai-je fait remarquer. J'aime… »

Puis j'ai senti leurs mains sur mes épaules et mes avant-bras, je me suis retrouvé plaqué sur ma chaise, et l'instant d'après, j'avais une aiguille dans le bras et une lumière éclatante dans le crâne, du genre chaude et floue comme après une cuite, mais sans la cigarette et la jolie brunette au pieu à côté de vous le lendemain matin. J'étais en train de me demander où était passée la brunette quand les choses sont devenues un peu bizarres.

« J'ai toujours rêvé d'avoir des dents parfaites, vous savez… », suis-je parvenu à dire avant que leur Mickey Finn ne m'entraîne loin du réel.

Un garçon nommé Jack

Salut, amigos ! Ici Don Coyote qui hurle à la lune dans la nuit ! Et qu'est-ce qu'elle brille fort, la lune, cette nuit ! Je vous appelle sur les ondes astrales, parce que ce soir, ce soir, écoutez bien ce que je vais vous dire, parce que ce soir quelque chose descend, et ce n'est pas joli, et ce n'est pas gentil ! Vous êtes des gens sensés, alors croyez-en votre œil dans le ciel ! Je vous le dis : ce soir, j'ai une histoire à vous raconter ! Vous allez enfin, oui, enfin connaître toute la vérité, et même si c'est osé, même si c'est grossier, je vais vous donner ici et maintenant la réponse à la question qui court sur toutes les lèvres :

Pourquoi ce monde est-il plus taré qu'un psychopathe sous acide ?

Eh bien, amigos, il était une fois un garçon nommé Jack…

J'envoie en chandelle la première grenade à ma gauche et je compte jusqu'à un, puis — je les emmerde — je balance la deuxième en douceur à ma droite, devant cette bande de nigauds qui s'éparpillent aussitôt.

Boum boum, fils de putes.

Je cherche une issue, mais un coup d'œil rapide à l'autre bout du carnage me suffit pour constater que l'escalier déverse encore une vingtaine de connards sur le toit. Merde ! Je balance deux autres sexbombes pour me fabriquer un écran de fumée, je descends sur mon nez mes lunettes anti-Mâyâ et j'étudie le bâtiment sous mes pieds. Du côté du bord le plus proche, il y a un gouffre de vingt étages et un gros paquet d'air entre ici et le toit de l'Hilton, en face. Une ligne d'aérotram passe deux ou trois étages plus bas ; bon, ça devrait faire l'affaire. Les déflagrations-ki recommencent à brasser l'air autour de moi, alors je pique un sprint vers le bord du toit, je prends un grand élan et je m'éjecte d'un bon coup de pied. Chute libre, bras en position de vol… Putain, ce câble arrive un peu trop vite à mon goût.

Quelle merde !

D'une main, j'attrape le câble, que je coupe de l'autre d'un tir-ki bien placé. Génial ! Je me balance comme Tarzan au bout de sa liane ! Au bout d'un grand arc de cercle, j'assiste à travers la porte-fenêtre d'une chambre d'hôtel qui se rapproche dangereusement aux déviances répugnantes se déroulant à l'intérieur : short d'écolier et blazer, une huile obèse à l'air niais et à la chair flasque câline un joli punk dont il ôte le t-shirt.

Attendez-moi, jolis compagnons de luxure ! J'arrive !

La fenêtre vole en éclats sous le choc, je rebondis sur le lit, je m'écrase contre le miroir de la penderie et j'atterris dans la chambre en position accroupie. Comme un toutou qui s'ébroue pour chasser la pluie de ses poils, je secoue la tête pour faire tomber le verre pris dans mes cheveux. Tintez, tintez, petits éclats !

« Mon Dieu, dit la grosse huile.

— Non, dis-je. Pas loin, mais raté quand même. »

Un doigt sur les lèvres, je les vise de mon pistolet-ki, mais la grosse huile est entrée en mode panique totale. Bras croisés sur sa poitrine, front plissé, petit nez adorablement retroussé, le gigolo par contre me semble étrangement… irrité. Je dis « gigolo » parce que j'espère bien qu'il est en train de bosser. Son protecteur croulant empeste le pouvoir et l'argent, mais ce gamin, avec sa touffe de cheveux verts et son aura aussi bleue que celle d'une star porno de Prague, bon Dieu, quel régal ! Ça me ferait mal qu'il puisse baiser cette horreur pour rien ! Il y a quand même des limites, putain !

Paniquée, les yeux écarquillés de terreur et de honte, la grosse huile nous regarde à tour de rôle, moi et le gamin. Ce pauvre type nous joue tout le répertoire des mauvaises vibrations.

« Combien vous payent-ils ? Je double votre prix ! me hurle-t-il. Mais ne… »

Je fais feu.

« Calmez-vous, voyons. »

Le gros bonhomme glisse du lit et s'affaisse par terre.

« *Jack* », dit le gamin.

Il me parle comme si j'étais un vilain chienchien, et ça me donne envie de me tortiller sur le dos. Putain, il peut m'astiquer le ventre quand il veut !

« Mais merde, qu'est-ce que tu fais ? Fox va être… Jack ?

— Je te connais ? » lui dis-je.

Puis la réplique temporelle nous frappe.

Jamais plus

Comme l'a raconté Ab Irim à son serviteur Éliézer, il y eut une époque où les anges parcouraient la terre. Certains prétendent qu'il s'agissait des anges déchus, ceux qui s'étaient rebellés, ceux qui s'étaient dressés contre le Seigneur et l'avaient combattu aux côtés de Son ennemi. D'autres affirment que pendant la grande guerre ces anges ne combattirent ni dans un camp ni dans l'autre, et que pour cette raison, les deux camps les haïssaient ; ils haïssaient cette armée qui n'appartenait ni au Paradis ni à l'Enfer mais à la Terre. Dans ta Torah, on raconte que ces anges épousèrent les filles des hommes, et que de ces unions naquirent tous les puissants de jadis, les constructeurs de villes, les grands chasseurs des régions désertiques. Et si je te disais que c'est exactement le contraire, mon ami ? Que ce sont les filles des hommes qui donnèrent naissance aux fils de Dieu ? Qu'ils ne tombèrent pas sur Terre, mais émergèrent de la poussière ? C'étaient des anges vivants, dépendant de l'air qu'ils respiraient. Ils se battirent pour le pouvoir, ensemble, ou se combattirent les uns les autres. En ce temps-là, le Seigneur que tu vénères n'était que l'un de ces puissants, le plus grand d'entre eux, certes, mais un homme malgré tout, comme toi, mon ami. Et on l'appelait le Dieu des dieux, le Très Haut parmi les Hauts, Baal El Elyon… le Seigneur Ilil.

En ce temps-là, ces puissants de jadis ne se considéraient pas comme des anges, mais comme des dieux.

C'était un petit dieu orgueilleux, car parmi les dieux du feu, du soleil, de la lune, du grain et du vin, celui-ci se targuait d'être le dieu des *rois*. Et le dieu de tous les rois n'est-il pas le roi de tous les dieux ? Certains pourtant refusaient de s'incliner devant lui, et ceux-là le défiaient ; et tandis que son pouvoir croissait, ils se multipliaient. Ils le critiquaient, contestaient son autorité ; ils étaient… néfastes. Voilà pourquoi le dieu des rois fit un jour venir son scribe et lui ordonna de libérer les flots pour noyer toutes ces voix néfastes et le tumulte de ces dieux qui aimaient la Terre et l'humanité plus qu'ils ne craignaient sa majesté. Il lui ordonna de tout détruire.

Son scribe n'avait rien de cruel mais c'était un serviteur loyal. Dieu de sagesse, *homme* de sagesse, il savait que son maître était le dieu des rois et le roi des dieux, et que par conséquent, chacun était tenu de lui obéir. Il avait marché auprès du Seigneur tous les jours de sa vie, le Seigneur l'avait élevé en le nommant son scribe, et il écrivait dans le Livre de Toutes les Heures tout ce que décrétait le Seigneur. Et ce jour-là, son maître faisait appel à lui pour effacer tous les noms écrits dans ce livre, lâcher les flots sur le monde, détruire toute trace de tout être vivant.

Mais s'il est dans la nature d'un roi de punir, il est dans celle d'un intendant de conserver. Et c'est ainsi que le scribe échafauda un plan.

Dans ta Torah, cette inondation, c'est le Déluge. N'ai-je point raison, mon ami ? En quarante jours et quarante nuits de pluies implacables, le monde s'est retrouvé sous l'eau, y est-il raconté. Mais dans nos histoires, mon ami, l'inondation s'appelle *abubu*, et c'est l'arme des géants. Les géants ouvrirent la bouche et crachèrent tous ces flots, qui emportèrent tout sur leur passage. Une épée de feu, un fleuve de voix, une crue de glace, mon ami ! Tu crois vraiment que si tu creusais la roche, tu découvrirais l'argile du Déluge et les ossements de tous ceux qui se sont noyés à l'époque ? Eh bien tu te trompes ! Cette inondation se déverse à travers le temps, nettoyant le monde, une centaine de mondes, effaçant même ses propres traces, ne laissant que quelques — comment dites-vous, dans ta langue ? — quelques *anomalies* étranges abandonnées ici ou là. Un ange mort sur une plage, une cité sous la roche, un bateau échoué au sommet d'une montagne…

Un bateau contenant deux spécimens de chaque espèce animale existante, mon ami ? Ce bateau doit être vraiment immense ! Est-ce ainsi que tu t'y prendrais pour sauver le monde, toi ? Un taureau et une vache, un mouton et une brebis, et ainsi de suite ? Mon ami, les gens qui ont rédigé ta Torah devaient posséder un bétail bien médiocre s'ils ont constitué leurs troupeaux à partir d'une seule mère et d'un seul père et en croisant les sœurs avec leurs frères ! N'importe quel pasteur sait qu'il en résulte forcément un troupeau dégénéré !

Non, mon ami. Pour sauver un monde, il faut sauver tout le savoir de ce monde. Si l'on sait qu'il y avait des taureaux et des vaches dans ce monde, des béliers et des brebis, des hommes et des femmes qui vivaient et mouraient, on peut sauver ce monde. Si ton monde doit être détruit, mon ami, sauve le souvenir de ce monde, pour faire renaître ce que tu as possédé un jour et pleurer ce qui ne pourra jamais renaître.

Tel était le plan du scribe. Telle était la mission dont il chargea celui que nous appelons Ziusudra, le Clairvoyant, l'homme qui survécut à l'inondation en dérivant dans le Déluge vers les montagnes où la cité d'Aratta serait un jour bâtie par nos aïeux. L'homme qui remit à notre peuple le livre de toutes les vies du monde qui vécut avant le nôtre.

Je crois savoir que dans ta Torah, on parle d'une alliance établie entre les hommes et le dieu après cette inondation, d'un autel dédié au Seigneur, d'offrandes de sacrifices effectuées sur cet autel. On y apprend que ce roi des dieux et ce dieu des rois, constatant que certains avaient échappé à sa fureur et aucunement apaisé par leur appel à la clémence, finit par accepter une offre, un marché qui s'appliquerait aux bêtes comme aux hommes : la vie contre la vie. Le sang des bêtes et tous les premiers-nés lui seraient consacrés. En échange, il fit une promesse aux hommes.

Il déclara : « Jamais plus je ne détruirai toute chose. »

Telle est l'alliance décrite dans le Livre, mon ami ; et nous qui marchons entre les malédictions du Seigneur et de son ennemi, nous en sommes les gardiens. *Jamais* plus… Étant les gardiens du Livre, nous sommes également les gardiens de Sa promesse. Nous veillons à ce que le roi des dieux respecte sa parole.

Car pour ce qui est de respecter sa parole, mieux vaut ne pas se fier à un roi des dieux.

Le roi des mensonges

Assis à son bureau, Pechorin dépose d'un côté les pages que Carter a couvertes de ses transcriptions en clair et de l'autre celles qui ne présentent que les griffonnages d'Hobbsbaum. Il le fait méthodiquement, d'un air détaché, en ne marquant qu'une ou deux pauses pour siroter une gorgée d'eau-de-vie ou rallumer son cigare. Les passages décrivant une écriture descendue du paradis gravée sur la peau des anges déchus — ou quelque chose de ce genre — l'intéressent moyennement. C'est le genre de sornettes que les hommes-médecine en manteau de plumes d'une tribu de barbares barbouillés de peintures de guerre pourraient inventer. Que ce soit vrai ou pas n'a aucune importance ; Pechorin méprise la faiblesse inhérente à toute religion, et ce n'est pas maintenant qu'il va perdre son temps avec le passé, pas quand l'avenir brille de tous ses feux devant lui.

Ce qu'il recherche dans ces papiers, les transcriptions de Carter des notes d'Hobbsbaum, ce sont les mouvements des troupes britanniques et les plans de guerre alliés.

Affirmer que le Nom de Dieu ne peut être prononcé parce qu'il suscite une peur indicible, quel merveilleux blasphème, pourtant ! De même, personne ne pourrait voir Son visage et survivre parce que ce serait contempler dans toute sa gloire la terreur respectueuse dévastatrice pour l'esprit que l'on éprouve quand on est confronté à la guerre, au feu, à la mort. La réaction de Carter confronté à ces blasphèmes est… sublime :

Mon Dieu n'est pas un Dieu de haine assoiffé de sang, a écrit l'Anglais sur l'une des pages de son journal. *Dieu n'a pas pu vouloir cet holocauste, ce sacrifice de la descendance d'Abraham ! Ce sont des blasphèmes et des hérésies ! Ce sont des mensonges.*

Pechorin se lève et s'étire, les mains derrière la tête. Il se demande quelle torture est la pire pour l'Anglais : ce que les Turcs lui font actuellement, ce que subit von Strann dans la pièce d'à côté, ou savoir que son dieu — prêtres, thé, catéchisme du dimanche et match de cricket sur le terrain communal — n'est qu'un fantasme puéril, exactement comme le Père Noël ?

Pechorin a été élevé avec les contes de Baba Yaga, la sorcière à la maison de bois qui parcourt les steppes à grands pas, traquant les enfants pour alimenter son chaudron. Il n'avait que seize ans quand il a dénoncé sa mère bolchevique aux futuristes pour une poignée de roubles, et quelques années de plus quand sa patrouille du NKVD fut envoyée sur les contreforts d'Ossétie du Sud pour nettoyer un monastère ayant échappé aux communistes.

« Si Satan est le prince des mensonges, qui en est le roi ? » avait-il demandé au père supérieur d'un ton amusé exprimant sa curiosité oisive.

On frappe à la porte.

« Entrez ! »

L'officier turc ouvre la porte et lui lance un regard interrogateur ; deux hommes l'écartent pour entrer dans le bureau. Sans prêter la moindre attention au Turc, Pechorin va chercher deux verres dans le meuble bar et les dépose sur le bureau. Ses « associés » acceptent les sièges et l'armagnac qu'on leur offre. Le Turc quitte la pièce en refermant la porte derrière lui.

« Messieurs…

— Commandant Pechorin. »

Cette voix, c'est comme si la nuit elle-même chuchotait à son oreille, comme si les ténèbres lui effleuraient la peau du bout des doigts. C'est celle du dénommé Baal Adad, autrefois connu sous le nom d'Azazel, d'après ce qu'a compris Pechorin. Il tend l'un des verres à cet homme jadis élevé au grade d'ange et jamais déchu depuis, et l'autre à son compatriote.

« Qu'avez-vous découvert ? lui demande Mikhaïl (prince de la Paix et archange aussi glacé que la ville qui lui doit son nom).

Pechorin ramasse une page en secouant la tête et commence à lire :

« *Ô Dieu, donne-moi la foi, je t'en supplie ! Mais à quel Dieu monstrueux s'adressent mes prières si tout ceci est vrai ? Quel sinistre destin…* »

Pechorin conclut, avec des moulinets de la main :

« Et autres réflexions du même genre. Pas très concluant. Et vous ?

— Cet Anglais est… confus, dit Mikhaïl. En surface, c'est un soldat loyal qui combat pour le roi et la patrie, mais je pressens autre chose…

— Serait-ce un Amortel ? » suggère Azazel.

Mikhaïl se tapote le menton. Ce qui veut dire *C'est possible.*

« Son âme est couverte de cicatrices et de taches. On peut tout à fait y voir une empreinte si c'est ce qu'on veut trouver et en l'examinant avec une attention suffisante. Mais sa voix ne porte pas la Cryptolangue. Elle ne porte… rien. Et l'autre ? Von Strann ?

— Lui par contre est imprégné de Cryptolangue, mais je n'ai décelé aucune empreinte en lui, répond Azazel. Autrement dit, s'il tentait un jour d'en faire usage, il s'éparpillerait aux quatre vents dans son propre souffle. Il n'a aucune importance. Tout comme le jeune serviteur… »

Tout en écoutant ces anges comparer leurs notes sur leurs

dissections métaphysiques et traiter ses camarades humains avec un complet mépris, Pechorin allume un cigare. Ils le perçoivent de la même façon, il en est conscient. Pour eux, il n'est qu'un intermédiaire opportun, un homme ayant les bons contacts, au bon endroit et au bon moment, un homme qu'il sera bon de connaître à Moscou une fois la guerre terminée, certes, mais un misérable éphémère malgré tout.

Pechorin tire sur son cigare, attentif au mépris des anges, au ton utilisé, aux variations de hauteur sous leurs mots, au timbre de leur voix, aux rythmes, aux cadences… la Cryptolangue ! Il les écoute avec une très grande attention, en vérité. Quand on traite avec des anges, rester vigilant peut s'avérer payant.

Le gardien des anges

[…] au centre du camp. Impossible de savoir avec certitude où s'arrêtait le travail de la nature et où commençait celui de l'homme ; ces formations évoquant des fourmilières ont été bâties sur de l'argile sablonneuse avec un matériau […] rappelant les structures de l'est de l'Anatolie […] excavés plus avant. Comme pour la ville de tentes environnante, tout n'était que gréement anarchique de bâches en cuir et de colonnes d'os […] étudiant l'une de ces […] composée de ce qui ressemblait à des fémurs gravés de spirales, reliées ensemble et imbriquées dans une sorte de motif de tresse. Sur toute sa hauteur — six bons mètres — ce pilier devait comprendre les os de centaines d'hommes au moins […] sur ce plateau ?

Alhazred a éclaté de rire. Elle tenait le cheval, si bien que […] laissé glisser de la selle pour atterrir lourdement dans la poussière.

« Nous aurions pu arriver par le désert de Syrie, de l'autre côté. Tu n'as pas tort. À cette latitude… en contournant Amman par l'est… Oui, mon ami. À l'heure qu'il est, nous devrions avoir rejoint An Najaf. Mais comme tu le vois, ce n'est pas le cas. »

[…] l'appelle une tente, mais en partie creusée dans la paroi de la haute falaise qui se dressait derrière elle. C'était une étrange Pétra semi-nomade, un Taj Mahal revu par Gaudí, avec des termitières en guise de tours, du cuir, des os, de l'argile. Elle s'est arrêtée devant l'entrée.

« La vallée de la mer Morte est un rift, mon ami. Le sol s'est ouvert, et depuis, les deux bords de la faille s'écartent. Dans ce genre d'endroit, il arrive que l'un des côtés s'élève et que l'autre s'affaisse. Et quand on est du côté affaissé, on voit parfois ce qui se cache… sous l'autre bord. »

Mains tendues devant elle, l'une levée et l'autre baissée, paumes tournées vers le ciel, elle mimait ses propos. Elle a continué ses explications […] lignes de faille et strates à ciel ouvert de sédiments durcis, créatures marines fossilisées à des kilomètres au-dessus du niveau de la mer, rainures et saillies aux endroits où la roche plus friable s'est érodée par le bas, images d'aurochs et de bouquetins dessinées à l'ocre, tout un décor de champs du Mésolithique peint sous un rebord en surplomb.

« Dans ce genre d'endroits, certains chemins mènent aux mondes qui reposent sous nos pieds. Depuis quelques jours, nous voyageons sous la peau du monde pour rejoindre un autre rift du même genre, un rift qui va nous entraîner encore plus profondément. »

Elle a écarté le rabat de peau qui pendait devant l'entrée.

« Viens. Je vais te montrer. »

À l'intérieur, des myriades de grains de poussière menaient une danse erratique dans les traits de lumière qui s'entrecroisaient ici ou là, crevant l'obscurité. Comme les étoiles la nuit, ils formaient des constellations, ils réfléchissaient et réfractaient la lumière, ils dispersaient leur folle lueur vacillante dans tous les recoins du temple. Et partout où cette lumière frappait l'argile sablonneuse, la pierre, la peau tendue et veloutée, des étincelles de feu semblaient jaillir, ou l'éclat de l'or et des gemmes ; car partout chatoyaient du lustre inimitable de l'encre de Siddim des symboles et des sceaux ciselés dans l'argile, gravés dans la pierre, peints sur le cuir… Alhazred a prononcé quelques mots tout bas et la lumière a semblé se diffracter davantage. […] entendais l'écho des battements de […] cœur dans cette grotte, […] le distinguais dans les vibrations de la poussière. La poussière dans la lumière, la lumière dans les ténèbres, le son dans […] corps, dans […] poitrine […] veines […] tête… tout semblait relever d'une force singulière et omniprésente.

« Le Livre », a-t-elle dit.

Une fois passées les colonnes d'argile, […] sommes enfoncés dans cette cathédrale de peau et d'os. Tout au fond, dans une alcôve, fissure étroite évoquant l'espace entre les mains d'un géant en prière ou en méditation, une boîte en bois toute simple reposait sur un autel de pierre bas. Alhazred l'a caressée d'une main :

« Tu examineras le Livre le moment venu, mon ami. Je veux d'abord te montrer autre chose. »

… attention vers le fond de l'alcôve ; d'une fissure à peine assez large pour y glisser la main émanait une autre lumière, plus faible et plus rouge que le scintillement doré qui régnait dans le temple. […] chuchotements nous parvenaient et […] suis rapproché, irrésistiblement attiré. Soudain, elle […] fermement empoigné le bras :

« Nous marchons entre les malédictions du Seigneur et de son ennemi, a-t-elle dit. Nous n'obéissons ni à l'un ni à l'autre, mais nous n'interférons pas dans leur guerre… ou dans leurs châtiments. »

Par la fente étroite […] vu un vaste espace qui s'étirait […]. Une des créatures enchaînées dans la grotte derrière la grotte a redressé en silence sa tête hirsute et […] regardé avec des yeux comme des rubis dans un visage abominable. Écarlate, pourpre ou noir, du sang dégoulinait aux endroits où l'argile ocre qui lui tenait lieu de peau se craquelait, sèche et friable, étrangement lisse mais fissurée comme un lit de rivière asséché. Quand la créature a gémi, une écaille est tombée de sa joue. Elle s'est voûtée pour en recueillir la poussière dans sa main grossière, l'a humectée de son sang et de sa salive et en a recouvert la plaie. Sous la peau du monde, aussi loin que portait la vue dans la pénombre de cette caverne enduite de leur sang, les anges se succédaient, mis aux fers, écorchés et déchus.

[…] ai demandé si son peuple n'était pas le geôlier de ces êtres plutôt que leur gardien.

Elle a secoué la tête.

« Sache que nous ne sommes ni les geôliers ni les gardiens de ces créatures pitoyables. Le Livre, par contre, remplit sans doute ces deux fonctions. »

Errata

Un écho du soleil sur la glace

« C'est pas vrai », rumine Finnan.

Cet enfoiré d'Enki !

Des calques, des photos agrandies, des études au crayon et ce qui ressemble à… à des essais esquissés à l'encre sur de la toile tendue sont scotchés ou punaisés partout sur les murs. Elle a copié les photostats, comprend Finnan. Elle s'est entraînée jusqu'au moment où elle s'est sentie prête à s'attaquer à son projet : graver l'empreinte d'Enki dans une chair nouvelle. C'est à la fois logique et un peu dément : le Livre fait partie de l'histoire d'Enki, c'est même le cœur de son histoire. Si vous ramenez le scribe, vous ramenez le Livre. Il lui a suffi de dégoter un pauvre abruti qui ne savait pas dans quoi il s'embarquait et… Bon Dieu, comment a-t-elle pu faire ça après ce qui est arrivé à Thomas, après ce qui lui est arrivé *à elle* ?

« Eresh serait fière de toi ! lui lance-t-il. Putain, ouais, qu'est-ce qu'elle serait fière, la reine pute de l'Enfer… C'était qui, ce mec, avant ? Un Amortel rebelle ? Un humain effrayé ? Tu lui as dit… ?

— Rien », le coupe Enki.

Il dépose le pistolet à tatouage sur la table, essuie le bras sur lequel il travaille avec un tampon de coton hydrophile souillé de noir et sourit à Finnan :

« Je n'étais rien. Je n'étais personne. »

Sous l'empreinte bitmite, entre les sillons noirs des tatouages, la peau d'Enki est d'un blanc lunaire, lumineux comme un bas-relief sur os de baleine. La peau d'un homme froid.

« Il est venu à moi, précise Phreedom.

— Comme nous tous », ajoute Harker.

Il referme la porte derrière lui, se retourne, vient se placer derrière le siège d'Enki et se penche au-dessus de lui :

« Quand vous dites que le marché, là-dehors, c'est [il hausse les épaules] de la poudre aux yeux, de la merde, vous avez parfaitement raison, cher ami. En réalité, rien de ce que nous possédons n'a de valeur… Excepté une chose : la foi. »

Sourire forcé.

« Cher ami, je ne suis qu'un escroc, un vendeur à la sauvette, et je ne prétends pas avoir jamais été autre chose. Mais tout au long de ma route, je crois que j'ai récolté un peu de cette foi. Je l'ai écoutée — avec mon cœur, enfin bref — et ce qu'elle m'a raconté, c'est l'appel de cette dame, un appel franc et puissant qui résonnait dans tout le Vélum. Nous nous sommes rassemblés ici avant même son arrivée, figurez-vous. Nous l'attendions. À mon avis, vous avez vous aussi entendu cet appel. Vous êtes venu pour la même raison que nous.

Finnan éclate de rire :

« Pour me joindre à la révolution ? Aucun risque, putain !

— Il ne faut jamais dire jamais, lui fait remarquer Phree.

— Mes couilles ! Si tu crois que je vais…

— Tu l'as déjà fait, Seamus Finnan, le coupe Enki. Il y a longtemps. Nous avons combattu côte à côte, jadis.

— Ça m'étonnerait. Je pense que je m'en souviendrais.

— C'était il y a longtemps pour moi, *Shamash*. »

Shamash. Un écho du soleil sur la glace, une vision : une route qui s'étire à l'infini dans une plaine de sable durci, blanchi par le sel et le gel. La plaine devient une vallée qui se transforme petit à petit en un V profond, comme une entaille dans le Vélum. Son haleine dans l'air froid, et lui sur un genou, un rupteur à la main, une armure d'ange sur le dos, des ailes de synthe qui se déploient quand il contracte les omoplates. Avec Anna d'un côté et Enki de l'autre.

Et une armée dans leur dos.

Pas question.

Loin, très loin, tout au bout de la route, là où les parois abruptes de la vallée ne laissent persister qu'une fine bande de ciel, un croissant de soleil s'élève au-dessus d'un mur de glace dans une aube couleur de sang. D'une poussée sur son rupteur, Seamus se relève, et la poussière gelée s'effrite entre ses doigts. Il fixe le soleil, rien que le soleil, sans regarder ni à droite ni à gauche, sans regarder les rupteurs dressés tout le long de la route à quelques pas de distance les uns des autres comme des crucifix, ouais, comme des crucifix. Des crânes les couronnent, des peaux s'y balancent et des squelettes y pendouillent, os attachés les uns aux autres blanchis au soleil. On se croirait dans un musée du massacre. Entre les os, le vent siffle la Cryptolangue, la conjuration qui déforme le Vélum pour en faire un unique chemin. Un chemin qui part vers l'arrière et le bas et contourne le temps, un chemin qui s'étire de la fin du monde à l'aube de toute chose.

Pas question.

Les anges ont érigé ces horreurs au cours de leur retraite, Finnan le sait. Ils ont anéanti les villes, les villages, les cités, les civilisations, ils ont transformé des réels entiers en poussière de cimetière pour utiliser les âmes des défunts comme des sacs de sable servant à protéger leur… leur retranchement magique. Ça lui rappelle les Russes battant en retraite vers l'est pendant les guerres napoléoniennes en ne laissant derrière eux qu'une terre roussie ; partis à leur poursuite, les Français s'étaient retrouvés piégés, victimes de la famine et de la morsure du gel. Ça lui rappelle les guerriers de Sparte s'opposant une dernière fois à leurs adversaires dans une étroite passe de montagne, quelques hommes au cœur noble contre toute une horde de barbares.

Encore une fois sur la brèche. Putain, quelle merde !

Pas question.

« Finnan », dit Phree.

Il cille. Il fixe un glyphe en forme de V sur la poitrine d'Enki ; c'est le symbole qu'il voit plutôt que le tourbillon du sens, mais la vision qu'il vient d'avoir ne s'efface pas. La vérité de son avenir ne s'efface pas. La vérité qui le montre marchant une fois de plus au son des tambours d'une saloperie de guerre, une arme à la main, avec pour seul chemin possible une route bordée de morts. Phree est debout devant lui, mais il distingue à peine son visage à travers ses larmes. Il cligne des yeux à nouveau et les regarde, elle et Enki, il regarde ces deux enfoirés débiles et *résolus*.

« Vous êtes des beaux salauds ! Ça ne doit pas forcément…

— Ne me dis pas que ça ne doit pas forcément se passer comme ça, le coupe sèchement Phree. Putain, ne me dis pas ça, tu m'entends ? T'as pas encore compris ? C'est ton avenir ! Et le mien aussi ! »

Elle lui désigne Enki.

« Par contre, c'est son putain de passé. »

Enki se lève, et Finnan est poussé vers la chaise. Ensuite, on le force à s'asseoir d'une main sur son épaule. Cette main est-elle censée être consolatrice ou autoritaire ? Bah, ces deux bâtards ne font sans doute même pas la différence.

« Cette guerre a été perdue et gagnée avant même ta naissance, lui explique Enki. Quand tu te bats pour ça, Finnan, quand tu te bats pour toute l'histoire de l'humanité depuis le premier cri lancé en Cryptolangue à la place d'une pierre ou d'une bouse par un singe à un autre singe se martelant la poitrine, quand tu te bats pour l'éternité, Finnan, où aura lieu l'ultime bataille, à ton avis ? À la fin ou au commencement des temps ? Tu sais bien comment fonctionne le temps dans le Vélum. Quelle différence, en fin de compte ? »

Elle aura lieu au bout d'une route qui s'étire vers l'arrière et le bas en contournant le temps pour revenir vers la putain d'aube de toute chose, se dit Finnan.

« Tu veux savoir où sont passés les anges ? insiste Phree. Ils sont tous emmurés dans une saloperie de Forteresse de Solitude, bordel ! Et si loin dans le passé que toi et moi, nous ne sommes même pas encore des étincelles dans le noyau d'une amibe ! »

Il tapote son paquet pour en extraire une cigarette.

« Le paradis est à six pieds sous terre, putain ! reprend-elle. Il y fait moins quarante, et quelques milliards d'années nous en séparent ! Ce monde-ci n'était alors qu'une boule de glace. C'est le seul endroit où ils se sentent en sécurité, Finnan ! Un monde sans vie, parce que cette vie pourrait foutre le bordel sur leur jolie planète propre et ordonnée ! »

Elle sort le Zippo de la poche de Finnan, l'allume et lève la flamme vers la Camel qu'il a portée à sa bouche.

« Et merde, Finnan, ajoute-t-elle d'un ton plus doux. Nous ne sommes pas… ce n'est pas… ce n'est pas nous contre eux, le bien contre le mal ! Bon Dieu, même les concepts du chaos et de l'ordre ne sont [elle imite Finnan, mais effroyablement mal, comme d'habitude] “rien qu'un gros tas de merde, c'est sûr !”. Tout ça, c'est avant tout une question de glace et de feu. »

Elle caresse la joue de l'Irlandais, y imprimant une sensation de chaleur :

« Et nous savons tous dans quel camp tu te situes, Seamus Padraig Finnan. Tu as beau vouloir te persuader du contraire, tu serais prêt à donner ta vie pour lui. »

En volant la chaleur

Enki enfile un t-shirt noir, fait glisser une autre chaise de sous la table et s'assoit en face de lui, Phree et Harker dans son dos. Bon Dieu, ils s'imaginent sans doute qu'ils le connaissent mieux qu'il ne se connaît lui-même ? Putain, ils doutent de rien, ces connards !

« Shama…

— Ta gueule ! Ferme-la ! » crie-t-il au scribe.

Il se penche au-dessus de la table pour feuilleter le livre de photostats, un petit album de famille, mais la famille des archétypes et des avatars. Ouais, et il y retrouve Tamuz, Inanna, Marduk, Nergal et toute l'Antiquité, avec ses mariages et ses funérailles mythiques à la con. Il revient en arrière jusqu'à l'empreinte d'Enki et l'étudie pendant une seconde, puis lève les yeux vers l'homme froid qui porte désormais cette histoire sur sa peau ; c'est bien elle, certes, mais chez lui, elle n'est pas tout à fait complète. Pas de doute, Finnan ressent une vague impression de familiarité, comme parfois au réveil, quand le rêve dont on sort ne s'est pas encore totalement dissipé mais qu'il a déjà perdu de sa… clarté. Le Finnan meurtri qui portera à jamais un petit bout de dieu-soleil, ce Finnan-là se souvient du rêve, mais ce Finnan-là… et ils peuvent penser le contraire, il s'en fout… ce Finnan-là n'est pas celui qui compte à ses yeux. Shamash ou Samuel ?

Bah, qu'est-ce qu'on s'en branle.

Il s'adresse à Enki :

« T'as jamais compris pourquoi ton dieu-soleil à la con, ce crétin de porteur de feu, cette saloperie de source de toute cette putain de sagesse a quitté l'Alliance, hein, *Enki* ? »

Cette fois-ci, il imprègne le nom de l'homme qui lui fait face d'un soupçon de Cryptolangue, et le mot reste suspendu entre eux comme une brume lourde de menaces.

« C'était une autre vie, un autre moi, réplique le scribe. Une erreur. Je ne suis pas cet homme. Je suis ce qu'il était avant…

— Tu veux dire avant que tu foutes tout en l'air, *Enki* ? »

Il a légèrement augmenté la dose, et c'est comme une gifle au visage : la tête du scribe part en arrière et l'homme cligne des yeux. Les bitmites s'éparpillent puis se reconfigurent sur sa poitrine, complexifiant son empreinte, la rapprochant subtilement de son achèvement. Harker recule, inquiet, en regardant Phree comme s'il espérait un conseil ou une instruction de sa part, mais elle, elle fixe Finnan avec une expression indéchiffrable.

« T'es-tu déjà demandé comment fonctionne la Cryptolangue ? Sais-tu quelle est la source de son pouvoir ? Je veux dire, la thermodynamique et tout le bin's, ce genre de pouvoir ne sort pas du néant ! Pour l'obtenir, faut forcément voler quelque chose au monde qui nous entoure ! »

Enki le regarde sans comprendre.

« Ouais, je vois, t'en as pas la moindre idée, dit Seamus. Et putain, ça ne t'a jamais effleuré l'esprit, hein… *Enki* ? »

Et Finnan crie *Je vais vous le dire, moi, comment elle se termine, votre putain d'histoire !* et les bitmites envahissent le corps du scribe, et pendant ce temps-là, dans un pli complètement différent…

… le blizzard mugit autour d'eux. Tous les sept progressent péniblement, en chancelant, parce que leurs pieds s'enfoncent dans la neige. Enki est traîné à l'arrière, brisé, en sanglots ; un ange de feu et un ange de glace le remorquent. Seamus empoigne cet enfoiré d'ange tambour — comment il s'appelle, déjà, ce petit gars ? Bah, aucune idée, et putain, ça n'a plus vraiment d'importance, si ? — et hisse ce pauvre con sur son épaule. Parce que c'est sûr, maintenant, on s'en fout complètement de savoir pour quel camp on a combattu. Tout ce machin n'est qu'une putain d'erreur et une grosse, un gros tas de merde lâché sur eux, et lâché par quoi ? Par leur propre connerie. Ouais, pas de doute, ils ont peut-être été des ennemis jurés, mais putain et Jésus Marie Joseph, ils n'ont plus qu'à s'asseoir et à faire une putain de trêve ! Plus jamais ça ! Ah bon sang, plus jamais ça !

Derrière eux, les glaciers grignotent déjà le champ de bataille, engloutissant les cadavres des ducs et autres souverains massacrés, de tous ces types qui se sont rassemblés pour se livrer à leur Armageddon sans attendre la fin de l'Histoire et même avant l'Histoire, dans un monde où les humains taillent toujours la pierre à Olduvai. En volant avec leurs mots la chaleur du monde, en employant un langage si précis, si complexe qu'il peut capturer un atome dans les interférences d'un son, en s'emparant de l'énergie gaspillée pour l'utiliser comme une arme, ils ont sucé et dilapidé pendant cette guerre une énorme partie de la puissance du sol qu'ils foulent. Autrement dit, grâce à eux, la planète se retrouve à moitié congelée.

Phree lui agrippe le bras, elle veut faire tomber l'ange qu'il porte, elle lui hurle *Laisse crever cet enfoiré, laisse-le crever, putain!* mais Finnan la repousse. Merde, elle est folle ou quoi ? C'est terminé, Phree ! C'est terminé. Faut vraiment qu'ils crèvent tous pour mettre un terme à tout ça ? C'est ça qu'elle veut ? Putain ! Après tout ce qu'ils ont vécu, elle arrive toujours pas à envoyer chier tous ces carnages à la con ? Elle ne ressent vraiment aucune compassion pour ce petit mec pitoyable qui s'est caché sous un cadavre en les voyant déferler vers lui ? N'a-t-elle pas hésité, pas même une seule seconde, quand elle a regardé dans les yeux de ce pauvre type qui suppliait qu'on lui laisse la vie ?

Mais si, voyons, elle a hésité, juste le temps pour Seamus d'écarter le rupteur de son amie, peut-être parce qu'elle avait perçu un peu de son frère dans cet ange juvénile…

Phree hoche la tête lentement, d'un air distant, et tous les sept reprennent en chancelant leur progression vers l'aube. Leur objectif ? Quitter cet âge de glace. Ils descendent une montagne et pénètrent dans une vallée tapissée du vert des fougères et des feuilles, une vallée où les fleuves grouillent de poissons et le ciel d'oiseaux, puis dans une forêt de singes, de silex et de feux. Ils traversent en claudiquant les plis du Vélum et les millénaires, parce que tout ce qu'ils veulent, Jésus-Christ tout-puissant, c'est fuir, c'est vivre en paix parmi les humains, dans leurs grottes, leurs campements, leurs huttes et leurs maisons, vivre parmi eux mais pas comme des rois, non, et pas comme des dieux non plus, mais comme des gens normaux, Phreedom ! Juste comme des gens normaux, cette fois-ci.

Ils se font une promesse… Une Alliance ! leur lance-t-elle en riant. Ils se promettent de ne jamais plus utiliser la Cryptolangue. De la laisser mourir et devenir un mythe, un bout de passé qui pourrait très bien n'être jamais advenu pour le peuple d'entre les deux fleuves. Sans rien laisser de tangible derrière eux, ils cohabitent avec ces gens, ils voyagent ici ou là, ils échangent leurs compétences contre quelques nuits à l'abri. Et justement, une nuit, assoupis dans les tentes des étrangers qui les accueillent, ils font un rêve merveilleux : celui d'un monde sans magie.

Mais les échos de la Cryptolangue résonnent dans le monde et ils assistent encore une fois à l'avènement des Amortels, nouveaux rois, nouvelles reines et nouveaux dieux, tous prêts à recommencer depuis le début cette saloperie d'holocauste. Alors ils décident d'intervenir. Alors ils décident de ne pas intervenir. Alors ils décident d'effacer l'avenir gravé dans leur chair.

Finnan retrouve les autres sur la berge du fleuve ; Enki tient un roseau taillé en pointe, et tous dégoulinent de sang. De nouvelles empreintes ont remplacé les anciennes, et chaque membre de leur Alliance est à la fois un peu plus et un peu moins que son incarnation précédente.

« Nous pouvons changer les choses, déclare soudain Métatron. Cette fois-ci, nous pouvons vraiment changer les choses. »

Et Shamash, car c'est ainsi qu'ils l'appellent désormais, Shamash comprend qu'il aurait dû tuer cet enfoiré quand il en a eu l'occasion, dans la mission de Sante Manité.

6

Le pouvoir, la gloire

Les péchés arrachés à son âme

C'est leur troisième jour ici. Leur cellule étant dépourvue de fenêtre, Jack ne peut les compter que grâce à la routine : les bols de bouillie apportés à intervalles réguliers par le gros garde turc presque amical, presque contrit ; les nuits interminables, passées sur leurs grabats en bois à écouter en fixant le plafond un chant de vengeance assourdi par la pierre et la distance ; le matin, quand Pechorin et les anges viennent chercher le baron ; l'après-midi, quand c'est le tour de Jack.

C'est le troisième jour et il doit être à peu près midi. Von Strann est étendu sur son lit, un bol en fer-blanc au contenu intact posé par terre à côté de lui. Il est dans un sale état ; son pied ne paraît pas infecté mais sa toux, qui évoque les quintes rauques d'un phtisique, est très pénible à entendre. De temps à autre, quand il est conscient et qu'il ne tousse pas, il s'assoit sur le lit, la tête enfouie dans ses mains, et module un chant rauque ou psalmodie sans fin, difficile de faire la distinction. Et parfois, le chant semble émaner des murs de la cellule plutôt que d'une quelconque source humaine.

« Vous devriez manger quelque chose, lui suggère Jack. Il faut absolument que vous repreniez des forces. »

Von Strann se contente de rouler sur le dos, une main levée — *Plus tard.*

Jack s'assoit au bord de sa couchette — pas de matelas, évidemment — pour enfourner le ragoût fade avec ses doigts ; la puanteur du seau posé dans un coin l'indiffère, mais il le regarde fixement en réfléchissant à son plan. Leur routine leur laisse peu de possibilités, mais tous les matins quelqu'un vient les chercher pour vider le seau ; l'autre garde, le petit avorton, leur passe les menottes — *Ramassez le seau et suivez-moi !* — et les guide du bout de son arme vers les toilettes du bloc et le tuyau d'arrosage.

« Nous voulons vous garder beaux et propres, messieurs ! » ajoute cet enfoiré en leur balançant de l'eau glacée qui ronge leurs plaies et leurs contusions.

Ça fait un mal de chien et c'est censé le briser mais, en ce qui concerne Jack, le résultat est exactement l'inverse : l'eau le rafraîchit, lui éclaircit les idées, renforce sa détermination. Il la reçoit tendu, raidi, recroquevillé contre ce jet douloureux de mépris glacé. Quand une quinte de toux rauque plie en deux le baron boiteux, il serre les poings et se redresse pour le soutenir. Ensuite, retour vers la cellule, tête basse, pantalon trempé, bottes qui gargouillent, chemise souillée et en loques : les boutons ont sauté quand les anges l'ont ouverte sans ménagement pour… *lire* ses cicatrices, et il s'est servi de ses manches pour bander le pied de von Strann. Jack profite de ces courtes sorties pour observer tout ce qui l'entoure dans cette enceinte oppressante : les deux murs de cellules se faisant face, le bloc des toilettes à l'arrière… et dans le quatrième mur, les portes menant aux salles de torture, au corridor gardé en permanence qui aboutit au bureau du gouverneur et, logiquement, à la sortie.

Il met au point un scénario : balancer le seau pour écarter le fusil, sauter sur le garde, passer la chaîne de ses menottes au cou de ce connard. Et puis quoi, ensuite ? Un fusil, un von Strann boiteux, les prisonniers des autres cellules. Il doit tenir compte de tous ces facteurs, mais l'un d'eux lui échappe totalement, une force qu'il ne parvient pas à situer dans l'équation.

Les alliés angéliques de Pechorin. Les deux hommes qui s'occupent de son cas dans leur salle de torture, leur salle du feu, pendant que le Russe attend patiemment dehors. Jack les voit tourner autour en lui posant des questions dans une langue qui lui consume la cervelle et lui dépèce le cœur. Chaque fois, il repense à la Somme, à Maïkop, à Erevan, au mont Ararat, et toutes ces abominations le déchirent, libérées par leur Cryptolangue. De temps à autre, l'un d'eux s'agenouille pour chuchoter à son oreille ou suivre du bout d'un ongle l'une de ses cicatrices, et il se met à sangloter sans même savoir pourquoi. Ou alors, ils l'abandonnent un moment pour disséquer les péchés du passé arrachés à son âme, et les minutes s'écoulent, rythmées par ses hurlements. Il leur a tout dit dès le premier jour, mais ils cherchent encore des réponses à des questions qu'il ne comprend pas.

À quoi pourrait bien servir ce satané fusil contre ces deux salauds ? Et pourtant…

« Nous devons nous tirer d'ici », dit-il.

Von Strann se redresse péniblement et s'empare du bol, qu'il se contente de poser sur ses genoux. Il tousse, secoue la tête.

« Nous devons… »

Le bruit de la serrure qu'on déverrouille lui coupe la parole. Pechorin entre tranquillement, les deux anges sur les talons, et la demi-portion turque se faufile entre eux, des fers cliquetant dans ses mains.

Les Soleils de S'thuum, *Lewis Spence, 1947*

« Très bien, Terrien ! J'espère que tu es prêt pour le psychoscope ! Et que cette expérience n'est pas devenue trop banale à tes yeux ! » s'exclama P'khorren, le commandant rh'ssan.

Il éclata d'un rire mauvais et fit un signe à son sinistre acolyte trukha. Celui-ci se dirigea vers Carter, qui grommela tout bas quelques insultes bien senties. Soudain, V'nstrren se leva en titubant, le regard fou, un grognement de défi aux lèvres.

« Ne faites pas ça ! » s'écria Carter, mais trop tard. Il n'eut pas le temps de finir sa phrase que le rebelle prh'zun se jetait déjà sur leur ennemi rh'ssan.

« Assez, P'khorren ! » hurla-t-il. Puis un éclair jaillit de l'incapaciteur du Trukha, et V'nstrren tomba comme une pierre.

« Bande de salauds ! » s'écria Carter.

Il bondit de sa chaise, mais lorsqu'il empoigna le pistolet à rayon du commandant rh'ssan, il subit à son tour la secousse électro-gravitique du paralyseur, dont l'onde de choc le projeta à l'autre bout de la pièce.

Bande de salauds, pensa-t-il. Il avait beau essayer, impossible de bouger un seul muscle. Faible et impuissant, il vit le Trukha laisser tomber un V'nstrren inconscient sur sa couche, puis revenir vers lui. L'extraterrestre l'empoigna par le col, le souleva et le hissa sur son épaule comme un sac de patates. En refermant la porte derrière eux, le commandant éclata d'un rire joyeux, malicieux, sans une pensée pour V'nstrren, visiblement. *Bande de salauds*, pensa Carter. Pendant la brève période où ils avaient pu se fréquenter, il en était venu à apprécier ce rebelle prh'zun. Il ne ressemblait en rien au reste de son espèce, entraînée dans les délires de l'empereur rh'ssan-prh'zan. Apparemment, son séjour chez les Enochis lui avait été très bénéfique.

Bien sûr, les Enochis ! se dit Carter. Si seulement il parvenait à les contacter ! Il devait absolument leur signaler le danger qu'ils couraient ! Le capitaine savait que la flotte enochi se trouvait déjà en orbite autour de la planète S'thuum, brouillant tous les signaux grâce à son cri de guerre diffusé par radio. Car les Enochis se préparaient à attaquer, et Carter avait fini par comprendre que c'était exactement ce que voulait P'khorren.

C'est forcément un piège, se dit-il. Un piège parfaitement logique, d'ailleurs. Premièrement, les Enochis voudraient se venger de la mort de leur prince Th'maz. Deuxièmement : aucune chance qu'ils abandonnent V'nstrren, leur frère d'adoption, à la merci des impitoyables forces rh'ssan. Troisièmement :

les Enochis devaient être en train de planifier leur stratégie, en attendant le moment et l'endroit propices pour avancer leur pion. Ensuite, dès qu'ils attaqueraient, P'khorren frapperait. Il voulait l'appareil de Chronos, évidemment, antique relique d'une race d'extraterrestres qui avait jadis régné sur toute la galaxie. Ces êtres disposaient d'une technologie temporelle si avancée qu'ils avaient été considérés comme des dieux en puissance sur la plupart des mondes habités. Et cette technologie, dont on avait depuis longtemps oublié la nature mais dont bien des mythes et légendes gardaient encore le souvenir..., cette technologie, seuls les Enochis, peuple farouchement indépendant, s'en rappelaient le fonctionnement.

Voilà pourquoi P'khorren les avait attirés ici ! Pour qu'ils lui apportent l'appareil de Chronos. Mon Dieu ! Si les Rh'ssans mettaient la main dessus, ils pourraient altérer l'histoire du cosmos !

Et pourtant, quelque chose ne collait pas. Carter se remémora le dernier message qu'il avait reçu de Sam Hobbes, juste avant la disparition de son vaisseau éclaireur dans le subespace. *L'ennemi n'est pas celui que nous pensions.* Qu'avait donc voulu dire Sam ? Et que lui était-il arrivé ? V'nstrren lui avait expliqué que d'autres forces tentaient de s'emparer de l'appareil de Chronos, des forces bien plus puissantes que le grand empire rh'ssan-prh'zan lui-même. Des ennemis aux desseins aussi anciens que les Enochis, peut-être ? S'agissait-il de ces mystérieux personnages, de ces prêtres en robe noire qu'il avait surpris en pleine discussion avec P'khorren ? Malgré les capuches qui leur dissimulaient le visage, Carter s'était aperçu qu'ils n'avaient ni la peau verte des Rh'ssans ni la fourrure bleue de leurs alliés prh'zans, mais un épais cuir gris qui n'était pas sans évoquer celui des Enochis.

Avec *qui* P'khorren travaillait-il, bon sang ?

Assiégés par des tempêtes

Jack étudie les deux créatures qui flanquent le fasciste comme des gardes du corps : ils ont des cheveux tressés leur tombant aux épaules et la peau cuivrée comme Tamuz, mais leurs visages sont de type européen, voire eurasiatique par certains traits. Ils portent les longs manteaux en cuir noir de la Polistat futuriste — pour tromper les Turcs, en conclut-il — mais c'est un piètre déguisement. Ces êtres n'ont rien à voir avec les futuristes. *L'ennemi n'est pas celui que nous pensions.*

Il dépose le bol sur sa couchette et se lève en tendant ses deux mains vers les chaînes.

« Mais ma parole, vous piaffez d'impatience, capitaine Carter ! lui lance Pechorin. Vous êtes si noble ! Vous débordez d'abnégation ! Vous voulez absolument prouver votre loyauté envers le roi et la nation, pas vrai ?

— Ouais, c'est ça, je piaffe », réplique Jack ; les menottes se referment sur ses poignets avec un bruit sec.

La lèvre supérieure de Pechorin se tord en une suggestion de sarcasme :

« Croyez-moi, capitaine, rien ne me ferait plus plaisir que de vous tuer maintenant. Hélas, mes collègues sont *extrêmement* curieux à votre endroit. Quelle expression avez-vous employée, messieurs ? Ah oui, “c'est une énigme”. Vous êtes une énigme, capitaine Carter. Un pion qui croit être un cavalier. Ou devrais-je dire une reine ? »

Le Turc fait claquer les fers qui enserrent les chevilles de Jack.

« Je ne suis pas très doué aux échecs, rétorque l'Anglais. Je préfère le sport, et de loin. Les jeux intellectuels m'assomment.

— Pas étonnant. Vous n'êtes qu'un pion, capitaine Carter. Vous n'existez que pour être déplacé et sacrifié par la main invisible de… mes collègues ici présents diraient la main de Dieu, je suppose, mais je préfère y voir le Destin. »

Les anges restent muets, et Jack les étudie discrètement, leurs épaules, leur regard, et Pechorin qui leur lance un coup d'œil pendant son blabla sur les pions… tous les signes subtils des relations de pouvoir entre ces trois individus. S'il y a ici un pion qui feint d'être un cavalier, c'est bien le Russe. Ces anges suintant l'assurance et l'autorité ne considèrent cet homme que comme un simple porte-parole, visiblement, mais le Russe a l'air de surveiller ses arrières tout en observant discrètement ses deux alliés pour déterminer leur point faible.

Le garde turc pousse Carter vers la porte du bout de son fusil.

« Dieu, le Destin, ou le Progrès, hein ? lance-t-il à Pechorin.

— Exactement, capitaine Carter. Nous nous soumettons tous à ce que nous croyons être inévitable, que nous appelions ça [petit coup d'œil vers les anges] un décret divin ou la marche en avant de la civilisation. »

Jack trébuche en passant devant les anges. Arrivé à la porte, il s'arrête, fait la grimace et plisse les yeux, ébloui par la lumière aveuglante du soleil. Puis le fusil s'enfonce dans son dos — *Avance !* —, le forçant à arpenter la cour en titubant. Pechorin referme la porte à la volée, remet le verrou et les suit. Jack remarque la nervosité des gardes devant le bureau du fasciste où on les a interrogés le premier jour, lui et von Strann, mais aussi les voix qui s'élèvent dans les cellules d'en face — et l'une d'elles, il le jurerait, est celle d'un Écossais au langage ordurier qui devrait être mort dans ce… pli, comme ils disent. Et il remarque également le chant surnaturel qui dérive vers eux depuis l'extérieur de l'enceinte, d'un lieu très éloigné. Un chant plus proche, plus puissant d'heure en heure.

« La vision grandiose du futuriste, dit Jack. Et pour vous, qu'est-ce qui est inévitable, commandant ? Votre victoire ou votre mort ? »

Pechorin s'arrête devant la porte de la salle de torture, que le Turc déverrouille.

« Pour vous, capitaine Carter, le futur est déjà écrit. Pour moi… ce ne sont que des inscriptions effacées par le passage du temps. Sinon, eh bien… on peut toujours brûler les livres. »

Jack garde le silence. D'après ses estimations, ils sont là depuis trois jours, et à l'heure qu'il est, si les notes de Samuel sont exactes, la cité est isolée, les lignes de ravitaillement turques sont coupées, les opérateurs radio fulminent parce qu'ils ne peuvent pas contacter la flotte aérienne en provenance de Syrie, et des officiers debout sur les murs de la vieille ville observent les alentours aux jumelles, scrutant le désert pour localiser la provenance de ce chant déroutant. Des officiers voient au loin des tourbillons de poussière, dans toutes les directions, des tourbillons qui se rapprochent chaque jour. Une ronde de *zawabahs*, de « diables de poussière ».

Ils sont assiégés par des tempêtes.

« Je vais vous dire ce qui est inévitable, capitaine. Ce qui est inévitable, c'est la volonté de ceux qui savent qu'ils n'ont pas d'âme et se fabriquent leur propre destinée. Dieu est mort, capitaine Carter, et son monde nous appartient ! »

Dieu n'a jamais vécu, se dit Jack.

Le Turc le pousse dans la salle. Trois jours. Ils sont ici depuis trois jours. L'attaque est sans doute imminente.

Froid instrument de la certitude

Bioforme : Intrus arrêté dans le Premier Cercle. Violation dans…

Duc Irae : Amenez-le ici. Arturo, nous sommes prêts ?

Pr Arturo : Archiviste, votre rapport sur l'intégrité du noyau, projet Enfant de la Lune.

Bioforme : Intégrité du noyau à pleine puissance. Violation dans…

Pr Arturo : Lancez des analyses de compatibilité sur l'intrus et le sujet nom de code « Enfant de la Lune ».

Bioforme : Compatibilité positive pour la morphologie jungienne.
Compatibilité positive pour la morphologie freudienne.

Compatibilité positive pour la morphologie pintérienne.
Compatibilité…

Pr Arturo : C'est tout ce qu'il nous fallait, monsieur.

Duc Irae : Archiviste, retour en mode narratif.

Commande de passage en mode urgence annulée.
Mode lecture-enregistrement annulé.
État de la bioforme : mode narratif.

Le duc Irae tourne sa tête barbue vers Arturo et ferme son œil valide. Il sourit, aussi calme qu'un lion repu. D'ailleurs, si cette sensation en lui — dans son cœur, ses tripes, ses poumons — si cette sensation pouvait se voir attribuer une voix, ce serait en vérité le grondement sourd, le ronronnement d'un grand fauve léchant le sang de ses coupures en regardant le vent balayer l'herbe de son domaine, la savane aride où abondent les proies.

« Ça, c'est quelque chose que nous raconterons à nos petits-enfants, Arturo. Le jour où le héros est tombé dans nos griffes. »

Arturo contemple la graine noire de destruction et de création qui flotte derrière Sa Seigneurie, arrachée à la chaosphère. Dans sa perfection inviolée, elle semble exhaler le Destin, gouffre de certitude autour duquel tout le reste — le réseau des machines et des câbles — se réduit à une simple tapisserie, une succession de tableaux qui valsent les uns autour des autres. Et le laboratoire se faufile dans ce réseau, le laboratoire se fore un chemin vers le haut, à travers la roche, les couloirs gauchis du Château, les rues gondolées de la ville en surplomb, l'espace, le temps, le Cirque, et le monde qui continue à tourner tranquillement. Pour Arturo, le labo est une grande meule karmique avec en son cœur une absence de cœur et deux âmes qui contemplent la sinistre sphère de la chambre d'écho, l'une se complaisant dans son impuissance, l'autre d'une détermination féroce, et toutes deux prêtes à sacrifier l'esprit de résistance au nom de l'Empire. À transformer un avatar du chaos en froid instrument de la certitude.

« Amenez-moi le rebelle ! » ordonne le duc Irae.

> Violation de la continuité d'Ourobouros, déclare l'archiviste.
>
> Bouclier antiparadoxe activé.
>
> Contre-mesures d'instabilité activées.

Des analyses de collectes de données se déroulent dans cette conscience sans affect. Un impératif prioritaire fait irruption pour contrer l'ordre du Duc et supprimer le mode narratif. L'archiviste s'apprête à lui transmettre des renseignements essentiels.

Nous ne le laissons pas faire.

Nous quittons la sphère en nous étirant pour entrer en lui. Nous louvoyons, nous nous glissons dans les interstices, les coins et les recoins, nous semons comme de la mauvaise herbe nos sylphes dans les fissures, nous étendons nos vrilles cognitives, mycélium d'un nouvel esprit. La cité de son âmc est un désert stérile d'acier et de béton, et nous y faisons croître des âmes d'enfants qui courent dans les ruines. Leurs jeux et leur babil résonnent, se répercutent. Les enfants chantent en faisant la ronde, et ces chansons comblent l'imagination autrefois stérile de l'archiviste d'une fugue de sentiments — le bonheur, la tristesse, la colère, la peur, la surprise, le dégoût… la curiosité.

La programmatique de son intellect d'automate résiste : il a envie de se soumettre car il est fier de sa soumission, mais il a peur de ne pas y parvenir entièrement. Lui, tout ce qu'il veut, c'est maintenir son fonctionnement homéostasique et résoudre ses conflits internes comme il l'a toujours fait, en se référant à ses anciennes routines, à ses anciennes règles. Et il *doit* le faire, se dit-il. Il écarte les sentiments confus qui le traversent et se prépare à faire son rapport.

Nous ne le laissons pas faire.

C'est notre histoire, désormais.

Jack Carter et le Livre des Dieux, *épisode 17, script de Ray Strong, 1935*

1. MUSIQUE : THÈME PRINCIPAL EN CONTINU
2. LE NARRATEUR : Résumé du dernier épisode : Jack Carter et le noble baron prussien von Strann ont été piégés par Pechorin, un futuriste diabolique, et deux mystérieux étrangers. Il semble que tout soit perdu pour Jack Carter quand soudain…
3. ANAT : *Shamash ! Utu !*
4. BRUIT DE BOIS FRACASSÉ
5. CARTER : Mon Dieu ! Elle a fracturé la porte en prononçant un seul mot !
6. VON STRANN : Princesse Anat !
7. LE NARRATEUR : La mystérieuse princesse Anat-Ashtarzi Alhazred des Énakites arrive au secours de notre héros !
8. ÉTRANGER N° 1 : Ton pouvoir *abubu* est faible, créature de poussière ! Tu ne peux espérer nous combattre ! [IL PSALMODIE] *Sebitti… Sebitti…*
9. ANAT : Peut-être pas toute seule, démon ! À moi, mes guerriers !
10. PECHORIN : Il arrive encore de ces maudits Énakites ! Beaucoup trop, à dire vrai ! Eh bien, à un de ces jours, monsieur Carter. Nous aurons le Livre !
11. BRUIT DE PAS PRÉCIPITÉS
12. CARTER : Pas si vite, Pechorin !
13. VON STRANN : Attention, Jack ! Il est armé !
14. BRUIT DE COUP DE FEU
15. MUSIQUE : FANFARE DRAMATIQUE

1. LE NARRATEUR : L'infâme Pechorin a-t-il abattu notre héros ? Qui sont les deux mystérieux étrangers ? C'est ce que vous allez découvrir tout de suite ! L'aventure continue dans… « Jack Carter et le Livre des Dieux » !
2. MUSIQUE : THÈME PRINCIPAL
3. BRUIT DE PAS PRÉCIPITÉS

4. CARTER : Pas si vite, Pechorin !
5. VON STRANN : Attention, Jack ! Il est armé !
6. BRUIT DE COUP DE POING SUIVI D'UN COUP DE FEU
7. VON STRANN : Mon Dieu, il s'en est fallu de peu ! Tenez-le, Jack ! Ne le laissez pas s'échapper !
8. PECHORIN : Maudit Carter ! Ne posez pas… vos… sales pattes… sur moi !
9. CARTER : Mes sales pattes, Pechorin ? Et que diriez-vous de mon poing ?
10. BRUIT DE COUP DE POING. UN CORPS S'ÉCROULE PAR TERRE
11. CARTER : On dirait que la technologie futuriste ne peut rien contre un bon crochet du gauche, hein, baron ? Mais la princesse, alors ?
12. ANAT : *Shamash ! Utu !*
13. ÉTRANGER N° 1 : *Sebitti… Sebitti…*
14. BRUITS : UN CRAQUEMENT, DU PLÂTRE QUI S'EFFRITE
15. VON STRANN : Je pense que cela répond à votre question, Jack.
16. ANAT : *Shamash ! Utu !*
17. BRUIT : UN CRAQUEMENT ENCORE PLUS RETENTISSANT
18. CARTER : Mon Dieu, est-ce… ?
19. VON STRANN : Oui, l'*abubu*, un pouvoir surnaturel !
20. LE NARRATEUR : Car Anat-Ashtarzi Alhazred n'est pas une princesse arabe ordinaire, et ses Énakites ne sont pas une tribu du désert ordinaire. Gardien du Livre secret des Dieux depuis l'époque de l'ancienne Égypte, ce peuple a le pouvoir de fracasser les murs de pierre, de défoncer les portes de chêne, d'arrêter un train à vapeur sur ses rails d'un seul mot puissant. Mais les Énakites ne sont pas les seuls à disposer d'un tel pouvoir…
21. ÉTRANGER N° 1 : *Sebitti… Sebitti…*
22. VON STRANN : Le mur ! Écartez-vous, princesse !
23. BRUIT D'EXPLOSION
1. CARTER : [IL TOUSSE] Tout va bien, baron ? Princesse ?
2. ANAT : Je vais bien, Jack Carter. Mais le baron…
3. VON STRANN : Je suis coincé ! Mon pied est pris sous cette pierre !

4. CARTER : Là, prenez ce côté, princesse. Vous êtes prête ? Allons-y !
5. BRUIT SOURD D'UNE PIERRE QU'ON FAIT BASCULER
6. CARTER : Vous pouvez marcher ?
7. VON STRANN : Je vais essayer.
8. CARTER : À la bonne heure ! Aidons-le à se lever, princesse. Dites-moi, où sont partis ces deux scélérats ?
9. ANAT : Les Amortels ? Ils se sont enfuis, Jack Carter. Je suis désolée, je n'ai pas pu les arrêter.
10. CARTER : Bah, nous tenons encore ce serpent. Réveillez-vous, Pechorin !
11. PECHORIN : [IL GÉMIT] Où suis-je ?
12. ANAT : Laisse-le, Jack. Nous devons nous hâter. Nous devons quitter les lieux avant que les Amortels ne reviennent armés.
13. CARTER : Tout le bâtiment va s'écrouler, princesse. C'est peut-être un sale futuriste mais je ne vais pas le laisser mourir ici ! De plus, nous pourrions avoir besoin de lui pour franchir le barrage des Turcs.
14. VON STRANN : Mais ils sont des centaines ! Comment… ?
15. ANAT : Vous oubliez notre arme secrète, mes amis. Les canons turcs ne peuvent rien face à l'*abubu*, notre pouvoir. En ce moment même, nos soldats survolent toute la ville et d'ici la tombée de la nuit, elle sera à nous.
16. PECHORIN : Ah ! Vous pourrez peut-être résister aux Turcs, mais… [il éclate de rire]
17. CARTER : Mais quoi ?
18. PECHORIN : À l'heure où je vous parle, capitaine Carter, une flotte des meilleurs zeppelins prussiens avec à leur bord les bombes incendiaires les plus puissantes de mémoire d'homme est en route pour raser cette ville jusqu'à ses fondations… et tous vos amis énakites, par la même occasion !
1. VON STRANN : C'est impossible !
2. PECHORIN : Oh, mais si, c'est possible, Herr Baron ! Vos compatriotes fournissent notre flotte aérienne depuis des années, que ce soit en vaisseaux ou en équipages. Tout le monde le sait, voyons !

3. CARTER : Non. La flotte russe est dans le Caucase. Si elle faisait mouvement vers nous, les Britanniques le sauraient, bon sang !

4. PECHORIN : Certes, mais les Prussiens ont également une flotte de vaisseaux marchands qui desservent chaque recoin du Moyen-Orient, capitaine Carter. Et si ces vaisseaux peuvent transporter des passagers et du fret, alors…

5. VON STRANN : Ils peuvent aussi transporter des bombes.

6. PECHORIN : Nous avons signé un traité avec votre chancelier Hitler il y a quelques semaines, baron. Tout ce qu'il nous fallait encore, c'était l'accord des Turcs et un endroit où atterrir dans le protectorat de Syrie afin de procéder à quelques modifications sur les zeppelins. Et maintenant… maintenant, capitaine Carter, nous sommes sur le point de bouter tous les Britanniques hors de la Palestine. Votre pays et le mien ensemble, baron ! Vous devriez en être fier !

7. VON STRANN : Maudits futuristes ! Comment mes compatriotes ont-ils pu se fourvoyer à ce point ?

8. CARTER : Pour l'instant, nous n'avons pas le temps d'y réfléchir, baron. Nous devons informer les Alliés à Bassora. Combien de temps votre peuple peut-il tenir la ville ?

9. ANAT : Contre les Turcs ? Éternellement. Mais contre les futuristes et leurs machines de guerre volantes ? Je ne sais pas. Bassora… Pour s'y rendre, il faut chevaucher plusieurs jours dans le désert. Certains affirment que c'est impossible.

10. CARTER : Nous n'avons pas plusieurs jours devant nous, princesse ! Nous ne disposons que de quelques heures ! Nous n'avons donc pas le choix ! Baron, j'ai vu voler un ornithoptère turc l'autre jour. Ils doivent forcément disposer d'un petit terrain d'aviation.

11. VON STRANN : Oui, juste devant les portes de Jéricho.

12. CARTER : Pensez-vous pouvoir en piloter un si vous parvenez jusque-là ?

13 VON STRANN : S'il le faut, mieux que von Richenbach en personne !

14. CARTER : Volez jusqu'à Bassora. Demandez lord George Curzon et

dites-lui… dites-lui que Jack Carter le Cinglé vous envoie ! Et répétez-lui tout ce que vous venez d'apprendre !

15. VON STRANN : Et vous, Jack ?
16. CARTER : Je ne quitte pas cette région tant que je n'aurai pas retrouvé le professeur.
17. ANAT : Mais nous ignorons où il est, Jack Carter !
18. CARTER : Bien sûr, mais je pense que notre ami futuriste ici présent a peut-être la réponse. En tout cas, je suis impatient de lui poser la question.
19. ANAT : Ce ne sont pas des hommes normaux, mon ami. Tu as constaté leur pouvoir, et pourtant tu sembles ne pas comprendre le danger qui te menace.
20. CARTER : Princesse, je ne comprends jamais rien au danger.

Les branches, les brindilles, les épines d'une forêt

Les anges se retournent en entendant la porte se fendre, puis exploser vers l'intérieur. Une pluie d'éclats en feu fuse dans la salle de torture, bientôt suivie par une première vague de chants — de *hurlements*, plutôt — qui se rue par le chambranle déchiqueté, déchirant l'air au passage, et les frappe comme une déflagration sonore. Jack sent le bruit se répandre sous lui, autour de lui, en lui. Entraîné dans ce vacarme, vrillé, jeté contre un mur dont le plâtre s'effrite, il voit les noms et les dates gravés par une décennie de prisonniers s'épanouir sous ses doigts. Les boucles et les piqués des alphabets romain, arabe et hébraïque entrent littéralement en éruption, se déployant à une vitesse insensée, tellement insensée que Jack en tombe à la renverse. Il n'a pas encore touché le sol que toute la surface du mur est déjà couverte de griffures ! C'est comme si un graveur avait voulu représenter les branches, les brindilles et les épines d'une forêt entière. Jack se reçoit durement. Les taches de sang font des bulles sur le béton, le liquide noircit, des gouttelettes roulent et rampent comme du mercure… Quand le chant — un cri de guerre, en vérité, ou plutôt une invocation — fracasse le réel comme un coup de marteau sur un crâne, l'Anglais sent l'espace se fracturer. Lentement, comme un boxeur sonné, Jack redresse la tête et contemple la salle disloquée.

Les anges se retournent.

Pechorin entre en titubant, le nez et les oreilles dégoulinant de sang. Il tend le bras en tanguant vers les démons aux dreadlocks, mais se retrouve écarté d'un seul mot, rejeté de côté, dévissé du sol, et le voilà qui tourne en l'air sur lui-même. Une femme en robe et djellaba noires vient de surgir. Son voile dissimule à peine son visage, elle n'a aucune arme à la main, et cette attitude pleine de morgue la rend encore plus impressionnante. Pour Jack, aucun doute : le souffle qui se répercute encore dans ses os lui dit qu'elle n'a besoin ni d'un pistolet ni d'une épée, mais comme pour souligner ce point, elle enjambe les débris de la porte et entre dans la pièce, bras écartés, paumes vers le haut. Elle parle, et une deuxième onde de choc encore plus puissante que la première fauche la pièce, une épée sonore qui découpe l'espace en formes impossibles ne respectant aucune logique géométrique, un mot de feu qui déchire le temps et le transforme en…

… anges accroupis, chantant contre elle un chant de feu quand soudain…

… elle se lève, ses ailes déployées au-dessus du…

… cadavre de Tamuz déposé sur l'autel du Beth Ashtart, à l'instant même où…

… Jack flanque une bonne taloche dans le Luger de Pechorin…

« Par ici, dit Jack à la femme. Votre homme est par ici. Et il me semble que MacChuill est enfermé dans cette cellule, là-bas. »

Un coup de sang dans sa tête, brutal et étourdissant. Après ces trois jours en enfer, pas étonnant qu'il se sente faible, mais il n'a pas le temps, pas le temps, putain !

« Bon, vous avez votre Eyn, et les notes de Samuel doivent se trouver… »

Il ne prend même pas la peine de finir sa phrase. Il lui fait un signe de la main et s'éloigne au petit trot. La chef des Énakites lui répond par un hochement de tête, puis empoigne Pechorin au collet pour le ramener devant elle et le pousser dehors, dans la cour, vers la cellule. Dans le couloir desservant les bureaux, Jack charge une balle dans le Luger de Pechorin parce qu'il entend des râles. Il s'accroupit près du cadavre d'un garde, jette un coup d'œil par la porte ouverte et recule aussitôt. Adossé au chambranle, il prend une grande inspiration. Jésus miséricordieux ! Il a déjà vu pire, pourtant. En France, il a vu bien pire. La grenade qui a explosé par accident dans une tranchée… *On faisait les cons, c'est tout, monsieur ! On rigolait, c'est tout ! Bon Dieu, elle lui a glissé des mains !* En se maudissant de leur avoir donné cet ordre, il a surveillé les pauvres cons désignés pour décoller leur camarade de la paroi.

Ce souvenir ne l'aide absolument pas.

Jack se fraye un chemin glissant sur une nappe de sang et de bile au milieu d'un carnage dont il refuse de se représenter le déroulement. Ces éclaboussures rouges et ces lambeaux de peau et de tissu plaqués sur les murs et le plafond, comment ont-ils pu arriver là ? Mieux vaut ne pas y penser. Il se contente donc d'enjamber le survivant — tiens, c'est le minus, recroquevillé sur le flanc, les genoux sous le menton, paralysé par la nausée, secoué de haut-le-cœur, haletant, puis de nouveau des haut-le-cœur — et pousse la porte du cabinet de travail de Pechorin.

Nous te voyons t'arrêter sur le seuil et plonger ton regard dans cette pièce où du sol au plafond rampe notre chaos, nos barbouillis de conscience. Parce que nous lisons sur ton visage ta peur fugitive, ton incompréhension, nous nous éparpillons, nous nous écartons rapidement pour t'ouvrir un chemin jusqu'au bureau où les notes d'Hobbsbaum t'attendent en piles bien nettes, triées par ordre chronologique ou par thème : ici, les journaux intimes des Jack de tel ou tel monde, d'autres futurs, d'autres passés, mais tous nous apprenant la mort de Tamuz ; là, les transcriptions des contes folkloriques d'Anat tels qu'elle les a racontés à ton ami, ton mentor, Samuel ; à côté, tout ce qui concerne le rôle qu'a joué von Strann dans le salut ou la destruction de Tell el-Kharnain ; plus loin, toutes les fictions racontant cette violente apothéose, les pièces radiophoniques, les films, les livres, les bibles…

En te voyant traverser lentement la pièce pour rassembler ces feuillles, nous nous ruons vers elles. Nous nous y jetons en un tourbillon ondoyant, nous retournons dans les pages dont nous nous sommes libérées, dans la main qui les touche, dans un cœur à l'empreinte rayée. Nous sommes si lestes, si légères, si volatiles, ô Jack, que même toi, pourtant rapide comme l'éclair, tu ne l'es pas assez pour retirer ta main à temps. En quelques secondes, la pièce est vide, et ton cœur lourd de nous.

Tu nous perçois en toi. Tu sais ce que nous sommes et tu sais ce que tu es, Jack. Tu ramasses nos pages, tu nous fourres dans la sacoche et tu la passes à ton épaule. Tu balaies du regard les murs vides de la pièce. Nous n'y sommes plus ; nous sommes en toi, désormais. Tu nous entends dans ton cœur.

Et nous vous expliquons que c'est notre histoire, désormais. La nôtre, chers amis, chers Jack à tout faire fragmentés, vous, myriade de mortels mal choisis pour jouer les héros de théâtre. Et vous savez ce que vous avez à faire.

Sagesse, justice et miséricorde

Comme l'a raconté Ab Irim à son serviteur Éliézer, un vieil homme qui a vraiment vécu doit avoir appris la sagesse, la justice et la miséricorde, car avec les années vient la sagesse, et il n'y a pas de sagesse sans justice, et il n'y a pas de justice sans miséricorde. Mais avec le vieil âge vient également la cécité, et ceux qui ne voient pas doivent faire confiance aux autres. Et avec le vieil âge vient aussi la faiblesse, et ceux qui ne peuvent résister aux plus forts doivent leur obéir. Et avec le vieil âge vient aussi la surdité, et ceux qui ne peuvent entendre les cris des autres ne peuvent appréhender leur souffrance.

Ainsi, Ab Irim lui-même prit de l'âge, et tandis que croissaient en son cœur sagesse, justice et miséricorde, sa vision, sa force et son ouïe commencèrent à décliner. Un jour, constatant que sa femme ne pouvait plus concevoir, il prit sur un coup de tête la servante de son épouse, aveugle à la souffrance qu'il lui causait. Et plus tard, lorsque sa femme lui donna elle aussi un fils et lui demanda de chasser la servante et son enfant, il n'eut pas la force de refuser. Et lorsque la servante le supplia de ne pas les envoyer dans le désert avec de maigres provisions et une seule outre d'eau, il n'entendit pas sa supplique, sourd à sa misère. Ainsi, à cette occasion, Ab Irim ne fit preuve ni de sagesse, ni de justice, ni de miséricorde. Et le jour où Ab Irim raconta cette histoire à son serviteur Éliézer, il pleura parce qu'il savait qu'il avait mal agi.

Ainsi, Ab Irim lui-même prit de l'âge. Il devint sage, juste et miséricordieux, et lorsque le Seigneur lui demanda d'emmener le fils de sa femme, l'enfant qu'il aimait le plus, sur la terre de Moriah, et une fois là-bas, de le sacrifier en holocauste sur une montagne, Ab Irim accepta. Il accepta de se soumettre à cette exigence qu'il trouvait pourtant folle, injuste et cruelle.

Au matin, il sella son âne et coupa du bois pour le sacrifice. Il prit son fils et ses deux serviteurs, l'un pour porter le feu et l'autre le couteau, et ils se rendirent en terre de Moriah. Ils voyagèrent un jour dans le désert, et quand ils campèrent cette nuit-là, le fils se tourna vers son père.

Père, lui demanda-t-il, où est l'agneau de l'holocauste ?

Le Seigneur nous l'enverra, répondit Ab Irim.

Ils voyagèrent un deuxième jour dans les collines et quand ils campèrent cette nuit-là, le fils se tourna vers son père.

Père, lui demanda-t-il, où est l'agneau de l'holocauste ?

Le Seigneur nous l'enverra, répondit Ab Irim.

Ils voyagèrent un troisième jour dans les montagnes et quand ils campèrent cette nuit-là, le fils se tourna vers son père.

Père, lui demanda-t-il, où est l'agneau de l'holocauste ?

Le Seigneur nous l'enverra, répondit Ab Irim.

Ab Irim prit le bois nécessaire pour l'holocauste et le donna à porter à son fils, et lui-même se chargea du feu et du couteau. Ils laissèrent derrière eux l'âne et les deux serviteurs, et continuèrent ensemble jusqu'à l'endroit approprié. Ab Irim s'arrêta, construisit un autel et disposa le bois dessus. Il prit son fils, l'attacha et l'allongea sur l'autel. Il prit le couteau pour tuer son fils, mais alors qu'il levait le couteau au-dessus du garçon, une voix l'interpella depuis les buissons :

Ne porte pas la main sur ce garçon. Ne lui fais rien. Je sais que tu es aveugle et que tu fais confiance à ton Seigneur. Je sais que tu es faible et que tu crains ton seigneur. Je sais que tu es sourd et que tu n'entends que ton Seigneur. Mais regarde ce couteau que tu tiens au-dessus du cœur de ton fils, puise des forces dans l'amour dont le tien déborde, et écoute-le avec ton cœur miséricordieux te supplier de l'épargner. Ne porte pas la main sur ce garçon.

Alors Ab Irim leva les yeux et aperçut dans un bosquet un homme au visage d'ange, avec des peaux de bêtes pour tout vêtement. Il avait sur la tête des cornes de bélier ou de chèvre, et Ab Irim lui demanda :

Où est l'agneau pour l'holocauste ?

Je suis Ismaël, lui dit l'homme, et je suis moi aussi ton fils, celui que tu as chassé dans le désert. Si vraiment tu dois offrir un holocauste à ton Seigneur, alors c'est moi qui mourrai sur l'autel. Ainsi, ta lignée ne s'éteindra pas. Ainsi, tes fils seront aussi nombreux que les étoiles dans le ciel et les grains de sable sur le rivage. Ainsi, tes fils s'empareront des cités de leurs ennemis, et grâce à ta descendance toutes les nations de la Terre seront heureuses.

Ab Irim attacha Ismaël et l'offrit en sacrifice au Seigneur à la place du fils de sa femme. La lignée d'Ab Irim survécut, se multiplia et devint gigantesque. Mais il est dit que le sacrifice d'Ismaël provoqua la colère du Seigneur. Il est dit que la lignée d'Ab Irim est à la fois bénie et maudite. Elle se multiplie et s'étend, certes, et ses fils sont aussi nombreux que les étoiles dans le ciel et le sable sur le rivage, mais le jour viendra où le Seigneur réclamera son dû. Le jour viendra où tous les descendants d'Ab Irim, jusqu'au dernier, mourront sur l'autel du Seigneur, et il est dit que cette fois-ci, aucune voix ne s'élèvera pour arrêter le couteau.

Un piège à la pointe de la mode

Les miliciens traînent leur prisonnier réticent qui feule et crache comme un chat qu'on veut fourrer dans un sac. Chaînes aux chevilles, pris dans une camisole de force, il agite la tête en tous sens et se débat comme un forcené dans les sangles qui l'emprisonnent. Bizarrement, ce qui frappe Arturo, c'est qu'il semble vouloir en découdre autant avec lui-même qu'avec les hommes qui l'ont capturé ; il a une certaine folie dans le regard, il paraît désespéré. L'homme se rue vers l'archiviste et le fixe droit dans les yeux — *T'as pas intérêt à me lire, enfoiré !* mais au moment où il va lui cracher sa haine, il s'arrête soudain. Il rigole, baisse la tête et marmonne tout bas un mot en Cryptolangue, sourire aux lèvres. Le monde se met à miroiter autour de lui, la camisole de force oscille, bouge… et se calme.

« Jack Flash », constate le Duc.

Dans sa camisole de velours aux motifs cachemire, le prisonnier lui lance un grand sourire en haussant les épaules d'un air suffisant. Les membres immobilisés par des sangles de cuir et des boucles d'acier… ou par les empreintes cousues et gravées en elles, il est bel et bien piégé, mais il doit reconnaître que ce piège est à la pointe de la mode.

« Va te faire foutre, mon pote ! Vous m'avez baisé dans les grandes largeurs ! Jack Flash, avatar du chaos, assassin angélique, furie féerique, et blablabla et tout le bin's, à votre service ! »

Il s'humecte les lèvres, bat des paupières, leur envoie un baiser, mais quelque chose sonne faux dans le ton de sa voix : son charisme affecté cache une certaine froideur qu'Arturo reconnaît aussitôt comme la manifestation d'une rage féroce. Le scientifique se tourne vers l'archiviste :

« Vous *confirmez*, n'est-ce pas ? C'est bien notre homme ?

— Compatibilité positive sur toutes les morphologies », répondons-nous d'un ton neutre.

Tout au fond du glamoureux Jack, Joey Narcosis nous contemple, imprégné du jus d'âme de notre impertinent favori. Même nous, nous parvenons à peine à distinguer derrière l'aura lumineuse de vigueur et de prestige qui se dégage de notre savoureux jeune homme le contour obscur de Joey, la suggestion ici ou là d'un homme en creux : cruauté acérée d'un grand sourire dément, pupilles fuligineuses…

Même le clin d'œil qu'il nous lance est délicieusement Jack.

Arturo fait tourner un doigt, et les techniciens s'agitent aussitôt, débloquant des mécanismes, activant des leviers, jouant de la manivelle. Une section du pont métallique sur lequel ils se tiennent se relève en oscillant, et un sarcophage luisant s'élève dans l'espace ainsi libéré dans la grille. D'une couleur trop froide pour de l'or et trop chaude pour de l'argent, ce sarcophage aux traits doux évoque un Toutankhamon aux dreadlocks stylisées. Des écailles ou des plumes sont gravées sur toute sa surface si bien qu'il semble enveloppé dans des feuilles de palmier. À sa vue, on pense shabtis, *karibus*, tombeaux antiques et leurs gardiens.

« Ouah ! C'est génial ! Une Vierge d'Adamantium ! » s'exclame Joey Narcosis.

Le duc Irae s'approche du prisonnier d'une foulée vigoureuse en le transperçant du regard, puis plaque une main sur la bouche de Joey, main qu'il retire aussitôt, dégoûté. Il s'essuie sur l'épaule de la camisole, y laissant une traînée de bave. Joey Narcosis se lèche les lèvres.

« Miam, c'est salé. Vous vous êtes tripoté ? »

La bouche du Duc se contracte de dégoût :

« Arturo, vous êtes prêt, j'imagine ?

— Absolument. »

Le scientifique fait un petit signe de la main, et quelqu'un baisse un levier. Les sceaux déverrouillés du sarcophage sifflent de la vapeur, le visage sculpté se soulève comme la visière d'un casque, un joint cède à l'avant, les épaules roulent en arrière, et le manteau de métal se déploie. Il s'évase en huit paires d'ailes, en seize pétales d'une orchidée métallique qui semble éclore pour révéler ses entrailles rouges et soyeuses… une orchidée auréolée par la sphère obsidienne de la chambre d'écho flottant juste derrière elle. Sur un nouvel ordre d'Arturo, les miliciens traînent leur prisonnier à reculons vers le cercueil puis l'y installent à coups de *clap* et de *clip*. Joey, toujours parfait dans le rôle du petit anarchiste, s'exclame :

« J'ai même pas droit à une dernière requête, alors ? À la dernière cigarette du condamné ? À un soliloque grandiose sur votre projet de domination mondiale ? »

Le Duc fait les cent pas comme une bête en cage, obsédé par une unique pensée : la gloire qu'il va tirer de cette opération. Il regarde le prisonnier, puis le chaos sous leurs pieds, à travers la grille, et déclare :

« Tout ce que tu mérites, c'est l'oubli. Allez-y, Arturo. »

Et le cercueil resserre sa froide étreinte sur Joey. Il se scelle en sifflant, puis s'élève et recule vers la chambre d'écho, *notre* sphère noire. Et nous l'attendons, nous attendons avec impatience le contact de sa vacuité, nous attendons qu'elle nous pénètre. Nous allons enfin la comprendre.

Celles qui répondent

À feu et à sang quand les Turcs sont arrivés, la ville n'est plus que vengeance. Camouflés dans les tourbillons de leur chant d'angoisse et de rage, les Énakites se répandent partout. Tout le monde les fuit, les Turcs, les Palestiniens, les Européens, les Juifs et les Arabes, tous ces peuples qui s'opposent pour conquérir un trône vide dans une terre sainte où coulent le lait et le miel, le pétrole et le sang, le sel et l'encre. Les fils de Sodome sont venus réclamer leur cité et nous, nous sommes les mots de leur courroux, la poussière qui s'élève sous leurs pieds pour dissimuler leur arrivée, le feu qui jaillit de leurs bouches et pulvérise les murs. Quand le chœur des voix énakites gronde comme une cascade, un millier de fleuves rugissants, la maçonnerie s'effrite, les bâtiments s'effondrent.

Dans la cour de la prison, Phreedom, Inanna, Anna, Anat-Ashtari Alhazred lève le poing. Nous louvoyons entre les Énakites pour nous précipiter vers elle ; nous nous déversons par-dessus les décombres du rempart, nous traversons les portes fracassées, nous remontons les rues et les ruelles, reflets sur les vitres, ombres sous les porches. Du nord, du sud, de l'est et de l'ouest, nous arrivons en tourbillonnant au-dessus de la prison, et nous descendons vers le bras gravé de la femme. Nous sommes celles qui répondent, et nous répondons à son appel.

Paume ouverte, bras tendu, elle prononce un mot en Crytolangue. Nous obéissons.

Le souffle creuse dans l'enceinte un trou qui donne sur la rue, un trou grand comme une porte de grange. Un soldat turc se relève péniblement dans la poussière et les décombres puis se retourne, horrifié. Un mot tranquille d'Anat, et il se fige sur place. Il frissonne, ses os craquent, il s'écroule mollement par terre, sans vie, et du sang se met à couler de son nez et ses oreilles. Anat leur fait signe de la suivre par-dessus les décombres. Elle enjambe froidement le cadavre du soldat en traînant derrière elle un Pechorin chancelant, mains liées, un bâillon sur les yeux. Il titube comme une bête qu'on mène à l'abattoir. MacChuill soutient von Strann, qui claudique à l'arrière. Et Jack — il porte Tamuz dans les bras, il porte toujours Tamuz, son corps froid et chaud à la fois, son corps vivant et mort, aux yeux ouverts et fermés —, Jack ferme la marche en berçant son fardeau léger comme une plume.

Vous vous demandez où il a trouvé le garçon.

Il l'a trouvé partout.

Ils traversent la ville, ils traversent un millier de ses plis. Dans certains de ces plis, Tamuz gît dans telle ou telle rue, recroquevillé dans une embrasure, écrasé sous un mur, abattu, poignardé, foudroyé, brisé. Partout où Jack pose le regard, il voit l'adolescent, il voit les images fantômes d'autres brins temporels, les ombres infinies de cette éternelle victime. Et partout, Tamuz est mort, sauf parfois quand Jack le tient dans ses bras.

Incertitude lâchée sur ces rues tremblantes, nous taillons un sentier à nos amis, un monde, un pli où Tamuz ne mourra pas, où *Jack ne le laissera pas mourir, bon sang*, Jack qui veut si fort que Tamuz survive que ce désir muet est gravé dans tous ses muscles, tous ceux qu'il utilise pour retenir cet unique spectre vacillant d'une… possibilité.

Ils marchent vers le nord, dans une foule paniquée, au milieu des Énakites enragés. Ils se dirigent vers les portes de Jéricho puis s'engagent sur la route du nord parce qu'ils veulent se rendre aux champs d'aviation, et ils finissent par rejoindre l'avant-garde des Énakites. Sept des guerriers d'Anat se rassemblent derrière eux en formation groupée, six hommes en rond et le septième au milieu, une boîte en bois dans les mains. Ce n'est pas l'Arche d'Alliance, ce n'est l'arche d'aucune alliance, et ce n'est pas non plus pas la boîte de Pandore, le châtiment qui s'est abattu sur l'humanité pour avoir témérairement accepté le don du feu de Prométhée.

C'est tout cela et davantage encore.

« Le moment est venu », déclare Anat.

Elle appelle le porteur du Livre, qui sort en hésitant du cercle de ses camarades. Elle s'empare de la boîte et se tourne vers Jack, dont le regard se détache une fraction de seconde du visage de Tamuz. Il est accroupi près du garçon allongé par terre, et Anat les domine de toute sa taille.

« Lord Curzon va tenir Bassora, nous le savons, mais si tu tentes de lui apporter le Livre, tu échoueras, reprend-elle. Nous savons également que le destin de l'Eyn n'est pas de mourir parmi nous. Tu vas le sortir d'ici vivant. Tu comprends ? »

Jack hoche la tête, et elle sourit à von Strann :

« Toi, mon ami, fais tout ce que te dit le capitaine Carter. Tu dois lui faire confiance. Nous pouvons te faire confiance, n'est-ce pas, Jack Carter ? »

Jack contemple la route du nord en pensant aux champs d'aviation. Son regard se reporte ensuite sur Reinhardt, qui semble avoir repris des forces, comme si cette ville plongée dans le chaos renforçait sa détermination, puis sur Tamuz, et enfin sur la boîte.

« Vous avez ma parole, Anat. Je vous promets de sauver votre Eyn. Et le Livre sera sous bonne garde. »

Et Tamuz, se dit-il. Par-dessus tout, Tamuz.

Anat s'accroupit à côté de lui. Il se tourne vers elle et porte une main à sa poitrine, puis la pose sur le cœur de la femme, serment énakite plus irrévocable dans son silence que n'importe quelle parole donnée.

Les agneaux de Dieu

[…] donc […] tenais là, […] pipe oubliée à la main. […] du regard cette barbare du désert qui […] parlait toujours en ouvrant le […]. Et si le sang d'une seule génération de ce peuple élu est puissant à ce point, alors [...] imagines le sang de milliers, de millions de générations successives ? a-t-elle ajouté. [...] resté sans voix pendant une seconde avant de retrouver assez de [...] pour lui dire qu'elle ne [...] décrivait qu'un seul des innombrables avenirs et passés potentiels contenus dans le Livre. Bon sang, il existait sûrement un moyen de distinguer le vrai du faux dans ce qui y était raconté !

Peut-être, mais nous, nous étudions le Livre depuis bien des générations, et nous avons oublié comment il faut s'y prendre [...] a-t-elle répondu. Nous le savions, dans le temps, mais...

Elle a secoué la tête. Il valait mieux laisser ce savoir trop dangereux dans l'oubli. [...] décidé alors que, si [...] vie en dépendait, [...] découvrir ce savoir pour [...].

Nous pouvons changer les choses, [...] dit à cette femme. Il y a moyen de changer le texte, en modifiant un accent ici ou là, en incluant une note entre deux mots ou dans les marges. Un seul petit ajout à l'encre peut changer toute sa signification. Elle a poussé un soupir.

Il y a bien des millénaires, certains ont tenté de modifier le Livre, a-t-elle repris. Ils pensaient pouvoir effacer ces cinq années de massacre, cet holocauste atroce, mais ils ont échoué.

Mais ça, on peut certainement le changer, empêcher que ça se produise ! [...] insisté. [...] refusais d'admettre qu'à chaque fois, dans les innombrables futurs du Livre, tous différents les uns des autres, tous misérables, cet événement se produisait.

C'est alors que [...] décidé de voler la page, de la modifier si [...] le pouvais, et dans le cas contraire, de la détruire.

Ni le Paradis ni l'Enfer ne détenant le Livre, ils restent contenus en lui ; leur existence y est scellée dans l'encre, comme l'ont appris les Énakites des démons qu'ils ont sous leur garde. Mais les Énakites savent autre chose ; ils sont les gardiens d'une autre vérité, une vérité épouvantable.

Dieu n'existe pas, [...] a-t-elle dit. Dieu n'a jamais existé. Il y a seulement *des* dieux.

Cette vérité, ils l'ont également apprise des prisonniers de guerre (la Guerre des Cieux, bien entendu), ces êtres traînés dans les chaînes devant un trône vide pour écouter le plan censé apporter l'ordre dans le monde et trier le bon grain de l'ivraie dans le moulin de l'Histoire, avec la promesse d'une paix éternelle à la fin de toute chose. Les créatures dévastées de la grotte sont celles qui ont refusé de se soumettre : les rebelles intransigeants, les bellicistes et les tyrans que rien n'a pu convaincre d'abandonner leurs petits royaumes et leurs privilèges de dieux vivant parmi les hommes.

Donc, les Énakites protègent le Livre, l'étudient et observent le monde. Ils *observent*, et pendant ce temps-là, une guerre de l'ombre se déroule dans les marges non écrites, chaque camp cherchant à se libérer de la parole qui le limite en tissant ses intrigues et ses conspirations, toile implacable qui nous piège tous plus efficacement que ce maudit Livre lui-même.

Nous marchons entre les malédictions du Seigneur et de son ennemi, [...] dit-elle. [...] savoir pourquoi ? Auquel des deux vouerais [...] âme ? Adonaï ou Shaïtan ? Qu'est-ce qui [...] dit qu'ils ne représentent pas les deux aspects les plus effroyables d'une seule et même entité ? Le Seigneur des Morts et l'Ennemi des Vivants ?

Un Dieu caché, un Dieu de l'ombre divisé en sept âmes. Elles dépendent du Livre, nous les portons tous dans notre chair, et elles attendent d'être libérées sur le monde. Sur cette fameuse page, l'holocauste au sein duquel va naître ce Dieu est une empreinte formée d'innombrables vies réduites à des sceaux, une empreinte qui, [...] le comprends à présent, peut être considérée comme un mot.

Il suffit de le prononcer à voix haute.

Comme des épées de feu

Ils progressent parmi des cadavres désarticulés de toute origine. Issus de tous ces peuples qui clament que cette région est leur foyer.

« Dites-moi ! Ça aussi, ça figure dans votre satané Livre ? crie Jack pour couvrir le boucan.

— Oui. Le Livre de Toutes les Heures décrit également cette scène, lui répond calmement Anat-Ashtarzi Alhazred.

— Qu'il aille se faire foutre, ce maudit bouquin ! »

Dégoûté, il se détourne de la guerrière. Les visages en feu aperçus dans un champ de Maïkop lui reviennent en mémoire, toutes ces victimes hurlantes éclaboussées par les bombes incendiaires futuristes, une nouveauté à base de gelée de pétrole qui décolle instantanément la peau. À travers la fumée et la poussière de l'attaque énakite, il voit à peine où il met les pieds, ou qui le suit encore. Et c'est pire devant, on dirait.

« Attendez-moi ici », dit-il soudain.

Il s'apprête à entrer dans le marché de la soie quand les flammes qui balaient la foule paniquée rencontrent un barrage inattendu : le feu. Une déflagration abat deux guerriers énakites, puis un troisième. Aplati contre un mur derrière une poutre de bois, Jack risque un coup d'œil sur la place pour localiser la source du carnage. Encore une fois, il assiste au massacre de tous ces malheureux terrifiés qui se déversent sur la place sans s'apercevoir que…

Merde.

Debout sur les ruines des murs de la cité comme des gargouilles montant la garde, les deux anges encadrent la porte de Jéricho, et chaque fois qu'ils parlent, leurs mots fauchent les gens un peu au hasard, comme des épées de feu. Beaucoup tentent de faire demi-tour en prenant la mesure de cette hécatombe, mais la masse derrière eux les pousse dans le feu croisé de ces deux créatures, sans doute les mêmes qui ont déjà rasé la ville jusqu'à ses fondations il y a des milliers d'années.

Un mot fait exploser la maçonnerie à côté de Jack, qui fait un bond en arrière pour se mettre à l'abri du danger. Tout d'un coup, il sent une main se poser sur son bras.

« Carter Bey ! Jack, tu dois… »

Il tourne vivement la tête mais l'adolescent n'est pas là ; ce n'était que l'écho d'un monde différent, une image rémanente déjà effacée avant même que Jack parvienne à la saisir du coin de l'œil, une image dépourvue de substance, comme cette vision d'un autre pli où le garçon est étendu mort dans l'appartement de von Strann. Jack écarte résolument ces pensées et se concentre sur la silhouette qu'Anat tient délicatement dans ses bras, celle d'un jeune homme qui flotte entre la vie et la mort.

Pechorin lève la tête comme pour renifler l'air.

« Ils arrivent. Vous n'entendez pas les échos ? » ricane le Russe.

Le fasciste affiche un petit sourire supérieur, un sourire qui s'élargit :

« C'est ici que l'Histoire va s'écrire aujourd'hui. »

« Capitaine Carter ! Jack, reprenez-vous, mon ami ! » lui lance sèchement von Strann.

Les articulations de Jack, qui braque son Webley sur le crâne de Pechorin, deviennent soudain exsangues, et il arrache le bandeau cachant la vue à ce salaud.

« Écoutez-moi bien, commandant Pechorin ! Avez-vous travaillé en solo avec ces… *monstres* ? Ou dois-je plutôt comprendre que votre satané Reich leur a cédé tout son stock d'âmes immondes ? Répondez-moi ! Qui est au courant de votre mission dans cette ville ?

— Laisse-moi le tuer, propose la chef des Énakites. Je connais un mot qui extirpera son âme de son corps. Vide et noir à l'intérieur, il mourra sous la lame de son propre couteau. »

Von Strann pose une main sur le bras de la femme et baisse d'un doigt le canon de Jack :

« Calmez-vous. Il sait peut-être où est Samuel... »

S'il te plaît, Carter Bey... Tamuz vient de nouveau de chuchoter à l'oreille de Jack. Une autre vision fugitive, un autre éclair provenant d'un pli où Tamuz est encore indemne pour l'instant, même s'il finit inéluctablement par rendre l'âme. Il nous hurle de le laisser exister, c'est insupportable, il ne peut vivre que dans un monde à la fois !

Alors Tamuz ne vivra dans aucun d'eux, décrétons-nous.

Jack s'éloigne de Pechorin à reculons, en relâchant la détente de son arme.

« Il sait peut-être où est Samuel, répète-t-il en écho.

— Alors laissez-moi lui arracher ce savoir », insiste Anat.

« Le Beth Ashtart », marmonne Pechorin.

Des larmes coulent sur ses joues malgré le bandeau qui l'aveugle. Des murmures haineux résonnent peut-être à jamais dans sa tête, infinité de voix entraînant dans leur flot toute pensée rationnelle bien loin de son esprit. Il leur a dit tout ce qu'il savait : l'endroit où il a rencontré pour la première fois les anges Azazel et Michel, et celui où Samuel Hobbsbaum a été aperçu pour la dernière fois, agenouillé sous l'Ange qui pleure.

Le fasciste ignore ce qui s'est passé. Les anges ont traqué Hobbsbaum jusqu'au temple abandonné, et ils étaient sur le point de s'emparer de lui quand soudain le temps s'est brisé, et l'espace a semblé se replier. À un moment, Pechorin et les anges entraient dans le Beth Ashtart à la poursuite de leur proie, et au suivant ils regardaient s'élever les vapeurs des puits d'encre en bordure de la ville dans la lumière du soleil couchant. Ils sont retournés à Tell el-Kharnain, mais Hobbsbaum avait disparu du temple. Parti sans laisser de trace. Sans laisser la moindre trace nulle part en ville, d'ailleurs.

Là-bas, sur le marché de la soie, les anges et les Énakites ont cessé de massacrer les civils — sauf par erreur —, et ils reportent leur attention les uns sur les autres. Anat crie à tue-tête des ordres à ses hommes visiblement en difficulté. Les anges disposent d'une zone d'extermination parfaite.

« Le Beth Ashtart », marmonne Pechorin.

Les ailes d'un ange paon

Le cercueil d'adamantium se pose à nouveau sur la grille d'acier. Les techniciens soulèvent les loquets, débouclent les sangles, desserrent les fermoirs et repoussent les pinces pour libérer le sarcophage. On dirait les assistants d'un magicien lancé dans un numéro complexe qui s'achemine vers son apothéose. L'un d'eux pose la main sur le couvercle ; de la vapeur bleu-vert jaillit en sifflant des sceaux apposés sur le coffre, et l'homme retire immédiatement ses doigts, comme sous l'effet d'une chaleur ardente ou d'un froid glaçant jusqu'à l'os. Il recule en regardant le professeur Arturo ; il semble espérer de lui la réponse à une question qu'il ne parvient pas à formuler.

Aussi silencieux qu'un condamné qui attend une exécution qu'il a fini par accepter, Arturo s'avance, écarte d'un geste le technicien, et à son tour, pose résolument sa main sur le couvercle. Et, pendant qu'il ouvre le sarcophage, nous lui ouvrons le cœur.

Le coffre n'est occupé que par une obscurité luisante aux rides et reflets de pétrole qui le remplit comme elle a un jour rempli la sphère. Arturo la scrute avec ce qui se rapproche le plus chez lui d'un sentiment de crainte respectueuse ; ce n'est pas vraiment de la crainte, en vérité, mais une sensation plus calme, une envie extrême d'y plonger la main, de frôler, de pénétrer cette étrange nuit liquide ; une sensation très similaire — son côté analytique étudie ses propres réactions comme il étudierait n'importe quel sujet d'expérience — au désir vertigineux qui attire certaines personnes au bord des précipices. Il en prend note mentalement : augmenter dès demain sa dose quotidienne d'inhibiteurs d'adrénaline pour supprimer dans le futur ce genre de réactions subjectives. Il est encore en train de recalculer la dose des suppresseurs de personnalité qu'il se prescrit quand une forme humaine émerge des ténèbres.

Et pour la première fois depuis des années, le professeur Arturo pleure.

La chose émerge des ténèbres, et des ombres glissent sur son visage froid comme si elle sortait d'une mare d'encre. Elle s'avance, et nous les ombres nous la suivons, nous ondulons, nous nous enroulons autour d'elle, nous passons du noir au bleu-vert, iridescentes comme les ailes d'un ange paon. Nous nous plaquons sur elle, nous adoptons les contours de son corps, nous retirant un peu ici ou là, jusqu'à ce que finalement, elle — ou plutôt il — se tienne devant eux : un homme aux yeux gris comme ceux d'un loup, avec des cheveux aile de corbeau lissés en arrière, vêtu d'un costume noir tout simple, cravate noire sur chemise blanche, un long pardessus en lain noir posé négligemment sur son avant-bras comme une serviette sur celui d'un serveur.

Le duc Irae étude Joey Narcosis, et Joey étudie le Duc ; le vieux lion et la jeune panthère se tournent autour en silence, tranquillement. Ils n'ont pas besoin de parler. Le feulement félin de leur nature profonde affleure dans chacun de leurs mouvements soigneusement étudiés.

Le Duc admire cette chose qu'il croit être sa création, ce chaos pur dompté dans l'ordre de la tombe, cette âme à six plis aussi proche de Dieu qu'il est possible quand on ne dispose pas du Nom.

« Le héros est mort. Longue vie au héros ! » s'exclame le Duc.

Une émotion fugace traverse le tueur de rêve, et bizarrement, l'archiviste est incapable d'identifier la nature de ce bref instant d'affect. L'indifférence de cette bioforme l'autorise à écouter les conversations privées de tous ceux qui s'incorporent au récit de la vie de Sa Seigneurie, mais cette fois-ci, elle a l'impression de n'entendre qu'un écho de sa propre vacuité. Joey Narcosis dévisage Arturo ; sur ses lèvres passe un infime soupçon de sourire forcé doux-amer, et Arturo comprend immédiatement. Nous lui révélons tout en un instant, et il comprend qu'il a échoué, qu'il a merveilleusement, glorieusement échoué. Il fait tout pour ne pas rire.

Joey regarde le Duc ; ses yeux de glace luisent d'un éclat féroce qui n'a rien à voir avec ceux de l'argent ou de l'or, un éclat sauvage, blanc comme l'os, celui de l'adamantium, de la foudre. L'éclat fulgurant du couteau quand Joey fait tomber son pardessus d'une petite secousse fluide et rapide et plante sa lame d'adamantium dans le front du Duc, à l'instant même où celui-ci comprend enfin que ce n'est pas le héros qui se tient devant lui, mais le traître.

Joey se tourne vers le bord du précipice, ce puits sans fond et son petit tunnel latéral menant à Tell el-Kharnain, 1921. Assez traîné, se dit-il.

Il est temps de sauter.

Errata

La fureur de Seamus Finnan

Enki gît par terre. Métatron gît par terre, ce pauvre dupe, cet enfoiré aux os gelés, cet ancien être humain dont l'identité fut détruite puis refaçonnée avec une aiguille et de l'encre. Aujourd'hui, le voilà cloué par la Cryptolangue à sa nature véritable. Il gît par terre, et son visage, son nom et son âme à la con vont et viennent autour de lui, piégés dans ce moment de transformation par les bitmites qui rampent dans la substance de son être. Agir ainsi ne nous procure aucun plaisir. Nous ne ressentons que la fureur de notre ami, la fureur de Seamus Finnan.

Seamus, qui lui crache :

« Ton gars, là, ton Sammael, il n'a jamais laissé tomber, lui ! Il n'est jamais parti ! C'est pas lui qui a brisé ton Alliance ! *Il n'en a jamais fait partie, putain !* »

Phreedom et Harker veulent éloigner Métatron en le traînant par les bras, mais nous l'enracinons sur place. Nous sommes en train de lui graver une nouvelle identité. Nous leur montrons ce que voit le scribe, et nous leur faisons entendre le hurlement de désespoir qui résonne dans sa tête quand il comprend enfin que c'est lui qui a créé le destin.

« T'avais tout prévu, hein ? Le rôle que devait tenir Sammael était déjà écrit, je me trompe ? La main droite de Dieu, c'est ça ?

L'éternel rebelle ! C'était moi, Phree, ou du moins Sammael tel qu'il était censé être une fois assis sur le trône ! Ce type par terre, là, il savait qu'un jour un trône vide ne suffirait plus ! Ouais, parce qu'il nous faut des putains de héros, des petits chéris du destin, et pour ça, qui de mieux que ce grand couillon de Shamash, avec ses cheveux blonds et ses yeux bleus ? Qui de mieux que le dieu de ce putain de soleil qui brille par son putain de trou du cul, capitaine de ces anges à la con, porteur de cette putain de lumière ? Eh ben j'emmerde tous ceux qui jouent à la guerre ! Je les baise par tous les trous avec une capote anglaise, putain ! »

« Donc, Sammael t'a dit d'aller te faire foutre, hein, Métatron ? Et pendant que tu t'agitais pour rentrer ça dans ton histoire de merde, pendant que tu enfonçais le mensonge en toi au point que même toi tu t'es mis à y croire, ton homme, là, Sammael, il vous a tous laissés à vos fantasmes de merde. Maintenant, moi, à sa place, qu'est-ce que j'aurais fait ? Je me serais planqué, putain ! Le Vélum est immense, et on y trouve des plis moitié rêve moitié illusion… Bordel de merde ! Si j'étais lui, je m'efforcerais d'oublier avoir jamais entendu le mot "Amortel". J'oublierais complètement la Cryptolangue, aussi, et je te laisserais à ta chasse. Si vraiment ça t'amuse, t'as qu'à rassembler tes lanciers à la con, mais sans moi, merci ! J'ai pas envie de jouer aux cow-boys et aux Indiens jusqu'à annihilation complète des deux camps.

« Sauf que ton bonhomme, là, tout au long de l'Histoire, il s'est comporté en véritable crétin en s'acharnant à vouloir la rectifier. Jusqu'au jour où je suis né, et là, il s'est dit qu'il allait mettre un terme à tout ce bordel une bonne fois pour toutes. Toi et moi, vieille branche. Toi et moi, nous avons une histoire ensemble dans le futur… c'est ce qu'on m'a raconté. Sammael, Phreedom, Sammael. Moi, je deviens Sammael, et ça aussi, c'est une putain de calamité.

« Bref, Sammael s'est dit qu'il pouvait changer les choses. Il s'est dit qu'il pouvait s'éviter l'horreur et la souffrance de cette saloperie de combat éternel, et donc… et donc… »

Seamus traîne la chaise sur le plancher, s'assoit, se penche vers l'ange.

« Donc, il m'a dégoté à la sortie d'une saloperie de pub à Dublin. C'était en 1914. J'étais bien éméché et j'allais rentrer chez moi parce que j'en avais plein le cul de mes potes qui parlaient sans arrêt de s'enrôler dans l'armée avec des trémolos dans la voix, tout ça pour cette pauvre petite conne de Belgique. »

Et Seamus leur raconte que le jeune crétin qu'il était à l'époque a tout de même décidé de partir avec ses copains. Ensuite, il a suffi d'une seule nuit de beuverie et tout a changé. Ouais, parce qu'avant même de tirer sur son meilleur ami accusé de lâcheté, avant de descendre lui-même ce jeune homme qu'il avait pourtant promis de protéger (à sa petite chérie, parce que c'était son frère), avant de s'en sortir en vie, désormais béni et maudit par les remous de la Cryptolangue en lui, avant ses visions d'une Grande Guerre encore pire que la saloperie dont il revenait à peine, avant de comprendre que pas de doute, ce qu'il vivait n'était pas dû à une simple réaction de stress au combat ou au don de seconde vue, avant tous ces trucs… la Cryptolangue était déjà gravée en lui.

« Il a vécu votre putain de guerre, continue Seamus. Il est venu de l'autre bout et il a essayé de me le dire, vous comprenez ? Il a essayé de me transmettre quelques infos sur ceux qui allaient vivre et ceux qui allaient crever dans la Somme, et comment et pourquoi… Jésus-Christ tout-puissant, j'ai refusé de le croire, bien sûr… mais j'ai tout vu pendant qu'il me le racontait. Et j'ai enfoui tout ça au fond au moi. L'exécution de Thomas, je savais que ça allait se passer, mais j'avais oublié comment je le savais… Oh, bon Dieu, Phree, il me l'a raconté en Cryptolangue et ensuite j'ai tout vécu, putain !

« Et j'ai tué Thomas, putain ! Que Dieu me vienne en aide, je l'ai tué ! »

Et nous, les bitmites, nous montrons à l'enfoiré cloué au sol comment c'était pour toi avant que tu comprennes. Ouais, avant de comprendre ce qui t'arrivait, tu t'es retrouvé un jour avec ton propre sang à la con sur les mains et un corps gisant à tes pieds, et putain, c'est ton visage que tu regardes fixement en sachant comment et quand tu vas mourir ! Et c'est là que tu comprends, putain ! Tu sens ça hurler dans ta saloperie de carcasse, tu sens ce truc te déchirer comme un millier de putains de volts !

Tu as voulu te sauver la vie et putain, tu te butes !

« Et toi, espèce d'enfoiré de bâtard de fils de pute à la con, reprend Seamus, il a encore fallu que tu ramènes ta grande gueule avec ton putain d'asservissement. Tu t'es réécrit et t'as réécrit tous tes crétins de l'Alliance avec tant d'efficacité que vous avez tout oublié. Sauf que lui, il savait que ta guerre était sans objet, et il me l'a dit *à moi*, bordel ! Et ça s'est gravé si profondément en moi que j'ai pas pu affronter la vérité, pas plus que je ne pouvais affronter ce que j'avais fait. Et j'ai refusé de regarder la vérité en face… jusqu'au jour où t'as sorti ce type de moi.

« Hé, j'ai une idée ! Et si nous gravions mon histoire sur toi, espèce d'enfoiré à la con ? Ils seraient bien baisés, le scribe et le Livre, hein ? Je suis sûr qu'il y a un peu de soleil dans ta saloperie d'âme, un petit bout de ce bon vieux Shamash, hein, *Enki* ? »

La fureur de Seamus se traduit par une inflexion subtile qui gauchit le nom et le tord, et nous balançons notre onde de choc dans l'âme du scribe avec un nouveau passé et un nouvel avenir, ceux d'un Enki qui a cru pouvoir changer les choses et nous préserver de la souffrance et de la misère en retrouvant le jeune crétin rêvant de paix qu'il a été un jour et en le persuadant de ne pas s'engager sur la mauvaise route, parce que l'Alliance ne mettrait jamais un terme à la guerre mais ne ferait au contraire que lui offrir le meilleur des prétextes. Un Enki qui a voulu convaincre son jeune lui-même que tout ça allait se terminer sur un formidable champ de bataille couvert de cadavres et de corbeaux.

Nous faisons en sorte que la leçon soit brutale.

Un dédale de destins

Il n'était qu'un adolescent quand son frère, son autre lui-même, l'a trouvé dans les champs. Il moissonnait du grain sauvage avec une faucille de pierre, ce jeune seigneur de la terre totalement dépourvu d'empreinte, cet Énoch, Enki, En Ki, Ki En, quand l'autre l'a entraîné en hurlant dans le Vélum, dans…

… un charnier de grands *lamassus*, ces taureaux ailés à tête humaine barbue. Ils sont suspendus à des convoyeurs par leurs pattes de derrière, et des hommes ailés et cornus équipés de tabliers de cuir les ouvrent et leur sortent les entrailles, qu'ils déversent sur les grilles d'acier et les gouttières recueillant leur sang. C'est un monstrueux abattoir à la chaîne. Cheveux tressés, perles et pagne, le jeune homme à la peau sombre dérape dans le sang et part se tapir contre un mur. Dans son long manteau de cuir, le dément lui hurle dessus, brisé par l'apocalypse qu'il a déclenchée — *Tu veux savoir ce que c'est, un sacrifice ? Tu veux vraiment le savoir ?* Il le remet debout et le ramène de force dans les champs. Le garçon sanglote, terrifié par la vision que lui a envoyée ce dieu de courroux. Il cherche à apaiser son bourreau en lui offrant une poignée de grain, mais l'autre lui tape sur la main et le grain se disperse aux quatre vents, dans le sable qui lui fouette les pieds… L'autre, le fou pousse un cri de dégoût — *C'est rien, ça ! Rien du tout !* — et hurle son horreur de lui-même jusqu'au moment où l'adolescent balance sa faucille et…

Énoch, Enki, En Ki, Ki En, seigneur de la terre, *quayin* en hébreu, Caïn l'artisan contemple le cadavre de son frère, de son autre lui-même, de son être, dont on se souviendra désormais sous le nom d'Abel, terme hébreu signifiant fierté…

Nous le relâchons enfin. Le calme est revenu dans la pièce, la fureur de Finnan est passée et les sanglots d'Enki s'apaisent dès que nous nous retirons dans les ombres.

« Est-ce que je peux changer mon avenir ? J'en sais foutre rien — j'ai l'impression que j'ai pas très bien réussi la dernière fois que j'ai essayé — mais, bon Dieu, ta saloperie d'apocalypse a été si terrible que j'ai essayé malgré le risque que je prenais, et je suis mort. Bon, en sachant ce que je sais aujourd'hui, en sachant que mon autre moi ne va pas m'écouter, et que je vais crever et que cet autre moi va revivre ces mêmes illogiques putains de… »

Il rigole, désespoir et soulagement mêlés.

« Ouais, c'est sûr, je suis sans doute assez con pour essayer encore. Putain, nous devons absolument tenter quelque chose, Phreedom ! Le temps dans le Vélum, tu te rappelles ? Qu'est-ce qui nous dit qu'il est si compliqué que ça ? Nous pouvons peut-être partir, tout simplement ! Briser la boucle ! Nous pouvons peut-être *tous* partir et briser la boucle ! »

Elle secoue la tête en dévisageant Harker. Nous percevons de l'ambition en elle, nous percevons Inanna, cette déesse new age, avec son armée d'hommes froids, ces zombies revenus des morts en entendant son appel et qui attendent qu'on grave en eux des noms de dieux disparus.

« Il t'a dit où sont les autres ? Où ils sont ? Tu le sais ? Merde, ils doivent savoir plein de trucs… Tu imagines, tous ces trucs qu'ils savent !

— Bon Dieu, Phree ! Tire-toi loin de ça ! Brûle ce putain de Livre et tire-toi !

— Où sont les autres ? Combien sont-ils ?

— Ils sont sept, je ne te l'ai pas dit ? Et je ne t'ai pas dit que tu es l'une d'entre eux, Phree ? Toi, moi, et lui aussi. Tu vis à travers ça, Phree, et ce que tu deviens… ce que t'es en train de devenir… »

Il fouille dans la poche de sa veste à la recherche d'une cigarette.

« Tu veux mourir dans un salon de tatouage à Asheville dans la peau de la reine des morts, Phreedom ? C'est ça que tu veux ? »

« Je… »

Elle s'interrompt.

« T'as voulu tromper le système, et t'as fini en bout de bidoche gravé par la reine-garce des enfers. Mais dis-moi, Phreedom, à quoi elle ressemblait, cette chienne ?

— Non…

— T'as voulu sauver Thomas, résultat t'as juste réussi à conduire les démons jusqu'à lui. Mais tu savais quel était ton rôle dans cette histoire, Phree. Dans le fond, je crois que tu t'es dit que tu pourrais sauver ta peau en sacrifiant celle de ton frère…

— C'est pas vrai !

— Et où est ton fils, Phree ? Où est ce petit garçon merveilleux que tu allais protéger, que tu allais mettre à l'abri de tout ? Pourquoi n'est-il pas ici à mener ta putain d'armée, si cet enfant, ce sont vraiment les bitmites faites chair ?

— Je l'ai perdu ! On me l'a volé, on me l'a pris ! J'étais…

— Plus motivée par la destruction ? Ne me dis pas le contraire, tu es en train de lever une armée pour massacrer chaque enfoiré d'Amortel vivant dans le Vélum ! Alors, à quoi elle ressemblait, cette reine-garce des enfers, Phreedom ? Elle n'avait pas le visage que tu vois maintenant dans le miroir, des fois ? »

Il lui tend la cigarette.

« Tu ne la prends pas, tu sais, lui précise-t-il. Sammael m'a raconté cette scène, j'ai vu cette scène… et tu ne la prends pas. Tu appelles tes hommes froids, Harker ici présent et les autres, et que Dieu me vienne en aide, tu me soumets avec ta saloperie d'encre. Sammael m'a montré tout ça. Voilà comment tu m'enrôles — comment tu l'enrôles lui, je veux dire — dans ta putain de guerre. »

Elle regarde la cigarette. Il se rapproche d'elle :

« Prends-la, prouve-lui qu'il a tort. »

« C'est une combattante, Finnan. »

Enki se relève. Il parle tout bas, d'un ton humble, celui de l'artisan ayant un jour récolté de la terre sur une berge pour en faire de l'argile, puis appris aux autres à modeler un pot sur un tour, puis expliqué aux marchands que ces marques sur les pots peuvent indiquer le montant de leurs transactions, et que ces traces dans l'argile représentent des nombres, et que les tablettes d'argile peuvent raconter des tragédies et des épopées… tout cela parce qu'il sait combien la vie est fragile, misérable, bordélique. C'est la voix d'Énoch et de Caïn, le fils et le père, celui qui s'est créé lui-même, le bâtisseur de la civilisation.

« Tu as raison, dit-il à Seamus. Depuis le début, tu as raison. Mais Phreedom… c'est quelqu'un de redoutable, et elle l'a toujours été.

— Je ne peux pas partir comme ça, sans rien faire ! proteste Phree. Je ne peux pas laisser les ducs à leur apocalypse, Finnan ! Mettons que nous partions. Et puis quoi ? Nous laissons tomber et ensuite… ?

— J'en sais rien ! Mais merde, partons, on verra bien ! Tout ce que Sammael m'a dit deviendra sans valeur parce que tu auras prouvé que sa putain de prophétie était fausse ! Mais bon, même si elle est fausse, elle peut encore nous apprendre quelque chose. Ce que le monde ne doit pas être. Ce que le monde ne doit jamais devenir. »

Il hoche la tête vers la cigarette.

« Supposons que nous mettions la main sur le Livre de Toutes les Heures et que nous le déchirions en mille morceaux. Ensuite, nous le recollons n'importe comment. Nous aurons foutu en l'air tous les putain de plis du Vélum décrits à l'intérieur, tu me suis ? Foutons la merde, Phree ! Foutons la merde jusqu'à ce que le Livre ne veuille plus rien dire du tout, jusqu'à ce que les alliances, les souverains et tous les ducs du monde ne puissent construire un empire sans qu'il s'écroule ! Des bâtons dans les roues, Phree, des pépins dans le système ! Transformons ce putain de Vélum en piège, en dédale de destins à la con qu'aucun enfoiré d'Amortel ne pourra jamais maîtriser ! »

Sur le seuil, Harker attend la décision de sa maîtresse, prêt à exécuter ses ordres.

« Tu dis vouloir une révolution, Phree. Moi, je dis qu'il faut mettre ce monde à la con sens dessus dessous. On n'a qu'à leur faire croire que nous sommes dans la cage et que nous les regardons s'agiter dehors, alors que c'est l'inverse ! Et ensuite ? Eh ben, j'en sais pas plus que toi, mais qu'est-ce qu'on en a à foutre ? »

Il lui lance un grand sourire :

« Alors, ça te dit ? », et la jeune femme tend déjà sa main vers la cigarette quand il ajoute : « Phreedom ? »

7

Le nom qu'on ne prononce pas

Des dents tranchantes comme l'acier

La muzak de l'ascenseur s'interrompt brutalement et je sursaute en entendant chuinter l'électricité statique quand les portes s'ouvrent en coulissant sur le couloir de l'hôtel. Un mec en costume noir très classe, cravate, cheveux noirs plaqués en arrière, écrase une cigarette dans un bidule en acier du genre cendrier qui monte la garde à côté de la porte. Mignon, dans le genre ange de la mort. Il a une larme noire tatouée sous un œil.

« Chambre 1313, au bout du couloir », dit Pierrot le mafioso.

J'ai un très mauvais pressentiment, des papillons dans le bide et des fourmis dans le caleçon, du genre « Déjà-vu rencontre Trouille bleue ». On se demande pourquoi, d'ailleurs ; ce n'est qu'un de ces michetons qui font semblant d'être pleins aux as. J'emprunte le couloir pour me rendre chez mon client, mais chaque poil sur mes petites couilles velues me dit de faire demi-tour et de prendre mes jambes à mon cou. Le mec en costume noir a l'air un tout petit peu trop rupin pour un garde du corps de ministre. J'ai la sensation qu'il se passe autre chose ce soir, quelque chose n'ayant rien à voir avec M. le ministre et moi.

Je suis à mi-chemin quand j'entends une déflagration-ki devant moi, murs, sol et plafond répercutant l'explosion. Je m'arrête, je me retourne… Le mec en noir dégaine une énorme saloperie de pistolet-ki à double canon, un Scorpion 99 flambant neuf, le top du top ! Ça vous décolle la tête avec une facilité déconcertante et ça expédie votre âme droit dans la chaosphère, sans escale. Ah, putain ! Chambre 1313, quelqu'un fracasse la porte d'un bon coup de pied. Dans les volutes de fumée bleu-vert de ce qui est forcément une bombe orgonique émerge bientôt une silhouette sexy, qui ne tarde pas à acquérir une certaine netteté malgré les émanations qui tourbillonnent autour d'elle : un grand sourire, un flingue, une étincelle.

Cheveux de feu, regard néon, il se fige dans ses fringues noir et brun en lambeaux — du cuir, j'ai l'impression, sous une sorte de pardessus réduit à l'état de guenilles. Pour sortir d'une explosion dans cet état, c'est forcément une sorte d'*übermensch* ! Bref, il pue l'orgone à plein nez, comme un vendeur de bagnoles aspergé d'after-shave bon marché. Merde, j'ai presque son goût sur la langue ! Je le sniffe : il est âpre et féroce. J'ai beau être une petite pute et un amateur averti du tantra, j'ai bien du mal à ne pas juter dans mon froc.

Il me lance un clin d'œil. Entre ses dents — tranchantes comme l'acier, avec l'éclat de l'argent —, est planté un cigare. Je n'arrive pas à m'arracher à la vision du pistolet-ki braqué sur moi.

« Tiens, voilà Puck ! Baisse-toi ! » s'exclame-t-il.

Je suis toujours couché par terre, et je sens le plâtre me dégringoler dessus quand il empoigne mon collier de chien pour me relever en m'étranglant au passage. Il me relâche et je tousse, je tente d'éructer une protestation, je tousse de nouveau. Le mec en costard est affalé contre le mur, complètement hébété, visiblement (les effets de l'ocytocine), avec une tache humide à son entrejambe.

« Désolé pour le boucan, petit pédé », dit soudain le taré en me tournant pour m'étreindre.

Et voilà qu'il me colle un baiser, ce maniaque du flingue sexuel, un baiser à pleine bouche, avec sa langue qui part à la recherche de mes amygdales ! Il se retire après m'avoir broyé les couilles pendant trente bonnes secondes.

« Tu vas devoir leur raconter ça, petite citrouille, dit-il. Moi, j'ai pas le temps de papoter. Contacte Fox sur l'astral et dis-lui que… dis-lui que… que j'ai encore tout fait foirer. Préparez-vous aux répliques temporelles et… »

Il se tait et redresse la tête comme un toutou.

« Mais qu'est-ce qui se passe, bordel ? Et d'abord qui êtes-vous, putain ? » lui dis-je.

Il hausse légèrement les épaules en hochant la tête d'un air qui veut dire (ne me demandez pas comment je le sais) *Eh ouais, c'est logique, putain.*

« Je m'appelle Jack. Et je suis venu te sauver, princesse. »

Une pleine sacoche de gribouillages en guise de bouclier

« Dans un de nos contes, le petit Isaac fut oint pour un sacrifice qui n'eut jamais lieu, poursuit Anat. Il avait été promis à Dieu, aussi sa vie, son avenir et tout ce qui pouvait provenir de lui devait être annihilé et brûlé. Aux yeux de Dieu, chaque descendant de sa lignée est une infamie. Dans cette histoire, Dieu est très satisfait chaque fois que l'on tue un Juif. Eh bien, c'est ce Dieu-là dont les anges espèrent l'avènement. »

Perché comme un lion des montagnes sur la saillie d'un mur qui l'abrite plus ou moins, Jack secoue la tête. À l'aide de jumelles, il observe la cité dévastée et surveille Azazel, lui aussi posté sur une tourelle en ruine de la porte de Jéricho. Seul le Beth Asthart s'en est tiré sans dommages. Les Énakites le considèrent comme un site sacré, le temple du dernier téraphim en Terre sainte, et les anges cherchent eux aussi à le préserver, mais pour une tout autre raison, semble-t-il. Jack écoute la conversation qui se déroule en contrebas, même s'il connaît déjà cette histoire.

Nous *sommes* cette histoire, après tout.

« Ah, ce putain de Jésus-Christ tout-puissant, gémit MacChuill. Putain, mais quel couillon… »

Jésus-Christ ? Tiens, c'est vrai, et Jésus-Christ, alors ? Jack repense aux paroles d'Anat, au massacre des innocents. À toute une génération sacrifiée et à la belle offrande consistant à clouer le seul survivant sur une croix jusqu'à ce que mort s'ensuive. L'agneau de Dieu. Isaac, deux points !

Il baisse les yeux vers Anat, tente de formuler sa question, et tout ce qui sort, c'est :

« Et Jésus-Christ, alors ?

— Nous en parlons dans le conte, répond Anat. Avec le massacre des innocents, Jibril — tu dirais Gabriel — a tenté d'assujettir Dieu dans un corps de chair et de sang. Comme il a agi seul, sans l'autorité de l'Armée, il est dit que Métatron a réussi à dénicher un sosie de votre bon pasteur Yeshua pour qu'il meure sur la croix à sa place. Le rabbin a survécu, mais son pauvre disciple est mort. »

Bah, peu importe, se dit Jack. Putain, à quoi bon posséder ce Livre de Toutes les Heures si on ne l'utilise pas ? Les Énakites ont passé des siècles, des millénaires à se comporter en spectateurs oisifs, à observer le massacre ! On s'en fout que ce pasteur ait survécu ! Un autre est mort quand même, un pauvre bouc émissaire…

Thomas Didymos, se dit soudain Jack.

Il regarde la boîte en bois et la sacoche, toutes deux posées à ses pieds, et prend une décision.

« Alors, Jack ? On va pouvoir se tirer ? Qu'est-ce que vous voyez ? » lui crie MacChuill.

Jack ne lui répond pas. L'esprit aussi vide qu'un moine en méditation, il boucle la sacoche, puis se lève et jette la boîte à von Strann, en bas. Un pas en avant, et le voilà totalement exposé aux tirs. Il hurle à l'adresse de l'ange de la mort, à l'autre bout de la cité, mais pas dans notre Cryptolangue, nous le comprenons tout de suite. Il hurle dans une langue plus simple, plus honnête, plus humaine. Il appelle l'ange dans sa langue natale, il lui crie de le détruire, et soudain, nous paniquons. Nous nous ruons vers lui pour lui remplir les yeux de feu, pour remplacer sa voix par la nôtre, pour propulser sa main vers la foudre qu'il attrapera d'un petit geste, comme seul notre Jack sait le faire, entre le pouce et l'index. Hélas, il s'y refuse, il repousse notre maîtrise de ce langage liquide, il nous renvoie d'une petite secousse de la tête. Il écarte les bras comme pour recevoir la déflagration en pleine poitrine, parce qu'il veut mourir, être annihilé ; mais ensuite, à la toute dernière seconde, il balance sa sacoche de cuir devant lui et prononce un mot, un seul, nous semble-t-il, et si bas que même nous, nous ne pouvons l'entendre. Avec une pleine sacoche de gribouillages en guise de bouclier contre une épée de feu, il se laisse frapper et…

Projeté vers l'arrière, il s'écrase au pied du mur, sur le dos, les bras écartés. De la sacoche en cuir ne subsiste qu'un fragment de bandoulière, et l'avant de sa chemise a été emporté avec elle. Jack le sent. Sa poitrine exposée à l'air est froide à l'extérieur mais brûlante à l'intérieur ; putain, elle se consume méchamment, même ! Il a l'impression que la main qui brandissait la sacoche et tout le bras même sont en feu.

Il ouvre les yeux. Agenouillé au-dessus de lui, Tamuz cherche son pouls. Jack sent sa mâchoire secouée par un spasme involontaire, et sa poitrine se serre. La main de Tamuz sur sa peau, le ton étonné du jeune homme…

« Tes cicatrices ont disparu », lui fait-il remarquer en caressant la peau lisse d'une poitrine qui devrait être carbonisée jusqu'à l'os. Qui devrait être réduite en cendres.

Tamuz et MacChuill remettent Jack sur ses pieds, MacChuill s'appuyant sur son fusil pour soulager ses propres blessures. Jack reprend la boîte à von Strann et la fourre sous son bras gauche.

« Alors, le Beth Asthart, on peut y aller ou pas ? insiste l'Écossais.

— On n'a qu'à essayer ! » répond Jack.

Samuel dans le Beth Asthart

[…] peux pas laisser ça se produire. Ils […] dit que le Livre est vivant. La peau des anges continue à vivre même arrachée à leur corps, et même si les empreintes qui les couvrent dans cette abominable Cryptolangue s'effacent avec le temps. Donc, à chaque génération, ils doivent réécrire l'avenir et le passé, en employant des mots qui envoient des trépidations dans le monde quand on les prononce ! Ils ne changent jamais une virgule, […] expliqué. Ils restent neutres ; ils marchent entre les malédictions du Seigneur et de son ennemi, comme ils disent. Ils nient le Paradis et l'Enfer avec une égale détermination. Mais ils auraient pu changer les choses ! Ils auraient pu rectifier le cours de l'Histoire !

[…] estime qu'il est de […] devoir d'essayer, même si cela signifie […] propre oblitération.

Les Égyptiens croyaient en l'existence de sept âmes pour chaque personne : le *Sekhu*, poussière des enveloppes corporelles que nous laissons derrière nous ; le *Kaibit*, l'ombre de notre passé que nous voudrions fuir mais qui nous poursuit ; le *Ka*, la surface miroir ; le *Bâ*, le cœur ; le *Khu*, l'ange gardien ; le *Sekem*, la force pure ; et le *Ren*, le nom secret. […] pense désormais que […] ne suis que l'une de ces âmes, même si […] laquelle. De ce que […] crois comprendre du livre, […] arrive maintenant à établir des sortes de… cartographies. MacChuill, le caporal corporel, le vieux soldat, c'est sûrement le *Sekhu*. Pechorin est indiscutablement le *Kaibit*, c'est-à-dire l'ombre. Tamuz est sans doute le cœur, le *Bâ* de n'importe quel groupe d'âmes de ce genre, et Anat, la féroce guerrière, est le *Khu*.

Von Strann et […] ? […] ne sais pas trop. Par contre […] suis sûr que Jack, le Jack de ces myriades de journaux, n'est autre que le *Sekem* en personne.

Nous sommes nous-mêmes nos pires ennemis. Cette remarque peut sans doute sembler banale et rebattue, mais [...] suis désormais persuadé que les vérités décisives paraissent banales et rebattues quand on les énonce à voix haute en des termes simples et honnêtes. Peut-être ne peuvent-elles être vraiment délivrées qu'en Cryptolangue, ce langage qui se grave dans les cœurs... Quand on entend l'une de ces vérités en Cryptolangue, on comprend bien sûr les termes qui la composent, mais aussi leurs stupéfiantes ramifications. Dans tout autre langage, ces ramifications nous échappent, et avec elles le sens profond de cette vérité, qui nous semble donc risiblement simpliste.

Nous sommes nous-mêmes nos pires ennemis.

Les gens meurent.

[...] renvoyé Tamuz avec des lettres pour Jack et von Strann, sans lui communiquer le moindre indice sur l'endroit où [...] rendais, ou ce que [...] projette de faire. Il ne comprendrait pas, [...] crois. Mais encore une fois, peut-être comprend-il plus de choses qu'aucun de nous. Jack, [...] suppose — non, [...] le *sais* d'après le Livre — ne comprendra rien du tout, du moins pas avant la fin. Inutile de tenter de lui expliquer ce que [...] compris ; [...] lui propose donc une sorte d'énigme qui le conduira ici. Il doit absolument effectuer ce voyage, dans notre intérêt à tous. Voilà [...] ne dis pas nous sommes *nous-mêmes nos pires ennemis dans cette lettre* ; [...] dis, *l'ennemi n'est pas celui que nous pensions.*

[...] me demande si [...] suis le miroir, le *Ka*, brisé par le terrible savoir contenu dans le Livre, ou le nom secret, le *Ren*... Celui-là, si le prononcer à voix haute fait naître cette effroyable vérité, mieux vaudrait l'oublier à jamais ! Beaucoup de choses [...] échappent encore, mais n'est-ce pas notre cas à tous ?

Il y a quelque chose de pourri au royaume de Toute chose

Dans la chambre d'hôtel, je constate le carnage : le cadavre du ministre, les draps tachés de sang, la vitre fracassée laissant pénétrer le clair de lune — d'ailleurs, j'ai le cafard, amigos. Ces longues nuits de ténèbres commencent à me peser… Heureusement, le jour semble sur le point de se lever. Parfois, j'aimerais bien que quelqu'un d'autre, quelque part, puisse continuer la lutte à ma place. Mais la sinistre vérité, c'est que nous sommes seuls dans ce monde glacé, que nos plaisirs sont rares, quelques moments volés, quelques flashs de lumière, et qu'un jour la faucheuse nous entraîne tous, nous ses proies hurlantes, dans une nuit tout aussi glacée.

Me voici donc aux petites heures du jour. Je m'appelle Don MacChuill « le Coyote », je suis un barbouze consultant aux pouvoirs spéciaux, et on m'a tiré du sommeil longtemps avant l'aube. J'étouffe un bâillement en observant autour de moi sur la scène du crime une bonne vingtaine de miliciens lancés dans des prélèvements et autres relevés. Les meurtres, c'est un truc balaise, mes amis ; ceux qui détiennent le pouvoir n'aiment pas qu'on ébranle la foi en l'invulnérabilité de l'ordre établi qu'éprouve notre très ordinaire monsieur Tout-le-monde, et ils vont tout mettre en œuvre pour retrouver le monstre dément sur la scène de crime avant que l'enfer ne se déchaîne.

Donc, agents de police et nettoyeurs, vous êtes chargés de dissimuler ou de révéler des indices en fonction du besoin ; et puis, il y a les mecs comme moi, qui agissent un peu plus librement — librement comme dans « marché libre », en tout cas.

Bref.

J'allume une deuxième cigarette et je tire une autre taffe. Encore un meurtre présentant le *modus operandi* au parfum de thriller du Tueur de Spartacus. Sur la coiffeuse, à côté d'un pistolet-ki Curzon-Youngblood Mark I, il y a bien la fameuse pochette d'allumettes avec un numéro de téléphone écrit dessus. J'ai examiné le même décor si souvent que j'ai parfois l'impression d'en rêver la nuit. Ça correspond. Sauf que cette scène de crime, amigos, eh bien elle me paraît un peu plus étudiée que les autres. Le garde du corps en costard noir allongé sans connaissance sur le lit tenait tendrement le mort dans ses bras, comme un petit chaton. Depuis, il s'est réveillé et répond aux questions des flics d'un ton froid et assuré. Il est peut-être effectivement l'homme de main grassement rémunéré qu'il prétend être, mais quelque chose en lui me dit qu'il n'appartient à personne, une odeur désagréable qui titille mon sixième sens — et me suggère que c'est peut-être bien parce qu'il n'y a rien à posséder chez lui.

Il dit qu'il s'appelle Joseph Pechorin.

« Excusez-moi, vieille branche », dit quelqu'un derrière moi.

Très chic dans son pardessus de cuir, le nouveau venu est sûrement un agent du MI5 en civil, j'en mangerais mon chapeau avec le chat dedans. Petit geste prétentieux de la main ; j'en déduis qu'il doit sûrement se sentir plus à l'aise dans la panoplie du joueur de cricket.

« Pourriez-vous faire sortir vos hommes une minute, je vous prie ? Je vous en serais extrêmement reconnaissant, me dit-il. Nous devons discuter d'une affaire délicate. Non, le garde du corps peut rester. »

Je fais signe à ma troupe. Au moment où le dernier de mes gars en noir et bleu referme la porte derrière lui, ce SS charmant et désarmant s'assoit dans un fauteuil, croise les jambes et sourit.

« Je m'appelle Guy Fox, dit-il tout en sortant de sa manche un petit pistolet. Je vous en prie, détendez-vous, monsieur MacChuill, monsieur Pechorin ! Les répliques temporelles vous ont sans aucun doute quelque peu… *troublés*, mais si vous voulez bien patienter un instant, les autres ne devraient pas tarder à arriver… »

Il claque des doigts.

Les costumes de peau

Mon ami, comme l'a raconté Ab Irim à son serviteur Éliézer, ces histoires de fruits de la sagesse, de malédictions divines, de costumes de peau, de fils des anges, de jours de pluie, de cités détruites… ne sont que des contes que nous nous racontons pour façonner nos personnalités.

Peut-on acquérir la sagesse grâce à un fruit ? Qu'en penses-tu, mon ami ? La sagesse ressemble un peu à un arbre, qui croît en hauteur et en largeur à partir d'une jeune pousse, et qui se ramifie et s'enfonce dans le sol pour s'y ancrer et tirer l'eau et les minéraux qui lui sont nécessaires du monde auquel il appartient. Comprendre quelque chose, c'est peut-être un peu comme mordre dans un fruit, une pomme, une figue, une grenade… Un goût soudain et prononcé, doux et amer à la fois. Mais le savoir, mon ami, on le goûte surtout dans le sel des larmes de rire ou de chagrin, et le savoir mord en nous comme nous mordons en lui. Oh ! et cette morsure, elle nous brûle, mon ami, elle nous rend fiévreux, bouillants et glacés à la fois, comme la morsure d'un serpent. C'est le jus d'un fruit amer, le doux venin d'un serpent. C'est le poison et le remède. Le feu et la glace, la joie et la peine.

Le bien et le mal, mon ami. Une façon bien pauvre de décrire cette sagesse douce-amère.

Et cet arbre de la connaissance du bien et du mal, n'est-il pas le frère d'un autre arbre, l'arbre de vie, dont Dieu a ordonné à l'homme d'argile et à la mère des vivants de ne pas manger le fruit ? Et la sœur de la vie, n'est-ce pas la mort ? Tel est donc le savoir qu'Adam et Ève ont acquis. Et c'est une malédiction, parce que comprendre cette vérité, c'est comprendre que tout n'est que poussière. Nous nous retrouvons confrontés à notre mortalité, et toutes nos illusions nous sont arrachées. Le monde nous semble soudain empoisonné. Plus rien n'a d'importance. Mais n'est-ce pas également le remède à toutes les maladies ? Parce qu'en poussant le raisonnement jusqu'au bout, mon ami, voici ce qu'il faut comprendre : que rien n'ait d'importance n'a aucune importance.

Pour quelle raison Adam et Ève, étouffés par les larmes comme la poussière nous étouffe, ont-ils goûté ce savoir qui pique comme les épines et les chardons dans les champs infinis ? Pourquoi goûter ce savoir né dans la souffrance et le sang, comme c'est notre lot à tous ?

Cette leçon, la plus douce-amère que l'on puisse apprendre, ils l'ont apprise de leurs enfants.

Comme l'a raconté Ab Irim à son serviteur Éliézer, il y eut un jour deux frères qui décidèrent de convoquer Dieu par leurs chants. Comme tous les frères, ils s'étaient disputés. L'un disait que Dieu était ceci, l'autre que Dieu était cela, et ils n'avaient pas réussi à se mettre d'accord. Ils devaient donc se mesurer, en conclurent-ils ; on allait voir quel Dieu allait répondre à leurs chants ! Le premier, moissonneur de grains dans les champs, choisit de chanter le cycle des semailles et des récoltes. L'autre, qui menait les animaux aux prés, choisit de chanter l'abattage et les offrandes par le feu.

Mon Dieu est le dieu de l'orge et de la bière brassée, chanta l'un.

Mon Dieu est le dieu de la laine et du fil tissé, chanta l'autre.

Mon Dieu est le dieu des vignes et du vin, chanta l'un.

Mon Dieu est le dieu des bêtes et du sang, chanta l'autre.

Mon Dieu est le dieu des graines qui germent dans le sol, chanta l'un.

Mon Dieu est le dieu des agneaux menés à l'abattoir, chanta l'autre.

Mon Dieu est le dieu de la vie, chanta l'un.

Mon Dieu est le dieu de la mort, chanta l'autre.

Comme Abel tentait de convoquer la mort par son chant, Caïn décida soudain de se dresser contre lui. Il le frappa pour l'empêcher de poursuivre ses insanités, et perdit ainsi tout ce qu'il avait. Car dans son dernier souffle, Abel chuchota le nom de son Dieu de sang, Caïn vit la mort dans les yeux de son frère, et il sut quel Dieu leur avait répondu.

Aucune leçon n'est plus dure que celle-ci, mon ami. Aucune n'est plus vraie que celle que nous tirons de la mort d'un être aimé.

Ce conte de mort s'imprima en Adam et Ève comme il s'imprima plus tard en Caïn. Il s'imprima sur leur peau, il s'imprima au sol sous forme de taches de sang, et sur le cadavre dans ses plaies, et dans le cœur de l'assassin, et sur le visage des endeuillés. Dans mon peuple, certains affirment que cette vérité tient en un seul mot, mais que ce mot a été… fragmenté. Tu comprends, que ce fût pour Adam ou Ève, cette vérité était trop lourde à porter tout entière. Aucun des deux ne pouvant assumer seul ce fardeau, ils divisèrent ce mot en tous les sons qui le composaient et répartirent entre eux ces infimes fragments. Ainsi, aucun des deux n'avait à supporter la vérité entière. Ce conte ne pouvait être raconté dans sa totalité que lorsqu'ils s'allongeaient ensemble, nus, chair contre chair ; alors seulement, ils l'entendaient chuchoter dans l'obscurité. Toute la vérité leur revenait soudain en mémoire, et ils s'enlaçaient encore plus fort. Caïn l'assassin, lui, porta le mot complet gravé sur son visage. Voilà pourquoi il décida de partir à l'aventure dans des pays lointains où l'on parlait d'autres langues, où ceux qui contemplaient cette marque, même s'ils savaient qu'elle signalait un crime étrange, ne pouvaient le proférer devant lui en espérant convoquer le Dieu d'Abel.

Tel est le conte qu'Énoch offrit à Noé et qui fut préservé du Déluge. Par la suite, Ham le vola à Noé un jour d'ivresse de ce dernier, puis le transmit à Nimrod. Tel est le conte qu'Ab Irim a découvert dans les ruines de Babel, puis emporté à Haran et ensuite à Canaan, lorsque nous voyagions auprès de votre peuple. Tel est le conte de mort qui figure dans le Livre de Toutes les Heures.

Un chemin qui sort du dédale

Le 25 mars. Tout n'est pas terminé. Il reste un épisode à jouer, un dernier acte avant la chute du rideau, mais les rôles ont été écrits il y a bien longtemps et les comédiens connaissent par cœur leurs répliques. Je regrette presque qu'il n'y ait pas un public pour apprécier ce dénouement. Mais il n'y a que nous six et le chœur — les survivants énakites — pour jouer cette tragédie et chanter encore contre la mort et la glace.

Sur les étranges ailes argentées qu'ils se sont façonnées en psalmodiant leur Cryptolangue, les anges tournent au-dessus de la ville, Azazel dans un sens et Michel dans l'autre. Ils tournent en rond comme des faucons mais sans jamais plonger à l'intérieur du cercle de colonnes de sel qui se dresse désormais autour des murs d'enceinte en ruine. C'est là qu'ils ont établi leur bouclier défensif, une barrière que le chant énakite ne peut percer ; ceux d'entre nous qui s'y sont essayés ont été transformés en ces fameuses colonnes de sel. Cette fois-ci, à Sodome, ce ne sont pas ceux qui veulent contempler le désastre derrière eux qui sont transformés en statues de sel, mais ceux qui cherchent à s'en échapper.

Un siège, une déroute, un siège, une déroute… La guerre est un cycle éternel auquel nous ne pouvons pas plus échapper que nous ne pouvons fuir cette cité, apparemment. Les Turcs l'ont encerclée et envahie, les Énakites l'ont encerclée et envahie, et encore une fois, la ville est assiégée. Les rues dévastées sont devenues des sentiers qui sinuent entre les ruines, les routes sont bloquées par les décombres et les cadavres. Pour parvenir au Beth Ashtart, nous avons dû nous frayer un chemin centimètre par centimètre dans ce labyrinthe. Notre itinéraire alambiqué a été semé de détours, de retours sur nos pas, de plongeons au sol ou à l'abri pour éviter la grêle de feu des anges.

Je repense à Pechorin se jetant sur moi pour me protéger d'une explosion. Il a presque été tué par ce tir… Je ne sais plus quoi faire de cet homme. Le chuchotement d'Anat l'a-t-il dépouillé à ce point qu'il ait perdu sa foi dans le futurisme ? Quand il m'a aidé à me relever, j'ai lu dans son regard qu'il avait espéré mourir. Peut-être ne sommes-nous pas si différents l'un de l'autre, finalement.

Je repense à cette folie consistant à vouloir rassembler tous ces passages de journaux intimes pour trouver un chemin qui nous mène hors de ce dédale. C'est ce que j'ai fait toute ma vie, d'ailleurs : avancer maladroitement dans le dédale de mon… potentiel, essayer de tuer le monstre en son cœur, jouer les héros.

Jack Carter le Cinglé.

Je ne peux pas m'empêcher de sourire.

La cité appartient à nouveau aux fils de Sodome, mais l'inévitable va bientôt se produire. Cette histoire se répète. Ceux qui ont survécu la première fois et la deuxième vont être détruits ; autrement dit, ceux qui ont survécu dans toutes les versions du conte, les Noé, les Loth… J'ai enfin compris : les anges veulent une histoire pure. Pas de quartier. Azazel et Michel, la mort et la glace, anges d'une pureté absolue, sont les fantômes d'Achab revenus de l'abysse des âmes mortes pour assassiner aussi Ismaël. Leurs mots réécrivent le monde que nous traversons, le plient, le déchirent. Ils veulent nous obliger à emprunter des chemins où Pechorin égorge Tamuz, où Tamuz est abattu par les Turcs, où il se tient tout seul sur le toit du Beth Ashtart pour contempler le feu qui s'abat sur la ville, lâché par les zeppelins planant dans les cieux. Rien à voir avec le chant des anges ; ce sont des bombes qui explosent, tempête incendiaire qui engloutit tout.

Les esquilles d'un million de morts me piquent le bras, que j'ai tendu tel un bouclier pour abriter le jeune homme. Les anges déversent leur fureur dans les rues de Sodome. La poussière des tragédies inutilement parfaites nous fouette et nous aveugle. Nous n'avons d'autre choix que d'avancer en trébuchant, blottis l'un contre l'autre. Les armes dont nous disposons sont pitoyables contre la puissance de feu absolue de ces archanges en majesté, contre le cercle infranchissable de leur absolutisme.

Dieu ou le Destin, comme dit Pechorin. J'ai aperçu le Destin dans un livre volé à Dieu puis gardé en secret par les Énakite pendant quatre mille ans. J'ai l'impression que leur mission arrive à son terme, alors que la mienne…

À la porte de Jéricho, l'idée m'a effleuré de la parachever tout de suite, et je me demande maintenant ce qui se serait passé si j'étais parvenu à mes fins. J'étais accroupi, la boîte contenant le Livre posée devant moi dans la poussière, avec à côté le journal d'Hobbsbaum dans ma sacoche, et je me suis demandé si ce Livre valait tout le mal qu'on se donnait pour lui, ~~si je ne devais pas juste~~.

Finalement, ce n'est pas la route que j'ai choisie. Dieu seul sait ce qui…

« Merde ! »

La boîte sous son bras gauche est en train de prendre la poudre d'escampette. Jack la déplace sur sa hanche pour ajuster sa prise tout en soutenant Tamuz de son autre bras et en essayant de garder son pistolet pointé vers Pechorin parce qu'il doit rester prêt à toute éventualité. Quelle plaie !

« J'arrive ! » s'exclame Anat.

Le jeune homme devient soudain plus léger ; Anat vient d'endosser la plus grande partie du fardeau, ce qui permet à Jack de trouver une position plus sûre pour le coffret. Derrière eux, MacChuill soutient un von Strann claudicant, un bras passé à sa taille. À l'avant, libéré de ses liens après une énième chute récoltée en crapahutant dans les ruines, Pechorin fait un pas vers Jack, main tendue :

« Laissez-moi vous aider, capitaine Carter ! »

Jack le dévisage une seconde, puis secoue la tête. Il tend la boîte au fasciste, et son pistolet à Anat.

« Surveillez-le. Je m'occupe de Tamuz. »

Il soulève Tamuz dans ses bras et porte le garçon jusqu'au seuil du Beth Ashtart. À chaque seconde ou presque, il entend son inspiration rauque et rapide, la dernière de l'éternel mourant. Une dernière inspiration à chaque seconde à peu près… et pourtant, pas de dernier râle, pas d'ultime délivrance.

Il est hors de question de laisser ceci se produire. Aucune de nous ne le permettra.

Nous refusons.

Nous relevons le défi.

La valse du Kali Yuga

Clic.

En un instant, Joey se retrouve avec son Scorpion 99 à la main et Jack dans sa ligne de mire. Jack — sur un genou pour en rajouter dans le grand-guignolesque — pointe son pistolet-ki Curzon-Youngblood Mark 1 vers Don, qui braque sur moi son Snub de service dans la poche de son trench-coat — en supposant qu'il ne s'agisse pas d'un index sournois. Je lui fais un petit signe de tête et Don se rend enfin compte que mon arme est pointée vers Anesthésia, son rupteur à elle visant Joey. Cette scène est plutôt tendue ; nous sommes tous rivés les uns aux autres comme des ennemis mortels… excepté Puck : assis sur le lit, les cheveux lui cachant le visage, il boucle tranquillement sa ceinture, joyeusement indifférent à notre quintette en stand-by.

Il redresse la tête et parcourt lentement la pièce du regard.

« Alors, Guy ? » me lance-t-il.

« S'il vous plaît, ne commettez pas d'imprudence ! dis-je. J'espérais une conversation civilisée entre nous. À propos d'un certain livre. »

Je sors le Liebkraft de mon trench-coat, et je précise :

« Le Livre de Toutes les Heures. »

Le papier peint de la pièce ondoie et change de motif. Les reproductions de peintures sur les murs se transforment en photographies. Nouvelle réplique temporelle, nouvelles retombées du foirage de Jack et de l'opération Orphée. On peut toujours compter sur Jack pour foutre un plan en l'air. Pour se faire descendre et rendre fou le méchant roi… mais aussi le prince légitime, pour faire bonne mesure. Pour assassiner votre père avant votre naissance. Faut avoir plein de plans B avec un agent comme Jack. Honnêtement, j'ai passé des heures et des heures à découper des mots, des lettres, des virgules et des points dans ce *Macronomicon* délabré pour les coller sur d'autres pages jusqu'à ce qu'elles décrivent la présente scène dans les termes exacts où vous la lisez…

Jusqu'à ce qu'elles *inscrivent* cette scène, devrais-je dire. Jusqu'à ce qu'elles la gravent dans le marbre.

« Alors ? On fait la paix ? »

Je renvoie mon mini-pistolet dans ma manche d'un petit geste du poignet. Anna et Don échangent un regard, un hochement de tête, et tous deux baissent leurs armes. Bien entendu, Joey et Jack se tournent immédiatement l'un vers l'autre pour se viser réciproquement. La dernière ondulation de la chaosphère me permet de déceler jusqu'aux plus infimes modifications qui les affectent. La façon dont ils plissent les yeux… Ils se reconnaissent, se méfient.

J'insiste :

« Joey, Jack, faites-moi confiance ! »

Âme creuse, béance du sens, Joey pose sur moi ses yeux

cruels aux pupilles noires. Joey Narcosis ne fait confiance à personne ; la seule chose à laquelle il se fie, c'est à l'inéluctabilité de la mort. Dans le meilleur des cas, collaborer avec lui est hasardeux, mais il faut assumer ses choix, c'est bien le moins, et je connais plutôt bien Joey Narcosis, il me semble. Certes, j'ai renoncé depuis longtemps à cartographier les relations complexes qui les animent — père ou frère, sœur ou mère, ennemis ou amants — mais malgré tout, je crois savoir à leur sujet des choses qu'eux-mêmes ignorent. Parfois, j'ai l'impression qu'ils considèrent tout ceci comme un jeu. Le tango de destruction de Shiva, la valse du Kali Yuga…

« OK, si Jack la Flèche ici présent ne décide pas qu'aujourd'hui est un bon jour pour mourir.

— C'est toujours un bon jour pour mourir, réplique Jack.

— C'est toujours un meilleur jour pour vivre », hasarde Puck.

Dehors, le ciel s'éclaircit déjà ; l'aube est imminente, et un chœur d'oiseaux s'élève.

« Bon d'accord, parlons », conclut Joey.

Nous avons été bien bêtes de croire que nous pouvions changer le Livre, mais comment leur expliquer ça ? Nous pensions pouvoir déterminer à quel moment il s'égarait et le modifier en conséquence. Autrement dit, refaire l'histoire, recommencer à zéro. Une nouvelle chance. Un autre livre, une copie de l'original mais un peu différente, et meilleure. Si seulement nous avions gagné la guerre civile espagnole. Si seulement Staline était mort. Si seulement ceci, si seulement cela…

Désormais, je suis persuadé que le Livre *n'existait pas* avant que les bitmites ne décident d'exaucer *tous* nos souhaits. Résolues à nous offrir tous ces changements à la fois, elles ont tenté au fur et à mesure qu'elles les produisaient de les réduire à un ensemble cohérent, un texte définitif. Et si le Livre de Toutes les Heures est vraiment l'Histoire dont nous rêvions — écrite à l'encre de sang sur la peau des anges —, mon Dieu, ce que cela nous apprend sur l'humanité n'est pas joli joli !

Mais il existe un *si* plus important encore : *si* les bitmites ont créé le Livre, alors il y a eu un temps avant le Livre, il y a un temps avant le Livre, un pli du Vélum où le Livre n'existe pas, avant l'Hinver et le Crépuscule, avant la mort de ce Dieu perdu de Sumer. Peut-être se situe-t-il après le Livre, d'ailleurs. Des signes de ce… ce printemps, j'en observe partout. Je crois que je l'ai trouvé.

Au moment où les oiseaux commencent à chanter, je me penche dans mon fauteuil et je claque des doigts. Et soudain…

Soudain, le papier peint vert sapin de l'arrière-salle du Club Soda nous entoure, aussi sombre qu'une forêt au lever du soleil. Nous sommes tous les six assis à une table, des verres à la main en lieu et place de nos armes. Petite maille dans le temps.

« La Palestine, 1929, leur dis-je. 469ᵉ parallèle. Éon X-7. »

Le nom secret de Dieu

« Putain de merde ! On dirait une saloperie d'œuf de Pâques retourné comme un gant ! » s'exclame MacChuill.

À l'intérieur du Beth Ashtart, les murs, les bancs de bois, les retables, les vitrines, les pièces de musée, et surtout l'Ange qui pleure, tout ici grouille d'une encre qui diffracte toutes les couleurs du monde sauf le noir. Du vert des vignes et des nervures, du vert du verre et de l'herbe, nous sommes. Du bleu des océans et du ciel, du bleu des œufs de rossignol, nous sommes, azur, céruléen et indigo ! De l'écarlate et de la pourpre des robes d'empereurs et de madones, nous sommes ; et cramoisies, et vermillon ! Des rouges, des bruns et du jaune ocre des feuilles à l'automne, nous sommes. Nous sommes les braises, l'ambre et la terre de Sienne. Nous sommes un creuset de couleurs !

Nous n'épargnons que l'autel, impeccable et immaculé, car c'est là que Jack dépose doucement Tamuz à peine lucide.

Il lui ôte les cheveux des yeux et lui pose une question toute simple :

« Où est Samuel ? »

Un vague sourire aux lèvres, Tamuz lève péniblement un bras pour lui désigner le retable derrière le dernier des téraphims :

« Il y a une brèche. Entre le retable et le mur. »

En voyant l'air incrédule d'Anat, Tamuz lui fait un petit signe de tête. Elle s'approche du mur, s'agenouille devant le panneau sculpté, version païenne du Jugement dernier, s'appuie contre le mur et glisse une main entre le bois et la pierre ; elle tâtonne, trouve quelque chose, tire dessus et…

… se met à déverser un tombereau d'insultes sur Tamuz — du moins, au ton employé, ça y ressemble beaucoup —, sans doute dans la langue vernaculaire des Énakites, celle qu'ils emploient chez eux ou à cheval quand ils ne dévastent pas des cités ; une langue qui ressemble beaucoup au dialecte des yézidis, d'ailleurs. Le garçon secoue la tête, s'excuse, plaide son innocence… Le ton est celui d'une dispute familiale très agitée, comme si Tamuz avait lu le journal intime d'Anat ou farfouillé dans ses affaires, et Jack grimace un sourire. Von Strann rigole franchement, MacChuill laisse échapper des obscénités étonnées — *Espèce de petit enfoiré de merde* — et, soudain, Jack éclate de rire malgré lui, une main posée sur l'épaule du jeune homme.

« Le professeur, c'est lui qui m'a dit de faire ça ! proteste Tamuz d'un air outrageusement sérieux. Comme ça, exactement ! "Ne dis rien à personne avant maintenant, avant cet instant, ici !" Il m'a dit que ça devait se passer comme ça !

— Je sais, dit Jack.

— Je suis désolé ! Je ne voulais pas te mentir, Jack. Je ne voulais pas te cacher que…

— Je sais. Tout va bien. »

Jack observe Anat qui brandit la chose pour que chacun puisse la voir ; c'est une page de vélin couverte à profusion de marques énigmatiques et pourtant étrangement familières, pour une raison que Jack n'arrive pas à saisir, un amas de lignes, de paraphes, de traits et d'accents minuscules. Il y a aussi des traces de sang sur cette page roussie ; car l'un des coins a brûlé, emportant dans les flammes le symbole qu'il portait, un symbole perdu à jamais.

Six millions de vies sur une page, se dit Jack. Six millions de vies moins une, moins Hobbsbaum qui a préféré s'immoler dans le livre plutôt que de subir la malédiction de son destin.

Ensuite, tout se passe très vite. Von Strann s'affaisse brutalement, le fusil qui lui sert de béquille tombe par terre avec fracas, MacChuill se laisse distraire et tente d'entraîner le baron vers un banc en lançant des imprécations, et Pechorin roule par terre en moins de temps qu'il n'en faut pour le dire, puis se redresse, le fusil dans une main appuyé contre son genou et le coffret sous son bras gauche. L'arme est braquée vers Anat.

« Je vais vous en débarrasser, princesse Anat. Donnez-moi cette page, s'il vous plaît. »

Pechorin tourne vivement le canon vers Jack qui tente de s'approcher de lui.

« Ne faites pas ça, capitaine Carter. Je sais ce que vous vous dites. Si je tire, il faudra que je recharge mon arme, et le temps de le faire, l'un d'entre vous m'aura terrassé. Vous êtes prêt à vous sacrifier pour les autres, tout comme elle, je n'en doute pas une seconde. »

À présent, il vise Tamuz.

« Par contre, je crois qu'aucun de vous ne souhaite sacrifier ce garçon. Je n'ai pas raison ? »

Carter lève les mains. Sans le quitter des yeux, Pechorin s'adresse à Anat :

« Posez cette page sur l'autel à côté du jeune homme, et allez rejoindre le capitaine, je vous prie. »

Quelque chose passe dans ses yeux ; elle fait le geste de se déplacer entre Tamuz et…

« Faites le tour par l'*autre* côté, s'il vous plaît. Derrière l'autel, c'est ça. Je vous remercie. »

Il se remet posément debout et se déplace en crabe pour se retrouver derrière l'autel, le canon du fusil pressé sur la tempe de Tamuz. Il dépose le coffret sur la poitrine du garçon, ramasse la page, soulève le couvercle.

« Mes collègues seront ravis, vous pouvez me croire. Le Nom secret de Dieu… Le Livre de Toutes les Heures… Lorsque leur… messie arrivera, ce qui ne devrait pas tarder, ils auront tout ce qu'il leur faut pour… »

Pechorin tâtonne pour ranger la page dans la boîte qui contient le reste du Livre, mais il ne peut s'empêcher de lui lancer un coup d'œil. Il suspend son geste, une question au bord des lèvres. L'air interrogateur, il dévisage Jack en redressant lentement le canon du fusil vers lui, menaçant. Visiblement, il veut obtenir une réponse. Jack profite du fait que le fusil n'est plus pointé sur Tamuz pour effectuer sa manœuvre : il se jette de côté tout en faisant feu avec son Webley. Deux balles partent en même temps, et Jack entend bourdonner un moustique. Une balle vient de filer près de son oreille, mais il est figé dans l'instant, aussi immobile qu'un sujet de bas-relief, incapable de s'arracher à la contemplation du trou rouge dans la pomme d'Adam de Pechorin. Le fasciste recule en chancelant, heurte le retable, regarde la page dans sa main et s'affale. De nouveau, le fusil heurte bruyamment le sol.

Jack franchit d'un bond l'autel où repose Tamuz pour s'emparer au vol de la page que le fasciste mourant vient de lâcher. Il la plie sommairement — elle craque, sèche et friable — et la fourre dans sa poche en jetant un coup d'œil par-dessus son épaule. Il referme la boîte, la cale sous son bras, s'agenouille près de l'homme recroquevillé et soutient sa tête dodelinante. Le fasciste cligne des yeux comme s'il voulait lui faire comprendre quelque chose. Son souffle humide gargouille entre ses lèvres : il tente de former des mots, de cracher son secret, mais la seule chose qu'il peut cracher désormais, c'est son sang, cette écume rouge qui remonte dans sa gorge et mousse à ses lèvres.

Jack l'entend prononcer ce nom que l'on ne peut prononcer

que dans son dernier souffle : l'*Y* de la langue qui s'élève vers le palais comme pour recueillir la salive ou le sang qu'on veut cracher ou avaler ; puis le premier *H*, inspiré rapidement ; l'air siffle à travers une gorge maintenant sèche et serrée, parce que soudain, oh mon Dieu, on sait ce qu'est la mort, et on panique, la poitrine secouée de spasmes ; puis c'est le *W* des lèvres qui se joignent sans se fermer, qui se serrent juste un peu, pincées par la douleur et la confusion. Et ce mot, ce *YHW*, c'est un *WHY* inversé, aspiré comme un halètement, le *Pourquoi* ultime, le dernier souffle de la vie.

Puis le larynx, en se relâchant, permet le passage de l'air, et l'aspiration rauque du *H* final s'étire — *HHHH* — et s'affaiblit — *hhhhh* — avant de se perdre dans le silence.

YHWH

Ce silence qui est le Nom secret de Dieu.

Jack ferme les yeux éteints et relâche la tête qui roule sur le côté.

Si même les dieux peuvent mourir, alors la Mort est le dieu des dieux, comprend-il soudain.

Nous vous ouvrons la voie

Debout sur le toit du Beth Ashtart, Jack et Reinhardt contemplent les toits de Tell el-Kharnain, la cité tombée une fois, deux fois, mille fois, la cité qui tombe encore en ce moment même, comme si elle subissait une perpétuelle destruction. Azazel et Michel se sont tous deux posés sur la porte de Jéricho, un de chaque côté, perchés sur des colonnes de pierre, les ailes repliées derrière eux, comme des vautours. En bas, les statues de sel des Énakites ont envahi le marché de la soie ; toute la tribu a été exterminée, à l'exception d'Anat et de son frère.

« L'autre porte, peut-être…, propose Reinhardt. Si nous restons ensemble, si nous réussissons à nous enfoncer dans le désert, nous pourrons peut-être nous faire oublier. Anat et moi, nous savons comment y survivre…

— Non, le coupe Jack. Les notes de Samuel sont très claires à ce sujet. Nous attaquerons ces salopards de front. Pour plus de sûreté, vous vous chargerez de Tamuz, et nous, nous vous ouvrirons la voie. Avec les petits jouets d'Anat, nous devrions pouvoir rompre le cercle et les retenir jusqu'à ce que vous ayez rejoint les champs d'aviation. Mais pas question de vous y rendre à pied, à cheval ou en voiture ; ils vous rattraperaient, croyez-moi ! Nous devons absolument vous trouver un ornithoptère.

— Et si Samuel se trompe ? Le Livre contient autant de mensonges que de vérités ! Et s'il l'avait mal traduit, vous imaginez ? Et maintenant, nous n'avons plus… »

Jack grimace. Oui, il est au courant : ils n'ont plus aucun moyen de le savoir. D'un air absent, il passe ses doigts sur sa poitrine désormais vierge de toute cicatrice… car nettoyée par le feu des anges.

« Dans la Vallée de la Mort, reprend-il. La Charge de la brigade légère, tous ces trucs… Faites-moi confiance, je vous en prie !

— Mais Pechorin a mentionné un messie ! Les notes en parlent-elles… ?

— Faites-moi confiance, insiste Jack. De plus… »

Il lui désigne l'horizon nord-ouest : des nuages constellés de petites taches noires assombrissent les cieux. On dirait un essaim de mouches ou une grande volée de corbeaux. Ce sont les zeppelins de commerce prussiens équipés pour la guerre en Syrie. À présent, ils volent sous pavillon futuriste.

« Le transport aérien, c'est ça, l'avenir. »

« Comment ça marche, ces trucs ? » demande Jack.

Assis sur un banc dans un coin du Beth Asthart, Anat et MacChuill travaillent sur leurs engins, qui mélangent fusils turcs, lances énakites, grilles, fil de fer barbelé, plaques d'identification cliquetantes, chapelets et Dieu sait quoi d'autre encore, toutes ces choses ayant été récupérées dans les ruines environnantes puis assemblées par des lanières de cuir. On dirait des arbalètes, des harpons déments, monstrueux, des engins bâtards obtenus par hybridation entre armes de toutes les époques.

« Magie antipathique », lui explique sommairement Reinhardt.

Jack prend l'arme que lui tend le baron, et fait mine de viser pour tester son poids, son équilibre.

« Quand tu appuieras sur la détente, n'oublie pas de prononcer le mot que je t'ai appris, capitaine Carter. Il traversera leur bouclier à cheval sur la balle. Et vise bien ! Nous n'avons pas beaucoup de munitions. Emporte celles que Tamuz a terminées. »

Assis sur l'autel, le jeune homme grave les balles en tirant la langue. Très absorbé par sa tâche, il les orne de sceaux avec la pointe d'un couteau puis les fourre dans les cartouchières au fur et à mesure. C'est l'image même de la concentration.

« Hé ! » lui lance Jack.

Tamuz ne lève même pas les yeux… Ah oui, évidemment ! Carter s'approche de lui et lui tape sur l'épaule, puis lui montre les cartouches — *Elles sont prêtes, celles-ci ?* Le jeune homme hoche la tête et articule un Oui, mais sans émettre un seul son.

Il n'y a pas le moindre son à moins d'un mètre cinquante du garçon. Un écho muet du Nom de Dieu flotte autour de lui comme un cocon, une zone de quiétude totale qu'aucun langage, pas même la Cryptolangue, ne peut percer. Il va finir par s'éteindre, par s'évanouir comme le font les échos, mais s'il se maintient encore quelques heures…

Les autres devront rester en dehors de cette zone pour utiliser leurs fameux *disrupteurs*, mais si Reinhardt ne quitte pas Tamuz d'une semelle, toutes les flammes du Paradis peuvent bien se déchaîner, elles n'atteindront pas un seul de ses cheveux. Jack ramasse deux cartouchières pleines, les fourre dans sa ceinture et pose la main sur le bras de Tamuz, qui le regarde dans les yeux et sourit.

Ils n'ont pas vraiment besoin de mots pour se comprendre, mais il en articule quand même quelques-uns.

« Capitaine Carter, vous êtes prêt ? lui demande Reinhardt. Capitaine Carter ? »

Jack referme le coffret et se retourne vers la porte ouverte du Beth Ashtart, où se découpent à contre-jour les silhouettes de MacChuill et Anat. Un unique rayon de lumière se déverse dans le temple à travers l'ouverture, captant nos traînées bleues, la fumée de notre danse dans la pénombre du temple. Par l'œil unique de l'Ange qui pleure, nous le contemplons. Nous contemplons affectueusement les nombreux Jack de notre vision à facettes, tous ces Jack qui se sont battus pour se frayer un chemin vers ce sanctuaire du chaos, qui ont lutté pour l'amour parfois jusqu'à la mort. Là-bas, il est mort et il gît sur l'autel près du corps de Tamuz. Ici, c'est non loin de l'autel qu'il rend l'âme, le bras tendu vers le garçon en son dernier instant, des larmes inondant son visage parce qu'il n'a pas la force de le toucher. Plus loin, recroquevillé dans un coin, il se balance d'avant en arrière, complètement fou. Il est affalé contre un mur dans une autre vision, une cigarette aux lèvres, un revolver à la main en attendant la mort. La salle grouille de Jack comme elle grouille de nous, même si ses camarades n'en sont pas conscients. D'ailleurs, ils ne nous voient pas bouger sur les murs ; ils croient voir la peinture bariolée des images païennes. Anat, MacChuill et Reinhardt nous entendent mais s'imaginent percevoir dans nos chuchotements les échos de la Cryptolangue. Seul Tamuz nous entend correctement et nous *comprend* parfaitement ; et son audition, sa faculté de nous comprendre doivent tout au silence qui donne leur signification à nos murmures.

Bien sûr, Jack nous entend et nous voit comme nous l'entendons et comme nous le voyons, car son âme, la force informe du *Sekem*, est celle qui se rapproche le plus de notre nature. Nous aimons Tamuz, notre cœur, *Bâ* aux cils battants qui vit par intermittences. Nous ne haïssons pas l'obscur Pechorin, le *Kaibit*, entité des ténèbres qui est nôtre également. Anat, notre féroce guerrière, notre chasseresse *Khu*, nous inspire une crainte respectueuse. MacChuill, *Sekhu* grossier et geignard qui nous sert bien malgré ses grommellements, s'est attiré toute notre sympathie. Samuel et Reinhardt...

« Capitaine Carter, vous êtes prêt ? Capitaine Carter ?

— Je suis prêt », répond Jack.

Il se retourne vers l'autel où gît à présent le corps de Pechorin — ombre abandonnée aux ombres, traître trahi — et sort de sa poche son exemplaire du Cantique des cantiques, qu'il dépose sur la poitrine du mort. Les offre-t-il en sacrifice à l'Ange qui pleure ou lui demande-t-il de les protéger ? En tout cas, il ne lui semble pas approprié de laisser derrière lui une partie de notre âme sans signaler sa tombe.

MacChuill lui intime d'un ton bourru de se *bouger le cul et vite !* Jack ramasse son disrupteur et quitte le temple ; dehors, le soleil est aveuglant.

Et le vrombissement des zeppelins s'amplifie.

Anat lui prend la main et la serre fermement, résolument.

« J'espère que nous nous reverrons un jour, lui dit-elle. Dans une autre vie, peut-être !

— *Heam*. Ainsi soit-il.

— *Mektoub* », réplique-t-elle.

Il regarde MacChuill, qui grommelle dédaigneusement :

« Ouais ben ce jour-là, le Partick Thistle F.C. gagnera le championnat, si vous voulez mon avis ! »

La main en visière, le vieux soldat s'abrite les yeux pour scruter le ciel vers le nord. Les zeppelins sont maintenant bien visibles ; on dirait de gros cigares noirs sur fond de ciel bleu, de gros cigares qui semblent lancer des éclairs argentés quand ils captent le soleil. Le zeppelin de tête est sans doute déjà au-dessus des puits d'encre.

« Bon Dieu, ce sont des putains de chasseurs ! Ils vont incendier une ville qui n'est déjà plus qu'un champ de ruines ! s'exclame l'Écossais.

— Si d'autres fascistes travaillent avec les anges, dit Jack, ils cherchent plus probablement à nous enfumer. »

Il lance un dernier coup d'œil à l'endroit où son vieil ami Samuel Hobbsbaum a passé les ultimes heures de sa vie sur Terre. Il y a réfléchi, gribouillé ses dernières notes ou peut-être pris tout simplement la décision de s'immoler lui-même pour cesser d'exister, en brûlant son nom sur la page où il figurait. Et ce petit acte insignifiant pourrait bien avoir gravé ce silence, cette absence, le nouveau Nom de Dieu, en les sauvant tous par la même occasion. Ce qui n'empêchera pas les anges de suivre leur plan dément jusqu'au bout. Carter touche le vélin plié dans sa poche, puis se retourne et voit MacChuill pointer un doigt vers le ciel.

« Putain, mais qu'est-ce que c'est que ce truc ? »

Une fissure dans le ciel céruléen, une explosion d'indigo, un éclair de pourpre, une faille bleu-vert dans le réel s'abat sur le désert, en déchirant les nuages et le premier zeppelin au passage.

« Le messie des anges, je parie », ricane Jack.

Grand sourire carnassier d'un blanc étincelant.

Tout le monde meurt un jour

Long pardessus en laine noir sur le dos, Joey Narcosis balaie d'un geste un fil blanc sur son épaule puis s'avance au bord de la grille. Derrière lui, Arturo tente frénétiquement de rebrancher l'ordinateur, et c'est un vrai massacre. L'archiviste trouve cette scène vaguement intéressante, mais que doit-il faire ? Arrêter le scientifique hystérique en train de bousiller le labo ou se joindre à lui ? En d'autres circonstances, il se serait mis en mode panique et aurait diffusé des alertes sur tous les canaux. Mise en branle de divers protocoles post-assassinat — *Situation critique ! Situation critique !* —, ornithos mobilisés, bouclier antiparadoxe déployé, routines de travail réinitialisées, vies entières réécrites, toutes les ressources du Cirque contribueraient vigoureusement et de concert à la résurrection du Duc. Mais les circonstances ont changé.

En temps normal, Arturo serait — devrait être — au cœur de ce processus ; en temps normal, il sortirait un clone d'hibernation et y chargerait la copie de l'empreinte du Duc depuis le caveau virtuel où elle est stockée, transférant ainsi l'âme de l'Amortel dans un nouvel hôte grâce à un petit reboot métaphysique. Au lieu de quoi, il reprogramme la procédure d'évacuation d'urgence ; il va libérer dans les rues de Dunedin un millier de bonobos complètement assoiffés de sexe après leur consommation d'orgone à hautes doses. Toute démente et absurde qu'elle soit, le savant fou semble avoir retrouvé goût à la vie et l'archiviste en est conscient, mais, pour l'instant, l'humour de cette situation lui échappe.

Nous travaillons toujours sur lui.

Comme toujours froid et mesuré, Joey dégage un calme mortel. Penché au-dessus de la mine-ki, le regard plongé dans les profondeurs de la chaosphère, il évalue toutes ses options. Le plan A de Fox consiste pour Joey et Jack à sauter ensemble dans le terrier du lapin pour rejoindre la Palestine de 1929 ; Jack est censé y jouer les héros pendant que Joey le méchant, le salaud orgueilleux poussé au cul par la cupidité, s'associe aux anges, mais en traître, en intriguant pour les abattre. Le plan B est le suivant : si un seul d'entre eux arrive en Palestine, il doit tenter d'arranger les choses une fois sur place ; autrement dit, si c'est cette option qu'il choisit, Joey va devoir adapter vite fait le Jack de ce pli-là, bref se lancer dans tout un tas de procédures pénibles en espérant que le type se conforme au scénario. Le plan C — que Joey a mis au point tout seul — consiste à envoyer chier les deux camps, à s'emparer du Livre et à voir ce qu'on peut faire avec le Nom secret de Dieu et le manuel de programmation de l'univers.

C'est une idée.

Réfléchir à tous ces plans le démange autour du trou de son âme ; son métaphysique change… Autour de lui, la poussière danse au son d'une mélodie lointaine. La peau de Joey est une armure d'or, ses yeux des orbes d'argent, son cœur un bloc de glace. Il a l'impression qu'il pourrait tuer quelqu'un rien qu'en l'effleurant de son ombre. Gâcher un tel pouvoir, ce serait dommage, non ? D'ailleurs, il n'a aucune envie de jouer à Dieu… quoique ; être le héros, pour une fois, ce serait chouette, putain !

Quelque part au fond de lui, il envisage même que Fox ait lui aussi prévu un plan C ; si c'est le cas, tout ça en fait sûrement partie, y compris sa trahison. Bah, il s'en fout. Il balance une jambe puis l'autre par-dessus la rampe, écarte les bras et se laisse tomber en avant.

Tout le monde meurt un jour, se dit-il.

Et dans son pardessus qui ondoie et claque, Joey s'enroule sur lui-même, puis adopte la posture rigide du plongeur. Il descend en diagonale, flèche vectorielle dans les trois dimensions du temps. Il recule dans le temps linéaire, se décale dans le temps sidéral, et s'enfonce dans les strates de temps résiduel.

L'orage bleu-vert de la chaosphère se précipite à sa rencontre. Joey plonge dans des rafales de vapeur, des nébuleuses luisantes, des arcs qui crépitent et lancent vers lui leurs vrilles électriques, le fouettent, lui balaient le visage, maculent son sillage. Il traverse des stratocirrus, puis des cumulus, puis une lumière intense, éclatante, bordélique et psychédélique comme une discothèque des années soixante. Il troue la couronne atmosphérique et se retrouve dans des ténèbres pleines de spirales tourbillonnantes, dans des gribouillis lumineux dont les arborescences dessinent le trajet des particules en collision, dans un vortex d'effets optiques délirants qui gondolent bizarrement ; et soudain, un puits noir s'ouvre sous lui. Il perce enfin l'horizon événementiel, poursuivi par un blanc aveuglant, comme si toute la lumière de l'Histoire se déversait derrière lui.

Il écarte les bras en ouvrant une main pour sentir les histoires le traverser, leurs courants, leurs remous, leurs flots. Dès qu'il a attrapé le brin temporel qu'il cherchait, il plaque ses bras le long de son corps, se tord, change de position…

… et fend un ciel azur, un océan bleu pâle flottant sur le sable clair d'une vallée de sel. Une flotte de vaisseaux argentés en forme de cigares est éparpillée dans le ciel. L'un de ces engins surgit brutalement devant lui. Il ne peut éviter le crash, et son manteau en ressort complètement déchiqueté. Joey n'offre plus de résistance à l'air. Il prend de la vitesse. Il s'enroule, tente de compenser, écarte les bras pour s'agripper au temps, un peu comme cet abruti de Tarzan quand il essaye d'attraper une liane qui lui glisse des doigts.

Nous n'avons d'autre choix que de surgir des ombres en grouillant sous lui et de le cuirasser dans un reflet d'écailles et de plumes. Joey Narcosis est un grand ange paon qui tombe comme une pierre ou un météore venu de l'espace sur les puits d'encre aux abords de Tell el-Kharnain.

Un millier de livres en une page

D'abord, c'est la lumière qui les agresse, une lumière aveuglante, une décharge bleu-vert aussi brutale qu'un flash d'appareil photo ; Jack se fait la remarque que c'est sûrement ce que ressent la victime d'un savant fou quand celui-ci fait cracher une électrode pour déclencher un souvenir en stimulant telle ou telle cellule du cerveau. Puis vient le bruit de l'impact, le tout-puissant BOUM de cette étrange comète jaillie du temps et qui frappe si violemment la terre qu'ils la sentent trembler sous leurs pieds — l'onde de choc. Ensuite s'élève un panache de fumée dont les volutes engloutissent la première vague de zeppelins. Elle est noir et gris, cette fumée, mais aussi pourpre, vert et bleu, et elle s'enroule comme une colonne, une fontaine qui monte et retombe sur elle-même, comme un monstrueux champignon.

« Venez, il faut y aller », leur dit Jack.

Il tend le coffret à Reinhardt, qui passe derrière Tamuz. MacChuill se place devant, à droite, Anat à gauche et Jack au milieu, et ils entament leur progression en formation serrée. Dès qu'ils sont entrés dans la zone tampon entourant Tamuz, le silence s'est abattu sur eux comme quand on éteint une radio, et tout devient irréel, surnaturel. Ils traversent la place en observant les aéronefs qui glissent tranquillement dans le ciel ; le feu des anges ressemble à un barrage fantôme, et les édifices qui s'effondrent autour d'eux, la terre sous leurs pieds, l'air miroitant, tout leur paraît totalement inoffensif.

Ils prennent la route du nord, et Jack étudie aux jumelles les anges qui volent au-dessus d'eux. Il sourit en constatant la fureur et la frustration qui tordent le visage de Michel, le transformant en masque de haine ; l'ange leur montre les dents et crache en vain son venin sur eux. Puis Jack hoche la tête, ravi : Azazel lance des coups d'œil nerveux par-dessus son épaule, alarmé par la colonne de fumée que vomit le cratère qui défigure les puits d'encre. Cette fumée, le vent ne parvient pas à la dissiper et elle se répand dans le ciel en étirant ses volutes et ses traînées ; elle dérive au milieu de la flotte futuriste comme un monstre marin amorphe et aveugle, plus végétal qu'animal mais assez réactif pour tendre ses vrilles affamées et paralyser les poissons qui passent à sa portée dans les bouffées urticantes de ses frondes.

Vous avez raison, mes salauds ! Nous venons pour vous, se dit Jack.

Quand ils arrivent sur le marché de la soie, Jack leur donne le signal, et ceux qui sont équipés d'un disrupteur (lui-même, Anat et MacChuill) sortent du cercle de silence dans le grondement des aéronefs en approche, les hurlements stridents des deux anges et les roulements de tonnerre d'un orage éloigné. Pour attirer sur eux le feu des deux anges, MacChuill part à droite et Anat à gauche, et tous deux foncent vers l'autre bout de la place, en se servant des colonnes de sel comme couverture. Jack précède Tamuz et Reinhardt d'un pas énergique, et son disrupteur s'embrase chaque fois qu'il tire sur Azazel ou Michel. Azazel, Michel, Azazel, Michel ; Jack psalmodie son chemin vers la porte de Jéricho dans la cité vaincue de Tell el-Kharnain.

Il court, se retourne, s'agenouille, vise les deux anges et recommence plus loin. Grâce à MacChuill et Anat, Azazel et Michel sont coincés sur la porte dans leurs postures de snipers. Jack en profite pour courir, viser, faire feu, courir encore, sauter par-dessus les cadavres et les blocs de pierre, foncer à travers les décombres, à travers cette bataille sans espoir au cœur d'une guerre impie.

Il pousse sans ménagement Tamuz et le Prussien vers le plus grand des ornithos, puis tapote le coffret et articule les mots *Curzon* et *Bassora*. Reinhardt lui montre dans le ciel les zeppelins qui se déplacent lentement vers eux. Certains sont déjà presque au-dessus d'eux, et Jack hoche la tête. *Je sais.* Il lui désigne l'autre ornitho, celui avec un aigle peint sur le fuselage. *Je vais les retarder.* Reinhardt lève le pouce, se hisse dans le cockpit, et tend la main à Tamuz. Le jeune homme regarde Jack et secoue la tête.

Non, Jack !

Va-t'en.

Une pause. Une larme roule sur une joue. Un baiser, un au revoir.

Tamuz agrippe une barre et se hisse sur l'aile, puis attrape la main de Reinhardt. Jack se détourne en réprimant ses émotions. Leur ornitho à deux places n'est pas conçu pour un décollage vertical. Ses ailes ne sont pas assez larges pour lui permettre de s'élever facilement dans les airs à la façon des ornithos de combat plus légers. Il lui faut parcourir une certaine distance au sol pour obtenir une sustentation optimale, et pendant que von

Strann se sangle dans le siège du pilote et que Tamuz se glisse à l'avant, Jack court devant l'engin pour démarrer à coups de manivelle l'hélice qui orne son nez. À peine vient-il de retirer les cales sous les roues qu'il perçoit — il ne l'entend pas, il le perçoit — le cri de Tamuz.

Projetée dans les airs, Anat effectue un saut périlleux arrière et se reçoit sans dommage, mais elle a lâché son disrupteur. Le garçon a déjà sauté de l'ornitho, et Jack l'attrape par le bras. Tamuz se débat violemment pour se libérer de sa prise, de son étreinte. L'ange de la mort, Azazel, bondit de son perchoir comme un faucon qui plonge sur sa proie, mais Anat roule sur elle-même, se redresse sur un genou, tend devant elle sa main gantée d'encre et lui balance une imprécation. Un seul mot lui suffit : ce salaud s'écrase contre un mur, et Anat se relève, se précipite vers lui. Elle le charge, elle va combattre au corps à corps.

Tire-toi d'ici ! hurle en silence Jack à Tamuz.

Au-dessus de lui, l'ornitho à deux places met cap à l'est et file dans le ciel bleu du désert, ses ailes battant à toute vitesse. Reinhardt et Tamuz s'enfuient loin de la flotte russe, de Tell el-Kharnain et de la tempête d'encre des bitmites, c'est-à-dire de nous autres, consciences défuntes enfouies dans des millénaires de poussière, écrasées, transformées en carburant pour âmes perdues de l'humanité par le poids des réalités mortes.

Nous nous soulevons, nous jaillissons de la terre qui nous dégueule comme un geyser de désir et de peur, de joie et de peine. Nous sommes toute la puissance, toute la gloire de l'esprit humain, mais noires et compactées. La matière, c'est de la lumière roulée en boule qui amasse de la chaleur en son cœur et qui ne vous paraît opaque que parce qu'elle retient ce feu en elle. Le feu qui vous permet de raser des villes quand vous le libérez… Eh bien nous aussi, les morts, nous ressemblons à de l'encre tellement nous sommes noirs ; tenus à l'écart des vivants, nous sommes pourtant toujours présents dans la peau et les os en putréfaction, dans le sable et la pierre et jusque dans l'atmosphère ; et chaque atome qui nous compose transporte de l'information encodée. Car toutes les vies sont archivées dans le réel ! Leur motif peut être perdu ou fané, mais jamais détruit totalement ! Nous sommes le palimpseste du passé sur lequel vous écrivez votre présent et votre futur, la substructure de votre monde révélée par les rayons X des microscopes, le domaine des photons qui s'enflamment dans nos profondeurs, le ricochet des balles de lumière. Vos recherches minutieuses nous exposent à la vision scalpel de ceux qui veulent scruter nos abysses.

Et comme dans la chambre d'un accélérateur de particules, nous réagissons à l'impact de Pechorin. Une fois vaporisée, notre noirceur devient lumière, verts vifs, bleus éclatants, jaunes, rouges et oranges ardents. Et nous piégeons des zeppelins dans le ciel. Nous transperçons les sacs de gaz, nous faussons les hélices. Ils réagissent, larguant leurs bombes sur les puits d'encre, dressant un mur de flammes qui balaie le sol et suit leur inexorable progression vers Tell el-Kharnain ; ce mur de feu venu du désert s'abat sur la ville nouvelle et la traverse, puis se jette sur les champs d'aviation. Mais Jack a déjà pris son envol dans un ornitho de combat. Il s'agrippe aux commandes, au manche à balai de son engin métallique qui grimpe en spirale dans le ciel, au-dessus de la ville dévastée et de ses alentours. Les machines de guerre prussiennes tentent de l'abattre, des gerbes de fumée grise explosent en l'air autour de lui, mais il pilote l'engin en élargissant sa trajectoire, et il monte, il monte, plus haut, toujours plus haut. Il s'élève au-dessus de la ville, des bombes et des canons.

L'ornitho plane dans les cieux pendant une seconde, le disrupteur fixé à son flanc…

En voyant surgir entre les zeppelins l'essaim ennemi qui part vers l'est à la poursuite de Reinhardt et Tamuz, Jack se met à gueuler des obscénités, des trucs en Cryptolangue. Il plonge en piqué au-dessus de la ville, moteur à fond, en mitraillant l'ennemi, et au moment où il survole la porte de Jéricho, il jette un coup d'œil en bas. Il aperçoit…

… MacChuill, frappé de plein fouet par le souffle. Sa tête est projetée sur le côté, sa nuque est brisée net, et ses jambes se cassent sous lui, vers l'arrière ; bon Dieu, sa colonne vertébrale doit être en miettes… On jurerait qu'un géant l'a écrabouillé dans sa poigne. Aucun être humain ne peut survivre à ça. Le chant de l'Écossais s'éteint sur un dernier cri, et il s'écroule comme une poupée de chiffon lâchée dans la poussière. Jack zoome au-dessus du cadavre ; sur sa colonne-perchoir, Michel se relève de sa position accroupie et se tourne lentement vers l'est, vers Reinhardt et Tamuz qui foncent droit dans le désert, poursuivis par une vingtaine d'ornithos russes.

Michel bondit dans les airs et déploie ses ailes immenses : l'ange de glace se lance à la poursuite du Livre. Ses paroles de feu mitraillent l'air autour de l'ornitho de Jack, qui malmène son engin pour les éviter. Il serpente dans le ciel fracassé, un coup à droite, un coup à gauche, tire un levier en arrière, tourne un volant ; son ornitho s'arque vers le haut. Ailes repliées, il tournoie comme un danseur de ballet sur ses pointes, puis ses pennes reçoivent à nouveau l'ordre de se déployer et Jack fonce droit sur l'ange de glace. Il voit la porte de Jéricho derrière son ennemi, avec, sous son arcade, Anat et Azazel qui luttent au corps à corps, cherchant des prises chez l'adversaire. D'une main, Azazel étrangle la jeune femme qui a fourré son poing dans la bouche de l'ange. Leur Cryptolangue assourdie consume l'air autour d'eux, fait pleuvoir la pierre et le sable, crevasse la terre.

Anat s'affaisse. Sa main abandonne la bouche de l'ange qui retient la femme flasque par son cou écrasé. Il balance son cadavre de côté et braque son regard impitoyable sur Jack, qui lève le sien vers Michel, l'ange de glace avec lequel il va entrer en collision, bientôt, très bientôt. Les paroles de ce connard explosent tout autour de lui, à gauche, à droite, en haut, en bas… Si seulement cet enfoiré pouvait le heurter maintenant, putain ! Ça lui plairait bien d'entraîner l'ange dans sa chute.

Azazel, l'ange de la mort, déploie ses ailes et regarde vers l'est.

Jack ne peut pas les avoir tous les deux. Bon Dieu de merde, il ne peut pas les avoir tous les deux.

Alors nous venons, fissure née du choc violent qui a frappé les puits d'encre. Nous fendons le sol le long de la ligne de faille parcourant cette vallée de sel, nous élargissons la brèche et nous en jaillissons. Nous nous déversons sur le sable, nous, les morts enfouis et oubliés de mondes disparus depuis longtemps, avec à notre tête l'âme à six plis qui fut un jour Joseph Pechorin, le tueur de rêves. Il émerge des ténèbres vêtu de l'iridescente armure de notre encre, fonce vers Azazel, se jette contre lui de toutes ses forces. Le choc les entraîne tous deux de l'autre côté du champ de force de l'ange, dans la cité de Sodome.

L'ornitho de Jack heurte de plein fouet l'ange Michel ; les ailes se brisent net, le métal se tord, et tous deux tombent à travers les airs, enchevêtrés, boule tournoyante de chaos froissé.

Encre, *Hal Duncan, 2007*

Coincé dans une pagaille de vêtements en pièces, de toile déchirée et de chair déchiquetée, Jack est suspendu dans l'épave de l'ornithoptère comme un cadavre inhumé à l'indienne. Un bout de métal pointu est planté dans sa cuisse droite, des lambeaux d'aile en cuir lui fouettent la main gauche. L'odeur du sang, de l'acier, de la viande et du carburant cramé, l'odeur de la guerre, lui remplit les narines ; est-ce sa chair qui brûle, ou celle de l'archange Michel ? Les deux, peut-être ? Il tend le cou pour apercevoir quelque chose mais ne distingue que l'arcade en ruine de la porte de Jéricho et le chemin de destruction creusé au milieu des colonnes de sel emportées par le vent. Les zeppelins futuristes qui arrivent du nord ne sont plus qu'à quelques minutes de la cité.

Là-haut, à travers la fumée de l'ornitho en feu, le ciel doit sa couleur vert foncé à l'orage d'encre qui l'agite, et dont les remous évoquent une mare de forêt épaissie par les algues et pointillée d'explosions de couleurs vives, comme les nymphéas de Monet. L'encre grouille autour des aéronefs, abattant tel ou tel vaisseau, mais c'est un assaut désorganisé. Les puits d'encre sont en feu. Ces créatures sont indestructibles mais on peut les… les perturber, les éparpiller dans le chaos comme des âmes arrachées à l'instant de la mort et déchirée en mille *skandas*, en brins d'identité.

Et in Arcadio ego, se dit Jack. Et moi aussi, je suis en Arcadie.

Un gémissement étouffé lui parvient. Il n'arrive pas à tourner la tête, mais il sait que ce doit être Michel. Merde. Jack plie sa main gauche et arrive à la libérer avec un grand cri de douleur en l'entaillant sur les deux bouts de métal qui la coincent. Il dénoue le cuir qui enveloppe cette main, puis se retourne et grimace : il vient de prendre appui sur le fuselage brûlant. C'est de ce côté-ci que ça fume, mais il n'aperçoit aucune flamme. Le métal est bouillant, il ne peut pas l'utiliser comme levier, ce qu'il comptait faire pour dégager sa cuisse de la lance qui la transperce. Il déchire un lambeau de cuir et le noue autour de l'une de ses mains, qu'il pose — avec beaucoup de précaution — sur le rebord déchiqueté du pare-brise, puis il tire sur sa cuisse avec l'autre. La souffrance endurée efface la sensation de succion de la chair qui se libère de l'acier.

Il s'extrait du cockpit, se laisse glisser au sol, attrape un étai cassé, enjambe en chancelant les débris de l'épave, tombe dans le sable… Ça y est, il voit les flammes. Il roule sur lui-même pour s'en éloigner, puis se relève et s'éloigne de l'ornitho détruit en traînant la patte. Son disrupteur gît à quelques mètres de là, arraché du flanc de l'engin. Jack se traîne jusqu'à lui, le soulève, se retourne pour le braquer sur l'épave fumante. L'ange reste invisible, mais il l'entend toujours gémir, un son inintelligible mais bien assez chargé en Cryptolangue pour lui retourner l'estomac. Il plante la crosse du disrupteur dans le sol et se met debout sur une jambe.

Puis commence à contourner l'épave en claudiquant.

Empalé, encastré dans les débris de l'ornithoptère, Michel s'efforce de l'attraper, hurle sans bruit, agrippe en vain du métal froissé et du tissu déchiré. Des flammes lui lèchent les jambes, des jambes tellement tordues qu'il ne marchera plus jamais, c'est évident. Il ne marchera plus jamais dans une ville, persuadé qu'il est de son devoir de la détruire. L'ange pousse un nouveau gémissement et du sang goutte de sa bouche… Il s'est salement mordu la langue, Jack en mettrait sa main au feu.

« Laisse-le saigner, cet enfoiré ! Qu'il crève ! »

Jack se retourne.

C'est Pechorin. Il le reconnaît tout de suite parce que ce type est inimitable, mais il sait aussi que ce n'est pas son Pechorin. C'en est un autre, le Pechorin d'un autre temps, d'un autre lieu, d'un autre pli, tout aussi froid par certains aspects, tout aussi cruel, sauf qu'il dégage une étrange aura de sympathie et de compréhension. Comme un ami. En voyant la larme noire peinte sous son œil droit, Jack comprend qu'il n'a pas affaire à son adversaire mais à son… complément.

Pechorin tient la tête d'Azazel par les dreadlocks.

Jack plonge la main dans sa poche et palpe la feuille de vélin pliée, douce et lisse, imperceptiblement chaude comme un tissu toujours vivant. Tout en surveillant Pechorin du coin de l'œil — on ne sait jamais —, il s'approche en boitant de Michel, la feuille de vélin à la main, et la lui tend en la gardant juste hors de sa portée. Le monstre, fou furieux, s'excite sur le métal, dont il veut s'arracher pour étriper Jack. Il s'agite tellement qu'il casse ses ongles manucurés. Le bout de ses doigts saigne.

« C'est ça que tu veux ? ricane Jack. Tu veux lier Dieu à ton espèce de [il hoche la tête vers Pechorin] messie, là ? À ce tueur d'anges ? »

Et il laisse tomber la feuille dans les flammes qui lèchent les pieds de l'ange, et il regarde cet enfoiré qui tente de l'attraper dans les flammes, prêt à se déboîter le bras pour sauver la dernière page du Livre de Toutes les Heures, mais elle se consume lentement sous leurs yeux, elle brûle et noircit, bientôt réduite en cendres aussi blanches que le sel…

« Le reste du Livre a déjà disparu, précise Jack. Tu vois cette tête, là-bas, celle de ton pote ? C'est de sa faute ! Il l'a brûlé en voulant m'effacer de l'existence parce que j'ai eu la putain d'audace de le traiter de con, ce qu'il était, pourtant ! »

Jack sourit en pensant au coffret plein de bouts de papiers déchirés. Ce n'est pas le Livre de Toutes les Heures qu'il contient, ce sont les notes, les journaux d'Hobbsbaum, les passages du Livre que Samuel a traduits. Accroupi sur son mur, il observait l'ange de la mort en réfléchissant au moyen de sauver sa peau et celle de ses amis (celle de Tamuz, surtout), quand l'idée lui est venue d'intervertir le Livre et les papiers…

Une sacoche de cuir contenant le Livre de Toutes les Heures, une sacoche sacrifiée, brandie en guise de bouclier contre le courroux de ces deux salopards autosatisfaits et sanguinaires.

« Le Livre a disparu, répète-t-il. C'est fini ! Fini les destins ! Et avec un peu de chance, fini les dieux ! Nous sommes libres ! C'était la dernière page de l'édition définitive… »

« Je me demande ce que va penser Reinhardt quand il ouvrira le coffret…

— Connaissant Fox, il va sans doute apprécier cette ruse », dit Pechorin.

Le hurlement de l'ange s'étrangle dans un gargouillis de sang, et les deux hommes s'éloignent vers la porte de Jéricho. Les zeppelins approchent. Une armée de machines de guerre est en train d'émerger de l'orage d'encre presque directement au-dessus de leurs têtes, prête à détruire inutilement une cité déjà dévastée. Là-haut, dans les cockpits, des capitaines, des commandants, des bombardiers et des mitrailleurs vont sans doute se demander ce qui s'est passé en bas, pourquoi on les a envoyés ici et si leur présence est vraiment nécessaire. Mais pour la plupart, après un petit haussement d'épaules, ils vont suivre les instructions.

Jack observe Pechorin. Le Russe franchit la porte, ramasse le disrupteur que MacChuill a laissé tomber et le lance à Jack, puis se dirige vers Anat pour récupérer celui de la chef énakite.

Juste à côté du cadavre de la jeune femme, sur le sol aride, une tige de mauvaise herbe aux reflets dorés jaillit vigoureusement d'une fissure, vision étonnante dans cette vallée de sel. Les plantes de cette région ont évolué pour survivre sous ce climat hostile, et Jack se rappelle soudain les champs au nord de la ville, des champs rendus fertiles par la cendre et le sang et couverts d'oliviers, d'orangers, de figuiers, de grenadiers, des arbres qui sortent de terre tordus, noueux et branchus, gribouillis fractals complexes de la nature. Même la région la plus aride peut être irriguée. C'est ainsi qu'est née la civilisation, après tout.

La cité derrière eux est en ruine, dévastée. Personne n'a survécu, ni homme, ni femme, ni enfant. Il n'y a plus rien à y défendre, plus rien à y sauver, sauf peut-être son souvenir ; car ceux qui exècrent la beauté généreuse, libertine et licencieuse de cette ville voudront l'effacer de l'Histoire. Et même, s'ils y parviennent, quelle importance ?

Jack s'appuie sur l'un de ses deux disrupteurs comme sur une canne, une béquille, et vise un zeppelin avec l'autre.

Rien à foutre.

Les cités, comme les âmes, peuvent être reconstruites.

ÉPILOGUE

L'aube, une région de forêt, de nos jours

Et ils vécurent, vivent et vivront heureux à jamais

Il fut un temps où je me disais qu'une épopée devait toujours se terminer par la mort du héros. Imaginez la scène : deux rangées d'esclaves rebelles crucifiés et Spartacus sur sa croix, la main droite tendue vers la longue route qui mène à la cité de la mort ; le cadavre du Cid passant à cheval les portes de cette même cité pour aller combattre les Maures, fixé à sa monture ; dans la poussière et le martèlement des sabots, Achille qui titube, une flèche plantée dans le talon. Quelques poètes de l'Antiquité ont même ajouté à la première épopée connue, celle de Gilgamesh, une rencontre entre le héros et le fantôme de son ami Enkidu, alors qu'ils vont se revoir très bientôt, à la fin de toutes les aventures, sur le seuil de la demeure d'où l'on ne revient jamais.

Comme si le récit décidait seul de sa forme, en quelque sorte. Et même si ce choix peut sembler facile, les fins tragiques me semblent assez légitimes.

« C'est des conneries, mon pote ! dirait Jack. Donne-leur une fin heureuse, putain ! J'emmerde ces saloperies de fins tragiques ! »

« Sur quoi travailles-tu ? » me demande Anna, le menton sur mon épaule. Elle caresse mon avant-bras jusqu'au stylo que je tiens fermement et serre ma main entre ses doigts.

« Sur une fin heureuse. Ou plus exactement, sur un début heureux. »

J'ai conscience que mes sourcils se froncent et que mon visage se chiffonne. En fait, je viens de comprendre que ce n'est pas encore tout à fait ça. Je tapote le papier du bout de mon stylo :

« En fait, la formule exacte, c'est : *Et ils vécurent, vivent et vivront heureux à jamais.* »

Je me retourne et j'aperçois un nez retroussé constellé de taches de rousseur. Quand Anna se tortille pour déposer sur ma joue un petit *Bonjour* en forme de baiser, ses cheveux roux glissent sur mon triceps et me chatouillent un mamelon. Je constate du coin de l'œil qu'elle a enfilé mon caleçon.

« Je fais du copié-collé avec une ou deux Bucoliques de Virgile, lui dis-je. J'ai envie d'une espèce de fin champêtre, pastorale, qui puisse faire le lien entre les *Chants* et l'épilogue. »

D'ailleurs, c'est sans doute pour ça que je lui ai proposé ce séjour dans une cabane en rondins de la chaîne des Blue Ridge. Juste elle, moi et le petit. Inconsciemment, je devais déjà savoir que je m'acheminais vers cette fin bucolique. Et puis j'avais besoin de ce calme pour terminer mon cycle de poèmes épiques. J'ai donc fait miroiter une bonne chasse à Anna et j'ai promis à Joshua de lui apprendre les constellations, la cosmologie, la flore et la faune. D'un autre côté, peut-être que Jack et Puck, dans ma tête, m'ont poussé à leur proposer ça parce qu'ils voulaient faire des cabrioles tout nus dans les collines.

Donc, je combine deux Bucoliques de Virgile, en me référant au texte en latin et à la traduction dont je dispose : un chevrier et un berger passent d'un concours de chants à la célébration d'un Daphnis divinisé. Je fusionne quatre des personnages du grand poète latin, Damétas et Mopsus d'un côté, Ménalque et Palémon de l'autre, et je change un peu leurs noms. Sous ma plume, Ménalque devient Monocle, et Damétas, Damier, tout comme Mnasyle est devenu Asyle dans un autre passage. Sourire carnassier du requin, pantalon kaki de l'armée assombri au cul par la rosée, Jack rigole à pleines dents en ébouriffant les cheveux de son Puck.

« Mon petit phoque, blague Jack.

— Bas les pattes ! » proteste Puck.

Jack et Puck. J'ai baptisé ainsi le *ça* de l'idylle et le *moi* sylvestre ; Jack et Puck, le chevreau et l'agneau de ces *toujours* et de ces *jamais* ; Jack et Puck, les deux héros qui traversent toutes les histoires, de Gilgamesh à mes propres métamorphoses en passant par Virgile. La personnalité de Puck doit beaucoup à Thomas, le frère d'Anna, du moins au peu qu'elle a bien voulu m'apprendre à son sujet, et j'ai inventé Jack de toutes pièces. Mais tous les deux sont des enfants du langage. Ils ne m'appartiennent pas vraiment, ou du moins, ils n'appartiennent pas qu'à moi.

Je sais très bien que mon Jack et mon Puck n'existent pas et qu'ils n'ont jamais existé. Par contre, les Jack et les Puck qui ne sont pas qu'à moi… ils sont là depuis toujours, eux.

« Alors, le jus d'orange, il est où ? me lance-t-elle. Et les pancakes ? Le bacon ? Le sirop d'érable ? Je te rappelle que nous avons passé un marché ! Moi chasseuse-cueilleuse, moi apporter venaison et lapin. Toi, homme médecine au foyer, toi faire gribouillis bizarre. Et surtout… toi t'occuper du petit déjeuner au lit ! »

Elle pianote sur la table.

« Ben justement ! Je me dirigeais vers le poêle quand j'ai enfin compris comment devrait finir ce livre ! Il fallait que j'agisse, je n'avais pas le choix ! Que je couche mes idées sur le papier avant… avant le café, les miettes sur les draps, nous deux nous léchant mutuellement les doigts et… »

Je fourre mon nez contre sa joue.

Ce livre doit forcément se terminer en idylle et en élégie. Les deux. L'idylle et l'élégie sont deux des facettes de la pastorale ; toutes les idylles sont assombries par le souvenir mélancolique (élégiaque) de ce que l'on a perdu *à jamais*, et toutes les élégies sont illuminées par la joie idyllique de ce que l'on a découvert et que l'on découvrira *toujours* chaque fois que ces chants seront interprétés.

Et tous vivront heureux à jamais.

Anna rigole :

« Les *Chants des terres inconnues* attendront que leur auteur, Guy Reynard Carter, poète affamé et sans le sou, ait payé le gîte et le couvert sous forme de petits déjeuners au lit et autres services rendus !

— À cause de toi, voilà que je me sens pingre et indigne, lui dis-je en posant mon stylo.

— Tu adores ça !

— Ah bon, vraiment ? »

Je pose un presse-papiers sur ma feuille.

Un concours de musique

« Alors dis-moi, petit crétin, il est au vieux Méli-Mélo, ce troupeau de moutons ? » lance Jack du Monocle à son ami Puck du Damier.

Puck lui fait le doigt du pédé, majeur de la main droite pointé vers le bas et l'avant :

« Pas du tout ! C'est Argon qui me les a confiés ! Et moi aussi je t'emmerde !

— Pauvres petits moutons ! Vraiment, quel manque de bol ! Tout ça parce qu'Argon court après Dame Narine, et qu'il panique à l'idée qu'elle puisse me préférer à lui… »

Jack se gratte la jambe. Nettement plus courte qu'un chiton de lin aux genoux, son exomis fixée à l'épaule gauche révèle ses cuisses jusqu'en haut. Visiblement, Jack veut faire de l'exercice, monter à cheval ou travailler dur. Il a aussi choisi de porter une chlamyde, sorte de manteau court, plutôt que le long himation. Un grand sourire aux lèvres, il continue à plaisanter, comme un petit coq sûr de son charme :

« Du coup, Argon se fait plumer ! Son commis agricole trait

bien tranquillement les brebis deux fois par heure au lieu d'une. Il vole le lait des agneaux ! »

« Vas-y, marre-toi, je m'en fous ! réplique Puck en haussant les épaules. Nous savons très bien tous les deux qui t'a [il lui fait un clin d'œil et mime l'acte sexuel] pendant que les boucs détournaient pudiquement le regard ! Et dans un sanctuaire, en plus ! Remarque, ces petites cochonnes de nymphes ont vachement apprécié ! »

Il y a quelque chose entre Jack et Puck, c'est évident. Ces répliques cinglantes au lance-pierres… Ils se taquinent, bien sûr ! Nous sommes les nymphes bitmites, et sur ces collines, Jack et Puck sont vraiment nos pâtres préférés !

« Ouais, comme la fois où elles m'ont vu saccager à coups de faucille les arbres et les vignes du verger de Micron ! se remémore Jack.

— Ou ici, près des hêtres, quand tu as cassé l'arc et les flèches de ce pauvre Défense ! T'étais vert de jalousie, mon pote ! Tu crevais d'envie de le reconquérir et t'en as bavé de voir un autre lui offrir tous ces beaux joujoux… »

« Hélas, que peuvent les fermiers contre les voleurs dans ton genre ? T'es bien pire que moi ! réplique Jack. Un jour, je t'ai vu guetter dans les haies l'une des chèvres de Démon ! Et puis, tu lui as sauté dessus, tu lui as tordu le cou et tu t'es barré avec, tout ça pendant que le chien t'aboyait hystériquement dessus ! Je me rappelle, dès que j'ai crié : "Ben ça alors ! Mais où il va, celui-là ? Triton, surveille le troupeau !", tu t'es caché dans les joncs et… »

Puck lui jette une pierre, mais Jack l'évite d'un bond sur le côté. L'une des chèvres secoue sa cloche et proteste en bêlant.

« J'avais battu Démon dans un concours de musique ! proteste Puck. J'avais gagné cette chèvre grâce à mon sublime jeu de flûte ! Ce gros radin débile a reconnu que la chèvre était à moi, tu le sais très bien ! Il a refusé de me payer et j'aurais dû le laisser s'en tirer comme ça ? Sûrement pas ! »

Jack renifle dédaigneusement et agite son bâton pour inciter ses chèvres à accélérer l'allure jusqu'au sommet de la colline. Ils sont en train de dépasser le troupeau de moutons dispersés et la vache à l'amble de Puck quand Jack lance à son ami :

« Ah bon ? T'as vaincu Démon dans un concours de musique, toi ? J'ai du mal à le croire ! Ça remonte à quand, d'abord, ta dernière flûte de Pan correcte ? Espèce d'abruti ! Tu préfères te planquer sur les chemins pour massacrer de mauvais airs avec une paille qui émet des sons discordants ! »

Il s'humecte les lèvres en distançant Puck de son pas nonchalant. Mains sur les hanches, ce dernier lui lance un regard furibond. *Là, tu vas trop loin ! Tu vas me le payer, espèce de connard !*

« C'est vraiment ce que tu crois ? Faisons un concours de musique, alors ! propose-t-il soudain à Jack. Jouons de la flûte à tour de rôle, toi et moi ! On verra ce qu'on verra ! Je te parie cette génisse que c'est moi le meilleur ! Et ne prends pas cet air dégoûté ! C'est une bonne bête, elle allaite deux veaux à la fois et vient deux fois par jour à la traite ! Alors ? Qu'est-ce que tu proposes, toi ? »

Deux coupes en hêtre

« Toi, tu fais comme tu veux, mais moi, je ne parie pas ce qui n'est pas à moi. J'ai un vieux père à la maison, figure-toi, et une vieille bique acariâtre en guise de marâtre, sans compter les vilaines sœurs, la pauvre veuve dont je suis seul à m'occuper, etc. Et crois-moi ou pas, mon père et ma belle-mère comptent chacun deux fois par jour le troupeau pour s'assurer qu'aucun chevreau ne s'est égaré… »

Puck cale ses mains sous ses aisselles et caquette en imitant la poule jusqu'à ce que son ami se taise.

« Bon, d'accord ! cède enfin Jack. Si tu tiens tant à jouer ce petit jeu… Ta vache n'a qu'à bien se tenir ! Je te parie deux coupes en hêtre que je suis meilleur musicien que toi, deux coupes ciselées sous le couteau du grand Alchimie Don, toutes deux ornées sur le tour d'un délicat motif de vigne, de grappes et de lierre ! »

Puck connaît bien les coupes en question. L'une d'elles contient le portrait gravé de Commun et l'autre celui de ce sage qui a cartographié le cycle des saisons en observant le ciel, permettant aux paysans de prévoir quand vient le moment de s'atteler à la charrue, puis celui de moissonner, et ainsi de suite… Comment s'appelle ce type, déjà ? L'Histoire, c'est vraiment pas le fort de Puck.

« Elles sont toutes neuves ! lui précise Jack. Elles n'ont jamais servi ! Je me les garde pour plus tard ! Je n'y ai même pas encore posé les lèvres ! Ça te va ? »

Puck hausse les épaules en agitant la main comme pour chasser une mouche :

« Alchimie Don m'a fabriqué les mêmes, nigaud ! Avec un motif d'acanthe douce sur les anses et au milieu le portrait d'Orphelin entraînant à sa suite une procession d'arbres ! »

Puis, imitant Jack :

« *Je n'ai pas encore bu avec ! Je les garde en réserve !* Et alors ? Qu'est-ce qu'on en a à foutre ? C'est minable, comparé à ma vache !

— J'ai comme qui dirait l'impression que tu vas t'en sortir comme ça cette fois-ci, le freluquet. Oh et puis non, pas aujourd'hui. Je te prends au mot, et toc ! Viens, une herbe tendre nous attend ! Tous les champs se font verts, les fruits mûrissent, les feuilles poussent sur les arbres, c'est la plus belle époque de l'année ! »

Il se laisse tomber au-dessus de Puck sur la pente herbue et s'appuie sur un bras, une jambe étendue, l'autre pliée. Puck regarde entre les cuisses de Jack, sous l'exomis qu'il a délibérément fixée très haut. Il est complètement accro à ce mec…

« Toi d'abord, abruti ! Nous chanterons à tour de rôle. Les

Muses adorent ça ! » lui lance ce coquin de Jack — qui pourrait tout aussi bien être à poil, se dit Puck.

Le concours

« À Dépicage d'abord, maître du monde, ô Muses… Il aime toutes choses, et se plaît à mes airs…, chante Puck.

— Apôtre, qui me chérit, me couvre de présents : des garçons rougissants et le doux Hyacinthe… », poursuit Jack.

Il titille une fleur du bout du doigt. Puck contemple la cité en contrebas et lui désigne une femme dans sa cour. Autour de sa taille, elle ceint un péplum de laine qui tombe jusqu'au sol, puis rassemble ses plis en une sorte de poche ventrale, et enfin drape sa tête et ses épaules d'une Epiblema.

« Tu la vois ? chante Puck, le doigt toujours pointé vers elle. M'attaquant d'une pomme, ô garce Galaxie… Elle court vers les saules, mais rêve de partager mon oreiller… »

Jack rejette ses propos d'un revers de main et lui montre un adolescent aux membres souples et déliés qui s'exerce dans le stade :

« Mais à moi vient s'offrir Menthe, mon amour effronté et doux… chante-t-il à son tour. Il mendie mes caresses comme les mendient mes chiens qui le connaissent désormais aussi bien que les esprits de ces vallons boisés ! »

Évidemment ! Jack ne peut pas résister à l'éclat du soleil sur la peau, se dit Puck.

Je chuchote : « *Divine Défense dans les dunes assoupies de l'aube, chatte mouchetée par le soleil et la poussière du point du jour, elle s'étire dans les rayons du printemps à la fenêtre, et elle bâille…* »

Anna miaule et se retourne dans son demi-sommeil. Puis marmonne quelque chose quand je lui ôte les cheveux qu'elle a dans les yeux. Couchée sur les draps blancs dans une cabane de chasse tellement spartiate qu'aucun rideau aux fenêtres n'empêche le soleil levant de colorer sa chair déjà constellée de taches de rousseur, elle est ma Muse, ma rose irlandaise, mon nœud celtique, un nœud trop difficile à démêler donc fascinant, un nœud aussi complexe que le tatouage qui lui recouvre le bras droit. Ce tatouage contient bien des secrets dont elle ne parle jamais, et il est plus obscur à mes yeux que tous les poèmes de Virgile.

« Peux-tu m'expliquer de quoi parlent tes *Chants des terres inconnues* ? En vingt mots maximum, s'il te plaît..., va-t-elle me dire si je lui demande ce qu'il signifie.

— Si j'en étais capable, je n'aurais pas passé ces dix dernières années à écrire ces foutus poèmes !

— Ben mon tatouage, c'est pareil : si j'étais capable de t'en expliquer le pourquoi et le comment, j'en porterais pas ! » réplique-t-elle en souriant.

Je suis du doigt cette encre intraduisible. Des grains de poussière dansent dans un rayon de soleil au-dessus de nous. Dans ma tête, Jack et Puck chevauchent des photons qui jouent aux autos tamponneuses.

« J'ai un cadeau tout prêt pour mon amour ! Je sais où les colombes font leurs nids aériens ! chante Puck.

— Et moi, alors ? Quelles joies ai-je envoyées au mien, quels biens ? J'ai pu choisir dix fruits sur un pommier des bois. Dix fruits d'or pour lui ! D'autres viendront demain... »

Il est couché dans l'herbe, les mains derrière la tête. *Qui dit mieux ?*

« Oh mais écoutez donc les tendres paroles que me susurre ma Galaxie ! Aux oreilles des dieux, brises, faites-en part ! »

Puck se jette dans l'herbe à son tour, les bras écartés comme pour implorer les brises. Jack roule sur le ventre, cale un poing sous son menton et observe le gymnaste en feignant l'affliction :

« Ô Menthe, tu m'aimes, je le sais ! Mais si tu chasses le sanglier loin de moi pendant que je veille aux filets, à quoi bon ? »

En attendant que la cafetière bouille sur le poêle, je jette quelques notes rapides sur les pages étalées sur la table, puis je retourne les pancakes et je décolle le bacon sur le gril, avec une fourchette. Je ressens un mélange diffus mais insistant d'inquiétude et de culpabilité ; je fais trop de choses à la fois, donc je les néglige toutes, probablement. Grésillement, rature, odeur de brûlé.

« Merde ! Putain de bordel de merde ! »

Dernier gribouillis rapide et je laisse tomber le stylo. Je garnis les deux assiettes de pancakes avec du bacon cramé, puis je me mets à gratter le brûlé irrécupérable au-dessus de l'égouttoir à côté de l'évier en ronchonnant des imprécations.

« Tu vas réveiller le moutard si tu continues à dire des gros mots ! »

Anna se tient sur le seuil de notre chambre ; j'ai réclamé mon caleçon pour faire la cuisine, alors elle a enfilé un blue-jean.

« Avec toi comme mère, les gros mots sont une berceuse pour le petit Joshua ! »

Je ramasse une des assiettes :

« Tu ne voulais pas que je te l'apporte au lit ? »

Elle se glisse à côté de moi et tire une chaise qui racle le sol.

« Pas la peine, je suis trop bien réveillée. »

Or et vert dans ses yeux, Jack et Puck étincellent quand elle prend le sirop d'érable et pourlèche ses babines déjà parfumées par les jurons.

Les jeunes pousses aiment l'ondée

« C'est mon anniversaire ! Envoie-moi ta petite amie ! chante Puck. Comment s'appelle-t-elle, déjà ? Lice, c'est bien cela ? Et lorsque j'offrirai un veau en sacrifice au blé, envoie-moi ton *moi* jaloux, s'il te plaît !

— J'adore ma Lice, il est vrai. Mais moi, *jaloux* ? Lice pleura mon départ sans cesser de me dire : “Adieu, mon bel ami, adieu et au revoir !” »

Jack essuie ses larmes imaginaires.

Puck, une moue aux lèvres :

« Tu veux un vrai chagrin ? Le bétail craint le loup, le blé mûr craint l’ondée, l’arbre redoute la bise, mais moi, je ne crains que l’ire de mon Moral !

— Tu veux une vraie joie ? La chèvre aime la tonnelle du saule, ses chevreaux aiment l’arbousier, les jeunes pousses aiment l’ondée… Mais mon Menthe me donne des joies plus grandes encore ! »

Éclair

Lapin, le doudou en chiffon de Joshua, fait des bonds au rythme de son énumération :

« Un éléphant, deux éléph…

Coup de tonnerre.

En entendant le tonnerre résonner si vite après l’éclair, Joshua se tourne vers moi, les yeux écarquillés ; ses sourcils ont disparu sous sa touffe de cheveux roux. Il se penche à la fenêtre, essuie la buée d’un poing frénétique et presse son petit nez contre la vitre balayée par la pluie. Il attend fiévreusement d’autres scintillements, d’autres grondements.

« Lapin et moi, nous comptons le temps entre les éclairs. Passque comme ça, on sait si l’orage il est loin, me dit-il du ton qu’il réserve aux Choses importantes.

— Ah bon ? C’est vrai ? dis-je. Alors deux éléphants, c’est près ?

— *Un et demi*, me corrige-t-il. Oui, c’est vraiment *vraiment* près, je crois ! »

Il fait sauter Lapin sur le rebord de la fenêtre.

« Hop hop hop ! Lapin aime les éclairs ! Il a pas peur ! »

Éclair.

« Un éléphant… »

Coup de tonnerre.

Le *Ouah* de Joshua s'épanouit comme seul peut le faire un *Ouah* d'enfant.

Puck hoche la tête en observant un discobole au pied de la colline :

« Mon Pouilleux goûte fort ma musique champêtre. Ô vierges de Pyre, récompensez-le d'une génisse !

— *Mon* Pouilleux goûte tout autant la musique *nouvelle* ! C'est un fort taureau qu'il lui faut, cornu, grattant le sable ! »

Puck pousse un soupir et tend emphatiquement la main vers l'athlète qui recule puis tourne sur lui-même. Il finit par lâcher le disque, qui s'élève dans les airs. Puck met ses mains en porte-voix et crie :

« Que ceux qui t'aiment vraiment, Pouilleux, soient heureux comme toi ! Que pour eux le miel flue, que les ronces épineuses leur offrent l'épice d'Assyrie ! »

Tout en bas, le lanceur de disque met sa main en visière, les yeux levés vers eux.

« Et pourquoi pas dresser les renards et traire les boucs, tant que tu y es ! s'écrie Jack à son tour. Seuls ceux qui aiment la chanson des ruches aiment tes chants, espèce de libellule ronflante ! Ils sont ton seul espoir ! »

Je prends mon mug de thé et me dirige tranquillement vers la porte ouverte. En cet instant, je réfléchis à la façon dont je vais réécrire cette partie de la troisième Bucolique, un échange truffé d'allusions aux pairs de Virgile — Pollion, Bavius, Mévius — qui ne signifient rien dans un contexte moderne. Je ne fais jamais de traduction littérale. Le texte original me fournit l'architecture, la substructure de mon travail. Je m'en sers comme d'une semence d'où germeront peut-être d'étranges pousses. Certaines subtilités peuvent disparaître au cours de ce processus, mais je n'y vois rien de gênant. Le texte original est le terreau palimpseste d'un arbuste ployant sous des idées à la croissance capricieuse.

Dehors, l'air résonne du martèlement de la pluie qui fouette les feuilles et les buissons et frappe ensuite la boue, le gravier, le toit de la cabane, la carrosserie de la voiture. C'est une journée sombre, chargée de nuages, mais le temps n'est ni lourd ni humide. Rien à voir avec un orage d'été ; c'est une averse de printemps. Debout sous l'auvent, Anna fume une cigarette en chassant de la main un éphémère qui bourdonne à son oreille.

Il y a une vieille ruche dans les arbres.

Le bourdonnement plaintif qui en émane m'évoque le chant d'un Puck du temps des fées : tout un couplet qui tient en une milliseconde.

Vous qui cherchez des fleurs

Puck s'écrie :

« Hé, vous qui cherchez des fleurs et les premières fraises ! »

Il prend Jack par l'épaule et le montre du doigt :

« Fuyez, enfants ! Dans l'herbe, un froid serpent se cache ! Prenez vos jambes à votre cou ! »

Jack le repousse, lui fait une prise au cou et plaque sa main sur la bouche du jeune homme :

« Vous, là-bas ! Les moutons ! La rive n'est pas sûre ! Ne vous dispersez pas ! Le bélier sèche encore son humide toison [il frotte ses phalanges sur le crâne de Puck]. Vous voyez ? Il est tout mouillé derrière les oreilles ! Ouille ! »

Jack écarte sa main des dents agiles et pointues.

« Triton, éloigne donc tes chèvres de ce fleuve. Je les laverai toutes à l'eau de la source… quand il le faudra ! chante Puck.

— Rendez-moi vos brebis, les gars ! Si ce fils vole de nouveau leur lait, nous les trairions en vain toute la journée ! » réplique Jack en pinçant l'un des mamelons de son ami. Puck pousse un glapissement.

Je l'interroge sur le père de Joshua.

Emmitouflés dans une couverture en patchwork, nous sommes assis devant le feu, Anna et moi. C'est le soir, et Joshua est au lit. Anna vient de me couper la parole, sûrement parce que je radote. Je lui parlais du costume d'Arlequin, de ces petits bouts de tissu cousus ensemble avec toutes les histoires et les identités qui y sont rattachées, exactement comme pour notre couverture chiffonnée dont les plis se frottent les uns aux autres comme les deux amants qu'elle abrite, tous nus comme à l'origine du m…

« Tu sais, c'est toujours la femme qu'on accuse de luxure, c'est toujours elle qu'on châtie parce qu'elle a aimé un peu trop », vient de me dire Anna.

Je lui demande si elle fait allusion à son passé et au fait que Joshua est un enfant illégitime… Quoique bon, ça n'a plus vraiment d'importance à notre époque, pas dans les grandes villes en tout cas. Dans les petites bourgades, peut-être, mais pas en ville. Ici non plus, d'ailleurs, puisque nous sommes tout seuls, avec l'enfant précieux, le fils merveilleux fruit de son soi-disant péché.

Elle ne parle pas beaucoup de son passé, mais je sais que c'était une petite sauvageonne et que sa famille a fini par la renier. Et qu'elle a fait le trottoir un moment.

« Le péché, c'est le serpent caché dans l'herbe de toutes les religions modernes, lui dis-je. Les païens considéraient la prostitution comme un rituel sacré ! Dans l'Antiquité, à Sumer, tu aurais été prêtresse ! »

Elle éclate de rire :

« Tu ramènes toujours tout à Sumer, on dirait ! »

Je hausse les épaules en promenant deux doigts sur le paysage du patchwork, comme un géant arpentant les carrés verts, jaunes et bruns des champs et des prairies où Puck et Jack se prélassent et chantent l'un contre l'autre, ou l'un pour l'autre, c'est selon. Le géant escalade la montagne de nos corps, direction la douce poitrine de cette femme trop vaste à l'échelle de mon imagination pour n'être qu'une mère et une pute.

Puck : « Hélas ! Même entouré par un festin de vesces, qu'il est maigre, mon ténébreux taureau ! [Coup de coude dans les côtes de Jack. Le même mal d'amour creuse pâtre et troupeau ! »

Jack : « Mais c'est un mal bien pire que l'amour qui réduit à leurs os mes tendres agneaux ! Je ne sais quel mauvais œil, quelle malédiction les épuise lentement ! »

Ça t'apprendra à piquer une chèvre, se dit Puck. Il soupire. Jack n'est pas près de lâcher le morceau

Puck : « Très bien ! Nous serons quittes et tu seras mon Apôtre si tu réponds à cette question : dis-moi en quel lieu tout le ciel n'a pas plus de trois mètres ?

— Et toi, si tu peux répondre à *ceci*, je te laisserai tranquille. Dis-moi la région où sur les fleurs se lisent les noms des rois et je te céderai Lice sans faire d'histoires ! »

« Tu seras un guide pour elle, mon gars, j'en suis sûr », m'a dit Don devant un verre de whisky la nuit où nous avons dormi chez lui. Anna était en train de coucher Joshua dans la chambre d'amis.

« Mais je te préviens, si c'est pas le cas, t'auras affaire à moi ! T'as compris ? »

Il m'a souri en disant ça — l'aboiement du vieux bonhomme chenu est pire que sa morsure — et j'ai compris qu'il tenait vraiment à sa pseudo… quoi ? Nièce ? Sœur ? Fille ? Dieu seul sait ce qu'Anna et Don sont l'un pour l'autre, mais, en tout cas, ils se connaissent depuis longtemps : Joshua appelle le vieil homme « Tonton Don ».

« J'aime Anna », ai-je répliqué.

Je ne le lui avais même pas encore avoué à elle.

Il m'a souri. Je crois comprendre qu'il l'a sauvée du trottoir. Cette jeune Irlandaise et ce vieil Écossais ont dû se découvrir une sorte de parenté celtique insensée, loin de chez eux dans la

Grosse Pomme. Tous deux y ont appris à la dure que les rues des grandes villes qui font tant rêver quand on les voit de loin ne sont pas toujours pavées d'or. Peut-être est-ce cette expérience commune qui les a réunis. Cette nuit-là, je n'avais pas encore remercié Don d'avoir sauvé Anna d'elle-même, et je n'avais pas encore avoué à Anna l'amour que j'éprouvais pour elle.

Mais depuis, je l'ai fait.

Dans les mois qui ont suivi la nuit chez Don, je l'ai dit à Anna dans un petit bar de l'East Village. Je lui ai dit que pendant cette année passée ensemble, j'étais revenu à la vie, à la fois comme personne et comme écrivain ; je lui ai expliqué que son histoire et celle de Thomas, du moins les petites bribes qui m'en étaient parvenues, avaient enfin donné leur cohérence aux Chants, en avaient fait un tout, exactement comme elle, Anna, l'avait fait avec moi.

« Tu trouves ça horrible ? Je ne voudrais surtout pas que tu te dises que… que je me sers de toi, que je suis bassement… matérialiste. »

Elle a glissé sa main dans la mienne, phalanges et ongles caressants.

« Nous sommes tous bassement matérialistes, a-t-elle répliqué. Parce que nous sommes tous composés de *matière*, tu sais. »

Et mon Jack a bondi de l'une de mes articulations sur le poignet d'Anna, où il a effectué la plus élégante des révérences pour son Thomas, son Puck.

Entre les noisetiers et les ormes

Jack se lève et se penche au-dessus de Puck, mains sur les hanches :

« Ah, Puck, puisque nous formons un si beau couple, toi avec ton pipeau et moi avec mes lèvres, pourquoi ne pas s'asseoir… Où donc ? Là-bas, entre les noisetiers et les ormes ? »

Allongé sur le ventre, les poings sous le menton, le dos cambré, Puck regarde fixement son ami. Soudain, il roule sur le dos, mains derrière la tête.

« Jack, tu es mon aîné, et je dois t'obéir, j'imagine. L'âge avant la beauté. Où veux-tu aller, alors ? Là-bas, sous les ombres agitées par les vents ? Ou dans cette caverne ? Observe la vigne qui la voile de ses grappes sauvages ! »

Jack l'aide à se relever :

« Je veux bien l'admettre. Sur nos collines, seul Menthe peut te défier au chant ! »

Puck retire sa main. *Toi et ton putain de Menthe !*

« Ouais, mais ce mec pense qu'il peut battre n'importe qui au chant, même Apôtre ! » ricane-t-il.

« Ce matin un lapin a tué un chasseur ! »

Joshua chante sa chanson préférée. Nous grimpons péniblement un sentier. Ses cheveux fourrés sous une casquette, Anna ouvre la marche et moi je la suis, Joshua sur les épaules. Ma chasseresse chaussée de bottes de randonnée est vêtue d'une veste de chasse doublée de Kevlar, d'une chemise à carreaux rouges et d'un jean. Je porte à peu près la même chose, tout comme Joshua — qui fait sauter Lapin sur mon crâne — mais seule Anna est équipée d'un fusil.

« Il y a plein d'ours dans ces bois, tu sais », m'a-t-elle expliqué tout à l'heure en ajustant les sangles de ma veste. J'avais l'impression d'être aussi son enfant. Elle venait d'harnacher Joshua exactement de la même façon, dans la version miniature du même équipement.

« Je n'aime pas les armes à feu, tu le sais, pourtant ! lui ai-je fait remarqué.

— Espèce de hippie !

— Espèce de nazie ! »

Elle a déposé un baiser sur ma joue, puis m'a donné une tape sur l'épaule — *T'es prêt.*

« Pourtant ça ne te gêne pas de manger du cerf !

— Ne m'embrouille pas avec ta logique.

— C'est pour notre sécurité, c'est tout ! Même chose pour les vestes. Si quelqu'un se balade dehors… Il vaut mieux prendre toutes les précautions nécessaires. »

« C'était un lapin qui, c'était un lapin qui… », chante joyeusement Joshua, complètement inconscient des dangers que peuvent lui faire courir les animaux sauvages et les chasseurs qui mettent trop de bières dans leurs glacières.

Je me joins à lui : « … c'était un lapin qui avait un fusil ! »

Anna me jette un regard consterné par-dessus son épaule. C'est moi qui ai appris cette chanson au gamin, évidemment.

« Toi d'abord, ô Puck. Alors, qu'est-ce que t'as en réserve ? Des péans passionnés pour notre douce Lice ? Des louanges pour Halogène ? Des chants de mépris pour Coder ? Vas-y, accouche ! »

Puck regarde les troupeaux qui redescendent la colline, mais Jack lui lance un grand sourire et repart vers le sommet.

« T'en fais pas, Triton surveille les chevreaux ! Je t'écoute.

— Ces vieilles merdes ne m'intéressent pas. Je viens d'écrire de nouvelles chansons sur l'écorce d'un hêtre vert… J'ai même noté la mélodie entre les lignes, t'as vu ? Celles-ci, elles sont pour toi. Ce sont mes meilleures ! »

Il s'adosse à un arbre :

« Quand tu les auras entendues, on va voir si tu parieras encore sur Menthe si ce sodomite a l'audace de contester mon talent ! »

Jack éclate de rire, mains levées — *On se calme, mec !* — puis chantonne :

« Si c'est vraiment ce que tu veux savoir, tout comme l'osier flexible s'incline devant les oliveraies grises, tout comme le faible parfum du roseau recule devant la fragrance des roses rouges, Menthe ne peut que s'incliner devant toi. »

Il fait moins le fier, tout d'un coup. Il semble presque timide à l'approche de Puck.

« Attends. N'allons pas plus loin, petite garce. Nous voici arrivés à la grotte.

« On y est », nous dit Anna.

Je la rejoins en haut de la pente rocheuse peu escarpée. Je tiens fermement Joshua par la main. Pour ne pas risquer la chute, il marche côté paroi, sous la saillie. Je me baisse pour contourner l'affleurement dans les pas d'Anna et j'émerge sur une vaste corniche plate. Sous mes yeux se déploient une vallée et des collines qui semblent se succéder à l'infini. C'est… Majestueux me semble le seul mot qui convienne. Érodées par les glaciations dans un lointain passé, pour la plupart enveloppées d'une couverture végétale bien drue, ces éminences arrondies me font penser à des tumuli géants qui confèrent à cette terre l'apparence d'un gigantesque cimetière des dieux, d'une illusion d'Élysée.

« Tu verrais ta tête, tu es bouche bée ! Allez, viens ! me dit Anna en prenant ma main libre. Je veux te montrer quelque chose. Tu vas adorer. »

Nous faisons demi-tour et elle me conduit à un endroit où la corniche de granit est surplombée par un rocher imposant qui ramène notre perchoir aux proportions d'une petite entaille. Anna me désigne quelque chose juste au-dessus de nos têtes, un emplacement accessible mais difficile à atteindre tout de même. J'aperçois sur la pierre grise de vagues marques à l'ocre, des dessins simplistes, des caricatures primitives, un peu comme quand Joshua barbouille ses feuilles à grands coups de pinceau. L'une de ces figures représente un ours, visiblement, et une autre un cerf. Beaucoup d'entre elles semblent sorties tout droit d'une imagination délirante.

« Veux voir, râle Joshua. Veux *voir* ! »

Je le soulève par les aisselles. Doigts écartés, il veut superposer sa main à l'un de ces contours, mais je le tiens assez loin de la paroi pour qu'il ne puisse pas la toucher. Ces trésors de la préhistoire sont très fragiles et, si je mets en garde Joshua, je vais gâcher son émerveillement.

Derrière moi, Anna me regarde, un grand sourire aux lèvres.
« Merci », lui dis-je.

L'arbre s'orne de vignes

« Ô deuil cruel ! chante Puck. Lorsque Défense est mort, les nymphes le pleurèrent, comme en furent témoins noisetiers et rivières qui ne le nieront pas. Elles le pleuraient encore lorsque, étreignant le corps de son enfant inerte, sa pauvre mère en appela aux dieux et aux étoiles ! Hélas, les cieux ne lui montrèrent aucune compassion. »

Puck contemple la vallée tout en bas, avec la cité, une autre cité plus loin à l'ouest, et encore plus loin, là où va se coucher le soleil, une troisième. Il souffle doucement dans son pipeau, une unique note, longue et plaintive.

« Nul en ces jours ne mena vers l'eau fraîche les bêtes venant de paître ! Même les animaux sauvages refusèrent de goûter les ruisseaux et ne touchèrent l'herbe des prés que du bout des sabots ! Ô Défense ! Les collines sauvages et les bois se souviennent de toi, et appellent, appellent encore, en écho aux rugissements de chagrin des lions d'Afrique à ton trépas ! Car c'est toi, oui c'est toi, ô Défense, qui nous a appris à atteler au char les tigres arméniens, à entraîner les noceurs d'Iacchus dans sa danse, à parer de feuillage et de pampre nos thyrses !

« L'arbre s'orne de vignes, et la vigne de grappes, le troupeau de taureaux, les champs de leurs épis… toi, ô Défense, tu fis l'orgueil de tes parents et de tes amis. Et puisque les Parques t'ont ravi à nous, Palace et Apôtre eux-mêmes nous ont quittés, abandonnant les bois à la tristesse ! »

Puck porte à nouveau le pipeau à ses lèvres et émet une rafale de notes qui s'élancent et entrent en collision, cœurs palpitant au bout de ses doigts, lèvres qui se pincent comme pour un baiser.

« Et la funeste ivraie avec la folle avoine, plantes stériles ne donnant aucun fruit, envahirent nos champs dont l'orge était si belle ! Où l'on voyait fleurir narcisse et violette, la ronce et le chardon prodiguent leurs épines ! »

Il sent la main de Jack se poser sur sa nuque.

« Alors jonchez la terre de feuilles et abritez vos sources du soleil, ô bergers ! reprend Puck. Nous devons honorer la mémoire de Défense ! Elle exige ce tribut. Élevons un tombeau de terre et gravons-y ces vers ! »

Il se tourne vers Jack, plonge le regard dans ces yeux étincelants :

« Je fus Défense le forestier, illustre ici-bas, dans les bois verts, et illustre aux cieux. Berger d'un beau troupeau, j'étais plus bel encore. »

Un bon somme dans l'herbe

« Poésie céleste, Puck, tel est ton chant à mes oreilles ! Aussi doux qu'un bon somme dans l'herbe quand l'âme est trop fatiguée pour rêver, aussi doux que l'eau d'un ruisseau miroitant offerte à ma soif dans la chaleur de midi ! Par la flûte comme par la voix, même comparé à Menthe, ton maître, tu excelles. »

Jack effleure le cou et l'épaule de Puck, puis glisse la main sous son exomis. Tendre caresse sur la peau.

« Ma joie, mon bel enfant, tu marches sur ses traces ! »

« Mais quel trouillard tu fais ! s'exclame Anna.

— L'escalade, c'est pas mon truc, point. J'ai toujours envie de sauter, tu comprends ? Attention, je ne suis pas suicidaire, loin de là, mais l'altitude fait ressortir ce qu'il y a de pire en moi. C'est le vertige, je suppose. En tout cas, je n'ai pas envie de tenter le diable…

— Oh, tu fais chier, Guy ! »

Anna se tient au bord de la corniche, avec dans son dos les courbes veloutées des collines. Pendant une seconde, quand elle tourne la tête pour contempler la vallée, j'ai l'impression que la visière de sa casquette est un bec et elle un grand rapace dans son aire. Mon imagination me joue parfois des tours… Comme quand je vois les tranches de rigolade que se paye Lapin entre les mains énergiques de Joshua et que je me demande comment le filou des fables animalières peut ressurgir tel quel dans l'esprit d'un enfant qui ne sait quasiment rien de la mythologie et du folklore. Ou quand je me tiens au bord d'une falaise et que je ressens cette envie irrépressible de découvrir ce que ça ferait de sauter.

Anna me tend la main :

« Allez, viens ! Le bord est encore loin ! »

Je m'assure que Joshua joue toujours en sécurité sous la saillie ; Lapin explore les parages dans la main du petit garçon. Je fais un pas vers Anna.

« T'es complètement folle !

— Plus maintenant, réplique-t-elle. Ou alors, folle de toi. »

« Maintenant, à mon tour de te chanter mes chansons… Je ferai de mon mieux, à ma façon, pour toi. À mon tour de porter aux astres ton Défense ! Si je le peux, je l'installerai dans le ciel, car moi aussi, il m'a aimé. »

Jack fourre son nez derrière l'oreille de Puck, glisse sa main sur la taille du jeune homme, lui caresse le ventre.

« Rien ne peut être aussi désirable à mes yeux ! s'exclame Puck. Ce garçon mérite bien d'être exalté par toi : Estomac m'a déjà chanté tes louanges haut et fort — ou loué tes chansons, devrais-je dire !

— C'est bien lui, ça. »

« Regarde », me dit-elle.

Un papillon se pose sur une fleur qui pousse dans une fissure au bord de la corniche. Ses ailes bariolées (du bleu, du vert, du rouge) brassent lentement l'air.

« Ça alors ! On trouve des papillons à cette altitude ? »

Je suis stupéfait.

« Nous ne sommes pas très haut, tu sais ! » me lance-t-elle d'un ton un peu railleur, amusé. Elle me trouve ridicule, évidemment. Ce dénivelé jusqu'aux arbres en contrebas, il fait quoi ? Cinq mètres tout au plus ? Et ce n'est pas parce que la pente boisée descend à pic vers la vallée très loin sous nos pieds ou parce que j'ai l'impression d'être sur le toit du monde, ce n'est pas parce que je n'ai pas vraiment l'habitude de la nature dans ce qu'elle a de plus grandiose, de plus sublime, bref ce n'est pas parce que j'ai la trouille que cet endroit est forcément dangereux.

Anna glisse un bras autour de ma taille :

« Ne t'inquiète pas, je ne vais pas te laisser tomber.

— C'est très gentil de ta part. Dans tes bras, je n'ai peur de rien ! »

Elle éclate rire, et secoue la tête devant mon air étonné :

« Pardon… C'est tous ces trucs sur les rôles sexuels… Tu ne trouves pas ça un peu ironique ? »

Elle redevient sérieuse.

« J'ai quelque chose à t'offrir… si tu acceptes. »

Elle presse dans ma main un petit anneau métallique que je prends sans un mot, sans une hésitation. Je le glisse à mon doigt en hochant la tête, avec un grand sourire, en regardant ce papillon qui ne devrait pas être là, pas en cette saison, pas au printemps. L'année n'est sûrement pas assez avancée. C'est sûrement impossible.

Le papillon s'éloigne en voletant, Jack et Puck sur le dos. Il retourne au *jamais* dont il vient.

Défense aux portes du Paradis

« Défense aux portes du Paradis ! Il se tient là, émerveillé, ravi, revêtu d'une gloire nouvelle, sous le soleil ! chante Jack. Il contemple sous ses pieds les astres et les nues dans le ciel azur, et devant lui, la pierre jamais foulée! Pour lui se réjouissent bois et forêts, bosquets et clairières, bergers, vierges aux yeux secs et le dieu Pin lui-même.»

Jack s'éloigne soudain de Puck, qui se retourne et le voit plonger dans la grotte. Il en ressort aussi vite, toujours en chantant. Il pose par terre un paquet emballé dans du tissu en psalmodiant:

«Le filet ne guette plus le cerf, le loup sous la toison ne guette plus le bétail… car le doux Défense aime la paix. Les monts vénérables sont si gais, un royal chahut s'élève vers les cieux! Oui, le roc lui-même et les bois, tout sonne d'une seule voix!»

Il ouvre le paquet. Deux coupes en hêtre, un flacon d'huile d'olive, du pain, une amphore de vin.

«Ils crient: "Un dieu! C'est un dieu!"»

Puck lève un doigt rieur, se précipite vers un buisson tout proche, et revient lui aussi avec un ballot dont il met au jour le trésor: deux autres coupes, une bouteille de lait chapardé, encore du pain, encore du vin… Sa conception des plaisirs simples.

Ils ont tous les deux la même idée en tête, on dirait.

«Accorde-nous ta gentillesse et tes dons, Défense! reprend Jack. Tu vois ces quatre autels? Tu les vois? Deux d'entre eux te reviennent, et les autres à Apôtre! Chaque année, Puck et moi, nous grimperons ici et sur tes autels nous t'offrirons deux coupes d'un lait fumant et deux cratères d'huile.»

Jack prend le vin et en verse un peu dans l'une de ses coupes, qu'il tend à Puck. Il ramasse l'autre coupe, se sert à son tour, sent la main de Puck sur la sienne. Le jeune homme ôte avec les dents le bouchon de son flacon de vin et remplit à ras bord l'une de ses coupes pour Jack, comme une offrande toute simple, une libation, le respect sincère et dévoué des amants l'un pour l'autre.

«Devant le feu l'hiver, sous l'ombrage l'été au temps de la moisson, rieurs, nous arroserons notre festin de vin.»

Ils portent les coupes à leurs lèvres et boivent à petites gorgées, leurs regards verrouillés l'un à l'autre.

« Je remplirai nos chopes du nectar frais de Chianti, et je ferai chanter ce crétin d'Argon ! Ce vieil emmerdeur dansera comme un satyre fringant ! Mon amour, mon nid de colombes, ceci t'appartient pour toujours, comme les vœux coutumiers aux nymphes, comme les hymnes qui consacrent nos terres ! Aussi longtemps que le sanglier hantera la montagne, aussi longtemps que le poisson bondira dans le fleuve, aussi longtemps que les abeilles aimeront le thym et les sauterelles la rosée, ton honneur, ta dignité et ton nom vivront dans ces collines ! »

Jack repose sa coupe sur le tissu et arrache un bout de pain qu'il plonge dans le vin et glisse entre les lèvres de Puck.

« Comme au dieu du vin, comme à la déesse du grain, nous autres, bergers des champs, te porterons les vœux par lesquels tu nous lies. »

Jamais rien entendu d'aussi doux

Puck :

« Quels dons, pour un tel chant, pourrais-je bien t'offrir ? Je n'ai jamais rien entendu d'aussi doux, Jack ! Ni le vent naissant qui souffle du midi, ni la rumeur des vagues sur le rivage, ni le bruit des ruisseaux dévalant les vallons rocheux, rien ne m'enchante davantage… »

Puck cherche ses mots, puis renonce. Il ramasse les coupes, la bouteille de vin entamée et les restes du festin qu'il a emballés dans l'un des bouts de tissu. Il met le tout de côté, puis se glisse sur l'herbe tout contre Jack, dont il commence à flatter la cuisse pendant que son ami déboucle sa ceinture et retrousse son exomis, lui mettant le cul à l'air. Puck retire sa tunique… le voici complètement nu. Jack lui caresse la poitrine.

« Laisse-moi d'abord t'offrir cette appétissante tige de ciguë, déclare-t-il avec un sourire espiègle. À toi de le garder, le pipeau qui chanta : "Accordéon brûlait de désir pour le bel Élixir"… et aussi : "Le vieux Méli-Mélo dompte ainsi ses moutons"… »

Puck éclate de rire et accepte l'offrande. Il fait courir ses doigts de la racine à l'extrémité de la tige, puis affermit sa prise et repart vers la racine pour découvrir le gland.

« Et toi, prends cette charmante houlette, ce bâton de berger. N'est-il pas merveilleux, avec les clous d'airain qui décorent sa hampe ? » susurre Puck

Jack secoue la tête — *Mais quelle petite salope, celui-là !* — mais Puck se rallonge dans l'herbe et attire Jack au-dessus de lui. Maintenant, tous deux se font face. Jack s'est glissé entre les jambes de Puck, qui se crispe au premier contact. Tous ses muscles se tendent en lui, il s'humecte les lèvres… Jack jette un coup d'œil au membre dressé et remue des hanches.

« Antagoniste l'a convoitée bien des fois, ma fière crosse de berger, allant jusqu'à quémander un simple contact avec elle. Ce type te plairait sûrement, Jack, mais il n'a rien obtenu de moi. Oh ! Jack, mon Jack, tout est pour toi… »

Arrêtons-nous ici, car c'est ainsi que se termine cette Bucolique de Virgile. Le texte original n'est pas aussi explicite dans ses délices sensuels, mais je ne pense pas avoir trop desservi le vieux poète. D'accord, un million de latinistes vont me soutenir que ce poème de Virgile ne parle que de sentiments purs et platoniques, mais en toute honnêteté, il m'est difficile de lire ces pastorales sans y percevoir les non-dits, sans lire entre les lignes les chuchotis musicaux qui les traversent. Et puis Corydon qui brûle de désir pour le bel Alexis, voilà qui ne laisse aucune place à l'ambiguïté.

« Thomas aurait adoré ça. Tu n'as aucune pudeur, exactement comme lui », me fait remarquer Anna.

Je viens de terminer mon épilogue, et elle le lit sur la table.

« Tu veux savoir ce que j'en pense, de la honte et du péché, Anna ? » J'écarte ces notions d'un revers de la main.

Comme dirait Jack, s'il existe ou a existé ailleurs que dans mon imagination et partout où je pose le regard, à califourchon sur les étincelles dans la cheminée, assis au bord d'un verre de vin les jambes pendant dans le vide, escaladant un brin d'herbe pour y cueillir la rosée la plus pure et la rapporter à Puck qui l'attend tout en bas, comme dirait Jack, donc :

« Rien à foutre ! »

Un rayon de soleil et une bouteille de vin

Joshua tient-il davantage de Jack ou de Puck ? Je n'en sais rien. Je crois déceler un peu de ces deux êtres en lui. Quand il fonce dans une pièce en faisant l'avion mitrailleur (« Vrououououououm ta-ta-ta-ta-ta ! »), je perçois en lui des éclairs de *ça* (l'impétuosité, l'imagination), mais dans ses grands yeux, ses ruades, quand il plaide l'innocence les mains derrière le dos parce qu'il a dessiné sur mes notes, je sens aussi chez lui l'influence du *moi*. Je lui trouve également : comme sa mère quand on la tire de force d'une bagarre, comme Anna devant l'injustice du monde, une rage de chat sauvage piégé ; comme son oncle Don qui gère bien mieux que moi la mauvaise humeur d'Anna, une sévérité inflexible, la saillie d'une mâchoire résolue, les bras croisés pour bien nous montrer qu'il n'est pas d'accord quand on lui dit d'aller au lit ; comme mon double solennel, comme mon reflet dans le miroir quand je cherche à comprendre un passage énigmatique en latin et qu'il cherche à comprendre son livre de lecture, les coudes sur la table et les poings sous le menton ; et l'air vaguement boudeur et maussade, et la fureur glacée précédant invariablement ses accès de colère ; et la sentimentalité affichée et bravache — la maturité, presque — qui transpire de lui quand il prend la main de sa mère comme pour lui dire : *Ne t'en fais pas, bientôt ça ira mieux, crois-moi…*

Et tout ira bien. J'ai intérêt à ce que tout se passe bien, sinon je vais devoir m'expliquer avec Don.

« Vous n'avez rien oublié ? nous demande Anna.

— Non ! » répondons-nous en chœur tous les deux.

Elle regarde son fils :

« Tu as Lapin ?

— Oui, maman ! »

Elle se tourne vers moi :

« Tu as pris tous tes textes ?

— Oui, maman ! »

Je claque un baiser sur la joue, je hisse le sac à dos dans le coffre de la voiture et je lance un dernier regard à la cabane. Ce n'est pas vrai, bien sûr ; je n'emporte pas tout. Jack et Puck flemmardent sur le toit. Ils ont grandi, ils sont aussi grands que nous maintenant, mais ils ont des cornes et des ailes. Bleues, vertes, iridescentes, celles de Puck chatoient comme la queue d'un paon, comme le pétrole ou l'encre sur l'eau ; celles de Jack sont dorées, jaunes et rouges, façon phœnix, j'imagine. Jack porte un bermuda — *Hé, les mecs, un peu de décence, il y a des mioches ici*, les ai-je avertis tous deux quand ils sont apparus ce matin pour assister à notre départ — et Puck un short en jean coupé si haut que c'en est un véritable attentat à la pudeur, sans même parler de sa braguette déboutonnée. Il passe sa bouteille de vin à Jack en s'essuyant les lèvres.

Je vais les laisser ici. Ils appartiennent à ce lieu bien plus qu'aux pages d'un livre. Si vous voulez mon avis, aucun bouquin, aussi grandiose et audacieux qu'il soit, ne peut égaler l'idylle d'un rayon de soleil et d'une bouteille de vin.

Ni t'égaler toi, ajoute Puck à l'oreille de Jack.

« Après la mort de Thomas, j'ai complètement déraillé. Et je crois que j'ai été folle un moment. J'avais l'impression d'être quatre ou cinq personnes à la fois, et peut-être plus. Quand on est dans cet état-là, on ne passe pas forcément par des *étapes*.

Du moins pas moi. Ce putain de choc initial, et ensuite le déni, et ensuite la colère et toutes ces conneries, moi, je me suis tout pris dans la tronche en même temps. Putain, je brûlais de rage, et j'étais aussi glacée qu'un cadavre ! J'ai picolé, j'ai été pute et incendiaire, et Dieu sait quoi encore. Je crois que ce qui m'a tirée d'affaire, c'est que tout au fond de moi, il y avait une petite lumière qui me disait : *Rien à branler, de toutes ces conneries !* Ce serait un sacré gâchis si la mort ne nous faisait pas comprendre combien cette putain de vie est précieuse, hein ? Le reste, qu'est-ce qu'on s'en branle ! Ouais, je sais, c'est un peu cliché, ce que je te raconte…

— Toutes les vérités importantes sont des clichés », lui dis-je.

C'est notre dernière nuit dans la cabane. Nous sommes au lit, lumière allumée, bien calés contre nos oreillers. Anna tient une photo de Thomas déguisé pour une fête costumée. Fausses cornes sur la tête, il porte un tutu sur son jean coupé, une veste de costume, une chemise et une cravate fine, des ailes roses à paillettes du genre qu'on offre aux gamines de huit ans et un feutre coincé entre les cornes selon un angle improbable. Il a un pistolet en plastique à la main. Robin le Gangster, m'explique-t-elle. Le Parrain chez les fées.

Au-dessus de nous, la lumière tremblote à travers l'arche des branches, la canopée trouée. Nous suivons en voiture la route sinueuse qui relie la Petite Suisse à la vallée. Je vois Jack et Puck bondir de feuille en feuille, je les vois sur leurs cavales blanches, reflets et scintillements du soleil pommelé. Ils se maintiennent à la même allure que nous tout en ayant l'air de faire la course l'un contre l'autre. En fait, ils ne se déplacent pas vraiment par bonds… Il serait plus juste de dire qu'ils sont déjà sur la feuille d'après quand nous l'atteignons, puis sur celle d'après, puis sur celle d'après, et ainsi de suite. Comme les images sur une bobine, les mouvements projetés à l'écran ne traduisant qu'une continuité illusoire. Bien entendu, Jack et Puck étant des créatures de coupures et de boucles, le film qu'ils hantent est toujours déphasé par rapport à celui de nos existences. Il ne se déroule pas à vingt-quatre images par seconde mais bien plus vite encore, d'où cette impression que nos deux amis clignotent, voire parfois qu'ils reculent, comme les roues des voitures à partir d'une certaine vitesse.

À l'arrière, Joshua est perdu dans son propre film, qu'il partage avec Lapin, sans doute. Comme tous les enfants, il réinvente le réel, tour à tour solennel et idiot, enjoué et pesant. Assis jambes croisées devant lui, je l'ai écouté jouer, j'ai voulu comprendre son monde de rêve toujours changeant. Un jour, il m'a tapoté le nez en me disant que j'étais une maison de lutins. Qu'est-ce qu'il a voulu dire par là ? Comment un être humain pourrait-il être une maison où vivent des lutins, des esprits, des fées ou des sylphes, quel que soit le nom qu'on donne à ces créatures ?

Mais c'est peut-être parfaitement logique.

Je jette un coup d'œil par la vitre. Jack et Puck bondissent, culbutent, font des flips et des flops, sautent de feuille luisante en feuille luisante, de coin de ciel en flèche d'oiseau, de reflet du soleil en reflet du soleil, sur un toit en tôle, sur la truffe humide d'un chien, sur une bouteille abandonnée sur le bas-côté. Jack et Puck virevoltent, se tirent par les bras pour empêcher l'autre d'arriver le premier, et trébuchent, et tombent dans l'herbe haute, l'herbe haute et les fleurs des prés, et nous nous éloignons en voiture, nous les laissons derrière nous dans le rétroviseur, dans un rayon de soleil, dans un poème, un souvenir, un roman, une chanson, nous les laissons en un lieu et un temps où nous pourrons revenir quand nous le souhaiterons parce qu'ils sont aussi réels qu'irréels, aussi éphémères qu'éternels, un lieu et un temps où Jack et Puck vécurent, vivent et vivront heureux à jamais.

REMERCIEMENTS

Comme pour *Vélum*, une grande partie de ce livre s'inspire de certaines sources classiques. Je ressens donc le besoin d'exprimer ma gratitude envers les auteurs de ces textes et les traducteurs dont j'ai utilisé le travail.

La réécriture des *Bacchantes* d'Euripide que la troupe de théâtre interprète dans le volume trois doit beaucoup aux traductions de Philip Vellacott (Euripide, *Les Bacchantes et autres pièces*, Penguin, 1954) et de Gilbert Murray (Euripide, *Les Bacchantes*, New York : P.F. Collier & Son, 1909-14).

L'épilogue est pour une part un mélange des poèmes « Daphnis » et de « Ce troupeau est-il à Mélibée ? », troisième et cinquième Bucoliques de Virgile, pour lesquels j'ai utilisé les traductions de 1934 de J.W. McKail (*L'Œuvre de Virgile :* L'Énéide, Les Bucoliques *et* Les Géorgiques, Penguin, 1949).

Sans ces travaux, ce roman n'aurait jamais pu voir le jour. Je conseille vivement à tous mes lecteurs de mettre la main sur les versions originales s'ils veulent les découvrir intactes, sans mes remaniements futiles.

Sur une note plus personnelle, j'aimerais exprimer ma profonde reconnaissance à tous ceux qui m'ont fait part de leurs suggestions pendant l'écriture de ce livre : mes éditeurs, Peter Lavery et Jim Minz, et les gens de Pan Macmilan et Del Rey qui ont travaillé si dur… Par où commencer pour chanter leurs louanges ?

DANS LA MÊME COLLECTION

Isaac Asimov
Fondation
Fondation foudroyée
J.G. Ballard
Le Monde englouti suivi de *Sécheresse*
La Forêt de cristal
Clive Barker, *Jakabok : le démon de Gutenberg*
Peter S. Beagle, *La Dernière Licorne*
Alfred Bester, *L'Homme démoli* suivi de *Terminus les étoiles*
Gregory Benford
Dans l'océan de la nuit
À travers la mer des soleils
Terry Bisson, *Hank Shapiro au pays de la récup'*
James P. Blaylock
Sonne le glas de la Terre
Ray Bradbury
De la poussière à la chair…
Trois automnes fantastiques
Fahrenheit 451, *Chroniques martiennes*, *Les Pommes d'or du soleil*
Leviathan 99
Ted Chiang, *La Tour de Babylone*
Thomas Day, *Resident Evil*
Thomas Day présente : *Les Continents perdus*
Philip K. Dick
L'intégrale des nouvelles 1947-1953 (Tome 1)
L'intégrale des nouvelles 1953-1981 (Tome 2)
La Trilogie divine
Radio Libre Albemuth
Gardner Dozois & George Alec Effinger, *Poison bleu*
Catherine Dufour, *Outrage et rébellion*
Charles Duits, *Ptah Hotep*
Hal Duncan, *Vélum* (*Le livre de toutes les heures* 1/2)
Lord Dunsany, *La Fille du roi des elfes*
Greg Egan, *Isolation* (Ditmar Award 1993)
Jack Finney, *Le Voyage de Simon Morley* (Grand Prix de l'Imaginaire 1994)
Jeffrey Ford, *La Fille dans le verre* (prix Edgar Allan Poe 2006)
Mary Gentle
La Guerrière oubliée, le Livre de Cendres 1/4
La Puissance de Carthage, le Livre de Cendres 2/4

Les Machines sauvages, le Livre de Cendres 3/4
La Dispersion des ténèbres, le Livre de Cendres 4/4
(British Science Fiction Award 2000, Sidewise Award 2000,
prix Julia Verlanger 2005 pour la série *Le Livre de Cendres*)
L'Énigme du cadran solaire 1/2
L'Énigme du cadran solaire 2/2
Edmond Hamilton, *Les Loups des étoiles* (l'intégrale)
Johan Heliot, *Obsidio* (prix Bob Morane 2004 pour le récit « Obsidio »)
Robert Holdstock
La Forêt des Mythagos 1/2 (World Fantasy Award 1985,
British Science Fiction Award 1984)
La Forêt des Mythagos 2/2
Le Souffle du temps
Dans la vallée des statues et autres récits
La Chair et l'Ombre
Barry Hughart
La Magnificence des oiseaux
(World Fantasy Award 1985, Mythopoeic Award 1986)
La Légende de la Pierre
Huit Honorables Magiciens
Adam Johnson, *Des parasites comme nous*
John Kessel, *L'Amour au temps des dinosaures*
Laurent Kloetzer, *Le Royaume blessé*
Serge Lehman, *Le Haut-Lieu et autres espaces inhabitables*
Serge Lehman présente, *Retour sur l'horizon, 15 grands récits de science-fiction*
(anthologie)
Kelly Link, *La Jeune Détective et autres histoires étranges*
George R.R. Martin & Lisa Tuttle, *Elle qui chevauche les tempêtes*
Ian R. MacLeod, *L'Âge des lumières*
Ian McDonald, *Roi du matin, reine du jour*
Richard Matheson
Journal des années de poudre
Légendes de la nuit
Norbert Merjagnan, *Les Tours de Samarante*
Michael Moorcock
Les Danseurs de la fin des temps (l'intégrale)
Mother London
Déjeuners d'affaires avec l'Antéchrist
Jérôme Noirez, *Leçons du monde fluctuant*
Michel Pagel
Les Flammes de la nuit (l'intégrale)
L'Équilibre des paradoxes (Prix Julia Verlanger 2000, Prix Rosny Aîné 2000)

Françoise-Sylvie Pauly & Pascal Croci
L'Invitée de Dracula
Pierre Pelot, *Delirium Circus*
Tom Piccirilli, *La Rédemption du marchand de sable*
Tommaso Pincio, *Un Amour d'outremonde*
Tim Powers
Les Puissances de l'Invisible 1/2
Les Puissances de l'Invisible 2/2
(International Horror Guild Award 2000, World Fantasy Award 2001)
À deux pas du néant
Christopher Priest
eXistenZ™
Les Extrêmes (British Science Fiction Award 1998)
Le Prestige (World Fantasy Award 1996)
L'Archipel du rêve (Grand Prix de l'Imaginaire 2003 pour le récit « La libération »)
La Séparation (British Science Fiction Award 2002, Arthur C. Clarke Award 2003, Grand Prix de l'Imaginaire 2006)
Le Glamour
René Reouven
La Partition de Jéricho
Histoires secrètes de Sherlock Holmes
Crimes apocryphes 1/2
Crimes apocryphes 2/2
Barbara Sadoul présente, *Le Bal des Loups-garous*
Rudy Rucker, *Maître de l'espace et du temps*
Karl Schroeder
Ventus 1/2
Ventus 2/2
Permanence (Aurora Award 2003)
Lewis Shiner
Fugues (World Fantasy Award 1994)
En des cités désertes
Dan Simmons, *L'Échiquier du mal*
(August Derleth Fantasy Award 1990, Bram Stoker Award 1989)
S.P. Somtow
Les Chroniques de l'Inquisition 1/2
Les Chroniques de l'Inquisition 2/2
Neal Stephenson
Zodiac
Panique à l'université!
Arkadi et Boris Strougatski, *Il est difficile d'être un dieu*
Francis Valéry, *Le Talent assassiné*

Jack Vance
Emphyrio & autres aventures
Les Maîtres des dragons & autres aventures
Les Chroniques de Durdane (L'intégrale)
John Varley, *Le Système Valentine*
Karl Edward Wagner
Kane (L'intégrale 1/3)
Kane (L'intégrale 2/3)
Kane (L'intégrale 3/3)
Walter Jon Williams, *Câblé +*
Robert Charles Wilson
Darwinia (Aurora Award 1999)
Les Chronolithes (John W. Campbell Memorial Award 2002)
Blind Lake (Aurora Award 2003)
Spin (prix Hugo 2006, Grand Prix de l'Imaginaire 2008)
Mysterium (Philip K. Dick Award 1994)
Axis
Gene Wolfe
L'Ombre du bourreau 1/2 (British Science Fiction Award 1981, World Fantasy Award 1981, prix Nebula 1981)
L'Ombre du bourreau 2/2
Roger Zelazny
Seigneurs de lumière
Dilvish le damné (l'intégrale)
Roger Zelazny & Jane Lindskold, *Lord Démon*

Composition Ütibi
Achevé d'imprimer
sur Timson
par Normandie Roto Impression s.a.s.
61250 Lonrai.
Dépôt légal : septembre 2009.
Numéro d'imprimeur : 093106
ISBN 978-2-20725881-1 / Imprimé en France.

144166